MARIE LACROSSE
Das Weingut
Aufbruch in ein neues Leben

Lesen erleben

Marie Lacrosse

Das Weingut.
Aufbruch in ein neues Leben

Roman

GOLDMANN
Lesen erleben

Penguin Random House Verlagsgruppe FSC® N001967

7. Auflage
Deutsche Erstveröffentlichung April 2019
Copyright © 2019 by Marie Lacrosse
Copyright der deutschen Erstausgabe © 2019
by Wilhelm Goldmann Verlag, München,
in der Penguin Random House Verlagsgruppe GmbH,
Neumarkter Str. 28, 81673 München
Dieses Werk wurde vermittelt durch die
Montasser Medienagentur, München.
Gestaltung des Umschlags und der Umschlaginnenseiten:
UNO Werbeagentur, München
Umschlagmotiv: © FinePic®, München; gettyimages/© Max shen;
gettyimages/© Flavia Morlachetti
Redaktion: Heike Fischer
BH · Herstellung: kw
Satz: Uhl + Massopust, Aalen
Druck und Bindung: CPI books GmbH, Leck
Printed in Germany
ISBN: 978-3-442-20555-4
www.goldmann-verlag.de

Besuchen Sie den Goldmann Verlag im Netz

Meinem Mann Jürgen
für achtunddreißig gemeinsame Jahre

Die Beaufsichtigung der Maschinen, das Anknüpfen zerrissener Fäden ist keine Tätigkeit, die das Denken des Arbeiters in Anspruch nimmt, und auf der anderen Seite wieder derart, dass sie den Arbeiter hindert, seinen Geist mit anderen Dingen zu beschäftigen.

In demselben Maße, in dem die Widerwärtigkeit der Arbeit wächst, nimmt daher der Lohn ab.

Nichts ist fürchterlicher, als alle Tage von morgens bis abends etwas tun zu müssen, was einem widerstrebt.
Und je menschlicher der Arbeiter fühlt, desto mehr muss ihm seine Arbeit verhasst sein, weil er den Zwang, die Zwecklosigkeit für sich selbst fühlt, die in ihr liegen.

Drei Zitate von Friedrich Engels, das zweite aus dem gemeinsam mit Karl Marx verfassten Kommunistischen Manifest *von 1848*

In Österreich dürfen Kinder vom zehnten bis vierzehnten Jahre zehn Stunden, vom vierzehnten bis sechzehnten Jahre zwölf Stunden täglich, Letztere ausnahmsweise auch noch zwei Stunden länger beschäftigt werden.

Man braucht nur (…) die Spinnsäle (…) zu besuchen und wird (…) überall nur jugendfrische und lebensfrohe Kinder erblicken.

(…) dass in der regelmäßigen andauernden Beschäftigung schon an sich ein großer Segen für die jugendlichen Arbeiter zu erblicken ist, (…), als sie ihnen unmöglich macht, träge herumzulungern, Unfug zu treiben, zu betteln und zu stehlen (…)

Argumente von sächsischen Tuchfabrikanten aus einer Bittschrift im Jahr 1874 an das zuständige Ministerium in Dresden, um das Mindestalter von Kinderarbeitern wieder von zwölf auf zehn Jahre zu senken und die Arbeitszeitbeschränkung von zehn Stunden täglich für jugendliche Fabrikarbeiter wieder auf zwölf Stunden heraufzusetzen

Dramatis Personae

Es werden nur die handlungstragenden Figuren aufgeführt. Historische Persönlichkeiten werden mit einem * gekennzeichnet.

Irenes Familie

Irene Weber, unehelich geboren in einer Gebäranstalt, aufgewachsen in Waisenhäusern; »Weber« ist nicht ihr echter Familienname
Fränzel, ihr kleiner Sohn

Franz Gerbans Familie

Wilhelm Gerban, deutscher Weinhändler mit Firmensitz im elsässischen Weißenburg
Pauline Gerban, seine französische Ehefrau
Franz Gerban, Wilhelms und Paulines ältester Sohn
Mathilde Gerban, ihre jüngere Tochter
Gregor Gerban, Wilhelms Bruder, ehemaliger Leiter des familieneigenen Weinguts im pfälzischen Schweighofen
Ottilie Gerban, Ehefrau von Gregor und Wilhelms Schwägerin
Sophia, ihre verstorbene Schwester
Fritz Gerban, Gregors und Ottilies im Krieg gefallener Sohn
Louis Krämer, Großcousin mütterlicherseits aus Straßburg

Hauspersonal der Gerbans in Altenstadt

Niemann, erster Hausdiener
Frau Burger, Hausdame
Frau Kramm, Köchin
Riemer, Kutscher

Personal auf dem Weingut bei Schweighofen

Hansi Krüger, Arbeiter und späterer Verwaltungslehrling
Stromberg, entlassener Verwalter
Nikolaus Kerner, neuer Verwalter
Johann Hager, neuer Kellermeister
Clemens Dick, Vorarbeiter

Irenes Bekannte in Lambrecht

Josef Hartmann, Arbeiterführer
Emma Schober, Textilarbeiterin in der Tuchfabrik Reuter
Georg Schober, ihr Mann, ebenfalls Textilarbeiter bei Reuter
Marie und Thea, ihre kleinen Töchter
Trude Ludwig, Vermieterin Irenes
Else Gläser, Vorarbeiterin in der Spinnerei der Tuchfabrik Reuter
Gerti Gläser, Elses Tochter
Erika Bauer, Betreuerin der Stillstube in der Tuchfabrik Reuter
Robert Sieber, Vorarbeiter in der Färberei der Tuchfabrik Reuter
Magda Sieber, seine Frau, Arbeiterin in der Färberei
Anna, Kinderarbeiterin
Benjamin Reuter, Tuchfabrikant in Lambrecht

Plotzer, Reuters Verwalter in der Tuchfabrik
Johann Jakob Marx*, Tuchfabrikant in Lambrecht
Hartmann Botzong*, Tuchfabrikant in Lambrecht

Personen in der Anstalt Klingenmünster

Dr. Dietrich, Leiter der Anstalt
Dr. Klaus Bertram, Oberarzt
Schwester Rosa, Paulines Wärterin
Schwester Berta, Wärterin
Lisa Wolter, eine junge Patientin

Weitere Personen von Bedeutung

(Es werden nur die wichtigsten Personen in der Reihenfolge ihres Erscheinens im Roman aufgeführt.)

Eduard von Wernitz, Oberleutnant und Bewerber von Mathilde
Pfarrer Carl Klein*, evangelischer Pastor in Fröschweiler
Edgar Hepp*, ehemaliger Unterpräfekt von Weißenburg
Schwester Clémentine*, Lehrerin in Fröschweiler
Hussein Ben Salah*, kriegsversehrter Turko in Fröschweiler
Kegelmann, preußischer Beamter in Weißenburg
Monsieur Payet, Notar in Weißenburg
Marianne Serge, eine begüterte Dame in Saint-Quentin
Jean-Jacques Serge, ihr Schwager und Leiter der dortigen Eisenwarenfabrik
Minna, Irenes Freundin aus Altenstädter Zeiten
Eduard Förster*, preußischer Schulinspektor für den Kreis Weißenburg

Ilse Stockhausen, Oberaufseherin in der Weißnäherei und Herbert Stockhausens Tante

Martha, Zuschneiderin in der Weißnäherei

Herbert Stockhausen, Tuchfabrikant in Oggersheim und Mathildes Verlobter

Ernestine Körber, Franz' Verlobte

Ernest Lauth*, abgesetzter Bürgermeister von Straßburg

Otto Back*, sein Nachfolger

Im Roman erwähnte historische Persönlichkeiten ohne aktive Rolle

General Mac-Mahon*, Marschall von Frankreich

Major Leopold von Kaisenberg*, in der Schlacht um Weißenburg gefallener preußischer Offizier

Otto Graf Bismarck*, deutscher Reichskanzler

Karl Marx*, einer der wichtigsten Protagonisten der Arbeiterbewegung

Friedrich Engels*, Kollege, Freund und Mitkämpfer von Karl Marx

August Bebel*, Arbeiterführer

Adolf von Ernsthausen*, preußischer Präfekt in Straßburg

Prolog

Lambrecht in der Pfalz
März 1871

Die ersten Strahlen des sonnigen Märzmorgens fielen durch die kleinen Fenster der Kammer und auf das Gesichtchen des Säuglings, den Irene behutsam und zärtlich in ihren Armen hielt. Draußen zwitscherten die Vögel um die Wette.

»Was für ein herrlicher Tag!«, flüsterte sie. Tränen traten ihr in die Augen. »Und was bist du nur für ein wunderbares Wesen!« Sie drückte dem kleinen Fränzel einen Kuss auf die seidenweiche Stirn. »Du gleichst einem kleinen Engel!«

Die Hebamme hatte ihr gesagt, dass sich das durch die Geburt zerknautschte Antlitz des Kleinen noch glätten würde, obwohl Irene das gar nicht bemerkte. Für sie war ihr Sohn das schönste Kind der Welt!

»Nie werde ich dich verlassen, mein Schatz, und in fremde Hände geben. Nie wirst du eine Waise sein, wie ich es war.«

In ihr überströmendes Glück mischte sich auf einmal Traurigkeit. *Hat meine Mutter mich einst auch so im Arm gehalten? Musste sie mich fortgeben, oder hat sie es freiwillig getan? Wo ist sie? Lebt sie noch irgendwo ein bescheidenes Leben, oder ist sie längst verschieden? Ich würde sie so gern einmal kennenlernen!*

Ihren Vater kannte Irene dagegen sehr wohl. Doch für ihn spürte sie nur Verachtung. Er hatte sie zu grausam behandelt!

Doch wer warst du, Mutter? Wirklich nur ein Dienstmädchen wie ich? Ein Dienstmädchen mit dem Talent zum Malen? Das einzige Erinnerungsstück an ihre unbekannte Mutter war ein kleines Aquarell, das eine gütige Schwester im Waisenhaus Irene überlassen hatte.

Sie griff mit einem Arm nach ihrer schäbigen Tasche, die neben dem Bett stand, und zog sie zu sich heran. Aus einem Innenfach zog sie das in Seidenpapier eingeschlagene Bild, faltete es vorsichtig auseinander und betrachtete es wohl zum tausendsten Mal. Es war ein düsteres Bild. In dunklen Farben gehalten, zeigte es ein aufziehendes Gewitter.

Du warst noch viel unglücklicher, Mutter, als ich es je war. Ich habe Franz zwar für immer verloren. Aber er hat mir ein wunderbares Abschiedsgeschenk gemacht, unseren Sohn. Du bliebst einst ganz allein zurück.

Die Tränen strömten ihr nun über die Wangen. In einem plötzlichen Impuls legte sie das Aquarell beiseite und hob den Säugling ein Stück in die Höhe.

»Doch wo du auch immer bist, liebste Mutter«, sagte sie halblaut. »Ich hoffe, dass du es spürst, wenn du noch am Leben bist, und es siehst, wenn du schon in einer besseren Welt weilst. Dies ist Fränzel, dein Enkelsohn!«

Teil 1

Trübsinn

Kapitel 1

Weingut bei Schweighofen
Februar 1871, vier Wochen vorher

Es hatte endlich zu nieseln aufgehört, als Franz mit dem Einspänner in die Auffahrt einbog, die in schnurgerader Linie
auf das Gutshaus der Gerbans bei Schweighofen zulief. Obwohl nicht so prächtig und opulent wie das Herrenhaus bei
Altenstadt, in dem Franz aufgewachsen war, wirkte auch das
Elternhaus seines Vaters Wilhelm majestätisch. Seine Fassade
bestand aus von weißen Kacheln umrahmten beigefarbenen
Klinkersteinen. Aus dem hohen Walmdach mit den drei vor-
gelagerten Gauben erhob sich an der linken Seite ein schlanker Eckturm mit spitzem Dach. Immer wenn Franz als kleiner
Knabe hier zu Besuch war, hatte er das Haus für ein ehemaliges
Märchenschloss gehalten.

In Wahrheit hatte der Bau, den sein Großvater väterlicher-
seits errichten ließ, beinahe zum Ruin der Familie geführt. Als
in drei aufeinanderfolgenden Jahren Unwetter und Pilzkrank-
heiten fast die gesamte Weinernte vernichteten, fehlte plötzlich
das Geld, um die Hypothek abzuzahlen. Das war jedoch weit
vor Franz' Geburt gewesen.

Letztlich hatte sein Vater die Gerbans durch die Heirat mit
Franz' Mutter Pauline, einer vermögenden Straßburger Wein-
händlertochter, gerettet. Wilhelm Gerban war heute der wohl-
habendste Weinhändler im nördlichen Elsass und der südlichen Pfalz. Doch seit Franz denken konnte, war die Ehe seiner
Eltern unglücklich.

Auch wenn er widerwillig zugeben musste, dass sein Vater mit Paulines Geld überaus geschickt agierte und dadurch den Wohlstand der Familie Jahr um Jahr sicherte, hatte vor allem der Deutsch-Französische Krieg die Zerrissenheit der Familie, deren Mitglieder beiden Nationen angehörten, offenbart und sogar noch vertieft. Franz, der gemäß dem Ehevertrag seiner Eltern wie seine Mutter als einziger Sohn und Erbe französischer Staatsbürger war, hatte gegen die Deutschen gekämpft und litt nun unter der Niederlage Frankreichs. Diese schien besiegelt zu sein, da die Franzosen bislang keine einzige Schlacht gewonnen und kürzlich einem Waffenstillstand zugestimmt hatten.

Doch auch innerhalb der Familie seines Vaters gab es Konflikte. Wilhelms jüngerer Bruder Gregor bewirtschaftete das Weingut, das allerdings mit dem Geld von Franz' Mutter entschuldet worden war. Trotz seines großen Erfolgs war Wilhelm nur der Nutznießer des Stammvermögens. Unter der Voraussetzung, dass seine Ehe mit Pauline Bestand hatte, besaß er lediglich den in dreißig Jahren erwirtschafteten Zugewinn abzüglich der Zinsen für die ursprünglich eingebrachte Summe. Deren genaue Höhe würde Franz erst am Tag seiner Volljährigkeit erfahren.

Gregor hatte kein eigenes Geld. Seine Familie lebte ausschließlich von den Zuwendungen seines Bruders. Diese völlige Abhängigkeit hielt Franz für den Hauptgrund der Feindseligkeit seiner Tante Ottilie gegenüber Wilhelm und vor allem gegenüber seiner Mutter Pauline. Vielleicht gab es auch noch andere Ursachen, die Franz nicht kannte. Jedenfalls hatten Gregor und Ottilie schon wenige Jahre nach seiner Geburt das Herrenhaus in Altenstadt verlassen und waren nach dem Tod des Großvaters ins Weingut übergesiedelt.

Ich bin gespannt, wie Vater und Onkel Gregor sich einigen, wenn ich im September volljährig werde und mein Erbe antreten möchte, dachte Franz, während er den Blick über die noch kahlen Rebenfelder gleiten ließ. Hier rund um das Gutshaus, das zwischen dem Straßendorf Schweighofen und dem winzigen Weiler Windhof lag, waren die Weinberge relativ flach. Grauburgunder, Silvaner und eine Rotweinsorte, die man »Portugieser« nannte, wurden dort angebaut.

Passierte man einige Streuobstwiesen, die auch zum Gut gehörten und aus deren Baumfrüchten man begehrte Obstbrände herstellte, kam man zu den wertvollsten Lagen der Gerbans. Bei Schweigen, wo die Weinhänge am Rand des südlichen Pfälzer Waldes immer steiler wurden, wuchsen Riesling und Spätburgunder, aus deren Trauben Jahr für Jahr Spitzenweine gekeltert wurden, die sogar bis nach Übersee verschifft wurden.

Kurz überlegte Franz, ob er am Gutshaus anhalten und vorsprechen sollte, entschied sich dann aber dagegen. Denn sein Cousin Fritz war als Offizier der preußischen Königsgrenadiere schon in der ersten Schlacht des Krieges auf dem Geisberg bei Weißenburg gefallen. Seitdem verfolgten dessen Eltern, insbesondere seine Tante Ottilie, Franz mit unversöhnlichem Hass, obwohl er völlig unschuldig am Tod ihres Sohnes war.

Auch wenn es Vater ärgern wird, werde ich ihnen keinen Besuch abstatten, beschloss er im Vorbeifahren, zumal ihn ohnehin eine weitere traurige Folge des Krieges hierherführte. Er wollte der Familie seines gefallenen Freundes Karl Krüger einen Besuch abstatten. An den Gewürztraminer- und Weißburgunderlagen vorbei lenkte Franz den Einspänner unter dem trüben Februarhimmel bis zum Abzweig, der zu dem kleinen Dörfchen der Landarbeiterfamilien führte, das ebenfalls zum Gut der Gerbans gehörte.

Karl war zuletzt einer der Vorarbeiter auf dem Weingut gewesen. Im letzten Sommer wurde er nach Kriegsbeginn eingezogen und fiel am 1. September als Soldat der bayerischen

Truppen in den Kämpfen um Bazeilles. Franz, damals Sanitätsgefreiter bei den französischen Marineinfanteristen, die diesen Vorort von Sedan buchstäblich bis zur letzten Patrone verteidigt hatten, war Zeuge seiner tödlichen Verwundung geworden. Da er ihm nicht mehr helfen konnte, gab er Karl vor dessen Tod das Versprechen, für seine Familie zu sorgen. Insbesondere seinen begabten ältesten Sohn Hansi wollte er fördern.

Auch an Franz war der Krieg nicht spurlos vorübergegangen. Als der Einspänner auf dem unbefestigten Weg zum Dörfchen durch ein Schlagloch rumpelte, durchzuckte ihn ein scharfer Schmerz.

Kurze Zeit nachdem Karl verblutet war, hatte eine Granate Franz' linkes Bein zerfetzt. Nur noch ein kurzer Oberschenkelstumpf war zu retten gewesen, der zum Glück gerade noch ausreichte, um eine nach den neuesten technischen Möglichkeiten gefertigte Beinprothese daran zu befestigen. Sie verschaffte Franz zwar eine vergleichsweise große Bewegungsfreiheit. Doch der Stumpf schmerzte gerade an feuchten, kühlen Tagen wie heute immer noch stark.

Jetzt erreichte der Einspänner die ersten Häuschen. Neugierige Augen folgten ihm durch das trübe Glas der kleinen Fenster. Leute aus dem Gutshaus verirrten sich nur selten hierher. Da kam auch schon Hansi aus dem Haus seiner Familie, ihm auf dem Fuß folgten seine jüngeren Geschwister.

»Ich glaube, ich habe gerade Franz vorbeifahren sehen.« Ottilie Gerban schob die Spitzengardine zurück und rümpfte ihre spitze Nase. »Was hat er hier zu schaffen?« Wie immer, wenn sie sich ärgerte, nahm ihre Stimme eine höhere Tonlage an. »Noch dazu, ohne uns seine Aufwartung zu machen!«

Gregor Gerban stellte seine Teetasse aus geblümtem Porzellan vorsichtig auf einem Beistelltischchen mit geschwungenen

Beinen ab. Das Service sollte wie echtes Geschirr aus Meißen wirken, war aber nur eine Imitation. Trotzdem hütete Ottilie es wie ihren Augapfel.

»Nun freu dich doch, dass er uns mit seinem Besuch verschont hat! Du kannst ihn doch genauso wenig leiden wie ich.«

»Trotzdem ist es ein Zeichen von fehlendem Anstand«, beharrte Ottilie.

Gregor seufzte leise. Je älter seine Gattin wurde, umso weniger konnte es ihr jemand recht machen.

»Hast du schon mit Wilhelm gesprochen?«, wechselte sie nun zu einem für ihn sehr unangenehmen Thema.

»Dazu ergab sich noch keine Gelegenheit«, wich er aus.

»Keine Gelegenheit?« Wieder wurde Ottilies Stimme unangenehm hoch. »Dann musst du sie eben herbeiführen, Gregor! Schau dich doch einmal in diesem Salon um! Der Teppich ist abgewetzt, die Vorhänge müssen dringend erneuert werden, Sofa und Sessel brauchen dazu passende neue Polster. Gar nicht davon zu reden, dass wir überhaupt zwischen diesem alten Gerümpel hausen müssen.« Sie machte eine weit ausholende Geste, die die Möblierung des Raumes umfasste. »Außerdem hätte ich gerne wieder eine echte Zofe. Das neue Dienstmädchen ist nicht dazu ausgebildet, meine Garderobe zu pflegen, geschweige denn, mich ordentlich zu frisieren. Überhaupt ist Gitta in allem furchtbar ungeschickt. Sie taugt nur zum Saubermachen.«

Gregor musterte die Einrichtung des Salons, der auch als Damenzimmer diente, wenn die Gerbans kleine Gesellschaften gaben. Die geschnitzten Schränke und Vitrinen aus Nussbaum und Eiche stammten aus der Hinterlassenschaft seines Vaters und waren zugegebenermaßen nicht neu. Aber sie waren auf Hochglanz poliert und wiesen keinen einzigen sichtbaren Kratzer auf.

Ebenso verhielt es sich mit dem bunt gemusterten Perserteppich, der einen Teil des blank gewienerten Parkettbodens bedeckte. Er wies keine Flecken oder gar abgewetzte Stellen auf, wie Ottilie behauptete. Die Farben wirkten frisch. Die dunkelroten Samtportieren passten perfekt dazu, ebenso wie die mit gemustertem, rotem Brokat bezogenen Sitzmöbel. Vorhänge und Polster waren zudem erst vor fünf Jahren erneuert worden.

Aber er widersprach Ottilie nicht. Aus leidvoller Erfahrung wusste er, dass dies ihren Kampfgeist nur noch mehr anstacheln würde. *Steckt dahinter etwa wieder dein zänkisches Weib, das du nicht im Zaum halten kannst?*, hörte er im Geiste schon seinen Bruder Wilhelm spöttisch fragen, würde er ihm seine Bitte vortragen, ihren prozentualen Anteil an den Gewinnen des Weinhandels zu erhöhen. Sie erhielten die Summe monatlich zu seinem Salär als Leiter des Weinguts. Es war die Gegenleistung für ihr Schweigen über Franz' Kampf auf der falschen Seite.

Denn Franz war kein regulärer Soldat gewesen, sondern hatte als Zivilist für die Sache Frankreichs gekämpft. Das stand noch immer unter strenger Strafe, da der Krieg ja noch nicht vorbei war. Würde man Franz bei den preußischen Besatzern anzeigen, drohte ihm zwar nicht mehr die standrechtliche Erschießung, da die aktiven Kämpfe beendet waren. Aber er müsste mit einer langen Kerkerhaft rechnen, die Gregor ihm einerseits von Herzen gönnte.

Andererseits war ihm klar, dass es dem ganzen Weinhandel großen Schaden zufügen würde, wenn den Besatzern, mit denen Wilhelm glänzende Geschäfte machte, bekannt werden würde, dass sein Sohn kein deutscher Staatsbürger war, der sein Bein auf dem Altar des deutschen Vaterlandes geopfert, sondern im Gegenteil beim Feind gedient hatte.

Da sich Gregor damit den eigenen Ast absägen würde, auf dem er saß, war es, im Grunde genommen, eine leere Drohung,

Franz bei den Behörden zu denunzieren. Das wusste Wilhelm genauso gut wie er selbst. *Warum nur ist Ottilie das einfach nicht klarzumachen? Zumal sie doch das Schicksal ihres eigenen Vaters, der mit seinem Geschäft bankrottgegangen ist und mir nicht einmal die Mitgift zahlen konnte, vor Augen haben müsste?*

»Also, wirst du mit Wilhelm sprechen?«, keifte Ottilie und riss ihn aus seinen Grübeleien. Sie stand mit in die Hüften gestemmten Armen zwei Schritte vor ihm. Ihre bernsteinfarbenen Augen, die ihn an die einer Eule erinnerten, funkelten vor Wut.

Überhaupt glich Ottilies Gesicht mit ihrer spitzen, leicht gebogenen Nase und den dünnen Lippen diesem Nachtvogel. War sie früher noch gertenschlank gewesen, würde man sie heute eher als hager bezeichnen. Ihr schwarzes, hoch geschlossenes Kleid war ihr schon wieder zu weit und schlackerte um ihren Körper. Seit dem Tod ihres einzigen Sohnes Fritz, der ihr Ein und Alles gewesen war, trug sie Trauer und wurde von Tag zu Tag unleidlicher.

»Ich will sehen, was ich tun kann«, gab Gregor nach und stand auf. »Jetzt muss ich noch einmal ins Verwalterkontor, um etwas mit Stromberg zu besprechen«, log er.

Es war schade um den gerade erst angebrochenen Nachmittag, den er eigentlich gemütlich mit dem ausführlichen Studium verschiedener Zeitungen hatte verbringen wollen. *Aber in dieser Stimmung ist mit Ottilie nicht zu spaßen. Da gehe ich ihr lieber erst einmal aus dem Weg.*

Franz stieg aus dem Einspänner und bemühte sich, keine Miene zu verziehen, als er sein linkes Bein oder das, was davon übrig war, mit der daran befestigten Prothese auf den matschigen Untergrund der schmalen Straße setzte. Wo immer er konnte, verbarg er die Schmerzen, die ihm seine Kriegsverstümmelung bereitete, vor Außenstehenden.

»Wir haben Sie gar nicht erwartet, lieber Herr Franz«, freute sich Hansi. »Mutter ist noch bei einer Nachbarin am unteren Ende des Dorfes. Ich laufe rasch, um sie zu holen. Anni, du bereitest dem Herrn Franz derweil einen Kräutersud, und du, Liesel, achtest auf die Kleinen.«

Ehe Franz einwenden konnte, dass man sich keine Mühe mit ihm machen solle, war Hansi schon auf und davon. Anni, mit ihren elf Jahren das zweitälteste der Geschwister, hantierte derweil am Herd, in dem nur ein kleines Feuer brannte. In der Wohnküche, die den größeren Teil des Zwei-Zimmer-Häuschens ausmachte, war es im Vergleich zum behaglichen Salon in Altenstadt empfindlich kalt. Der Raum war reinlich gehalten, der Boden aus groben Brettern sauber gefegt. Doch es gab nur wenige Möbel.

Der große Tisch, den Karl zu seinen Lebzeiten aus groben Brettern selbst gezimmert hatte, nahm mit den einfachen Stühlen und Schemeln, die um ihn herum gruppiert waren, den größten Teil des Platzes ein. Es gab außerdem eine Holztruhe mit verblichener Malerei, in der Wäsche und Kleidung aufbewahrt wurden, einen Eckschrank aus unbehandeltem Fichtenholz und einige Wandborde mit Geschirr und anderen Gegenständen des täglichen Gebrauchs. An der hinteren Längswand war eine schmale Pritsche senkrecht hochgestellt, damit sie tagsüber nicht zu viel Platz wegnahm. Franz wusste, dass dies Hansis Schlafplatz war. Lene schlief mit den vier jüngeren Kindern im einzigen Nebenraum.

Franz schnitt die Ärmlichkeit der Ausstattung ins Herz, zumal Karl Krüger noch zu den wohlhabenderen Arbeitern des Weinguts gehört hatte. Wieder einmal nahm er sich vor, mehr für die Landarbeiter zu tun, sobald er als Erbe des mütterlichen Vermögens die Gelegenheit dazu bekäme.

»Aus welchen Kräutern soll ich Ihren Sud zubereiten, Herr Franz?« Anni knickste und schenkte Franz ein schüchternes

Lächeln. Sie glich ihrer Mutter Lene und würde einmal eine hübsche Frau werden.

»Was hast du denn im Angebot, Anni?«, fragte er.

»Wir haben Kamille, Pfefferminze, Melisse und Salbei. Ich habe die Kräuter im Herbst selbst getrocknet«, antwortete Anni nicht ohne Stolz.

Franz seufzte innerlich. All diese Kräutertees mochte er eigentlich nicht. Als Kind war er bei verschiedenen Wehwehchen damit behandelt worden. Doch andere warme Getränke gab es im Haushalt der Krügers nicht, und er wollte das Mädchen nicht kränken.

»Melisse! Ich nehme einen Melissensud«, entschied er sich für das kleinste Übel.

Während Anni den Kessel mit Wasser aus einem Krug füllte und ein Scheit aufs Herdfeuer legte, ließ Franz seinen ersten Besuch vor drei Wochen Revue passieren. Gleich nach seiner Rückkehr aus dem Krieg war er schon einmal hier gewesen. Die Situation, die er damals vorfand, war trostlos.

»Ich würde den Hansi ja gerne weiter auf die Schule schicken oder ihn zumindest ein einträgliches Handwerk lernen lassen. Zumal er so ein hervorragendes Abschlusszeugnis aus der Volksschule hat«, erklärte Karls Witwe Lene. »Aber er ist nun unser Hauptverdiener. Karls Lohn fehlt uns an allen Ecken und Enden. Ich bin froh, dass Hansi eine feste Beschäftigung auf dem Weingut hat. Doch als Jungarbeiter verdient er nicht einmal die Hälfte von dem, was ein Vorarbeiter bekommt. Mit den paar Kreuzern, die ich als Wäscherin im Gutshaus dazuverdiene, kommen wir kaum über die Runden. Das habe ich auch schon dem Pfarrer gesagt.«

»Erhältst du denn keine Hinterbliebenenrente?«, fragte Franz bestürzt. Lene schüttelte mutlos den Kopf.

»Es gibt keinen offiziellen Beweis dafür, dass Karl gefallen ist. Seine Dienstmarke wurde nicht gefunden, und niemand weiß, wo er begraben liegt. Ich spüre in meinem Innersten, dass er tot ist. Karl wäre schon längst zu Hause, wenn er noch am Leben wäre.« Bei den letzten Worten konnte sie ein Schluchzen nicht unterdrücken.

Franz wusste nur zu gut, wie recht sie hatte. Doch obwohl er Zeuge von Karls Tod gewesen war, konnte er ihr nicht helfen. Anhand der Einschreibungslisten und Soldbücher hätten die steifen deutschen Beamten, die mittlerweile fast alle Verwaltungsposten im Kreis Weißenburg besetzten, schnell festgestellt, dass er in Bazeilles nicht in Karls Kompanie gekämpft hatte. Von da aus wäre es nur ein kleiner Schritt herauszufinden, dass er überhaupt nicht auf deutscher Seite in den Krieg gezogen war.

Andererseits wusste Franz aus eigener Anschauung, wie lieblos man die Leichen vieler Gefallener nach den großen Schlachten in namenlosen Massengräbern verscharrt hatte. Wahrscheinlich war man so auch mit Karls Leichnam verfahren.

Und so kurz nach seiner Rückkehr verfügte Franz noch nicht über so viel eigenes Geld, dass er Lene maßgeblich unterstützen konnte. Deshalb hatte er bei seinem ersten Besuch auch nur dalassen können, was er an Bargeld mit sich führte. Am nächsten Tag aber war er als Erstes in die Weißenburger Präfektur gefahren, um dort die Bewilligung von Lenes Antrag zu beschleunigen.

Doch wie Lene hatte auch er keinen Erfolg. »Es gibt unzählige Gefallene, deren Schicksal ungeklärt ist«, argumentierte er gegenüber dem sturen Verwaltungsbeamten, der die Anträge bearbeitete. »Deren Familien leiden Not, wenn ihnen nicht rasch geholfen wird.«

Doch bei dem Mann, der seinen starren Vorschriften durch und durch verhaftet war, biss Franz auf Granit. »Das ist möglicherweise korrekt, Herr Gerban«, antwortete der Beamte gestelzt. »Doch zunächst werden die Anträge der Heimkehrer bearbeitet, die zu Invaliden geworden sind, sowie die Renten für die Angehörigen der Gefallenen bewilligt, deren Tod im Dienst der deutschen Nation außer Frage steht. Da kann ich keine Ausnahme machen. Zumal es auch immer wieder Fälle gibt, in denen Familienväter zwar überlebt haben, sich ihrer Verantwortung aber dadurch entziehen, dass sie nicht zu ihren Frauen und Kindern zurückkehren.«

»So ein Mann war Karl Krüger nicht. Ich habe ihn gut gekannt.«

Das behaupten sie alle. Auch wenn der Beamte die Worte nicht aussprach, konnte Franz sie ihm vom Gesicht ablesen.

So kam er also heute mit leeren Händen. Bislang hatte er seine Tätigkeit in der Weinhandlung noch nicht aufgenommen und bekam also auch kein Gehalt. Bis zu seiner Volljährigkeit würde es überdies bescheiden sein. Dennoch wollte er Lene einen Vorschlag machen.

Anni hatte den Kräutersud gerade in einen irdenen Becher gefüllt und vor ihm abgestellt, als ihre Mutter mit Hansi zurückkam.

»Herr Franz, wie schön, dass Sie uns besuchen«, strahlte sie, was ihrem verhärmten Gesicht etwas von seiner früheren Attraktivität zurückgab. Ihr Blick fiel auf Franz' Getränk.

»Anni, du hast dem Herrn Franz ja gar keinen Honig zu seinem Tee angeboten«, tadelte sie ihre Tochter.

Die errötete. »Ich wusste nicht, ob...« Sie stockte und wurde noch verlegener. »Es war wegen Bertis Husten!« Berti war Karls jüngster Sohn, der erst vier Jahre alt war.

Franz verstand sofort, worum es ging. Honig war das einzige Süßungsmittel im Haus, da er im Vergleich zu Zucker, den man nur für teures Geld im Kolonialwarenladen bekam, weitaus preiswerter war. Honig war aber auch eine der wenigen Arzneien, die sich arme Leute leisten konnten. Aufgelöst in warmer Milch, war er ein gutes Hausmittel bei Erkältungen.

»Liebe Lene, lass es gut sein. Ich mag gar keinen Honig«, wehrte er ab. Das war zwar eine Notlüge, aber das Einzige, was ihm einfiel, um das Angebot seiner Gastgeberin abzulehnen, ohne diese zu beschämen.

Falls Lene das Manöver durchschaute, ließ sie es sich nicht anmerken. »Brüh mir auch einen Melissensud auf«, wies sie Anni an. »Ich bin in dieser feuchten Kälte ganz durchgefroren.«

Dann blickte sie Franz erwartungsvoll an. »Konnten Sie etwas in Weißenburg erreichen?«

Franz schüttelte bedauernd den Kopf. »Leider noch nicht, Lene. Ich habe gestern eigens noch einmal auf dem Amt vorgesprochen, doch die Lage ist unverändert.«

Lenes Gesichtsausdruck schlug in Bestürzung um. Ihre Augen wurden feucht.

»Ach Gott, Herr Franz. Ich hatte so sehr darauf gehofft. Der Krämer will endlich bezahlt werden, sagte er mir erst heute Morgen. Wir können nicht länger anschreiben lassen.«

»Was ist mit dem Vorschuss auf deine Hinterbliebenenrente, um den ich meinen Onkel beim letzten Besuch gebeten hatte?« Franz schwante Böses, und er sollte recht behalten.

»Bislang wurde mir nichts ausbezahlt, Herr Franz. Erst gestern hat mir Herr Stromberg den Waschlohn gegeben. Dabei hat er nichts von dem Vorschuss erwähnt. Und danach zu fragen, wagte ich nicht.«

Franz knirschte vor Wut mit den Zähnen. *Dann wird mir heute wohl nichts anderes übrig bleiben, als mich damit an Onkel Gregor zu wenden und ihm einen Besuch abzustatten,* dachte er grimmig. *Hätte ich doch schon jetzt mein eigenes Geld!*

Doch es half nichts. Bis zum September konnten die Krügers nicht warten. Er zog seine Börse hervor und legte ein paar Münzen auf den Tisch. »Hier hast du erst einmal sechs Gulden, Lene. Mehr habe ich leider nicht dabei. Und nachher spreche ich noch einmal mit meinem Onkel. Es muss sich um ein Missverständnis handeln.«

Lene lächelte zaghaft. »Ich danke Ihnen so sehr für Ihre Fürsorge, Herr Franz.«

Das habe ich deinem sterbenden Mann versprochen, lag es ihm schon auf der Zunge, als er sich im letzten Moment zurückhielt. Stattdessen meinte er: »Auch wenn eure jetzige Lage schlimm ist, möchte ich euch zumindest einen Vorschlag machen, der eure Zukunft absichert. Es dauert zwar noch bis Mitte September. Aber dann werde ich Geld genug haben, um Hansi auf ein gutes Internat zu schicken. Ich übernehme natürlich die Schulkosten und bezahle dir die Summe, die er jetzt auf dem Weingut verdient. Und falls du dann noch immer keine Hinterbliebenenrente erhältst, übernehme ich auch das. So leidet ihr keine Not, und Hansi wird es einmal zu etwas bringen.«

Zu seiner Überraschung füllten sich Lenes Augen erneut mit Tränen. Auch Hansi, mittlerweile ein hochgewachsener Jüngling mit dem krausen, dunklen Haarschopf seines Vaters, dem er auch sonst sehr ähnlich sah, mied seinen Blick.

»Was ist denn?«, fragte Franz bestürzt. »Ist euch dieser Plan nicht recht?«

Hansi antwortete zuerst. »Ich würde schon gerne mehr lernen, Herr Franz, und ich danke auch recht schön für Ihr Angebot. Doch ich kann die Mutter nicht mit den Kleinen allein lassen.« Er war gerade im Stimmbruch und klang bereits wie ein Erwachsener.

»Oh!« Franz fehlten die Worte. Wieder musste er auf sein stärkstes Argument, das Versprechen, das er Hansis totem Vater gegeben hatte, verzichten. Und ein anderes fiel ihm erst einmal nicht ein.

Zaghaft meldete sich jetzt auch Lene zu Wort. »Ich hoffe, Sie halten uns nicht für undankbar, Herr Franz.« Ihre leise

Stimme zitterte. »Aber Hansi ist jetzt der einzige Mann im Haus. Ich möchte ihn nicht auch noch verlieren.«

Franz spürte eine Mischung aus Empörung, Mitleid und Hilflosigkeit. Doch ein Blick in die Mienen von Mutter und Sohn machte ihm klar, dass er ihren Entschluss wohl oder übel akzeptieren musste.

Er war frustriert. *Dann muss ich mir wohl etwas anderes einfallen lassen, um mein Versprechen einzulösen.*

Eine halbe Stunde später hielt er den Einspänner vor dem Eingang des Gutshauses an. Die Unterhaltung mit den Krügers war nach ihrer Absage, Hansi auf eine weiterführende Schule gehen zu lassen, immer zäher verlaufen. Franz hatte sich daher rasch verabschiedet.

Zudem hatte es draußen jetzt sogar leicht zu schneien begonnen. Er wollte die Unterredung mit Onkel Gregor so rasch wie möglich hinter sich bringen.

Hoffentlich wachsen sich diese Schneeschauer nicht zu einem Unwetter aus, dachte er besorgt. Denn morgen wollte er seine Mutter Pauline in der Anstalt in Klingenmünster besuchen. Und davon hing einiges für ihn ab.

Doch daran wollte er jetzt nicht denken. Jetzt ging es darum, Onkel Gregor zur Rede zu stellen.

Wobei ich dabei diplomatisch vorgehen sollte, nahm er sich vor. Denn ein Zugeständnis vonseiten seines Onkels war völlig freiwillig.

Im Büro des Verwalters brannte Licht. Franz beschloss, zuerst dort nach Onkel Gregor zu suchen. Tatsächlich fand er ihn mit einer Zeitschrift in einer Nische sitzend. Stromberg schien mit seiner Buchführung beschäftigt zu sein.

»Einen guten Nachmittag«, grüßte Franz, trat nacheinander auf Gregor und Stromberg zu und reichte beiden die Hand.

»Was führt dich denn hierher?« Gregor tat überrascht, obwohl er Franz schon durchs Fenster hindurch hatte anhalten und vom Wagen steigen sehen.

»Ich habe die Krügers besucht, Onkel. Du weißt ja, dass ich Karl sehr geschätzt habe. Obwohl es noch keine sichere Nachricht darüber gibt, dass er gefallen ist, besteht meiner Ansicht nach jetzt kaum mehr ein Zweifel daran. Karl hätte seine Familie nie im Stich gelassen.«

Gregor räusperte sich. »Ja, ich erinnere mich. Du warst vor einiger Zeit schon einmal da, um Lene Krüger einen Kondolenzbesuch abzustatten.«

»Und hatte dich damals darum gebeten, ihr einen monatlichen Vorschuss auf ihre Hinterbliebenenrente auszuzahlen. Allein mit Hansis Lohn und ihrem Zuverdienst als Wäscherin kommt die Familie nicht aus.«

Gregor tippte sich an die Stirn. »Ach ja, auch daran erinnere ich mich jetzt! Ich wollte darüber nachdenken und mich mit Ihnen, Stromberg, beraten. Habe ich die Sache schon einmal erwähnt?«

Stromberg wirkte ehrlich verdutzt. »Nicht dass ich wüsste, Herr Gerban.«

»Dann muss ich es über all den täglichen Anforderungen leider vergessen haben, Franz. Hier gibt es jeden Tag so vieles zu regeln.«

Franz versuchte, seine Mimik im Zaum zu halten. Früher hätte er seine Gedanken in zynischer Art und Weise offen ausgesprochen. *Ja, das sehe ich. Im Februar ist auf einem Weingut wahrlich kaum Zeit, um zu Atem zu kommen. Da müssen Zeitschriften studiert werden, da muss entschieden werden, aus welchem Holz die neuen Fässer sein sollen, und, und, und. Was kümmert einen da die Witwe eines treuen, in einem sinnlosen Krieg gefallenen Arbeiters mit ihren unmündigen Kindern!*

Laut sagte er: »Nun, dann ist es ja gut, dass ich noch einmal nachgefragt habe. Stromberg kann die Sache dann gleich auch von mir erfahren.« Er wandte sich zu dem dünnen, kleinen Mann um, der in den letzten Jahren stark gealtert war. Sein Schädel war bis auf einige darüber gekämmte Strähnen mittlerweile fast kahl. Nur sein überdimensionaler, nach oben gezwirbelter Schnurrbart trotzte den Jahren.

»Ich war erst gestern wieder auf der Weißenburger Präfektur und habe mich erkundigt. Karl scheint bei Sedan gefallen zu sein. Doch aufgrund der vielen Opfer dieser Schlacht konnte man seine Dienstmarke noch nicht hierher übersenden. Sobald sie eingetroffen ist, wird Lenes Antrag bearbeitet, und sie erhält ihre Rente«, konstruierte Franz eine Mischung aus Wahrheit und Lüge.

»An welche Summe hatten Sie denn gedacht?«, kam Stromberg gleich zum Wesentlichen.

»An zwanzig Gulden pro Monat.«

»Zwanzig Gulden? Sind Sie sicher, dass ihre Rente so hoch ausfallen wird?«

»Der Verwaltungsbeamte rechnet damit«, log Franz.

»Das ist so viel an Vorschuss, wie ein guter Arbeiter verdient«, wandte Gregor Gerban ein.

»Karl war zuletzt Vorarbeiter, soweit ich weiß. Seit er Lesen und Schreiben gelernt hat, also seit mindestens drei Jahren. Hat er zuletzt nicht sieben Gulden pro Woche bekommen?«

Stromberg nickte widerwillig.

»Nun, Hansi erhält nur zweieinhalb Gulden als Lohn.«

»Er ist auch erst fünfzehn Jahre alt«, fiel Gregor ihm ins Wort.

»Das weiß ich.« Franz behielt einen kühlen Kopf. »Mit den zwanzig zusätzlichen Gulden im Monat könnten sich die Krügers das Gleiche leisten wie zu Karls Lebzeiten. Sie wären nicht doppelt bestraft durch den Tod ihres Ernährers und durch das daraus resultierende Leben in Armut.«

»Gut. Ich lasse es mir durch den Kopf gehen«, wich Gregor

aus. »Möchtest du noch mit nach oben kommen und deine Tante Ottilie begrüßen? Der Nachmittagstee dürfte gleich serviert werden.«

Franz hatte genug. Mit Diplomatie schien er nicht weiterzukommen. Spontan wechselte er die Taktik.

»Leider zweimal nein, Onkel Gregor. Ich möchte dich bitten, Stromberg hier und jetzt in meinem Beisein die Order zu erteilen, Lene Krüger wöchentlich fünf Gulden auszuzahlen. Ich bürge für die Summe.«

»Als zinsloses Darlehen?«, erkundigte sich der Verwalter.

»Selbstverständlich nicht«, polterte Gerban. »Das ist ja alles schön und gut, mein Junge. Aber womit willst du denn für die Summe bürgen?«

Franz maß seinen Onkel mit kühlem Blick. Gregor war von kleinerer Statur als sein Vater Wilhelm. Er neigte wie dieser in den letzten Jahren zu einem starken Bauchansatz, doch seine Gesichtszüge waren teigig, der Blick seiner wässrig blauen Augen unstet. Obwohl sich die Brüder äußerlich glichen, hatte Gregor weder etwas von der Kaltblütigkeit noch vom Geschäftssinn seines älteren Bruders. Er war leicht aus der Fassung zu bringen, und genau das wollte Franz sich jetzt zunutze machen.

»Von meinem Anteil am Familienvermögen, Onkel Gregor«, antwortete er. »Ich werde am 14. September volljährig. Hast du das etwa vergessen?«

»Natürlich nicht. Aber … aber ich dachte …« Gregor stockte.

»Du dachtest was?«, hakte Franz nach.

»Ja, dass du … also dass du erst einmal …«, stotterte Gregor.

»Dass ich erst einmal keine Ansprüche erheben würde? Warum sollte ich denn darauf verzichten? Es ist das Erbe meiner Mutter.«

»Und ... und was hast du damit vor?« Gregor wirkte jetzt ausgesprochen nervös.

»Nun, das möchte ich nicht hier in Gegenwart von Herrn Stromberg erörtern«, ließ Franz ihn auflaufen. Dabei hatte er noch überhaupt keine Pläne gemacht.

Am liebsten würde ich dieses Weingut übernehmen, schoss es ihm plötzlich durch den Kopf. *Und sei es nur, um dir Geizkragen endlich das Handwerk zu legen.*

»Natürlich. Du hast recht.« Gregor riss sich zusammen. »Apropos«, wich er erneut auf ein anderes Thema aus. »Wie geht es denn deiner Mutter?«

Die Frage hatte Franz befürchtet und war darauf vorbereitet. »Das werde ich morgen erfahren. Ich breche schon früh nach Klingenmünster auf, um sie zu besuchen. Das ist auch der Grund, warum ich deine freundliche Einladung zum Tee ablehnen muss. Ich möchte heute zeitig wieder in Altenstadt sein. Das Wetter schlägt vielleicht um. Ich weiß nicht, wie früh ich morgen aufbrechen muss.«

»Wie schade. Ottilie hätte sicher auch gerne etwas über deine Mutter erfahren. Sie macht sich große Sorgen um sie.«

Du Heuchler! Sie will nur ihre Neugierde und Schadenfreude befriedigen, nichts anderes, und das weißt du genau.

Jetzt hatte er es satt. »Also, Onkel Gregor, grüße Tante Ottilie von mir! Ich möchte mich nun empfehlen. Und Sie, Stromberg, stehen mir dafür gerade, dass Lene Krüger schon morgen die ersten fünf Gulden erhält. Sie haben es soeben gehört. Ich stehe als zukünftiger Juniorchef dieser Firma, wozu auch das Weingut gehört, als Bürge mit meinem eigenen Geld dafür ein.« Die schlecht verhohlene Drohung war beabsichtigt.

»Und nachdem ich dir, lieber Onkel, den Sachverhalt jetzt auseinandergesetzt und dir damit versichert habe, dass für dich und das Weingut keinerlei Risiko mit diesen Zahlungen an Lene Krüger verbunden ist, bist du sicherlich einverstanden!«

Er fixierte Gregor, bis der schließlich widerwillig nickte. »Führen Sie Buch über jeden Kreuzer, den Sie Lene auszahlen, Stromberg«, fügte sein Onkel Franz' Worten überflüssigerweise im Versuch, sein Gesicht zu wahren, hinzu.

»Das versteht sich von selbst, Herr Gerban«, erwiderte der Verwalter denn auch.

»Gut, dann verabschiede ich mich jetzt und wünsche den Herren einen angenehmen Feierabend.« Damit drehte sich Franz, der erst jetzt registrierte, dass ihm niemand einen Stuhl angeboten hatte, um, setzte seinen Hut auf und ging nach draußen, ohne einem der beiden zum Abschied die Hand zu schütteln.

Im Einspänner auf dem Weg nach Altenstadt durch den trüben nasskalten Spätnachmittag ließ Franz sich die Szene im Verwalterbüro noch einmal durch den Kopf gehen. Was er spontan im unterdrückten Zorn gedacht hatte, erschien ihm auf einmal alles andere als abwegig.

Die Leitung des Weinguts würde ich viel lieber übernehmen als eine führende Position in der Weinhandlung, wurde ihm klar. *Ich mochte die Arbeit in den Weinbergen schon, als ich vor fünf Jahren hier mithelfen musste, und empfand sie zu keiner Zeit als Strafe, auch wenn ich sie mit meinem verkrüppelten Bein heute nicht mehr ausüben kann. Aber als Gutsherr könnte ich wirklich etwas für unsere Arbeiter erreichen und müsste darüber hinaus diesen arroganten Preußen nicht dauernd schöntun, nur damit sie unsere Weine kaufen. Das kann Vater viel besser als ich.*

Aber zuerst, er spürte den Stich, der ihn jedes Mal durchfuhr, wenn er an sie dachte, wie einen körperlichen Schmerz, *aber zuerst muss ich Irene wiederfinden. Hoffentlich ist Mutter in besserer Verfassung als bei meinem ersten Besuch. Sie ist meine letzte Hoffnung.*

Kapitel 2

Irrenanstalt in Klingenmünster
Februar 1871, am nächsten Tag

Franz Gerbans Puls beschleunigte sich, als der Landauer von der kleinen Landstraße abbog und nach einer kurzen Auffahrt vor einem hohen, schmiedeeisernen Tor anhielt. In dessen gemauertem Bogen prangte in großen silberfarbenen Lettern die Aufschrift »Kreis-Irrenanstalt Klingenmünster«. Franz' Magen zog sich schmerzhaft zusammen. Jetzt spürte er auch den dumpfen, pochenden Schmerz in seinem Beinstumpf wieder, der sich regelmäßig einstellte, wenn er aufgeregt war.

Riemer, der Kutscher, stieg vom Bock und betätigte eine Glocke aus Messing, deren schriller Ton über das von einem hohen Zaun umschlossene, weitläufige Gelände schallte. Nach kurzer Zeit öffnete sich die Tür eines kleinen Gebäudes links neben dem Tor, das wohl dem Wächter als Wohnung diente. Riemer verhandelte kurz mit dem Mann, Franz hörte undeutlich die Worte »Klinikdirektor« und »wird erwartet«.

Der Mann zog seine Wollmütze vom Kopf, nachdem er das Tor mit einem großen, eisernen Schlüssel geöffnet und eine schwere Kette, die den Eingang zusätzlich sicherte, gelöst hatte.

In der Nacht hatte es weiter geschneit. Da die Kranken bei den kalten Temperaturen den Park mit seinen hohen, jetzt winterkahlen Bäumen anscheinend nicht betreten durften, glitzerte die Schneedecke unberührt in der fahlen Nachmittagssonne, die durch die Wolken brach. Doch Franz hatte keinen Blick für den Zauber der stillen Gartenlandschaft.

Wie würde er seine Mutter Pauline heute vorfinden? Wäre sie bei klarerem Verstand als vor drei Wochen, als er sie nach seiner Heimkehr aus dem Krieg zum ersten Mal besucht hatte? Und was würde ihm der Klinikdirektor über ihre Heilungschancen sagen? Bei seinem ersten Besuch war er auf einer Dienstreise gewesen, sodass Franz nicht mit ihm hatte sprechen können.

Deshalb wusste er bislang nur von seinem Vater Wilhelm, dass Pauline angeblich als unheilbar krank galt. Sie war aufgrund ihres jahrelangen Konsums der Opiumtinktur Laudanum im Herbst des vergangenen Jahres zusammengebrochen und in lebensbedrohlichem Zustand nach Klingenmünster eingeliefert worden. Nach dem Entzug des Giftes wäre sie in Krämpfe verfallen, ihr Verstand sei irreversibel durch das Laudanum geschädigt, hatte ihm sein Vater erklärt.

Tatsächlich fand Franz seine über alles geliebte Mutter bei seinem ersten Besuch in einer erbärmlichen Verfassung vor. Nach einem Anfall war sie fixiert worden und so verwirrt, dass sie ihn nicht erkannte.

Doch da Frau Burger angeblich nicht weiß, warum Irene fortgegangen ist, und Minna es mir nicht sagen will, ist Maman meine letzte Hoffnung.

Irene war Dienstmädchen im Herrenhaus der Gerbans in Altenstadt gewesen, einem Vorort des ehemals zu Frankreich gehörenden und nun schon seit August 1870 von den siegreichen Deutschen annektierten, elsässischen Städtchens Weißenburg. Franz hatte sich heftig in Irene verliebt, die seine Gefühle zu erwidern schien. Er hatte ihr versprochen, sie ungeachtet ihres niedrigen Standes nach dem Krieg auch gegen den heftigen Widerstand seines Vaters zu heiraten.

Trotzdem hatte Irene aus unerfindlichen Gründen das Haus mit unbekanntem Ziel genau an dem Tag verlassen, an dem Franz in der Schlacht von Sedan sein linkes Bein verlor. Und weder Frau Burger, die Hausdame in Altenstadt, noch Minna,

Irenes beste Freundin, noch sonst jemand konnte oder wollte ihm sagen, was der Grund dafür war.

Riemer brachte den Landauer mit knirschenden Rädern auf dem Kies vor dem Hauptgebäude der Anstalt zum Stehen, die im Jahr 1857 mit dem Ziel eröffnet worden war, sich vor allem der Heilung psychisch kranker Menschen zu widmen. In den vergangenen Wochen hatte Franz sich ausführlich über die Anstalt informiert.

Dabei erfuhr er, dass die Klinik zwar weit moderner gebaut und fortschrittlicher geführt wurde als das Irrenasyl in Frankenthal, in dem die Kranken unter unwürdigen Umständen vor sich hin vegetierten und aus dem die Anstalt in Klingenmünster eigentlich heilbare Kranke aufnehmen sollte. Doch es hieß, dass auch Klingenmünster mittlerweile völlig überfüllt wäre und es dort, ebenso wie in weiteren ähnlichen Einrichtungen, an Ärzten und geschulten Wärtern fehlte.

»Doch dies gilt nur für die niederen Klassen, Herr Gerban«, versicherte ihm Dr. Frey, der seit Jahren der Hausarzt der Familie war und Franz' Mutter nach ihrem letzten Zusammenbruch nach Klingenmünster eingewiesen hatte. »Für Patienten Ihres Standes werden sogar gerade zwei Landhäuser mit kleinen Einzelwohnungen errichtet, das eine für Männer, das andere für Frauen. Dort werden die Insassen dann den gleichen Komfort wie in ihrem früheren Zuhause genießen. Die Gebäude können bereits in wenigen Tagen bezogen werden.«

Tatsächlich hatte Wilhelm Gerban Franz vor seiner Abfahrt aus Altenstadt mitgeteilt, dass Pauline seit einer Woche zwei Zimmer in der Frauenvilla bewohnte. Auch eine eigene Wärterin habe er für sie eingestellt, die sie rund um die Uhr betreuen würde. »Du siehst, deine Mutter liegt mir sehr am Herzen, Franz«, beteuerte sein Vater. »Die Kosten für ihre Unterbringung sind immens. Doch jeden Gulden, den ich dafür bezahlen muss, ist sie mir wert.«

Franz glaubte ihm kein Wort. *Maman ist ihm völlig gleich-gültig. Am Herzen liegen dem Alten nur sein Stand und sein Sta-tus. Nur deshalb wäre es ihm ein Gräuel, wenn Maman in einem überfüllten Schlafsaal dahinvegetieren würde,* sinnierte Franz bit-ter, während er seinen Zylinder aufsetzte, nachdem er die Kut-sche verlassen hatte. Wie immer lehnte er Riemers Arm ab, den dieser ihm fürsorglich anbot, seit Franz verkrüppelt nach Hause zurückgekommen war. Obwohl ihn seine Beinprothese heute besonders quälte, biss er die Zähne zusammen, als er die immerhin von Schnee befreite, aber wegen der Glätte mit Schotter bestreute breite Eingangstreppe hinaufhumpelte.

Ein adrettes Dienstmädchen in weißer Halbschürze und Häubchen öffnete Franz die Tür und nahm ihm Mantel und Hut ab. Während sich Riemer in die Gesindeküche begab, wo er mit heißem Tee und Kuchen versorgt werden würde, be-trachtete Franz das Porträt des Klinikleiters Dr. Dietrich, das die Eingangshalle, in der er wartete, dominierte.

Ein dichter, bereits ergrauter Vollbart mit Koteletten verbarg den unteren Teil des Gesichts und auch nahezu den gesam-ten Mund. Umso imposanter stach die große, leicht gebogene Nase ins Auge, die Dr. Dietrich gemeinsam mit seinen stechen-den Augen das Aussehen eines Habichts verlieh. Franz war der Dargestellte auf Anhieb unsympathisch. Seine Beklommenheit verstärkte sich, als er daran dachte, dass dieser Mann der un-umschränkte Herrscher dieser Anstalt war, dem alle anderen, seien es Ärzte, Wärter, Bedienstete für die Wirtschaft und natürlich sämtliche Patienten, ungeachtet ihres Standes, aufs Wort zu gehorchen hatten.

»Herr Gerban?« Das Dienstmädchen kam zurück, knickste und lächelte ihm schüchtern zu. »Herr Dr. Dietrich erwartet Sie nun.«

Franz folgte dem Mädchen in ein mit dunkel gebeizten, schweren Möbeln eingerichtetes Zimmer, das ihn wegen der

bis zur Decke reichenden Bücherregale entfernt an die Bibliothek seines Altenstädter Elternhauses erinnerte. Hinter einem
mächtigen, perfekt aufgeräumten Schreibtisch erhob sich ein
Mann von überraschend kleiner Statur, die das Porträt in der
Halle nicht offenbart hatte. Franz überragte Dr. Dietrich nahezu um Haupteslänge.

»Der junge Herr Gerban!« Der Klinikleiter umrundete den
Schreibtisch und bot Franz die Hand. »Herzlich willkommen
in der Heil- und Pflegeanstalt Klingenmünster!«

»Ja, ich sehe, nun sind Sie erstaunt«, kam Dr. Dietrich Franz'
Frage zuvor. Sein Lächeln enthüllte blitzende Zähne zwischen
schmalen Lippen. Doch der Blick, mit dem er ihn nun musterte, erinnerte Franz jetzt weniger an den eines Raubvogels als
an den eines Wolfes, der seine potenzielle Beute fixierte.

»Ginge es nach mir und nicht nach der bayerischen Lan-
desregierung, trüge dieses Haus einen vielversprechenderen
Namen als den der von oben verordneten ›Kreis-Irrenanstalt‹.
Das können Sie mir glauben, junger Herr Gerban«, fuhr Dietrich fort. »Denn hier wird den Heilbaren die beste Behandlung zuteil und den Unheilbaren, wie Ihrer verehrten, bedauernswerten Frau Mutter, die beste Pflege.«

»Aha.« Franz war erst einmal sprachlos angesichts der Un-
verblümtheit, mit welcher der Nervenarzt seine Hoffnung auf
eine Besserung von Paulines Gesundheitszustand schon zu-
nichtemachte, bevor das Gespräch überhaupt richtig begonnen
hatte. Dann riss er sich zusammen. »Und was bedeutet ›die
beste Pflege‹?«

»Gemach, gemach, junger Herr Gerban.« Der Klinikleiter
war Franz bereits derart zuwider, dass er am liebsten auf dem
Absatz kehrtgemacht hätte. Kurz überlegte er, ob er sich die
dümmliche Anrede verbitten sollte, mit der Dr. Dietrich ihn
offenbar ansprach, um den Unterschied zwischen ihm und seinem Vater Wilhelm zu betonen. Doch ein Gefühl warnte ihn,

dass Dr. Dietrich ihm dies verübeln könnte. *Am Ende lässt er das noch an Maman aus.* Der Gedanke sprang ihn an wie ein Raubtier und ließ ihn während des gesamten Gesprächs nicht wieder los.

Daher zwang Franz ein Lächeln auf seine Lippen und erhob auch keinen Einspruch, als ihm Dr. Dietrich keinen Platz in der behaglichen Sitzgruppe vor dem Kamin, sondern auf einem harten Holzstuhl vor seinem Schreibtisch anbot, wo er nun, wiederum in seinem Sessel sitzend, seinerseits Franz überragte. Auch den türkischen Mokka, den das Dienstmädchen auf das Läuten des Direktors hin servierte, nahm er dankend entgegen und musste sich widerwillig eingestehen, dass der Kaffee tatsächlich vorzüglich war.

»Ich freue mich, dass das Getränk Ihnen zusagt, junger Herr Gerban«, meinte Dietrich und fletschte dabei die Zähne. »Es gibt Ihnen zugleich einen Einblick, auf welch hohem Niveau unsere Patienten in der ersten Klasse verpflegt werden. Wenn es die Verfassung Ihrer Frau Mutter erlaubt, erhält sie diesen Kaffee sowohl morgens als auch am Nachmittag.«

»Und was bedeutet dieses: ›Wenn es die Verfassung meiner Mutter erlaubt‹?«, kam Franz endlich zur Sache. Dietrich ließ sich Zeit mit seiner Antwort. Er nahm noch einen Schluck Kaffee und wischte sich dann umständlich mit einer Serviette über die Lippen.

Franz versuchte, sich seine Ungeduld nicht anmerken zu lassen. Wieder sagte ihm sein Gefühl, dass Dietrich negativ darauf reagieren würde.

»Nun, junger Mann. Die Wissenschaft über die sogenannten Seelenstörungen ist noch jung«, begann der Arzt, schließlich in belehrendem Tonfall zu dozieren. »Vieles erschließt sich uns Medizinern trotz all unserer Forschung und unseres Wissensdrangs bis heute nur unzulänglich, was ich auch schon Ihrem verehrten Herrn Vater erläutert habe.«

Er machte eine Pause. Franz' Puls beschleunigte sich. Aber er nahm sich weiterhin zusammen.

Dr. Dietrich fixierte ihn. »Ihre Frau Mutter ist wahrscheinlich bereits von Haus aus von schwacher Konstitution. Sie ist Französin, wie man mir mitteilte?«

»Was tut das denn zur Sache?« Nun verlor Franz doch die Beherrschung. Dr. Dietrich betrachtete ihn weiterhin ungerührt.

»Ich konstatiere mit Wohlgefallen, dass in Ihren Adern das Blut Ihres deutschen Vaters dominiert. Sie wissen sich zu wehren, wenn Ihnen etwas nicht behagt.«

Franz verschlug es vor Empörung die Sprache. Das gab Dietrich die Gelegenheit, ungestört fortzufahren.

»Frauen haben ohnehin eine schwächere Konstitution, junger Herr Gerban«, salbaderte er. »Tritt dann noch eine gewissermaßen angeborene Nervenschwäche hinzu, entwickelt sich auf dieser Grundlage rasch ein schwacher Charakter. Ihr verehrter Herr Vater teilte mir mit, Ihre werte Frau Mutter habe aus diesem Grund schon über Jahre hinweg Laudanum eingenommen, um sich zu beruhigen. Diese Information ist doch korrekt?«

Franz erstickte fast an seiner zustimmenden Antwort.

»Ich sehe, das alles nimmt Sie sehr mit, junger Herr Gerban.« Dietrich beobachtete ihn scharf. »Glauben Sie denn, überhaupt in der Verfassung zu sein, Ihrer Frau Mutter heute einen Besuch abzustatten? Ich kann keine Visite erlauben, die sie aufregen könnte.«

Franz erschrak bis ins Mark. Gewaltsam riss er sich zusammen. »Ich bin ganz gelassen«, versicherte er.

Der bleckte die Zähne erneut wie ein gefährliches Raubtier. »Nun gut, das will ich einem Kriegshelden glauben, selbst wenn er auf der falschen Seite gekämpft hat«, konnte er sich den Seitenhieb nicht verkneifen.

Franz' Mundwinkel begannen zu schmerzen. Trotzdem erhielt er sein Lächeln aufrecht. Anders als die preußischen Besatzer in Weißenburg wusste Dietrich offenbar gut über ihn Bescheid. Kurz überlegte er, wer dem Nervenarzt diese Information wohl gegeben hatte, sein Vater oder seine Mutter. Dann konzentrierte er sich wieder auf dessen Ausführungen.

»Ich fahre also fort. Es ist Ihnen bekannt, dass Laudanum ein Präparat auf der Basis von Opium ist?«

Franz nickte.

»Und ist Ihnen auch bekannt, welche Folgeschäden übermäßiger Opiumgenuss haben kann?«

Franz nickte wieder. »Man sagt, dass die Konsumenten davon abhängig werden.«

»Sie sagen es!« Nun klang Dietrich sogar begeistert. »Die Dosis, die Sie benötigen, um zur Ruhe zu kommen, wird ständig höher und höher. Das können Sie doch auch bei Ihrer Frau Mutter bestätigen?«

Diesmal beschränkte sich Franz auf ein knappes Ja.

»Man weiß noch nicht allzu viel über die Langzeitwirkungen dieses Gifts«, schwafelte Dietrich weiter. »Doch die Forschung geht davon aus, dass eine mögliche Folge des dauerhaften Abusus die unheilbare Schädigung des Gehirns ist. So könnte es auch bei Ihrer Frau Mutter sein. Nachdem wir ihr das Laudanum entzogen hatten, entwickelte sie zunächst eine große Unruhe, die auch durch die bewährten Dauerbäder nicht zu vertreiben war. Schließlich verfiel sie sogar in Krämpfe, als litte sie an der Fallsucht. Sie brabbelte zudem wirres Zeug, sodass ich davon ausgehe, dass sie auch an Wahnvorstellungen leidet.«

»Was sagte sie denn?«, fand Franz endlich seine Sprache wieder.

»Zum Beispiel behauptete sie, Ihr Vater würde ihr nach dem Leben trachten.« Nun klang Dietrich theatralisch. »Um eines

Dienstmädchens willen wolle er sie ermorden. Können Sie sich etwas Derartiges vorstellen?«

Franz saß wie erstarrt. *Also weiß meine Mutter etwas über Irene!*

»Was für ein Dienstmädchen meinte sie denn?«, fragte er mit schwacher Stimme.

Dietrich schüttelte unwillig den Kopf. »Das tut doch überhaupt nichts zur Sache. Außerdem weiß ich es nicht.«

»Darf ich jetzt zu ihr?« Plötzlich war Franz des Gesprächs mit dem Klinikdirektor völlig überdrüssig. Von ihm würde er nichts weiter von Wert erfahren.

Dietrich zog seine buschigen Augenbrauen zusammen. Dann läutete er. »Rufen Sie einen Wärter, der den jungen Herrn Gerban zu seiner Frau Mutter in die Frauenvilla begleitet!«

Während sie warteten, ergänzte er: »Da Sie ja schon einmal hier waren, ist Ihnen bekannt, dass Ihre Frau Mutter zuerst im oberen Stockwerk dieses Gebäudes untergebracht war, wo die Patientinnen erster Klasse eine eigene Station haben. Nur die ganz Begüterten finden einen Platz in der hochmodern eingerichteten Frauenvilla. Dorthin dürfen sie sogar ihre eigenen Möbel mitbringen und speisen wie zu Hause stilvoll allein für sich anstatt im gemeinsamen Speisesaal. Letzte Woche ist Ihre Frau Mutter dorthin übergesiedelt, nachdem ihre Möbel geliefert wurden. So hat sie wenigstens eine beständige Erinnerung an die glücklichen Zeiten ihres Lebens.«

Franz antwortete nichts. Die Kehle war ihm wie zugeschnürt.

Dietrich bemerkte es gar nicht. »Denn dass Ihre liebe Frau Mutter uns je wieder verlässt, ist sehr unwahrscheinlich, junger Herr Gerban. Ihre Pflege ist ganz besonders aufwändig und schon aufgrund der fehlenden Möglichkeit der beruhigenden Dauerbäder in Ihrem trauten Heim gar nicht zu leisten.«

Wieder erwähnte Dietrich dieses für Franz unverständliche Wort. *Was versteht man unter einem Dauerbad?*, lag es ihm schon auf der Zunge, als ein Klopfen ankündigte, dass sein Begleiter zur Frauenvilla eingetroffen war.

Da Franz der unangenehmen Gegenwart Dietrichs so rasch wie möglich entkommen wollte, verzichtete er auf die Frage. Sie sollte ihm jedoch nur allzu schnell wieder in den Sinn kommen.

Zehn Minuten später saß Franz im Salon, wie das kombinierte Wohn- und Esszimmer seiner Mutter genannt wurde, und wartete auf Pauline.

In den Räumen seiner Mutter, die im ersten Stock der Villa lagen und deren Fenster auf den winterlichen Park hinausgingen, erwartete ihn die Privatwärterin seiner Mutter. Sie war in eine Schwesterntracht gekleidet und stellte sich ihm als »Rosa« vor.

»Ihre Frau Mutter ist noch nicht ganz fertig angekleidet, Herr Gerban«, erläuterte sie Franz. »Darf ich Ihnen derweil einen Tee anbieten?«

»Ja, müssen Sie denn meiner Mutter nicht behilflich sein?«, wunderte sich Franz.

»Dr. Dietrich bat mich, Sie hier zu erwarten, Herr Gerban. Zudem gibt es für die Badestuben eigenes Personal«, erläuterte Rosa ihm kryptisch. »Es kleidet unsere Patientinnen nach der Behandlung auch wieder an. Ihre Frau Mutter ist also bestens versorgt. Bis sie fertig ist, hole ich Ihnen derweil den Tee aus der Küche.«

Während Franz wartete, sah er sich um. Wieder schnürte es ihm die Kehle zu, als er den kleinen Schreibsekretär seiner Mutter erkannte, eine verglaste Vitrine mit einem Teil ihres Meißener Porzellans sowie den Teppich, der zuvor im kleinen Salon gelegen und den seine Schwester Mathilde im vorigen

Jahr mit Cassis-Torte befleckt hatte. Die Sitzgarnitur, in der er Platz genommen hatte, und eine Kommode mit vergoldeten Beschlägen stammten aus ihrem Altenstädter Schlafzimmer. Offensichtlich war das zweite Zimmer, in dem Pauline schlief, zu klein, um diese Möbel aufzunehmen. Der kleine, runde Esstisch aus hellem Kirschbaumholz mit den vier gedrechselten Stühlen war dagegen neu.

Nach ungefähr fünf Minuten öffnete sich die Tür. Rosa brachte den Tee und schob seine Mutter wenig später in einem Rollstuhl ins Zimmer. Franz durchfuhr es heiß und kalt. Schon vor drei Wochen hatte Pauline elend ausgesehen. Aber heute erkannte er sie fast nicht wieder.

Ihre ehemals ausdrucksstarken, dunklen Augen starrten stumpf und blicklos vor sich hin. Tiefe Schatten lagen darunter. Ihr Gesicht war verhärmt, sie sah mindestens zehn Jahre älter aus, als sie war. Das grünseidene Nachmittagskleid, das aus ihrer Altenstädter Garderobe stammte und ihr früher so gut zu Gesicht gestanden hatte, kontrastierte nun äußerst unvorteilhaft zu ihrer fahl blassen Gesichtsfarbe.

»Heute geht es Ihrer Frau Mutter leider gar nicht gut, Herr Gerban«, erläuterte Rosa. »Es ist nicht davon auszugehen, dass sie Sie überhaupt erkennt.«

»Woher wollen Sie das im Voraus wissen? Sie kennen meine Mutter doch erst seit ein paar Tagen!« Franz unterzog die Wärterin einer näheren Inspektion und stellte fest, dass sie ihm genauso unsympathisch war wie Dr. Dietrich. Er schätzte sie auf Anfang fünfzig, also in etwa auf das gleiche Alter wie seine Mutter. Ihr hageres Gesicht mit der dünnen Nase, den schmalen Lippen und den leicht vorstehenden Zähnen erinnerte ihn an eine Spitzmaus.

Rosa schürzte auf seine Frage hin beleidigt die Lippen. »Ich verfüge über große Erfahrung im Umgang mit seelengestörten Patientinnen«, erklärte sie.

»Soso!«, erwiderte Franz. »Dann wollen wir doch einmal sehen, ob Sie recht behalten!«

Er beugte sich, behindert durch die Beinprothese, zu seiner Mutter hinunter, küsste sie auf die Wangen und ergriff ihre Hände. »Maman, Maman«, sprach er sie an. »Ich bin es, Franz! Dein Sohn! Erkennst du mich?«

Ein winziges Zucken der Mundwinkel antwortete ihm. Noch ehe Franz sich über dieses mögliche Zeichen seiner Mutter freuen konnte, erstarrte er jedoch vor Entsetzen. Erst jetzt fiel ihm auf, dass ihre Hände ganz aufgequollen waren wie die einer Wäscherin. Die Haut war faltig und leicht gerötet. Als er den Ärmel ihres Kleides ein Stück hinaufschob, bemerkte er überdies, dass ihre Handgelenke mit Lederriemen an die Armlehnen des Rollstuhls gebunden waren.

Sein Entsetzen schlug in Wut um. »Was hat das zu bedeuten, Rosa?«, schnauzte er die Wärterin an. »Wieso binden Sie meine Mutter fest wie ein wildes Tier? Und warum ist ihre Haut derartig rau und geschwollen?«

Rosa richtete sich kerzengerade auf und sah Franz ruhig in die Augen. Anscheinend gehörte zu ihrer Berufserfahrung auch der Umgang mit den medizinisch ungebildeten, erregten Verwandten ihrer Patientinnen.

»Ihre Frau Mutter kommt geradewegs aus dem Dauerbad«, erklärte sie mit fester Stimme. »Dort hat sie die letzten acht Stunden verbracht, da sie zuvor wieder einen ihrer Anfälle hatte. Da wir die Behandlung eigens wegen Ihres Besuchs unterbrochen haben, erschien es mir angezeigt, die Arme Ihrer Frau Mutter festzubinden, damit sie weder Ihnen noch sich selbst Schaden zufügen kann.«

»Was? Wie bitte? Meine Mutter soll irgendjemandem Schaden zufügen? Wollen Sie mich auf den Arm nehmen?«

Anstatt einer Antwort zog Rosa den Ärmel ihrer Schwesterntracht hoch und zeigte Franz zwei frisch verschorfte Kratzer. »Diese Wunden hat mir Ihre Frau Mutter erst heute früh zugefügt, als wir sie ins Bad brachten. Zuvor tobte sie und schlug um sich. Dr. Dietrich persönlich hat die Badekur angeordnet.«

»Wovon reden Sie da?« Plötzlich fasste Franz einen Entschluss. »Ich will sehen, was das für eine Behandlung ist. Führen Sie mich zu einem solchen ›Dauerbad‹, wie Sie das nennen!«

Rosa betrachtete ihn kühl. »Sie haben Glück, Herr Gerban«, äußerte sie dann mit einem schnippischen Unterton. »Ihre Frau Mutter verfügt in der Tat über ihr eigenes Badezimmer, sonst könnte ich Ihnen den Raum gar nicht zeigen. Die anderen Wannen in den Gemeinschaftsbädern sind ununterbrochen belegt. Dr. Dietrich scheint geahnt zu haben, dass Sie sich über die Behandlung Ihrer Frau Mutter informieren möchten. Er hat ausdrücklich erlaubt, dass ich Ihnen diesbezüglich alle Auskünfte erteilen darf.«

»Ausdrücklich erlaubt!«, echote Franz. Dann straffte er sich.

Wenig später starrte er fassungslos auf eine Wanne aus weißem Porzellan, über deren ganze Länge ein Holzbrett mit einem Loch am Kopfende gelegt war.

»Was geschieht hier mit meiner Mutter?«

Rosa blieb weiterhin gelassen. »Das Dauerbad ist die bewährteste Kurmethode für unruhige Kranke. Das Wasser ist warm, es wird auf genau fünfunddreißig Grad erhitzt. Dann werden die Kranken in die Wanne gesetzt und mit leichten Riemen fixiert, damit sie sich nicht stoßen. Zuletzt wird das Brett über die Wanne gelegt mit einem Loch für den Hals. So hält sich das Wasser länger warm, wobei es natürlich beständig nachgeheizt wird, um die Temperatur zu halten. Ihrer Frau Mutter lege ich außerdem immer ein kleines Lederkissen unter den Kopf, damit sie es recht bequem hat.«

Franz glaubte, nicht recht gehört zu haben. Dieses Szenario stand den Schrecken seiner Albträume, die ihn seit den Schlachten des vergangenen Jahres immer wieder heimsuchten, in nichts nach. »Acht Stunden und mehr sitzt meine Mutter in diesem nassen Gefängnis? Angebunden an Händen und Füßen?«

»Sie wird währenddessen auf das Beste versorgt«, verteidigte sich Rosa, nun doch zunehmend nervös. »Sie erhält zu essen und zu trinken, so viel sie begehrt, und das Wasser wird sofort gewechselt, wenn sie es verschmutzt hat. Außer dem Morphium, das das Gehirn Ihrer Frau Mutter in zu hoher Dosierung weiter schädigen würde, ist es die einzige Methode, um sie zu beruhigen. Ihr Herr Vater hat ausdrücklich darauf bestanden, dass Ihre Frau Mutter ein eigenes Badezimmer zusätzlich zu ihrer Wohnung erhält. Es ist das einzige Einzelbad in der ganzen Anstalt!«

Franz hatte genug gehört. Er trat hinter seine Mutter, packte die Griffe des Rollstuhls und schob ihn zurück ins Wohnzimmer. Dann nestelte er an den ledernen Riemen, mit denen ihre Arme gefesselt waren.

»Was tun Sie da?« Rosas Stimme wurde schrill. »Dr. Dietrich hat ausdrücklich angeordnet, dass Ihre Frau Mutter fixiert bleiben muss.«

»Dr. Dietrich?«, brüllte Franz. »Ich schere mich einen feuchten Kehricht um Dr. Dietrich! Verschwinden Sie auf der Stelle und lassen Sie mich mit meiner Mutter allein! Ich nehme sie später mit mir nach Hause.«

»Das dürfen Sie gar nicht, Herr Gerban«, widersprach Rosa. »Ihr Herr Vater ist der Vormund Ihrer Frau Mutter. Er allein entscheidet darüber, ob sie nach Hause kommt oder nicht.«

Trotz seiner Wut musste Franz einsehen, dass die Wärterin recht hatte. Heute konnte er nichts für Pauline tun. »Ich will wenigstens ungestört mit ihr sprechen«, beharrte er auf seinem Vorhaben. »Also lassen Sie uns jetzt allein!«

»Das widerspricht meiner Dienstanweisung. Ich darf Ihre Frau Mutter unter keinen Umständen ...«

»Verschwinden Sie, ehe ich mich vergesse!« Seit den Kämpfen um Weißenburg und Bazeilles hatte Franz nicht mehr so laut gebrüllt. Er hob drohend die Fäuste.

Rosa gab nach. »Das wird ein Nachspiel haben, Herr Gerban«, kündigte sie an, bevor sie den Raum verließ. »Ich hole jetzt Hilfe!«

Die Tür schlug donnernd hinter ihr ins Schloss.

»Maman, Maman! Hörst du mich? Kannst du mich verstehen?«

Da seine Prothese über bewegliche Gelenke verfügte, kniete Franz trotz der Schmerzen in seinem Beinstumpf vor Paulines Stuhl nieder. Er streichelte ihre Hände, die er sofort losgebunden hatte, nachdem Rosa hinausgestürmt war.

Erst beim dritten Anruf zeigte ihm ein erneut schwaches Zucken ihrer Miene, dass Pauline ihn hörte. »Franz!« Ihre Stimme lallte.

»Maman! Maman! Geht es dir gut?«

Ein fast unmerkliches Kopfschütteln ersetzte ein Nein!

»Ich sorge dafür, dass du hier herauskommst!«, beteuerte Franz.

Wieder das Kopfschütteln. Erst nach und nach glaubte Franz, Paulines undeutlich gemurmelte Antwort teilweise zu verstehen.

»Vater? Was ist mit Vater?«

Pauline begann, am ganzen Körper zu zittern. Ihre Lippen bewegten sich tonlos, ihr Blick flackerte.

»Willst du mir etwas über Vater sagen? Was ist es?« In einer plötzlichen Eingebung fügte er hinzu: »Weißt du etwas über Irene? Wo ist sie?«

»Du weißt es nicht?«, deutete Franz ihre Antwort mit zunehmender Verzweiflung richtig.

Pauline begann zu wimmern. »Vater ... nicht«, lallte sie.

»Was ist mit Vater? Was soll er nicht tun?«, versuchte Franz weiter, sie zu verstehen.

Unten im Haus schlug eine Tür. Schritte polterten die Treppe hinauf. Paulines ganzer Körper verkrampfte sich.

»Vater ... nicht! Irene! Kind! Nicht!«

Paulines Hände krallten sich um Franz' Handgelenke.

Als die Tür zu ihrer Wohnung aufgerissen wurde, steigerte sich ihr Wimmern zu einem durchdringenden Heulen.

Kapitel 3

Wohnung der Familie Schober in Lambrecht
Anfang Mai 1871

Beklommen lauschte Irene den immer lauter werdenden Stimmen, die durch die papierdünnen Wände in ihre enge Kammer drangen. Draußen wurde es bereits hell. Ein Blick auf ihren alten Wecker zeigte ihr, dass es kurz vor fünf Uhr morgens war. In einer knappen halben Stunde würden Emma und ihr Mann Georg aufbrechen müssen, wollten sie pünktlich um sechs Uhr in der Fabrik sein.

Normalerweise weckte Emma Irene, bevor sie die Wohnung verließ. So lange verhielt sich das Arbeiterehepaar, bei dem Irene als Untermieterin lebte, in der Regel leise, um die drei Kinder nicht zu wecken. Emma und Georg hatten zwei Töchter: Marie war zwei Jahre alt, Thea sechs Monate. Ihren eigenen Sohn Fränzel hatte Irene vor acht Wochen geboren.

»Und ich sage es dir zum letzten Mal! So geht es nicht weiter!« Nun schlug Georg sogar mit der Faust auf den Tisch. Unmittelbar danach begann eines der Mädchen durchdringend zu weinen. Auch Fränzel bewegte sich in seiner Wiege und schlug seine fast schwarzen Augen auf, das Erbe seines Vaters. Geistesgegenwärtig hielt Irene dem Säugling einen Finger an den Mund, an dem er sofort zu nuckeln begann, anstatt ebenfalls zu schreien.

»Siehst du, was du angerichtet hast?« Emmas Stimme klang nun schrill. »Wie soll ich sie denn jetzt beruhigen, damit wir wenigstens noch etwas frühstücken können?«

52

»Halt dein Maul, Weib, sonst …!« Irene sah Georg vor ihrem inneren Auge, wie er drohend die Hand gegen Emma erhob. Schon richtete sie sich angstvoll auf und überlegte trotz Emmas Wunsch, sie solle sich niemals in eine ihrer zahlreichen Ehestreitigkeiten einmischen, ihr in der Wohnküche zu Hilfe zu eilen.

Doch ihre Freundin war nicht auf den Mund gefallen. »Schlag mich doch, du Grobian!«, kreischte sie. »Los, schlag mich! Brich mir noch einmal den Arm! Dann kann ich wieder drei Monate nicht arbeiten gehen, und wir verlieren auch meinen Lohn.«

Irene verharrte mitten in der Bewegung. Sie wusste, dass Georg nicht aufzuhalten war, wenn er getrunken hatte. Doch so früh am Morgen war damit zum Glück noch nicht zu rechnen. Tatsächlich hörte sie ihn lediglich knurren.

»Eine Woche gebe ich der Schlampe noch. Genau eine Woche! Wenn sie bis dahin nicht zahlt, setze ich sie auf die Straße.«

»Was soll sie denn machen, wo sie die Arbeit in der Stillstube verloren hat? Krank, wie sie ist, nimmt Plotzer sie nicht für die Spinnerei. Und woanders braucht er keine Arbeiterinnen.«

Plotzer hieß der Verwalter in der Textilfabrik, in der Emma und Georg arbeiteten. Auch Irene war dort bis zum Einsetzen ihrer Wehen im März beschäftigt gewesen. Hochschwanger hatte sie für einen geringen Lohn die Stillstube betreut, in der die Fabrikarbeiterinnen ihre Säuglinge und Kleinkinder während der Arbeit ließen. Emma, die sie am Tag ihrer Ankunft in Lambrecht kennenlernte, hatte ihr die Stelle verschafft.

»Das ist mir gleich«, hörte Irene Georg noch antworten, bevor sie sich entmutigt in ihr schmales Bett zurücksinken ließ. *Was soll ich nur tun?* Wie so oft in den letzten Wochen drohte die Verzweiflung, sie zu übermannen.

Dabei hatte sich ihr Start in Lambrecht gar nicht so schlecht angelassen. Die Arbeit in der Stillstube machte ihr Freude, obwohl sie ganz allein an die fünfzehn Kinder zu hüten hatte. Doch ihr Lohn reichte aus, um Logis und Frühstück bei den Schobers zu bezahlen. Sonntags half sie Emma außerdem bei deren Nebenerwerb. Die Frauen zogen Glasperlen auf dünne Drähte, die als billiger Schmuck verkauft wurden. Der Verleger zahlte fünfzehn Kreuzer pro Kasten. Wenn sie in acht- bis zehnstündiger Arbeit zwei Kästen geschafft hatte, brachte das Irene zusätzlich einen halben Gulden ein.

Und wenn sie Glück hatte, konnte sie an den Abenden nach der dreizehnstündigen Fabrikarbeit auch noch ein wenig Geld mit Nähen verdienen. Die Frauen der Arbeiter, die mit ihren Familien ebenfalls in dem zweistöckigen, schäbigen Haus und in der Nachbarschaft lebten, hatten oft zahlreiche Kinder. Sie mussten ihren Haushalt, den Irene und Emma gemeinsam besorgten, ganz allein führen und waren daher abends zu müde und auch häufig zu ungeschickt, um die wenigen Kleidungsstücke der Familie auszubessern. Dank Emma, für die Irene die Näharbeiten umsonst machte, sprach sich ihre Geschicklichkeit schnell herum. Kleidung war rar und ihr Ersatz oft unerschwinglicher für die Fabrikarbeiter als die wenigen Pfennige, die Irene für ihre Dienste verlangte.

Auf diese Weise musste sie wenigstens ihre geringen Ersparnisse, die ihr nach dem teuren Aufenthalt bei der betrügerischen Vermieterin in Landau geblieben waren, bis zur Geburt nicht antasten. Sie konnte die Hebamme davon bezahlen und behielt sogar noch ein paar Gulden übrig.

Doch obwohl die Hebamme behauptete, dass die Geburt von Fränzel für eine Erstgebärende komplikationslos verlaufen sei, verfolgte Irene das Pech gleich danach erneut. Der Dammriss, den die Alte nach der Geburt schlecht vernäht hatte, wie der schließlich hinzugezogene Arzt ärgerlich brummte, eiterte und verheilte nicht. Irene bekam hohes Fieber. Es war ein Wunder, dass nicht auch noch ihre Milch versiegte und sie den Kleinen weiter nähren konnte. Aber am Ende blieb ihr nichts anderes übrig, als den Mediziner zu konsultieren. Irene schauderte noch immer bei der Erinnerung an die Schmerzen, als der Arzt die Fäden aus der entzündeten Wunde zog. Zwei Wochen lang musste sie alle zwei Stunden ein Sitzbad mit heilenden Kräutern nehmen, bis der klaffende Riss erneut genäht werden konnte.

Das war jetzt drei Wochen her, und noch immer konnte Irene nur mit Schmerzen gehen. Da ihre Ersparnisse jedoch bis auf ein paar wenige Kreuzer aufgezehrt waren, schleppte sie sich trotzdem in die Fabrik, um ihre Stelle in der Stillstube wieder aufzunehmen.

Plotzer, der dickliche Verwalter, musterte sie kühl. »Wir haben mit Ihrer Rückkehr schon eine Woche nach der Geburt gerechnet.« Er zwirbelte seinen herabhängenden Schnauzbart. »Manche Frauen kehren schon am Tag nach der Niederkunft in die Fabrik zurück. An ihre Maschinen wohlgemerkt, nicht zum Kinderhüten. Jedenfalls hat Erika Bauer Ihre Stelle übernommen und wird sie bis auf Weiteres behalten. Sie kommt in zwei Monaten nieder und wird auch nach der Geburt in der Stillstube bleiben.«

Emma, der Irene am Abend ihr Leid klagte, war nicht überrascht. »Ich habe dem Kerl nie geglaubt, dass die Erika nur deine Stellvertreterin sein sollte.«

»Und warum nicht? Verlangt sie noch weniger Lohn als die fünf Kreuzer, die ich am Tag erhalten habe?«

Emma schürzte geringschätzig die Lippen. »Im Gegenteil. Sie verdient dort das Doppelte. Aber man munkelt, sie sei gratis zu anderen Gefälligkeiten bereit. So hat sie es auch schon mit dem Meister gehalten, der die Aufsicht in der Weberei führt. Mich wundert nur, dass Egon, ihr tumber Ehemann, nicht argwöhnt, dass das Kind gar nicht von ihm stammen könnte.«

Irene hatte schockiert geschwiegen.

Emma fuhr fort: »Und so einer muss ich jetzt meine Kleinen anvertrauen. Glaub mir, bei dir wüsste ich sie in weit besseren Händen.«

»Dann lass die Mädchen doch tagsüber hier bei mir«, schlug Irene spontan vor.

Doch ihre Hoffnung, dies würde Emmas Mann Georg gnädiger stimmen, trog. Bei den Schobers war das Geld aufgrund von Georgs immer ausgedehnteren Sauftouren knapp. Jeder Kreuzer wurde gebraucht.

»Was schert es mich, dass die Erika ein Flittchen ist«, hörte Irene ihn schon vor Wochen murren. »Das Kinderhüten in der Fabrik kostet nichts. Wir sparen also keinen einzigen Heller, wenn Irene die Mädchen hier zu Hause betreut.«

Zu allem Unglück waren seit zwei Wochen auch die Glasperlen-Aufträge ausgeblieben. So lebte Irene im Augenblick tatsächlich fast vollständig auf Kosten der Schobers, denen sie nur ab und zu ein paar Pfennige Verdienst aus ihren Näharbeiten zahlen konnte.

Jetzt pochte es zaghaft an ihrer Tür. »Irene! Irene! Bist du wach? Wir müssen los!« Emma lugte durch einen Spalt zu ihr herein.

»Ich bin schon lange wach, liebe Freundin.« Im Morgenlicht sah sie, dass Emma errötete.

»Es tut mir leid...«, begann sie, bevor Irene ihr ins Wort fiel.

»Du kannst ja nichts dafür, Emma.« Entschlossen richtete Irene sich auf. Als sie die Beine über den Bettrand schwang, entfuhr ihr unwillkürlich ein kleiner Schmerzenslaut. Sie schüttelte unwillig den Kopf.

»Aber mir ist klar geworden, dass es so nicht weitergehen kann. Sobald ich die Kleinen gefüttert, angezogen und den Haushalt besorgt habe, gehe ich wieder in die Fabrik. Irgendeine Arbeit muss es dort für mich geben.«

Sie bemühte sich, das Mitleid in Emmas grauen Augen zu ignorieren. »Und wenn ich dort nichts finde, frage ich eben woanders. Aber dann muss ich deine Kleinen heute bei Erika lassen.« Sie wich Emmas Blick aus.

»Das wäre das geringste Übel«, beruhigte die Freundin sie. »Ich wünsche dir auf jeden Fall viel Glück.«

Trotz ihrer ermutigenden Worte klang Emma tief resigniert.

Anwesen der Gerbans bei Altenstadt
Anfang Mai 1871, am selben Tag

Missmutig strich sich Franz durch sein widerspenstiges Haar, das trotz der Pomade, die er verwendet hatte, nicht glatt anliegen wollte.

»Ich möchte doch am Schädel nicht glänzen wie ein Schweinebraten«, brummte er vor sich hin. Doch die Locken, die er nach seiner Rückkehr aus dem Krieg kurz geschnitten trug, wollten sich nicht anders bändigen lassen. Seufzend griff Franz noch einmal in den Tiegel, der auf seiner Waschkommode stand.

Dann rückte er seinen Binder zurecht und zog Weste und Jackett an. In der Weinhandlung in Weißenburg sprachen jeden Tag wichtige Kunden vor. Natürlich vorwiegend Preußen.

Nur widerwillig hatte sich Franz der eindeutig als Anweisung formulierten Bitte seines Vaters Wilhelm gebeugt, korrekt gekleidet im Kontor zu erscheinen. »Lockige Haare und eine nachlässige Aufmachung erinnern mehr an einen welschen Lebemann als an den Junior eines seriösen Unternehmens«, hatte er gemahnt. »Wir sind gerade dabei, zum führenden Weinkontor der Region aufzusteigen. Das willst du hoffentlich nicht konterkarieren.«

»Zumal Onkel Gregor und Tante Ottilie nur Stillschweigen

über deine dubiose Rolle im Krieg bewahren, solange es ihnen einen finanziellen Vorteil einbringt«, fügte er noch hinzu.

Franz knirschte vor Wut mit den Zähnen. Doch nach anfänglichem Protest gab er nach. Wie sonst könnte er auch seine Bemühungen, Irene eines Tages wiederzufinden, weiterhin aufrechterhalten, wenn ihn die Preußen am Ende doch noch einsperren würden?

Zwar wurde in Frankfurt gerade der Friedensvertrag zwischen dem besiegten Frankreich und Deutschland unter Führung der Preußen ausgehandelt, doch von einer Amnestie für Verstöße gegen das Kriegsrecht, wie man sie Franz vorwerfen könnte, war keine Rede.

Bislang lag der Mantel des Schweigens über seiner Rolle im Krieg. Das Hauspersonal der Gerbans verhielt sich diesbezüglich genauso loyal wie seine französischen Freunde in Weißenburg.

Die Intendanten des preußischen Heers erwarben daher ohne Bedenken Gerbans Spitzenweine für die Offiziere und ihre eigene Tafel, aber vor allem große Mengen der billigeren Sorten für die stationierten Mannschaften im Elsass, das nun zum neuen Deutschen Reich gehörte. Selbst die annektierten Teile Lothringens wurden mittlerweile mit den Weinen der Schweighofener Güter beliefert.

Natürlich hätte vor allem seine Tante Ottilie Franz lieber heute als morgen ans Messer geliefert. Da machte sich Franz keine Illusionen. Denn sie hatte ihn schon einmal zu denunzieren versucht. Das war am Tag der Beerdigung seines gefallenen Cousins gewesen. Franz musste deshalb aus Weißenburg fliehen und hatte sich schließlich der Armee des französischen Marschalls Mac-Mahon angeschlossen.

Als er nach Monaten endlich nach Hause zurückkehrte, war Irene, seine große Liebe, spurlos verschwunden gewesen. Bis heute gab es dafür keine plausible Erklärung.

Aus dem Spiegel starrte Franz sein übernächtigtes Gesicht entgegen. Wieder hatte er sich stundenlang schlaflos von einer Seite auf die andere gewälzt und gegrübelt, was wohl in seiner Abwesenheit passiert sein könnte.

Irene hat mich genauso stark geliebt wie ich sie. Dessen war sich Franz mittlerweile sicher. Außerdem hatte ihm das auch Irenes Freundin Minna, die ebenfalls einmal Dienstmädchen bei den Gerbans gewesen war, bestätigt, jedoch ohne das Geheimnis um Irenes Flucht zu lüften. Auch die Hausdame der Gerbans, Frau Burger, schien etwas zu wissen. Aber auch sie gab ihr Wissen nicht preis, obwohl Franz es immer wieder versucht hatte.

Und genau deshalb besteht Hoffnung, tröstete er sich nun selbst. *Genau deshalb bleibe ich hier in diesem Haus, gehe jeden Tag brav, korrekt gekleidet und frisiert ins Weißenburger Kontor und ertrage meinen herrschsüchtigen Vater und meine intrigante Schwester Mathilde. Weil es irgendetwas gibt, das ich partout nicht wissen soll und doch eines Tages in Erfahrung bringen werde. Bis dahin warte ich selbst um den Preis, zusätzlich noch die widerwärtige Schweighofener Verwandtschaft tolerieren zu müssen.*

Die große Standuhr in der Halle schlug acht Mal. Mit einem letzten Seufzer straffte Franz die Schultern und verließ sein Zimmer. Beim Frühstück fand er zu seinem Erstaunen allerdings nicht seinen Vater, sondern nur seine Schwester Mathilde vor. Sie war nachlässig frisiert und hatte sich in ein pinkfarbenes Tageskleid gezwängt, das ihr offensichtlich viel zu eng war. Ihr Teller war, wie gewöhnlich, mit Rührei, gebratenem Schinken und geräuchertem Fisch überhäuft.

»Ist Vater schon ins Kontor gefahren?«, fragte Franz erstaunt. Normalerweise kutschierte Riemer sie beide gemeinsam mit dem Landauer nach Weißenburg.

Mathilde schüttelte den Kopf und kaute mit vollen Backen. *Seit Maman nicht mehr da ist, lässt sie sich immer mehr gehen,* schoss es Franz angewidert durch den Kopf.

Endlich hatte Mathilde den Bissen hinuntergeschluckt. »Du sollst den Einspänner nehmen. Papa ist nach Klingenmünster gefahren und besucht unsere Mutter.«

»Unsere Mutter? Aber warum hat er mir denn nichts davon gesagt? Ich wäre doch mitgefahren.«

Mathilde zuckte mit den Schultern. »Eben! Das genau wird der Grund sein. Er scheute die Szene mit dir. Du hast dort immer noch Hausverbot, wenn ich richtig unterrichtet bin«, erwiderte sie gestelzt.

Franz lag eine wütende Entgegnung auf der Zunge, doch er verkniff sie sich. Es würde zu nichts führen, wie ihm frühere mannigfache Erfahrungen gezeigt hatten.

Stattdessen warf er seine Serviette, die er gerade aufgenommen hatte, zurück auf den Tisch und sprang auf.

»Dann wünsche ich dir einen angenehmen Tag.« Damit stürmte er aus dem Raum, so schnell es ihm seine Prothese erlaubte.

Vor der Tür atmete er tief durch.

Pauline, meine arme Mutter. Ein weiterer Grund, sich angepasst zu verhalten. *Auch für sie kann ich nur etwas tun, wenn ich mich erst einmal in mein Schicksal füge. So schwer es mir auch fällt.*

Lambrecht
Anfang Mai 1871, am späten Vormittag

Mühsam zog Irene den kleinen vierrädrigen Karren hinter sich her, in den sie Thea und Fränzel gebettet hatte. An der linken Hand führte sie die kleine Marie, die nur widerwillig neben ihr herstapfte. Der Weg von der Wohnung der Schobers zur Fabrik war weit. Schon Erwachsene, die stramm ausschritten, benötigten eine knappe halbe Stunde, um ihn zurückzulegen.

Einen Bollerwagen mit zwei Säuglingen über das unebene

Kopfsteinpflaster zu zerren, mit einem stolpernden Kleinkind an der Seite, machte die Distanz fast unüberwindlich. Irene war bereits mehr als eine Stunde unterwegs, wie ihr eine Kirchturmuhr, die sie passierte, anzeigte, und mittlerweile völlig in Schweiß gebadet. Nun begann Marie auch wieder zu weinen. Die Zweijährige streckte ihr dünnes Ärmchen aus und wollte getragen werden.

Das hatte Irene bereits eine Strecke des Weges lang getan und diese Mühe mit starken Schmerzen im Unterleib bezahlt. Doch der Zuckerlutscher, den sie einem Kleinkrämer für einen Heller abgekauft hatte, um Marie zu beruhigen und zum Weitergehen zu bewegen, war aufgelutscht. Nun rutschten Irene die Finger des kleinen Mädchens sogar aus der schweißfeuchten Hand. Sofort warf sich das Kind zu Boden und begann durchdringend zu schreien.

Verzweifelt blickte Irene sich um. Doch außer ein paar Passanten, die mit missbilligenden Blicken achtlos vorbeieilten, war niemand auf der Straße, der ihr hätte helfen können. Kein Fuhrwerk weit und breit, das sie vielleicht ein Stück mitnehmen würde.

Schließlich blieb Irene nichts anderes übrig, als Marie zu Thea in den Karren zu setzen und Fränzel auf den Arm zu nehmen. Sie fühlte sich am Ende ihrer Kräfte, als sie mit dem nun noch schwereren Bollerwagen nach fast zwei Stunden endlich das Tor der Textilfabrik erreichte. Ihr ganzer Körper schmerzte, beim Gehen brannte es zwischen ihren Beinen wie Feuer.

Auch keiner der Arbeiter, die draußen gerade ihre Mittagspause machten, bewegte sich, um Irene zu helfen. Doch sie nahm es den Männern mit den grauen Gesichtern nicht übel. Sie waren bereits seit sechs Stunden an ihrer schweren Arbeit und auf die wenigen Minuten, in denen sie ihre mitgebrachte Mahlzeit verzehrten, angewiesen, um wieder zu Kräften zu kommen.

Zuerst lieferte sie Emmas Kinder in der Stillstube ab und bemühte sich, den mürrischen Blick der Wärterin Erika Bauer zu ignorieren. Die Schober-Mädchen hatten das Recht, hier betreut zu werden, da beide Eltern in der Fabrik arbeiteten. Fränzel dagegen hätte nicht hierbleiben können, selbst wenn Irene dazu bereit gewesen wäre, den Kleinen ihrer schmuddeligen Nachfolgerin zu überlassen. Sie war arbeitslos und damit kein Teil der Belegschaft mehr.

Vor der Tür zum Kontor des Verwalters wischte sich Irene mit dem Ärmel ihres abgetragenen Kleids den Schweiß aus dem Gesicht und strich sich fahrig über das dichte braune Haar. Als sie bemerkte, dass sich einige Strähnen aus dem Knoten gelöst hatten, bemühte sie sich hektisch, sie wieder festzustecken.

Sie wollte gerade klopfen, als die Tür aufgerissen wurde. Eine Frau trat heraus, in der Irene Else, die Vorarbeiterin in der Spinnerei, erkannte. Sie wirkte ärgerlich.

Irene drückte sich an Else vorbei in den Raum. Der Verwalter saß mit umgebundener Serviette vor einem Henkelmann, aus dem der verführerische Duft von Erbsensuppe mit Mettwurst emporstieg. Irene lief das Wasser im Mund zusammen. Gleichzeitig verspürte sie ein flaues Gefühl im Magen. Zum Frühstück hatte sie sich nur eine trockene Scheibe altbackenes Schwarzbrot gegönnt.

»Frau Weber!« Mit erhobenem Löffel hielt der Verwalter mitten in der Bewegung inne. »Was wollen Sie denn schon wieder hier? Ich habe Ihnen doch gesagt, dass die Stelle in der Stillstube dauerhaft besetzt ist.«

Irene holte tief Luft und nahm all ihren Mut zusammen. »Dann bitte ich Sie um eine andere Arbeit, Herr Plotzer. Ich muss unbedingt etwas verdienen, um meinen Sohn und mich zu ernähren.«

Plotzer führte den Löffel zum Mund, kaute ausgiebig und

schluckte. Währenddessen musterte er sie von Kopf bis Fuß. Danach legte er den Löffel ab.

»Laufen Sie einmal hin und her!«, befahl er ihr schließlich. »So rasch Sie können!«

Verwundert gehorchte Irene, wobei sie sich nach Kräften bemühte, nicht allzu verkrümmt zu gehen. Ihr frisch vernähter Riss schmerzte immer heftiger.

Sie hatte nur wenige Schritte zurückgelegt, da schüttelte Plotzer bedauernd den Kopf.

»Ich fürchte, meine Liebe, ich habe keine Verwendung für Sie! Wir brauchen zwar dringend Arbeiterinnen für unsere neuen Selfaktoren, die erst letzten Monat geliefert worden sind.« Selfaktoren wurden die Spinnmaschinen genannt, die das Vorgarn, das aus der Krempelei kam, zu festen Fäden verzwirnten, damit diese nach einigen weiteren Arbeitsgängen schließlich in der Weberei zu Tuchen verarbeitet werden konnten.

»Doch die Arbeiterinnen, die die Selfaktoren betreuen, müssen den ganzen Tag hin und her laufen, um die Spulen zu wechseln und abgerissene Fäden anzuknüpfen. Da muss man beweglich und flink sein. Ich fürchte, meine Liebe, beides trifft gerade nicht auf Sie zu.«

Irene fühlte, dass ihre Augen zu brennen begannen. »Dann geben Sie mir eine andere Arbeit«, bat sie und bemerkte selbst das Zittern in ihrer Stimme. »Ich kann doch kehren und die Maschinen sauber halten.« In den Produktionshallen lagen Wollflocken und -fäden überall auf den Böden herum und bedeckten jede Oberfläche. Winzige Wollteilchen wirbelten auch durch die ohnehin vom Maschinenöl verpestete Luft. Viele Arbeiter litten an Atemwegserkrankungen.

Plotzer winkte ab und führte erneut einen Löffel Suppe zum Mund. »Das ist Kinderarbeit«, antwortete er lapidar.

Irene schluckte schwer. Wie jede Fabrik in Lambrecht beschäftigte auch diese eine Menge Kinder. Viele von ihnen wirkten auf Irene wegen ihrer schmächtigen Körper jünger als zwölf Jahre, das vorschriftsmäßige Mindestalter für in der Fabrik arbeitende Kinder. Doch sie hielt dies für eine Folge der Unterernährung und des Mangels, die allenthalben in den Arbeiterfamilien herrschten.

»Es tut mir also leid, Frau Weber.« Plotzer mied jetzt ihren Blick und widmete sich wieder seiner Suppe. »Ich kann beim besten Willen nichts für Sie tun.«

Irene spürte, wie ihr schwarz vor Augen wurde. Aber sie riss sich zusammen. Würde sie jetzt vor Plotzer auch noch ohnmächtig werden, würde er nicht nur heute, sondern womöglich nie wieder bereit sein, sie einzustellen.

»Du kannst doch nähen!«, ertönte plötzlich eine Stimme in ihrem Rücken. Irene bemerkte erstaunt, dass Else immer noch da war. Anscheinend hatte sie vor der offenen Tür gestanden und gelauscht. »Ich erinnere mich daran«, fuhr die Vorarbeiterin fort, »weil du meiner Schwägerin Hedwig eine Schürze geflickt hast. Die Naht ist so fein, dass sie aussieht wie neu.«

Irene nickte schwach. »Kennst du denn noch jemanden, der Näharbeiten zu vergeben hat?« Viel würde sie damit nicht verdienen, aber es war besser als nichts.

»Natürlich!« Else wies auf Plotzer. »Jeden Tag sogar dreizehn Stunden lang!«

Verständnislos starrte Irene sie an. Aber Else plapperte bereits weiter. »Eine geschicktere Nopperin werden Sie kaum finden, Herr Plotzer. Sie wird Ihnen selbst die gröbsten Fehler im fertigen Tuch in Ordnung bringen. Auf jeden Fall ist sie allemal geschickter als meine Gerti.«

Der Verwalter musterte Else mit einer Miene, die zugleich zornig und amüsiert wirkte. Irene wusste von Emma, dass sich Else gegenüber dem Verwalter mehr herausnehmen durfte als einfachere Arbeiterinnen. Plotzer schätzte nicht nur ihre Fachkompetenz, sondern auch die Art, eine Mischung aus Strenge und Fürsorglichkeit, mit der sie die Spinnerinnen zu guten Leistungen anspornte.

Schließlich nahm sein Gesicht den Ausdruck kühler Berechnung an. »Sie geben wohl niemals auf, Frau Gläser«, sagte er kryptisch.

Dann wischte er sich umständlich den Mund an der Serviette ab, bemüht, seinen kunstvoll mit Pomade gezwirbelten Schnurrbart nicht aus der Form zu bringen, und richtete seinen durchdringenden Blick auf Irene. »Können Sie wirklich so gut nähen, wie Frau Gläser behauptet?«

Irene bejahte verwirrt.

»Und wissen Sie, was in der Nopperei geschieht?«

Irene hatte zwar den Namen dieses Gewerks schon gehört, war aber zu kurz in der Fabrik gewesen, um sich näher damit zu beschäftigen, zumal keine der Frauen, die dort arbeiteten, Kinder in die Stillstube gebracht hatte. Sie erinnerte sich, dass Emma einmal gesagt hatte, dort würden nur ganz junge oder ganz alte Frauen arbeiten.

Beklommen schüttelte sie den Kopf, voller Furcht, sich damit auch für diese Tätigkeit zu disqualifizieren. Doch Plotzer klärte sie stattdessen auf.

»Beim Weben entstehen oft schadhafte Stellen im fertigen Stoff. Das lässt sich bei den komplizierten mechanischen Webstühlen nicht verhindern. Nach dem Walken und Waschen kommen die Stoffe vor der Auslieferung in die Nopperei. Dort werden sie auf Farb- und Webfehler überprüft, die eine geschickte Nopperin dann so kunstvoll ausbessert und vernäht, dass sie später nicht mehr sichtbar sind. Trauen Sie sich das zu?«

Neue Hoffnung durchströmte Irene. Sie nickte heftig. »Natürlich traue ich mir das zu, Herr Plotzer«, versicherte sie.

»Und laufen müssen Sie bei dieser Arbeit auch nicht«, überlegte der Verwalter laut. »Im Gegenteil, Sie stehen den ganzen Tag an ein und derselben Stelle. Die schweren Ballen werden Ihnen von unseren Laufburschen gebracht und nach dem Ausbessern auch wieder abtransportiert.«

»Also haben Sie dort eine freie Stelle für mich?« Noch wagte Irene ihrem Glück nicht zu trauen.

»Im Augenblick nicht.« Irenes Hoffnung zerplatzte wie eine Seifenblase.

»Aber unsere Else hier«, fuhr Plotzer fort, »ist schlau. Sie möchte ihre fünfzehnjährige Tochter unbedingt an den neuen Selfaktoren anlernen. Vor einer halben Stunde habe ich das noch abgelehnt, da ich Gerti für zu jung dafür hielt. Doch laufen kann das Mädel gut, und eine sehr geschickte Nopperin ist sie leider nicht.« Er seufzte schwer, als würde ihn Gertis Schwäche persönlich belasten.

»Also, Frau Gläser! Sie tragen das Risiko. Morgen kann Gerti in der Spinnerei anfangen, und Frau Weber hier übernimmt ihre Stelle in der Nopperei. Doch wenn Gerti sich ungeschickt anstellt, entlasse ich sie. Ist Ihnen das bewusst? Wenn unsere Irene hier nämlich wirklich eine so gute Näherin ist, kann Gerti ihr das Wasser nicht reichen. Und ich tausche dann keine gute gegen eine mittelmäßige Nopperin.«

Irene sah, dass Else schluckte. Doch dann straffte sie die Schultern. »Ich gehe das Risiko ein, Herr Plotzer«, sagte sie zu Irenes unendlicher Erleichterung. »Doch nach den vier Wochen Einarbeitung erwarte ich für Gerti den gleichen Lohn wie für die erwachsenen Spinnerinnen.«

Plotzer zog seine Augenbrauen zusammen. Er überlegte kurz. »Wenn sie gleichwertige Arbeit wie die Frauen liefert, wird sie auch den gleichen Lohn erhalten.« An Irene gewandt, fuhr er fort: »Eine Nopperin verdient selbstverständlich viel weniger, Frau Weber. Das ist ja der Grund, warum Frau Gläser so an dem Tausch interessiert ist.«

Irene war nicht überrascht. Doch jeder Lohn war besser als keiner. Sie konnte es sich nicht leisten, wählerisch zu sein.

»Was werde ich verdienen?«, fragte sie.

»Zwei Gulden in der Woche«, antwortete Plotzer.

Zwei Gulden? Mein Gott, das ist ja das Vierfache von dem, was ich in der Stillstube bekommen habe.

Sie wollte schon strahlend vor Glück einwilligen, als sie das fast unmerkliche Kopfschütteln von Else bemerkte. Sofort erinnerte sie sich daran, dass schon ihr Lohn in der Stillstube nur die Hälfte von dem betragen hatte, was sie laut Emma hätte verlangen können.

Einen Augenblick lang zögerte sie. *Was tue ich, wenn er einen höheren Lohn ablehnt? Werde ich die Stelle dann gar nicht bekommen?*

Sie nahm sich zusammen und setzte alles auf eine Karte. »Ist das der gleiche Lohn, den auch die anderen Nopperinnen erhalten?«

»Nein!«, kam Else Plotzer zuvor. »Drei Gulden ist der normale Lohn in der Nopperei. Er liegt damit noch immer fast zur Hälfte unter dem, was eine Spinnerin verdient.«

Plotzers Miene verfinsterte sich. Er überlegte kurz. Dann fiel ihm offensichtlich die Lösung ein, wie er sein Gesicht vor den Frauen wahren konnte.

»Zwei Gulden die Woche ist der Lohn während der Einarbeitung«, knurrte er. »Wenn Sie sich bewähren, steigt er nach zwei Wochen auf zweieinhalb Gulden und nach vier Wochen auf drei.«

Wieder gab Else Irene ein Zeichen. Diesmal war es ein kaum wahrnehmbares Nicken.

»Ich bin einverstanden«, willigte sie ein. »Wann kann ich anfangen?«

»Wenn Sie wollen, gleich morgen, Frau Weber.«

Irene nickte und fühlte, wie ihr die Zentnerlast von der Seele fiel, die sie bislang niedergedrückt hatte. Auch Fränzel bewegte sich nun in ihren Armen. Erst jetzt wurde Irene bewusst, dass sich der Kleine das ganze Gespräch über mucksmäuschenstill verhalten hatte. *Als ob er gespürt hätte, um was es hier geht.*

Zärtlich blickte sie auf ihren Sohn, als ihr plötzlich ein beunruhigender Gedanke kam. *Doch ab morgen muss ich ihn dieser schlampigen Erika anvertrauen,* schoss es ihr durch den Kopf. Unwillig schob sie den Gedanken beiseite. *Doch das ist allemal besser, als auf der Straße zu liegen.*

Anwesen der Gerbans bei Altenstadt
Anfang Mai 1871, am selben Abend

»Danke, Niemann. Für mich keine weitere Suppe mehr!«, bedeutete Franz dem Hausdiener der Gerbans, der beim Abendessen servierte. Dann besann er sich. »Doch richten Sie Frau Kramm aus, dass es keine andere Köchin gibt, die eine derart delikate Spargelsuppe zubereitet.«

Niemann senkte schweigend den Kopf zum Zeichen der Zustimmung. Dann ging er mit der Schüssel zu Mathilde, die sich, wie erwartet, einen kräftigen Nachschlag in den Teller geben ließ. Auch Wilhelm Gerban griff noch einmal zu.

Als die gebratenen Hühnchen serviert wurden und das Thema immer noch nicht zur Sprache gekommen war, hielt Franz es nicht mehr aus.

»Wie geht es Mutter? Du hast sie doch heute besucht.«

Wilhelm Gerban zog seine buschigen grauen Brauen zusammen. Im Gegensatz zu seinem Haar, das von Monat zu Monat weißer wurde, veränderte sich deren Farbe nicht. Gerban musterte seinen Sohn mit seinen stahlgrauen Augen.

»Es geht ihr zum Glück endlich wieder besser, Sohn«, antwortete er steif und betonte dabei das Wort »endlich«.

Franz war es gerade einerlei. Die Sorge um seine Mutter drängte alles andere in den Hintergrund.

»Also wird sie nicht mehr tagelang an ihr Bett gefesselt?«

Wilhelm schüttelte langsam den Kopf. »Auch wenn es jetzt ein Vierteljahr gedauert hat, ist eure Mutter seit wenigen Tagen sogar wieder zurück in ihre Wohnung gezogen. Ich habe die horrende Miete natürlich während ihres gesamten Aufenthalts auf der Verwahrstation weiterhin entrichtet. Auch die Pflegerin habe ich bezahlt, sonst hätte Pauline gar nicht mehr in die Wohnung zurückkehren dürfen.«

»Eine neue Pflegerin? Oder diese furchtbare Rosa?«

Wilhelms Blick verfinsterte sich. »Es ist mir ein Rätsel, was du an dieser tüchtigen Frau auszusetzen hast. Deine Mutter hat sogar selbst nach ihr verlangt.«

Franz konnte das kaum glauben. »Woher weißt du das?«

Sein Vater räusperte sich und legte sein Besteck nieder. »Ich war dabei, als Pauline Dr. Dietrich darum gebeten hat. Das war schon bei meinem vorletzten Besuch der Fall. Da hatte sie gerade einen ihrer klaren Momente.«

Franz schwieg betreten. *Wie schlecht muss es Maman auf der Verwahrstation ergangen sein, dass sie einen solchen Preis in Kauf nimmt, um wieder herauszukommen.* Denn einen anderen Grund konnte er sich für dieses merkwürdige Ansinnen seiner Mutter nicht denken.

Wider Willen packte ihn erneut das schlechte Gewissen. Angeblich hatte seine Mutter nach seinem Besuch im Februar den schlimmsten ihrer bisherigen Tobsuchtsanfälle erlitten. Geschirr sei dabei zu Bruch gegangen, drei Wärter seien nötig gewesen, um sie zu bändigen, hatte sein Vater erzählt. Er war nur wenige Tage nach Franz' Visite in Klingenmünster dorthin geeilt, alarmiert durch einen Brief des Anstaltsdirektors Dietrich.

»Man hat sie noch am selben Abend auf die Verwahrstation gebracht und trotz betäubender Medikamente, die man ihr verabreichen musste, ans Bett gefesselt«, hatte er dem entsetzten Franz nach seiner Rückkehr erzählt.

Franz selbst war im Februar umgehend des Anstaltsgeländes verwiesen worden. Dietrich hatte ihm sogar mit der Polizei gedroht, wenn er sich nicht augenblicklich entfernen würde. Bevor Franz die Anstalt verließ, erteilte er ihm außerdem ein unbefristetes Hausverbot.

Was hat Maman denn nur so erregt? Auch darüber zerbrach sich Franz seit Monaten vergeblich den Kopf. *Über Irenes Verbleib wusste sie doch gar nichts. Aber irgendetwas wollte sie mir sagen. Was kann es nur sein?*

»Träumst du mit offenen Augen?«, riss ihn die spöttische Stimme Mathildes aus seinen Gedanken. »Du solltest das köstliche Hühnchen nicht kalt werden lassen.«

Demonstrativ schob Franz seinen Teller zurück. »Ich habe keinen Hunger mehr.«

Dann wandte er sich wieder an seinen Vater. »Da es Maman ja nun besser geht, wann kann ich sie besuchen?«

Wilhelm schnaubte entrüstet. »Gar nicht! Wo denkst du hin? Jedermann in der Anstalt, auch ich selbst, ist heilfroh, dass sie es endlich wieder gemütlich hat. Soll sie noch einmal wochenlang mit niederem Gesindel zusammen eingesperrt werden? Jeglicher Freiheit und persönlichen Bequemlichkeit beraubt? Anfangs durfte sie nicht einmal das Klosett benutzen. Sie wurde gewindelt wie ein Säugling.«

Franz zuckte zusammen. Das hatte er nicht gewusst. Doch noch gab er nicht auf. »Und woher wollt ihr alle so genau wissen, dass es gerade mein Besuch war, der ihren Anfall ausgelöst hat?«

Wieder musterte ihn Gerban mit unergründlicher Miene. »Sie selbst hat es Dr. Dietrich und mir heute gesagt.«

»Waas?« Franz war fassungslos. »Was soll ich ihr denn Schlimmes angetan haben?«

»Daran kann sich deine Mutter nicht mehr erinnern. Aber sehr wohl daran, dass du ihren inneren Frieden erheblich gestört hast. Als Dr. Dietrich sie explizit fragte, ob sie einen weiteren Besuch von dir wünsche, hat sie das klar verneint. Sie wirkte dabei so normal auf mich wie seit ihrer Einlieferung nicht mehr.«

»Das glaube ich nicht.« Franz knüllte seine Serviette zusammen. »Das soll sie mir selbst sagen. Gleich morgen fahre ich nach Klingenmünster. Ins Gesicht soll sie mir das sagen.«

»Davon würde ich abraten«, erwiderte sein Vater. »Es sei denn, du willst sie erneut ins Unglück stürzen.«

»Das kannst du Maman doch nicht antun«, mischte sich nun auch Mathilde ein. »Es ist schon schlimm genug, dass sie überhaupt in einer Anstalt ist. Aber solange sie dort ihre eigene kleine Wohnung hat, kann man es immer noch so darstellen, als sei sie wegen ihrer schwachen Nerven in einem Sanatorium.«

»Damit dein umschwärmter Oberleutnant von Wernitz keinen Anstoß nimmt?«, fragte Franz mit ätzendem Spott.

»Lass Herrn von Wernitz aus dem Spiel!« Mathildes pausbäckiges Gesicht verfärbte sich schweinchenrosa.

»Spätestens wenn er dir einen Antrag macht, müsst ihr ohnehin Farbe bekennen. Maman wird kaum die Erlaubnis bekommen, die Anstalt zu verlassen, um die gerührte Brautmutter zu spielen.«

»So ist es, Franz. Und nun zügele dich«, mischte sich sein Vater mit strenger Stimme ein. »Sollte sich von Wernitz entsprechend gegenüber deiner Schwester erklären, werde ich ihre Mitgift ohnehin kräftig aufstocken müssen, um diese Schande zu kompensieren.«

Er blickte über den Tisch. Selbst Mathildes Teller war noch halb voll, seiner und Franz' nahezu unberührt.

»Kann ich Niemann klingeln, damit er den Tisch abräumt?

Möchte überhaupt noch jemand ein Dessert?« Wie immer wartete der Hausdiener vor der Tür des kleinen Salons, der auch als Esszimmer diente, wenn die Familie unter sich war oder nur wenige Gäste hatte. Der große Speisesaal im ersten Stock wurde nur zu besonders festlichen Gelegenheiten genutzt.

Mathilde öffnete schon den Mund zu einem Ja, als sie Franz' verächtlicher Blick zum Schweigen brachte.

»Der Appetit ist mir leider vergangen, lieber Papa«, sagte sie stattdessen geziert. »Franz benimmt sich wie immer unausstehlich.« Dann stand sie auf. »Ich ziehe mich jetzt zurück, um mich auszuruhen. Herr von Wernitz kommt morgen zum Tee. Da will ich frisch und fröhlich sein. Übrigens hat sich auch Tante Ottilie angekündigt. Sie wollte Herrn von Wernitz unbedingt kennenlernen.«

»Ach, du meine Güte«, sagten Vater und Sohn Gerban in seltener Eintracht wie aus einem Mund. Während der alte Gerban ob seines Fauxpas betreten schwieg, brachte Franz die Sache auf den Punkt.

»Wir wollten ohnehin morgen mit der Inventur beginnen, Vater. Ein besserer Vorwand, um Überstunden zu machen, lässt sich kaum finden.«

Mathilde zog einen Schmollmund, was bei ihr allerdings nicht reizvoll wirkte, sondern lediglich ihr Doppelkinn betonte.

»Aber ich hätte dir Herrn von Wernitz so gern einmal vorgestellt, Franz. Er hat sich immer wieder nach dir erkundigt, seit er weiß, dass du im Krieg warst und sogar ein Bein verloren hast.«

Franz grinste spöttisch und bemühte sich, die Schmerzen, die er jetzt wieder in seinem Beinstumpf spürte, zu ignorieren. »Und was soll ich ihm sagen? Dass ich gegen ihn und seine Leute gekämpft habe?«

»Aber das musst du doch geheim halten!« Mathilde war sichtlich erschrocken. »Ich dachte, das sei die Absprache?« Fragend blickte sie zu ihrem Vater.

»So ist es auch, Mathilde«, bestätigte der. »Dennoch scheint es mir sinnvoll zu sein, wenn sich von Wernitz und Franz vorläufig nicht begegnen. Zumindest nicht, bevor er dir einen Antrag gemacht hat.«

Wohnung der Familie Schober in Lambrecht
Anfang Mai 1871, am selben Abend

Irene summte eine fröhliche Melodie, während sie die geschälten Kartoffeln in Scheiben schnitt und sich danach den Zwiebeln widmete. Fränzel schlief friedlich in seiner Wiege, die sie in die Wohnküche getragen hatte. Auch Marie und Thea lagen schon in ihrem Bettchen, das sie sich teilten. Es war Irene eine große Freude gewesen, die Mädchen mit dem süßen Grießbrei zu füttern, den sie ihnen nach ihrer Rückkehr gekocht hatte. Nun bereitete sie das Nachtmahl für Emma und Georg zu, die sie damit überraschen wollte.

Das Geld für die Lebensmittel hatte sie Else zu verdanken. Die Vorarbeiterin in der Spinnerei hatte vor der Stillstube auf sie gewartet, als Irene mit Fränzel und Emmas Töchtern herauskam.

»Hier!« Else hielt Irene ein kleines Beutelchen entgegen. »Da drin sind dreißig Kreuzer. Du siehst ja halb verhungert aus. Kauf dir und den Kindern etwas Gutes zu essen davon.«

Irene schossen vor Rührung die Tränen in die Augen. Sie griff mit zitternden Händen nach dem Geld.

»Wie … wie kann ich dir das jemals vergelten?«, stammelte sie.

»Oh, das ist nicht schwer.« Elses breite Lippen verzogen

sich zu einem spöttischen Lächeln, das wohl vom Mitgefühl in ihren Augen ablenken sollte. »Du gibst mir das Geld einfach zurück, wenn du deinen ersten vollen Lohn erhalten hast.« Damit wandte sie sich ohne ein weiteres Wort zum Gehen.

In ihrer Seligkeit war Irene leichtsinnig geworden, als sie beim Krämer in dem ärmlichen Viertel, in dem die Arbeiter wohnten, ein frisches Schwarzbrot, Milch und Grieß für die Kinder sowie Kartoffeln, Zwiebeln und etwas Butter erstand. In ihrem Übermut kaufte sie sogar noch ein kleines Stück Zucker und eine dicke Scheibe Speck, um den Kindern den Brei und den Erwachsenen die Kartoffelpfanne schmackhafter zubereiten zu können.

Denn sie wusste nicht, was Emma noch im Haus hatte, zumal sie in der Regel nur das Frühstück, das aus einer einfachen Sauermilch- oder Graupensuppe mit einer Scheibe Schwarzbrot bestand, bei ihren Wirtsleuten einnahm.

Abends aß sie allein in ihrer engen Kammer, seit sie nichts mehr zum Kochen beisteuern konnte. Allerdings waren ihre wenigen Vorräte schon lange aufgezehrt. Sie lebte seit Wochen von der Hand in den Mund, wenn sie etwas Nählohn erhalten hatte. Hätte Emma ihr nicht immer wieder verstohlen etwas zugesteckt, hätte sie sogar hungern müssen.

Während sie den Speck in der Butter ausließ, überfiel sie plötzlich ein unangenehmer Gedanke. *Was hätte ich eigentlich getan, wenn ich nirgendwo Arbeit gefunden und mich Georg Schober schließlich auf die Straße geworfen hätte?*

Mechanisch rührte sie in der dampfenden Pfanne. Als sie einen Blick auf ihren Sohn warf, der im Schlaf seine winzigen Händchen zu Fäusten ballte, wurde ihr klar: *Ich hätte Fränzel niemals verhungern lassen. Es wäre mir nichts anderes übrig geblieben, als an Minna zu schreiben und sie zu bitten, Geld von Franz zu erbetteln.*

Franz! Gedankenverloren bewegte Irene den Holzlöffel

weiter. Franz, den sie noch immer über alles liebte! Franz, der sicher nichts unversucht gelassen hatte, um sie zu finden. Jede Nacht vor dem Einschlafen vergegenwärtigte Irene sich sein fein geschnittenes Gesicht mit den hohen Wangenknochen und den dunkelbraunen Augen, die er Fränzel vererbt hatte. Sie stellte sich vor, mit den Fingern durch seine kinnlangen braunen Locken zu fahren, seine weichen, vollen Lippen auf den ihren zu spüren. Manchmal glaubte sie sogar, den Sandelholzduft seines Rasierwassers zu riechen und den herb männlichen Geruch nach Schweiß, wenn sie sich geliebt hatten.

Der Speck zischte. Erschrocken bemerkte Irene, dass das kostbare Fleisch fast schon zu braun geworden war. Hastig kippte sie die Kartoffeln mit den Zwiebeln in die Pfanne, ohne diese zuvor noch kurz anzubraten.

Waren es Zwiebeltränen, die sich nun in ihre Augen stahlen? *Wohl kaum! Ich sehne mich so sehr nach dir, mein Geliebter! Doch ich darf dich nie wiedersehen.* Ein trockenes Schluchzen entrang sich ihrer Kehle.

Franz wäre sicher sogleich nach Lambrecht geeilt, um ihr zu helfen. Doch er hätte auch eine Erklärung für ihr Verschwinden im vergangenen September verlangt. Beim Gedanken, ihm darüber Rede und Antwort stehen zu müssen, spürte Irene, wie sich ihr Puls beschleunigte. Selbst wenn sie ihn belogen und behauptet hätte, ihn nicht mehr zu lieben und darum auch verlassen zu haben, wie hätte sie ihm Fränzel erklären sollen? Der Junge war seinem Vater doch jetzt schon wie aus dem Gesicht geschnitten. Und Franz hätte mit Leichtigkeit errechnen können, dass nur er der Kindsvater sein konnte.

Um Fränzel vor dem Verhungern zu bewahren, hätte ich Franz den barbarischen Schmerz zumuten müssen, der ihn viel härter getroffen hätte als mein Verschwinden. Doch was wäre mir anderes übrig geblieben? Franz wäre nicht Franz, wenn er nicht von mir verlangt hätte, nichts anderes als die Wahrheit zu hören.

Doch die war überaus grausam. Fränzel war zwar Franz' Sohn, aber zugleich auch sein leiblicher Neffe. Denn Irene und Franz waren Halbgeschwister. Wilhelm Gerban, der Familienpatriarch, der Irene vor fünf Jahren aus einem Waisenhaus in Speyer als Dienstmädchen auf sein Anwesen geholt hatte, war ihr gemeinsamer Vater.

Und davon soll Franz nie etwas erfahren. Es würde sein Lebensglück zerstören und ihn für immer mit seiner Familie entzweien. Aber selbst dann könnten wir niemals zusammenleben, geschweige denn heiraten.

Sobald er von der Schwangerschaft erfuhr, hatte Wilhelm Gerban Irene bei einem Aufenthalt im Weißenburger Kontor betäubt und sie mehrere Wochen im Keller der Weinhandlung gefangen gehalten. Auf diese Weise wollte er sie dazu bringen, das Kind abzutreiben. Anfangs mit Geld, später mit dem Argument, dass viele Inzestkinder als geistige oder körperliche Krüppel zur Welt kämen.

Das Geld ließ Irene kalt, obwohl Gerban die Summe beständig erhöht hatte. Doch die Gefahr, einen Kretin zur Welt zu bringen, hatte sie zunächst eingeschüchtert, sodass sie nachgeben wollte. Ein Instinkt trieb sie allerdings dazu, buchstäblich in letzter Minute vom Operationsstuhl des zweifelhaften Mediziners, der den Eingriff vornehmen sollte, zu springen. Mithilfe ihrer Freundin Minna war sie dann nach Landau und später von dort aus nach Lambrecht geflüchtet.

Und Fränzel ist tatsächlich völlig gesund. Das Herz floss Irene schier über vor Liebe, als sich ihr Söhnchen im Schlaf mit den Fäustchen die Augen rieb und mit seinen rosigen Lippen leise schmatzte.

Nein, auch wenn sie Franz jeden Augenblick schmerzlich vermisste, es war besser so, wie es war. Jetzt hatte sie wieder Arbeit gefunden und würde lieber Tag und Nacht schuften, um für Fränzel zu sorgen, als Franz dieses Leid anzutun.

Und Fränzel dazu, realisierte sie plötzlich erschrocken. Noch hatte sie nicht darüber nachgedacht, was sie dem Jungen dereinst von seinem, ihm unbekannten Vater erzählen sollte, wenn er alt genug war, danach zu fragen. *Aber ganz sicher nicht die Wahrheit. Jede Lüge ist gnädiger als das Bewusstsein, das Kind einer solchen Schande zu sein.*

Im Hausflur am Fuß der Treppe ging die Tür. Schwere Schritte erklommen die steile Stiege. »Hm! Hier riecht es ja so köstlich!« Das war Emma. »Was kann das wohl bedeuten?«

Energisch wischte sich Irene über die Augen. Wenn sie gerötet wären und Emma Fragen stellte, würde sie es auf die Zwiebeln schieben. Sie war dem Schicksal, Franz in ihrer Not die grausame Wahrheit enthüllen zu müssen, gerade noch einmal von der Schippe gesprungen.

»Und sosehr er mir auch fehlt, soll es doch dabei bleiben«, murmelte sie.

Die Schritte von Emma und Georg kamen näher. Irene setzte ihr strahlendstes Lächeln auf und drehte den Kopf zur Tür.

Kapitel 4

Auf dem Weg nach Fröschweiler
Ende Mai 1871

Franz zügelte das Pferd und ließ es in den Schritt fallen, als er den Ortseingang von Wörth erreichte. Zum ersten Mal seit seiner Rückkehr aus dem Krieg hatte er sich entschlossen, Pfarrer Carl Klein und seine Familie in Fröschweiler zu besuchen. Dem war ein lebhafter Briefwechsel vorausgegangen, in dem Klein seine aufrichtige Freude darüber bekundet hatte, dass Franz zwar »versehrt«, aber lebendig heimgekehrt war.

Er fuhr mit dem Einspänner die breite Straße hinunter, die am Ortskern vorbeiführte. Das Reiten hatte er mittlerweile ganz aufgegeben. Es fiel ihm schwer mit der Beinprothese, obwohl ein geschickter Handwerker ihm sogar einen speziellen Sattel angefertigt hatte. Aber das Pferd nur mit dem Druck des rechten Schenkels zu lenken, war ungewohnt. Zudem schmerzte der Beinstumpf aufgrund der ungewohnten Bewegungen.

Doch wenn Franz ehrlich zu sich war, war das »nicht mehr reiten können« eher ein Vorwand dafür gewesen, sich erst heute auf den Weg nach Fröschweiler zu machen. Zu furchtbar waren seine Erinnerungen an die wenigen Tage nach der großen Schlacht vom 6. August 1870, die er dort nach seiner Flucht aus Weißenburg verbracht hatte. Die deutschen Besatzer hatten ihn damals gezwungen, die Leichen auf den Schlachtfeldern gemeinsam mit ebenfalls zwangsrekrutierten Helfern aus der Zivilbevölkerung zu bergen und zu bestatten. Nach nur zwei Tagen war er mithilfe des Deserteurs Albert Valon erneut geflohen, um sich als vorgeblicher Sanitätsgefreiter in die Armee des Generals Mac-Mahon in Châlons-sur-Marne einzuschmuggeln.

Was wohl aus Valon geworden ist? Er hatte sich bei Verwandten in Reichshoffen verstecken wollen. Franz nahm sich vor, den Pfarrer nach ihm zu fragen.

Schon aus zweihundert Schritt Entfernung sah Franz, dass sich eine lange Schlange von Kutschen und Bauernkarren genau vor der Kreuzung staute, an der er nach Fröschweiler abbiegen wollte. Er fluchte leise. Seit fast vier Stunden war er nun unterwegs und fühlte sich klebrig vom Schweiß und außerdem hungrig. Ein Blick auf die Uhr zeigte ihm, dass Mittag schon vorüber war. Er hatte gehofft, zu dieser Zeit schon in Fröschweiler anzukommen.

Allerdings hatte er sich gründlich verschätzt, was die Dauer der Fahrt betraf. Bei seiner Flucht vor neun Monaten hatte er die schlechteren Seitenstraßen genommen, um möglichst wenig Militär auf seinem Weg zu begegnen. Diese Rechnung ging auch bis zu seiner Ankunft in Fröschweiler auf. Aber selbst die betagte Stute Elsa als Reitpferd war damals flotter gewesen als er heute mit dem Einspänner. Zumal der Gaul damit verschiedene Steigungen zu bewältigen hatte.

»Was ist denn hier los?«, sprach Franz jetzt einen Bauern an, der von seinem Karren gestiegen war, um sich die Beine zu vertreten.

»Die Bayern bauen genau dort an der Ecke ein Denkmal für ihre Gefallenen«, erläuterte ihm der Mann und verzog sein wettergegerbtes Gesicht zu einer spöttischen Grimasse. »Damit wir uns auch noch in tausend Jahren an ihre Heldentaten erinnern.«

»Und bis es fertiggestellt ist, sollen wir hier warten?«, verfiel Franz in die gleiche Tonart.

Der Bauer zwinkerte ihm zu. »Zum Glück nur, bis sie die Ladung Zement weggeräumt haben, die sie für das Fundament brauchen. Ein Wagen ist umgestürzt, weil eine der Achsen gebrochen ist.«

Nachdem sich der Bauer mit einem Wink verabschiedet hatte, griff Franz seufzend nach der Wasserflasche und nahm einen Schluck. Das Wasser war in der ungewöhnlichen Hitze des Maitages lauwarm geworden und schmeckte brackig. Franz spuckte es sofort wieder aus.

Dann ließ er seine Gedanken schweifen, um sich von der enervierenden Warterei abzulenken. Die Frage, die ihn eigentlich nach Fröschweiler führte, verdrängte er. Darüber würde er noch früh genug mit Pfarrer Klein diskutieren.

Stattdessen dachte er wieder einmal an die Krügers auf dem Schweighofener Weingut. Seine Hoffnung, Hansi und Lene würden einem Internatsbesuch nach einiger Überlegung doch noch zustimmen, hatte sich mittlerweile zerschlagen. Auch bei zwei weiteren Versuchen, das Thema anzusprechen, war er jedes Mal auf freundliche, aber bestimmte Ablehnung gestoßen.

Aber ich habe es Karl in seiner Sterbestunde versprochen, grübelte er jetzt aufs Neue. *Wenn Hansi nichts aus seiner Begabung macht, lebt die ganze Familie weiter in Armut.* Immerhin erhielt Lene vom Gutsverwalter Stromberg jetzt regelmäßig ihren Vorschuss auf die Hinterbliebenenrente. Doch die Bewilligung ihres Antrags stand in Weißenburg noch immer in den Sternen.

Mittlerweile machte Franz die heiße Mittagssonne in der Warteschlange mehr und mehr zu schaffen. Auch das Pferd begann, unruhig zu werden. Wahrscheinlich hatte es Durst.

Da es noch immer nicht weiterging, kletterte Franz schließlich vom Sitz seines Gefährts und ging zu dem Bauernkarren vor dem Einspänner. Dessen Besitzer, mit dem er vor zwanzig Minuten einige Worte gewechselt hatte, döste jetzt mit über die Augen herabgezogener Mütze.

Franz tippte ihm aufs Knie. »Hast du zufällig einen Eimer dabei?«

Der Bauer schreckte hoch und wirkte einen Moment lang verwirrt. Dann erkannte er Franz, griff unter seinen Sitz und zog eine verbeulte Blechschüssel hervor. »Tut es das auch?«

Franz nickte, goss den Rest seines lauwarmen Wassers in das Gefäß und tränkte damit sein Pferd, so gut es ging. Das Tier hatte die wenigen Tropfen gerade begierig geschlürft, als endlich Bewegung in den vorderen Teil der Schlange kam.

»Das wurde aber auch Zeit!«

Franz brachte dem Bauern die Schüssel zurück und stieg wieder auf. Während er wartete, bis auch er endlich vorrücken konnte, kam ihm plötzlich eine Idee.

Ich könnte doch Onkel Gregor fragen, ob Hansi nicht bei Stromberg in die Lehre gehen kann. Stromberg ist sicher schon weit über sechzig Jahre alt. Über kurz oder lang wird das Weingut einen neuen Verwalter brauchen. Warum nicht Hansi? Er kennt das Weingut seit seiner Geburt. Dann könnte er auch bei seiner Familie bleiben und müsste nicht fort.

Franz dachte noch über diesen Plan nach, als er endlich an der Kreuzung rechts abbog und das Pferd den Einspänner schnaufend die Steigung gen Fröschweiler hinaufzuziehen begann.

Tuchfabrik Reuter in Lambrecht
Ende Mai 1871, zwölf Uhr mittags am selben Tag

Als die Glocke durchdringend zur einstündigen Mittagspause schrillte, richtete Irene sich auf und streckte ihren schmerzenden Rücken. Den Faden, mit dem sie gerade eine schadhafte Stelle des Tuchs, das sie in Arbeit hatte, ausbesserte, ließ sie mit der Nadel im Gewebe stecken.

Schon am ersten Tag in der Nopperei hatte Irene gelernt, nur ja keine Minute der kostbaren Pause zu verschenken, um den Arbeitsschritt zu beenden, den sie gerade durchführte. Die Zeit, die sie dafür verwendete, wurde nämlich nicht bezahlt. Im Gegenteil, als sie nach der Pause nur zwei Minuten später als vorgesehen wieder an ihren Arbeitsplatz kam, zog die Vorarbeiterin ihr eine Viertelstunde vom Lohn ab.

Ebenfalls am ersten Tag hatte Irene begriffen, dass die Tätigkeit als Nopperin zwar schlechter bezahlt wurde als jede andere Frauenarbeit in der Fabrik, aber mitnichten weniger anstrengend war. Wohl brachten Männer die schweren Tuchballen hinauf in den dritten Stock des aus roten Ziegelsteinen errichteten, weitläufigen Fabrikgebäudes und holten sie später auch wieder ab.

Doch um die Prüfung der Qualität vorzunehmen und schadhafte Stellen zu finden und auszubessern, stand Irene fast zwölf Arbeitsstunden lang über den schrägen Tisch gebeugt, über den das Tuch gespannt wurde. Schon nach kurzer Zeit begannen Rücken und Füße zu schmerzen, nach einigen Stunden auch die Augen vom angestrengten Inspizieren des Stoffs.

Dennoch brauchte eine Nopperin eine ruhige Hand, vor allem, wenn es darum ging, Färbefehler jeweils mit einer Tusche in der Farbe des Stoffs zu korrigieren. War das Gewebe gemustert, und fielen Farbspritzer unglücklich auf die falsche Stelle, konnten sie oftmals nicht mehr korrigiert werden. Der Ballen als Ganzes war dann verdorben und konnte nur noch verbilligt veräußert oder in Stücke geschnitten werden, die an regionale Schneidereien verkauft wurden. Es verstand sich von selbst, dass den Nopperinnen solche Arbeitsfehler vom Lohn abgezogen wurden.

Lag kein Färbe-, sondern ein Webfehler vor, war weniger Vorsicht als Geschicklichkeit gefragt. Diese Arbeit beherrschte Irene am besten, da sie auch kunstfertig nähen konnte. Mit einer Nadel, die nicht spitz, sondern kugelförmig auslief, stopfte sie kleine Löcher oder ersetzte fehlende Schussfäden.

Doch wehe, wenn sie zum Schluss das Noppeisen ansetzte und dabei nicht aufpasste. Das scharfe Werkzeug in der Form einer Pinzette diente dazu, Fremdkörper wie Stroh- oder Holzteilchen aus dem Gewebe zu entfernen und Faserknötchen zu glätten. Doch schnell rissen dessen scharfe Spitzen ein Loch in den Stoff, das daraufhin erneut gestopft werden musste.

Und obwohl in der Nopperei nicht nach Akkord, sondern nach Arbeitsstunden bezahlt wurde, konnte der Lohn gekürzt werden, wenn eine Nopperin sehr viel langsamer arbeitete als ihre Kolleginnen.

Da die Nopperei im dritten Stock direkt unter dem Dach lag, war die Luft an einem solch ungewöhnlich heißen Maitag wie dem heutigen zudem dumpf und stickig. Das machte die Arbeit noch mühsamer. Immerhin war Irenes Dammriss endlich verheilt und bereitete ihr nur noch selten Schmerzen.

Jetzt hastete sie die Treppe hinunter und wischte sich dabei den Schweiß von der Stirn. Im zweiten Stock empfing sie der infernalische Lärm der Weberei. Irene dröhnten bereits die Ohren, als sie nur einen Blick in die weitläufige Halle warf. Mehr als fünfzig mechanische Webstühle waren in Betrieb, die meist männlichen Arbeiter hatten erst später Pause. Von Weitem sah Irene Georg Schober, der sich verbissen über seinen gerade stillstehenden Stuhl beugte, wahrscheinlich um einen Schaden zu beheben.

Hoffentlich fällt sein Verdienstausfall glimpflich aus, dachte sie, als sie weiterhastete. *Sonst steht Emma wieder ein fürchterlicher Abend ins Haus.*

Die Weber arbeiteten im Akkord und erhielten ihren Lohn je nach Menge und Güte des gewebten Produkts. Stillstände an den Maschinen minderten daher ihren Lohn, unabhängig davon, ob sie die Schäden verursacht hatten oder nicht.

Georg Schober pflegte sich nach solch misslichen Vorfällen mittlerweile auch werktags zu betrinken, nicht nur wie die meisten Arbeiter am Sonntag, dem einzigen freien Tag in der Woche. Er war noch jung, gerade einmal fünfundzwanzig Jahre alt, hatte Emma Irene erzählt. Und ehemals ein hübscher Bursche gewesen, fast sechs Fuß groß, mit kräftigen Armen, kastanienbraunen Locken und bernsteinfarbenen Augen.

Doch an den Tagen, die seinen abendlichen Wirtshausbesuchen folgten, waren seine Gesichtszüge nun aufgedunsen und seine Haut von geplatzten Äderchen durchzogen. Aber viel schlimmer war, dass Georg unter Alkohol zur Gewalttätigkeit neigte, wie Irene, die solche Szenen schon öfter in ihrer engen Kammer miterlebt hatte, nur zu gut wusste.

»Bitte versuche um Himmels willen nicht, mir zu helfen, wenn er mich schlägt«, flehte Emma, als Irene, die die Einkäufe für das Abendessen besorgt hatte, sie eines Tages weinend und aus einer Platzwunde über dem Auge blutend in der Wohnküche fand. Während Irene entsetzt Emmas Wunde auswusch und ihr kalte Tücher auf die geschwollenen Wangen drückte, fügte diese hinzu: »Das würde ihn nur noch wilder machen. Ich hätte es zu büßen, und dich würde er einfach hinauswerfen.«

Seither überlegte Irene immer wieder, ob sie sich nicht besser eine andere Bleibe suchen sollte. Doch bislang hatte sich nichts ergeben, zumal ihr nach Fränzels Geburt auch das Geld ausgegangen war.

Im ersten Stock der Tuchfabrik war die Spinnerei mit den neuen Selfaktoren untergebracht. Hier machten die Frauen abwechselnd Pause, damit die Maschinen nie stillstanden. Irene hielt Ausschau nach Emma, konnte sie aber nirgends entdecken. Nur Else, die Vorarbeiterin, winkte ihr vom anderen Ende des Saales aus zu.

An den Krempelmaschinen im Erdgeschoss vorbei eilte Irene zur Stillstube, um Fränzel abzuholen. Dabei achtete sie sorgsam darauf, den ledernen Transmissionsriemen, die die

Maschinen antrieben, nicht zu nahe zu kommen. Erst letzte Woche hatte sich ein Arbeiter daran schwer verletzt.

In der ganzen Fabrik wurden die Maschinen von diesen gefährlichen Transmissionsriemen angetrieben. Die Energie dazu lieferte die mit Kohlen beheizte Dampfmaschine mittels eines ausgeklügelten Systems von Leitungsrohren, denen man ebenfalls nicht zu nahe kommen durfte, da sie glühend heiß wurden. Der schwarze Rauch aus dem riesigen Heizkessel entwich durch einen weit in den Himmel emporragenden Schornstein im Fabrikhof.

Fränzel weinte bitterlich, als Irene ankam. Sie hob ihn aus seinem Bettchen, das er sich mit drei anderen Säuglingen teilte. »Er ist ja ganz nass!«, tadelte sie Erika Bauer, die jedoch nur mit den Achseln zuckte.

»Ich hatte genug mit den Bälgern der Spinnerinnen zu tun, die noch keine Mittagspause haben. Dass du jeden Augenblick kommen würdest, wusste ich ja.«

Irene lag eine scharfe Antwort auf der Zunge, die sie sich, ihrem Söhnchen zuliebe, jedoch verbiss. *Am Ende vernachlässigt dieses Weib ihn sonst nur noch mehr.*

Sie zog eine Windel aus ihrer Korbtasche. An Fränzels feuerrotem Po erkannte sie sogleich, dass er bereits längere Zeit in der Nässe gelegen hatte. *Weitere fünf Minuten der kostbaren Mittagspause vorbei,* grollte sie stumm, als sie endlich mit ihrem Sohn auf dem Arm das Freie erreichte. *Dabei erhält das Weib seinen Lohn dafür, die Kleinen zu pflegen. Und niemand zieht ihm etwas ab, wenn es seine Pflichten vernachlässigt.*

Wenigstens strömte das kleine Flüsschen Sauer, das an dieser Stelle noch nicht von den Abwässern der Produktion verunreinigt war, ganz in der Nähe des Fabrikgeländes vorbei. Im Schatten einer windschiefen ehemaligen Walkmühle ließ Irene sich ins Ufergras sinken. Während sie sich ein dreieckiges Tuch über die Schultern warf, unter dem sie mit einer Hand ihre Brust entblößte, um Fränzel zu nähren, kramte sie mit der anderen Hand im Korb nach ihrer kargen Mittagsmahlzeit. Sie bestand aus zwei Scheiben dünn mit Butter bestrichenem Schwarzbrot und einem verschrumpelten Apfel. Dazu trank sie Brunnenwasser, das sie am frühen Morgen geschöpft hatte, aus einer blind gewordenen Glasflasche.

Fränzel saugte hungrig, schlief aber ein, nachdem ihre Brust leer war und sie ihn an die zweite angelegt hatte. Einen Moment lang schloss Irene die Augen und stellte sich die lieblichen Landschaften rund um Altenstadt vor, wo sie vor ihrer Flucht mehrere Jahre lang im Haus der Gerbans gelebt hatte. Dort war höchstens einmal der Küchenofen verrußt gewesen, aber niemals wie hier im engen Lambrechter Tal auch die Straßen und Wege, Häuser und Hütten, ja selbst die Bäume, die in der Nähe der vielen Fabriken standen.

Unwillkürlich sah sie den Wirtshausgarten in Schweigen, wo sie im letzten Sommer noch so oft mit Franz gesessen hatte, vor sich. Die Erinnerung an die gemeinsamen heiteren, unbeschwerten Stunden schmerzte so sehr, dass Irene die tränennassen Augen bald wieder aufschlug. Gerade rechtzeitig, um zu erkennen, dass die große Uhr an der Vorderseite der Fabrik schon zehn Minuten vor eins zeigte. Höchste Zeit, um an ihren Arbeitsplatz zurückzukehren! Schon wieder eine Viertelstunde Lohn einzubüßen, wollte sie nicht riskieren.

Auf dem Weg nach Fröschweiler
Ende Mai 1871, gegen ein Uhr mittags am selben Tag

Je weiter das Pferd den Einspänner den Hügel nach Fröschweiler hinaufzog, desto beklommener fühlte sich Franz. Die nun mit Butter- und Kleeblumen übersäten maigrünen Wiesen zu seiner Linken, auf denen einige Kühe friedlich grasten, waren nach der Schlacht von Fröschweiler-Wörth mit Leichen, wimmernden Schwerverletzten und Pferdekadavern übersät gewesen. Ungefähr zwanzigtausend Opfer hatte das fürchterliche Gemetzel vor neun Monaten gefordert, darunter Tausende von Verwundeten auf beiden Seiten.

Ohne darüber nachzudenken, lenkte Franz den Einspänner an den Straßenrand und stieg ab. Wie von einem unsichtbaren Faden gezogen, begann er dann, die sanfte Steigung hinaufzuhinken, von deren Höhe aus die französischen Truppen damals auf die angreifenden Deutschen gefeuert hatten, ohne sie aufhalten zu können.

Obwohl die meisten Gegenstände, die aus der Schlacht stammten, längst von Einheimischen und sogar eigens dazu herbeigereisten Fremden, die man »Schlachtenbummler« nannte, eingesammelt worden waren, fielen Franz hier und da noch Überbleibsel aus den Kämpfen auf. Da lag ein verbeulter Blechlöffel, dort ein verblichener Stofffetzen, daneben ein verrottendes Stück Leder mit rostiger Schnalle, vielleicht von einem Gürtel oder einer Tasche. Unter einem blühenden Holundergebüsch schimmerte sogar ein bleicher Knochen auf, der halb aus der Erde ragte, ob menschlicher oder tierischer Herkunft, war nicht auszumachen.

Unwillkürlich schauderte Franz zusammen. Trotz der Mittagshitze wurde ihm plötzlich empfindlich kalt. *Wie viel Leid hat allein diese Schlacht über unzählige Menschen gebracht! Wie müssen sich die Soldaten gefühlt haben, die rücksichtslos in das gegnerische Feuer getrieben wurden! Wie viele junge Männer hat allein dieses Gemetzel ihr Leben, ihre Gesundheit oder ihren Verstand gekostet.*

Die Bilder seiner verwundeten oder gefallenen Kameraden standen ihm vor Augen, obwohl er in Fröschweiler-Wörth gar nicht gekämpft hatte. *Die toten Turkos vor den Mauern von Weißenburg! Mein Cousin Fritz, wie er, in den Unterleib getroffen, vor dem Geisberger Schloss zu Boden sank. Gérome, wahnsinnig geworden durch eine Kugel im Kopf. Jacques, tot in einer Häusernische in Bazeilles. Gilbert, der Mann ohne Gliedmaßen, der sich nichts sehnlicher wünschte, als sterben zu dürfen. Madame Serge, die um ihren Sohn Paul trauerte.*

Franz' Beinstumpf begann, unerträglich zu schmerzen, und gemahnte ihn wieder einmal daran, dass auch er zu den Opfern dieses mörderischen Krieges gehörte. Seine Brust verengte sich, er begann zu keuchen. Rote Flecken tanzten vor seinen Augen. *Ich muss hier weg, ehe ich am Ende noch ohnmächtig werde.*

Er hatte sich schon umgedreht, um den Hügel wieder hinabzusteigen, als er plötzlich fröhliche Knabenstimmen hörte. Drei kleine Buben kamen den Hügel hinab. Zwei von ihnen schienen etwas Schweres zu tragen, das Franz aus der Entfernung nicht erkennen konnte. Er blieb neugierig stehen und verbarg sich, so gut es ging, hinter dem Holunderbusch.

»Was für ein Glück!«, jauchzte einer der Jungen. »Dafür zahlt uns der Stuberwirt sicherlich mindestens einen halben Gulden.« Als ihn die drei Knaben entdeckten, deren Alter Franz auf acht bis zehn Jahre schätzte, verstummten sie wie auf einen unsichtbaren Befehl hin und versuchten, zur anderen Seite auszuweichen, um ein Stück von Franz entfernt die Straße nach Fröschweiler zu erreichen. Dadurch erst richtig aufmerksam geworden, schritt Franz so rasch aus, wie es ihm seine Beinprothese erlaubte, und schnitt den Kindern den Weg ab. Es wäre den Knaben dennoch ein Leichtes gewesen, ihm zu entkommen, hätten sie den schweren Gegenstand nicht dabeigehabt, den sie schließlich ins hohe Gras fallen ließen.

»Heda, ihr drei!«, rief er sie an. »Was habt ihr denn da?« Wie jedermann war auch Franz bekannt, dass die deutschen Besatzungstruppen mittlerweile verlangten, dass jeder brauchbare Gegenstand, der sich noch auf den Schlachtfeldern befand, abgegeben werden musste.

»Nichts, Herr«, versuchte einer der Knaben, ihn abzuwimmeln.

»Wartet auf mich, ich will mich selbst davon überzeugen!« Doch die Jungen dachten gar nicht daran, seinem Befehl Folge zu leisten. Wie auf Kommando begannen sie, den Hügel hinabzulaufen, und stürmten schließlich ungefähr zwanzig Schritt an ihm vorbei Richtung Straße. Franz hatte keine Chance, ihnen mit seiner Beinprothese zu folgen.

Stattdessen humpelte er zu der Stelle hinauf, wo der Gegenstand ins Gras gefallen war, und erstarrte vor Schreck. Vor ihm lag eine Granate, offensichtlich ein Blindgänger. Sie war mindestens dreißig Zoll lang und im Durchmesser zehn Zoll breit. Ihre dunkelgraue Spitze ragte bedrohlich aus dem saftigen grünen Gras.

»Um Himmels willen«, entfuhr es Franz. »Nicht auszudenken, wenn das Geschoss doch noch explodiert.«

Hektisch sah er sich um. *Was soll ich nur tun? Hier liegen lassen kann ich das Ding nicht. Die Buben kommen bestimmt zurück, um es zu holen. Aber mitnehmen will ich es auch nicht. Das ist nicht nur für mich viel zu gefährlich, sondern auch für jeden anderen, der gleich mir auf der Straße daherkommt.*

Schließlich hinkte er zu dem Holundergebüsch, unter dem er den Knochen erblickt hatte. Mit bloßen Händen scharrte er ein Loch in den zum Glück nach den Regenfällen der letzten Tage noch weichen Boden. Ein paar weitere Knochen kamen zum Vorschein, die Franz achtlos zur Seite fegte. Schließlich war das Loch groß genug, um die Granate hineinzuversenken.

Franz hinkte den Hügel wieder hinauf. Da er fürchtete, auf dem Weg nach unten mit seiner Beinprothese zu stolpern, wenn er das Geschoss aufhob, kniete er sich schließlich dahinter. Zum Glück war seine Beinprothese nach den neuesten technischen Möglichkeiten konstruiert. Die eisernen Gelenke passten sich jeder Bewegung seines gesunden Beins an, auch wenn dies Franz immer noch höllisch schmerzte.

Zoll um Zoll kroch er den zum Glück an dieser Stelle sanften Hügel hinab und schob die Granate dabei vor sich her, bis er das Loch erreichte, in das er sie so vorsichtig, wie es ihm möglich war, hineinlegte. Hastig häufte er Erde und Gras darüber und markierte die Stelle unter dem Busch schließlich mit zwei kreuzförmig übereinanderliegenden Knochen.

Als er sich davon überzeugt hatte, dass man das Versteck unter den herabhängenden Zweigen nicht auf Anhieb erkennen konnte, machte er sich endlich weiter auf den Weg nach Fröschweiler.

Ich werde Pfarrer Klein bitten, noch heute jemanden an diese Stelle zu schicken, der sich mit solchen Geschossen auskennt und die Granate birgt. Die Gefahr für Kinder und Erwachsene ist sonst viel zu groß.

Ein Blick auf seine Taschenuhr zeigte ihm, dass es schon fast zwei Uhr nachmittags war. *Wohl endgültig zu spät für das Mittagessen,* dachte er trübsinnig. *Aber besser ein knurrender Magen als ein verstümmeltes Kind.*

Tuchfabrik Reuter in Lambrecht
Ende Mai 1871, gegen ein Uhr mittags am selben Tag

Irene wollte Fränzel nach einem letzten Kuss gerade behutsam zu den anderen Kindern in sein Bettchen legen, als sie stutzte. Den winzigen Säugling mit den blau angelaufenen Lippen hatte sie noch nie in der Stillstube gesehen.

»Wem gehört dieses Kind?«, fragte sie Erika Bauer.

Die zuckte mit den Achseln. »Das ist die Liesel von der Magda aus der Färberei. Sie ist heute zum ersten Mal nach der Geburt wieder da und hat ihr Kind heute Morgen abgegeben.«

»Magda aus der Färberei?« Diese Frau kannte Irene nicht. »Das Kleine sieht aus, als sei es nicht ganz gesund!«

Wieder hob Erika gleichgültig die Schultern. »Der Magda sterben sie doch alle unter den Händen weg wie die Fliegen. Das Würmchen hier ist kaum eine Woche alt und wird es auch nicht lange machen. Es hat sich heute schon die Seele aus dem Hals gebrüllt. Aber die Magda ist nicht gekommen, obwohl ihre Pause schon längst vorbei ist.«

»Glaubst du, Liesel hat Hunger?« Besorgt betrachtete Irene das kleine Geschöpf. Als hätte es sie verstanden, ballte es seine winzigen Händchen zu Fäusten und begann wieder zu schreien.

Irene warf einen Blick auf die Uhr in der Stillstube. So geizig der Fabrikherr Reuter auch sonst mit allem war, Uhren hingen überall im Gebäude. »Damit wir nur ja keine Minute lang unsere Pausen überziehen!« Unwillkürlich erinnerte sich Irene an Emmas spöttischen Kommentar.

Auch ihre Pause war gleich vorbei. Die Zeiger standen auf fünf Minuten vor eins. Gerade Zeit genug, um die drei Treppen hinaufzurennen und außer Atem an ihren Arbeitstisch zurückzukehren. Trotzdem zögerte sie.

»Wo finde ich die Färberei?«, fragte sie Erika. »Da war ich nämlich noch nie.«

»Im hinteren Teil des Erdgeschosses, gleich neben der Wolferei.«

Irene traf eine Entscheidung. »Gut, ich gehe Magda holen. Wie heißt sie mit Nachnamen?«

»Sieber. Aber sie ist ohnehin die einzige Frau dort. Du kannst sie gar nicht verfehlen!«

An den Krempelmaschinen vorbei erreichte Irene schnell die Wolferei, wo die Rohwolle gemischt und danach im sogenannten Krempelwolf aufgelockert wurde. Auch in dieser Abteilung der Fabrik war Irene vorher noch nie gewesen. Es stank erbärmlich.

»Pass auf! Wisch dir die Schuhe sauber!«, rief sie jemand von hinten an. »Hier ist der Teufel los, wenn du uns Sand in die Wolle trägst.«

Irene drehte sich um und blickte ins zerfurchte Gesicht eines älteren Arbeiters.

»Ich passe schon auf«, erwiderte sie schnippisch. »Die Wolle liegt doch da drüben.« Sie wies auf die Stelle, knapp fünf Schritt von ihr entfernt, an der Rohwolle auf dem nackten Fußboden lag. »Aber wenn dir so an Reinlichkeit gelegen ist, solltest du hier einmal lüften! Der Gestank ist ja schlimmer als in einem Schweinestall.«

Anstatt zornig zu werden, begann der Arbeiter zu lachen. »Na, du bist mir eine! Wohl noch neu hier und grün hinter den Ohren!«, traf er ins Schwarze. »Das ist das Öl, mit dem wir die Wolle schmälzen, das so streng riecht.«

»Aha!« Irene ärgerte sich über sich selbst. »Und wozu ist das gut, dieses Schmälzen?«

Der Arbeiter lachte wieder. »Damit die Wolle sich besser krempeln und später verspinnen lässt!«

Irene gab auf. Für eine Nachhilfestunde über die Vorstufen der Tuchproduktion fehlte ihr jetzt die Zeit. »Ich muss in die Färberei«, beschied sie dem Mann kurz angebunden.

Der lachte zu ihrem Unmut schon wieder auf. »Na, dann mach dich mal auf etwas gefasst, Schätzchen! Wenn es dir hier schon zu streng riecht, bist du dort erst recht fehl am Platz.«

Irene würdigte den Arbeiter keiner weiteren Antwort und hastete zu der Tür, auf die er gezeigt hatte. Als sie sie öffnete, schlug ihr in der Tat ein so übel riechender Dunst entgegen, dass ihr sofort schlecht wurde. Sie konnte die Hand kaum vor Augen sehen und musste sich erst einmal in dem Raum orientieren.

Als ihre Augen langsam die nebelartigen Dämpfe durchdrangen, erblickte sie eine Reihe von bauchigen Glasgefäßen, die an der Wand aufgereiht waren. »Ameisensäure. Ammoniak. Essigsäure«, las sie, als sie sich an den Behältern vorbei zu den großen Bottichen vortastete, die sie im Dunst schemenhaft ausmachen konnte.

Schließlich stieß sie auf einen bulligen Mann, der in einem großen Zuber rührte. »Was willst du?«, brummte er grob, als er Irene bemerkte.

»Ich suche die Magda Sieber«, erklärte sie.

Der Mann wandte ihr den Rücken zu und rührte weiter. »Die hat keine Zeit.«

Irene wurde wütend. »Das will ich sie selbst fragen. Wo finde ich sie? Es geht um ihr Kleines!«

»Die Magda ist da vorn und presst die Wolle aus.« Anstelle des unwirschen Arbeiters hatte ihr diesmal ein halbwüchsiger Bursche geantwortet, der wie ein Geist aus dem Nebel aufgetaucht war. Er konnte höchstens fünfzehn Jahre alt sein. Trotz des trüben Lichts bemerkte Irene, dass er gerötete Augen und entzündete Pusteln in seinem ausgemergelten Gesicht hatte.

»He!«, rief ihr der Arbeiter nach, als Irene entschlossen weiter in den Raum ging und sich dabei bemühte, einen heftigen Hustenreiz zu unterdrücken. Ihre Augen begannen, von den scharfen Dämpfen zu brennen.

Schließlich erreichte sie eine kleine Frau, die per Hand eine Presse bediente, aus der eine grüne Flüssigkeit quoll. Auch sie war noch jung, etwa zwanzig Jahre, also so alt wie sie selbst, schätzte Irene. Auch sie hatte rot entzündete Augen und Pusteln an Hals und Armen.

»Guten Tag, ich heiße Irene«, sprach sie die Frau an. »Bist du die Magda?«

Die Frau nickte und presste weiter.

»Dein Kleines weint in der Stillstube. Es hat wahrscheinlich Hunger. Du solltest es nähren.«

»Nichts da!«, ertönte wieder die grobe Stimme des Arbeiters, der Irene offensichtlich gefolgt war. »Die Magda kann jetzt nicht fort. Die Wolle muss heute noch fertig werden.«

»Aber Liesel hat Hunger!« Irene verstand die Frau kaum, so leise brachte sie ihren Einwand vor. In der Färberei herrschte nicht der gleiche Lärm wie in den übrigen Fabriksälen. Das rührte wahrscheinlich daher, dass das Färben noch überwiegend von Hand gemacht wurde.

»Du bleibst hier, sonst setzt es was«, drohte der bullige Mann. Erst jetzt fielen Irene die blauen Flecken im Gesicht der Frau auf.

»Ich kann nicht mitkommen«, flüsterte sie. »Er schlägt mich sonst tot! Der Fabrikherr hat ihm eine Prämie versprochen, wenn er bis heute Abend die Wolle für das grüne Uniformtuch gefärbt hat. Sie richten dafür sogar schon die Krempelmaschine her.«

Im Gegensatz zur Wolferei wusste Irene, was in der Krempelei gemacht wurde. Dort verarbeiteten die Maschinen die Rohwolle zuerst zu Vliesen und dann zum Vorgarn, das in der Spinnerei von den Selfaktoren zu festem Garn gezwirnt und aufgespult wurde. Sie wusste auch, dass man die Walzen der Krempelmaschinen mit ihren unzähligen scharfen Häkchen zuerst mühsam von Hand reinigen musste, wollte man eine Wolle mit einer anderen Färbung als der vorherigen verarbeiten.

Ratlos blickte sie Magda an. Natürlich würde nicht nur ihr Mann die Prämie, sondern alle Färber womöglich einen ganzen Wochenlohn einbüßen, wenn diese Krempelmaschine am nächsten Tag mangels Nachschub stillstand.

Die Frau kramte in der Tasche ihres feuchten, fleckigen Rocks, als sie plötzlich von einem heftigen Hustenanfall geschüttelt wurde. Erschüttert bemerkte Irene, dass das schmutzig graue Tuch, das Magda hervorzog, voller Blutflecken war. Auch jetzt spuckte die Frau erneut Blut hinein.

Dann griff sie wieder in die Rocktasche und zog ein ebenso

schmutzig graues Beutelchen heraus. »Gib das der Kleinen! Dann schläft sie wenigstens!«

Mit spitzen Fingern nahm Irene das Ding, das Magda ihr hinhielt, entgegen. »Was ist das denn?« Sie hob es vor ihre Augen, um es besser betrachten zu können, als sie sogar durch all die übel riechenden Dämpfe hindurch den Branntweingeruch wahrnahm, der dem Beutel entströmte.

Magda wirkte verwundert. »Hast du denn kein Kleines in der Stillstube?«

»Doch, aber ich weiß trotzdem nicht, was das ist.«

Die Frau lächelte schief. Ihre Schneidezähne waren abgebrochen. »Du Glückliche! Deines schläft also durch!«

Irene verstand immer noch nichts.

»Mit Branntwein getränkter Zucker ist das, du Schaf«, erklärte Magda, jetzt etwas gereizt.

»Weib, hörst du wohl auf zu schwatzen, sonst mache ich dir und der Schlampe da Beine!«, dröhnte es aus der Richtung des großen Bottichs.

»Steck Liesel das Beutelchen in den Mund und lass sie dran nuckeln! Das vertreibt den Hunger!«

»Weib!« Die Stimme klang nun äußerst bedrohlich.

Hastig ließ Irene das Ding in der Rocktasche verschwinden und bahnte sich ihren Weg aus dem Saal mit den Händen vor Mund und Nase durch die ätzenden Dämpfe hindurch. Als sie die Tür der Färberei hinter sich schloss, atmete sie tief auf. Die stinkende Luft in der Wolferei kam ihr nun vor wie eine frische Frühlingsbrise.

»Na, habe ich es dir nicht gesagt!« Der alte Arbeiter grinste sie an. »Schlimmer geht immer! Jetzt weißt du es.«

Wortlos und tief erschüttert vom Elend der Färberfrau und ihres Säuglings ging Irene zurück in die Stillstube. Jetzt war sie schon eine halbe Stunde zu spät dran und hatte doch nichts erreicht.

Und das widerwärtige Ding da soll ich der Kleinen in ihr zahn-loses Mündchen stecken? Sind ihre Lippen etwa deshalb so blau? Das ist starker Alkohol, das schadet ihr doch bestimmt!

Schon von Weitem hörte sie Geschrei aus der Stillstube dringen. Als sie eintrat, erblickte sie Erika, die mit Magdas Liesel auf dem Arm an den Kinderbettchen vorbeistapfte. Sie hielt den greinenden Säugling jedoch nicht liebevoll in den Armen, sondern schüttelte den kleinen Körper immer wieder, anstatt ihn zu wiegen. Sie wirkte ungeduldig und entnervt.

Spontan streckte Irene die Arme aus. »Gib mir die Kleine!« Erika gehorchte verdutzt.

Ohne lange nachzudenken, verließ Irene mit dem Kind auf dem Arm wieder die Fabrik und hockte sich draußen an dieselbe Stelle am Flussufer, an der sie vorher mit Fränzel gesessen hatte. Ihre linke Brust, aus der ihr Söhnchen nicht mehr getrunken hatte, war noch voll und spannte sogar.

Irene drehte sich etwas abseits, damit sie niemand beobachten konnte. Ihr Dreieckstuch war im Korb in der Stillstube. Dann entblößte sie ihre Brust und legte das Kindchen an.

»Trink, mein armer Schatz!«

Während die Kleine mit erstaunlicher Kraft saugte und schluckte, warf Irene das schmutzige Beutelchen weit weg in die Sauer.

Kapitel 5

Pfarrhaus in Fröschweiler
Ende Mai 1871, am Nachmittag desselben Tages

»Und? Sind die Männer zurück?«

Pfarrer Klein nickte. »Sie haben die Granate an Ort und Stelle entschärft. Nicht auszudenken, was den Kindern oder Ihnen hätte passieren können!«

Franz seufzte erleichtert auf. Der Tag, der sich nicht besonders angenehm angelassen hatte, käme nun vielleicht doch noch zu einem guten Ende. Im Pfarrhaus hatte Katharina, die Pfarrersfrau, kein Wort über seine späte Ankunft verloren, sondern ihm stattdessen flugs eine schmackhafte Mahlzeit serviert. Und Klein selbst hatte sich schon, während Franz aß, aufgemacht, um den örtlichen Leiter der Feuerwehr zu informieren.

Der war sofort mit zwei Freiwilligen aufgebrochen, hatte das Versteck der Granate auf Anhieb gefunden und den Zünder unschädlich gemacht. Jetzt stand das metallene Ungetüm auf dem Küchentisch der Pfarrersfrau.

»Was soll nun damit geschehen?«, fragte Franz.

»Peter, so heißt der Leiter der Feuerwehr, bringt es morgen nach Wörth und gibt es bei den Deutschen ab. Genau so, wie es die Vorschrift vorsieht. Von den Kindern sagen wir natürlich kein Wort und tun so, als hätte ich das Geschoss auf einem Spaziergang entdeckt«, erläuterte Klein seinen Plan.

»Die Jungen wollten die Granate verkaufen«, erinnerte sich Franz. »Sie sprachen von einem ›Stuberwirt‹!«

Der Pfarrer nickte. Seine Miene verfinsterte sich. »Ich werde auch noch mal mit dem Matthias sprechen. Er hat im Hinterzimmer seiner Wirtschaft ein halbes Museum mit Fundsachen von den Schlachtfeldern eingerichtet und bietet beträchtliche Summen für jedes weitere Stück. Das geht nicht an!« Er fuhr sich durch sein bereits schütteres, dunkles Haar, das er wie Franz mit etwas Pomade nach hinten gekämmt hatte. »Nicht weil wir damit gegen die Vorschriften der deutschen Besatzer verstoßen«, fügte er hinzu. »Sondern weil es vor allem Kinder und Halbwüchsige ermuntert, immer wieder über die Schlachtfelder zu streifen, um nach Sachen zu suchen, die sie dem Stuber verkaufen können.«

»Ein Wunder, dass noch nichts passiert ist.«

»Da irren Sie sich, Franz«, mischte sich die Pfarrersfrau ein. Sie war zierlich und etliche Jahre jünger als ihr Mann, doch ebenso tatkräftig. Während und nach den Kampfhandlungen in Fröschweiler hatte vor allem das protestantische Pfarrersehepaar die Hilfe für die Verwundeten organisiert. »Bei Morsbronn hat es einem Vierzehnjährigen die Hand abgerissen. Und ein Wörther Kind ist sogar zu Tode gekommen, als es mit seinen Spielkameraden eine geladene Pistole fand und sich ein Schuss löste.«

Franz war betroffen. Doch ehe er etwas erwidern konnte, beendete der Pfarrer das Thema. »Lass es gut sein, Katharina. Ich gehe jetzt mit Franz in den Salon. Sie schrieben mir, dass Sie etwas mit mir besprechen wollen, mein Lieber, das wahrscheinlich gar nichts mit Granaten und Schlachtfeldern zu tun hat.«

»Also, schießen Sie los!«, fuhr Klein wenig später fort, als sie bei einem Glas Wein zusammensaßen.

»Es geht um den Friedensvertrag, der am 10. Mai in Frankfurt abgeschlossen wurde. Das ganze Elsass ist annektiert. Ein

Passus handelt von unserer zukünftigen Staatsbürgerschaft. Sie heißt formal die ›elsässisch-lothringische‹, ist aber natürlich eine Form der deutschen Staatsbürgerschaft.«

Klein nickte. »Ich dachte mir fast, dass Sie darüber mit mir sprechen wollten.«

»Ich weiß nicht, was ich tun soll, Carl. Sie wissen ja, dass ich eigentlich Franzose bin. In Weißenburg halte ich das im Augenblick um der Geschäfte meiner Familie willen noch geheim, aber lange wird das nicht mehr funktionieren. Schließlich bin ich ja als französischer Staatsbürger registriert. Spätestens nach meinem 21. Geburtstag im September werde ich Deutscher, wenn ich keinen Einspruch dagegen erhebe.«

»Tja, mein Lieber«, antwortete Klein ernst. »Diese Entscheidung kann Ihnen niemand abnehmen. Was spricht für Sie denn dagegen, ein Deutscher zu werden? Soviel ich weiß, ist mit Ausnahme Ihrer Mutter doch Ihre ganze Familie deutsch.«

Franz' Puls begann sich zu beschleunigen. »Eben, die ganze Familie bis auf meine Mutter. Mein Großvater wollte, dass ich Franzose bin. Sogar mein Erbe hängt davon ab.«

»Inwiefern?«

Franz erläuterte Klein die komplizierte Sachlage.

»Aber wenn ich es richtig verstehe, ist Ihre Frau Mutter doch in einem … Sanatorium und zumindest im Augenblick nicht geschäftsfähig?«

Unter Franz' finsterem Blick errötete Klein. Er hob die Hände. »Ich meine es ja nur gut mit Ihnen, Franz. Wecken Sie doch keine schlafenden Hunde! Meiner Ansicht nach hätten Sie nur Nachteile davon, Franzose zu bleiben. Die Geschäfte Ihrer Familie würden leiden, und Sie müssten das Elsass sogar verlassen. Apropos: Was würde denn dann aus Ihrem Erbe, wenn Sie auf dem Vertrag bestehen?«

»Da ich mein Eigentum mitnehmen dürfte, müsste mein Vater mich auszahlen.«

»Und ist er dazu in der Lage?«

Franz zuckte mit den Schultern. »Das weiß ich nicht. Ich kenne zwar die aktuellen Geschäftszahlen. Aber in die gesamten Vermögensverhältnisse bin ich noch nicht eingeweiht. Das steht mir erst zu, wenn ich volljährig werde.«

»Was würde Ihre Mutter Ihnen denn raten? Oder sogar selbst tun, wenn sie es derzeit könnte?«

Franz spürte seine Kehle eng werden. Er holte tief Luft. »Ich weiß es nicht, Carl. Und ich darf auch nicht mit ihr sprechen. In der Anstalt habe ich immer noch Hausverbot, und angeblich will auch sie selbst nicht, dass ich sie besuche. Obwohl es ihr jetzt endlich besser zu gehen scheint.«

»Wie kommt das?« Franz hatte Klein zwar brieflich über die Krankheit seiner Mutter informiert, jedoch noch nicht über die letzten Entwicklungen. Das holte er jetzt nach.

Klein blickte nachdenklich drein, als Franz geendet hatte. »Es sieht also wirklich so aus, mein Lieber, als ob Pragmatismus auch für Sie der beste Weg sein könnte.«

»Auch für mich? Wie meinen Sie das?«

»Nun, die meisten Bauern hier werden sich für die Annahme der deutschen Staatsbürgerschaft entscheiden. Obwohl sie sich zeit ihres Lebens als gute Franzosen verstanden haben. Aber kaum einer von ihnen will die Scholle verlassen, auf der er geboren wurde. Zudem geht das Gerücht, dass die Deutschen Entschädigungen für die Zerstörungen und Plünderungen zahlen wollen, die sie angerichtet haben.«

»Natürlich aus der ungeheuren Summe, die Frankreich als Reparationszahlung entrichten muss«, sagte Franz sarkastisch. »Es ist die Rede von fünf Milliarden Francs in Gold. Die neue deutsche Nation selbst«, er betonte die letzten Worte verächtlich, »kostet es keinen Centime.«

»›Geld stinkt nicht‹, das hat schon ein römischer Kaiser gesagt«, erwiderte Klein schlagfertig. »Die Bauern interessiert es nicht, aus welchem Topf ihre zerstörten Scheunen, ihr abgeschlachtetes Vieh und ihre zertrampelte Ernte vom letzten Jahr bezahlt werden.«

Franz seufzte. »Und diesen Pragmatismus raten Sie auch mir an?«

Klein nickte. »Was hätten Sie zu verlieren? Im Vergleich zur Option für Frankreich nur Ihren Stolz. Aber weder Ihre Heimat noch Ihre Familie, die Sie möglicherweise zudem ruinieren müssten, um an Ihr Vermögen zu gelangen.«

Franz brütete dumpf vor sich hin. All diese Gedanken waren ihm selbst schon gekommen. Doch irgendetwas in ihm rebellierte dagegen, auch formal ein Deutscher zu werden.

»Edgar Hepp, der ehemalige Unterpräfekt von Weißenburg, wird für die französische Staatsbürgerschaft optieren und das Land demnächst verlassen«, versuchte er einen letzten Einwand.

»Und zu seinen Verwandten in die Schweiz ziehen«, antwortete Klein. Er war offenbar außerordentlich gut informiert. »An Hepps Stelle täte ich das auch. Er hat keine Chance mehr, in der deutschen Verwaltung tätig zu werden, weil er nach der Eroberung Weißenburgs fast gegen jede Anordnung der Besatzer protestiert hat. In der Schweiz kann er sich dagegen eine neue Karriere aufbauen.«

Plötzlich fiel Franz etwas ein. »Was werden denn Sie und Ihre Frau tun?« *Warum habe ich das nicht schon längst gefragt?*

Klein blickte ihn mit einer Mischung aus Spott und Ernst an. »Natürlich die elsässisch-lothringische und damit deutsche Staatsbürgerschaft annehmen, mein Lieber! Wer soll sich denn sonst um meine Gemeinde kümmern, um die restlichen Versehrten, die noch immer nicht ganz genesen sind, und um die Schulkinder, die so viel Unterricht versäumt haben?«

»Sie kümmern sich auch um die Schule?« Das hatte Franz nicht gewusst.

»Natürlich, mein Lieber! Soll ich die Erziehung unserer Kinder den Preußen überlassen? Nein, da tue ich mich lieber mit Schwester Clémentine zusammen und sorge dafür, dass nicht ausschließlich die Deutschen den Lehrplan bestimmen.«

»Wer ist Schwester Clémentine?«

»Eine ältere Ordensfrau, natürlich katholisch, nicht protestantisch wie ich. Aber Lehrerin aus Leidenschaft. Sie unterrichtet die Volksschulklassen in allen Fächern, außer in evangelischer Religion. Das übernehme ich natürlich selbst.«

Klein sah auf die Wanduhr des Salons.

»Heute ist es bereits zu spät. Der Unterricht ist längst zu Ende. Aber da Sie ja über Nacht bleiben werden, statten wir ihren Klassen morgen einen Besuch ab. Haben Sie Lust?«

Franz nickte abwesend. Eine letzte Frage beschäftigte ihn. »Tut es Ihnen denn gar nicht leid, zukünftig kein Franzose mehr zu sein?«

»Wie kommen Sie denn darauf?« Klein wirkte ehrlich erstaunt. »Elsässer bin und bleibe ich ja! Und ein Pass des neuen deutschen Kaiserreichs bedeutet doch nicht, dass mir die Werte der Grande Nation gleichgültig sind. Im Herzen bleibe ich das, was ich immer war: ein deutschsprachiger Franzose aus dem Elsass.«

Wohnküche der Schobers in Lambrecht
Ende Mai 1871, am Abend desselben Tages

»Es ist der Schnaps, der unsere Männer verdirbt. Der Robert, Magdas Mann, säuft schon seit Jahren. Sie ist seine zweite Frau. Man munkelt, die erste habe er totgeprügelt.« Unwillkürlich senkte Emma die Stimme, obwohl außer den beiden Frauen niemand in der Wohnküche war.

Irene, die sich eigentlich die schlimmen Erlebnisse des

Tages von der Seele reden wollte, war nun noch mehr in Sorge. »Stimmt es denn, dass der Magda schon Kinder gestorben sind?«

Emma nickte traurig. »Sie ist erst seit drei Jahren mit Robert verheiratet und jedes Jahr schwanger geworden. Die beiden ersten Säuglinge waren jeweils nach wenigen Wochen tot.«

Irene rang ratlos die Hände. »Ich fürchte, auch die kleine Liesel ist krank. Erst saugte sie kräftig. Doch als ich sie zurück in die Stillstube brachte, hat sie alles wieder erbrochen. Die Stunde Lohn, die ich eingebüßt habe, hat also nicht einmal etwas genutzt, von der heftigen Schelte der Vorarbeiterin gar nicht zu reden.«

»Ja«, seufzte Emma. »Das geht jetzt genauso wie bei den anderen Kleinen. Der Robert zwingt die Magda, schon kurz nach der Geburt wieder zurück in die Färberei zu kommen. Ein Wunder, dass sie diesmal eine ganze Woche ausruhen durfte. Beim letzten Mal war sie schon zwei Tage nach der Geburt wieder da. Und dann muss sie so viel schuften, dass sie die Kleinen kaum stillen kann.«

»Ich glaube außerdem, dass das Klima in der Färberei sehr ungesund ist«, sagte Irene. »Wenn Magda während all ihrer Schwangerschaften in diesen giftigen Dämpfen gearbeitet hat, konnten sich die Kinder vielleicht schon im Mutterleib nicht richtig entwickeln. Im Vergleich zu Fränzel kurz nach seiner Geburt kommt mir Liesel sehr schwächlich vor.«

Emma blickte von den Kartoffeln auf, die sie gerade schälte. Wenn ihr Gesicht nicht von den Misshandlungen ihres Mannes entstellt war, war sie eine hübsche, zierliche Frau von dreiundzwanzig Jahren. Die aschblonden Haare bildeten einen reizvollen Kontrast zu ihren dunkelgrauen Augen, die manchmal einen silbrigen Schimmer annahmen, besonders, wenn sie sich über etwas freute. Jetzt wirkte ihre Miene allerdings düster. »Da magst du recht haben, Irene«, bestätigte sie deren Befürchtungen. »Nicht umsonst zahlt der knickrige Reuter dem Robert dort einen höheren Lohn als dem besten seiner Weber. Auch die Magda wird mehr verdienen als wir in der Spinnerei. Obwohl der Grobian ihr sicher keinen Heller davon lässt. Und die Magda selbst ist auf jeden Fall nicht gesund. Sie hustet dauernd und hat entzündete Augen. Das könnte von den Mitteln kommen, die sie dort zum Färben verwenden.«

Irene erinnerte sich an die bauchigen Glasgefäße mit den merkwürdig klingenden Aufschriften. Zu gerne hätte sie gewusst, was es damit auf sich hatte. Doch sie kannte niemanden, den sie danach fragen konnte. »Wer ist der Junge, den ich dort ebenfalls gesehen habe?«, erkundigte sie sich stattdessen.

»Ach, du meinst sicher den Tobias. Das ist Magdas jüngerer Bruder. Er darf auch nichts von seinem Lohn behalten, sondern muss alles an Robert für karge Kost und ein schlechtes Strohlager abgeben. Die beiden Geschwister sind Waisen, musst du wissen.«

Irene durchfuhr ein Stich. *Auch ich bin eine Waise und wieder ganz allein auf mich gestellt. Hoffentlich ergeht es mir eines Tages nicht ebenso.* Sie schüttelte den unwillkommenen Gedanken ab.

»Glaubst du, der Georg kommt nach der Versammlung nach Hause?«

Emma verzog die Lippen zu einem gespenstisch wirkenden Lächeln, das weder von Herzen kam noch Glanz in ihre trüb blickenden Augen zauberte.

»Oh, heimkommen wird der Georg schon. Es fragt sich nur, in welchem Zustand.«

»Aber wir müssen morgen wieder arbeiten. Es ist doch erst Freitag.«

Emma atmete hörbar ein und aus. »Das ist die einzige Hoffnung, die ich habe«, erklärte sie. Irene starrte sie verständnislos an.

»Dass von seinem Wochenlohn nicht mehr viel übrig ist,

was er versaufen könnte, meine ich damit. Zum Glück schreibt der Wirt für ihn nicht mehr an. Zumindest nicht, wenn sich die Arbeiter wieder in den ›Drei Störchen‹ treffen. Und nach der Versammlung dürften andere Kneipen schon geschlossen sein.«

»Worum geht es bei diesen Versammlungen?«, lenkte Irene vom Thema ab. Es interessierte sie allerdings wirklich, was die Männer dort besprachen.

Emma zuckte mit den Schultern. »So genau weiß ich das gar nicht. Da gibt es so einen Kerl, der den Männern Flausen in den Kopf setzt. Dass sie sich ausbeuten lassen und ›Knechte des Kapitals‹ sind. Was auch immer das bedeutet!«

»Was ist das für ein Kerl?«

»Ich glaube, er heißt Josef. Er soll hier aus der Pfalz stammen.«

»Arbeitet er auch in einer Fabrik?«

»Gott bewahre!« Emmas Stimme klang verächtlich. »Wer würde so einem schon Arbeit geben? Er hetzt die Leute doch nur gegen ihre Brotgeber auf!«

»Und wovon lebt er dann?«

»Ich glaube, irgend so ein Verein bezahlt ihn. Mehr weiß ich nicht.« Irene merkte deutlich, dass Emma andere Dinge beschäftigten. Wahrscheinlich die Sorgen um Georg.

Sie beschloss, die Probe aufs Exempel zu machen. »Seit wann kennst du deinen Mann schon?«

Emma lächelte wieder, diesmal schmerzlich. »Wir kannten uns schon als Kinder. Wir wuchsen zusammen auf. Unsere Eltern arbeiteten im Nachbarort Lindenberg in einer der Spinnereien, die es heute nicht mehr gibt.«

Sie hob wieder den Kopf von den Kartoffeln. Diesmal glänzten ihre grauen Augen feucht.

»Ich war so verliebt in Georg und überglücklich, als er mir einen Antrag machte. Er war der hübscheste Bursche weit und

breit. Alle gleichaltrigen Mädchen haben mich damals benei-
det.«

»Wie lange ist das her?«

Emma überlegte kurz. »Im Herbst werden es vier Jahre.«

»Erst vier Jahre?« Die Worte waren kaum heraus, als
Irene sie auch schon bereute. Sie biss sich auf die Lippen und
schämte sich für ihre Taktlosigkeit.

Aus Emmas linkem Auge löste sich jetzt eine Träne. »Ja,
noch keine vier Jahre ist das her. Mir kommt es vor wie ein halbes Menschenalter.«

»Und seit wann ...?« Irene stockte und biss sich erneut auf
die Lippen.

»Seit wann er mich schlägt oder seit wann er säuft?« Mit
einer trotzigen Handbewegung wischte sich Emma die Träne
ab und schmierte sich dabei Erde von den Kartoffeln auf die
nasse Wange.

Dann beantwortete sie beide Fragen. »Getrunken hat Georg
schon lange, bevor wir geheiratet haben. Damals habe ich die
Tragweite nur nicht erkannt. Mein Vater trank auch. Aber er
wurde dann eher still und niemals gewalttätig. Die Schufterei
in der Fabrik ist so hart und so schwer, dass es eines Mannes
einzige Freude bleibt, sich ab und an zu betrinken, pflegte er
zu sagen.«

Ihre Hand umklammerte die Kartoffel, die sie gerade
schälte. Mit leiser Stimme fuhr sie fort: »Geschlagen hat mich
Georg zum ersten Mal, als ich mit Marie schwanger ging. Ich
war damals wehleidiger als heute und lag nach der Arbeit oft
früh im Bett, weil mir übel war. Eines Tages kam er betrunken
nach Hause. Damals arbeitete er oft bis in die Nacht, und wenn
der Meister nicht hinsah, kreiste billiger Fusel unter den Arbeitern. Er verlangte von mir, dass ich aufstehen solle, um ihm
etwas zu kochen. Ich gab ihm eine patzige Antwort. Da packte
er mich, zerrte mich aus dem Bett und haute mir rechts und

links eine runter. Als er wieder nüchtern war, tat es ihm leid, und er flehte mich auf Knien um Verzeihung an. Und ich Schaf glaubte ihm, dass es ein einmaliger Ausrutscher war.« Jetzt schluchzte Emma auf.

Irene tätschelte ihr hilflos die Hand, bis Emma sie ihr entzog und sich entschlossen aufrichtete. »Aber danach tat er es wieder und wieder und immer brutaler. Und leid tut es ihm heute nur noch, wenn er mich schwer verletzt hat. Wie vor einem Jahr, als er mir den Unterarm brach.«

Wie schon zuvor verzog sie die Lippen zu einem gespenstischen Lächeln. »Meine Mutter sagt, ich hätte es nicht so gut getroffen wie sie, aber auch nicht schlechter als viele andere Arbeiterfrauen. Sieh dir doch Magda an. Mit der wollte ich um keinen Preis tauschen.«

Die Frauen schwiegen bedrückt. Emma griff schließlich zu der rußgeschwärzten Bratpfanne, füllte ein wenig Fett und die Kartoffeln hinein und schob sie auf den Herd. Die Frauen und Kinder hatten längst zu Abend gegessen, aber Emma musste für den nächsten Tag vorkochen. Georg erwartete mittags ein warmes Essen. Er nahm es in einem Henkelmann mit in die Fabrik und wärmte es dort auf einem der Rohre auf, durch die der heiße Dampf strömte, mit dem die Maschinen angetrieben wurden. Das war zwar offiziell verboten, aber gängige Praxis.

Es war stickig heiß in der Küche unter dem Dach, obwohl das kleine Fenster sperrangelweit offen stand. Irene begann, schläfrig zu werden. Die Augen fielen ihr nach dem langen Arbeitstag zu.

Emmas Frage traf sie daher völlig unvorbereitet. »Was ist eigentlich mit deinem Mann? Ist er wirklich im Krieg gefallen?«

Irene spürte ihr Gesicht heiß werden und hoffte, dass Emma dies auf die Hitze im Raum zurückführen würde. Einen ratlosen Moment lang rasten die Gedanken durch ihren Kopf. Dann entschloss sie sich zumindest zur halben Wahrheit.

»Nein, gefallen ist er nicht. Er wurde schwer verwundet und verlor ein Bein.«

»Und warum bist du nicht bei ihm geblieben? Wolltest du nicht mit einem Krüppel leben?« Emma sah ehrlich empört aus.

Irene wurde nun blutrot. *Was soll ich nur sagen?*

»Oder wollte er dich nicht mehr?«, kam Emma ihr ungewollt entgegen. »Man sagt, manche Männer ertragen es nicht, versehrt mit ihrer Frau weiterzuleben.«

Kurz überlegte Irene, ob sie auf Franz' Kosten lügen sollte, entschied sich aber dagegen und hielt sich stattdessen so weit wie möglich an die Wahrheit.

»Nein, so war es nicht. Wir waren gar nicht verheiratet, musst du wissen.«

Sie blickte ängstlich auf. Doch Emma sah nicht schockiert aus. Sie erriet Irenes Gedanken.

»Das finde ich überhaupt nicht schlimm«, beruhigte sie sie. »Unter uns Arbeitern gilt es nicht als Schande, als Ledige schwanger zu werden. Ich kenne sogar Familien mit mehreren Kindern, in denen die Eltern ohne Trauschein zusammenleben. Aber warum hat dich der Mann im Stich gelassen?«

»Fr…« Sie stockte. *Fast hätte ich seinen richtigen Namen verraten.* »Fritz war der junge Herr in dem Haus, in dem ich Dienstmädchen war. Man warf mich als Schwangere hinaus, als er schwer verwundet im Lazarett lag. Seither habe ich nichts mehr von ihm gehört.«

»Also weißt du gar nicht, ob er dich nach seiner Rückkehr im Stich gelassen hätte? Warum hast du ihm denn nicht geschrieben?«

Jetzt musste Irene doch zu einer faustdicken Lüge greifen, um Emmas eindringlichen Fragen auszuweichen. »Ich habe ihm sogar mehrere Male geschrieben. Es kam nie eine Antwort. Irgendwann habe ich es aufgegeben. Und um persönlich bei ihm vorzusprechen und Geld für Fränzels Unterhalt von ihm zu erbetteln, bin ich zu stolz«, kam sie Emmas Einwand zuvor.

»Aber ...«

In diesem Augenblick hörten sie Schritte auf der Treppe. Georg stieß die Küchentür auf. Er sah fröhlich aus und war offensichtlich nicht betrunken. Beide Frauen atmeten auf.

»Oh, hier riecht es ja wunderbar! Wart ihr fleißig, ihr zwei?«

»Das sind die Bratkartoffeln!« Irene hörte überrascht, wie freudig nun auch Emmas Stimme klang. »Das Brot ist uns ausgegangen, aber Kartoffeln kannst du noch haben, wenn du willst.«

»Immer her damit! Bei der Versammlung habe ich trockenes Brot mit ein bisschen Schmalz zur Genüge gehabt.« Georg gab seiner Frau einen schmatzenden Kuss und tätschelte ihr den Rücken. Emmas zarte Gestalt reichte ihm gerade einmal bis zur Schulter. Dann setzte Georg sich an den Tisch.

Verwundert beobachtete Irene die beiden. Trotz allem, was ihr Emma erzählt hatte, strahlte sie Georg nun an. Ihre Augen schimmerten silbrig. Die beiden wirkten wie frisch verliebt.

Oha, das letzte Wort über diese Ehe ist also noch nicht gesprochen, konstatierte sie bei sich. Und lobte sich für ihre Klugheit, bislang kein böses Wort über Georg verloren zu haben. *Das hätte mir schlecht bekommen können. Vielleicht wird ja doch noch alles gut. Ein schönes Paar sind sie immerhin, wenn er nicht betrunken ist.*

Volksschule in Fröschweiler
Ende Mai 1871, am nächsten Morgen

»Guten Morgen, Herr Pfarrer.«

Wie aus einem Mund beantworteten die Schülerinnen und Schüler Pfarrer Kleins Gruß.

»Und dies ist ein Gast aus Weißenburg. Er heißt Herr Gerban. Begrüßt auch ihn!«

»Guten Morgen, Herr Gerban«, befolgten die Kinder willig die Anweisung ihrer Lehrerin Schwester Clémentine. Die Ordensfrau lächelte, worauf sich die unzähligen Fältchen um ihre Augen herum vertieften.

Franz schätzte die Nonne auf ungefähr fünfzig bis sechzig Jahre. Genauer ließ sich dies nicht ausmachen. Schwester Clémentine trug einen Habit, der aus einem bodenlangen weißen, nur in der Taille mit einer Kordel gegürteten Kleid und einem schwarzen Schleier bestand, der ihre Haare vollständig bedeckte.

Klein und Gerban nahmen in einer Ecke des Raumes Platz und verfolgten den Unterricht. Rechts saßen die Knaben, links die Mädchen. Je weiter hinten in den Reihen, in desto höhere Klassen gingen sie, hatte Klein Franz erklärt. Zu dessen Erstaunen hockten jedoch auch ältere Kinder ganz außen in den ersten Reihen. Franz überschlug ihre Zahl. Es waren insgesamt ungefähr dreißig Schüler.

»Hier werden sechs Klassenstufen gemeinsam unterrichtet«, hatte ihm der Pfarrer beim Frühstück berichtet, um ihm die wichtigsten Informationen vorab zu geben. »Bislang reichte uns eine Lehrerin, denn nicht jeder Bauer schickte seine Kinder überhaupt in die Schule. Das könnte sich jetzt bald ändern, sodass wir schon auf der Suche nach einem Hilfslehrer sind.«

»Was genau wird sich bald ändern?«, fragte Franz.

Pfarrer Klein verzog den Mund. »Wie jede Medaille, so hat auch die deutsche Annexion des Elsass zwei Seiten. Die Schulpflicht ist eine der wenigen Errungenschaften, für die wir den Preußen dankbar sein dürfen. Die Verordnung dazu gibt es hier im Kreis Weißenburg schon seit April. Aber noch halten sich nicht alle Eltern daran.«

»Und was stört Sie, wenn Sie doch ein Befürworter der Schulpflicht sind? Ich sehe Ihnen an, dass es da etwas geben muss.« Franz bemerkte den unwilligen Gesichtsausdruck des Pfarrers.

Der nickte und seufzte. »In den Volksschulen soll kein Französisch mehr unterrichtet werden.«

»Was sagen Sie da?« Franz war entgeistert.

»Französisch als Schulfach ist nur noch ab der Mittelschule erlaubt. Und auch das nur ein paar Stunden pro Woche.«

»Das darf doch nicht wahr sein!«, schimpfte Franz. »Was bilden sich diese Besatzer denn ein?« Er stutzte. »Und wie stellen sich die hohen Herren das in Lothringen vor? Anders als hier im Elsass, wo ja nahezu jeder Deutsch versteht und auch spricht, gibt es dort ganze Gebiete, in denen Französisch die einzige gesprochene Sprache ist.«

Pfarrer Klein hob die Schultern. »Das weiß ich auch nicht. Ich kann mir nur vorstellen, dass es dafür Sonderregelungen geben muss. Hier im Elsass werden es jedenfalls all die nicht leicht haben, die der französischen Nation nachtrauern. Nicht nur in Berlin ist man felsenfest davon überzeugt, dass sich jeder Elsässer darüber freuen muss, endlich wieder in seine angestammte Heimat zurückzukehren.«

»Pah! Die Eroberung durch Ludwig XIV. ist mehr als zweihundert Jahre her! Natürlich fiel es damals den Elsässern schwer, sich den französischen Siegern zu unterwerfen. Aber das spielt doch schon seit Generationen keine Rolle mehr.«

»Sagen Sie das einmal den deutschen Verwaltungsbeamten,

Franz! Unabhängig davon, wo sie herstammen, ob aus Baden, Württemberg, Bayern, Sachsen oder Preußen, sie führen sich, was unsere Kultur angeht, hier im Kreis Weißenburg auf, als brächten sie uns das allein seligmachende Heil.«

»Und trotzdem wollen Sie ein Deutscher werden!«, konfrontierte Franz den Pfarrer mit diesem vermeintlichen Widerspruch.

Der hob die Hände. »Die Gründe dafür habe ich Ihnen doch schon gestern erklärt. Es gilt eben, Schlimmeres zu verhindern. Und das kann ich nur, wenn ich im Lande bleiben darf.«

Er stand vom Frühstückstisch auf. »Auf jeden Fall unterrichtet Schwester Clémentine auch weiterhin Französisch. Noch gelten die neuen Schulregeln nicht offiziell. Und selbst wenn! Wer würde es denn merken? Hier zu uns in die Zwergschule wird sich so schnell keiner dieser deutschen Schulinspektoren verirren.«

Und nun lauschte Franz in der Tat dem Unterricht in Französisch, den Schwester Clémentine in verschiedenen Schwierigkeitsgraden den unterschiedlichen Klassenstufen entsprechend lehrte. Bei den Schülern der unteren Klassen verband sie Schreibübungen mit den französischen Wörtern. Die Schüler der höheren Klassen konjugierten Verben in verschiedenen Zeitformen und bekamen schließlich die Aufgabe, den Jüngeren zu helfen und deren Arbeit zu überprüfen.

»Sind die älteren Kinder in den vorderen Reihen Anfänger, die bislang keine Schule besucht haben?«, schloss Franz aus den morgendlichen Ausführungen des Pfarrers. Der nickte.

Franz beobachtete die Lehrerin weiter. »Sie macht das sehr gut!«, flüsterte er Klein schließlich beeindruckt zu.

Der freute sich sichtlich über das Lob. »Ich sagte es Ihnen doch bereits. Schwester Clémentine ist Lehrerin mit Leib und Seele.«

»Wo befindet sich eigentlich ihr Kloster?«

»Das örtliche wurde schon vor einigen Jahren aufgelöst. Ich glaube, die nächste Abtei ihres Ordens befindet sich in Straßburg. Schwester Clémentine bewohnt mit Ben Salah das Dachgeschoss des Schulhauses.«

»Ben Salah? Wer ist denn das nun wieder?«

In diesem Moment fingen Franz und Klein ein leises Zischen der Lehrerin auf, die spielerisch drohend den Zeigefinger hob. Beide schwiegen beschämt. Keines der Kinder hatte bislang getuschelt, die Disziplin der Schüler war einwandfrei. Obwohl Franz nirgends den wohlbekannten Rohrstock erblickte, mit dem sich Lehrer aller Klassenstufen und Schularten Respekt zu verschaffen pflegten, wie Franz aus seiner eigenen Schulzeit leidvoll wusste.

Gerade als seine Gedanken abzuschweifen begannen, öffnete sich leise die Tür. Ein kleiner Mann, dessen Gesicht die dunkle Hautfarbe eines Turkos hatte, trat gebeugt herein. Turkos wurden die Kolonialsoldaten aus den von Frankreich besetzten Maghreb-Staaten genannt. Sie hatten in diesem sinnlosen Krieg, der sie noch weniger anging als den einfachen französischen Soldaten, aufseiten Frankreichs mitgekämpft.

Obwohl der Mann in einen schlichten Leinenkittel und eine grobe Hose gekleidet war und keine Kopfbedeckung trug, standen Franz sofort wieder die Bilder der ersten Kämpfe des Krieges bei Weißenburg vor Augen. Wie groteske Mohnblumen im grünen Gras hatten die roten Pluderhosen der gefallenen Turkos, die tot oder schwer verwundet vor den Stadtmauern lagen, von ferne ausgesehen.

Die Kolonialsoldaten, deren Zugehörigkeit zu verschiedenen Regimentern man an der roten, blauen oder weißen Farbe ihrer Pluderhosen erkennen konnte, waren als die tapfersten, aber auch als die grausamsten Soldaten auf französischer Seite verschrien. Freund wie auch Feind betrachteten die Männer in der Regel als »Wilde«. Bei der Verpflegung, der Unterkunft und vor allem bei der Versorgung ihrer Wunden hatten sie oft gegenüber den weißen Soldaten beider Nationen zurückstehen müssen.

Franz war noch in seine Erinnerungen versunken, als Schwester Clémentine ein kleines Glöckchen läutete, um die erste Vormittagspause anzuzeigen. Die Kinder gleich welchen Alters ließen sich nicht zweimal bitten, sondern stürmten aus dem Klassenraum hinaus in die maifrische Luft des Schulhofs.

Die Nonne, die Franz am Morgen nur kurz begrüßt hatte, trat nun auf ihn und den Pfarrer zu. »Sie benehmen sich ja schlechter als jedes Schulkind«, tadelte sie die beiden mit einem Lächeln, das ihre strengen Worte Lügen strafte.

»Verzeihen Sie uns das Getuschel!«, bat Franz dennoch zerknirscht. »Es ist mir bewusst, dass sich das eigentlich nicht gehört.«

»Schon gut«, winkte Clémentine ab. »Darf ich Ihnen meinen Gehilfen vorstellen?« Sie winkte dem Turko. »Das ist Hussein Ben Salah.«

Der Mann trat gebückt näher und wirkte offensichtlich überrascht, als Franz ihm die Hand bot, die er zögernd ergriff und sofort wieder losließ.

»Aber Ben Salah!« Nun galt der leise Tadel der Nonne dem Turko. »Dieser Mann meint es ehrlich mit dir und möchte nur freundlich sein.«

Franz schloss aus ihren jetzt in Französisch gesprochenen Worten, dass dies keineswegs selbstverständlich für Ben Salah war.

»Er muss sich auch nicht dauernd verbeugen«, bekräftigte er seinen Wunsch, den Mann respektvoll zu behandeln.

»Das kann er nun wieder nicht ändern, Herr Gerban«, sagte die Nonne.

Klein mischte sich ein. »Hussein Ben Salah wurde nicht

weniger als vierzehnmal verwundet. Er eroberte die Flagge eines deutschen Regiments. Sie können sich sicher vorstellen, was das bedeutet.«

Franz nickte, beeindruckt und angewidert zugleich. Wieder stürmten die Bilder der Schlacht von Weißenburg auf ihn ein. Diesmal waren es die Szenen vor dem Schloss auf dem Geisberg: das Gebrüll der Königsgrenadiere, aufgeputscht von der Rede ihres fanatischen Majors Leopold von Kaisenberg – dessen sinnloser Tod, als er die Regimentsfahne verteidigte – Franz' Cousin Fritz, der sie dem Gefallenen aus den Händen nahm, nur um einen Lidschlag später selbst hingemetzelt zu werden.

Man sagte, die letzten Worte des sterbenden von Kaisenberg hätten nicht seiner jungen Frau oder seinen Eltern gegolten, sondern dem Schicksal der Fahne. Mit einem seligen Lächeln auf den Lippen sei er verschieden, als man ihm meldete, das zerschlissene Stück Tuch mit der geborstenen Stange sei gerettet worden.

»Wahrscheinlich wäre sein Tod nicht so friedlich und heldenmütig verlaufen, wenn man ihm ausgerichtet hätte, die heilige Fahne sei von einem Wilden erobert worden.«

»Wie meinen?«

Franz kehrte in die Realität zurück und sah die fragenden Blicke der Lehrerin und des Pfarrers auf sich gerichtet. Anscheinend hatte er seine Gedanken wieder einmal laut ausgesprochen, etwas, was ihm schon bei früheren Gelegenheiten passiert war, wenn er sich an seine Kriegserlebnisse erinnerte.

»Nichts, nichts«, beschwichtigte er und lenkte dann von sich ab. »Gehe ich recht in der Annahme, dass Sie den Ärmsten gesund gepflegt haben?«, wandte er sich an die Schwester.

Die nickte. »So ist es, Herr Gerban. Allein hier im Schulhaus lagen um die fünfhundert Verwundete. Doch Ben Salahs Genesung zog sich so lange hin, dass die Überlebenden seines Regiments längst in ihre Heimat zurückgekehrt waren, als er wieder gesundet war. Gesundet, so gut es eben noch möglich ist«, fügte sie hinzu. »Sein Rücken ist geschädigt, er kann nicht mehr aufrecht gehen. Er hinkt außerdem und hat einen lahmen linken Arm. Aber er ist jederzeit fröhlich und ein wenig einfältig wie ein großes, gutartiges Kind.«

»Der Form halber versieht er ein paar Hausmeistertätigkeiten, leichte Arbeiten, die er bewältigen kann«, ergänzte Klein. »Die Gemeinde zahlt ihm dafür neben Kost und Logis in dem kleinen Kämmerchen unter dem Dach ein paar Francs als Taschengeld.«

»Und er ist so dankbar für alles!« Das Lächeln der Nonne war geradezu zärtlich. Vielleicht sah sie in Ben Salah, der höchstens Mitte zwanzig sein konnte, den Sohn, den sie nie gehabt hatte. »Mittlerweile versteht er sogar ein wenig Deutsch.«

Erst jetzt wurde Franz bewusst, dass sie in Gegenwart Ben Salahs über diesen tatsächlich so gesprochen hatten, als sei er ein unmündiges Kind. *Zum Glück auf Deutsch,* dachte er beschämt. *Hoffentlich hat er das meiste nicht verstanden.*

In diesem Moment trat Ben Salah einen Schritt vor. »Schwester eine ganz liebe Frau«, erklärte er in gebrochenem Deutsch. Seine Stimme klang guttural. »Gute, sehr gute Frau. Wird in den Himmel kommen!« Er zeigte nach oben. »Gut zu den Kindern und gut zu armem Ben Salah.«

Schwester Clémentine errötete leicht. Dann warf sie einen Blick auf die Wanduhr. »Du meine Güte! Die Pause ist eigentlich schon seit fünf Minuten vorbei. Ich rufe die Kinder herein. Du, Ben Salah, setz dich dahinten auf deinen Platz. Den Schulhof kannst du später kehren. Aber nun lehre ich die Kinder Rechnen. Und das ist doch dein Lieblingsfach!« Sie sprach wieder Französisch mit ihm. Ben Salah nickte begeistert und hinkte zu dem ihm gewiesenen Platz, nachdem er sich von Klein und Franz verabschiedet hatte.

»Er ist wirklich schon recht gut in diesem Fach«, beteuerte die Lehrerin. »Möchten Sie noch ein Weilchen bleiben?«

Franz verneinte. »Ich bedanke mich sehr dafür, dass ich kommen und Ihren Unterricht verfolgen durfte, Schwester Clémentine, und wünsche Ihnen und Ihren großen und kleinen Schülern weiterhin viel Erfolg. Aber es ist ja schon nach zehn Uhr. Ich muss bald aufbrechen, da ich heute noch nach Weißenburg zurückkehren will.«

Den ganzen Heimweg über dachte Franz über seinen Besuch bei dem Pfarrer und der Lehrerin nach.

Menschen tun alles erdenklich Schlechte und Grausame. Am Vorabend hatte er von Klein erfahren, dass eine versprengte französische Einheit den Deserteur Albert Valon, der ihm zur Flucht aus Fröschweiler verholfen hatte, noch in der gleichen Nacht gefasst und standrechtlich erschossen hatte.

Und es sind ebenfalls Menschen, wie zum Beispiel das Ehepaar Klein und Schwester Clémentine, die dem mit ihren schwachen Kräften entgegenwirken. Und damit so viel Gutes in diese elende Welt bringen.

Kapitel 6

Irrenanstalt in Klingenmünster
Juli 1871

»Wohin geht Gerlinde denn?« Die junge Frau wurde gerade von einer der Wärterinnen aufgefordert mitzukommen.

Pauline Gerban ließ das Leinen sinken und richtete die Frage an eine neben ihr sitzende Frau namens Anna. Sie befanden sich im Aufenthaltsraum für die höheren Pflegeklassen bei den nachmittäglichen Handarbeiten, an denen Pauline seit vier Wochen teilnehmen durfte.

Anna zuckte mit den Schultern. »Das weiß ich auch nicht. Vielleicht hat sie Besuch bekommen.«

»Besuch? Aber heute ist doch gar kein Besuchstag.« Wie alles in der Klinik waren auch die Besuchszeiten streng geregelt.

»Wir werden sie einfach fragen, wenn sie zurückkommt.« Damit widmete sich Anna wieder ihrer Strickerei.

Auch Pauline richtete den Blick zurück auf ihre eigene Handarbeit. Sie verzierte eine Tischdecke aus weißem Leinen mit einer komplizierten Lochstickerei.

Seit sie die schweren Medikamente nicht mehr bekam, die sie über Monate hinweg betäubt hatten, bemühte sich Pauline, das Beste aus ihrem Leben in der Anstalt zu machen. Ihr war mittlerweile klar geworden, dass sie zumindest zu Lebzeiten ihres Mannes Wilhelm nicht mehr nach Hause zurückkehren durfte. Zu sehr fürchtete sich ihr Gatte vor dem, was geschehen würde, wenn die Wahrheit ans Licht käme.

Wäre ich im letzten Jahr nur besonnener vorgegangen und hätte Franz' Heimkehr abgewartet, warf sie sich wieder und wieder vor. Denn für Irene, die sie als Gefangene ihres Mannes im Weißenburger Weinkontor vorgefunden hatte, und ihr ungeborenes Enkelkind hatte sie mit ihrem Vorgehen gar nichts erreicht. Im Gegenteil! Womöglich hatte sie deren Lage sogar noch verschlimmert, und Mutter und Kind waren inzwischen im Elend geendet.

Auch ihre eigene aussichtslose Situation verdankte sie ihrer Naivität und Dummheit. Denn Wilhelm machte sie unschädlich, indem er mithilfe des ahnungslosen Hausarztes Dr. Frey ihre heute von ihr verfluchte Laudanum-Sucht ausnutzte, um sie hier einsperren zu lassen. Hinter den Mauern von Klingenmünster klang ihre Geschichte so fantastisch, dass ihr einziger Versuch, sie dem Chefarzt Dr. Dietrich zu erzählen, diesen offenbar davon überzeugt hatte, dass sie an akuten Wahnvorstellungen litt.

Und je mehr ich mich zur Wehr gesetzt habe, desto verrückter habe ich auf alle gewirkt.

Doch die monatelangen Qualen, die sie nach Franz' letztem Besuch im Februar und ihrem darauffolgenden Wutanfall erlitten hatte, waren ihr endlich eine Lehre gewesen. Viele Wochen lang war sie ans Bett gebunden worden, hatte stundenlange Dauerbäder erdulden und jeden Tag hohe Dosen Morphium einnehmen müssen, das ihren Körper schlaff und ihren Geist tatsächlich wirr machte.

Dass sie dieser Situation überhaupt entronnen war und jetzt wieder ihr hübsches Zwei-Zimmer-Apartment in der Villa für gut betuchte Patientinnen bewohnen durfte, wenn auch Tag und Nacht bewacht von ihrer Wärterin Rosa, verdankte sie wahrscheinlich nur einer zweiwöchigen Dienstreise des Klinikdirektors Dietrich zu verschiedenen Ärztekongressen. In seiner Abwesenheit hatte sein Stellvertreter, Oberarzt Dr. Bertram, ihre Behandlung übernommen und die Morphium-Dosis reduziert, »um herauszufinden, ob sie doch noch über einen Rest Verstand verfügt«, wie er Schwester Rosa in ihrem Beisein erklärte. Beide ahnten nicht, dass sie wach genug war, um die Unterhaltung zu verstehen. Trotz der Bedenken der Wärterin hatte sich Bertram durchgesetzt. Und Pauline nutzte die unverhoffte Chance und fügte sich seitdem in alles, ohne zu protestieren.

Mit stolzgeschwellter Brust teilte Bertram Dietrich nach dessen Rückkehr mit, dass sich der Zustand der »werten Frau Pauline Gerban« nachhaltig verbessert habe. Mit säuerlichem Lächeln befragte Dietrich sie daraufhin im Beisein Bertrams und konnte angesichts ihrer offensichtlichen Fortschritte keine Einwände gegen dessen Behandlung erheben. Allerdings ersetzte er das Morphiumpräparat durch ein angeblich neues Mittel namens Chloralhydrat, das Pauline relativ gut vertrug.

Aber den Ausschlag für die wenigen Freiheiten, die man mir zugesteht, gab natürlich, dass ich in Gegenwart Wilhelms beteuert habe, Franz nicht mehr sehen zu wollen. Das Herz wurde Pauline noch immer schwer, wenn sie an dieses Gespräch dachte. Doch ihr war nichts anderes übrig geblieben, denn Dietrich hatte ihr die Worte quasi in den Mund gelegt.

»Meine liebe Frau Gerban«, eröffnete er die Unterredung in dem süßlichen Tonfall, den er gegenüber den Patienten der ersten Klasse in der Regel anschlug und aufgrund dessen Pauline ihn noch mehr verabscheute. »Ich bin außerordentlich glücklich, Ihrem Gatten, der in beständiger Sorge um Sie lebt, endlich mitteilen zu können, dass sich Ihr Gesundheitszustand, übrigens ganz unerwartet und entgegen aller gängigen Erfahrung, doch noch einmal zum Positiven verändert hat. Nun ist Ihr liebender Gemahl natürlich in Sorge, ob dies von Dauer ist. Und ich darf freimütig eingestehen, dass ich mir diese Frage auch selbst stelle«, setzte er seine geschwollene Rede fort.

Paulines Herz begann vor Angst schneller zu schlagen. Sie griff nach dem einzigen Strohhalm, der ihr einfiel. »Es geht mir sehr viel besser, Herr Dr. Dietrich. Ich bin bereit, mich jeder Ihrer Anordnungen zu unterwerfen, damit dies auch so bleibt.« Sie hasste sich selbst in diesem Moment für diese Kriecherei. *Aber was sollte ich anderes tun?*

Dietrich fixierte sie mit seinen Raubvogelaugen, während Wilhelm jedem Blickkontakt mit ihr auswich. Der Klinikleiter verzog seine Lippen zu dem wölfisch anmutenden Grinsen, das Pauline ebenfalls zu fürchten gelernt hatte. Sie wusste, dass nichts als Heimtücke hinter seiner aufgesetzten Freundlichkeit steckte, und war auf der Hut.

»Darf ich also davon ausgehen, dass Sie die Arbeit von Schwester Rosa jetzt höher schätzen als vorher? Sie lässt Ihnen nur die beste Pflege zuteilwerden.«

»Natürlich, Dr. Dietrich. Ich wollte Rosa um keinen Preis gegen eine andere Pflegekraft tauschen«, log Pauline.

»Ich freue mich, dass Sie so verständig sind«, lobte Dietrich. »Dann teilen Sie sicherlich auch meine Auffassung, liebe Frau Gerban, dass jede Aufregung von Ihnen ferngehalten werden muss, damit wir keinen Rückfall riskieren. Was meinen Sie?«

»Natürlich, natürlich, werter Herr Direktor«, stimmte Pauline zu.

»Warum hat dich Franz' Besuch eigentlich so aufgeregt?«, mischte sich Wilhelm ein.

Das wüsstest du wohl gerne, du Schurke. Pauline behielt trotz dieses Gedankens ihren unterwürfigen Gesichtsausdruck bei. Ihre nunmehr über dreißigjährige Ehe mit Wilhelm war eine hervorragende Schule gewesen, um zu lernen, wie man sich verstellte, ohne dass es jemand merkte oder ihr gar ansah.

»Das kann ich gar nicht mehr sagen, mein Lieber«, wich sie demgemäß aus. »Ich war an diesem Tag viel zu verwirrt.«

»Wenn dem so ist, schlage ich vor, dass jeder Besuch, gleich von wem, bis auf Weiteres unterbleibt, Frau Gerban.« Dietrichs Miene veränderte sich nicht. Nur seine Stimme bekam einen drohenden Unterton.

Pauline erkannte die Zeichen. »Das wird meiner Gesundheit mit Sicherheit am bekömmlichsten sein«, bestätigte sie.

»Soll ich Franz also ausrichten, dass du weitere Besuche von ihm nicht mehr wünschst?«, fragte Wilhelm.

Pauline erstickte fast an ihrer Antwort. »Ja, tu das, mein Lieber.«

»Ihr Sohn hat ohnehin unbefristetes Hausverbot, Frau Gerban«, warf Dietrich ein. »Zwei Wärter waren nötig, um ihn hinauszuwerfen, so sehr tobte er hier im Februar. Ich überlegte bereits, ihn ebenfalls festzuhalten und zu behandeln. Es ist Ihnen vielleicht nicht bekannt, aber Geisteskrankheiten können auch vererbt werden.«

Pauline erschrak bis ins Mark. »Ich sagte doch schon, dass ich selbst darum bitte, dass Franz mich nicht mehr besucht!«

Sie wusste, dass diese Aussage ihren geliebten Sohn aufs Tiefste verletzen würde. *Doch es ist zu seinem eigenen Besten. Wer weiß, wozu Wilhelm imstande ist, auch ihm anzutun.*

Weinkontor in Weißenburg
Juli 1871

»Das freut mich aber ungemein, Herr Oberinspektor Kegelmann, dass Sie erneut den Weg zu uns finden.«

Wilhelm Gerban erhob sich von seinem Platz hinter dem imposanten Schreibtisch und gab dem Gehilfen ein Zeichen, zunächst an der Tür zu warten. »Offensichtlich hat Ihnen die

Riesling-Spätlese gemundet, die Sie für Ihre Tafel erstanden haben. Was kann ich denn heute für Sie tun? Ich hätte noch einen wunderbaren Spätburgunder vorrätig. Darf ich Ihnen ein Gläschen anbieten?«

Er führte den Besucher zu einer Sitzecke mit zwei bequemen Lehnsesseln.

»Sehr gerne würde ich Ihren edlen Tropfen kosten«, antwortete Kegelmann. »Wenn es Sie nicht vergrämt, dass mich heute eine andere Angelegenheit zu Ihnen führt, als meine Weinvorräte zu ergänzen.«

»Ernst, bringen Sie eine Flasche vom Sonnenfels!«, wies Gerban seinen Gehilfen an. Während die Männer auf dessen Rückkehr warteten, musterte Gerban seinen Besucher forschend. Was er sah, gefiel ihm gar nicht. Da lag ein merkwürdiger, nicht zu deutender Ausdruck auf dem feisten Gesicht seines Gegenübers, ein Glitzern in dessen wässrig blauen Augen, das womöglich nichts Gutes bedeutete.

Haben sie etwa herausgefunden, dass wir die Fässer für die gemeinen Soldaten gepanscht haben?

Er wappnete sich innerlich. »So sprechen Sie freiheraus, werter Herr.«

»Oh, es eilt nicht, lieber Herr Gerban. Unangenehme Nachrichten erreichen jeden noch früh genug. Ich warte gerne, bis uns Ihr Gehilfe den Weißburgunder kredenzt hat.«

Verdammter Idiot! Gerban hatte Kegelmann, einen jener höheren preußischen Verwaltungsbeamten, die jetzt in der Präfektur von Weißenburg die Aufgaben des ehemaligen Unterpräfekten Edgar Hepp wahrnahmen, noch nie leiden können. Er bemühte sich jedoch, seine Gefühle nicht zu zeigen.

Was kann der Kerl nur von mir wollen? Überhaupt, wie sollte er von dem gepanschten Wein wissen? In diesem Fall hätte ich eher erwartet, dass der Intendant des Heers hereinschneit, nicht dieser Verwaltungshengst.

Die Männer verharrten in unangenehmem Schweigen. Gerban selbst wusste nicht, was er sagen sollte. Kegelmann genoss die Situation offensichtlich, wie der Weinhändler an seinem leicht spöttischen Lächeln zu erkennen glaubte.

Die kurze Zeit, bis der Gehilfe zurückkehrte, kam Gerban wie eine Ewigkeit vor. »Warum brauchen Sie denn so lange, Ernst?«, ließ er seine schlechte Laune an dem jungen Mann aus, als der mit dem Wein und zwei Kristallpokalen eintrat.

Kegelmanns Lächeln wurde breiter, und Gerban verfluchte sich innerlich für seine Unbeherrschtheit. *Nur jetzt keine Schwäche zeigen,* rief er sich stumm zur Ordnung.

Sobald Ernst den Raum verlassen hatte, hob Gerban sein Glas. »Auf Ihre Gesundheit, Herr Kegelmann. Das ist ein köstlicher Tropfen aus den besten Schweighofener Lagen. Über ein Jahr lang gereift und unübertrefflich im Geschmack, finden Sie nicht?«

Kegelmann kostete, ließ den Wein bedächtig im Mund hin und her rollen und hob die Augen verzückt zur stuckverzierten Zimmerdecke. »Wahrhaft köstlich, lieber Gerban!« Er leckte sich genießerisch über die dicken Lippen, die rosa unter seinem struppigen Vollbart hervorschimmerten, und nahm noch einen Schluck. »Ein Getränk für die Götter!«

»Ich danke Ihnen!« Gerban neigte den Kopf. Dann blickte er dem anderen fest in die Augen. »Und nun verraten Sie mir, mein Verehrtester, was Sie hierherführt.«

Sein strenger Blick verfehlte auch bei Kegelmann seine Wirkung nicht. Zu Wilhelms Genugtuung huschte eine leichte Unsicherheit über dessen Gesicht.

»Es ist die Sorge um Ihren Sohn, Herr Gerban«, fiel er dann mit der Tür ins Haus. »Und damit natürlich um die ausgezeichnete Reputation Ihres Weinhandels, die besonders bei Ihren deutschen Kunden schweren Schaden nehmen könnte.«

Gerban ahnte, worum es Kegelmann ging. Aber er wollte es von ihm selbst hören.

»Ich verstehe Sie nicht, werter Herr!«

»Nun«, Kegelmann räusperte sich und nahm hastig noch einen Schluck Wein, diesmal, ohne ihn im Mund zu rollen. »Dann komme ich gleich zur Sache. Ich habe mir heute eine Liste der ehemals französischen und nun zukünftig elsässisch-lothringischen und damit deutschen Weißenburger vorlegen lassen, die bis zum Jahresende volljährig werden. Und auf der Namensliste fand sich tatsächlich zu meinem grenzenlosen Erstaunen ...«

»... auch der Name meines Sohnes Franz«, nahm Gerban ihm das Wort aus dem Mund. »Den Sie selbstverständlich für einen bayerischen und damit bereits deutschen Staatsbürger hielten.«

Kegelmann nickte, nun von der Souveränität Gerbans unleugbar verunsichert. Der hatte sich in Windeseile eine Taktik überlegt.

»Lassen Sie mich das Ihnen erläutern, werter Herr«, ließ ihn Gerban jetzt gar nicht mehr zu Wort kommen. Dann umriss er in dürren Worten einige Bestimmungen seines Ehevertrags, die ihm ausreichend erschienen, um das Mysterium zu erklären.

»Sie wissen ja sicher selbst, lieber Kegelmann«, auch Gerban verzichtete jetzt mit Absicht auf die Anrede »Herr«, »wie verschroben alte Menschen sein können. Der Vater meiner lieben Gattin Pauline hinterließ uns sein beträchtliches Vermögen nur unter der Bedingung, dass seine Enkel französische Staatsbürger werden würden. Damit wollte er wohl sicherstellen, dass das Franzosentum in seiner Nachkommenschaft nicht gänzlich erlischt. Doch der alte Herr ist schon lange verschieden, Weißenburg ist jetzt deutsch geworden, und diese Wandlung zum Guten freut mich sehr. Sie müssen wissen, dass wir

Gerbans seit jeher durch und durch deutsch denken und fühlen.«

Er hob sein Glas und prostete Kegelmann zu, der unruhig auf seinem Stuhl herumrutschte.

»Das habe ich nie bezweifelt, verehrter Herr Gerban, ich wundere mich nur ...« Er machte eine Pause.

»Worüber wundern Sie sich?« *Hat er etwa noch ein As im Ärmel?* Kegelmanns nächste Worte bestätigten seine Befürchtung.

»Nun, als ich Ihrem Sohn hier zuletzt im Kontor begegnet bin, sah es so aus, als trüge er eine Prothese anstelle des linken Beins. Ich dachte selbstverständlich, der junge Mann habe seine körperliche Unversehrtheit für unser deutsches Vaterland eingebüßt, doch jetzt frage ich mich ...«

Kegelmann stockte wieder. Gerban erstarrte innerlich zu Eis. *Zum Glück ist Franz heute außer Haus.*

»Was fragen Sie sich?« Er sprach, so ruhig er konnte, und fixierte Kegelmann wieder mit seinen stahlgrauen Augen.

»Nun, vielleicht war es ja auch ein Unglücksfall«, wich der Beamte aus. »Jedenfalls habe ich keinen Eintrag für Ihren Sohn in der Weißenburger Garnisonsliste gefunden.«

Gerban nickte. »Sie haben recht. Ich habe meinen Sohn seinerzeit vom Militärdienst freigekauft.«

Trotz seiner äußerlichen Gelassenheit rasten die Gedanken durch seinen Kopf. *Franz war illegal in der französischen Armee. Bei keinem Regiment wird man seinen Namen finden. Dennoch ... hier in Weißenburg und Umgebung wissen zu viele Leute Bescheid. Wenn Kegelmann ernsthaft Nachforschungen anstellt, wird alles herauskommen. Ein unauffälliger Übergang von der französischen zur deutschen Staatsbürgerschaft, wie ich ihn erhofft habe, würde für Franz damit unmöglich. Mit allen negativen Folgen für unser Geschäft, wenn die Preußen erfahren, dass er sogar auf der falschen Seite gekämpft hat.*

Dieses Problem beunruhigte Gerban schon seit Wochen. Doch letztlich hatte er beschlossen, keine schlafenden Hunde zu wecken, und gehofft, den subalternen Schreibern würde Franz' Name beim Wechsel der Staatsbürgerschaft nicht auffallen. Und dass dann Gras über die ganze leidige Sache wachsen würde ...

Plötzlich merkte er auf. *Andererseits! Liegt nicht sogar eine einmalige Chance im Versuch dieses Schufts, mich zu erpressen?*

Der Plan entstand wie von selbst. Schon immer war Wilhelm Gerban stolz darauf gewesen, auch in den gefährlichsten Situationen einen kühlen Kopf zu bewahren. Nun richtete er sich kerzengerade auf.

»Ich versichere Ihnen, werter Herr Kegelmann, dass sich mein Sohn für die deutsche Nation entscheiden wird.« Dessen letzte Bemerkung über Franz' Versehrtheit ließ er wohlweislich unkommentiert. »Dennoch wäre es wahrscheinlich günstig, noch so lange den Mantel des Stillschweigens über diese leidige, von meinem Schwiegervater selig verursachte Angelegenheit zu breiten, bis sich die Sache von selbst erledigt. Mit dem Tag seiner Volljährigkeit wird Franz ja automatisch deutsch, wenn er nicht aktiv für Frankreich optiert, was er keinesfalls tun wird. Es sind ja nur noch wenige Wochen!«, gab er sich zunächst defensiv.

Kegelmann sagte nichts, musterte Gerban jedoch spöttisch und wartete ab. Augenscheinlich fühlte er sich jetzt wieder sicherer.

»Wer weiß denn außer Ihnen noch über diese Sache Bescheid?«, rang sich Gerban zum Schein die offensichtlich erwartete Frage ab.

Kegelmann hob in gespielter Bestürzung die Hände. »Natürlich vorerst noch niemand, Herr Gerban. In dieser heiklen Angelegenheit wollte ich mich erst einmal mit Ihnen persönlich unterhalten. Den deutschen Schreibern ist der Name sicher nicht aufgefallen. Bei dieser wenig begüterten Klasse ist Ihr renommierter Weinhandel wohl kaum bekannt.«

»Für Ihre Diskretion bin ich Ihnen sehr verbunden. Und würde mich natürlich auch gerne erkenntlich zeigen«, wagte sich Gerban nun weiter vor.

»Oh, das ist doch nicht nötig, mein Lieber. Obwohl...« Kegelmann breitete die Hände aus. »Auch ich habe zwei Söhne. Beide wollen studieren...«

Aha, der Plan geht auf! »Wie wäre es mit fünftausend Gulden?«, legte Gerban die Karten nun auf den Tisch.

Kegelmann wirkte verdattert. *Offensichtlich hat er bei Weitem nicht so viel erwartet,* konstatierte Gerban grimmig. Er wagte den nächsten Zug.

»Allerdings müssten Sie mir die Summe quittieren.«

»Quittieren? Ich verstehe Sie nicht!«

Nun ließ Gerban die Maske der Höflichkeit fallen. »Das ist doch ganz einfach, Kegelmann. Sie überlassen mir Ihre Liste gegen fünftausend Gulden in bar und fertigen eine neue an, auf der Franz' Name nicht mehr auftaucht. Außerdem besorgen Sie ihm einen deutschen Pass, und zwar keinen elsässisch-lothringischen, sondern einen bayerischen, und vernichten auch alle weiteren Dokumente, die Franz als ehemaligen französischen Staatsbürger ausweisen. Sie wissen ja sicher, wo in der Präfektur danach zu suchen ist. Also, fünftausend Gulden in Goldmünzen gegen eine Quittung, die Sie unterzeichnen und aus der die Ursache für die Zahlung klar hervorgeht!«

Kegelmann überlegte angestrengt, wie Gerban an seiner gerunzelten Stirn erkannte. »So können wir es halten, Herr Gerban!«, stimmte er schließlich zu.

Der atmete innerlich auf. Er stand auf und bedeutete Kegelmann damit, dass der Besuch beendet war. »Dann lassen Sie mich bitte wissen, wenn alles erledigt ist. Gegen die Liste, die weiteren Dokumente und den Pass erhalten Sie Ihr Geld.«

Während er Kegelmann persönlich zur Haustür geleitete, befiel Wilhelm ein neuer unangenehmer Gedanke. *Hoffentlich macht Franz das Ganze überhaupt mit und bereitet keine Schwierigkeiten*, sinnierte er. *Noch hat er kein Wort darüber verlauten lassen, was er eigentlich tun will, wenn er volljährig ist.*

Während er Kegelmann nachblickte, der über den Marktplatz in Richtung der Präfektur davonging, merkte Gerban auf einmal, dass dies seine größere Sorge war.

Irrenanstalt in Klingenmünster
Juli 1871, am selben Tag

»Also, Frau Gerban, ich bin wirklich begeistert!« Die ältliche Handarbeitslehrerin, eine Frau aus dem Dorf Klingenmünster, die durch die Mitarbeit in der Klinik ihre magere Witwenrente aufbesserte, lächelte Pauline strahlend an.

»Ihre Lochstickereien sind einzigartig. Ich überlege, ob ich Herrn Direktor Dr. Dietrich nicht vorschlagen soll, Sie zur Hilfslehrerin zu ernennen. Dann könnten Sie Ihre Kunstfertigkeit auch an unsere unbegabteren Schülerinnen weitergeben.«

Mit nun kummervoller Miene hob sie die Stickerei von Paulines Mitpatientin Gerlinde hoch, die wegen ihres unerwarteten Besuchs abberufen worden war. In der Tat war selbst das einfache Kreuzstichmuster der jungen Frau unregelmäßig und fehlerhaft und musste wahrscheinlich aufgetrennt werden.

Pauline freute sich sehr über das Lob. »Ja, glauben Sie denn, der verehrte Herr Direktor wird Ihrem Ansinnen entsprechen, Frau Prieger?«

»Oh, einen Versuch ist es allemal wert. Sie sehen ja jeden Tag gesünder aus. Die Behandlung hier scheint also überaus gut bei Ihnen anzuschlagen.«

Eher die Nichtbehandlung, gute Frau. Wieder war Paulines Gesichtsausdruck nicht anzusehen, was sie wirklich dachte.

Doch was ihr Äußeres anging, hatte Frau Prieger zweifellos recht. Zwar wiesen Paulines dunkelbraune Haare nun die ersten grauen Strähnen auf, doch sowohl ihr Gesicht als auch ihre Figur hatten sich in den letzten Monaten zum Positiven verändert.

Privilegiert, wie Pauline trotz allem in der Klinik war, verfügte sie in ihrem Schlafzimmer über einen kleinen Spiegel. Er zeigte ihr, dass ihr vormals blasses, ausgezehrtes Gesicht nun wieder rosiger und fülliger geworden war. Die Schatten unter ihren dunklen Augen waren verschwunden. Selbst die Falten um ihren Mund begannen, sich zu glätten.

Aber am wichtigsten war, dass sie endlich wieder zuzunehmen begann. Das Essen der Patientinnen der ersten Klasse war hervorragend und ließ nichts zu wünschen übrig. Und seit Pauline nicht mehr täglich ihrer Laudanum-Sucht frönte und die Dosis ihrer Klinikmedikation reduziert worden war, verspürte sie seit Jahren tatsächlich zum ersten Mal wieder Appetit und aß mit Genuss. Auch weil die Mahlzeiten zu den wenigen Freuden ihres ansonsten tristen Alltags gehörten.

In diesem Moment öffnete sich die Tür zum Aufenthaltsraum. Gerlinde kehrte zurück. Sie war noch jung, höchstens zwanzig Jahre alt, und erst seit wenigen Wochen in der Irrenanstalt. Man munkelte, ihr gestrenger Vater habe sie wegen Hysterie einweisen lassen, weil sie mit einem Italiener aus einem Wanderzirkus durchgebrannt war.

Pauline ergriff die Gelegenheit beim Schopf. »Lassen Sie mich doch einmal einen Versuch machen, ob ich Gerlinde helfen kann, Frau Prieger«, bat sie. »Dann können Sie sich ja selbst davon überzeugen, ob ich Talent zur Hilfslehrerin habe.«

Wenig später saßen die beiden Frauen über Gerlindes Kreuz-stickerei gebeugt. Pauline hatte ihre Brille aufgesetzt und studierte scheinbar sorgsam die Arbeit der jungen Frau.

»Sie hatten heute überraschend Besuch?«, fragte sie wie beiläufig, während sie einen Faden auftrennte.

»Sagen Sie ruhig du zu mir«, bat die Jüngere. Und aufgeregt tuschelnd fuhr sie fort: »Ja, ich hatte Besuch, Frau Gerban. Sogar sehr wichtigen Besuch.« Sie machte eine Kunstpause.

»Wer war es denn?«, reagierte Pauline in der offensichtlich gewünschten Weise.

Gerlinde senkte die Stimme noch mehr. »Mein Onkel war es, der Bruder meiner Mutter. Er hat mir mitgeteilt, dass die richterliche Anhörung schon morgen stattfinden wird.«

Pauline war verwirrt. »Was für eine richterliche Anhörung?«

Gerlinde blickte sie erstaunt an. »Ja, wissen Sie das denn nicht, Frau Gerban? Das bayerische Gesetz schreibt vor, dass ein Richter jeden Patienten, der hier eingewiesen wird, befragt. Davor hat der Richter den Familienrat zu konsultieren. Und meiner hat sich eindeutig für meine Entlassung ausgesprochen. Mein Vater, dieser miese Kerl, wurde einfach überstimmt.«

»Dein Vater wurde von einem Familienrat überstimmt?« Pauline verstand überhaupt nichts mehr.

Gerlinde war nun fassungslos. »Ja, ist Ihnen dieses Verfahren denn gänzlich unbekannt?«

Pauline nickte. »Ich fürchte, ja. Aber vielleicht war ich nach meiner Einweisung auch so verwirrt, dass ich davon gar nichts mitbekommen habe.«

»Das könnte natürlich sein«, stimmte Gerlinde zu. »Obwohl der Richter in der Regel wartet, bis die Patienten ansprechbar sind, bevor er sie befragt. Wie soll er sich denn sonst ein Urteil bilden können?«

Das leuchtete Pauline ein. »Wozu genau dient denn die richterliche Anhörung?« Ihr Puls beschleunigte sich.

»Natürlich soll damit verhindert werden, dass jemand als geisteskrank festgehalten wird, der es gar nicht ist. So wie in meinem Fall. Ich sehe heute ja ein, dass Alberto nicht die richtige Partie für mich war. Aber mich deshalb gleich zur Irren abzustempeln, ist wahrhaftig ein starkes Stück. Zum Glück haben meine Mutter, meine Großmutter, alle Tanten und mein Onkel Hermann über den Familienrat Einspruch dagegen erhoben. Wenn alles gut geht, werde ich schon morgen nach der richterlichen Anhörung entlassen.« Gerlinde strahlte über das ganze Gesicht.

Pauline wurde es heiß und kalt. Sie war sicher, dass es, soweit es sie betraf, nie eine Anhörung, geschweige denn das Votum eines Familienrats gegeben hatte. Franz wurde zwar erst in zwei Monaten volljährig, hätte aber sicher Himmel und Hölle in Bewegung gesetzt, um auch schon vorzeitig Einfluss auf den Richter nehmen und dem Familienrat angehören zu können.

Während sie Gerlinde geduldig zeigte, wie sie Nadel und Faden handhaben musste, um das Stickmuster ordentlich auszuführen, rasten die Gedanken durch ihren Kopf. Schließlich entschied sie sich für den Plan, der ihr am sichersten erschien.

Irrenanstalt in Klingenmünster
Juli 1871, am Abend desselben Tages

»Vielen Dank, liebe Rosa. Das Abendessen war wie immer ganz köstlich.« Obwohl sie ihre Wärterin aus tiefstem Herzen verabscheute, hatte sich Pauline angewöhnt, auch ihr freundlich zu begegnen.

Die ältere Frau senkte dankend den Kopf und verzog ihre dünnen Lippen zu einem angedeuteten Lächeln. »Vielen Dank, Frau Gerban. Ich werde Ihr Lob an die Köchin weitergeben. Möchten Sie noch etwas Dessert?«

Nach kurzem Zögern entschloss sich Pauline zuzustimmen, obwohl sie Bayerische Crème nicht besonders schätzte und keinen Hunger mehr hatte. Sie hielt der Pflegerin ihre Schale hin. »Gern, meine Liebe. Und auch noch einen Nachschlag von dem köstlichen Kirschkompott bitte!«

»Die Köchin hat es gerade erst eingekocht«, erwähnte Rosa. Sie bediente Pauline und nahm dann wieder Aufstellung neben der Tür des kleinen Salons, in dem Pauline auch ihre Mahlzeiten einnahm. Gemeinsam mit den Patienten zu essen, war den Wärtern verboten.

Pauline zwang einige weitere Löffel des Nachtischs in sich hinein. Dann fragte sie wie beiläufig: »Wann hat eigentlich die richterliche Anhörung in meinem Fall stattgefunden, Rosa? Ich kann mich leider gar nicht mehr daran erinnern.«

Der plötzliche Ausdruck von Wachsamkeit, der über Rosas Miene huschte, hätte Pauline eigentlich Warnung genug sein müssen.

»Das weiß ich leider auch nicht, gnädige Frau«, antwortete sie. »Es muss vor meiner Zeit gewesen sein. Herr Gerban hat mich ja erst eingestellt, als Sie im neuen Jahr hier eingezogen sind.«

Pauline nickte. »Also wissen Sie auch nicht, wer alles dem Familienrat angehörte? Mein Schwager Gregor vielleicht oder meine Schwägerin Ottilie?«

Rosa schüttelte bedauernd den Kopf.

»Mein Sohn Franz kann ja nicht dabei gewesen sein«, sinnierte Pauline. »Er ist ja erst im Januar aus dem Krieg heimgekehrt!«

»Sicher nicht, gnädige Frau. Darf ich das Geschirr denn nun abräumen?« Plötzlich schien es Rosa sehr eilig zu haben. Sie fügte zu Paulines Überraschung hinzu: »Ich habe heute meinen freien Abend, ich hoffe, Sie erinnern sich. Schwester Erna kommt um acht Uhr, um mich abzulösen.«

Pauline war sicher, dass Rosa dies zuvor nicht erwähnt hatte. Aber sie senkte ergeben den Kopf. *Ob Rosa oder irgendein anderer dieser Drachen mich heute bewacht, kann mir völlig gleichgültig sein. Ich muss um acht Uhr ohnehin schon zu Bett gehen.*

Auch das schrieb die strenge Hausordnung der Klinik vor.

»Sie taten recht daran, mich sofort in Kenntnis zu setzen, Schwester Rosa. Dass sich Frau Gerbans Zustand wieder verschlechtert, war ohnehin zu erwarten und nur eine Frage der Zeit. Sie leidet also auch an Gedächtnisschwund und kann sich an die Tage nach ihrer Einweisung gar nicht mehr erinnern?«

»So ist es, Herr Direktor. Und ich weiß ja darüber auch nicht Bescheid, bezweifele aber nicht, dass alles seine Ordnung gehabt hat.« Sie machte eine kleine Pause, auf die Dietrich jedoch nicht reagierte. »Zudem erwähnte sie ihren Sohn Franz, Herr Direktor«, fuhr Rosa fort. »Sie selbst, aber vor allem Herr Gerban baten mich ja, dies sofort zu melden.«

Dietrich seufzte theatralisch. »Auch das haben Sie ganz richtig gemacht, Schwester Rosa. Selbst um den Preis, dass Sie die Kranke zehn Minuten ohne Aufsicht lassen mussten, um Schwester Erna zu rufen. Aber Sie wissen ja, dieser Fall ist ein ganz besonderer!« Jetzt machte er eine bedeutungsschwangere Pause. »Daher bin ich sicher, dass sich Herr Gerban erkenntlich zeigen wird.«

Rosa lächelte breit und entblößte dabei ihre mausähnlichen Zähne. »Das würde mich freuen, Herr Direktor!« Nach kurzem Zögern fügte sie hinzu: »Darf ich denn fragen, was jetzt geschehen soll?«

Dietrich seufzte noch einmal und überlegte kurz. »Wir sollten mit der Erhöhung der Medikation möglichst wenig Aufsehen erregen. Erst heute habe ich Frau Prieger, die Handarbeitslehrerin, empfangen, die Frau Gerban sogar als Hilfslehrerin vorschlug.« Er hob die Schultern. »Daran können Sie erkennen, liebe Schwester, wie naiv unsere Laienhelferinnen sind.«

»Also, was ist jetzt zu tun?«, dachte er laut.

»Darf ich selbst einen Vorschlag machen, Herr Direktor?«

Dietrich wirkte einen Moment lang verdutzt. Dann nickte er. »Nur zu, Rosa!«

»Frau Gerban bevorzugt zum Frühstück starken Kaffee, den sie überdies schwarz trinkt. Ich könnte ihr die erhöhte Dosis des Medikaments unauffällig hineintun. Der bittere Geschmack des Kaffees wird sicher dazu führen, dass sie nichts bemerkt.«

Dietrich grinste zustimmend. »Das ist eine ausgezeichnete Idee, Schwester. Wie viele Tassen trinkt Frau Gerban denn in der Regel?«

»Mindestens zwei Tassen, Herr Direktor.«

»Dann sorgen Sie dafür, dass sie morgen früh drei Tassen zu sich nimmt. Und nach dem Frühstück natürlich zusätzlich ihre normale Dosis. Und wenn sie danach verwirrt wirkt, ordnen Sie sofort ein Dauerbad von mindestens acht Stunden an.«

Eine Handbewegung zeigte Rosa, dass sie nun entlassen war.

»Und ich werde Bertram informieren«, hörte sie Dietrich noch murmeln, bevor sie den Raum verließ. »Damit dieser Trottel sich nicht wieder unaufgefordert einmischt.«

Anwesen der Gerbans bei Altenstadt
Juli 1871, zehn Tage später

»Frau Burger hat mir ausrichten lassen, dass du mich noch sprechen möchtest, Vater?«

Franz betrat die Bibliothek mit einem demonstrativen Blick auf die Barockstanduhr, die bereits nach neun Uhr abends anzeigte.

»So ist es, mein Sohn. Ich habe heute wichtige Neuigkeiten

erhalten.« Tatsächlich hatte die Geldübergabe an Kegelmann im Austausch gegen die verräterischen Dokumente über Franz' Nationalität am späten Nachmittag in Weißenburg stattgefunden, wovon Franz selbstverständlich nichts wusste. Er hatte den Tag bei einem Kunden in der Südpfalz verbracht. »Setz dich doch! Möchtest du einen Cognac?«

»Nein danke. Ich habe unterwegs etwas gegessen und bin jetzt hundemüde.«

»Wie war der Besuch bei Graf von Bernheim?«

»Erfolgreich, Vater. Ich denke, er wird den Wein für die Wintersaison bei uns ordern. Ich habe ihm die Preisliste dagelassen. Spätestens bis Ende der Woche sollte seine Bestellung eingehen.«

Gerban lächelte zufrieden. Franz missverstand dies. »Wolltest du mich deshalb noch sprechen, Vater? Weil du mir nicht zutraust, auch etwas verkaufen zu können?«

Sein Vater schüttelte den Kopf. »Ganz im Gegenteil, mein Sohn. Ich freue mich über deine Tüchtigkeit und hoffe, dass du noch viele gute Geschäfte dieser Art abschließen kannst.« Er schaute Franz vielsagend an.

Der reagierte in der erhofften Weise. »Was sollte dagegen sprechen?«, lieferte er seinem Vater ungewollt das Stichwort.

Gerbans Lächeln wurde maliziös. »Beantworte mir zuerst eine weitere Frage. Was weißt du über die Grafenfamilie von Bernheim?«

»Über die Grafenfamilie?« Franz war verdutzt.

»Genauer gesagt, über deren Söhne.«

»Du meinst, wie es Heinrich geht? Nun, der Bedauernswerte wird wohl sein Leben lang auf Pflege angewiesen bleiben. Er ist von der Hüfte an abwärts gelähmt. Und Martin ist doch in Sedan gefallen, soviel ich weiß.«

»So ist es, Franz. Und wie geht der Vater mit dem Schicksal seiner Söhne um?«

Franz verzog verächtlich den Mund. »Er stilisiert ihr sinnloses Opfer zum Heldentum hoch. Gefallen und lebenslang verkrüppelt für die neue deutsche Nation. Aber was soll diese Fragerei, Vater?«

Wilhelm sah ein, dass er dabei war, den Bogen zu überspannen. »Dann sage mir, für wie viele Gulden der Graf von Bernheim noch bei der Weinhandlung Gerban einkaufen wird, wenn er erfährt, dass deren Junior ein Franzose ist und sogar bei Sedan gegen seinen Ältesten gekämpft hat.«

Ich hatte mit Martins Regiment keine einzige Feindberührung, lag es Franz schon auf der Zunge zu sagen, doch er hielt sich zurück. Misstrauisch musterte er seinen Vater.

»Worauf willst du hinaus? Ich habe dir doch versprochen, meine Nationalität vorerst geheim zu halten.«

»Du sagst es, Franz. Vorerst. Doch in einigen Wochen wirst du volljährig. Was willst du tun, wenn dein deutscher Pass eintrifft?«

Franz presste die Lippen zusammen. »Das weiß ich noch nicht«, beschied er seinem Vater kühl.

Der fasste in seine Westentasche und zog ein Papier heraus, das er neben Franz auf das Beistelltischchen legte. »Da habe ich deinen deutschen Pass schon! Es ist sogar ein bayerischer, kein elsässisch-lothringischer! So wird niemand von den neuen Herren im Land erfahren, dass du einmal Franzose warst.«

Franz starrte seinen Vater ungläubig an. »Woher hast du den Pass?« Dann übermannte ihn der Zorn. »Willst du mich schon wieder bevormunden wie damals bei der Armee?«, fuhr er seinen Vater an, der ihn nach seinem achtzehnten Geburtstag ohne sein Wissen von der Pflicht zum französischen Militärdienst freigekauft hatte.

»Wieder ist es zu deinem eigenen Besten.« Gerban hielt Franz' Blick stand. »Wenn du für die französische Staatsbürgerschaft optierst, schadest du nicht nur dir, sondern unserem ganzen Geschäft. Kein kaisertreuer Deutscher wird noch irgendetwas bei uns kaufen.«

»Außerdem wird man sehr unangenehme Fragen nach der Herkunft deiner Verkrüppelung stellen«, ergänzte er. »Und dich vielleicht im Nachhinein noch zu belangen versuchen. Aber auf jeden Fall müsstest du das Elsass verlassen. Möchtest du das wirklich alles in Kauf nehmen?«

Franz fühlte sich überrumpelt. Sein Vater klang tatsächlich ein wenig wie Pfarrer Carl Klein. Seit seinem Besuch in Fröschweiler hatte er die Entscheidung, vor der er mit seinem einundzwanzigsten Geburtstag im September stehen würde, immer wieder zurückgestellt. »Und was ist die Alternative?«, konterte er. »Wenn ich meine Staatsbürgerschaft aufgebe, verliere ich den Anspruch auf das Erbe meines Großvaters.«

»Papperlapapp«, wischte Wilhelm Franz' Argument vom Tisch. »Glaubst du, deine Mutter würde dich enterben? Selbst wenn sie noch geschäftsfähig wäre, würde sie das ganz sicher nicht tun!«

Franz ergriff die unerwartete Chance beim Schopf. »Das würde ich Mutter gerne selbst fragen. Angeblich geht es ihr doch wieder besser.«

Doch seine Hoffnung wurde enttäuscht. »Selbst wenn sie ihre Entscheidung geändert hätte, dich vorerst nicht mehr sehen zu wollen, ginge das im Augenblick nicht. Nach einer kurzen Phase der Rekonvaleszenz hat sich ihr Zustand wieder drastisch verschlechtert. Dr. Dietrich teilte mir dies schon vor einigen Tagen mit.«

»Und warum erfahre ich erst heute davon?«

Gerban hob die Schultern. »Weil du dich nur unnütz aufgeregt hättest, mein Sohn. Quod erat demonstrandum.« Er trank einen Schluck Cognac. »Aber kehren wir zum Thema zurück. Was sind deine Bedingungen, um den bayerischen Pass widerspruchslos zu akzeptieren?«

Franz war frappiert. *Bietet der Alte mir tatsächlich etwas dafür an?* Er beschloss, die volle Probe aufs Exempel zu machen.

»Ich will die Leitung des Weinguts übernehmen.« Seit ihm der Gedanke im Februar gekommen war, fand er ihn zunehmend attraktiver. Allerdings hatte er nicht so rasch damit gerechnet, ihn zur Sprache bringen zu können.

Gerban zog seine buschigen Augenbrauen zusammen. Diese Forderung ging denn doch weit über das hinaus, was er erwartet hatte. Dennoch bewahrte er Ruhe.

»Wie stellst du dir das denn vor? Und was sind deine Motive?«

Ich möchte das Schicksal der Landarbeiter auf Dauer verbessern, lag es Franz schon auf der Zunge, als er realisierte, dass dies für seinen Vater alles andere als ein überzeugendes Argument war.

Stattdessen antwortete er: »Dein Bruder Gregor und seine Frau Ottilie sind meine persönlichen Feinde. Seit Fritz gefallen ist, hassen sie mich. Wenn ich eine Leitungsfunktion in der Firma übernehmen soll, gibt es nur zwei Möglichkeiten: Ich übernehme den Weinhandel«, mit leichter Genugtuung sah er seinen Vater zusammenzucken, »oder die Leitung des Weinguts. Ich habe mich für Letzteres entschieden. Je früher du deinen Bruder also von seiner Stellung entbindest, desto besser.«

»Zumal er auch gar keinen Besitz- oder Erbanspruch auf die Güter hat, da du sie mit Mutters Geld entschuldet hast.« Diese Bemerkung hinzuzufügen, konnte er sich nicht verkneifen.

Wilhelm überging sie zunächst. »Gregor kennt sich mit dem Weinanbau bestens aus. Er hat sich schon als Knabe dafür interessiert. Dass unsere Lagen solche Spitzenweine hervorbringen, ist vor allem sein Verdienst«, gab er Franz zu bedenken. »Wie willst du ihn von heute auf morgen ersetzen?«

Franz ließ sich das durch den Kopf gehen und musste sich widerwillig eingestehen, dass sein Vater recht hatte. »Dann arbeite ich mich eben nach und nach in alles ein, was ich wissen muss. Lerne alle Arbeitsschritte kennen, eigne mir alles nötige Wissen an. Da Onkel Gregor seit Jahren nicht mehr selbst in den Weinbergen mitgearbeitet hat, wird es erfahrene Arbeiter geben, die sich mit der Pflege der Reben bestens auskennen. Und wenn ich so weit bin, löse ich ihn ab, und du zahlst ihm eine Abfindung oder setzt ihm eine Rente aus.«

Wilhelm überlegte laut: »Der finanzielle Aspekt ist nicht das Problem. Natürlich müssen wir dafür sorgen, dass Ottilie und Gregor sich weiterhin einen standesgemäßen Lebenswandel leisten können. Schon allein deshalb, damit sie deine französische Vergangenheit nicht an die große Glocke hängen.«

Jetzt zuckte Franz leicht zusammen, entschied sich aber dazu, nichts zu erwidern.

Wilhelm, der seine Gefühlsregung gar nicht bemerkt hatte, fasste einen Entschluss. Er blickte Franz in die Augen. »Ich traue dir zu, dass du die Leitung des Weinguts eines Tages erfolgreich übernimmst, Franz. Aber ich bestehe auf mindestens drei Jahren Probezeit.«

»Drei Jahre? Das ist mir zu lang. Ich dachte an maximal ein Jahr!«

»Ein Jahr?« Wilhelm musterte ihn spöttisch. »Du glaubst, ein einziger Jahrgang verschafft dir das nötige Wissen über die Beschaffenheit unserer Weine? Über die Auswirkung der Launen der Natur? Über die wirkungsvolle Bekämpfung von Schädlingen und Krankheiten der Reben? Über die Herstellung von Spitzenweinen? Über die Lagerung …«

»Schon gut«, wehrte Franz ab. »Ich habe ja schon zugegeben, dass es besser ist, wenn ich alles von der Pike auf lerne. Wir werden ja sehen, ob es drei Jahre dauert.«

Oder vier oder fünf, dachte Wilhelm. Laut sagte er: »Gut, dann ist es abgemacht, Franz.«

Doch sein Sohn war noch nicht fertig. »Ich bestehe auf

einem ordentlichen Vertrag darüber zwischen uns, Vater. Abgeschlossen vor einem vertrauenswürdigen Rechtsanwalt.«

Wilhelm seufzte. »Wenn es denn sein muss ...«

»Und ich habe noch weitere Bedingungen. Wir sagen Gregor natürlich nicht, warum ich so intensiv mitarbeite.« *Obwohl er sich das wahrscheinlich mit der Zeit denken kann,* wurde ihm klar. Er verzog den Mund. »Aber auf dem Weingut wohnen will ich auf keinen Fall. Ich brauche daher den Einspänner, um täglich von Altenstadt nach Schweighofen und zurück zu kommen.«

»Den Einspänner könntest du haben. Aber wenn du nicht dort draußen wohnst, wärst du nicht vor Ort, wenn in der Nacht oder an einem Feiertag etwas passiert und zu regeln ist«, wandte Wilhelm ein.

Frustriert stieß Franz die Luft aus. Denn wieder hatte sein Vater recht. Ihm kam eine Idee. »Dann richte ich mir dort eine kleine Wohnung ein. Das Gut ist ja groß genug, dass ich in ihm zwei oder drei Räume und ein eigenes Bad bekommen könnte.«

»Natürlich!« Wilhelm schlug sich leicht gegen die Stirn. »Du kannst Fritz' Apartment beziehen. Das wird insbesondere Ottilie zwar nicht gefallen, aber das muss uns nicht scheren. Die Räume hat sie ihm schon vor Jahren hergerichtet, in der Hoffnung, er würde einmal dort wohnen, wenn er den Militärdienst quittiert oder zumindest in der Nähe stationiert wird. Meines Wissens hat er die Wohnung kaum je genutzt.«

»Gut! Dann wäre das also geklärt! Aber es gibt noch etwas! Ich möchte, dass Hansi Krüger bei Stromberg, dem Verwalter, in die Lehre geht. Der Junge ist hochbegabt und viel zu talentiert, um als einfacher Landarbeiter zu verkümmern. Später kann er Stromberg dann einmal ersetzen.« Bislang hatte Franz mit Gregor Gerban darüber noch nicht sprechen können und ergriff daher die Gelegenheit, etwas für Hansi tun zu können, nun beim Schopf.

»Auch dagegen habe ich keinen Einwand, mein Sohn. Wir werden das mit in den Vertrag aufnehmen. Sobald du nach Schweighofen ziehst, kann er anfangen.«

Franz ging noch weiter. »Ich erwarte, dass Hansi dafür derselbe Lohn bezahlt wird wie für seine Arbeit in den Weinbergen. Die Krügers sind darauf angewiesen.«

Jetzt runzelte Gerban die Stirn. »Du weißt, dass das völlig unüblich ist. Lehrlinge verdienen zu Beginn ihrer Lehrzeit überhaupt nichts und später höchstens ein Taschengeld.«

»Gut, dann müssen wir hier eben eine Ausnahme machen.« Franz hielt dem Blick seines Vaters stand.

Der überlegte noch einen Moment lang, bevor er nickte. »Ich stimme auch dem zu. Aber nur unter der Bedingung, dass es eine Ausnahme bleibt.«

Dann stand er auf und streckte seinem Sohn die Rechte hin. »Dann lass uns jetzt mit einem Handschlag besiegeln, was wir besprochen haben. Du bereitest dich auf die Leitung des Weinguts vor, aber als deutsches Mitglied einer kaisertreuen deutschen Familie!«

Kapitel 7

Lambrecht, *August 1871*

Irene warf einen letzten Blick in den kleinen fleckigen Spiegel an der Wand ihrer engen Kammer. Sie sah genauso aus, wie sie sich heute Morgen gefühlt hatte, als ihr alter Wecker wie jeden Tag um halb fünf in der Frühe geschrillt hatte.

Tiefe Schatten lagen unter ihren dunkelblauen Augen. Fränzel war in dieser Nacht ausnahmsweise unruhig gewesen und hatte sie zwei der ohnehin wenigen Stunden, die ihr zum Schlafen blieben, wach gehalten.

Seufzend strich Irene eine Strähne ihres braunen Haars zurück, die Fränzel ihr mit seinem kleinen Händchen aus dem Zopf gezerrt hatte, während sie ihn stillte. Nun drehte sie den dicken Strang zu einer Schnecke und steckte ihn mit Nadeln am Hinterkopf fest. *Wenigstens muss ich nicht noch ein Häubchen darüber zwängen,* dachte sie sarkastisch in Erinnerung an ihre ehemalige Dienstmädchentracht. *Auch wenn meine Stellung in Altenstadt mehr für sich hatte, als mir damals klar war.*

Obwohl sie nun im Vergleich zu allen anderen Tätigkeiten, die sie je ausgeübt hatte, gut verdiente, war ihr Gesicht schmal geworden. Ihre kleine Nase stach spitzer hervor als früher, die Jochbeine zeichneten sich deutlich oberhalb der Wangen ab. Denn Lebensmittel waren teuer und fraßen neben der Miete für die Kammer den größten Teil ihres Lohns. Zudem zahlte sie bei den Schobers in Raten noch immer die Schulden ab, die nach Fränzels Geburt aufgelaufen waren.

Trotz ihrer schlimmen Erfahrungen in den letzten Monaten

ihres dortigen Aufenthalts erinnerte sich Irene immer wieder wehmütig an das wunderbare Essen im Haus der Gerbans. *Frisches Brot, dick mit süßer Butter und Marmelade bestrichen, zum Frühstück! Fast jeden Tag Fleisch oder Fisch zu Mittag! Üppige Wurst- und Käseschnitten zum Abendessen. Damals habe ich das nur für kurze Zeit, nachdem ich frisch aus dem Waisenhaus kam, geschätzt. Später nahm ich es als gegeben hin und beneidete die fette Mathilde sogar noch um die Sahnetörtchen, die sie jeden Nachmittag zum Tee in sich hineinstopfte.*

Heute war an all diese köstlichen Speisen nicht mehr zu denken. Butter leistete sie sich nur selten und ersetzte sie oft durch Quark. Fleisch gab es, wenn überhaupt, nur geräuchert oder gepökelt und nur an Festtagen frisch. Irene war schon froh, wenn sie und Emma einen billigen Hering oder ein paar Eier zu ihren Mahlzeiten erstehen konnten, die sie nach wie vor gemeinsam kochten und einnahmen.

Und das, obwohl sie jeden Tag dreizehn Stunden in der Fabrik verbrachte und ihr mittlerweile auch die zuvor als »leicht« erachtete Arbeit in der Nopperei häufig schwerfiel. Zumal sie auch am Sonntag, dem einzigen freien Tag in der Woche, nicht zum Ausruhen kam. Da musste sie waschen und putzen und darüber hinaus mit Emma auch wieder Glasperlenschnüre herstellen. Acht Stunden oder sogar länger, bis ihr die Augen von der ständigen Konzentration auf das Auffädeln durch die feinen Löcher hindurch brannten.

Es pochte heftig an ihrer Tür. »Irene, komm doch! Es ist schon spät!« Emmas Stimme klang drängend. »Georg ist schon fort!«

Seufzend griff Irene nach der Korbtasche mit den Sachen für Fränzel, unter denen sich neuerdings auch ein Schälchen mit Brei befand. Oft reichte ihre Milch nicht mehr aus, um den Kleinen zu sättigen. Und so war Irene trotz der Anstrengung froh über das kleine Zubrot durch die sonntägliche Heimarbeit, da ihr dieses ermöglichte, wenigstens für ihren Sohn die fetteste Milch und den feinsten Grieß zu erstehen.

Emma pochte noch einmal. »Ja, ich beeile mich doch!« Irene setzte Fränzel in sein Tragegestell und band ihn sich auf den Rücken. Zu spät kommen durfte sie wahrlich nicht. Die Vorarbeiterin hatte ihr schon im Mai, als sie Magdas Töchterchen gestillt und deshalb ihre Pause um eine Stunde überzogen hatte, eine heftige Szene gemacht. Danach war sie noch zweimal zu spät gekommen, weil Fränzel in der Stillstube kränkelte. Ein weiteres Mal würde Konsequenzen nach sich ziehen, hatte die Vorarbeiterin ihr angedroht.

Die kleine Liesel war leider schon im Frühsommer gestorben, genau wie es Emma vorausgesagt hatte.

»Warum ist der Georg denn schon fort?«, wunderte sich Irene, als die Frauen die steile Stiege hinunterhasteten und auf die Straße traten.

»Er trifft sich noch vor der Schicht mit ein paar Kameraden aus diesem Arbeiterverein. Sie wollen über das nächste Treffen sprechen.«

»Was gibt es denn da vorher zu besprechen?«

»Es geht darum, dass die Fabrikherren keinen Lohn bezahlen wollen für Ausfallzeiten, in denen die Weber Reparaturen und Wartungsarbeiten am Webstuhl durchführen müssen. Da das recht häufig vorkommt, drückt es den Lohn, denn die Weber arbeiten ja im Akkord. Das wollen sich die Arbeiter nicht länger gefallen lassen.«

»Aha! Und was wollen sie dagegen tun, wenn es doch alle Fabrikherren in Lambrecht so halten?«

»Das weiß ich nicht. Und es schert mich auch nicht.« Emma klang zornig.

Irene kannte den Grund. »Du glaubst, diese Treffen bieten Georg nur einen weiteren Vorwand, um abends in die Wirtschaft zu gehen.«

Emma antwortete nicht und zerrte stattdessen am Träger ihres Gestells, in dem die kleine Thea saß. Er hatte sich verdreht. »Warte, ich helfe dir«, erbot sich Irene.

Während sie den Gurt richtete, schloss eine magere Frau mit ungekämmten Haaren und fleckiger Schürze zu ihnen auf, die ein kleines Mädchen an der Hand führte. Es mochte sechs oder sieben Jahre alt sein.

»Guten Morgen, Erna«, grüßte Emma. »Wohin willst du denn so früh mit der Anna?«

»Guten Morgen«, grüßte Erna nuschelnd zurück. Irene bemerkte, dass ihr einige Zähne fehlten. »Ich will den Plotzer nach Arbeit für die Anna fragen. In der Fabrik kann sie ein paar Kreuzer mehr verdienen als bei mir in der engen Stube beim Knöpfeaufnähen.«

»Du willst deine Tochter in die Fabrik schicken?«, mischte sich Irene ungläubig ein. »Aber sie ist doch noch viel zu jung.«

»Sie wird bald acht«, erwiderte Erna trotzig. »Und ich wüsste nicht, was dich das angeht.«

»Man darf Kinder doch erst beschäftigen, wenn sie mindestens zwölf Jahre alt sind! Der Plotzer wird dich gleich wieder heimschicken!«

»Na, das werden wir ja sehen!« Erna zog abrupt an der Hand des kleinen Mädchens und zerrte es hinter sich her, als sie ihren Schritt beschleunigte.

»Das fasse ich jetzt nicht«, wandte sich Irene empört an Emma. »Was ist das nur für eine Rabenmutter!«

Zu ihrem Erstaunen wirkte Emma nicht, wie sie selbst, zornig, sondern betroffen.

»Die Erna tut, was sie kann, um ihre drei Kinder durchzubringen«, verteidigte sie die Frau sogar. »Ihr Mann ist vor zwei Jahren tödlich verunglückt, als er mit dem Arm in die Krempelmaschine geriet und verblutete. Der Reuter hat ihr zwar eine kleine Entschädigung bezahlt, aber die reichte nicht lange. Nun näht sie in Heimarbeit Knöpfe auf die Papierkärtchen, die dann die Kurzwarenhändler in ihren Läden verkaufen. Doch damit verdient sie nicht viel. Sie hat mir einmal erzählt, sie bekommt im Durchschnitt nicht einmal drei Gulden pro Woche zusammen, obwohl nicht nur die Anna, sondern auch ihre fünfjährige Schwester mithelfen. Das ist zu wenig zum Leben und zu viel zum Sterben. Die Erna spart sich jeden Bissen für die Kleinen vom Munde ab, nachdem ihr die beiden Jüngsten gestorben sind. Man sagt, ihr fallen sogar schon die Zähne aus, so schlecht und so wenig isst sie.«

Irene war schockiert. »Die Arme hat ja wirklich ein grauenhaftes Schicksal«, bestätigte sie. »Aber trotzdem kann sie die Anna doch nicht in die Fabrik schicken. Das Mädchen ist noch viel zu klein für diese Arbeit. Und sie zu beschäftigen, ist überdies gegen das Gesetz.«

»Um das Gesetz scheren sich Reuter und Plotzer einen feuchten Dreck!«, stellte Emma in aller Deutlichkeit klar. »Der Plotzer wird sich sogar noch wie ein Menschenfreund vorkommen, wenn er die Kleine einstellt. Sie ist doch beileibe nicht die einzige Kinderarbeiterin unter zwölf Jahren.«

Irene ging plötzlich ein Licht auf. »Ach, so ist das! Ich habe mich schon immer darüber gewundert, dass viele der Kinder so jung aussehen. Die sind also noch gar keine zwölf!«

»Oh, du Schaf«, antwortete Emma mit einer Mischung aus Spott und Zärtlichkeit. »Nun bist du schon ein Dreivierteljahr in Lambrecht und noch immer so unschuldig wie ein Neugeborenes.«

»Aber ich sage dir etwas zum Trost«, fügte sie hinzu. »Die Anna wird es in der Fabrik besser haben als zu Hause. Da muss sie bis zu sechzehn Stunden am Tag in der engen Stube am Tisch sitzen und Knöpfe aufnähen. Im Sommer ist es stickig heiß in der winzigen Kammer unter dem Dach, die die Erna bewohnt, und im Winter eiskalt, weil sie sich oft weder Kohle noch Brennholz leisten kann. Wahrscheinlich schickt der Plotzer die Anna zur Else in die Spinnerei. Die ist freundlich zu den Kleinen und steckt ihnen auch mal was zu, einen Apfel oder einen altbackenen Krapfen. Die Kinder haben Bewegung, sind in ihren Pausen an der frischen Luft und haben im Winter einen Ofen, an dem sie sich wärmen können. Und verdienen dazu noch mehr als daheim.«

Irene war zu fassungslos, um etwas erwidern zu können. Plötzlich spürte sie Fränzels Gewicht auf ihrem Rücken. Das Herz ging ihr auf. *Mein Kleiner, eher arbeite ich Tag und Nacht, als dass du einmal ein solches Schicksal wie Anna erleiden musst.*

Als sie eine Viertelstunde später aus der Stillstube kam, in der sie Fränzel abgeliefert hatte, sah sie gerade noch, wie Erna den langen Gang hinabging, der zum Ausgang führte. Sie war allein.

Anwesen der Gerbans bei Altenstadt
Ende August 1871, zwei Wochen später an einem Sonntagnachmittag

Der Teetisch im kleinen Salon war mit dem besten Geschirr gedeckt. Die Kanne dampfte auf einem kleinen Stövchen und verströmte einen verlockenden Duft. Petits Fours, glasiert in allen Farben des Regenbogens, waren ansprechend auf einer Etagere arrangiert.

Trotzdem trippelte Mathilde nervös durch den Raum und warf alle Augenblicke lang einen Blick auf die Wanduhr. Die Zeiger standen auf fünf Minuten vor vier.

»Sind die Törtchen fertig, Niemann?«, fragte sie den Hausdiener, der ergeben bejahte. »Selbstverständlich, gnädiges Fräulein!«

Obwohl Mathilde diese Frage schon mindestens dreimal

gestellt hatte, war der Mann in mittleren Jahren, dessen Haar sich bereits zu lichten begann, lange genug im Haus, um seine Mimik unter Kontrolle zu behalten.

Bewundernswert, dachte Franz, der sich sicher war, dass er das Gleiche nicht von sich selbst behaupten konnte.

»Und es sind alle Sorten dabei, die ich bestellt habe? Heidelbeeren, Himbeeren, Stachelbeeren und Mirabellen?«

»So hat es mir Frau Kramm, die Köchin, mitgeteilt, gnädiges Fräulein. Ich glaube, sie hat sogar noch Törtchen mit Aprikosen zubereitet.«

»Oh!« Mathildes pausbäckiges Gesicht verzog sich zu einem Strahlen. »Dann haben wir ja eine wunderbare Vielfalt von Farben. Rosa für die Himbeeren, Orange für die Aprikosen, Gelb für die Mirabellen, Grün für die Stachelbeeren ...«

»Mathilde, nun hör endlich auf!« Franz verlor die Beherrschung.

»... Blau für die Heidelbeeren«, beendete Mathilde dennoch ihren Satz. Dann funkelte sie ihren Bruder ärgerlich an. »Du verstehst das nicht, Franz! Ich möchte auf Herrn Oberleutnant von Wernitz nur den allerbesten Eindruck machen. Zumal er noch einen Kameraden mitbringt!«

»Die Törtchen müssen geschmackvoll angerichtet werden. Geschlagene Sahne wird extra gereicht, Niemann!«, wandte sie sich dann wieder an den Hausdiener. »Gehen Sie noch einmal zu Frau Kramm in die Küche und sorgen Sie dafür, dass alles perfekt ist.«

Niemann verbeugte sich. »Jawohl, gnädiges Fräulein!« Mit diesen Worten verließ er den Raum.

Franz wunderte sich zunächst, dass der Mann Mathilde nicht darauf hinwies, dass Frau Kramm über diese Instruktionen bereits verfügte, da Mathilde selbst sie ihr nach dem Frühstück fast eine halbe Stunde lang gegeben hatte. *Aber wahrscheinlich ist er froh, dieser hysterischen Person für ein paar Minuten zu ent-*

kommen, erklärte er sich das Verhalten des Dieners. *Auch ich hätte besser mit Vater in der Bibliothek auf die Gäste gewartet, anstatt mir dieses Getue hier anzutun.*

Obwohl Eduard von Wernitz, ein preußischer Offizier aus Brandenburg, schon einige Male zu Gast im Haus der Gerbans gewesen war, erwartete man allgemein, dass dies ein besonderer Tag sein würde.

»Ich bin sicher, dass Herr von Wernitz am Sonntag um meine Hand anhalten wird!« Mathildes Stimme hatte sich vor Aufregung fast überschlagen, als sie ihren Vater Wilhelm und Franz vor einigen Tagen beim Abendessen von dem bevorstehenden Besuch unterrichtete. »Hier!« Sie zog ein kleines Billett aus ihrer Rocktasche, das schon reichlich zerknittert war. Wahrscheinlich hatte Mathilde es wieder und wieder gelesen.

»Herr von Wernitz bittet ausdrücklich darum, dass du, Vater, bei seinem Besuch anwesend bist. Und dich, Franz, will er jetzt auch endlich kennenlernen.«

»Ach du Schreck«, stöhnte Franz. »Sicherlich will er mit mir über seine Heldentaten im Krieg sprechen. Und wird mich garantiert nach meinen eigenen Schlachten ausfragen.«

In Mathildes Augen flackerte es. »Du musst einfach wiederholen, was ich Eduard schon erzählt habe. Dass du als Sanitätsgefreiter unter bayerischer Fahne bei der Eroberung von Bazeilles ein Bein verloren hast.«

»Er wird wissen wollen, in welchem Regiment ich gekämpft habe«, warf Franz ein.

»Das werde ich schon zu verhindern wissen, Sohn«, meldete sich sein Vater zu Wort. »Alles weist darauf hin, dass Eduard von Wernitz vor allem kommen will, um Mathilde einen Antrag zu machen. Über Schlachten zu debattieren, ist sicher kein Thema für einen Nachmittagstee in Anwesenheit einer jungen Dame.«

»Und wenn ich ganz fernbleibe?«, schlug Franz vor. »Ich könnte wichtige Geschäfte vorschützen, die ...«

»Das kommt nicht infrage, Franz!« Mathildes Stimme drohte zu kippen. »Eduard will unbedingt seinen zukünftigen Schwager kennenlernen!«

»Wozu? Wenn du doch schon so vertraut mit ihm bist, dass ihr euch beim Vornamen nennt. Hat er dich etwa schon um deine Hand gebeten?«

Mathildes feistes Gesicht rötete sich. »Herr von Wernitz beachtet die gesellschaftlichen Formen, Franz. Ich vermute, dass er erst Vater um sein Einverständnis bitten will. So hält man es in adligen Kreisen. Eduard nenne ich Herrn von Wernitz daher vorläufig nur unter uns.«

Franz stöhnte innerlich auf. Den Ausschlag, Ruhe zu bewahren, gab jedoch ein Argument seines Vaters, mit dem dieser allerdings sicherlich eine ganz andere Wirkung hatte erzielen wollen.

»Du könntest dich deiner Schwester zuliebe einmal zusammenreißen, Franz!«, tadelte er ihn. »Schließlich wird sie uns bald verlassen, wenn sie von Wernitz tatsächlich heiratet.«

Oh, von dieser Warte aus habe ich es noch gar nicht betrachtet, erkannte Franz mit klammheimlicher Freude. Laut sagte er das natürlich nicht, sondern stimmte schließlich, scheinbar noch immer widerstrebend, zu, an diesem Tee teilzunehmen.

Nun betrachtete er seine um etwas mehr als ein Jahr jüngere Schwester, die die fetten Hände rang, da der Zeiger bereits auf fünf Minuten nach vier stand.

Während er die schlanke Statur seiner Mutter geerbt hatte, schlug Mathilde ganz nach ihrem Vater Wilhelm. Allerdings hatte Wilhelm seinen imposanten Leibesumfang erst in den letzten Jahren entwickelt. Dagegen neigte Mathilde bereits als Kind zu Übergewicht. Jetzt, mit fast zwanzig Jahren, konnte man sie durchaus als fettleibig bezeichnen.

Wie üblich saß auch ihr neuestes Kleid, das sie höchstens seit drei Monaten besaß, schon wieder zu eng und betonte unvorteilhaft ihren Bauch. Ebenfalls wie üblich hatte sie mit dem aufdringlichen Grün eine Farbe gewählt, die ihr nicht zu Gesicht stand, sondern ihre Haut im Gegenteil sogar käsig wirken ließ.

Das Kleid hat die gleiche Farbe wie dasjenige, das sie im letzten Jahr absichtlich mit Cassis-Torte befleckt hat, um dafür dann Irene der Ungeschicklichkeit zu zeihen, fiel Franz plötzlich auf. Wie immer, wenn er an Irene dachte, fühlte er sich elend. *Doch diesmal hat Mathilde es noch mehr übertrieben als sonst,* lenkte er sich ab und betrachtete, innerlich kopfschüttelnd, die pinkfarbenen Rüschen, mit denen Ausschnitt und Ärmel sowie die Turnüre garniert waren. *Ein rosafarbener Entenbürzel!*

Immerhin schaffte es die neue Zofe Klärchen, die erst seit einigen Monaten dem Haushalt der Gerbans angehörte, Mathildes dünne blassblonde Haare so zusammenzustecken, dass sie sich nicht sofort wieder aus der Frisur lösten. Dabei schien es allerdings keine Rolle zu spielen, ob Mathilde die jeweilige Haartracht auch zum Vorteil gereichte. Heute trug sie einen am Hinterkopf befestigten geflochtenen Knoten, der zwar kunstfertig mit einem grünen Band umwunden und mit rosa Stoffblüten geschmückt war, Mathildes Gesicht aber noch runder wirken ließ, als es ohnehin schon war. Mittlerweile hatte sie überdies ein ausgeprägtes Doppelkinn, das die straff zurückgekämmten Haare sogar noch betonten.

Von Wernitz scheint Geld zu brauchen, dachte Franz despektierlich. *Ein anderes Motiv, diesen Fettkloß zu ehelichen, kann ich mir wahrlich nicht vorstellen.*

Denn für seine Schwester Mathilde sprach vor allen Dingen ihre große Mitgift von fünfzigtausend Gulden, mit der ihr Vater sie ausstatten wollte. Franz war sicher, dass von Wernitz längst darüber Bescheid wusste.

Der Zeiger stand schon auf Viertel nach vier, als sie endlich den Türklopfer hörten. Durch die Entfernung zum kleinen Salon gedämpft, vernahmen sie, wie Wilhelm Gerban die Ankömmlinge begrüßte, denen das neue Dienstmädchen Heidi, das erst seit Jahresbeginn im Haus war, die Hüte abnahm.

Während sich die Schritte der Männer dem kleinen Salon näherten, beobachtete Franz, wie Mathilde endlich auf einem Kanapee Platz nahm und ihr süßestes Lächeln aufsetzte. *Oder das, was sie dafür hält.*

Der Nachmittagstee war zunächst ein voller Erfolg. Herr von Wernitz und sein Offizierskamerad, den er mitgebracht hatte, griffen herzhaft zu und lobten sowohl den Tee als auch die Törtchen und die Petits Fours über die Maßen.

Mathilde strahlte pausenlos über das ganze Gesicht und verzichtete sogar auf das letzte Himbeertörtchen, um es ihrem umschwärmten Leutnant anzubieten. Im Gegenzug machte der ihr sogar ein Kompliment über ihr scheußliches Kleid.

Anfangs bestritt hauptsächlich Wilhelm Gerban die Unterhaltung mit den beiden Offizieren. Man plauderte über das Wetter, die zu erwartende Qualität des Weinjahrgangs und andere unverfängliche Themen. Franz verhielt sich nahezu schweigsam, um möglichst keine Aufmerksamkeit auf sich zu ziehen.

Doch sein Versuch blieb letztendlich vergeblich, denn schließlich richtete von Wernitz das Wort auch an ihn. »Ich habe gehört, auch Sie zählen zu den Kriegshelden unserer neuen deutschen Nation. Sie haben unter anderem in Bazeilles gekämpft und dabei Ihr Bein verloren? Im 2. Regiment der Brigade Orff, wenn ich recht unterrichtet bin?«

Franz nickte. »So ist es, Herr von Wernitz. Ich wurde gleich am ersten Tag der Schlacht um Sedan verwundet«, erklärte er knapp.

»In welcher Einheit dienten Sie denn genau?«

»Aber Herr von Wernitz«, fiel ihm Gerban, wie vorab vereinbart, ins Wort. »Dieses Thema haben wir in diesem Hause schon einmal zu oft erörtert. Es ist sicherlich keine Unterhaltung in Gegenwart einer jungen Dame.«

»Verzeihung!« Herr von Wernitz strich sich über seinen mit Pomade zu zwei perfekten Halbkreisen geformten Schnurrbart. »Es ist nur so, dass mein lieber Kamerad hier, Unterleutnant Werner von Heppstein, und meine Wenigkeit nie gegen die Armee Mac-Mahon gekämpft haben. Unsere bescheidenen Kräfte haben wir gegen die französische Rheinarmee unter Marschall Bazaine und bei der Belagerung von Metz eingesetzt. Die Teilnahme an der glorreichen Schlacht von Sedan blieb uns leider versagt!«

»Ja, das ist sehr bedauerlich«, antwortete Franz mit schlecht verhohlenem Sarkasmus. Wilhelm Gerban warf ihm einen warnenden Blick zu.

»Angesichts Ihres bewundernswerten Opfers für unser deutsches Vaterland muss es Ihnen sicher eine besondere Freude sein, dass unser verlorenes Elsass jetzt endlich heim ins Reich gekommen ist«, richtete von Wernitz das Wort weiterhin unverdrossen an Franz.

»Nun ...«, begann Franz gedehnt. Mathilde und sein Vater fielen ihm fast gleichzeitig ins Wort. »Darf ich Ihnen noch ein Törtchen vorlegen lassen, Herr von Wernitz? Sie haben die Heidelbeervariante noch gar nicht gekostet!«

»Natürlich sind wir darüber sehr froh!«, kam es derweil von Wilhelm Gerban.

»Zumal jetzt auch der Sitz Ihrer Weinhandlung auf deutschem Boden liegt«, mischte sich Werner von Heppstein ein, der bislang recht schweigsam geblieben war. Im Gegensatz zu von Wernitz, der trotz seines affektierten Auftretens mit seinen blonden Haaren und blauen Augen ein attraktiver Mann war, wirkte von Heppstein mit seiner untersetzten Figur und seinen groben Gesichtszügen eher unansehnlich.

Leider gab er von Wernitz mit seiner Äußerung ein für die Gerbans unangenehmes Stichwort. »Ja, das wollte ich Sie ohnehin schon länger fragen, Herr Gerban. Aus welchem Grund lag Ihr Firmensitz eigentlich jenseits der deutschen Grenze?«

»Das Haus in Weißenburg gehört zum Erbe meiner Frau, die aus Straßburg stammt«, entschied sich Wilhelm Gerban für die Wahrheit, die von Wernitz entweder schon wusste oder sehr leicht herausfinden konnte. »Und, um es offen einzugestehen, der Weinhandel war wegen der fehlenden Zollschranken zu Frankreich von dort aus viele Jahre lang einträglicher, als er es von der Pfalz aus gewesen wäre. Sehr viel einträglicher sogar«, winkte er mit dem Zaunpfahl, was seinen Wohlstand und die zu erwartende Mitgift Mathildes anging.

Von Wernitz grinste und ließ dabei seine blendend weißen Zähne sehen. »Ich verstehe. Der Zweck heiligt die Mittel. Umso erleichterter müssen Sie alle sein, dass jetzt Ihr gesamtes Unternehmen auf deutschem Boden liegt und durch die nationale Einheit innerhalb Deutschlands ebenfalls alle leidigen Zölle wegfallen werden.«

Gerban erwiderte das Grinsen. »Das ist wohl wahr, Herr von Wernitz«, bestätigte er.

»Überhaupt«, mischte sich von Heppstein erneut ein. »Überhaupt dürfte die Bevölkerung des Elsass sehr glücklich sein, dass sie der französischen Diktatur entronnen ist.«

»Mitnichten!« Diesmal kam Franz seinem Vater zuvor. »Es gab hier nämlich keine französische Diktatur. Die Mehrzahl der Elsässer wäre daher lieber bei Frankreich geblieben!«

Von Wernitz' Gesichtszüge entgleisten. »Aber das ist unmöglich!«, protestierte er. »Viele Elsässer beherrschen nicht einmal die französische Sprache! Wenn Sie abends in eines der

Weißenburger Gasthäuser gehen, wird nahezu ausschließlich Deutsch gesprochen!«

»Kein deutschstämmiger Elsässer kann diesem welschen Ungeist nachtrauern«, kam von Heppstein seinem Waffenbruder zu Hilfe. »Sehen Sie sich nur den Zustand der Weißenburger Kaserne an! Mich dauern unsere aufrechten Landsleute, die als gemeine Soldaten nicht in Bürgerhäusern untergebracht sind wie wir, sondern in diesem Dreck hausen müssen. Noch immer starren Wände und Böden der Gemeinschaftsräume vom Schmutz vieler Jahrzehnte! Im ganzen deutschen Heer werden Sie nirgendwo eine vergleichbare Unreinlichkeit finden!«

»Die Kaserne der Garnison diente viele Monate lang als Lazarett«, machte Franz seinem zunehmenden Unmut Luft. »Vor allem für verwundete deutsche Soldaten aus den Schlachten bei Weißenburg und Fröschweiler-Wörth. Vielleicht stammt der Schmutz also erst aus jüngster Zeit! Zudem wundert es mich, dass die deutschen Besatzer die Räume nicht schon längst in Ordnung gebracht haben. Schließlich logieren sie doch schon viele Monate dort!«

Mit offenem Mund starrten die beiden Leutnants Franz fassungslos an. »Darf ich Ihnen noch etwas anbieten? Tee oder ein Törtchen vielleicht?« Mathildes Stimme klang glockenhell vor Sorge über diese unangenehme Wendung der Unterhaltung. Niemand antwortete ihr.

»Mein Sohn war selbst viele Monate lang in einem Lazarett und kennt die Zustände dort«, griff Wilhelm Gerban ein und verschaffte sich damit zumindest Gehör. »Wenn so viele Menschen gleichzeitig der Hilfe bedürfen, bleibt die Reinlichkeit auch einmal auf der Strecke. Es ist doch so, Franz, dass du die Erinnerung an deine Leiden nur schwer ertragen kannst?«

Er warf seinem Sohn einen beschwörenden Blick zu. Seine stahlgrauen Augen funkelten.

»Nun ja«, lenkte von Wernitz ein. »Ich wollte Ihnen nicht zu nahe treten, Herr Franz. Ich darf Sie doch so nennen?«

»Natürlich!«, mischte sich Mathilde ungefragt ein. »Sie dürfen auch mich gerne Fräulein Mathilde nennen.«

Auch dieses Angebot blieb unbeachtet. Von Wernitz fuhr stattdessen fort: »Auf jeden Fall steht außer Frage, dass deutsche Kraft und Energie, verbunden mit Intelligenz und glühender Vaterlandsliebe, den Sieg über das in Genusssucht und Frivolität versunkene Frankreich davongetragen haben. Die Wiedereingliederung des Elsass ins deutsche Vaterland ist die Sühne für altes Unrecht, das dem urdeutschen Land einst von den Welschen zugefügt wurde. Und ihre beständigen Niederlagen haben gezeigt, wie dekadent dieses Volk geworden ist, das diesen Krieg gegen das friedliebende Preußen ohne Not vom Zaun gebrochen hat ...«

Franz wurde wütend. »Sind Sie jetzt fertig?«, fiel er von Wernitz brüsk ins Wort. »Dann hören Sie mir einmal zu! Auch du, Vater!«, kam er einem erneuten Versuch Wilhelms einzugreifen zuvor.

»Ihr Kanzler Otto von Bismarck hat die Emser Depesche verfälscht und damit den Stolz der französischen Nation derart verletzt, dass sie Preußen den Krieg erklärt hat. Auf dem Felde haben die französischen Soldaten genauso tapfer und selbstlos gekämpft wie nur irgendein deutscher Soldat. Und wir hier im Elsass verdanken den Franzosen Napoleons Code civil und damit Bürgerrechte, von denen man in Preußen noch nicht einmal etwas gehört hat. Es heißt, die Zustände auf den dortigen Landgütern hätten noch Ähnlichkeit mit der Leibeigenschaft. Sie schimpfen die Franzosen frivol und dekadent, ich schimpfe die Preußen arrogant, rückständig und borniert! Sie hätten diesen Krieg niemals gewonnen, wenn ...«

»Franz! Ich bitte dich um Mäßigung. Die Herren sind Gäste in diesem Haus!«, donnerte Wilhelm Gerban, der den ersten

Ausführungen seines Sohnes zunächst wie erstarrt gelauscht hatte. Er wandte sich an die Offiziere. »Ich kann Sie nur um Vergebung für die unbedachten Worte meines Ältesten bitten. Er war schon immer ein Heißsporn.«

»Möchte noch jemand Tee?« Wieder achtete niemand auf Mathilde, die verzweifelt die Kanne aufnahm, anstatt Niemann zu winken, der mit unbewegter Miene neben der Salontür stand.

Von Wernitz nickte Wilhelm knapp zu. »Das Temperament Ihres Sohnes in allen Ehren, Herr Gerban! Doch man meint fast, er sei selbst ein Franzose!«

Franz sah rot. »Sie werden es nicht glauben, Herr von Wernitz. Ich bin ...«

Der Rest seines Satzes ging unter. Von Wernitz schrie auf, als ihm Mathilde heißen Tee über seine Uniformhose goss.

»Verschwinde auf der Stelle, du unsäglicher Idiot!«, zischte Gerban seinem Sohn im allgemeinen Tumult infolge des häuslichen Missgeschicks zu.

Während Niemann mit Servietten herbeieilte und sich Mathilde zitternd und weinend viele Male entschuldigte, flüchtete sich Franz aus dem kleinen Salon in die Halle und von dort aus ins Freie.

Wohnküche der Schobers in Lambrecht
Ende August 1871, am selben Tag

Irene warf einen verstohlenen Blick auf ihren alten Wecker, den sie aus ihrer winzigen Kammer mit in die Wohnküche der Schobers genommen hatte. Die Uhr zeigte schon kurz vor Mitternacht. Normalerweise lagen sie alle an einem Sonntagabend um diese Zeit längst im Bett, da sie ja am nächsten Morgen wieder früh zur Arbeit mussten.

Unauffällig ließ sie ihren Blick durch die ärmliche Behausung ihrer Wirtsleute schweifen, die trotzdem immer noch üppiger war als die vieler anderer Arbeiterfamilien. Sie lag im zweiten und damit obersten Stock eines schon recht schäbigen Hauses, dessen ehemals beigefarbener Putz nun abbröckelte und sich grau verfärbt hatte. Der Kamin zog nicht richtig ab, die Wände waren so dünn, dass man jeden Laut hörte, die Fenster waren undicht. »Aber es regnet nicht durch das Dach«, hatte ihr Emma schon bei ihrem Einzug kurz nach ihrer Ankunft in Lambrecht erklärt. »Und durch die Gaube haben wir viel mehr Platz als die unteren Wohnungen und zudem zwei abgetrennte Kammern zum Schlafen. Eine vermieten wir, die andere bewohnen wir selbst mit den Kindern.«

Die Schlafräume waren so klein, dass ein Bett, eine Waschgarnitur und ein paar Kleiderhaken gerade einmal so hineinpassten. Doch mittlerweile wusste Irene, dass man noch weit schlechter hausen konnte. Viele Familien lebten in einem einzigen Raum, in dem sie nicht nur kochen und schlafen, sondern wie die bedauernswerte Erna auch noch Heimarbeit verrichten mussten. Der Abtritt lag meistens im Hof, nicht wie im Haus der Schobers auf dem ersten Treppenabsatz. Und auch wenn es häufig im ganzen Aufgang erbärmlich stank, so musste Irene doch eingestehen, dass der schlechte Geruch dem Gang ins Freie bei jedem Wetter bei Weitem vorzuziehen war.

Dennoch spielte sich das Leben auch bei den Schobers vor allem in der Wohnküche, dem mittleren und größten Raum, ab. Hier wurde gekocht, gegessen, gewaschen und die Wäsche auf einem an der Wand befestigten Gestell über dem eisernen Ofen getrocknet. Hier verwahrten Emma und Irene ihre mageren Vorräte. Hier spielte die kleine Marie mit ihrer zerfledderten Strohpuppe, hier krabbelte die mittlerweile einjährige Thea über den oft schmuddeligen Holzboden, hier schlief

Fränzel friedlich in seiner Wiege, wenn Irene gemeinsam mit Emma arbeitete.

Und hier saßen die Frauen nun schon seit Stunden am großen Küchentisch, der die gesamte Mitte des Raumes einnahm, und fädelten die roten, blauen und grünen Glasperlen auf dünne Drähte zu Halsketten. Die Kinder hatten sie längst zu Bett gebracht.

»Er wird schon noch kommen«, versuchte Irene, ihre zunehmend verzweifelte Freundin zu trösten.

Emma schniefte. »Natürlich wird er irgendwann kommen. Fragt sich nur, in welchem Zustand. Er hat nicht nur seinen, sondern auch meinen eigenen Wochenlohn in der Tasche. Vergiss das nicht.«

Irene nickte bedrückt. Dabei hatte der Tag so vielversprechend begonnen. Nach der Hausarbeit und einer nur dreistündigen Arbeit an den Glasperlenketten waren die Schobers mit Irene und ihren Kindern am Nachmittag zur Kirchweih ihrer Pfarrei gegangen. Eine Weile hatten alle ungetrübten Spaß. Georg schoss für Emma und Irene rote Papierrosen an einem Schießstand. Marie fuhr zum ersten Mal in ihrem Leben mit dem Kinderkarussell und thronte stolz in ihrer mit zwei Holzschimmeln bespannten Kutsche. Emma und Irene erstanden Zuckerlutscher für die Kinder und kandierte Mandeln für sich selbst.

Schließlich kamen sie zum Platz vor der Kirche. Dort spielte eine Blasmusikkapelle zum Tanz auf. Georg schwenkte seine überglücklich aussehende Frau im Takt von Polkas und Walzern, während Irene die Kleinen hütete.

Auch an ihr fand ein Bursche, der in die Tracht eines Wandergesellen mit weiter Leinenhose und schwarzer Weste über einem kragenlosen Hemd gekleidet war und am Nebentisch saß, offensichtlich Gefallen. Sein bartloses Kinn wurde von braunen Koteletten umrahmt, über der Oberlippe trug er einen kurzen Schnauzer. Er hatte hellbraune Augen, mit denen er sie mutwillig anblitzte, und zeigte beim Lächeln gesunde, weiße Zähne.

Irene fühlte sich gleichzeitig geschmeichelt und verlegen. Der Bursche war zweifellos stattlich, er mochte nur ein paar Jahre älter sein als sie selbst. Seit ihrem geliebten und für immer verlorenen Franz hatte ihr kein junger Mann mehr schöne Augen gemacht.

»Oho!« Gerade kamen Georg und Emma vom Tanzboden zurück. »Mir scheint, du verdrehst gerade unserem Josef den Kopf!« Georg prostete dem Mann mit seinem Weinschoppen zu, den er alsdann an die Lippen setzte und in einem Zug austrank. Über Emmas Gesicht huschte ein Schatten.

»Geh und vergnüg dich getrost auch einmal!«, forderte Georg Irene auf, während er schon der Schankmagd winkte und einen neuen Schoppen von ihrem gefüllten Tablett nahm. »Soll ich dem Josef sagen, dass er dich einmal auffordern soll?«

Irene wehrte ab. »Ich kann gar nicht tanzen.« Das war zwar die Wahrheit, aber dennoch eine durchschaubare Ausrede. Denn ob jemand die richtigen Schritte beherrschte, spielte beim bunten Treiben auf der Tanzfläche kaum eine Rolle.

»Der Josef bringt es dir bei«, beteuerte Georg und stürzte den nächsten Schoppen hinunter. »Du kannst mir glauben, der Mann weiß, wo es langgeht.«

Irene ging ein Licht auf. »Ist das der Arbeiterführer, mit dem ihr immer eure Treffen habt?«

Georg grinste. »Erraten, meine Süße.« Er beugte sich an Emma vorbei so dicht zu Irene hinab, dass sie seinen weinsauren Atem roch. »Bist ein hübsches Mädel! Wenn ich meine Emma hier nicht schon hätte«, er klopfte seiner Frau vor aller Augen auf den Po, »könntest du mir wohl auch gefallen.«

Peinlich berührt wich Irene zurück. »Ich möchte nicht tanzen«, wiederholte sie, nun mit festerer Stimme. »Ich kann Fränzel nicht allein lassen.«

»Ach was!«, widersprach Georg und winkte der Kellnerin erneut. »Die Emma passt auf das Balg auf!«

In diesem Moment stand der Mann namens Josef auf und kam zu dem Tisch, an dem Irene und die Schobers saßen. Er verbeugte sich artig vor Irene. »Darf ich um den nächsten Tanz bitten?«

Irene spürte, dass sie errötete. Sie wollte erneut ablehnen, als Georg ihr zuvorkam. »Das Mädchen ist schüchtern, Josef! Wahrscheinlich zudem ein gebranntes Kind. Immerhin«, der Wein machte ihn taktlos, »habe ich noch nie was vom Vater ihres Kleinen gehört.«

Irenes Gesicht verfärbte sich blutrot. »Georg! Wie kannst du nur!«, zischte Emma empört.

Doch Josef reagierte völlig anders, als Irene erwartet hatte. »Du solltest dein loses Maul im Zaum halten, Georg!«, wies er ihn scharf zurecht. »Und nicht so viel saufen!«

»Und dir will ich keinesfalls zu nahe treten …?« Josef sah Irene an und hob fragend die Stimme.

»Irene. Ich heiße Irene«, flüsterte sie, immer noch tödlich verlegen.

»Ein wunderschöner, seltener Name!« Eine schmerzliche Erinnerung kam in ihr hoch. Denn auch Franz hatte ihren Namen, um dessentwillen man sie als Mädchen im Waisenhaus so oft gehänselt hatte, schön gefunden.

Mechanisch legte sie die Hand auf den ihr von Josef angebotenen Arm und folgte ihm auf die Tanzfläche. Die Kapelle spielte einen Walzer. Ohne einen Gedanken an ihre nicht vorhandenen Tanzkünste zu verschwenden, wiegte sich Irene im Takt der Musik und ließ sich von Josef führen. Auf seltsame Weise fühlte sie sich dabei geborgen.

»Du musst dir wirklich nichts aus Georgs dummer Bemerkung machen«, übertönte Josefs Bassstimme an ihrem Ohr die Musik. »Unter uns Arbeitern ist es keine Schande, eine ledige Mutter zu sein. Wir sind nicht so spießig wie die Bürgerlichen.«

Das hatte ihr auch schon Emma bei ihrem Gespräch über Fränzels Vater gesagt und recht behalten. Tatsächlich nahm niemand in der Fabrik an ihrem Söhnchen Anstoß oder stellte gar aufdringliche Fragen nach dessen Herkunft. Ganz anders als ihre erste bigotte Vermieterin in Landau, die sie kurz vor Weihnachten sogar aus ihrer ärmlichen Kammer auf die Straße geworfen hatte, als sie bemerkte, dass ihre Mieterin schwanger war.

Schüchtern lächelte Irene Josef zu, ohne zu antworten. Die Kapelle spielte eine Polka. Sie sprang mit Josef, der sie mit sicherem Griff festhielt, über die Tanzfläche, bis sie ganz außer Atem war.

Als die beiden an den Tisch zurückkehrten, sah Irene, dass schon wieder ein neuer Schoppen vor Georg stand. *Er wird sich völlig betrinken,* wurde ihr klar. Auch Emma schien diese Befürchtung zu plagen, wie Irene aus ihrer unglücklichen Miene schloss.

Georg dagegen schien das alles nicht wahrzunehmen. Schon leicht schwankend sprang er auf und zog Emma wieder auf die Tanzfläche. Josef blieb unschlüssig vor Irene stehen, die Fränzel aufgenommen hatte. »Darf ich mich zu dir setzen?«

»Natürlich.« Wieder fühlte sie sich merkwürdig verlegen. Sie nahm Zuflucht zu einem unverfänglichen Thema, das sie überdies brennend interessierte.

»Emma hat mir erzählt, dass du die Treffen der Arbeiter leitest«, begann sie. »Worum geht es denn da?«

Josefs Gesicht wurde ernst. »Wir sprechen über die Ausbeutung, der die Arbeiter tagtäglich in den hiesigen Textilfabriken ausgesetzt sind. Kein Mann kann seine Familie von seinem kargen Lohn ernähren. Meist müssen die Frauen und sogar die Kinder mitarbeiten, damit sie alle mehr schlecht als recht über die Runden kommen. Und die Fabrikherren denken sich immer neue Schikanen aus, um noch weniger zahlen zu müssen.«

Irene nickte beklommen. »Ich glaube, sie halten sich auch nicht an die Gesetze. Erst neulich habe ich mitbekommen, dass ein Mädchen eingestellt wurde, das nicht einmal acht Jahre alt war.«

Josef grinste zynisch. »Oh ja, das ist überall gang und gäbe. Und scheinheilig sind die Herren im Gehrock noch dazu. Vor einiger Zeit habe ich ein Schreiben aus Crimmitschau, das liegt im Königreich Sachsen, gesehen. Dort haben sich alle Textilfabrikanten zusammengeschlossen und einen Bittbrief an das Innenministerium in Dresden verfasst. In diesem fordern sie, das Alter der Kinder, die in der Fabrik arbeiten dürfen, wieder von zwölf auf zehn Jahre zu senken.«

»Ich glaube, bei Reuter und Sohn, wo ich arbeite, sind viele Kinder noch jünger.«

Josef schnaubte. »Ja, der Reuter gilt als besonders harter Hund. Eifert seinem Vater nach, der auch nicht besser war.«

»Bist du hier aus der Gegend?«

Josef bejahte. »Ich bin in der Pfalz geboren, habe aber lange in der Fremde gelebt. Auch ich ließ mich einst als Lehrling und Geselle ausbeuten, bis ich meinem Mentor begegnete, der mir von den Schriften des Karl Marx erzählte. Hast du von diesem Mann schon einmal gehört?«

Irene schüttelte den Kopf.

»Würde es dich interessieren, was Marx über die Knechtschaft sagt, in der die Fabrikherren ihre Arbeiter halten?«

»Oh ja, es würde mich sogar sehr interessieren!« Irene war spontan begeistert.

»Dann komm doch einmal zu unseren Versammlungen. Wir treffen uns jeden Freitag in den ›Drei Störchen‹.«

Das wusste Irene bereits. Doch etwas anderes erstaunte sie sehr. »Dürfen denn auch Frauen daran teilnehmen?«

Josef grinste wieder, diesmal amüsiert. »Natürlich. Ihr arbeitet doch auch, oft wegen des Haushalts und der Kinder sogar noch härter als die Männer. Die Arbeiterbewegung braucht euch. Frauen wurden sogar schon 1832 zum Hambacher Fest eingeladen.«

»Aha!« Irene wusste nicht, wovon Josef sprach.

Er deutete ihre Miene richtig. »Sag nur, du hast von diesem Fest noch nie gehört?«

Irene bestätigte es mit einem Kopfschütteln beschämt.

»Schon damals ging es um Freiheit und Menschenrechte, aber auch um die schlechten Lebensbedingungen vieler Pfälzer. Wenn du über diese Dinge noch gar nichts weißt, ist es umso wichtiger, dass du einmal zu den Versammlungen kommst. Wo du doch sogar bei einem der größten Ausbeuter weit und breit beschäftigt bist.«

»Lass mich los!« Emmas Stimme schrillte über den Platz. Irene schreckte auf und sah ihre Freundin mit Georg an einem Weinstand in der Nähe stehen. Sie rang mit ihm. Er versuchte offensichtlich, ihr etwas von dem Wein einzuflößen, den er schon wieder in der Hand hielt, und zog ihren Kopf mit der freien Rechten gerade gewaltsam nach hinten.

Josef sprang auf. Mit schnellen Schritten eilte er auf die beiden zu und trennte sie voneinander. Dann führte er Emma, um deren Mund sich hässliche rote Flecken gebildet hatten, zurück an den Tisch.

»Lass uns nach Hause gehen«, forderte Emma Irene mit versteinerter Miene auf, ohne sich bei Josef für dessen Hilfe zu bedanken. Irene, die gerne noch geblieben wäre, um sich weiter mit Josef zu unterhalten, blieb darauf nichts anderes übrig, als ihrer Freundin zu folgen.

Sie waren schon in die Straße eingebogen, in der ihre Wohnung lag, als Emma abrupt stehen blieb. »Oh Gott!« Nun brach sie wirklich in Tränen aus. »Er hat noch meine Börse! Mit meinem ganzen Wochenlohn drin! Ich habe sie ihm zum Aufbewahren gegeben, als ich Marie ins Karussell setzte, und dann vergessen, sie zurückzufordern. Was mache ich jetzt nur?«

Da wusste Irene auch keinen Rat. Zurückzugehen kam nicht infrage. Wer wusste schon, wohin es Georg inzwischen verschlagen hatte. Und wenn er bereits volltrunken war, was die Frauen befürchteten, würde er sowieso keinen Kreuzer freiwillig herausgeben.

»Mir bleibt nichts anderes übrig, als noch mindestens eine Kiste Glasperlenketten zu knüpfen.« Entschlossen wischte sich Emma die Tränen ab. »Morgen kommt der Zwischenhändler und holt die Ware ab. Vielleicht ist dieser Lohn das einzige Geld, das ich diese Woche habe, um Essen zu kaufen.«

Und so saßen die Frauen nun schon seit Stunden an ihrer Arbeit.

Plötzlich hörten sie durch das offene Fenster lautes Gegröle. Emma zuckte zusammen. Einen Augenblick später fiel die Haustür dröhnend ins Schloss. Schwerfällige Schritte kamen die Stiege hinauf.

Anwesen der Gerbans bei Altenstadt
Ende August 1871, am selben Tag gegen Mitternacht

Schlaflos wälzte sich Franz in den Kissen und drehte sich immer wieder von einer Seite auf die andere. Die Nacht war schwül, und trotz des weit offen stehenden Fensters drang kein Lufthauch ins Zimmer. Zudem schmerzte sein Beinstumpf so unerträglich wie schon lange nicht mehr.

Immer wieder tauchten die Bilder dieses Tages vor seinem

inneren Auge auf. Nur eine Viertelstunde nachdem er sich in den Garten geflüchtet hatte, verabschiedeten sich auch die beiden Leutnants. Ohne ihn zu bemerken, traten sie vor einen dichten Haselnussbusch, hinter dem Franz auf einer Gartenbank kauerte. Es war eins seiner Lieblingsplätzchen im Park des Altenstädter Anwesens.

»Lass uns wenigstens noch eine gute Zigarre schmauchen, bevor wir zurück nach Weißenburg reiten!«, schlug von Heppstein seinem Kameraden vor. »Dort drinnen hat unser Aufenthalt ja leider nicht mehr für den Rauchsalon gereicht.«

»Das ist eine gute Idee!« Franz hörte ein Zündholz zischen. Kurz darauf zog der würzige Tabakgeruch durch den Busch bis zu ihm herüber.

»Keine Minute länger hätte ich es mit dieser fetten Mathilde und ihrer bürgerlichen Bagage ausgehalten«, stimmte von Wernitz Heppstein zu. »Mag unser Gut bei Cottbus auch noch so verschuldet sein, dieser Preis, um unsere familiären Finanzen zu sanieren, ist mir eindeutig zu hoch! Gleich heute Abend werde ich das meinem Vater schreiben!«

»Recht hast du, Eduard! Du bist ein fescher Bursche. Eine bürgerliche Landpomeranze wie diese Mathilde findest du allemal auch woanders!«

»Das hoffe ich, Werner. Obwohl ... fünfzigtausend Gulden waren schon ein ganz hübsches Sümmchen. So eine Mitgift bringt nicht jede mit.«

»Aber auch nicht so viel Speck und Dümmlichkeit! Stell dir doch nur vor, wie die Hochzeitsnacht mit dieser Elefantenkuh ausgesehen hätte. Da kann einem Mann ja wohl alles vergehen!«

In seinem Versteck schlug Franz das Herz bis zum Hals. Obwohl die beiden Offiziere nicht schlimmer über Mathilde lästerten, als er selbst schon über sie gedacht hatte, verletzten deren Schmähungen seinen Stolz. Schon war er versucht, aufzustehen und sich zu erkennen zu geben, als ihn die nächsten Sätze der beiden innehalten ließen.

»Aber weitaus schlimmer als dieser Fettkloß ist der Bruder! Wenn der wirklich bei Sedan gekämpft hat, fresse ich einen Besen!«

»Gekämpft hat er ja gar nicht, soviel ich weiß. Dafür fehlte ihm wohl der Schneid. Er war bei den Sanitätern, hat die Leichen eingesammelt und die Verwundeten geborgen. Dabei hat ihn wahrscheinlich ein Querschläger erwischt! Und nun lässt er sich als Kriegshelden feiern.«

Franz knirschte vor Wut mit den Zähnen. Von Wernitz schien völlig entfallen zu sein, dass er selbst Franz dieses Heldentum unterstellt hatte.

»Der Kerl ist schlimmer als jeder Wackes!«, bestätigte von Heppstein. »Wackes« war ein preußisches Schimpfwort für die Elsässer. »Aber wen wundert das denn! Du hast ja selbst gehört, dass seine Mutter eine Welsche ist. Was will man da schon erwarten!« Er stockte kurz und stieß hörbar Zigarrenrauch aus.

»Außerdem gibt es da noch etwas, das du nicht weißt, Eduard«, fuhr er fort. »Ich wollte dich damit nicht beunruhigen. Du hast mir erzählt, Mathildes Mutter verweile wegen ihrer schwachen Nerven in einem Sanatorium, das in einem Ort namens Klingenmünster liegt. Du hieltest das für einen Kurort wie Baden-Baden. Aber Klingenmünster ist ein abgelegenes Pfälzer Kaff. Dort gibt es nur eine Irrenanstalt!«

»Eine Irrenanstalt? Und das sagst du mir erst jetzt? Der Vater ein Geldsack, die Tochter verfressen, der Sohn schmäht unser Vaterland und jetzt noch eine welsche Übergeschnappte als Schwiegermutter? Was für eine grauenhafte Familie! Da bin ich dem Teufel ja tatsächlich gerade noch mal von der Schippe gesprungen!«

Das war zu viel! Franz griff nach seinem Gehstock, um sich

aufzurichten und einzuschreiten. Seine geliebte Mutter wollte er nicht auch noch ungestraft beleidigen lassen. Doch just in dem Moment, in dem er sich erhob und sein linkes Bein belastete, rutschte ihm die Prothese vom Stumpf. Das war schon lange nicht mehr vorgekommen. Ächzend vor Schmerz sank Franz zurück auf die Bank.

Bis er die metallene Gehhilfe wieder an seinem wund geriebenen Oberschenkelrest befestigt und seine Hose gerichtet hatte, waren die beiden Offiziere längst über alle Berge.

»Du! Du ganz allein bist schuld!« Tränenüberströmt und mit sich überschlagender Stimme empfing ihn Mathilde schon in der Halle, nachdem Franz unter großen Schmerzen zurück zum Haus gehumpelt war. Ihre dicken Finger formten sich zu Krallen. »Du hast meinen Verlobten vertrieben! Nur wegen dir hat er mich verlassen!«

»Wo ist Vater?«, ignorierte Franz barsch ihren hysterischen Ausbruch.

»Er erwartet Sie im Schreibzimmer, Herr Gerban.« Geräuschlos, wie es ihre Art war, trat Frau Burger, die Hausdame, neben ihn. »Sie möchten gleich zu ihm kommen, wenn Sie zurück sind, hat er gebeten!«

»Möchten Sie sich vielleicht nach all der Aufregung ein wenig hinlegen, gnädiges Fräulein?« Franz bewunderte Frau Burger für die Fürsorglichkeit in ihrer Stimme und Miene. Er wusste, dass Mathilde Frau Burger nicht leiden konnte und ihr bereits so manches Ungemach zugefügt hatte.

Seine Schwester schlug nun beide Hände vors Gesicht. »Das bringt ihn auch nicht mehr zurück!«, schluchzte sie. »Nichts bringt ihn zurück! Leben Sie wohl, hat er zu mir gesagt! Nicht auf Wiedersehen!«

Im Hintergrund der zu jeder Tageszeit düsteren Halle begann sich aufgrund des Geschreis bereits die Dienerschaft zu versammeln. Franz erkannte die Köchin, Frau Kramm, und die Dienstmädchen an ihren weißen Schürzen und Häubchen. Frau Burger trat mit energischen Schritten auf die Gruppe zu.

»Nun nimm dich um Himmels willen zusammen!«, zischte Franz seine Schwester an. »Das Gesinde ist schon aufmerksam geworden! Von Wernitz hätte dich ohnehin nur wegen deines Geldes genommen!«

»Du lügst«, kreischte Mathilde. »Eduard hat mich geliebt, bis du alles zerstört hast!«

»Träum weiter!« Die immer unerträglicheren Schmerzen in seinem Beinstumpf machten Franz vollends unempfindlich für Mathildes Enttäuschung. »Ich habe mit eigenen Ohren gehört, dass er dich ›eine fette Elefantenkuh‹ genannt hat, vor der es ihn in der Hochzeitsnacht gegraust hätte!«

Mathilde stieß einen letzten schrillen Schrei aus. Dann schwankte sie und sank ohnmächtig auf den Hallenboden. Niemann, der herbeisprang und sie auffangen wollte, riss sie dabei mit.

»Du hast mir dein Wort gegeben, Franz!« Unerbittlich starrten ihn die stahlgrauen Augen seines Vaters an. »Du wolltest dich unauffällig verhalten und hast das glatte Gegenteil getan! Nun wird sich in der ganzen preußischen Besatzungstruppe wie ein Lauffeuer verbreiten, dass du aufseiten der Franzosen stehst. Das wird unserem Handel erheblich schaden. Frankreich als Markt steht uns nicht mehr im gleichen Ausmaß zur Verfügung wie vor dem Krieg. Dafür werden wir in Bälde zollfreien Zugang zum gesamten Deutschen Reich haben! Doch ohne Beziehungen und Referenzen dürfte es uns schwerfallen, dort so Fuß zu fassen, wie ich es mir vorgestellt habe. Erst recht, wenn man unsere zukünftigen Kunden ab dem heutigen Tag am Ende sogar noch vor uns warnt!«

»Nun mach diesen kleinen Oberleutnant nicht größer und

wichtiger, als er ist!«, erwiderte Franz erregt. »Was soll uns ein einzelner Mann schon groß schaden können! Unsere Weine sollten der Grund sein, warum wir Kunden gewinnen, nicht meine Gesinnung!«

»Von Wernitz und von Heppstein werden überall herumerzählen, was sich heute hier zugetragen hat! Zudem hätte uns eine Verbindung deiner Schwester mit einem Mann von Adel ebenfalls nur zum Vorteil gereicht! So wird sie nun schmählich ...«

»Der Kerl ist ein einfacher Freiherr und hätte Mathilde ohnehin nur wegen ihres Geldes geheiratet«, fiel ihm Franz ins Wort. »Draußen haben die zwei kein gutes Haar an ihr gelassen. Sie schimpften sie einen Fettkloß, und von Wernitz befürchtete deshalb sogar Impotenz in der Hochzeitsnacht. Das habe ich mit meinen eigenen Ohren gehört!«

»Da siehst du, wie die beiden ihre Wut über dich unmittelbar danach gleich an deiner unschuldigen Schwester ausgelassen haben«, drehte ihm Gerban die Worte im Mund herum.

Franz schnappte vor Empörung nach Luft.

»Nein! Jetzt hörst du mir zu, Franz«, donnerte sein Vater, als Franz zu sprechen beginnen wollte. »Du hast schon früher immer wieder dein Wort gebrochen und bist aus mehreren Internaten geflogen, weil du dich entgegen deinen Zusagen nicht beherrschen konntest. Was wäre dabei gewesen, wenn von Wernitz Mathilde wegen ihrer Mitgift geheiratet hätte? Was man so hochtrabend ›Liebe‹ nennt, ist die unwichtigste Zutat für eine Ehe. Aber die Geschäfte, die uns die Verbindung unserer Familie mit dem Adel eingebracht hätte, hätten Mathildes Mitgift allemal aufgewogen! Du wolltest dagegen einst eine Mesalliance mit einem Dienstmädchen eingehen und damit Schande über uns alle bringen!«

»Dir geht es immer nur um Status und Geld!« Franz war durch den letzten Vorwurf seines Vaters zutiefst verletzt und erhob jetzt ebenfalls seine Stimme. »Menschen und ihre Empfindungen sind dir vollkommen gleichgültig!«

»Jawohl! Wenn es um unseren Wohlstand und unser Ansehen geht, ist das eben so! Ich bin in erster Linie ein Geschäftsmann!«

»Und erst in zweiter oder gar dritter Linie ein Mensch? Immerhin erklärt das so einiges!« Franz' Stimme triefte vor Sarkasmus.

Das Gesicht seines Vaters färbte sich puterrot. Er sprang von seinem Lehnsessel auf und richtete seinen Zeigefinger wie eine Waffe auf Franz. »Und du glaubst ...« Er schnappte nach Luft. »Und du glaubst, ich lasse so jemanden wie dich unser Weingut leiten? Damit du mit deinem Dünkel am Ende auch noch unser wertvollstes Eigentum zugrunde richtest? Eher hacke ich mir die rechte Hand ab!«

»Damit brichst auch du dein Wort, das du mir gegeben hast, Vater!«

»Quid pro quo, Franz! Quid pro quo! Du hast es nicht anders verdient!«

Damit wandte ihm sein Vater den Rücken zu, nahm wieder auf dem Lehnsessel Platz, griff nach einer Zeitung und schlug sie demonstrativ auf.

Als Franz einen letzten Einwand versuchte, wedelte er ihn mit der Hand hinaus, als verscheuche er eine lästige Fliege.

Eine lästige Fliege! Das bin ich für meinen Vater! Nichts anderes als eine lästige Fliege.
Draußen zog schon die Dämmerung herauf. An Schlaf war in dieser Nacht nicht mehr zu denken.
Wäre ich doch nie nach Hause zurückgekehrt! Wäre ich doch nur in Saint-Quentin bei Madame Serge geblieben!
Marianne Serge, eine begüterte Fabrikantenwitwe, hatte Franz im vergangenen Herbst aus dem Lazarett geholt und im

Angedenken an ihren eigenen, bei Sedan gefallenen Sohn Paul gesund gepflegt.

Ein Gedanke begann, Gestalt anzunehmen. Je mehr Franz ihn von allen Seiten erwog, desto plausibler erschien er ihm. Die kleine vergoldete Uhr auf seinem Nachttisch zeigte an, dass es fünf Uhr morgens war. Draußen zwitscherten die Vögel.

Er bricht sein Versprechen! Dann muss ich mich auch nicht mehr an unsere Vereinbarung halten. Wer nicht wagt, der nicht gewinnt. Franz fasste einen Entschluss. Dann stand er mühsam auf, hüpfte auf seinem gesunden rechten Bein zu seinem kleinen Schreibsekretär, zog einen Pergamentbogen hervor und griff zu Feder und Tinte.

Wohnküche der Schobers in Lambrecht
Ende August 1871, am selben Abend

Als Georg die Tür aufstieß, die direkt vom Stiegenhaus in die Wohnküche führte, erstarrte Irene vor Schreck. Zwar hatte sie Georg schon oft betrunken gesehen, aber in einem solchen Zustand wie heute war er noch nie gewesen.

Ein betäubender Gestank von Schnaps und Erbrochenem ging von ihm aus. Sein Mund war sogar noch von den Speiseresten verschmiert, die er im Rausch wieder von sich gegeben hatte. Sein Hosenlatz stand offen, und als er näher trat, stieg Irene auch der Geruch von Urin in die Nase. Offensichtlich hatte sich Georg besudelt, während er sich erleichterte. Mühsam unterdrückte sie ihren eigenen Brechreiz.

»Guten Abend, die Damen«, lallte Georg und taumelte auf den Tisch zu. »Wart ihr noch fleißig, meine Süßen?« Er griff nach Emma. »Komm her, mein Liebling! Gib deinem Mann einen Kuss.«

Entsetzt sprang Emma auf und wich bis zur Wand vor dem

Betrunkenen zurück. Abwehrend hob sie beide Hände, als er ihr nachwankte.

»Wasch dich erst mal, du Dreckfink«, beschimpfte sie ihn. »Du siehst ja regelrecht widerlich aus!«

Georgs vom Alkohol aufgedunsenes Gesicht verzog sich zu einer betrübten Grimasse. »Ist das eine Art, seinen Ehegemahl willkommen zu heißen?«, lamentierte er.

»Warum sollte ich dich willkommen heißen, Taugenichts, der du bist!« Emmas Stimme wurde lauter. »Hast sicher wieder einmal deinen ganzen Wochenlohn versoffen! Dabei ist die Miete für den nächsten Monat fällig. Wovon sollen wir die denn jetzt bezahlen?«

Georgs Miene verfinsterte sich. »Was schlägst du denn für einen Ton mir gegenüber an, Weib? Hast du gar keinen Respekt vor dem Herrn im Haus?«

Emmas Verzweiflung machte sie unvorsichtig. »Respekt vor dir? Vor jedem Schwein, das sich in der Gosse suhlt, hätte ich mehr Respekt!«

»Emma! Nicht!« Irene sah das Unglück kommen und versuchte, beschwichtigend einzugreifen. Doch Emma ließ sich nicht mehr zurückhalten. »Schau dich doch einmal an! Du stinkst nach Kotze und Pisse! Würdest du wenigstens nur saufen! Aber du besudelst dich dabei schlimmer als ein Säugling! Nur dass die Kleinen nicht halb so ekelerregend riechen wie du!«

»Emma!« Nun klang Georgs Stimme drohend. »Ein weiteres Wort und ich haue dir eins aufs Maul!«

»Nur zu! Nur zu!« Emma kreischte jetzt. »Das ist das Einzige, was du zuwege bringst! Saufen und prügeln!«

Mit erhobener Hand machte Georg einen Schritt auf Emma zu. Irene fasste ihn trotz ihres eigenen Ekels und ihrer Furcht vor ihm geistesgegenwärtig am Arm. »Lass es gut sein, Georg! Sie meint es nicht so!«, beschwor sie den Betrunkenen.

»Und ob ich das so meine!«, machte Emma Irenes Bemühungen erneut zunichte. Aus den beiden Kammern erklang mittlerweile Kindergeschrei. Die Kleinen waren bei dem Lärm natürlich aufgewacht.

Emma streckte fordernd die Hand aus. »Gib mir meinen Lohn heraus, Georg! Ich habe eine ganze Woche lang schwer dafür geschuftet!«

Irene wusste, dass Emma die reine Wahrheit sprach. In der Spinnerei beaufsichtigte sie einen Abschnitt der neuen Selfaktoren. Sie hatte einhundertvierzig Spindeln zu betreuen auf einer Länge von zehn Schritten. Ständig musste Emma an der Maschine entlang hin und her laufen, um volle Garnspulen zu wechseln oder abgerissene Fäden wieder anzuknüpfen. Das alles musste geschehen, während der Selfaktor lief, was nicht ungefährlich war. Es hatten sich auch in der Spinnerei schon einige Unfälle ereignet, selbst wenn dort noch niemand zu Tode gekommen war wie Ernas Mann an der Krempelmaschine.

Emmas Lohn war höher als der von Irene und betrug fünf Gulden pro Woche. Dennoch war die Familie natürlich auf Georgs zusätzlichen Verdienst angewiesen. Er konnte als Weber, der am höchsten bezahlten Arbeit in der Fabrik, mit acht bis zehn Gulden rechnen, da er nicht nach Stunden bezahlt wurde, sondern im Akkord nach der Menge und Güte des gewebten Produkts. Würde Georg nicht so viel Geld für Alkohol ausgeben, hätten die Schobers sogar in bescheidenem Wohlstand leben können.

Einen winzigen Moment lang zuckte jetzt so etwas wie Schuldbewusstsein über Georgs Gesicht. Dann setzte er eine trotzige Miene auf.

»Ich weiß nicht, wovon du plärrst, Weib! Was habe ich mit deinem Lohn zu schaffen? Du gehst ihn dir beim Plotzer doch immer selbst abholen!«

»Ich habe dir meine Börse beim Kinderkarussell gegeben,

damit du sie einen Moment lang festhältst!«, schrie Emma Georg zornfunkelnd an. »Dabei hast du sie eingesteckt! Gib sie heraus!« Tränen der Wut liefen ihr über die Wangen.

Georg griff tatsächlich in seine Westentasche und zog ein fleckiges Beutelchen hervor. Er warf es auf den Tisch. Es war leer.

»Du Schwein! Du erbärmliches Schwein!« Emmas Stimme überschlug sich. Zu Irenes Entsetzen stürzte sie sich mit erhobenen Fäusten auf Georg und begann, auf seine Brust einzuschlagen.

Es kam, wie es kommen musste. Georg packte Emma mit beiden Händen und stieß sie mit Wucht von sich, sodass sie neben dem Herd hart an die Wand prallte und sich den Kopf anschlug. Er torkelte ihr nach und hob die Faust. Geistesgegenwärtig duckte Emma sich weg. Dann griff sie nach dem Schürhaken, holte aus und versetzte Georg einen Schlag auf den Arm, mit dem er nach ihr greifen wollte. Auch Irene schrie nun auf. Die Kinder in den Schlafkammern brüllten lauthals vor Angst.

»Nein! Hört auf! Nein!«, rief Irene verzweifelt. Georg hielt Emma nun fest und schlug ihr rechts und links ins Gesicht. Seine Frau wehrte sich mit aller Kraft und trat ihn hart gegen das Knie. Georg torkelte zurück und stieß mit dem Rücken an den Tisch, auf dem die Kisten mit den Glasperlenketten standen. Klirrend ergoss sich deren Inhalt auf den harten Holzboden.

Hilflos musste Irene mit ansehen, wie Emma und Georg mit ihren groben Schuhen die zarten Ketten zertraten. Rasch war die ganze Arbeit des heutigen Sonntags vernichtet.

»Bitte!« Auch Irene weinte jetzt. »Bitte, so hört doch auf!«

»Hört auf!«, brüllte sie schließlich aus Leibeskräften. »Sonst hole ich einen Schutzmann zu Hilfe!«

Obwohl Emma und Georg wussten, dass bei einem häuslichen Streit kein Polizist herbeieilen würde, hielten beide verblüfft inne. Emma lief der Rotz aus der Nase. Sie riss sich von Georg los und wischte sich mit dem Ärmel über das Gesicht, das von Georgs Schlägen schon anzuschwellen und sich blau zu verfärben begann.

Auch er war nicht unverletzt geblieben. Er hielt sich den Arm, den Emma mit dem Schürhaken getroffen hatte.

»Verdammtes Weib!«, zischte er sie an. »Du hast mich halb lahm geschlagen! Wie soll ich jetzt meinen Webstuhl bedienen?«

Emmas Augen schossen Blitze. Sie richtete sich zu voller Größe auf und wirkte dennoch schmächtig neben ihrem breitschultrigen Mann. »Das spielt nun auch keine Rolle mehr!« Ihre Stimme klang kalt und klar. »Als Ernährer deiner Kinder taugst du ohnehin nichts. Wenn du nicht arbeiten gehen kannst, musst du eben auf deine Besäufnisse verzichten. Ich ...«, sie machte eine weit ausholende Bewegung in Richtung der in einer Ecke aufgestapelten, noch unversehrten Kisten mit den Glasperlenketten, »*ich* komme auch ohne dich zurecht! Dann gibt es in der nächsten Woche eben nur Wassersuppe und Brot. Dazu reicht sogar mein kleiner Nebenverdienst. Wir schaffen es auch ohne einen solchen Versager wie dich!«

Das hättest du besser nicht gesagt, dachte Irene verzagt, während sie beobachtete, wie sich Georgs glasiger Blick auf einmal klärte.

»Nun, das wollen wir doch mal sehen!« Auch seine Stimme klang nun gefährlich ruhig und beherrscht.

Dann ging alles sehr schnell. Georg hob den Schürhaken vom Boden auf. Mit einem einzigen Schritt stürzte er zu den Glasperlenkisten, riss die oberste auf und schüttete ihren Inhalt auf den Küchenboden. Dann schlug er wie besessen mit dem Schürhaken auf die Ketten ein. Glassplitter spritzten nach allen Seiten.

»Nein!« Emma und Irene schrien gleichzeitig auf. Als sie sich auf ihn stürzen wollten, um ihn an seinem Zerstörungswerk zu hindern, hob er den Schürhaken hoch über seinen Kopf.

»Einen Schritt näher und ich schlage euch beiden den Schädel ein.« Nach dem Ausdruck zu schließen, der nun in seinen Augen lag, meinte er, was er sagte.

Irene fasste sich zuerst. »Hol deine Kinder!«, raunte sie Emma zu, während sich Georg der nächsten Kiste zuwandte. Emma taumelte wie betäubt in ihre Schlafkammer und kam sofort mit den Mädchen auf ihren Armen wieder heraus.

»Komm mit in meine Kammer! Wir schieben das Bett vor die Tür. Dann kann er nicht hinein!«

In dem winzigen Raum lauschten sie, eng aneinandergepresst, Georgs Schlägen. Die weinenden Kinder hielten sie in ihren Armen. »Das ist die Arbeit von vier Sonntagen«, schluchzte Emma. »Meine und deine.«

Auch Irene liefen die Tränen über die Wangen. Unwillkürlich rechnete sie nach. *Für einen Kasten fertiger Ketten bekommen wir fünfzehn Kreuzer. Mit der Arbeit von heute Abend waren es sechzehn Kästen. Für jeden von uns zwei Gulden.*

Während sie dem Knirschen lauschte, als Georg mit seinen schweren Schuhen die restlichen Ketten zertrat, fasste sie den Entschluss, den sie bislang immer wieder vor sich hergeschoben hatte. *Ich weiß zwar noch nicht, wie ich es anstellen werde. Aber ich muss hier weg und eine eigene Wohnung für mich und Fränzel finden. Und zwar so rasch wie möglich.*

Teil 2

Aufbegehren

Kapitel 8

Irene stellte den schweren Einkaufskorb auf das Kopfsteinpflaster, um sich einen Moment lang auszuruhen. Ihr ganzer Körper schmerzte vom langen Arbeitstag in der Nopperei. Auch Fränzel, den sie in seinem Tragegestell auf dem Rücken trug, wurde von Tag zu Tag schwerer und war ausgerechnet heute auch noch unruhiger als gewöhnlich. Er strampelte dauernd, sodass die ledernen Träger, die ihr ohnehin schon tief in die Schultern schnitten, immer wieder verrutschten.

»Was für ein Tag!«, seufzte sie leise. Er hatte schon nicht gut begonnen. Morgens war es Emma derart übel gewesen, dass sie sich mehrmals erbrochen hatte. Natürlich schleppte sie sich trotzdem zu ihrer Arbeit in der Spinnerei, brach aber mittags ohnmächtig zusammen und wurde in die Stillstube gebracht. Dort gab es ein altes, durchgesessenes Sofa für solche seltenen Vorfälle, auf das man Emma bettete.

Als Irene sie in der Mittagspause besuchte, schluchzte die Freundin zum Herzerweichen. »Wahrscheinlich bin ich wieder schwanger«, nuschelte sie.

Irene konnte die Worte kaum verstehen, ahnte aber ohnehin bereits seit einigen Tagen, in denen Emma immer wieder über Schwindel und Brechreiz geklagt hatte, dass dies die Ursache für deren Übelkeit sein könnte.

»Was soll jetzt nur werden?«, weinte Emma. »Mit Georg wird es doch Tag für Tag schlimmer!«

Da hast du leider recht, dachte Irene bei sich. *Und hättest ihm den Beischlaf daher besser verweigern sollen.* Laut tröstete sie Emma: »Warte doch erst einmal ab! Manchmal setzt die Monatsblutung verspätet ein.«

Die Freundin schüttelte heftig den Kopf. »Ich weiß, dass ich guter Hoffnung bin.« Sie stockte kurz und lachte schmerzlich auf. »Guter Hoffnung! Was für eine absurde Bezeichnung für diesen elenden Zustand. Ich kenne ihn nur zu gut. Denn so war es auch schon bei Marie und Thea, als ich mit ihnen schwanger ging.«

»Vielleicht bringt es Georg ja zur Vernunft, wenn er erneut Vater wird. Vielleicht besinnt er sich dann wieder auf seine Pflichten gegenüber seiner Familie«, beruhigte Irene sie, glaubte aber selbst nicht, was sie sagte.

Emma strömten die Tränen über beide Wangen. »Da müsste schon ein Wunder geschehen«, erwiderte sie mit erstickter Stimme.

Irene streichelte Emmas Hand, diesmal ohne zu antworten. Was hätte sie auch sagen sollen?

Nach der Zerstörung ihrer Heimarbeit vor sechs Wochen hatte sich Georg bis heute nicht einmal bei Irene und Emma entschuldigt. Stattdessen war er auch an den nächsten Abenden angetrunken nach Hause gekommen. Irgendwo musste er also doch ein paar Münzen aufgespart haben. Oder er hatte noch einen Wirt gefunden, der ihm die Bezahlung bis zur nächsten Lohntüte stundete. Emma biss die Zähne zusammen, um keinen erneuten Streit mit ihm zu provozieren. Aber Irene ahnte, was sie dachte und fühlte.

Die karge Kost aus dünnen Suppen und altbackenem Brot, weil kaum Geld im Haus war, und vor allem das eisige Schweigen, das in den ersten Tagen nach Georgs Wutanfall zwischen den Eheleuten herrschte, ging den beiden Frauen und sogar den verschüchterten Kindern sehr nahe. Viel schlimmer war jedoch, dass der Zwischenhändler ihnen die Heimarbeit aufkündigte und darüber hinaus Schadenersatz für die zerstörten Glasperlen forderte. Ob das Material die fünf Gulden wirklich wert war, die der Mann verlangte, konnten Irene und Emma nicht einschätzen. Und so stotterten sie nun mit je fünfzehn Kreuzern pro Woche ihre Schulden ab und konnten noch dafür dankbar sein, dass der Glasperlenketten-Verleger Ratenzahlungen akzeptiert hatte.

Georg ließ dies alles anscheinend vollkommen ungerührt. Angesichts der Grobheit und Kälte, mit der er Emma nach dem Vorfall behandelte, obwohl er sie wenigstens nicht mehr schlug, wunderte sich Irene aufrichtig darüber, dass die beiden, wie es aussah, trotzdem noch miteinander schliefen. Vielleicht war sein Entgegenkommen beim Unterhalt der Familie das Zugeständnis, das Emma bewogen hatte, ihm ein weiteres Mal zu verzeihen. Sie hatte immerhin erreicht, dass Georg ihr samstags die Hälfte seines Wochenlohns als Beitrag zur Miete und für Lebensmittel gab. Den Rest trug er nach wie vor in die Schenken.

»Wenn das dritte Kind kommt, werden weder das Geld noch der Platz in der Wohnung reichen«, riss Emma Irene aus ihren Grübeleien.

Die durchfuhr es heiß und kalt. Natürlich, auch damit hatte Emma recht! Wieso hatte sie nicht längst selbst daran gedacht? In die winzige Schlafkammer der Eheleute würde kein weiteres Kinderbettchen hineinpassen. Seit Thea ihrer Wiege entwachsen war, herrschte dort schon drangvolle Enge. Die kleinen Mädchen schliefen gemeinsam in einem alten Bettchen, das Emma für ein paar Kreuzer bei einem Trödler erstanden hatte.

Marie hatte vorher im Bett der Eltern geschlafen. Seit Georg so häufig betrunken war, wagte Emma dies nicht mehr aus Angst, er könne Marie in seinem bei jedem Rausch totenähnlichen Schlaf erdrücken. Jetzt blieb in der Kammer nicht einmal mehr genug Platz für die Wiege.

Ich werde so oder so ausziehen müssen, ob ich es nun selbst will oder nicht. Irene versuchte, ihre aufsteigende Panik zu unterdrücken. *Spätestens nach der Geburt wird mich Georg hinauswerfen.*

Schon seit jenem furchtbaren Kirchweihsonntag Ende August war Irene verstohlen auf der Suche nach einer neuen Bleibe, bislang ohne jeden Erfolg. Einmal hatte sie sich ein rattenverseuchtes, schimmeliges Kellerloch angesehen, für das die Wirtin trotzdem die unverschämte Summe von einem Gulden pro Woche forderte. Es bestand aus einem einzigen Zimmer. Der Abtritt lag im Hof und stank so sehr, dass es bis auf die düstere Gasse hinaus zu riechen war.

»Nehmen Sie sich tagsüber doch einen Schlafburschen«, schlug ihr die schlampig wirkende Frau vor, deren quäkende Stimme Irene an Frau Färber, ihre bigotte Landauer Vermieterin, erinnerte. »Sie können diese Nische mit einem Vorhang abtrennen und eine Matratze auf den Boden legen. So haben es die Vormieter auch schon gehalten.«

Ein Schlafbursche war ein allein stehender Arbeiter, der in der Regel Nachtschichten machte und tagsüber schlief. Viele von ihnen konnten sich keine eigene Wohnung leisten und mieteten sich daher ein Bett, das sie sich manchmal sogar abwechselnd mit einem Leidensgenossen teilten. Schuld war vor allem die Wohnungsnot in Städten wie Lambrecht, deren Bevölkerungswachstum in den letzten Jahren aufgrund der Industrialisierung so sehr explodiert war, dass der Wohnraum für die einfachen Klassen immer unbezahlbarer wurde.

Im Kellerloch hatte Irene ein Schauder ergriffen. Selbst wenn es nicht zu den sexuellen Übergriffen käme, die vielen Schlafburschen nachgesagt wurden, wäre ihr Ruf als alleinstehende Frau bei einem solchen Arrangement auch in der im Vergleich zum Bürgertum liberaleren Arbeiterschaft ruiniert gewesen.

»Ich will es mir überlegen«, beschied sie der verlotterten Vermieterin, bevor sie den Keller fluchtartig mit Fränzel verließ.

Seither hatte sich nichts mehr ergeben. Jetzt begann Fränzel auf ihrem Rücken zu quengeln. *Er hat Hunger.* Seufzend hob Irene den schweren Korb auf, in dem sie das übliche Abendbrot für sich und die Schobers trug: Kartoffeln, einen Laib Schwarzbrot, ein Pfund Zwiebeln und ein wenig Fett zum Braten, dazu eine Flasche Milch für den Brei, den die Kinder als Nachtessen bekamen.

Fränzel war in den letzten Wochen tüchtig gewachsen und zu Irenes andauernder Erleichterung kerngesund. Aber er war auch zu einem kräftigen Esser geworden, zumal ihn Irene vor zwei Wochen abgestillt hatte, da ihre Milch nicht einmal mehr für eine einzige Mahlzeit Fränzels ausreichte.

Mit schweren Schritten näherte sie sich der nächsten Straßenecke, als sie plötzlich heftiges Geschrei hörte. »Ihr Lümmel«, kreischte eine Frauenstimme. »Wollt ihr wohl loslassen! Ihr Bengel! Ihr Taugenichtse!«

»Stell ihr ein Bein, Michel.« Das klang nach einem Halbwüchsigen im Stimmbruch. »Oder schubse sie einfach um!«, mischte sich jetzt eine Mädchenstimme ein. »Nun mach schon! Reiß ihr endlich die Tasche weg!«

Alarmiert beschleunigte Irene ihre Schritte, bis sie die Ecke erreichte. Fassungslos starrte sie einen Moment lang auf die Szenerie in der schlecht beleuchteten Straße. Eine alte Frau mit grauem Haar unter dem verrutschten Kopftuch kniete auf dem Kopfsteinpflaster und umklammerte mit beiden Händen eine schwarze Tasche, die ihr ein ungefähr vierzehnjähriger Bursche zu entreißen versuchte. Ein kleinerer Junge und ein Mädchen mit schmutzigen Gesichtern traten und prügelten auf die Alte ein. Alle drei waren trotz der herbstlichen Kühle barfuß und trugen zerlumpte Kleidung.

»Heda!«, rief Irene instinktiv. Als sich keines der Kinder um sie scherte, griff sie, ohne nachzudenken, nach einem losen Pflasterstein und warf ihn auf den Jungen, der an der Tasche zerrte. Zu ihrem eigenen Erstaunen traf sie ihn hart am Arm.

»Autsch!«, schrie er auf. Irene hob drohend den nächsten Stein. Ein weiterer Passant kam um die Ecke, diesmal ein vierschrötiger Mann mittleren Alters in einem Kittel, wie ihn Handwerker trugen.

»Kommt! Wir hauen ab!«, rief der kleinere Junge und gab bereits Fersengeld. Nach kurzem Zögern folgten ihm die beiden anderen, nicht ohne dass der Halbwüchsige, den Irene mit dem Stein getroffen hatte, einen letzten vergeblichen Versuch machte, die Tasche an sich zu reißen.

Gemeinsam mit dem Passanten half Irene der alten Frau auf die Beine. »Kennen Sie diese Blagen?«, fragte der Vierschrötige. »Soll ich einen Schutzmann rufen?«

Die Alte schüttelte den Kopf. »Es sind Straßenkinder«, entgegnete sie zu Irenes Erstaunen. »Halb verhungerte Waisen!«

»Ja, wollen Sie die denn ungestraft davonkommen lassen?«, polterte der Handwerker. »Die muss man verwahren. So ein Pack gehört ins Arbeitshaus!«

»Ich danke Ihnen für Ihre Hilfe«, sagte die Alte förmlich. »Doch ich muss jetzt gehen.«

Der Vierschrötige schnaubte. »So ein Unverstand!«, hörte Irene ihn noch schimpfen, während er sich entfernte. »Irgendwann rauben sie einer schwachsinnigen Alten nicht mehr nur die Handtasche. Dann sengen und morden sie.«

Die alte Frau beachtete ihn nicht weiter. Als sie ihr Kopftuch richtete, bemerkte Irene, dass sie aus einer Schramme an der Stirn blutete. »Oh, Sie sind verletzt!«, rief sie bestürzt.

Die Alte wischte sich mit der Hand über die Wunde und betrachtete das Blut. »Nicht so schlimm«, entschied sie. »Aber«, sie schwankte plötzlich, sodass Irene herbeisprang und nach ihrem Arm griff, »aber ich bin nicht mehr die Jüngste, und sie haben mich hart auf den Hinterkopf geschlagen. Mir ist ein wenig schwindlig.«

»Soll ich Sie nach Hause begleiten?«, bot Irene spontan an. Es war schon spät, und die Schobers würden auf die Lebensmittel warten. Aber dieser Notfall ging vor.

Die alte Frau lächelte Irene schüchtern an. »Das würden Sie für mich tun?« Dann fügte sie hastig, als ob Irene es sich wieder anders überlegen könnte, hinzu: »Gerne, gerne nehme ich Ihr Angebot an, Frau ...?« Sie bemerkte Fränzel.

»*Fräulein* Irene Weber«, stellte diese sich ehrlich vor. Aus irgendeinem Grund machte sie keinen Versuch, ihre Mutterschaft als Unverheiratete zu verleugnen.

Die Alte nahm es gelassen und legte auch noch die andere Hand auf den Arm, den Irene ihr bereits gereicht hatte. »Also gut, Fräulein Weber, ich danke Ihnen. Mein Name ist Trude Ludwig. Zum Glück ist der Weg zu meinem Häuschen nicht weit. Die übernächste Seitenstraße, von hier aus gesehen.«

Bahnhof in Weißenburg
Mitte Oktober 1871

Franz erreichte den Bahnhof kurz vor sechs Uhr abends und stellte den Einspänner auf einem der für Kutschen reservierten Plätze ab. Nachdem er dem Pferd einen Hafersack umgebunden hatte, hinkte er zum Eingang. Das Wetter war heute umgeschlagen, und an feuchten und kühlen Tagen schmerzte sein Beinstumpf nach wie vor.

Als Franz die Halle betrat, sah er, dass er beileibe nicht der Einzige war, der den ehemaligen Unterpräfekten Edgar Hepp verabschieden wollte. Besonders wegen seines unermüdlichen Einsatzes für die Bevölkerung in der Stadt und dem Kreis Weißenburg während des Krieges war Hepp bei seinen Landsleuten überaus beliebt. Franz erkannte den ehemaligen Bürgermeister Gauckler, der Weißenburg nach der Eroberung durch die vereinten deutschen Truppen durch rechtzeitige Kapitulation vor der Zerstörung bewahrt hatte. Neben ihm stand der ehemalige Stadtschreiber Fabier, dessen Tochter Céline auf dem Marktplatz dem ersten Granatenangriff zum Opfer gefallen war. Franz hatte damals vergeblich versucht, das Mädchen zu retten.

Die Männer umringten Edgar Hepp und seine Familie mit einigen anderen, die Franz nur vom Sehen kannte. Hepps Frau Christine weinte bitterlich und wurde von ihren Freundinnen getröstet. Edgar Hepp selbst wirkte ernst, aber gefasst. Er lächelte herzlich, als er Franz erkannte.

»Herr Gerban, was für eine Freude! Mit Ihnen habe ich gar nicht gerechnet.« Er drängte sich durch die ihn umgebende Menge und schüttelte Franz die Hand.

Trotz der freundlichen Begrüßung war der indigniert. »Warum glaubten Sie, ausgerechnet ich nähme keinen Anteil an Ihrer Entscheidung, das Elsass zu verlassen? Sie wissen doch am besten, was ich Ihnen verdanke!« Deutlicher wollte Franz vor all den Zeugen nicht werden. Aber er war sicher, dass Hepp ihn verstand. Der Unterpräfekt hatte Franz nach der Eroberung Weißenburgs im vergangenen Jahr zur Flucht verholfen.

»Nun ... äh ...«, Hepp wirkte verlegen. Dann fasste er einen Entschluss. »Lassen Sie uns ein Stück abseits gehen!« Den übrigen Herren erklärte er: »Ich habe noch etwas Vertrauliches mit Herrn Gerban zu besprechen. Der Zug kommt ja erst in zwanzig Minuten.« Damit fasste er Franz am Arm und führte ihn zu einer Bank in einer Nische der Halle.

»Also, Franz, ich darf Sie doch noch so nennen?« Der nickte.

»Bitte verstehen Sie mich nicht falsch. Ich freue mich aufrichtig, dass Sie gekommen sind, um mir Lebewohl zu sagen. Aber damit gerechnet habe ich nicht, weil ich dachte, es würde Sie kompromittieren. Ich weiß doch, wie bestrebt Ihr Vater ist, mit den Preußen zu kollaborieren. Wenn die wüssten, dass sein Sohn und Juniorchef einen Abtrünnigen verabschiedet, der für die französische Staatsbürgerschaft optiert hat, würde es Ihren Geschäften wahrscheinlich erheblich schaden.«

»Ich werde selbst für Frankreich optieren«, platzte Franz heraus. »Daher interessiert mich die Meinung unserer preußischen Kunden reichlich wenig.«

Einen Moment lang war Hepp sprachlos. Dann fragte er ernst: »Haben Sie sich das wirklich gut überlegt, Franz? Sie haben weit mehr zu verlieren als ich. Ich verlasse zwar die Heimat, was schmerzlich genug ist, aber meine Familie nehme ich mit. Ebenso wie den Erlös aus dem Verkauf unseres Hauses und unsere Ersparnisse. Sie stünden plötzlich allein in der Welt und das noch dazu ohne einen Centime. Allein deshalb war ich bislang der festen Überzeugung, Sie würden Ihre französische Staatsbürgerschaft so unauffällig wie möglich ablegen.«

Franz nickte grimmig. »Das hatte ich sogar vor, Edgar. Dann hat sich jedoch herausgestellt, dass ich weit besser ohne meine Familie auskommen werde als mit ihr. Meine Mutter ist unheilbar geisteskrank und will darüber hinaus nicht, dass ich sie in der Anstalt besuche. Meine Schwester ist ein selbstverliebtes Luder und mein Vater ein wortbrüchiger Speichellecker der neuen Machthaber.« Er redete sich in Rage.

Hepp stieß hörbar die Luft aus. »Das klingt in der Tat furchtbar, Franz. Aber wohin wollen Sie gehen, und wovon wollen Sie leben? Mir hat man eine gute Stelle in der französischsprachigen Schweiz angeboten. Ich werde im Rathaus von Genf arbeiten. Was haben Sie vor?«

»Nun, ob ich wirklich mittellos bin, wird sich noch herausstellen.« Franz umriss kurz die Bestimmungen des Erbvertrags seiner Familie und seine Pläne. »Nun muss sich zeigen, ob der Vertrag auch unter deutscher Herrschaft gültig ist. Das will ich allerdings erst überprüfen lassen, wenn ich ein Schreiben erhalten habe, das ich jeden Tag erwarte. Ich habe mir eine Zukunftsperspektive in Frankreich überlegt und möchte natürlich wissen, ob sie realistisch ist.«

»Eine Zukunftsperspektive?«, wiederholte Hepp.

Franz lächelte entschuldigend. »Verzeihen Sie mir, Edgar. Aber noch möchte ich nichts darüber sagen. Sollten sich meine Pläne zerschlagen, wäre es mir im Nachhinein peinlich.«

Edgar Hepp nickte verständnisvoll. Dann runzelte er die Stirn. »Aber warum sollen die Bestimmungen des Erbvertrags Ihrer Familie ungültig sein?«, überlegte er. »Mir ist jedenfalls bislang kein Fall bekannt, wo die Preußen unter französischem Recht vereinbarte Absprachen für nichtig erklärt hätten.«

Aus der Ferne ertönte der Pfiff der herannahenden Lokomotive. »Oh, der Zug fährt gleich ein. Ich hätte das Thema gerne weiter mit Ihnen vertieft, Franz. Aber ich muss jetzt gehen, wenn ich jedem, der heute eigens deshalb hierhergekommen ist, noch die Hand zum Abschied schütteln will. Doch ich kenne einen weitaus besseren Mann als mich, der Ihnen ganz gewiss jede rechtsverbindliche Auskunft über Ihren Fall erteilen kann. Sehen Sie den Herrn dort mit dem grauen Zylinder? Das ist Monsieur Payet. Er ist Weißenburgs bester Notar und wird Ihnen sicherlich weiterhelfen. Kommen Sie, ich mache Sie gleich miteinander bekannt.«

Lambrecht, *Mitte Oktober 1871*

Irene und Trude Ludwig erreichten schon nach wenigen Minuten die Gasse, in der das Haus der Alten lag.

»Darf ich Ihnen noch etwas für Ihre Mühe anbieten, Fräulein Weber?«, fragte sie, als sie das unscheinbare Häuschen erreichten. »Eine gute Tasse Kaffee vielleicht?«

Irene glaubte, ihren Ohren nicht zu trauen. Echten Bohnenkaffee hatte sie nicht mehr getrunken, seitdem sie nach Landau gekommen war. Das Wasser lief ihr im Mund zusammen. Doch die nahe Kirchturmuhr gemahnte sie daran, wie spät es schon war.

»Ich würde Ihre Einladung sehr gerne annehmen, Frau Ludwig.« Das Bedauern in ihrer Stimme war echt. »Aber es schlägt schon halb neun, und es ist mittlerweile stockdunkel geworden. Man erwartet mich zu Hause.« Falls Georg bereits daheim war, würde er toben, wenn es nichts zum Abendessen gäbe.

»Schade!« Auch Frau Ludwigs Miene zeigte Bedauern. »Aber dann besuchen Sie mich doch einmal, mein Kind. Wie wäre es am Sonntagnachmittag?«

Bevor Irene, die ja nun unfreiwillig sonntags mehr Freizeit hatte, freudig zustimmen konnte, spürte sie etwas Warmes aus dem Tragegestell rinnen, das ihren Rock durchnässte. »Oh nein! Fränzels Windel ist undicht!«, entfuhr es ihr. Gleichzeitig fing ihr Sohn an zu weinen.

»Also, dann kommen Sie um Gottes willen noch mit hinein«, drängte Frau Ludwig. »Ich kann Ihnen eine Ersatzwindel geben, wenn Sie selbst keine dabeihaben.«

Das gab den Ausschlag. Irene hätte Fränzel zwar, ohne zu zögern, auf der Straße gewickelt, aber eine Windel hatte sie auf dem Gang zum Krämer nicht eingepackt. Und bis sie die Wohnung der Schobers erreicht hätte, wäre Fränzel völlig durchgefroren und würde sich vielleicht erkälten. Das wollte sie nicht riskieren.

»Vielen Dank! Aber ich kann wirklich nur ein paar Minuten bleiben!«

Die Alte nickte. Als Irene ihr ins Haus folgte, erlebte sie eine Überraschung. Drinnen war das Häuschen weit geräumiger, als es von außen wirkte. Frau Ludwig führte sie von einem schmalen Flur, von dem zwei Türen abgingen, geradewegs in die geheizte Küche, leerte einen Krug Wasser in eine Waschschüssel und brachte ihr neben der Windel ein kleines Handtuch. Dann machte sie sich am großen Herd zu schaffen.

»Bevor Sie nicht etwas Warmes zu sich genommen haben, lasse ich Sie nicht wieder in die Dunkelheit hinausgehen«, sagte sie energisch. Schon bald duftete es herrlich nach dem frisch aufgebrühten Kaffee. Auch für Fränzel gab es eine Tasse warmer Milch, die Irene ihm vorsichtig einflößte.

»Wohnen Sie hier ganz allein?«, traute sie sich schließlich, die Alte zu fragen.

Die nickte. »So ist es. Mein Mann ist schon vor zehn Jahren gestorben, und Kinder habe ich leider keine. Diese Windel stammt noch von meiner kleinen Tochter, die als Dreijährige den Masern zum Opfer fiel.« Obwohl dies, dem Alter Frau Ludwigs nach zu schließen, schon Jahrzehnte her sein musste, zitterte ihre Stimme bei ihren letzten Worten noch immer verräterisch.

»Und Sie, Fräulein Weber, wie leben Sie?«

»Ich stamme aus Heidelberg und bin erst vergangenen Winter in die Pfalz gezogen«, blieb Irene, soweit es ging, bei der Wahrheit. »Nun arbeite ich als Nopperin in der Tuchfabrik Reuter. Meinen Sohn lasse ich tagsüber in der Stillstube.«

»Sie sind bei diesem Leuteschinder Reuter beschäftigt? Ach, Sie Ärmste!«

Irene blickte verwundert von ihrer dampfenden Tasse auf.

»Mein Ehemann selig war dort einst der Verwalter«, erläuterte Frau Ludwig. »Bis Reuter ihn entließ und den jetzigen Verwalter einstellte ... Wie heißt er gleich noch mal?«

»Plotzer! Sie meinen Herrn Plotzer?«

Frau Ludwig nickte. »Genau den meine ich. Er ist nicht besser als sein Fabrikant. Wie der Herr, so 's Gescherr.«

Eine kleine Schweigepause entstand, in der Irene nicht wusste, was sie zu Frau Ludwigs Bemerkungen über ihren Arbeitgeber sagen sollte.

»Und Sie leben hier ganz allein«, lenkte sie schließlich zurück auf ihr erstes Thema. »Ist das nicht mühsam und sogar gefährlich?«

»Mühsam ist es schon ab und zu. Ich kann die Treppen in den oberen Stock nicht mehr so gut steigen, und auch das Bücken fällt mir schwer. Aber gefährlich?« Frau Ludwig lachte. »Meinen Sie diese Gassenkinder, die mich überfallen haben? Das sind die Geissner-Geschwister. Sie lebten einst hier in der Nachbarschaft, nur ein paar Häuser weiter. Aber dann starben beide Eltern an Typhus, und die Kinder kamen ins städtische Waisenhaus. Glauben Sie mir, dort ist es schlimmer als in der Hölle. Die Kinder sind schon vor Monaten ausgebüxt und leben seither auf der Straße. Hätten sie mich nicht aus dem Hinterhalt angefallen, um mir meine Handtasche zu entreißen, hätte ich sicher ein paar Kreuzer für sie übrig gehabt«, fügte sie noch hinzu.

Irene, die ja über einschlägige Erfahrungen verfügte, merkte auf. »Was ist in dem Waisenhaus denn so schlimm?«, fragte sie, ohne zu erkennen zu geben, dass sie selbst eine Waise war.

Frau Ludwig schnaubte. »Die Kinder müssen von morgens bis abends schuften und erhalten nur dreimal am Tag einen dünnen Brei, eine Scheibe altbackenes Brot und manchmal eine Zwiebel oder eine verschrumpelte Möhre. Zu wenig zum Leben und zu viel zum Sterben.«

»Was für eine Arbeit verrichten sie denn?«

»Die Mädchen müssen das Klöppeln von Spitze lernen, die Jungen zupfen Werg oder flechten Hanfseile und Weidenkörbe. Den ganzen Tag hocken die Kleinen gebückt in den dumpfigen Arbeitsräumen. Wer nicht spurt, wird geprügelt. Spielen und Herumtoben kennen sie nicht. Das Waisenhaus wird von den

Fabrikherren finanziert, die natürlich den Gewinn aus der Kinderarbeit abschöpfen. Trotzdem sind sie mächtig stolz auf ihr gottgefälliges, gutes Werk.« Nun klang die alte Frau eindeutig sarkastisch.

»Woher wissen Sie das alles?«, wunderte sich Irene.

»Ich sagte Ihnen ja schon, dass mein Gatte selig als Verwalter bei Reuter tätig war. Zu seinen Aufgaben gehörte es auch, dem Waisenhaus regelmäßig Besuche abzustatten. Ein Grund für seine Entlassung war, dass er die dortigen Zustände öffentlich anprangerte, als seine diskreten Versuche, die Lage der Kinder zu verbessern, rein gar nichts bewirkten.«

Ich hätte es als Waise also noch weit schlechter treffen können, wurde Irene klar. *Das wäre mir wahrlich nicht in den Sinn gekommen.*

»Aus diesem Grund habe ich die Geschwister auch laufen lassen«, fuhr Frau Ludwig fort. »Sonst hätte man wohl zumindest die Buben ins geschlossene Arbeitshaus gesteckt, das zusammen mit dem Waisenhaus die Lambrechter Armenanstalt bildet. Im Arbeitshaus werden Erwachsene ohne Obdach und Brot, die man wegen Bettelei, Landstreicherei oder Prostitution verhaftet hat, eingesperrt. Und dort ist ein junger, fescher Bursche vor gar nichts sicher, wenn Sie verstehen, was ich meine. Selbst wenn er verlaust und verlottert ist.«

Irene ahnte, worauf die Alte hinauswollte, und errötete. »Das ist ja furchtbar«, stammelte sie.

Frau Ludwig nickte ernst. Eine kleine Wanduhr schlug neunmal. Irene erschrak. »Ich muss gehen!« Hastig leerte sie ihre Tasse. »Sonst bekomme auch ich großen Ärger.«

»Wo wohnen Sie denn?«

Mit dürren Worten gab Irene Auskunft. »Aber bald erwarten meine Wirtsleute das dritte Kind. Dann muss ich mir wohl eine neue Bleibe suchen.«

»Möchten Sie hierher zu mir ziehen?«

Irene erstarrte und glaubte, sich verhört zu haben. Frau Ludwig missverstand sie.

»Ein solches Angebot habe ich noch niemandem gemacht, Fräulein Weber. Bislang blieb ich lieber allein, um keinen unnötigen Ärger mit Mietern zu riskieren. Aber Sie gefallen mir. Auch weil Sie keinen Hehl daraus machen, dass Sie noch keinen Trauschein hatten, als Ihr Verlobter wahrscheinlich auf einem dieser furchtbaren Schlachtfelder geblieben ist.«

Im Bestreben, diesen Irrtum aufzuklären, schüttelte Irene den Kopf.

Das verstärkte Frau Ludwigs Missverständnis noch. »Wie schade, dass Sie es nicht in Betracht ziehen! Schauen Sie!« Sie machte eine weit ausholende Geste. »Ich habe hier viel Platz. Sie könnten beide Zimmer im oberen Stockwerk haben, nur die Küche müssten Sie sich mit mir teilen. Und an Miete würde ich nicht mehr verlangen, als Sie jetzt bezahlen. Wie viel ist das?«

»Ein halber Gulden pro Woche!«, antwortete Irene schwach. Das musste ein Traum sein, aus dem sie gleich erwachen würde.

»Gut, damit könnte ich leben. Mein Gatte hat mir zum Glück genug hinterlassen. Seine Eltern waren wohlhabend und er das einzige Kind. Allerdings müssten Sie die grobe Hausarbeit übernehmen, putzen und waschen. Das kann ich in meinem Alter nicht mehr so gut, zumal ich das Gliederreißen habe. Doch im Gegenzug dafür würde ich Fränzel hüten, wenn Sie mir den Kleinen anvertrauen wollen. Hinter dem Häuschen gibt es sogar einen kleinen Hof. Dort wachsen ein paar Kletterrosen und im Sommer auch Blumen in Kübeln. Das ist sicherlich gesünder für ihn als die giftige Luft in der Fabrik.«

Irene saß noch immer wie erstarrt und konnte ihr Glück kaum fassen.

Die alte Frau zuckte mit den Achseln. »Aber wenn Sie es denn durchaus nicht möchten, kann ich Sie auch nicht zw...«

»Doch! Natürlich will ich. Furchtbar gerne sogar!« Irene

schrie so laut, dass Frau Ludwig zusammenzuckte. Etwas gemäßigter fuhr sie fort: »Ich habe nur meinen Ohren nicht getraut, als Sie mir das Angebot machten. Wissen Sie, ich hatte bislang in meinem Leben so selten Glück!« Sie schluchzte plötzlich auf. »Ich sah mich mit Fränzel schon auf der Straße liegen.« Tränen der Freude und der Erleichterung liefen ihr über die Wangen. »Wann darf ich kommen?«

»Wann immer Sie wollen!«

Irene wischte sich entschlossen mit dem Ärmel über das Gesicht. »Gut, dann ziehe ich gleich morgen hier ein. Ist Ihnen das recht? Es würde allerdings spät am Abend sein, da ich ja vorher noch in der Fabrik bin. Aber was ich besitze, passt alles in einen Koffer. Möbel habe ich gar keine ...«, stutzte sie plötzlich ängstlich.

»Zum Glück«, schmunzelte Frau Ludwig. »Davon habe ich mehr als genug. Ich hoffe, sie gefallen Ihnen.«

Auf dem Weg von Weißenburg zum Anwesen der Gerbans
Mitte Oktober 1871

Franz ließ die gutmütige Stute, die den Einspänner zog, absichtlich im Schritt gehen. So gewann er vor seiner Rückkehr nach Hause noch etwas Zeit zum Nachdenken. Außerdem zögerte es den Moment seiner Ankunft hinaus.

Nach Hause, dachte er zynisch. *Unser Anwesen in Altenstadt ist der Ort, wo ich im Augenblick wohne. Heimisch fühle ich mich dort schon lange nicht mehr.*

Obwohl er mit seinem Vater noch nicht über seine Entscheidung, für die französische Staatsbürgerschaft zu optieren, gesprochen hatte, konnte man die Atmosphäre seit den geplatzten Heiratsplänen Mathildes mit Oberleutnant von Wernitz nicht anders als eisig bezeichnen. Mathilde hatte ihr Zimmer volle vierzehn Tage lang nicht verlassen und nicht einmal mehr an den Mahlzeiten teilgenommen. Insgesamt dreimal hatte sie sich sogar dazu erniedrigt, an von Wernitz zu schreiben, um ihn um Verzeihung zu bitten und ihn auf diese Weise vielleicht zurückzugewinnen.

Das erste Billett hatte von Wernitz noch mit ein paar nichtssagenden, höflichen Worten beantwortet. Die letzten beiden kamen jeweils ungeöffnet zu Mathilde zurück. Jedes Mal hatte sie einen hysterischen Anfall erlitten, sodass man sogar Dr. Frey, den langjährigen Hausarzt der Gerbans, rufen musste. Dem Mediziner fiel nichts anderes ein, als Mathilde eine tüchtige Dosis Laudanum zu verabreichen und strengste Bettruhe zu verordnen. »Damit sich die strapazierten Nerven des gnädigen Fräuleins wieder regenerieren können«, wie er Wilhelm Gerban geschwollen erläuterte.

Mit Franz hatte Mathilde seit jenem verhängnisvollen Nachmittagstee Ende August kein einziges Wort mehr gesprochen. Selbst zu seinem einundzwanzigsten Geburtstag am 14. September gratulierte sie ihm nicht.

Das hielt Wilhelm Gerban zwar anders. Doch auch ihr gegenseitiges Verhältnis war ein unterkühltes. Nachdem ihm sein Vater beim Frühstück in knappen Worten alles Gute gewünscht hatte, war Franz schon am Nachmittag nach Fröschweiler aufgebrochen, um die Pfarrersfamilie Klein zu besuchen. Den Tag seiner Volljährigkeit wollte er nicht in der vergifteten Atmosphäre des Altenstädter Herrenhauses verbringen.

So realisierte er erst bei seiner Rückkehr am nächsten Nachmittag, dass sein Vater trotz ihrer schlechten Beziehung beabsichtigt hatte, die Form zu wahren. Am Abend sollte es ein festliches Souper für Franz geben, zu dem Gerban außer seinem Bruder Gregor und dessen Frau Ottilie auch etliche Geschäftspartner eingeladen hatte. Während Franz diese verpasste Feier durchaus nicht vermisste, quälte ihn das schlechte Gewissen jedoch noch tagelang, nachdem sein Vater ihm mitteilte, auch die Dienerschaft hätte eine Überraschung für ihn vorbereitet. Die Mitglieder des Haushalts hatten tagelang heimlich ein kleines Theaterstück eingeübt, das man ihm zu Ehren vor dem Souper vorführen wollte.

Die massiv goldenen Manschettenknöpfe mit seinen Initialen aus eingelegten Diamanten, das Geschenk seines Vaters, hatte Franz bislang kein einziges Mal angelegt. Doch eines der zwölf handgenähten und mit seinem Monogramm bestickten Taschentücher, die ihm Niemann im Namen der Dienerschaft überreicht hatte, trug er seither immer bei sich.

Während die treue Stute die Straße nach Altenstadt entlangzuckelte, ließ sich Franz noch einmal die Worte des Advokaten durch den Kopf gehen. »Ohne das Dokument studiert zu haben, kann ich Ihnen zwar keine endgültige Auskunft geben, aber ich halte einen solchen Vertrag für gültig.«

Bislang hatten Vater und Sohn Gerban beide die Auseinandersetzung über den Erbvertrag vermieden. Franz ärgerte sich zwar schwarz darüber, dass sein Vater bis heute mit keinem einzigen Wort auf die veränderten rechtlichen Grundlagen ihrer geschäftlichen Beziehung zu sprechen gekommen war. Geschweige denn, dass er seinen Beschluss, Franz doch nicht mit der Leitung des Weinguts zu betrauen, revidiert hätte.

Doch auch er selbst wollte vorzeitig keine schlafenden Hunde wecken. Noch stand die Entscheidung ja aus, auf die er wartete. Madame Serge hatte ihm zwar liebevoll und freundlich geantwortet, war aber noch unverbindlich geblieben.

»Aber wenn ich Payets Hilfe in Anspruch nehmen will, wird mir nichts anderes übrig bleiben, als endlich mein Recht einzufordern«, murmelte er vor sich hin. »Gleich morgen verlange ich Einsicht in den Erbvertrag und eine Abschrift davon. Außerdem will ich die finanziellen Verhältnisse der Weinhandlung in Erfahrung bringen.«

Lambrecht
Mitte Oktober 1871

Wie auf Wolken schwebte Irene durch die Straßen, als Frau Ludwig sie endlich um halb zehn Uhr gehen ließ. Konnte das wirklich wahr sein, was ihr soeben widerfahren war?

Die Ernüchterung folgte auf dem Fuße, als sie sich der Wohnung der Schobers näherte. Schon einige Schritte vor der Haustür hörte sie Georgs Gebrüll. Ängstlich stieg sie die steile Treppe empor und öffnete zögernd die Wohnungstür.

»Da bist du ja endlich, du elende Schlampe!« Es bestand kein Zweifel daran, dass Georg erneut schwer betrunken war. Emma schien er überdies wieder geschlagen zu haben. Sie drückte sich einen feuchten Lappen auf ihre linke Gesichtshälfte. In der Kammer hörte Irene die Mädchen weinen.

»Was fällt dir ein, uns so lange warten zu lassen? Es ist kein Krümel Brot mehr im Haus!«, geiferte Georg. »Jetzt mach, dass du schleunigst an den Herd kommst und etwas kochst. Sonst setzt es was!«

Irenes ursprüngliche Angst verwandelte sich plötzlich in kalten Zorn.

»Halte dein Schandmaul, Georg!«, fuhr sie ihn an. Sie stellte den Korb hart auf dem Küchentisch ab. »Wenn du Kartoffeln essen willst, schäl sie dir selber!«

Georg starrte sie mit offenem Mund an. »Du... du...«, stammelte er. Dann hob er drohend die Hand und trat einen Schritt auf sie zu. Irene konnte seinen Branntweinatem riechen.

Geistesgegenwärtig griff sie nach einem scharfen Schälmesser, das auf dem Tisch lag, und hielt es mit der spitzen Klinge vor sich. »Komm mir zu nahe, und ich steche dich ab!«

Tatsächlich wich Georg einen Schritt zurück. »Luder! Metze! Schlampe!«, wütete er aus sicherer Entfernung. »Mor-

gen fliegst du hier raus. Du kannst schon mal deine Siebensachen packen.«

Irene fasste einen Entschluss. Sie blickte ihm kühl in die gla-
sigen Augen.

»Weißt du was, du besoffener Kerl? Ich gehe schon heute!«

Damit drehte sie sich um und verschwand in der Kammer,
um zu packen.

Kapitel 9

Gedankenverloren sah Franz aus dem Fenster seines Erste-Klasse-Abteils die novemberkahle nordfranzösische Landschaft vorbeigleiten. Erwartungsgemäß erkannte er keinen der Orte wieder, die der Zug passierte. Denn auf seinem ersten Weg nach Saint-Quentin hatte ihn nach der Schlacht von Sedan hohes Fieber aufgrund des Wundbrands gequält, der sich nach einer unsachgemäßen Behandlung durch einen ungeschickten Sanitäter in seinem Beinstumpf festgesetzt hatte. Selbst wenn ihn sein Weg auf dem rumpelnden Karren damals ebenfalls durch den einen oder anderen Ort geführt haben sollte, in denen der Zug hielt, hatte er heute keine Erinnerung mehr daran.

Und doch verdanke ich meinem damaligen Leid die heutige Reise mit der Chance, mich aus meinem alten Leben zu lösen.

Vor einer Woche war endlich die ersehnte Antwort aus Saint-Quentin eingetroffen. Mit klopfendem Herzen hatte Franz den Brief geöffnet, sobald er nach dem Abendessen mit seinem Vater und Mathilde, das wie üblich in nahezu völligem Schweigen verlaufen war, auf seinem Zimmer allein war.

Mein lieber François, stand dort in Mariannes zierlicher Schrift. Nach einigen einleitenden Floskeln fuhr sie fort:

Ich habe Ihnen ja bereits geschrieben, dass es eine große Freude für mich war zu lesen, dass Sie in Erwägung ziehen, dauerhaft nach Saint-Quentin überzusiedeln. Dass dies darüber hinaus damit ver-

bunden wäre, den nach dem Tod meines geliebten Mannes für meinen unvergessenen Sohn Paul vorgesehenen Platz bei der Leitung unserer Eisenwarenfabrik einzunehmen, macht Ihre Pläne für mich nur umso reizvoller. Ich selbst war daher von Anfang an bereit, Ihnen ein Drittel meiner Anteile zu verkaufen, wollte das aber noch nicht so deutlich erklären, um keine falschen Hoffnungen bei Ihnen zu wecken.

Franz war erleichtert. Mariannes Sohn Paul stand schon kurz davor, in die Fabrik einzutreten, als der Krieg ausbrach und er sich freiwillig an die Front meldete, wo er in der Schlacht bei Sedan fiel. Franz hatte darauf gehofft, dass Marianne seinen Plan befürworten würde.

Auch die Fortsetzung des Briefs überraschte ihn nicht.

Nun müssen wir beide allerdings noch meinen Schwager Jean-Jacques davon überzeugen, Ihnen ebenfalls die Teilhaberschaft in unserer Eisenwarenfabrik anzubieten. Zum Glück ist er nun wenigstens damit einverstanden, Sie erst einmal kennenzulernen und die Idee vor Ort mit Ihnen zu diskutieren.

Leider haben Sie sich im letzten Winter in Saint-Quentin ja nicht miteinander bekannt machen können, was ich jetzt sehr bedauere. Zu Weihnachten hatte ich meinen Schwager zwar zu uns eingeladen, doch da lag er mit einem schweren Brustkatarrh zu Bett. Und in den wenigen Wochen bis zu Ihrer Abreise ergab sich dann leider keine Gelegenheit mehr zu einem Besuch.

Und offen gestanden, ich habe Sie auch nicht gesucht. Denn es schien mir damals nicht wichtig, dass Sie Jean-Jacques begegnen. In meiner Selbstsucht war mir stattdessen daran gelegen, jede verbleibende Minute mit Ihnen allein zu verbringen. Das hatte ich jetzt zu büßen.

Denn ich musste meinen Schwager erst einmal dazu überreden, Ihre Offerte wohlwollend in Erwägung zu ziehen. Das hat leider einige Wochen in Anspruch genommen.

Doch jetzt ist er endlich bereit, sich ausführlich mit Ihnen zu unterhalten und Ihnen die Fabrik zu zeigen, damit Sie überhaupt wissen, auf was Sie sich einlassen würden. Ich möchte Sie daher ganz herzlich einladen, uns so bald wie möglich in Saint-Quentin zu besuchen. Bringen Sie bitte mindestens zwei Wochen Zeit für Ihren Aufenthalt mit, denn Sie kennen ja das Sprichwort: »Gut Ding will Weile haben«.

Es grüßt Sie ganz herzlich

Ihre Marianne Serge

Zu seiner eigenen Überraschung hatte das Schreiben bei Franz gemischte Gefühle hinterlassen. Nach der anfänglichen Freude hatten ihn doch einige Zweifel ergriffen, ob seine Entscheidung auch wirklich richtig war. Darüber dachte er in der nahezu schlaflosen Nacht nach Erhalt des Briefes intensiv nach.

Schließlich hatte er erkannt, dass seine Sorgen verschiedene Ursachen hatten. Am wenigsten fürchtete er nun, Madame Serge wolle bei ihm anstelle ihres gefallenen Sohnes Paul die Mutterstelle einnehmen. Vor einem Jahr hatte ihn dies noch stark beunruhigt. Doch Marianne, die eine überaus feinfühlige Frau war, hatte ihn niemals in dieser Hinsicht bedrängt.

Selbst wenn sich dies nun geändert haben sollte, wäre es mir gar nicht mehr unrecht, erkannte er. *Maman möchte mich nicht sehen und darf die Anstalt in Klingenmünster womöglich noch jahrelang oder sogar nie mehr verlassen. Sie wird zwar immer einen Platz in meinem Herzen einnehmen. Aber ein wenig mütterliche Fürsorge täte mir sicherlich gut angesichts der Spannungen mit meinen restlichen Verwandten.*

Marianne Serge ähnelte Pauline Gerban nicht nur in ihrem sanften und einfühlsamen Wesen, sondern darüber hinaus sogar äußerlich. Sie war eine zierliche Frau mit ähnlich ausdrucksstarken dunklen Augen wie Pauline. Anders als seine Mutter, die sich vor ihren häuslichen Kümmernissen in die Laudanum-Sucht geflüchtet hatte, verfügte Mariannes Persönlichkeit jedoch über einen stählernen Kern, der ihr half, selbst die schlimmsten Schicksalsschläge zu bewältigen.

Eher beunruhigte Franz in dieser Nacht das Bewusstsein, dass er rein gar nichts von der Position verstand, um die er sich beworben hatte. Was bei der Leitung einer Eisenwarenfabrik auf ihn zukäme, war ihm weitgehend ein Buch mit sieben Siegeln. Würde er dieser Aufgabe gewachsen sein? Schon die Leitung des Gerban'schen Weinguts hatte er sich ja weitaus einfacher vorgestellt, als sie zu sein schien. Seit ihrem Streit im August war sein Vater auch nie wieder darauf zu sprechen gekommen.

Aber wenn es in Saint-Quentin schiefgeht, kann ich nicht mehr zurück, wurde ihm klar. *Mein Geld steckt dann in der Fabrik, das Verhältnis zu meinem Vater wäre dauerhaft zerrüttet, der Weinhandel womöglich sogar ruiniert.*

Denn seit er den Erbvertrag und damit auch die Höhe des Vermögens kannte, das Pauline in die Ehe eingebracht hatte und das ihm nun mit Zins und Zinseszinsen zustand, wusste er, dass sein Vater, würde Franz sich auszahlen lassen, einen Verlust in dieser Höhe nur schwer kompensieren könnte. *Wenn es ihm überhaupt gelänge. Denn er ist ja schon alt, nächstes Jahr wird er dreiundsechzig.*

Das protzige Anwesen in Altenstadt, die Renovierung des Weinkontors in Weißenburg, die Entschuldung des Weinguts in Schweighofen und nicht zuletzt der aufwändige Lebensstil, den die Gerbans pflegten, hatten dazu geführt, dass das Vermögen ohne den Wert des Weinguts und der Immobilien nur etwa einhundertfünfzigtausend Gulden höher ausfiel als Paulines Erbe. *Und von dieser Summe hat er noch fünfzigtausend für Mathildes Mitgift ausgelobt. Es ist offensichtlich, dass mein Vater nie damit gerechnet hat, dass ich mein Erbe in Anspruch nehmen könnte, um mich selbstständig zu machen. Stattdessen muss er erwartet haben, dass ich als Juniorpartner ins Weingeschäft eintrete.*

Was ohne den Krieg ja auch die wahrscheinlichste Lösung gewesen wäre, musste Franz sich eingestehen. Mittlerweile hatte ihm Monsieur Payet, der Weißenburger Notar, nach Einsicht der Unterlagen versichert, dass der Erbvertrag zweifellos rechtskräftig sei. Es lag allein an Franz, wie er das großväterliche Vermögen verwenden würde. Mit Ausnahme der Verpflichtung, bis zu ihrem Lebensende für seine Mutter zu sorgen, was für Franz ohnehin selbstverständlich war.

Also beschloss er in dieser Nacht, sich nicht vorzeitig festzulegen, ehe er sich nicht ein Bild von der Situation in Saint-Quentin gemacht hätte.

Am schlimmsten quälte ihn aber der Gedanke, die Suche nach Irene erst einmal aufgeben zu müssen. *Doch da bin ich ohnehin noch keinen einzigen Schritt weitergekommen*, machte er sich voller Bitterkeit klar. *Sie hat beschlossen, dass ich sie nicht finden soll, und damit muss ich mich abzufinden beginnen. Je weiter weg von zu Hause ich bin, desto leichter wird mir das fallen. Das zumindest spricht deutlich dafür, das Elsass zu verlassen.*

Natürlich hatte er in Altenstadt den wahren Grund für seinen Besuch in Saint-Quentin nicht verraten. Er wollte vorzeitig keine Unruhe erzeugen.

»Madame Serge hat mich wie einen eigenen Sohn in ihr Haus aufgenommen. Ich habe ihr versprochen, sie oft zu besuchen, und habe es bislang nicht ein einziges Mal getan. Das will ich nun nachholen«, erklärte er seinem Vater zwei Tage vor seiner Abreise beim Frühstück.

Der hatte nur gleichgültig genickt. »Tu, was du nicht lassen kannst. Aber hänge bitte nicht an die große Glocke, dass du eine Reise ins ehemalige Feindesland beabsichtigst.« Nach diesen Worten vertiefte sich Wilhelm Gerban wieder in seine Morgenzeitung. Mathilde, die nach wie vor nicht mit Franz sprach, zeigte gar keine Regung.

So war ihm der Abschied nicht schwergefallen. Im Gegenteil, er war fester entschlossen denn je, die sich ihm bietende Chance zu nutzen, wenn sie sich als realistisch erwies. Und nun war ihm sogar eine Kompromisslösung eingefallen, die den Ruin der Weinhandlung höchstwahrscheinlich verhindern würde, wenn er sich für die Teilhaberschaft in Saint-Quentin entschied.

Ich werde nur zwei Drittel der mir zustehenden Summe in Anspruch nehmen. Dann bleibt Vater genug Kapital, um den Weinhandel am Laufen zu halten.

Irrenanstalt in Klingenmünster
Anfang November 1871

»Herr Doktor, Herr Doktor! Kommen Sie schnell!« Die Wärterin stürzte, ohne anzuklopfen, ins Behandlungszimmer von Oberarzt Dr. Bertram. Die Patientin, eine ältere Frau, die er gerade untersuchte, zog sich mit einem erschrockenen Laut ihren Anstaltskittel über die herabhängenden Brüste.

»Was gibt es denn so Dringendes, Wärterin Berta, das einen solchen Tumult rechtfertigen würde? Handelt es sich um einen Notfall?« Dr. Bertram, der wegen seiner stets freundlichen Art beim Personal der Anstalt an sich außerordentlich beliebt war, runzelte die Stirn und wirkte unwirsch.

Berta besann sich auf ihre Umgangsformen und deutete einen Knicks an. »Es geht um den alten Bauern, der vor knapp drei Wochen eingeliefert wurde und seit einigen Tagen so hohes Fieber hat.«

»Aha!« Noch blieb Bertram unbeeindruckt. »Das Fieber ist doch gestern gesunken.«

Die Wärterin schüttelte heftig den Kopf. »Jetzt glüht er wieder am ganzen Körper. Und außerdem ...« Ihr Blick glitt zu der älteren Patientin.

»Und außerdem?« Bertram wurde zunehmend ungeduldig.

Wieder tat die Pflegerin etwas Überraschendes. Sie trat auf ihn zu und flüsterte ihm etwas ins Ohr.

Bertrams gesunde Gesichtsfarbe wechselte ins Blasse. »Sind Sie sicher?«

Berta nickte. »Ich bin sicher! Bei meinem Vater war es vor Jahren genauso.«

Bertram atmete tief durch, um sich zu beruhigen. Dann wandte er sich an seine Patientin, die sich noch immer den Kittel vor die Brust hielt. »Wärterin Berta wird Sie jetzt zurück auf die Station begleiten, Frau Feger. Wir setzen die Untersuchung morgen fort.«

Dann eilte er schwer besorgt in den Saal der Fieberkranken.

Saint-Quentin
Anfang November 1871, am nächsten Abend

»Gérard, bitte legen Sie noch einmal auf! François, Sie nehmen doch sicher noch ein Stück Truthahn?«

Madame Serge lächelte Franz ermutigend zu, während der Diener bereits ihren Schwager bediente. Jean-Jacques Serge ließ sich nicht zweimal bitten und griff herzhaft zu. Seine beachtliche Leibesfülle ließ erkennen, dass er gutem Essen generell nicht abgeneigt war.

Marianne Serges Schwager war älter als sie selbst. Franz schätzte ihn auf ungefähr Mitte bis Ende fünfzig. Mit ihrem verstorbenen Gatten hatte er sich einst die Leitung der Eisenwarenfabrik geteilt, die Franz morgen besuchen würde.

Die heutigen, ersten Gespräche mit Monsieur Serge waren vielversprechend verlaufen. Mariannes Schwager berichtete über die Gründung der Fabrik durch seinen Vater, die Spezialisierung auf verschiedene Produkte aus Gusseisen und deutete an, dass er in Erwägung ziehe, einen neuen Wirtschaftszweig zu erschließen, über den er sich jedoch nicht näher ausließ.

Auch Franz stellte sich ausführlich vor, berichtete von seinem Werdegang und nannte als Motiv für sein Ansinnen, in die Fabrik eintreten zu wollen, dass er nicht unter deutscher Herrschaft im Elsass leben und seine französische Staatsbürgerschaft einbüßen wolle. Dem Patrioten Monsieur Serge hatte dies genügt, um Franz' Wunsch nachvollziehen zu können.

Franz war auch beeindruckt vom sozialen Engagement der Unternehmerfamilie Serge. Schon zu Lebzeiten von Mariannes Gatten war eine Siedlung für die Arbeiter errichtet worden, die dort für eine geringe Miete lebten.

»Das ist ein Arrangement zum gegenseitigen Nutzen«, hatte ihm Monsieur Serge erklärt. »Wir möchten nicht, dass unsere Belegschaft in drangvoller Enge in feuchten Mietskasernen haust. Das fördert nur Krankheiten jedweder Art. Unsere Arbeiter bewohnen ihr eigenes Häuschen mit zwei bis drei Zimmern, je nachdem wie groß die Familie ist. Dazu gehört auch ein kleines Gartengrundstück, in dem Gemüse und Kartoffeln gezogen werden können. Nicht zu vergessen, ein eigener Abtritt. In diesen scheußlichen Mietskasernen müssen sich oft mehrere Familien einen Lokus miteinander teilen.«

Franz hatte genickt. Nur zu gut erinnerte er sich an die furchtbaren sanitären Verhältnisse in der Landarbeitersiedlung des Schweighofener Weinguts, die er dort vor fünf Jahren angetroffen hatte. Damals sollte er als Strafe für den wiederholten Rausschmiss aus einem Internat ein halbes Jahr in den Weinbergen mitarbeiten und hatte dabei die erbärmlichen Lebensbedingungen der Gutsarbeiter kennengelernt. Er deckte auf, dass sein Onkel Gregor und der Verwalter Stromberg deren Quartiere trotz der horrenden Mieten verfallen ließen, und setzte sich erfolgreich für eine Sanierung der Hütten ein.

»Die Investition in die Siedlung hat sich schon mehr als gelohnt«, fuhr Jean-Jacques fort. »Die Belegschaft ist uns treu ergeben, oft arbeiten sogar vier Generationen aus einer Familie in der Fabrik. Nie gab es bislang einen Streik, selbst vor einigen Jahren nicht, als die Arbeiter im weiten Umkreis in den Ausstand traten, um für bessere Lebensbedingungen zu kämpfen. Bei uns war das nicht nötig, denn es gibt sie schon.«

»Wie wäre es mit einem Besuch?«, schlug Franz spontan vor. »Ich würde mir gerne ein eigenes Bild machen.«

Monsieur Serge war sofort einverstanden. Tatsächlich machte die Siedlung, die ungefähr zehn Gehminuten von den imposanten Fabrikgebäuden mit ihren roten Backsteinfassaden und hohen Schornsteinen entfernt lag, auf Franz einen weit besseren Eindruck als die Landarbeiterhäuschen in Schweighofen.

Jetzt kam Marianne auf den heutigen Tag zu sprechen. »Was hat Sie denn am meisten beeindruckt, François?«

»Nun, die Fabrik habe ich ja noch nicht von innen gesehen, aber die Arbeitersiedlung hat mir schon einmal gefallen.«

Jean-Jacques Serge lächelte selbstzufrieden und nahm einen Schluck von dem köstlichen Burgunder, der zum Truthahn gereicht wurde.

»Am meisten beeindruckt hat mich allerdings der Anblick von zwei Arbeitern mit schweren Narben von Brandwunden. Einer war sogar blind. Gibt es denn viele solcher Unfälle während der Produktion?«

Monsieur Serges Lächeln gefror. »Wir hantieren mit flüssigem Eisen, Monsieur Gerban. Da bleiben solche Missgeschicke leider nicht aus.«

Missgeschicke? Franz war irritiert. Der Begriff schien ihm zu verharmlosend für die Verstümmelungen der Arbeiter. Madame Serge spürte seine Indignation und griff ein.

»Zum Glück sind solche schweren Unfälle die Ausnahme, François, und nicht wie in anderen Fabriken die Regel. Dieses Jahr hatten wir noch keinen einzigen Todesfall. Und die drei Männer, die sich ernstlich verbrannt haben, sind alle bereits wieder arbeitsfähig. Wir bezahlen ihnen die beste medizinische Versorgung und haben als einzige Fabrik im ganzen Departement eine Unfallkasse, in die wir als Arbeitgeber den Löwenanteil einzahlen.«

»Jawohl«, mischte sich nun ihr Schwager ein. »Jeder Verunfallte erhält außerdem bis zu seiner Genesung zwei Drittel seines regulären Lohns. Ist der Unfall so schwer, dass er nicht mehr arbeitsfähig ist, wie die beiden Mitarbeiter, die Sie heute im Dorf getroffen haben, bekommt er eine lebenslange Rente aus dieser Kasse. Nicht nur eine Einmalzahlung, so wie es die meisten Fabrikherren halten. Hinterbliebene von bei Unfällen Verstorbenen bekommen das Geld, solange sie unmündige Kinder haben.«

»Die Unfallkasse hat schon mein seliger Gatte ins Leben gerufen«, ergänzte Marianne. »Ihm und vor allem meinem Sohn war die soziale Absicherung unserer Belegschaft schon immer ein Herzensanliegen«, betonte sie. »Jean-Jacques natürlich auch«, beeilte sie sich hinzuzufügen.

»Wie hoch wäre denn überhaupt die Summe, die Sie als Teilhaber einbringen würden?«, wechselte Monsieur Serge abrupt das Thema.

»Ich dachte an zweihunderttausend Francs«, erklärte Franz etwas überrumpelt.

»Aha.« Franz konnte nicht erkennen, ob Serge davon beeindruckt war oder nicht. Er strich sich über seinen gepflegten Schnurrbart und musterte ihn aus wachen graugrünen Augen. Mit seiner Leibesfülle, seiner korrekten Kleidung und seinem jovialen Umgangston war er die Inkarnation des erfolgreichen Fabrikherrn. Obwohl er Franz durchaus sympathisch war, vermutete dieser mittlerweile, dass sich, ähnlich wie bei seinem Vater Wilhelm, ein messerscharfer Verstand und bei Bedarf auch die unnachgiebige Härte des erfolgreichen Geschäftsmanns hinter seinen angenehmen Umgangsformen verbarg.

Aber wahrscheinlich ist das unerlässlich, wenn man Erfolg haben will, seufzte er innerlich. Monsieur Serges nächste Worte bestärkten ihn darin.

»Nun, das ist eine beachtliche Summe, Monsieur Gerban, die mir, offen gestanden, gerade jetzt sehr gelegen käme«, räumte er ein. »Morgen werden Sie sehen, aus welchem Grund.«

Er trank einen weiteren Schluck Wein.

»Ich habe mir jetzt einen ersten Eindruck von Ihnen verschafft, und der ist durchaus positiv. Ich könnte mir also vorstellen, Ihrem Wunsch stattzugeben, als Teilhaber in die Fabrik einzutreten. Natürlich hätten Sie noch viel zu lernen und müssten sich mir noch einige Jahre in allem unterordnen«, betonte er.

Franz nickte ergeben. »Das verstünde sich von selbst.« Auch er blieb beim vorsichtigen Konjunktiv. Monsieur Serge erinnerte ihn jetzt mehr denn je an eine freundliche Ausgabe seines Vaters.

»Doch nun machen Sie sich morgen erst einmal ein eigenes Bild, François.« Wieder spürte Marianne seine Verunsicherung. »Jetzt ist es genug der Geschäfte für ein Souper.«

Sie gab Gérard ein Zeichen. »Bitte räumen Sie ab und bringen Sie hernach das Dessert. Es gibt eine Mousse au Chocolat«, strahlte sie die Männer an. »Das ist doch euer beider Lieblingsnachtisch, oder irre ich mich?«

Jean-Jacques lachte über das ganze Gesicht. »Das stimmt in der Tat, meine Liebe! Wie aufmerksam von dir, daran zu denken.«

Auch Franz freute sich. Die Mousse au Chocolat von Madame Serges Köchin hatte er tatsächlich in allerbester Erinnerung.

Der Rest des Abends verlief in angenehmem Geplauder.

Im Dorfgasthaus von Klingenmünster
Anfang November 1871, am selben Abend

»Und du bist ganz sicher, dass wir die Blattern in der Anstalt haben?« Rosa beugte sich ganz nah zu ihrer Freundin und Kollegin, der Wärterin Berta, hinüber.

»Pst!«, zischte die ärgerlich. Kleine Speicheltropfen sprühten Rosa ins Gesicht.

Sie wischte sie unwillig mit dem Ärmel ihres Ausgehkleides aus dunkelbraunem Wollstoff ab. »Bei diesem Lärm hört uns doch keiner!«

»Trotzdem!« Wieder trafen Rosa winzige Speicheltröpfchen. Sie wich zurück.

Die beiden Pflegerinnen verbrachten gemeinsam ihren freien Abend, der ihnen alle vierzehn Tage zustand, in der gut gefüllten Dorfschenke von Klingenmünster. »Es wäre ein Skandal, wenn es herauskäme. Die ganze Anstalt käme unter Quarantäne!«

»Das würde der Dietrich sicher verhindern«, entgegnete Rosa abschätzig. »Der prahlt doch immer mit seinen zahlreichen guten Beziehungen. Aber warum warst du dir eigentlich gestern so sicher?«

»Ich habe die Flecken, aus denen sich später die Pusteln bilden, gesehen, als ich den Patienten gewaschen habe«, raunte Berta. Wieder musste sich Rosa wohl oder übel zu ihr hinüberbeugen, um sie zu verstehen. »Du weißt doch, das ist der Bauer, der sich um seinen Verstand gesoffen hat und jetzt überall Mäuse und Spinnen sieht!«

Rosa nickte.

»Da hast du es besser getroffen«, fuhr Berta nicht ohne Neid fort. »Du musst dich nur um deine Luxuspatientin kümmern. Wie geht es der eigentlich?«

»Die bekommt nach wie vor jeden Tag eine hohe Dosis

Chloralhydrat. Das hält sie ruhig, auch wenn sie nicht mal ohne meine Hilfe zum Abtritt gehen kann, weil sie davon so benommen ist. Aber Dietrich hat es so angeordnet.«

Berta zuckte die Achseln. »Das wird sicherlich seine Gründe haben. Zumindest hatte sie keinen dieser Anfälle mehr oder doch?«

Rosa schüttelte den Kopf. »Seit Februar nicht mehr. Zwischendrin war sie sogar ein paar Wochen ganz normal. Bis sie wieder von irgendwelchen Dingen zu faseln begann, die Dietrich für Wahnvorstellungen hält.«

»Dietrich? Glaubst du denn nicht daran?«

»Mir steht darüber kein Urteil zu, Berta«, erwiderte Rosa zugeknöpft. »Ich verdiene mein Geld und habe im Gegenzug dafür alles zu berichten, was mir auffällt, und die angeordnete Pflege buchstabengetreu durchzuführen. Es ist nicht meine Sache, mir darüber Gedanken zu machen, was in den Köpfen unserer Ärzte vorgeht.«

»So ist es!«, stimmte Berta zu. »Aber ich glaube, wir müssen jetzt gehen. Sonst wird es zu spät, und wir bekommen Ärger mit der Oberin.«

»Trinkst du deinen Schoppen nicht mehr aus?«

Berta schüttelte den Kopf. »Mir ist etwas schummrig. Es wird anscheinend Zeit, dass ich ins Bett komme. Wenn du den Rest willst, kannst du ihn haben.«

Rosa ließ sich das nicht zweimal sagen. Sie griff nach Bertas Glas und leerte es in einem einzigen Zug.

»Einerseits bin ich untröstlich, mein lieber François, dass sich die Ankunft meines Schwagers noch einmal verzögert. Andererseits freut es mich, dass ich Sie nun ganz für mich habe.« Marianne Serge lächelte Franz entwaffnend an.

Der schürzte die Lippen. Schon am Tag nach ihrem gemeinsamen Abendessen war Monsieur Serge aufgrund von Problemen mit einem wichtigen Lieferanten nach Reims gereist. Die Fabrikführung hatte daher noch nicht stattgefunden.

»Würden Sie schon mehr vom Eisenwarengeschäft verstehen, hätte Jean-Jacques Sie sicher mitgenommen«, tröstete ihn Marianne, die seinen Unmut bemerkte. »Aber so hatte es keinen Sinn.«

»Könnte mir derweil denn nicht jemand anders die Fabrik zeigen?«, drängte Franz. »Der Verwalter vielleicht?«

»Das halte ich für keine gute Idee, François.« Nun blickte Marianne ernst drein. »Führen könnte der Verwalter Sie natürlich schon. Aber Jean-Jacques würde es kränken. Außerdem möchte er Ihnen ein wichtiges Projekt zeigen, das er gerade erwägt, zukünftig vielleicht auch in unserer Fabrik zu realisieren. Das ist, offen gestanden, der ausschlaggebende Grund dafür, dass er unserem Anliegen, Sie zum Teilhaber zu machen, zu guter Letzt doch noch aufgeschlossen gegenübersteht.«

»Außer dem guten Eindruck natürlich, den Sie schon gemacht haben.«

Die nachträgliche Ergänzung konnte Franz nicht täuschen. Jean-Jacques' Interesse an ihm war also hauptsächlich monetärer Art.

»Mein Schwager ist in erster Linie Geschäftsmann, François.« Marianne erriet seine Gedanken. »Er ist es überdies jetzt seit Jahren gewohnt, die Fabrik allein zu leiten. Lediglich die

Tatsache, dass Sie im Weinhandel Ihres Vaters keine Zukunftsperspektiven für sich sehen, hätte ihn nie bewogen, in Betracht zu ziehen, Sie zum Junior unserer Firma zu machen. Mich sehr wohl, aber nicht Jean-Jacques. Dazu ist er zu sehr Patriarch, wenn auch einer der wenigen von der fürsorglichen Sorte.«

Obwohl sie Franz nichts wirklich Neues verriet, da er diese Gedanken schon selbst gehabt hatte, war es doch etwas anderes, sie von jemand anders ausgesprochen zu hören. Eine kurze Schweigepause entstand, in der er die Nachricht erst einmal verdaute.

»Ich danke Ihnen für Ihre Offenheit, Marianne«, sagte er dann. »Dass Sie mir nicht ein X für ein U vormachen möchten.« Er holte tief Luft. »Aber auch ich habe ein paar Zweifel, über die ich mir erst klar werden kann, wenn ich die Fabrik von innen gesehen habe.«

»Was sind das für Zweifel? Vielleicht kann ich ja behilflich sein, sie auszuräumen oder zumindest zu verringern«, bot Marianne an.

»Da sind zum einen die schrecklichen Unfälle, die zwar seltener als anderswo, aber doch immer wieder passieren. Ich gestehe freimütig ein, dass die Wohnungen unserer Weingutarbeiter in Schweighofen trotz meiner Intervention noch immer weit schlechter sind als die Ihrer Arbeiter. Aber schwere Unfälle passieren dort so gut wie nie, zumindest nicht durch die Arbeit bedingt. Manchmal vertritt sich einer den Fuß, wenn er in den Weinbergen stolpert. Und vor Jahren hat ein durchgegangenes Pferd einen Erntewagen umgerissen, der eine Frau erschlagen hat. Aber das sind absolute Ausnahmen, die mit den Arbeitsbedingungen an sich nichts zu tun haben.«

Marianne war betroffen. »Da mögen Sie recht haben, François. Von dieser Seite habe ich das noch nicht betrachtet. Ich war immer stolz auf unsere Unfallkasse. Aber dass Unfälle passieren, war bislang für mich leider normal.«

»Ich möchte verstehen, inwieweit das mit den Produktions-
bedingungen zu tun hat«, erklärte Franz. »Und ob man da
etwas verbessern kann und Ihr Schwager dazu bereit ist.«

Mariannes Gesicht hellte sich plötzlich auf. »Jean-Jacques
ist dazu bereit. Zwar in anderem Sinne, als Sie das jetzt meinen,
aber ich kann Ihnen bereits versprechen, wenn Sie Teilhaber
werden, gibt es solch schwere Unfälle bald nicht mehr.«

Sie legte einen Finger auf den Mund, da Franz schon im
Begriff war nachzufragen. »Mehr kann und will ich darüber
heute nicht sagen. Das muss Jean-Jacques Ihnen selbst erläutern.«

»Aber vielleicht haben Sie noch andere Zweifel?«, baute
sie ihm angesichts seiner offensichtlichen Enttäuschung eine
Brücke.

Franz ließ sich darauf ein. »Anfangs habe ich das gar nicht
bewusst aufgenommen. Doch Ihr Schwager erwähnte, es arbeiten oft bis zu vier Generationen einer Familie in der Fabrik. Da
müssten also auch Kinder mit dabei sein, oder nicht? Ich erinnere mich außerdem, dass dies im Arbeiterdörfchen erwähnt
wurde.«

Zu Franz' Erstaunen lächelte Marianne nun ganz entspannt.
»Auch was die Kinderarbeit angeht, ist die Eisenwarenfabrik
Serge Vorreiter«, erklärte sie stolz. »Auf Kinderarbeit verzich-
ten kann kein Fabrikant. Er wäre nicht mehr wettbewerbsfähig.
Doch bei uns geht es humaner zu als überall sonst.«

Franz blickte sie erwartungsvoll an. Zumindest zur Lesezeit
arbeiteten auch die Kinder der Landarbeiter im Weingut mit,
das war ganz normal. Nun war er gespannt.

»Obwohl uns das Gesetz diesbezüglich völlig freie Hand
lässt, beschäftigen wir kein Kind, das jünger als zehn Jahre
alt ist«, fuhr Marianne fort. »Im Gegenteil, die Mehrzahl ist
sogar mindestens zwölf Jahre alt. Wenn ihre Eltern einverstanden sind, können die Kinder sogar drei Stunden täglich unsere

Fabrikschule besuchen. Ohne Schulgeld zu bezahlen natürlich, sie erhalten nur keinen Lohn dafür. Aber länger als sechs Stunden am Tag darf bei uns ohnehin kein Kind unter vierzehn Jahren arbeiten. Das war schon meinem Sohn Paul ein wichtiges Anliegen. Und das, obwohl es in Frankreich keine Schulpflicht gibt«, betonte sie.

Franz nickte. Das wusste er schon seit dem Besuch der Dorfschule in Fröschweiler.

»Und anders als überall sonst in der Umgebung arbeitet kein Kind in unserer Fabrik an einem gefährlichen Arbeitsplatz. Da, wo sie sich verbrennen könnten, haben Kinder erst gar keinen Zutritt. Zum Beispiel in die Halle, wo das Gusseisen geschmolzen wird.«

»Das beruhigt mich sehr«, erklärte Franz. »Doch noch lieber wäre es mir, Kinder müssten gar nicht in der Fabrik arbeiten.«

»Dafür gibt es noch einen anderen ausschlaggebenden Grund als die Wettbewerbsfähigkeit unserer Produkte. Die Familien der Kinder sind auf deren Lohn angewiesen«, erläuterte Madame Serge. »So sicher und angemessen wie bei uns können die Kleinen nirgendwo zum Lebensunterhalt beitragen. Ihre Eltern fragen schon nach einem Arbeitsplatz für sie, wenn sie noch in den Windeln liegen. Und jetzt zu Weihnachten«, sie strahlte über das ganze Gesicht, »werde ich die Kinder wieder persönlich bescheren. Im letzten Jahr habe ich mich vertreten lassen, da ich genug mit der Weihnachtsfeier für die Kriegsversehrten zu tun hatte und mich nach Pauls Tod«, ihre Stimme zitterte wieder ein wenig, »so kraftlos fühlte. Doch in diesem Jahr werde ich mir das nicht nehmen lassen. Schade, dass Sie zu Weihnachten nicht mehr hier sind und die Kinderaugen leuchten sehen, wenn sie ihre Päckchen auswickeln.«

»Nun gut, dann lasse ich mich positiv überraschen«, lenkte

Franz ein. »Auf jeden Fall dünkt es mich, dass ich, wenn ich schon ein Fabrikherr werden will, es in der Eisenwarenfabrik Serge versuchen sollte.«

Irrenanstalt in Klingenmünster
Mitte November 1871

Sie war in der Hölle. Es war glühend heiß, ihr ganzer Körper schmerzte. Sie hatte furchtbaren Durst, aber weit und breit gab es keinen Tropfen Wasser. Die Zunge quoll ihr aus dem ausgetrockneten Mund.

Nun trat einer der Gehörnten auf sie zu. Er brandmarkte ihre nackte Haut mit glühenden Kohlestückchen, die er über sie ausgoss. Sie schrie auf vor Qual.

Ein zweiter Teufel trat herzu, noch grimmiger anzuschauen als ihr erster Peiniger. Seine kohlschwarzen Augen funkelten vor Lust an ihrer Pein. Er trug eine Eisenschlinge in der Hand, die er ihr über den Kopf legte. Dann zog er sie zu. Es dröhnte und hämmerte in ihren Ohren, ihr Kopf drohte zu zerplatzen. Würgend erbrach sie bittere Galle.

»Berta! Berta! Wach auf!« Ein weiterer Teufel zerrte nun an ihrem Arm. Sie schlug wild um sich und wehrte ihn mit letzter Kraft ab.

»Autsch!«, schrie ihre Zimmergenossin Hedwig und wich zurück. »Wach auf, Berta!«, rief sie noch einmal. »Du hast einen Albtraum, wahrscheinlich wegen des hohen Fiebers!«

Ein Schwall kühles Wasser traf Berta mitten ins Gesicht. Es fühlte sich köstlich an. Langsam öffnete sie ihre verklebten Augen und fand in die Wirklichkeit zurück. Vor ihrem Bett stand die Wärterin Hedwig, eine ältere Frau, mit der sie sich die Kammer teilte. Die rieb sich ihre offensichtlich schmerzende Hand.

Verwirrt sah Berta sich um. »Da waren überall Teufel«, krächzte sie. Ihre Kehle fühlte sich so rau wie Sandpapier an.

»Du hast schlecht geträumt!« Hedwig musterte sie aus sicherer Entfernung. »Es scheint, du hast einen Rückfall. Du glühst vor Fieber!«

»Oh nein!«, stöhnte Berta. »Gestern ging es mir doch schon viel besser! Ich wollte heute wieder an die Arbeit zurückkehren! Diese verfluchte Erkältung will nicht weichen. Ich frage mich nur, wo ich mich so verkühlt habe.« Sie machte Anstalten aufzustehen.

»Bleib liegen! Noch ist es mitten in der Nacht! Alles schläft!«

Kraftlos ließ Berta sich auf das schmale Bett zurücksinken. »Gibst du mir einen Schluck Wasser?«

Hedwig nickte und goss etwas aus dem Waschkrug in einen irdenen Becher. »Hier, trink!«

Im schwachen Licht der Petroleumfunzel, die Hedwig entzündet hatte, griff Berta nach dem Becher. Dabei rutschte der Ärmel ihres Nachthemds ein Stück nach oben.

Fassungslos starrte sie auf die dunkelroten Flecken, die ihren ganzen Arm bedeckten. Dann schlug sie sich beide Hände vor den Mund und begann haltlos zu weinen.

Kapitel 10

Gasthaus »Drei Störche« in Lambrecht
Mitte November 1871

Zögernd drückte Irene die Tür zum Gasthaus »Drei Störche« auf und trat ein. Angesichts der lärmenden Menschenmenge, die das Wirtshaus an jedem Freitagabend füllte und fast ausschließlich aus Männern bestand, wäre sie am liebsten wieder umgekehrt. Nur ihr dringliches Anliegen hinderte sie daran.

Der dicke Tabaksqualm raubte ihr sowohl den Atem als auch die Sicht, da ihre Augen sofort zu tränen begannen. Hustend tastete sie sich vorwärts und stieß dabei fast mit einer stämmigen Schankmagd zusammen, die ein volles Tablett mit Weinschoppen trug.

»Obacht!«, rief die Frau. »Pass doch auf, wo du hintrittst.«

»Entschuldigung«, stammelte Irene und wollte sich schon abwenden.

»Suchst wohl deine bessere Hälfte, die mal wieder den Vorschuss auf den nächsten Wochenlohn versäuft?«, hielt die Bedienung sie auf. In ihren Augen glaubte Irene, so etwas wie Mitleid zu entdecken.

»Nein, nein«, beeilte sie sich zu versichern. »Ich wollte zur Arbeiterversammlung!«

»Zur Arbeiterversammlung?« Jetzt war die Schankmagd verblüfft. »Was willst du denn da?«

»Der Leiter, Josef . . .« Erst jetzt fiel Irene auf, dass sie seinen Nachnamen gar nicht kannte. »Also, der Mann, der die Versammlungen leitet, hat mich eingeladen.«

»Aha!« Die Schankmagd musterte sie von Kopf bis Fuß. »Gerda, wo bleibst du denn mit den Schoppen!«, tönte es durch den Qualm. »Ja, ja, nicht so eilig mit den jungen Pferden«, knurrte die zurück und wies dann mit dem Kopf nach rechts. »Sie sind dahinten in dem Nebenraum.« Dann verschwand sie in die andere Richtung.

Irene zwängte sich zwischen den voll besetzten Tischen hindurch, bis sie eine doppelflügelige Tür erreichte und zaghaft aufstieß. Sie sah etwa dreißig Männer, die in Stuhlreihen vor einem Podest saßen und den Worten eines Mannes lauschten, in dem Irene sofort Josef wiedererkannte. Auch dieser Raum war verqualmt. Aber als Irene die Tür schloss, wurde wenigstens der Lärm aus der Gaststube sofort schwächer.

Etwas ängstlich betrachtete Irene die anwesenden Zuhörer. Zu ihrer Erleichterung war Georg Schober nicht dabei. Sie traf Emma, die noch immer untröstlich über ihren plötzlichen Auszug war, jeden Tag in der Fabrik und wusste daher, dass sich ihre häusliche Situation nicht verbessert hatte.

»Aber ich gönne dir, dass du es nun so gut getroffen hast«, hatte ihr die Freundin noch heute versichert.

Angesichts des Veilchens, das um Emmas rechtes Auge blühte, kam Irene eine spontane Idee. »Warum verlässt du Georg nicht und kommst mit den Mädchen zu uns?«, schlug sie vor. »Ich bin sicher, dass Trude Ludwig damit einverstanden wäre. Es ist genug Platz da, und sie ist sicher bereit, neben Fränzel auch deine Töchter zu betreuen. Es macht ihr so viel Freude, mit dem Kleinen umzugehen, wahrscheinlich, weil sie keine eigenen Kinder hatte.«

Emma schüttelte traurig den Kopf. »Georg würde mich niemals gehen lassen.«

»Was soll er denn dagegen unternehmen? Zumal du jetzt nicht mehr ...« Irene schlug sich bestürzt auf den Mund. »Verzeih mir, das war taktlos.«

Wieder schüttelte Emma den Kopf. »Ich bin ja selbst froh darüber, dass nicht noch ein Säugling dazukommt.« Kurz nach Irenes Auszug hatte sie eine Fehlgeburt erlitten. Irene vermutete, dass auch der Abgang auf Misshandlungen von Georg zurückging. Doch Emma schwieg sich darüber aus.

»Aber ich kann ihn nicht verlassen. Das würde alles nur noch schlimmer machen«, sagte sie nun. Vorsichtig blickte sie um sich. »Ich muss jetzt weg. Er hat mir verboten, mit dir zu sprechen.«

Diese Aussage gab den Ausschlag dafür, dass Irene beschlossen hatte, heute Abend in die »Drei Störche« zu gehen, um dort Josef wieder zu treffen. Vielleicht konnte er ja positiven Einfluss auf Georg nehmen. Natürlich war sie auch neugierig auf das, was dort besprochen wurde.

»Die Tuchfabrikherren haben den Lohn seit zwei Jahren nicht erhöht«, meldete sich jetzt ein vierschrötiger Arbeiter aus dem Auditorium zu Wort, den Irene vom Sehen kannte. Er war wie Georg Schober als Weber bei Reuter und Sohn beschäftigt. »Aber die Preise für Brot, Milch und Kohlen sind schon wieder gestiegen. Ich bekomme heute im Vergleich zu früher noch höchstens zwei Drittel von dem, was ich mir vor zwei Jahren von meinem Verdienst kaufen konnte.«

»Ja, so ist es«, stimmten mehrere Männer zu. »Dabei verzichten wir schon auf Butter und Eier. Und trotzdem reicht es hinten und vorn nicht.«

»In meiner Wohnung wird es nie mehr richtig warm, seit wir tagsüber nicht mehr heizen. Meine Kinder sind dadurch laufend erkältet.«

»Frisches Fleisch gibt es bei uns nur noch zu Weihnachten und zu Ostern!«, tönte es von allen Seiten.

Irene nutzte den Trubel, um unauffällig zu einem einzelnen Stuhl in einer Nische zu huschen und sich auf ihm niederzulassen. Sie wusste nur zu gut, wovon die Männer sprachen, und dankte dem Herrgott im Stillen noch einmal für ihr Glück, Frau Ludwig getroffen zu haben.

Auch ihr eigener Lohn von drei Gulden pro Woche, der ihr im Mai noch so üppig erschienen war, hätte heute nicht mehr ausgereicht, um eine anständige Wohnung zu bezahlen und sich und Fränzel gut und ausreichend zu ernähren. Zumal der Glasperlenketten-Verleger sich geweigert hatte, sie erneut zu beschäftigen, obwohl sie ihre Schulden für die zerschlagene Ware längst abbezahlt hatte.

Auch fast alle ihre früheren Nähkundinnen winkten ab, wenn Irene nach neuen Aufträgen fragte. Bis auf Else, die Vorarbeiterin in der Spinnerei, die ihr gelegentlich etwas zum Ausbessern mitbrachte, konnten die Arbeiterfrauen selbst die wenigen Pfennige nicht mehr entbehren, die Irene als Lohn verlangte.

Vor allem die Preise für Milch, Obst und frisches Gemüse waren dramatisch gestiegen und nun fast doppelt so hoch wie im vergangenen Sommer. Auch Butter und Kartoffeln, selbst das grobe Schwarzbrot, wurden nahezu täglich teurer. Aber Irene wollte Fränzel, der sich prächtig entwickelte, gut und gesund ernähren. Da war es ein Segen, dass Frau Ludwig den Kleinen nach Strich und Faden verwöhnte und es ihm an nichts fehlen ließ. Auch Irene lud sie mehrere Male pro Woche zum Essen ein.

Zum Dank dafür besorgte Irene in ihrer spärlichen Freizeit mittlerweile fast den gesamten Haushalt, zumal Trudes Gliederreißen sich mit der fortschreitenden Jahreszeit verschlimmert hatte. Auch hoffte sie durch deren Vermittlung auf Nähaufträge. Trude hatte versprochen, sich einmal in der Nachbarschaft umzuhören.

»Aber die Fabrikherren leben in Saus und Braus«, meldete sich wieder der vierschrötige Arbeiter zu Wort. »Gestern fuhr der Reuter mit einer nagelneuen Kutsche und zwei neuen Rappen vor.« Der nächste Tumult entstand.

Josef, der bislang gesessen hatte, stand nun auf und winkte mit beiden Armen, um die Menge zu beschwichtigen. Es dauerte trotzdem noch eine Weile, bis Ruhe einkehrte.

»Dann hört auf zu klagen und zu jammern wie Waschweiber, Männer, und organisiert euch! Lasst uns einen Arbeiterverein gründen. Dann sehen wir weiter!«

»Und was soll uns ein Verein nützen, außer dass ich noch weniger Brot für meine hungrigen Mäuler kaufen kann, weil ich auch noch den Beitrag von meinem bisschen Lohn bezahlen muss?« Diesmal war es ein hagerer Mann, der seine Stimme erhob.

»Wenn genug Geld in der Kasse ist, könnten wir einen Streik organisieren.«

Plötzlich wurde es totenstill im Raum. Der Hagere fand seine Stimme zuerst wieder. »Einen Streik? Weißt du, wie der letzte Streik vor zwölf Jahren in Lambrecht ausging? Die Rädelsführer wurden ins Gefängnis gesteckt oder verloren zumindest ihre Arbeit. Niemand wollte sie mehr einstellen, sie mussten Lambrecht verlassen.«

Josef sah dem Empörten ruhig in die Augen. »Aber danach waren die Fabrikherren immerhin bereit, die Zusatzarbeiten zu bezahlen, um die es damals ging. Das Aufspannen des fertigen Tuchs wird heute vergütet, wenn ich recht unterrichtet bin. Warum sollen sie euch also nicht auch die Zeit bezahlen, die ihr mit der Vorbereitung der Webstühle und ihrer Reparatur verbringt? Allein das Einrichten der Kettfäden dauert doch mehrere Stunden, wenn ein neues Muster gewebt werden soll. Die hohen Herren müssten den Lohn um mindestens zwanzig Prozent erhöhen, zumal alles so teuer geworden ist.«

»Zwanzig Prozent?« Ein Raunen lief durch den Raum. »Das tun sie nie und nimmer!«

»Und wenn es am Ende nur zehn Prozent sind, habt ihr auch etwas gewonnen.«

»Und wie soll das gehen?«, meldete sich nun ein älterer Mann zu Wort. »Was nützt uns da ein Arbeiterverein?«

»Wir legen von den Beiträgen eine Streikkasse an«, gab Josef Auskunft. »Davon kaufen wir Lebensmittel beim Großhändler oder gleich bei den Bauern ein. Das ist billiger als beim Krämer. Da ihr keinen Lohn während des Streiks erhaltet, werden die Vorräte unter euch verteilt, damit eure Familien nicht hungern müssen.«

»Und wie hoch ist der Beitrag?«

Irene sah, dass Josef tief Luft holte. »Nun, ein Gulden pro Woche muss es schon sein«, sagte er schließlich. »Sonst reicht die Summe nicht, um ausreichend Vorräte anzulegen.«

»Ein Gulden pro Woche?« Wieder riefen alle Anwesenden durcheinander. »Wie sollen wir denn vier Gulden pro Monat entbehren können?« Zwei Männer, die bislang noch nichts gesagt hatten, erhoben sich nun und verließen den Raum.

»Ich bin dabei!«, rief plötzlich ein noch junger Mann in einem abgetragenen Kittel. »Wenn wir uns nicht wehren, wird es uns allen bald noch viel schlechter ergehen, als wenn wir jetzt einen Gulden pro Woche von unserem Lohn einzahlen.«

»Ich bin ebenfalls mit dabei!«

»Ich auch!«, riefen jetzt mehrere Stimmen durcheinander.

»Dann tragt euch in diese Liste ein!« Josef schwenkte einen Bogen Papier. »Wenn wir heute mindestens zehn Mitglieder sind, werde ich den Verein in der nächsten Woche im Bürgermeisteramt anmelden.«

Eine Gruppe von Männern, die aus mehr als der erforderlichen Anzahl bestand, wie Irene rasch überschlug, drängte sich nach vorn.

»Gut!«, rief Josef schließlich. »Macht Werbung unter euren Kollegen für diesen Verein. Ich arbeite derweil eine Satzung nach dem Vorbild anderer Arbeitervereine aus. In der nächsten Woche treffen wir uns an dieser Stelle wieder. Jedes Mitglied darf dann über die Satzung mit abstimmen oder Änderungsvorschläge einbringen.«

Irene wartete, bis die letzten Männer den Versammlungsraum verlassen hatten. Die meisten warfen ihr erstaunte oder sogar missbilligende Blicke zu.

Josef drehte ihr den Rücken zu und war offensichtlich noch mit der Liste der zukünftigen Vereinsmitglieder beschäftigt. Er bemerkte sie erst, als sie leise seinen Namen rief. Ihre Sorge, er könnte mittlerweile vergessen haben, wer sie war, verschwand, als er sie anstrahlte, vom Podest sprang und mit ausgestreckter Hand auf sie zukam.

»Wie schön, dich wiederzusehen! Ich habe schon nicht mehr damit gerechnet, dass du meiner Einladung einmal Folge leisten würdest.«

Irene erwiderte schüchtern sein Lächeln. »Ich hatte sehr viel zu tun.«

»Und was führt dich heute hierher?«

»Die Sorge um meine Freundin Emma Schober.« Irene umriss in wenigen Worten ihr Anliegen.

Josefs Miene verdüsterte sich. »Das klingt nicht gut, was du erzählst. Möchtest du noch ein Glas Wein mit mir trinken? Ich würde gern mehr über die Schobers erfahren.«

Irene warf einen Blick auf die Wanduhr im Saal. Sie zeigte schon auf Viertel nach neun. Morgen früh würde sie wieder um fünf Uhr aufstehen müssen. *Andererseits ist Fränzel bei Trude in besten Händen,* überlegte sie. *Sie wollte ihn ja auch pünktlich zu Bett bringen.* »Gut, aber nur auf eine halbe Stunde«, stimmte sie zu.

Wenig später saßen sie an einem Tisch in einer Ecke der Gaststube neben einem kleinen Fenster, das Josef ein wenig öffnete, um den erstickenden Qualm abziehen zu lassen. »Nun erzähl mir noch einmal ausführlicher, was seit der Kirchweih geschehen ist.«

Er runzelte die Stirn, während er Irene lauschte. Dann seufzte er. »Was du erlebt hast, ist ein Problem in vielen Arbeiterfamilien. Die Männer trinken zu viel, weil sie das von ihrer schweren Arbeit für wenig Geld und von ihren Sorgen ablenkt, zumal andere Vergnügungen meist viel teurer sind. Und ihre Frauen haben es dann zu büßen.«

Er trank einen Schluck Wein.

»Weißt du, der Georg ist eigentlich gar kein schlechter Kerl. Ich glaube sogar, dass er die Emma und seine Töchter wirklich liebt. Aber wie so viele Arbeiter leidet er darunter, dass er seine Familie von seinem Lohn nicht ernähren kann und Emma mitarbeiten muss.«

»Durch seine Sauferei macht er es doch nur noch schlimmer!« Irene erschienen Josefs Ausführungen unlogisch.

»Ja, das ist dieser verdammte Teufelskreis. Die Männer saufen, die Frauen zanken sie aus, die Männer beginnen zu prügeln, da sie sich in ihrem Stolz verletzt fühlen. Danach saufen sie noch mehr, um ihr schlechtes Gewissen zu betäuben.«

Irene sah Josef ratlos an. Ihr fiel nichts ein, was sie darauf hätte antworten können.

»Das heißt nicht, dass ich Georg nicht ins Gewissen reden werde, wenn ich ihn sehe«, versicherte Josef. »Aber ob es etwas nützt, kann ich leider nicht versprechen.«

Irene nickte bedrückt.

Josef legte seine große Hand auf die ihre. »Aber wenigstens dir und deinem Sohn geht es gut. Das freut mich sehr.«

Irene war versucht, ihre Hand wegzuziehen, ließ es aber sein, weil sie Josef nicht kränken wollte.

»Glaubst du, es wird wirklich einen Streik der Tucharbeiter geben?«, wechselte sie das Thema.

Josef nickte ernst. »Ich halte das nicht nur für möglich, sondern sogar für sehr wahrscheinlich. Was die Belegschaften nämlich noch gar nicht wissen, ist, dass ihnen die Fabrikherren ihren Lohn trotz der allgemeinen Teuerung möglicherweise kürzen wollen. Angeblich gibt es in der Tuchindustrie zu viel Konkurrenz aus Sachsen und sogar aus England.«

Irene sah alarmiert auf. »Woher weißt du das?«

»Eine Bedienung des feinen Gasthofs, wo sich die Herren einmal im Monat treffen, hat es mir kürzlich verraten. Sie hat die schmutzigen Teller abgeräumt und dabei einige Gesprächsfetzen aufgeschnappt.«

»Aber die Lebenshaltung wird doch tatsächlich immer teurer!«

Josef lächelte zynisch. »Das ist wohl wahr, Irene. Aber nicht nur für die Arbeiter, sondern auch für das Bürgertum. Das mag der eigentliche Grund für die Lohnkürzungen sein. Durch den Wettbewerb wird das Tuch billiger. Doch die Fabrikherren wollen keine Schmälerung ihres Profits hinnehmen. Denn dann müssten sie ja beginnen, sich einzuschränken, und das fürchten sie mehr als den Verlust ihres Seelenheils.«

Irene ließ sich das durch den Kopf gehen. »Wie schade, dass ich kein Mitglied in diesem Verein werden kann«, sagte sie schließlich.

»Aber natürlich könntest du das!«

»Nehmt ihr denn auch Frauen auf?«

»Arbeiten Frauen denn nicht?«, erwiderte Josef.

Irene lächelte schmerzlich. »Doch, aber sie erhalten sehr viel weniger Lohn als Männer. Ein Gulden pro Woche ist ein Drittel meines Verdiensts. Das kann ich mir nicht leisten. Ich habe dir ja gerade vorher erst erzählt, dass ich schon jetzt auf die Großzügigkeit von Trude Ludwig angewiesen bin.«

»Wie viel könntest du denn entbehren?«

Irene überschlug ihre augenblicklichen Kosten. »Nur das, was ich als Nählohn dazu verdiene. Das sind höchstens einmal zehn Kreuzer pro Woche. Manchmal weniger und manchmal auch gar nichts.«

Josef hielt ihr seine rechte Hand hin. »Abgemacht. Dann zahlst du ein, was du kannst. Wir sollten deine Mitgliedschaft aber erst einmal nicht an die große Glocke hängen. Vorerst wissen nur du und ich davon. Wenn sich der Verein etabliert hat, biete ich den Eintritt auch anderen Arbeiterfrauen an.«

»Allerdings hättest du so lange kein Stimmrecht«, fiel ihm stirnrunzelnd ein.

Damit hatte Irene auch gar nicht gerechnet. Josefs nächster Vorschlag überraschte sie daher sehr.

»Aber wir könnten uns ja vor jeder Versammlung, in der etwas beschlossen werden soll, abstimmen. Dann kann ich deine Meinung zumindest bei meiner Stimmabgabe berücksichtigen.«

»Und ich könnte dich wiedersehen!«, fügte er leise hinzu. Plötzlich sah der große, kräftige Mann ganz verletzlich aus.

Irene durchfuhr es heiß und kalt. *Worauf lasse ich mich da nur ein?*, schoss es ihr durch den Kopf.

Josefs nächste Worte gaben den Ausschlag. »Du gefällst mir sehr, Irene Weber. Aber ich verspreche dir, dich mit nichts zu bedrängen.«

Irene lächelte schelmisch. »Ich habe in der Tat eine Bedingung, Josef. Ich will wissen, wie du mit ganzem Namen heißt. Ich kenne ja gerade einmal deinen Vornamen.«

Josef erwiderte ihr Lächeln. »Hartmann ist mein Name, Irene. Josef Thaddäus Hartmann.«

Eisenwarenfabrik Serge in Saint-Quentin
Mitte November 1871, wenige Tage später

Als Franz die Halle betrat, in der das Gusseisen verflüssigt wurde, brach ihm trotz der Novemberkühle, die draußen herrschte, binnen wenigen Minuten der Schweiß aus. Es war so heiß wie in einem Glutofen.

Schon im Raum, in dem die mächtige, mit Kohlen geheizte Dampfmaschine stand, die über Transmissionsriemen alle Produktionsmaschinen in den Hallen antrieb, war es sehr warm gewesen. Doch die Temperatur hier in der Halle war geradezu unerträglich. Wie überall herrschte zudem ein infernalischer Lärm.

»Aufgepasst!«, brüllte ihm Jean-Jacques Serge ins Ohr und riss ihn hart am Arm zurück. Zwei Arbeiter bahnten sich ihren Weg vorbei an den laufenden Transmissionsriemen und ihren hin und her eilenden Kollegen. Sie trugen Lederschürzen, -kappen und -handschuhe, dazu schwere klobige Schuhe mit halbhohen Schäften über den Schienbeinen. Zwischen sich balancierten sie ein massives Gefäß, das eine glutrote Flüssigkeit enthielt, mithilfe eines hölzernen Tragegestells.

»Das ist das Gusseisen, das die Männer zu den Formen bringen. Es ist fast tausend Grad heiß.«

Franz nickte Monsieur Serge zum Zeichen, dass er ihn verstanden hatte, zu. *Kein Wunder, dass hier immer wieder Unfälle passieren. Jedermann kreuzt den Weg dieser Burschen mit ihrer lebensgefährlichen Fracht. Und der Hallenboden ist rutschig.*

»Unsere Gießer erhalten natürlich den höchsten Lohn«, erklärte ihm Monsieur Serge, als sie die Halle verlassen hatten. »Der Gefahr, der sie sich täglich aussetzen, muss ja Rechnung getragen werden.«

Und was ist mit den anderen Arbeitern, die ihren Weg kreuzen? Sind die nicht auch gefährdet?, wollte Franz gerade sagen, doch Serge winkte ihn schon weiter.

»Ich möchte Ihnen nun eine ganz neuartige Geschäftsidee vorstellen, in der große Zukunftschancen liegen.«

Aha, das geheimnisvolle Projekt, das er mir bereits angedeutet hat und über das mir Marianne nichts erzählen wollte. »Worum handelt es sich?«, fragte er neugierig.

»Eisenwaren aus Edelmetall«, antwortete Serge. »Damit sind glänzende Geschäfte zu machen!« Es war deutlich leiser im Treppenhaus als in den Hallen, sodass Franz Serge nun gut verstehen konnte.

»Bessere als mit Gusseisen?«, wunderte sich Franz. »Aber Waren aus Gusseisen braucht doch jedermann! Selbst Brücken stellt man aus diesem Material her!«

Serge lächelte wissend. »Natürlich. Der Bedarf an gusseisernen Produkten, angefangen mit Töpfen und Pfannen über Lampen und Gaslaternen hinweg bis hin zu Öfen und Gartenmöbeln, ist noch längst nicht gedeckt. Aber die Konkurrenz für Haushaltsgegenstände, wie wir sie herstellen, ist groß. Der Profit wird von Jahr zu Jahr geringer.«

Er ging Franz voran in die nächste Halle. Dort zeigte er ihm zuerst einige Maschinen, an denen Arbeiter Bleche ausstanzten. Wenige Stationen weiter waren daraus Töpfe und Deckel geworden.

»Edelstahl ist viel leichter als Gusseisen. Die Gefäße sind dadurch viel handlicher. Außerdem müssen wir dafür das Eisen nicht mehr selbst verflüssigen. Wir beziehen fertige Rohbleche.«

Serge ging Franz voran auf einen überdimensionalen Arbeitstisch zu. »Und wir können viel mehr Kinder und Halbwüchsige in der Produktion beschäftigen. Sie polieren die fertigen Töpfe. Diese Arbeit ist leicht und vollkommen ungefährlich.«

Tatsächlich saßen ungefähr zwanzig Knaben um den Tisch herum. Die älteren, sie mochten zwischen vierzehn und sechzehn Jahre alt sein, schliffen die Töpfe an rotierenden Schleifsteinen ab. Kleinere Knaben polierten sie dann mit Sandpapier und Polierwolle nach. Die Luft war von feinem Staub erfüllt. Franz musste husten.

Die Knaben sprangen auf und begrüßten Monsieur Serge artig. Er tätschelte dem einen oder anderen den Kopf. »Camille? Kommst du mit in die Fabrikschule? Und du auch, Claude, und auch du, Hubert! Wir wollen unserem Gast zeigen, was ihr dort lernt!«

Die Jungen sahen alles andere als begeistert aus, nickten aber folgsam und zogen ihre Handschuhe aus. »Hinterher setzt ihr die Arbeit fort! Dann verliert ihr keinen Lohn!«, fügte Serge noch hinzu.

Auf dem Weg zum Schulraum, der außerhalb der Fabrikhallen in einem eigenen Gebäude im Hof lag, fiel Franz auf, dass alle drei Knaben immer wieder husteten. »Seid ihr erkältet?«, fragte er besorgt.

Der Knabe namens Camille schüttelte den Kopf. »Nein, Monsieur! Das kommt vom Polierstaub.«

Franz runzelte die Stirn. Doch bevor er Monsieur Serge diesbezüglich eine Frage stellen konnte, hatten sie bereits den Schulraum erreicht.

Eine gute Stunde später saßen sie in Serges Fabrikkontor bei einer Tasse Kaffee zusammen. Franz war dem Unterricht, den ein älterer Mann erteilte, kaum gefolgt. Zu viele Gedanken gingen ihm durch den Kopf. Immerhin hatte er den Rohrstock bemerkt, der griffbereit auf dem Lehrerpult lag. Auch stellte er fest, dass sowohl die Orthografie als auch die Rechenkünste der Schüler relativ dürftig waren. Der Unterricht bestand zudem überwiegend aus dem sturen Wiederholen dessen, was der Lehrer vorsagte. Es war ein himmelweiter Unterschied zur Art und Weise, in der Schwester Clémentine in Fröschweiler ihr Amt ausübte.

»Die Knaben kommen leider nur sporadisch zum Unterricht«, hatte der Lehrer Franz auf seine entsprechende Frage beim Abschied erklärt. Darüber und über weitere Eindrücke dachte er nach, während ein Bürofräulein Kaffee kochte und Serge sich noch kurz mit seinem Verwalter besprach.

»Nun haben Sie alles gesehen, was wir zu bieten haben.« Monsieur Serge wirkte ausgesprochen aufgeräumt, als er zurückkam. Geräuschvoll schlürfte er seinen Kaffee. »Aber bevor ich Sie nach Ihren Eindrücken frage, möchte ich Ihnen etwas sagen. Da ich für Ehrlichkeit unter Geschäftspartnern bin, will ich nicht verhehlen, dass mir Ihre finanzielle Einlage zum jetzigen Zeitpunkt mehr als willkommen wäre. Sie gäbe uns die Möglichkeit, die gesamte Produktion auf Edelmetallprodukte umzustellen.«

Er hob die Hand, als Franz eine Frage stellen wollte. »Einen Moment noch. Sie wissen, dass ich dieser Tage in Reims war. Dort habe ich den Lieferanten besucht, der uns die Rohbleche verkauft. Auch er erweitert demnächst seine Produktion und könnte uns dann jede gewünschte Menge an Blechen zur Verfügung stellen.«

»Das heißt, Sie denken daran, meine Einlage für die Anschaffung neuer Produktionsanlagen zu verwenden?«

»So ist es, François! Ich darf Sie doch jetzt so nennen? Nennen Sie mich Jean-Jacques! Ja, die Anlagen zur Produktion von Waren aus Edelstahl sind zwar noch nicht so ausgereift wie die Gusseisentechnologie. Aber der frühe Vogel fängt den Wurm, wie es so schön heißt. Wir wären mit einer frühzeitigen Umstellung allen örtlichen Wettbewerbern weit voraus.« Er blickte Franz erwartungsvoll an.

»Zumindest würde es die Unfallgefahr beträchtlich verringern«, überlegte der laut. »Wenn wir selbst kein Eisen mehr gießen müssen, kann es ja auch keine so schweren Verbrennungen mehr geben.«

Monsieur Serge nickte. »So ist es.«

»Wie lange würde es denn dauern, die Produktion umzustellen?«

»Oh, wenn wir rasch damit anfangen, höchstens zwei Jahre.«

»Dann habe ich eine erste Bedingung«, warf Franz ein. »Sie betrifft den Transport des flüssigen Gusseisens durch die Halle. Ich möchte, dass die Träger mit ihrer gefährlichen Last einen nur für sie bestimmten Weg durch die Halle nehmen. Weit weg von den Transmissionsriemen, aber vor allen Dingen weit weg von anderen Arbeitern, die ihren Weg kreuzen.«

Serge runzelte die Stirn. »Dann müssten wir allen Kollegen große Umwege durch die Halle zumuten.«

»Wenn es ihrer Sicherheit dient, halte ich das für vertretbar«, erwiderte Franz. »Auch die Träger laufen weit weniger Gefahr, sich bei einem Zusammenstoß durch das herausschwappende flüssige Eisen zu verletzen. Der Weg müsste außerdem mit einem rutschfesten Belag versehen werden.«

»Aber eine solche Investition lohnt sich kaum für die kurze Zeit, die wir noch mit Gusseisen arbeiten werden.«

»Ich bestehe darauf. Jeder vermiedene Unfall ist diese Investition wert.« Franz sah Serge fest in die Augen.

Der seufzte. »Nun gut. Wenn Ihnen das denn so wichtig ist, François.«

»Es ist mir wichtig. Außerdem möchte ich, dass weniger oder gar keine Kinder mehr beschäftigt werden. Die Arbeit an den Poliertischen scheint mir nicht sehr gesund zu sein. Die Knaben atmen beständig den feinen Staub ein. Auch ich hatte in dieser Halle dauernd Hustenreiz, obwohl wir uns nur eine kurze Weile dort aufhielten. Und sehen Sie sich unsere Schuhe an«, merkte er zudem noch an, was ihm gerade erst aufgefallen war. »Über und über von Polierstaub bedeckt.«

Serge richtete sich kerzengerade in seinem bequemen Lehnstuhl auf. »Diese Bedingung ist unerfüllbar, François. Wir brauchen die Kinder für das Polieren der Töpfe. Daran ist nicht zu rütteln. Wenn wir Erwachsene für diese Arbeit beschäftigen würden, und seien es auch nur Frauen, läge der Lohn so hoch, dass wir nicht mehr wettbewerbsfähig produzieren könnten. Dann brauchen wir gar nicht erst mit der Umstellung zu beginnen.«

Franz ließ sich das noch durch den Kopf gehen, als Serge fortfuhr: »Doch die Arbeitsbedingungen an den Poliertischen können gewaltig verbessert werden. Ich trage mich mit dem Gedanken, Ventilatoren installieren zu lassen, sobald einmal feststeht, wo sich der endgültige Standort der Schleiferei befindet. Diese Luftreinigungsanlagen sind allerdings sehr teuer. Eine solche Investition wollte ich bislang nicht tätigen, solange nicht feststand, ob wir überhaupt auf Edelstahlwaren umstellen können. Verringert dies Ihre Bedenken?«

Franz dachte nach. Tatsächlich war er erleichtert. Doch eine Bedingung hatte er noch. »Beträchtlich, Jean-Jacques«, bestätigte er schließlich. »Doch ich bestehe darauf, dass jeder Knabe unter vierzehn Jahren täglich die Fabrikschule besucht. Und zwar nicht mitten während der Arbeitszeit, sondern davor, solange die Kinder noch ausgeruht und frisch sind.«

»Das wird weder den Knaben noch ihren Eltern gefallen« wandte Serge ein. »Sie wissen doch, dass wir keine Schulpflicht in Frankreich haben.«

»Aber es gibt eine Fabrikordnung. Ich habe sie selbst gelesen. Obwohl kaum ein Passus, der darin steht und nicht befolgt wird, gegen Gesetze verstößt, ist dennoch jeder Arbeiter verpflichtet, sich daran zu halten. Sonst droht ihm eine Lohnkürzung und im schlimmsten Fall die Entlassung.«

»Das habe ich doch richtig verstanden, oder nicht?«, fügte er hinzu.

Jean-Jacques nickte etwas widerwillig.

»Marianne hat mir erzählt, dass die Eltern Ihrer Kinderarbeiter schon nach einer Stelle in der Fabrik für diese nachfragen, wenn sie noch in den Windeln liegen. Also ist doch kaum zu befürchten, dass die Eltern ihre Kinder woanders hinschicken werden.«

Serge seufzte wieder. »Nein, das ist nicht zu befürchten.«

»Also müssen wir sowohl die Knaben als auch ihre Eltern in dieser Sache vielleicht zu ihrem Glück zwingen«, konstatierte Franz. »Doch sie werden schnell erkennen, dass es zu ihrem eigenen Besten ist. Eine gute Schulbildung ist der Schlüssel zu späterem Wohlstand und Erfolg.«

»Auch da mögen Sie recht haben, François. Doch viele Knaben lernen einfach nicht gern. Das müssen Sie doch verstehen. Ihre eigene Schulzeit ist doch erst ein paar Jahre her.«

»Es liegt maßgeblich am Unterricht, Jean-Jacques, ob Jungen in diesem Alter etwas lernen oder nicht. Ich werde mit Marianne darüber sprechen, ob sie nicht Einfluss auf den Lehrplan und den Unterrichtsstoff nehmen kann. Die Kinder liegen ihr ja sehr am Herzen.«

Jean-Jacques' Miene hellte sich auf. »Das ist eine ausgezeichnete Idee, François. Marianne braucht einen neuen Lebensinhalt, seitdem Paul gefallen ist.«

»Dann werde ich noch heute Abend mit ihr darüber sprechen. Aber *eine* Veränderung verlange ich schon ab sofort!«

Serge sah Franz misstrauisch an.

Der grinste. »Es kostet Sie keinen Centime. Ab morgen verschwindet der Rohrstock aus dieser Schule!«

Irrenanstalt in Klingenmünster
20. November 1871

»Leider besteht kein Zweifel mehr, dass in der Anstalt eine Epidemie auszubrechen droht, Herr Dr. Dietrich. Mittlerweile sind bereits fünf Mitglieder des Pflegepersonals erkrankt, zwei Wärter und drei Wärterinnen. Hinzu kommen mindestens fünfzehn Patienten und Patientinnen. Fünf andere Personen, darunter zwei weitere Mitglieder des Personals, weisen verdächtige Symptome auf. Ob sie fiebrig sind, weil sie lediglich einen Infekt harmloser Art ausbrüten oder ebenfalls an den Blattern erkrankt sind, lässt sich zu Beginn der Seuche ja noch nicht unterscheiden. Erst wenn die charakteristischen Flecken auftreten, aus denen sich später die Pusteln entwickeln ...«

»Ja, ja, ich habe verstanden, dass die Lage ernst ist«, unterbrach Dietrich den Redefluss seines Oberarztes Bertram. »Doch ich bin sicher, Sie werden die Situation schon in den Griff bekommen.«

»Ich habe mein Möglichstes getan, Dr. Dietrich. Die Erkrankten sind alle in der geschlossenen Station im oberen rechten Flügel des Haupthauses isoliert, die dort zuvor untergebrachten Insassen sind verlegt worden. Jede Pflegekraft, die dort tätig ist, muss einen Mundschutz und Handschuhe tragen, wenn sie die Station betritt. Kittel und Schürzen legen sie ab, bevor sie die Station verlassen, die Wäsche wird unmittelbar danach ausgekocht. Die Patienten und Pfleger, bei denen der Ausbruch der Seuche noch nicht sicher feststeht, sind in einem eigenen Trakt isoliert ...«

»Ich sagte doch schon, Bertram, dass Sie gute Arbeit geleistet haben«, fiel Dietrich ihm erneut ins Wort.

Diesmal stutzte Bertram. »Wieso sagen Sie das mit dieser seltsamen Betonung, Herr Dietrich?« In seiner Irritation fiel ihm nicht einmal auf, dass er den Titel des Chefarztes weggelassen hatte. »Ich habe Ihre Argumentation, dass ich als Arzt lange vor Ihnen mit den Infizierten in Kontakt kam, bislang akzeptiert und daher die Pockenkranken weiterhin als einziger Mediziner betreut. Aber jetzt, wo die Seuche sich ausbreitet und wir schon drei Tote zu beklagen haben, darunter die Wärterin Berta, bin ich auf Ihre Unterstützung angewiesen. Ich bin zwar bislang nicht selbst erkrankt, aber mittlerweile vollkommen überlastet. Zumal sich drei weitere Kranke in kritischem Zustand befinden. Selbst jetzt am Wochenende bin ich keinen Moment zur Ruhe gekommen.« Heute war Montag.

»Dann setzen Sie meinethalben die Unterärzte Seibold und Kämmerer ein. Sie sind zwar noch nicht lange im Haus, können ihren Erfahrungsschatz aber zweifellos ...«

»Seibold und Kämmerer?« Dieses Mal schnitt Bertram seinem Vorgesetzten das Wort ab. Da er wusste, dass Dietrich das überhaupt nicht mochte, unterließ er es in der Regel tunlichst. Denn noch einmal wollte er sich den abgedroschenen Spruch: Quod licet Jovis, non licet bovis– *Was Jupiter darf, steht dem Ochsen noch lange nicht zu* – nicht anhören müssen, den der Klinikleiter geäußert hatte, als er ihn einmal in einer vergleichbaren Situation kritisierte.

Doch angesichts des Ernsts der Lage ließ der Oberarzt heute alle Vorsicht fahren. »Beide Jungärzte sind erst seit wenigen Monaten hier. Und Sie wissen sehr gut, dass sie nicht die hellsten Köpfe sind. Zu uns in die Anstalt verirren sich nicht die Besten ihres Fachs, zumal nicht für das geringe Salär. Ich hoffte, dass Sie sich selbst endlich an der Behandlung beteiligen würden.«

Dietrich musterte seinen Oberarzt kühl. Dann breitete er in einer theatralischen Geste der Hilflosigkeit beide Hände aus. »Aber mein Lieber, Sie wissen doch, dass ich schon morgen nach Baden-Baden aufbreche, um meine Gattin zu ihrer wohlverdienten Kur zu begleiten. Von da aus unternehme ich eine Reise zu verschiedenen Nervenheilanstalten, die schon lange geplant war. Sie wird mich sogar in die Schweiz führen. Ich fürchte, vor Beginn des neuen Jahres komme ich nicht zurück.«

Bertram blieb der Mund offen stehen. »Sie wollen verreisen, obwohl eine Seuche in Ihrer Anstalt wütet?« Sein Verstand weigerte sich, das zu fassen. Er kannte seinen Vorgesetzten als borniert, eitel und rücksichtslos. Aber das hätte er ihm denn doch nicht zugetraut.

»Betrachten Sie es als ein Zeichen meines Vertrauens in Ihre Fähigkeiten, Oberarzt Dr. Bertram. Ich halte Sie durchaus für geeignet, auch diese schwierige Situation zu meistern. Und glauben Sie, es wird Ihr Schaden nicht sein. Sie wissen, dass ich plane, bald aus dem aktiven Dienst auszuscheiden und mich nur noch meinen Studien und Veröffentlichungen zu widmen. Ich werde Sie dem Landrat der Pfalz, der für meine Nachbesetzung zuständig ist, dringend als meinen Nachfolger empfehlen.«

Bertram fehlten nach wie vor die Worte. Von diesen Absichten seines Vorgesetzten hörte er zum ersten Mal. Bevor er sich gefasst hatte, gab Dietrich ihm schon ein Zeichen, dass die Unterredung beendet sei.

»Und nun entschuldigen Sie mich bitte. Ich muss noch die Unterlagen für meine Forschungsreise zusammenstellen.« Er wedelte mit der Hand in Richtung Tür.

»Aber … aber …«, stammelte Bertram.

»Ich denke, wir haben alles ausreichend erörtert. Wenn Sie mich nun entschuldigen würden.« Dietrich läutete nach dem Dienstmädchen, das ihm auch in seinem Klinikkontor jederzeit zur Verfügung zu stehen hatte.

»Wilma, bitte begleiten Sie Herrn Oberarzt Dr. Bertram hinaus.«

Zu verdattert und empört, um noch etwas zu erwidern,

folgte Bertram dem Mädchen. An der Tür fiel ihm noch etwas ein.

»Herr Dr. Dietrich«, begann er. Doch die Geduld seines Vorgesetzten war mittlerweile erschöpft.

»Ich denke, es ist alles gesagt. Lassen Sie mich nun allein.« Dietrichs Tonfall war kalt und brüsk, die Raubvogelaugen funkelten.

Bertram gab es auf. *Auch gut,* dachte er beim Hinausgehen, *dann erfährt er eben nicht, dass auch die Wärterin Rosa heute Morgen mit Fieber auf die Isolierstation kam. An sich lässt er seine Luxuspatientin ja nicht eine Minute aus den Augen.* Bertram ärgerte sich noch immer über den Rüffel, den Dietrich ihm erteilt hatte, nachdem Pauline Gerban im Sommer angeblich aufgrund der von ihm angeordneten Reduktion des Morphiums einen schweren Rückfall erlitten hatte.

Dann bestimme ich eben selbst, wer anstelle Rosas die Pflege der Weinhändlergattin übernehmen soll.

Gasthaus »Drei Störche« in Lambrecht
Ende November 1871

»Ich freue mich so für dich, Josef. Ich glaube, der Arbeiterverein wird ein großer Erfolg.«

Josef legte seine Hand auf die Irenes und drückte sie. »Wenn es so weitergeht, glaube ich das auch.« Sie saßen nach der Versammlung wieder in ihrer Fensternische im Gasthaus »Drei Störche«. Mittlerweile waren diese Treffen für beide schon zu einer lieben Gewohnheit geworden. »Heute sind fast siebzig Leute zur Versammlung erschienen. Viele davon waren das erste Mal da. Und fast alle haben sich als Mitglieder einschreiben lassen. Nun sind wir schon an die hundert Personen, die dazugehören.«

Irene lächelte ihm zu. »Und füllt sich denn die Streikkasse auch schon?«

Josef nickte. »Das tut sie. Es sind schon mehr als einhundertfünfzig Gulden darin. Morgen reite ich nach Horbach, wo ich geboren und aufgewachsen bin. Dort kenne ich noch ein paar Bauern. Vielleicht sind sie ja dazu bereit, uns ihr Getreide und Fleisch direkt zu verkaufen. Zumal im November geschlachtet wurde und Würste und Speck gerade im Rauch hängen dürften. Dann kommen wir noch preiswerter an Lebensmittel als beim Großhändler.«

Irene merkte interessiert auf. »Du stammst aus Horbach? Wo liegt denn das?«

»Ungefähr vier bayerische Meilen entfernt von Lambrecht. Eine halbe Tagesreise.«

Irene erinnerte sich. »Ach ja, damals auf der Kirchweih hast du erwähnt, dass du aus der Pfalz stammst. Warum hast du sie denn eigentlich verlassen?«

»Ich musste gehen. Meine Mutter und ich wurden nach Fürth in Franken abgeschoben.«

»Ihr wurdet abgeschoben? Wie kam es denn dazu?«

»Ich bin unehelich geboren wie dein Sohn Fränzel. Die Gemeinde Horbach wollte nicht länger für meinen Unterhalt aufkommen. Und da meine Mutter seit meiner Geburt keine Arbeit mehr fand, konnte sie mich nicht selbst ernähren und kleiden.«

Irene sah Josef mit großen Augen an. Diese schockierenden Neuigkeiten musste sie erst einmal verarbeiten.

Josef lächelte schmerzlich. »Und jetzt fragst du dich sicher, wer mein Vater gewesen ist. Ich gestehe dir offen ein, dass ich es nicht sicher weiß. Meine Mutter hat nie ein Sterbenswort über ihn verraten, nicht einmal auf ihrem Totenbett.«

Irene war betroffen. Plötzlich erschien ihr das eigene Schicksal nicht mehr ganz so traurig und außergewöhnlich wie bisher.

Sie erwiderte Josefs Händedruck. »Ahnst du, aus welchem Grund sie geschwiegen hat?«

»Nun, überhaupt ein außereheliches Kind zu haben, war vor mehr als zwanzig Jahren Schande genug in der rückständigen Pfalz. Unter den Bauern geht es bis heute nicht so tolerant zu wie unter uns Arbeitern. Meine Mutter galt vielen als Hure, ich wurde Bankert oder Bastard geschimpft.«

Irene schnürte es die Kehle zu. Nur zu gut erinnerte sie sich an ihre eigenen schlimmen Erfahrungen in den Waisenhäusern, in denen sie aufgewachsen war. Aufgrund ihres seltenen Vornamens hatten ihre Leidensgenossinnen sie häufig verspottet, indem sie sie »Irre« anstatt »Irene« nannten.

»Also hast du nie erfahren, wer dein Vater ist«, sagte sie mit erstickter Stimme. »Und das hat dich dein Lebtag belastet«, vermutete sie. Denn Josefs Schicksal berührte eine Frage, über die auch sie immer wieder nachdachte.

Fränzel, was soll ich später nur Fränzel sagen? Dieser Gedanke drückte sie jetzt vollends nieder. *Verschweige ich ihm, wer sein Vater ist, wird ihn das vielleicht genauso unglücklich machen wie das Wissen darum. Denn im letzten Fall muss ich ja lügen und ihm sagen, dass mich Franz im Stich gelassen hat. Dann wird er schlecht über ihn denken, obwohl Franz sich nie etwas hat zuschulden kommen lassen.*

Josefs nächste unerwartete Bemerkung lenkte sie allerdings erst einmal vollkommen von ihren eigenen Ängsten ab. »Aber ich vermute, wer mein Vater ist. Ich glaube, es war der Pfarrer.«

»Wie bitte?« Irene glaubte, sich verhört zu haben.

»Ja, der damalige Dorfpfarrer von Horbach. Die katholische Kirche hat ihn schon längst nach München strafversetzt, wo er nur noch als Hilfspriester arbeiten darf. Zuvor saß er wegen Notzucht an drei jungen Mädchen seiner Gemeinde acht Jahre lang im Zuchthaus.«

»Notzucht an drei jungen Mädchen«, echote Irene fassungslos. »Als katholischer Pfarrer!«

»Man erzählt, er habe sie nach der Beichte ins Pfarrhaus gelockt und sich dort an ihnen vergangen. Und obwohl er vor Gericht schuldig gesprochen wurde, hat man auch die bedauernswerten Mädchen in der Dorfgemeinschaft geächtet. Eines von ihnen hat sich sogar das Leben genommen.«

Josef hielt inne und sah eine kleine Weile aus dem Fenster in die dunkle Novembernacht hinaus. »Das ist wahrscheinlich auch der Grund, warum meine Mutter ihr Leben lang über meine Herkunft geschwiegen hat. Sie war Dienstmagd im Pfarrhaushalt, bevor sie schwanger wurde, musst du wissen. Wahrscheinlich hat sie geahnt, dass ihre Schande noch größer geworden wäre, wenn sie den Namen des Vaters verraten hätte. Zumal es ihr ja gar nichts genutzt hätte. Der Pfarrer, damals noch unbescholten, hätte sicherlich alles abgestritten. Und dann hätte sie auch noch als ehrlose Verleumderin dagestanden. Also belastet es mich keineswegs, nicht zu wissen, wer mein Vater ist. Im Gegenteil, ich bin sogar besser dran, wenn ich nicht ganz sicher weiß, ob mich dieser Schweinehund wirklich gezeugt hat.«

Er holte tief Luft und trank einen Schluck Wein. »Von den Hänseleien habe ich mich auch nicht unterkriegen lassen. In Horbach habe ich so manch einem Bengel, der mich verspottete, eine blutige Nase geschlagen. Das war schließlich sogar der Grund, weswegen wir abgeschoben wurden, was auf den zweiten Blick das Beste für mich und meine Mutter war. Denn in Fürth kannte man uns ja nicht. Es ist außerdem eine Stadt, kein hinterwäldlerisches Kaff. Da legt man die sogenannte Moral nicht so sehr auf die Goldwaage.«

Irene lauschte wie gebannt. Für ihre ehemalige Landauer Vermieterin Frau Färber galt das zwar nicht: Die hatte ihr übel mitgespielt, als sie Irenes Schwangerschaft entdeckte. Aber andere Landauer hatten ihr in der Tat sogar überaus großzügig zur Seite gestanden, allen voran ein ebenfalls katholischer Pfarrer.

»In Fürth erlernte ich auch einen anständigen Beruf«, fuhr Josef fort. »Ich machte eine Lehre als Maler und ging danach auf die Walz, wie es sich für einen ordentlichen Handwerksgesellen gehört. In Nürnberg traf ich dann meinen Mentor Johannes Most. Er gab mir die Schriften von Karl Marx zum Lesen, die die Ausbeutung der Arbeiterklasse durch das Großbürgertum, die Bourgeoisie, anprangern. Most bestärkte mich auch zu meinen ersten Reden auf Versammlungen, um die Arbeiter zu ermutigen, für ihre Rechte zu kämpfen.«

»Und so kräht heute kein Hahn mehr nach meiner unehelichen Geburt«, schloss Josef seine Rede. Dann blickte er Irene auffordernd an. »Und nun bist du an der Reihe! Erzähl mir von deinem Leben!«

Irene begann fieberhaft zu überlegen. *Was darf ich ihm sagen und was nicht?*

»Auch ich bin ein uneheliches Kind und kenne meine Eltern nicht«, begann sie mit leiser Stimme. »Ich habe nur die Vermutung, dass meine Mutter eine feine Dame war.«

Dann berichtete sie von ihrer Zeit im Waisenhaus, ihrer Verpflichtung als Dienstmädchen im Haushalt der Gerbans und schließlich von ihrer Liebe zu Franz, dessen Namen sie allerdings nicht nannte.

»Er wurde im Krieg schwer verwundet und verlor ein Bein. Ich musste das Herrenhaus verlassen, als ich schwanger war. Als er meine Briefe nicht beantwortete, schloss ich daraus, dass er ...« Sie stockte und scheute vor der Lüge zurück, mit der sie Franz so schweres Unrecht tun würde. *Nie hätte er mich im Stich gelassen.*

»... dass er nichts mehr von dir und dem Kind wissen will«, beendete Josef den Satz für sie.

Irene nickte schwach. Das schlechte Gewissen brannte wie Feuer in ihrer Brust.

»Also sind wir beide sogar echte Leidensgenossen«, riss Josef sie aus ihren Grübeleien. Er griff nun auch nach ihrer anderen Hand. »Ein Grund mehr, uns zusammenzutun.« Seine Stimme klang plötzlich rau. »Du weißt, dass ich mehr für dich empfinde als Freundschaft.«

Irene wich seinem Blick aus und antwortete nicht.

Josef seufzte vernehmlich. »Aber nun wird es Zeit, dass ich dich heim begleite. Du musst ja morgen noch arbeiten.«

Erschrocken schaute Irene auf die Uhr, die schon nach elf anzeigte. Sie hatte die Zeit vollkommen vergessen.

Schweigend legten sie die kurze Strecke zum Haus von Frau Ludwig zurück. Irene ließ zu, dass Josef in den menschenleeren Gassen den Arm um sie legte. Stärker denn je tobten unterschiedliche Gefühle in ihrer Brust. Einerseits fühlte sie sich in Josefs Arm geborgen. Andererseits wusste sie tief im Innersten, dass sie ihn niemals so lieben könnte wie Franz. *Ehren, achten und wertschätzen ja. Aber niemals so innig lieben.*

Sie hatten ihr Ziel schnell erreicht. In der Küche brannte noch Licht. Die alte Frau Ludwig hatte Fränzel zwar längst schlafen gelegt, pflegte aber wach zu bleiben, bis Irene wohlbehalten zu Hause war.

Sie kam an die Haustür, als Irene den Schlüssel ins Schloss steckte. »Nun, heute ist es aber spät gewor…« Die Worte blieben Trude im Halse stecken, als sie Josef neben Irene erblickte.

»Also so ist das«, schmunzelte sie. »Nun ja, wenigstens hast du dir einen anständigen Burschen ausgesucht.« Josef Hartmanns Name war seit der Gründung des Arbeitervereins, von dem auch die örtliche Presse eifrig Notiz nahm, in aller Munde. Und die alte Frau Ludwig freute sich sehr, dass es den »Ausbeutern«, wie sie die Fabrikherren ständig nannte, »endlich bald einmal an den Kragen gehen würde«. Irene hatte ihr unter dem Siegel der Verschwiegenheit von den Streikplänen erzählt.

Irene spürte, wie sie errötete. Ermutigt durch Trudes Worte zog Josef sie in seine Arme und hielt sie einen Moment lang fest.

»Also überlege es dir«, flüsterte er ihr zum Abschied ins Ohr. »Du würdest mich zum glücklichsten Mann der Welt machen.«

Tränenüberströmt hörte Irene, die die ganze Nacht kein Auge zugetan hatte, die ersten Hähne krähen. Bald würde es Zeit für sie sein aufzustehen. Aufzustehen und für einen Hungerlohn einen weiteren harten Tag in der Nopperei durchzuhalten.

Was wird aus Fränzel, wenn ich eines Tages zusammenbreche? Ihre Gedanken drehten sich seit Stunden im Kreis. Würde man ihren Sohn auch in ein Waisenhaus stecken? Womöglich sogar ins Lambrechter Waisenhaus, in dem es anscheinend noch weit schlimmer zuging als bei den Nonnen in Heidelberg und Speyer? *Josef wäre Fränzel ein guter Vater.* Das spürte sie genau. *Welcher andere Mann würde vorurteilslos das Kind eines anderen akzeptieren? Denn Franz und ich werden nie eine gemeinsame Zukunft haben.*

Noch einmal weinte sie heiße Tränen um ihre verlorene große Liebe. Als ihr alter Wecker um fünf Uhr klingelte, war ihr Entschluss gefasst. Das Leben musste irgendwie weitergehen, auch ohne Franz.

Kapitel 11

Anwesen der Gerbans bei Altenstadt
Anfang Dezember 1871

»Vater, kannst du mich heute mit nach Weißenburg nehmen? Riemer könnte mich zur Schneiderin und zur Modistin fahren und am Nachmittag wieder nach Hause. Oder ich warte in deinem Kontor, bis du schließt, wenn es sonst zu spät für dich würde, bis Riemer dich abholen käme.«

Wie Mathilde gehofft hatte, sah Wilhelm Gerban überrascht von seiner Morgenzeitung auf und lächelte erfreut.

»Wie schön, dass du dich dazu entschlossen hast, mein Liebes. Mach dir um mich keine Gedanken! Ich bin ohnehin mit einem wichtigen Kunden verabredet und werde auch mit ihm zu Abend speisen. Riemer muss mich erst gegen zehn Uhr im ›Goldenen Adler‹ abholen.«

Er griff über den Tisch und tätschelte ihre Hand. »Ich bin sehr erleichtert, dass du deine Melancholie wegen der leidigen Affäre mit diesem Offizier endlich überwunden hast. Er hat dich gar nicht verdient.«

Mathilde bemühte sich, gleichgültig auszusehen, und hoffte, dass es ihr gelang. Denn das Herz pochte ihr bis zum Hals.

»So ist es«, kommentierte sie die Bemerkung ihres Vaters kurz und wechselte dann sofort das Thema. »Ich habe noch gar keine Kleider für die Wintersaison erstanden, geschweige denn ein oder zwei passende Hüte. Erlaubst du mir, heute etwas in Auftrag zu geben?«

»Aber sicher, mein Schatz«, strahlte Gerban. »Such dir

ruhig zwei bis drei Kleider aus, die dir gefallen, und lass sie aus den passenden Stoffen nähen. Mich dünkt, deine Garderobe vom letzten Jahr sitzt dir schon ein wenig zu eng«, ergänzte er aus seiner Geberlaune heraus mit ihm völlig unbewusster Taktlosigkeit.

Mathilde zuckte leicht zusammen, was ihrem Vater, der gerade nach der Kaffeetasse griff, entging. *Was bin ich nur für ein dummes Huhn,* schalt sie sich innerlich selbst und hätte damit alle Menschen, die sie gut kannten, in höchstes Erstaunen versetzt. Selbstkritik zu üben gehörte nicht zu ihren hervorstechendsten Charakterzügen. *Wäre ich schon im September zur Schneiderin gefahren, anstatt mich trübsinnig ins Bett zu legen, könnte ich heute in der schicksten Mode auftreten anstatt in diesem alten Fummel vom letzten Jahr.*

Der »alte Fummel«, wie Mathilde ihr altrosa Samtkleid bezeichnete, war allerdings das eleganteste Tageskleid, das sie im Moment für die Wintersaison besaß. Hellrosa Seidenblumen zierten die gebauschte Turnüre, die in einer kleinen Schleppe auslief, die ebenfalls mit einer Borte aus Seidenblumen garniert war. Ärmel, Kragen und Saum waren mit rosafarbener Spitze eingefasst, aus der auch der Brusteinsatz bestand.

Hätte Mathilde ihre Mutter Pauline, die damals schon in der Anstalt weilte, im vergangenen Herbst zu Rate gezogen, hätte diese ihrer Tochter sicherlich von so viel Zierrat an diesem Kleid abgeraten, da es zu aufdringlich wirken könnte. Franz hätte das Kleid sogar schlichtweg als »geschmacklos« bezeichnet. Mathilde selbst hatte gar kein Gespür für Eleganz. Die Weißenburger Schneiderin wiederum verdiente zu gut an all den Accessoires, die das gnädige Fräulein zusätzlich zu den teuren Stoffen aussuchte, um sie zu warnen.

Dennoch fühlte sich Mathilde in ihrem Kleid nicht wohl. Gemäß der Mode war es so geschnitten, dass der Stoff vorn am Bauch straff anlag. Nun spannte das Kleid dort stark und betonte darüber hinaus unschön die Wölbung ihres Leibes, obwohl ihre Zofe Klärchen die Nähte gestern noch einmal so weit, wie es nur möglich war, ausgelassen und Mathilde heute Morgen so fest geschnürt hatte, dass sie nur noch flach atmen konnte.

»Du isst ja gar nichts!« Wilhelm sah von seiner Zeitung auf und bemerkte den noch gut gefüllten Teller seiner Tochter.

»Ich habe heute keinen rechten Appetit.« Das war nicht einmal gelogen. Das enge Korsett zusammen mit ihrer Aufregung führte zu dieser für Mathilde außergewöhnlichen Befindlichkeit.

Die Stirn ihres Vaters verzog sich zu Sorgenfalten. »Geht es dir wirklich gut, mein Schatz?«

»Ja, ja«, beeilte sich Mathilde zu versichern. »Lass uns nur recht schnell aufbrechen, sonst muss ich am Ende im Atelier von Madame Marat warten, weil andere Kundinnen vor mir sind.«

Sie wusste, dass Oberleutnant von Wernitz sein Mittagessen gegen zwölf Uhr im Hotel »Grüner Baum« einzunehmen pflegte, das in der Nähe der Garnison lag. Bis dahin musste sie ihre Besorgungen erledigt haben. Denn dort wollte ihn Mathilde mit ihrem Besuch überraschen und um die klärende Unterredung bitten, von der sie sich noch immer eine Versöhnung versprach.

Jetzt warf sie einen beunruhigten Blick auf die Wanduhr. *Gleich acht. Höchste Zeit, dass wir aufbrechen.*

Tuchfabrik Reuter in Lambrecht
Anfang Dezember 1871, zwölf Uhr mittags am selben Tag

Irene ließ das Noppeisen sinken, als der große Zeiger der Wanduhr genau auf zwölf Uhr rückte. Sie beeilte sich, die Treppe bis in den ersten Stock zur Spinnerei hinabzulaufen. Heute wollte Emma ihre Mittagspause mit ihr verbringen.

Seit sowohl Irenes Mietzahlungen als auch der Nebenverdienst durch die Glasperlenketten im Haushalt der Schobers fehlten, war das Geld knapp geworden. Zumal sich die Grundnahrungsmittel nach wie vor fast von Woche zu Woche verteuerten und Georg nicht daran dachte, seinen Alkoholkonsum einzuschränken. Deshalb hatte Emma schon seit einigen Wochen ihre Mittagspause freiwillig um die Hälfte auf eine halbe Stunde verkürzt, obwohl das ihren Wochenlohn nur um wenige Kreuzer erhöhte.

Etwas außer Atem betrat Irene die Halle mit den Selfaktoren. Da sie eifrig Ausschau nach Emma hielt, bemerkte sie zuerst gar nicht, dass der Fabrikherr Reuter und der Verwalter Plotzer gerade einen Rundgang durch die Hallen machten. Fast wäre sie sogar mit Reuter zusammengestoßen.

»Obacht, Frau Weber!«, rief Plotzer sie an. Irene stoppte auf der Stelle.

»Nun passen Sie doch auf«, rügte sie der Verwalter.

»Entschuldigen Sie bitte, Herr Reuter.« Irene deutete einen Knicks an, obwohl ihr sofort klar wurde, dass auch der Fabrikherr gerade abgelenkt gewesen war.

Er drehte sich um, nickte Irene knapp zu und wandte sich dann wieder den Selfaktoren zu.

»Hier sieht es ja aus wie in einem Schweinestall«, knirschte er mit zusammengebissenen Zähnen. »Kein Wunder, dass die Weber immer wieder verdreckte Spulen erhalten und das Tuch schwere Mängel aufweist.«

Irene konnte die Bemerkung Reuters nicht einordnen. Zumindest das Tuch, das sie selbst gerade in der Nopperei bearbeitete, war nicht besser oder schlechter als andere Partien. Auch keine ihrer Kolleginnen hatte über eine schlechtere Qualität geklagt.

Die Spinnerei sah ebenfalls aus wie immer. Winzige Wollfäden hatten sich wie feiner Staub über alle Maschinen und

Geräte gelegt, der Boden war mit Wollflocken übersät. Zwei kleine Mädchen waren dabei, die Flocken in einem Weidenkorb zu sammeln, zwei andere hantierten mit Besen und Staubwedel, um den Boden und die Ständer, auf denen die Ballen mit Vorgarn aus der Krempelei gestapelt waren, zu reinigen. Irene wusste, dass dies vergebliche Liebesmüh war. Kaum war ein Gang gekehrt oder ein Ständer abgewischt, verschmutzte die Wolle alles wieder von Neuem.

»Heda, du Göre! Komm einmal her! Und Sie, Plotzer, suchen die Vorarbeiterin! Ich habe ein ernstes Wort mit ihr zu reden.« Irene wollte sich gerade unauffällig entfernen, zumal sie Emma nirgends entdecken konnte, als Reuters Worte sie aufhielten.

In dem kleinen Mädchen, das nun schüchtern mit seinem Staubwedel in der Hand näher kam, erkannte sie Anna, die Tochter der verwitweten Heimarbeiterin Erna. Die nackte Not, in der ihre Familie lebte, zwang die Kleine, in der Fabrik zu schuften, obwohl sie etliche Jahre jünger war als das für Kinderarbeiter vorgeschriebene Mindestalter von zwölf Jahren.

Während sich Plotzer entfernte, griff Reuter die kleine Anna am Arm. »Schau dir diese Sauerei an! Es ist deine Aufgabe, die Halle sauber zu halten.« Er wies auf den Boden unter einem Selfaktor in voller Aktion. Zu Irenes Entsetzen fuhr er fort: »Kriech da drunter und wisch die Wollflocken weg.«

Irene stockte der Atem vor Empörung. Doch schon stieß Reuter das Mädchen brutal auf die Knie. »Wird's bald? Sonst kannst du dir gleich deinen restlichen Lohn auszahlen lassen und verschwinden.«

Anna traten die Tränen in die Augen. Sie erwiderte etwas, das Irene wegen des Lärms nicht verstehen konnte. Sie hätte Reuter gerne etwas entgegengesetzt, fühlte sich aber wie gelähmt. *Ich bin zu feige*, schämte sie sich. *Und nutzen würde es auch nichts. Er würde mich sofort hinauswerfen.*

In diesem Augenblick kam die Arbeiterin, die diesen Abschnitt der Selfaktoren bediente, vom anderen Ende ihrer zehn Schritt langen Spinnmaschine mit ihren einhundertvierzig Spindeln gelaufen. Es war Gerti, die Tochter der Vorarbeiterin Else Gläser, deren Platz in der Nopperei Irene im Mai eingenommen hatte.

»Kriech drunter, wenn der Selfaktor ganz ausgefahren ist! Solange die Spulen hier am Gang sind, kannst du dich unter die Fäden ducken, da passiert dir nichts. Und wenn ich rufe, machst du dich ganz flach und drückst dich fest auf den Boden!«, zischte sie der Kleinen zu. Wegen des Lärms las Irene ihr die Worte, die sie zu Anna sagte, eher vom Mund ab, als dass sie sie wirklich hörte.

In diesem Moment schnellte der Selfaktor mit Wucht über seine ganze Länge von fünf Schritten zurück in seine Ausgangsposition. Das war der Arbeitsschritt, in dem das gesponnene Garn auf die Spulen gewickelt wurde. Langsam bewegte sich der Selfaktor dann in die Mitte der Halle zurück.

Als er die Position erreicht hatte, wo die Fäden des Vorgarns verzwirnt wurden, rief Gerti: »Kriech!« Die Spulen waren ungefähr dreißig bis vierzig Zoll über dem Boden, schätzte Irene, die den Vorgang wie gelähmt vor Schock verfolgte.

Das erbarmungswürdig dünne Kind rutschte auf dem Bauch darunter durch. Nur mit den vergleichsweise ungefährlichen Fäden über sich richtete es sich gebückt auf die Knie auf und begann, mit dem Staubwedel die Wollflocken in Richtung der Hallenmitte zu fegen.

»Jetzt!«, rief Gerti laut. Anna warf sich flach auf den Boden, während die Spulen des Selfaktors über ihren schmächtigen Körper hinwegfuhren. Sie blieb so lange liegen, bis sie sich wieder in die entgegengesetzte Richtung über sie hinwegbewegt hatten.

»Na also, es geht doch!«, hörte Irene den Fabrikherrn

rufen. Dann wandte er sich an die Arbeiterin Gerti. Er fuhr sich durch seine schütteren blassblonden Haare, die er sich über seine ausgeprägte Stirnglatze gekämmt hatte. Seine Miene war immer noch grimmig. Er fletschte die Zähne und strich sich über seinen dünnen Schnurrbart. Obwohl er erst Mitte dreißig war, wirkte er wegen seiner abgebrühten Grausamkeit viel älter. Irene musste an Trudes und Josefs Beschreibung denken. *Ein Leuteschinder ohnegleichen.* Heute erlebte sie ihn genau so zum ersten Mal.

»Bring dem Balg meinethalben bei, wie es geht und wann es aufpassen muss! Aber höchstens eine halbe Stunde lang. Die ziehe ich dir natürlich vom Lohn ab, denn du hättest das faule Stück schon längst anlernen müssen. Wenn sie es dann noch nicht kapiert hat, wird sie entlassen.«

Gerti nickte eingeschüchtert und machte sogar einen tiefen Knicks. In diesem Moment kam Plotzer zurück, mit Gertis Mutter Else und Emma im Schlepptau.

Hotel zum »Grünen Baum« in Weißenburg
November 1871, gegen Mittag am selben Tag

Mit klopfendem Herzen betrat Mathilde die Halle des Hotels und näherte sich dem in eine Livree gekleideten Rezeptionisten am Empfang. »Wo finde ich denn Ihren Speisesaal?«, fragte sie mit ihrer süßesten Stimme.

»Er ist gleich dort drüben, gnädiges Fräulein oder gnädige Frau?« Der Bedienstete war zu gut erzogen, um eine Miene angesichts Mathildes unförmiger Erscheinung zu verziehen.

»Fräulein, wenn ich bitten darf!«

»Erlauben Sie mir, Sie zu begleiten und Ihnen Umhang und Hut abzunehmen, gnädiges Fräulein?«

»Nur den Umhang«, beschied ihm Mathilde. Obwohl ihr

heiß war, befürchtete sie nicht zu Unrecht, dass ihre Frisur völlig derangiert sein könnte, wenn sie ihren zum Kleid passenden Hut mit den Seidenblumen und dem nackenlangen altrosa Samtband abnahm.

»Und würden Sie mich zuerst zum … ähm … Erfrischungsraum für die Damen geleiten?«

Der Mann nickte ausdruckslos und führte Mathilde zu den Toiletten. In deren Vorraum musterte sie sich in einem der großen, mit imitierten Barockrahmen umrandeten Spiegel. Selbst ihr fiel auf, dass ihr Gesicht puterrot war. Hektisch kramte sie nach ihrer Puderdose, konnte sie in ihrem Samtbeutel aber nicht finden. Schließlich hielt sie eins der kleinen Handtücher, die für die Gäste bereitlagen, unters Wasser und kühlte sich damit das erhitzte Gesicht. Nach wie vor bekam sie kaum Luft und fühlte sich, auch bedingt durch ihr mageres Frühstück, etwas schwindlig.

Mit ihren Besorgungen hatte sie sich heute Morgen sehr beeilt. Eigentlich dauerte es in der Regel mehrere Stunden, bis sich Mathilde für eine neue Garderobe entschieden hatte. Doch heute wickelte sie die Angelegenheit ab, so schnell es ihr möglich war. Sowohl bei der Schneiderin Madame Marat als auch bei der Modistin, die sie eigens aus ihrem benachbarten Geschäft ins Atelier kommen ließ, suchte sie hastig einige Kleiderstoffe und Hutmodelle aus. Schnitt und Garnierung stellte sie völlig ins Ermessen der Meisterinnen, was diese ungläubig zur Kenntnis nahmen.

Auch zum Anmessen fühlte sie sich zu nervös. Zum Glück hatte Madame Marat noch ihre Maße vom letzten Jahr. »Ich werde aber noch ein paar Zoll Stoff hinzugeben müssen«, konstatierte sie nach einem kritischen Blick auf Mathildes Figur.

»Ja, ja. Das überlasse ich ganz Ihnen. Machen Sie mir die Kleider aber nicht wieder von vornherein zu eng. In diesem hier vom letzten Jahr bekomme ich kaum mehr Luft.«

Madame Marat musterte Mathilde empört, verkniff sich aber jede Erwiderung. Mathilde war zwar ihre jüngste, aber beileibe nicht die einzige ihrer Kundinnen, die schon kurz nach den letzten Anproben so viel an Gewicht zunahmen, dass die Roben bereits kaum noch passten, wenn sie sie zum ersten Mal trugen.

»Also geben Sie mir freie Hand mit der Menge des Stoffs?«, fragte sie vorsichtshalber nach. Denn gerade ihre beleibten Kundinnen waren häufig zu eitel oder zu geizig, um mehr Stoff zu bezahlen, als es unbedingt nötig erschien.

»Ja, ja«, wiederholte Mathilde zerstreut. Sie konnte sich heute einfach nicht konzentrieren, obwohl die Bestellung und Anprobe neuer Kleider sonst zu ihren Lieblingsbeschäftigungen gehörte.

Bereits gegen zehn Uhr war sie fertig und hatte bis kurz vor zwölf Uhr mit Riemer, dem Kutscher, in einem Café gewartet. »Soll ich das gnädige Fräulein denn nicht zurückfahren?«, wunderte sich der alte Mann, der schon seit Jahrzehnten im Dienst der Gerbans stand.

»Nein! Ich habe noch eine wichtige Angelegenheit zu erledigen«, antwortete sie schnippisch. »Ich sage Ihnen schon, wenn ich heimfahren möchte.«

Irgendwo in der Hotelhalle schlug jetzt eine Uhr zwölfmal. Mathilde versuchte, tief durchzuatmen, bekam aufgrund der Enge ihres Korsetts jedoch einen Hustenanfall.

Ich wollte ihn doch in der Halle abpassen, dachte sie panisch. *Damit ihm gar nichts anderes übrig bleibt, als mich zum Mittagessen einzuladen.*

Mit weichen Knien verließ Mathilde die Toilette und stellte verärgert fest, dass sich der Rezeptionist mittlerweile entfernt hatte. Sie trat an die Empfangstheke.

»Ist Herr Oberleutnant von Wernitz schon eingetroffen?«, fragte sie gestelzt. »Ich habe eine Verabredung mit ihm.«

Der Mann musterte sie mit einem unergründlichen Gesichtsausdruck und bestätigte zu ihrem Ärger, dass von Wernitz bereits im Speisesaal Platz genommen hatte. Dann kam er hinter dem Tresen hervor und begleitete sie bis zum Eingang.

Dort winkte er einem der Kellner. »Diese Dame ist mit Herrn von Wernitz verabredet. Wo kann sie ihn finden?«

»Herr von Wernitz hat den Ecktisch dort reserviert. Allerdings nur für zwei Personen«, bemerkte der Kellner bedeutungsvoll und wies in die entsprechende Richtung.

Mathildes Blick folgte seiner ausgestreckten Hand. Sie erschrak und wäre am liebsten im Erdboden versunken. Da saß Eduard von Wernitz, in seiner Uniform schneidig wie eh und je, jedoch in Begleitung einer Dame von zweifelhaftem Äußeren. Sie war ungefähr zwanzig Jahre alt, also nicht älter als Mathilde, und trug ein grellrotes Kleid mit einem für die Tageszeit viel zu tiefen und billiger schwarzer Spitze verbrämten Ausschnitt. Zudem war sie stark geschminkt. Auch wenn sich Mathilde ihrer eigenen Geschmacklosigkeit nicht bewusst war, registrierte sie ein unpassendes Aussehen bei fremden Frauen sehr wohl.

»Bitte führen Sie die Dame dorthin.« Der Rezeptionist war offensichtlich bemüht, schnellstmöglich an seinen Platz am Empfang zurückzukehren. Der Kellner nickte und schritt energisch vor Mathilde aus. Es blieb ihr nichts anderes übrig, als ihm zu folgen.

»Hier bringe ich Ihnen diese Dame, Herr von Wernitz. Sie sagt, sie sei mit Ihnen verabredet. Es liegt doch hoffentlich kein Fehler bei der Reservierung vor?«

Eduard von Wernitz musterte Mathilde entgeistert. Erst nach einigen Sekunden besann er sich auf die Höflichkeitsformen, stand auf und verbeugte sich knapp. »Was verschafft mir die Ehre, Fräulein Gerban?«

Mathilde war die Situation nun so peinlich, dass sie sich

wünschte, sie hätte sie nie herbeigeführt. Doch nun musste sie ihr standhalten.

»Ich ... ich hatte gehofft, Sie einen Augenblick lang unter vier Augen sprechen zu können«, stammelte sie.

Von Wernitz spitzte die Lippen. »Ich fürchte, die Gelegenheit ist dazu gerade äußerst ungünstig. Ich bin in Begleitung einer anderen Dame, wie Sie ja sehen, und habe gerade die Suppe bestellt.«

Das *Dämchen*, wie Mathilde die junge Frau im Stillen nannte, blickte sie unverschämt an und feixte. »Wer ist denn die da?«, fragte sie zu allem Überfluss mit piepsiger Stimme.

»Nur eine flüchtige Bekanntschaft, meine Liebe.«

Mathilde spürte, wie ihr am ganzen Körper der Schweiß ausbrach. Sie verlor die Fassung. »Flüchtige Bekanntschaft?« Ihre Stimme klang schrill. Die Gäste an den umliegenden Tischen blickten auf. »Sie sind eine Zeit lang nahezu wöchentlich bei uns zu Hause ein und aus gegangen. Und haben mir dabei unverhohlen den Hof gemacht!«

Die grenzenlose Enttäuschung über das Scheitern ihres Plans ließ Mathilde jede Vorsicht vergessen. Bislang hatte sie in ihrem Leben stets alles bekommen, was sie gewollt hatte. Heute stieß sie zum ersten Mal an völlig unerwartete Grenzen.

Von Wernitz' Miene erstarrte. Er nahm wieder Platz und legte sich umständlich die Serviette auf den Schoß.

»Da müssen Sie etwas missverstanden haben, Fräulein Gerban«, erwiderte er, ohne sie anzusehen. »Und nun darf ich Sie bitten, diese unwürdige Szene zu beenden. Ich möchte in Ruhe zu Mittag speisen. Die Gäste ringsum werden bereits aufmerksam.«

»Hast du dieser Fetten wirklich den Hof gemacht?« Zu allem Unglück mischte sich auch das Dämchen wieder ein. »Ich muss schon sagen, lieber Eduard, das hätte ich nun nicht von dir gedacht. Ich hielt dich für einen Herrn mit Geschmack.«

Die Bemerkung traf Mathilde bis ins Mark. So war sie noch nie gedemütigt worden, geschweige denn an einem öffentlichen Ort. Aber anstatt sich mit dem letzten Rest ihrer Würde wortlos abzuwenden und zu entfernen, tat sie das Gegenteil.

»Sie haben mich schamlos getäuscht, Herr von Wernitz. Mich und meine ganze Familie! Wenn mein Vater nicht so alt und mein Bruder kriegsversehrt wäre, würde einer von Ihnen Sie fordern, um meine Ehre wiederherzustellen!« Jetzt war der ganze Speisesaal aufmerksam geworden und beobachtete gespannt das Drama, das sich da in aller Öffentlichkeit abspielte.

Auch von Wernitz verlor nun die Contenance. »Sie wagen es, von Ehre zu sprechen? Nach der unsäglichen Szene, die ich in Ihrem Hause miterleben musste? Glauben Sie mir, Fräulein Gerban, Ihre geschmacklose Kleidung oder Ihre Figur hätte ich ja vielleicht noch in Kauf genommen, aber die vaterlandsverächtlichen Reden Ihres Bruders ...«

»Kann ich behilflich sein?« Der Oberkellner war unbemerkt hinzugetreten und mischte sich nun in den Streit ein. »Sie verstehen, die übrigen Gäste ...«

»Sie können behilflich sein! Führen Sie diese Dame ...«, von Wernitz spie das letzte Wort geradezu heraus, »unverzüglich hinaus.«

»Sehr wohl!« Der Kellner verneigte sich und griff nach Mathildes Arm. In ihrer Verzweiflung wollte sie ihn abschütteln und machte eine heftige Abwehrbewegung. Dabei riss eine Seitennaht ihres zu engen Kleids von oben bis unten auf und enthüllte vor aller Augen ihre Unterwäsche.

Fassungslos starrte Mathilde auf das Malheur. Das Letzte, was sie hörte, bevor ihr schwarz vor Augen wurde, war das gellende Gelächter des Dämchens und das Klirren von zerspringendem Geschirr, als sie rücklings hart auf dem benachbarten Tisch aufschlug.

Tuchfabrik Reuter
Anfang Dezember 1871, kurz nach Mittag

»Also Sie sind die Vorarbeiterin bei den nagelneuen Selfaktoren und verantworten diese Schweinerei?«, schnauzte Reuter Else Gläser an.

Er hatte sich mit ihr und Plotzer ins Büro des Verwalters zurückgezogen, wo der Lärm der Maschinen nur noch gedämpft zu hören war. Irene und Emma waren den dreien gefolgt und lauschten nun atemlos vor der Tür, die einen Spalt weit offen stand.

Zu Irenes anfänglicher Freude war Else Gläser wieder einmal nicht auf den Mund gefallen.

»Im laufenden Betrieb können die Mädchen nur schnell zusammenkehren, was sie erwischen, bevor sich der Selfaktor zurückbewegt. Ganz hinten kommen sie nicht hin. Deshalb habe ich Sie, Herr Plotzer, schon mindestens zehnmal gebeten, die Selfaktoren ab und zu anhalten zu dürfen, um gründlich darunter saubermachen zu können«, verteidigte sie sich.

»Anhalten? Sie wollen die Maschinen mitten im Betrieb anhalten?«, brüllte Reuter so laut, dass die lauschenden Frauen es auch durch die geschlossene Tür hindurch verstanden hätten. »Ja, sind Sie denn ganz von Sinnen? Wir sind jetzt schon mit der Produktion in Verzug. Die Landauer Garnison erwartet das neue Uniformtuch. Wollen Sie unsere besten Kunden der Konkurrenz in die Arme treiben?«

Noch gab Else sich nicht geschlagen. »Die Selfaktoren stehen doch auch still, wenn neue Ballen mit Vorgarn an die Spulen geknüpft werden. Währenddessen lasse ich den Boden immer gründlich reinigen. Doch wenn die Spinnmaschinen tagsüber nicht öfter stillstehen sollen, könnte man den Boden ja frühmorgens saubermachen, während die Dampfmaschine angeheizt wird.«

»Das wird ja immer besser! Jetzt soll ich euch faulen Weibern dafür auch noch eine halbe Stunde Lohn extra bezahlen? Das könnte euch so passen. Es wird während des laufenden Betriebs saubergemacht, das war schon immer so!« Reuters Stimme überschlug sich fast. »Und zwar der gesamte Boden, nicht nur der vordere Teil!«

»Es sind dabei schon Kinder zu Schaden gekommen«, gab Else zu bedenken. »Das Saubermachen unter den laufenden Selfaktoren ist für die Kleinen viel zu riskant.«

»Aha!« Plötzlich wurde Reuters Stimme gefährlich leise. Instinktiv beugten sich Irene und Emma weiter Richtung Türspalt vor. »Da haben Sie ja eine ganz Feine zur Vorarbeiterin gemacht, Plotzer. Eine von diesen Aufsässigen, die gegen alles und jedes etwas einzuwenden haben. Das hätte ich nun nicht von Ihnen gedacht. Ich vertraue Ihnen meinen ganzen Betrieb an, und Sie machen subversive Elemente sogar zu Vorarbeiterinnen!«

»Else Gläser hat zwar ein loses Mundwerk«, ließ Plotzer sich nun vernehmen, »aber sie ist eine gute Vorarbeiterin. Eine, die die Arbeit tatsächlich besser beherrscht als jede ihrer Untergebenen. Und sich nicht zu fein dafür ist, selbst mit anzupacken, wenn es nötig ist.«

»Dann bringen Sie sie zur Räson, Plotzer. Denn beim nächsten ähnlichen Vorfall schmeiße ich sie raus!«

Emma und Irene wichen gerade noch rechtzeitig einige Schritte von der Tür in den Gang zurück, bevor Reuter sie aufstieß und hinausstürmte. Zum Glück wandte er sich in die andere Richtung und beachtete die beiden Frauen gar nicht.

Als der Tuchfabrikant um die Ecke verschwunden war, schlichen sie vorsichtig zurück. »Sie haben es mir versprochen, Herr Plotzer«, hörten sie Else sagen. Ihre Stimme klang anklagend. »Als ich zugestimmt habe, die Mädchen, die alle noch keine zehn Jahre alt sind, in der Spinnerei zu beschäftigen, haben Sie mir versprochen, dass sie keine gefährliche Arbeit tun müssen.«

»Und mein Versprechen ja auch gehalten, Else. Ich habe diese Anordnung nicht gegeben. Doch gegen den Fabrikherrn sind wir beide machtlos. Der setzt nicht nur Sie auf die Straße, sondern mich gleich mit dazu, wenn ihm noch etwas querkommt. Also, sehen Sie zu, dass Sie eine Lösung finden!«

»Das feige Schwein!«, flüsterte Emma Irene ins Ohr.

»Und nun machen Sie, dass Sie zurück an die Arbeit kommen!«, hörten sie Plotzer noch sagen, bevor sie sich rasch wieder von der Tür entfernten und in eine Nische des Gangs drückten. Auch Else Gläser, die mit hochrotem Kopf wenig später aus dem Kontor kam, wandte sich in die andere Richtung und entdeckte sie nicht.

Bedrückt gingen die Frauen zur Treppe, da ihre Mittagspause bis auf wenige Minuten, die gerade noch reichten, um pünktlich zurück an die Arbeit zu kommen, vorbei war. Keine der beiden hatte auch nur einen Bissen gegessen.

»Nun«, antwortete Irene Emma zögernd, »ich habe auch nicht gewagt einzuschreiten, als Reuter die Kleine vor meinen Augen unter den Selfaktor geschickt hat. Ich war vor Angst wie gelähmt. Und ob ich etwas gesagt hätte, wenn ich nicht so überrumpelt gewesen wäre, kann ich auch nicht beschwören. Schließlich brauchen wir alle unsere Arbeit. Und du weißt ja, wenn man erst einmal entlassen wurde und deshalb einen schlechten Ruf hat, stellt einen auch sonst keine Fabrik in Lambrecht mehr ein.«

Emma nickte mit einer Miene, die gleichermaßen Trotz und Hilflosigkeit zeigte. »Ja, die Fabrikherren machen einfach mit uns, was sie wollen!«

Wir werden ihnen ihre Grenzen aufzeigen, hörte Irene Josefs Stimme plötzlich deutlich in ihrem inneren Ohr. Diesen Satz hatte er während der letzten Arbeiterversammlung gesagt.

Ich werde mit Josef darüber sprechen, beschloss sie, während sie die Treppe zur Nopperei in den dritten Stock hinaufhastete. *Gleich morgen, nach der nächsten Versammlung, werde ich ihm hiervon erzählen. Vielleicht weiß ja er einen Rat.*

Irrenanstalt in Klingenmünster
Anfang Dezember 1871

Erschöpft musterte Oberarzt Dr. Klaus Bertram sich im Spiegel seines Behandlungszimmers. Die vergangenen vierzehn Tage waren nicht spurlos an ihm vorübergegangen.

Seit ihm nach der Abreise des Klinikleiters Dietrich die Verantwortung für die ganze Anstalt oblag, hatte er jede Nacht höchstens vier Stunden geschlafen. Dunkle Schatten lagen unter seinen braunen Augen, seine Wangen waren eingefallen, die Nase stach spitz aus dem bleichen Gesicht hervor. Denn auch zum Essen war Bertram kaum gekommen.

Sein braunes Haar wies etliche graue Strähnen mehr auf als vor Beginn der Seuche. Zum Glück war es weiterhin dicht. Bertram gehörte zu den Männern, die nicht zu einer Glatze neigten. Trotzdem sah er heute Morgen weit älter aus als seine einundvierzig Jahre.

Immerhin hatte sich die Mühe gelohnt. Seit nunmehr fünf Tagen waren keine neuen Pockenfälle mehr aufgetreten. Die strikte Isolation der Kranken hatte Wirkung gezeigt. Erfreulich war außerdem, dass auch kein weiterer an der Seuche Erkrankter gestorben war. Zwar würden manche Betroffene, zum Beispiel die Wärterin Rosa, durch tiefe Narben ihr Leben lang gezeichnet bleiben. Doch das war allemal besser, als elendiglich an den Blattern zugrunde zu gehen.

Seine chronische Müdigkeit verhinderte bislang, dass Bertram sich über seinen Erfolg freuen konnte. Zu sehr nahmen die

Patienten ihn nach wie vor in Anspruch, nicht nur die körperlich, sondern auch die geistig Erkrankten.

Mürrisch strich er sich über die dunklen Bartstoppeln, die sein üblicherweise glatt rasiertes Gesicht verunzierten. *Ich muss mich dringend barbieren.* In der Frühe hatte es wieder nur zu einer oberflächlichen Katzenwäsche gereicht, da er schon vor seinem eigentlichen Dienstbeginn zu einem Notfall gerufen worden war. Der hatte zwar nichts mit den Blattern zu tun, hielt ihn aber trotzdem eine Stunde lang in Atem.

Ein Patient, seines Zeichens ein junger Dorfschullehrer, der eigentlich schon kurz vor der Entlassung stand, hatte einen Rückfall in sein Wahnsystem erlitten und hielt sich nun erneut für einen illegitimen Sohn des Kaisers. Er hatte die übrigen Patienten in seinem Schlafsaal aus ihren Betten gescheucht und herumkommandiert. Zwei Wärter mussten ihn überwältigen, damit ihm Bertram das neue Beruhigungsmittel Chloralhydrat verabreichen konnte, auf das vor allem Dr. Dietrich so große Stücke hielt.

Bertram selbst war da durchaus skeptischer. Zwar gab es sehr wohl Patienten, die Chloralhydrat besser vertrugen als Morphium. Doch das Mittel half nicht in jedem Fall. Bertram hatte es zudem im Verdacht, Nebenwirkungen auszulösen, vor allem Benommenheit, Gleichgewichtsstörungen und Bewusstseinstrübungen. Da diese nicht bei allen Patienten auftraten, hatte Dietrich natürlich nichts davon wissen wollen und verordnete das Medikament immer häufiger.

Es klopfte an der Tür. »Herrgott Sakrament noch mal«, fluchte Bertram. Die Sprechstunde sollte erst in einer halben Stunde beginnen. So lange hatte er sich auf der Liege ausstrecken und nach der kurzen Nacht noch ein wenig dösen wollen.

Es klopfte noch einmal. »Ja!«, rief er barsch. Die Tür wurde zaghaft geöffnet. Herein lugte Schwester Irmgard, die die an den Pocken erkrankte Wärterin Rosa bei der Weinhändlergattin Pauline Gerban vertrat, *Dietrichs Luxuspatientin,* wie der Oberarzt sie spöttisch insgeheim nannte.

Schwester Irmgard war in Klingenmünster nicht fest angestellt. Man hatte sie wie einige andere Wärterinnen und Wärter auf freiwilliger Basis von Hospitälern der Umgegend ausgeliehen, um das ausgefallene Klingenmünsterer Pflegepersonal zu ersetzen. Dafür erhielten sie den doppelten Lohn.

Die noch junge Frau, Bertram schätzte ihr Alter auf höchstens fünfundzwanzig Jahre, war zwar ausgebildete Krankenschwester, aber in der Pflege psychisch Kranker vollkommen unerfahren. Bertram hatte daher keine andere Verwendung für sie gehabt, als sie Frau Gerban als Ersatz für Rosa zuzuweisen. Da es seine knappe Zeit nicht erlaubte, sich selbst um die seit Monaten unauffällige Patientin zu kümmern, hatte er den Unterarzt Seibold mit ihrer medizinischen Fürsorge betraut und ihn angewiesen, Schwester Irmgard zu instruieren. In der Hoffnung, dass sie mit der Pflege einer einzigen Kranken nicht überfordert wäre.

Nun trat die junge Schwester ein und knickste höflich. »Es tut mir leid, dass ich Sie stören muss, Herr Dr. Bertram, doch Herr Unterarzt Seibold schickt mich zu Ihnen. Unserer Patientin Frau Gerban geht es heute sehr schlecht.«

Bertram fuhr der Schreck in alle Glieder. Hatte Rosa ihre Schutzbefohlene etwa doch mit den Pocken angesteckt? War die Seuche noch immer nicht eingedämmt? »Ist sie fiebrig?«, fragte er mit rauer Stimme.

Zu seiner Erleichterung schüttelte Schwester Irmgard den Kopf. »Das nicht. Doch sie ist schon seit gestern Mittag völlig apathisch und nicht mehr ansprechbar. Ich konnte sie weder dazu bewegen, etwas zu essen noch den Abtritt aufzusuchen. Zweimal hat sie sich bereits eingenässt. Nicht, dass mir das etwas ausmachen würde«, beteuerte die Pflegerin hastig, »aber auch Herrn Unterarzt Seibold kommt es merkwürdig vor. Und er wagt nicht, die Medikation noch weiter zu erhöhen. Die Dosis ist ohnehin seiner Ansicht nach schon jetzt viel zu stark. Gerade nun hat sich Frau Gerban auch noch erbrochen. Da sie ja gar nichts im Magen hat, kam nur bittere Galle heraus. Nun schickt mich Herr Seibold, Sie zu holen, damit Sie selbst einmal nach Frau Gerban sehen.«

Bertram verbiss sich einen weiteren Fluch und griff nach seinem warmen Überzieher. Draußen herrschte feuchtkaltes Winterwetter. *Dieser elende Stümper, nicht einmal das kann man ihm anvertrauen. Aber was will man erwarten von jemandem, der seinen Abschluss nur mit >rite< gemacht hat.*

»Rite« war die schlechteste Note, mit der ein Student sein Examen gerade noch bestand. Anders als für Bertram, den die Nervenheilkunde faszinierte, und Dietrich, der sich in dieser noch jungen Wissenschaft als Forscher hervortun wollte, war dieses Fach für die meisten Ärzte völlig reizlos. Da die Stellen in Klingenmünster zudem noch schlecht bezahlt wurden, bewarben sich nur Mediziner um sie, die nirgendwo anders untergekommen waren.

Wieder einmal gingen Bertram diese trüben Gedanken durch den Kopf, als er hinter Schwester Irmgard durch den winterkahlen Park hastete. Doch diesmal tat er dem jungen Seibold unrecht.

Fassungslos las Bertram wenige Minuten später zum dritten Mal Pauline Gerbans Krankenblatt. Die Dosis Chloralhydrat, die der Patientin auf Geheiß Dr. Dietrichs täglich verabreicht wurde, war nahezu dreimal so hoch wie die ihm bekannte empfohlene Menge.

Doch wie es schien, konnte kein Irrtum vorliegen. Dietrich hatte die Medikation vor seiner Abreise sogar noch einmal heraufgesetzt.

»Pupillen starr, kaum Reflexe, Atmung flach, Puls schwach,

Patientin nicht ansprechbar«, konstatierte er leise die Ergebnisse seiner eigenen Untersuchung.

»Genauso ist es, Herr Dr. Bertram«, versicherte der junge Seibold ihm eifrig. »Ich denke, wir sollten die Dosis verringern. Aber da der Klinikleiter sie persönlich verschrieben hat, wollte ich sie nicht ohne Ihre Konsultation verändern.«

Bertram holte tief Luft. »Sie haben recht daran getan, mich rufen zu lassen, Dr. Seibold«, lobte er den jungen Arzt, der vor Freude errötete. »Wir verringern die Medikation sofort um die Hälfte. Sie ganz abzusetzen wage ich nicht, dazu ist noch zu wenig über das Präparat bekannt. Sollte sich der Zustand der Patientin danach bessern, verringern wir die Dosis noch weiter. Möglicherweise bis auf die Minimaldosis.« Schwester Irmgard notierte seine Anordnungen eifrig mit.

»Sie sehen vorläufig alle zwei Stunden nach ihr, Seibold«, befahl er dem Unterarzt nun wieder im gewohnt geschäftsmäßigen, kurz angebundenen Ton. »Sie erstatten mir zweimal am Tag Rapport über den Zustand der Patientin. Ich werde sie zusätzlich jeden Morgen selbst untersuchen, bis sie sich wieder stabilisiert hat.«

Auf dem Rückweg durch den Park spürte Bertram die feuchte Kälte gar nicht mehr, obwohl er die Knöpfe seines Überziehers nicht einmal geschlossen hatte. *Hier ist etwas faul im Staate Dänemark,* dachte er grimmig. *Sogar oberfaul. Aber ich werde herausbekommen, was dahintersteckt.*

Kapitel 12

Franz trat mit seinem Reisekoffer aus der Halle auf den Bahnhofsvorplatz von Weißenburg und sah sich suchend um. Er atmete erleichtert auf, als er den Landauer der Gerbans erkannte. Die Ankunftszeit seines Zugs hatte er am Vortag von Saint-Quentin aus telegrafiert, war sich aber nicht sicher gewesen, ob man Riemer schicken würde, um ihn abzuholen.

Nun trat der alte Kutscher grüßend auf ihn zu und griff nach dem schweren Koffer. Franz überließ ihm das Gepäckstück nur zu gern, denn Lasten konnte er mit seiner Prothese nicht schmerzfrei tragen.

»Ich fahre noch rasch ins Kontor, um Ihren Vater abzuholen«, erklärte Riemer, nachdem Franz eingestiegen war. Der zückte seine Taschenuhr.

»Es ist neun Uhr vorbei. Ich dachte, er wäre längst zu Hause.«

»Nun«, der alte Mann räusperte sich, »wahrscheinlich wissen Sie es noch gar nicht. Ihr Vater hat das gnädige Fräulein im Hospital besucht. Sie hat sich eine Gehirnerschütterung zugezogen.«

»Oh! Wie ist denn das passiert?«

»Das gnädige Fräulein ist gestürzt.«

»Gestürzt? Die Treppe hinuntergefallen oder was?«

Riemer sah merkwürdig verlegen aus. »Das soll der gnädige Herr Ihnen lieber selbst erzählen.«

Damit schloss er die Kutschentür, bestieg den Bock und fuhr los.

Kurze Zeit später stieg sein Vater vor dem Weinkontor, das am Weißenburger Marktplatz lag, zu. Unter französischer Herrschaft hatte der Platz noch »Place de la République« geheißen. Nun wurden alle französischen Orts- und Straßennamen wieder umbenannt. Deutsch war im ganzen Elsass mittlerweile auch die Amtssprache, Französisch dagegen zunehmend verpönt.

Na, mich wird das bald alles nicht mehr tangieren, sinnierte Franz, den die Germanisierung des Elsass vor seiner Abreise nach Saint-Quentin zunehmend gestört hatte. Dabei versuchte er, das leichte Ziehen in der Magengrube zu ignorieren. *Morgen werde ich Vater meine Entscheidung mitteilen,* beschloss er. *Heute Abend ist es dafür schon zu spät.*

»Wie geht es Mathilde?«, fragte er, nachdem er seinen Vater begrüßt hatte. »Ich hörte, sie hatte einen Unfall.«

»Sie ist zum Glück auf dem Weg der Besserung. Übermorgen wird sie entlassen.«

»Was ist denn geschehen?«

Im schwachen Licht der Gaslaternen, die sie passierten, konnte Franz erkennen, dass es im Gesicht seines Vaters arbeitete. »Da sie sich leider in ganz Weißenburg zum Gespött gemacht hat, würdest du es ohnehin bald erfahren.« Dann berichtete er in knappen Worten von dem Vorfall im »Grünen Baum«.

Je weiter der Bericht seines Vaters fortschritt, desto heftiger spürte Franz eine fast unbezähmbare Lachlust. Schließlich konnte er sich kaum mehr beherrschen.

»Ihr Kleid ist aufgerissen, sagst du? Sodass sie auf einmal vor allen Leuten im Unterrock dastand? Und dann ist sie ohnmächtig geworden und mit dem Kopf auf einer Tischkante aufgeschlagen? Du meine Güte! Was für ein Skandal!«

Er täuschte einen Hustenanfall vor. Doch seinem Vater konnte er nichts vormachen.

»Ja, spotte du nur!«, fuhr der ihn grimmig an. »Mathilde hätte sich den Hals brechen können. Doch ohne dein Zutun hätte sie sich und der Familie gar nicht erst solche Schande gemacht.«

»Ohne mein Zutun?« Franz verging das Lachen. Er war empört. »Was habe ich denn damit zu tun, wenn sich deine Tochter einem Mann an den Hals wirft, der sie nicht ausstehen kann, und sich dabei bis auf die Knochen blamiert? Ich war zu dem Zeitpunkt in Saint-Quentin, solltest du das vergessen haben.«

Franz konnte nicht wissen, dass diesmal auch sein Vater, der Mathilde sonst alles durchgehen ließ, bereits im Hospital ein sehr ernstes Wort mit ihr gesprochen hatte. Auch seinen nächsten Worten hätte er das nicht entnehmen können.

»Der ganze Skandal ist nur entstanden, weil du dich in Gegenwart von diesem Wernitz aufgeführt hast wie ein welscher Idiot.«

Nun gut, dann erfährt er es eben doch schon heute. Franz' Ärger schlug in kalte Wut um.

»Du meinst wohl, wie ein welscher Patriot«, erwiderte er kühl. »Der ich bin und auch bleiben werde. Ich habe mich entschlossen, für die französische Staatsbürgerschaft zu optieren.«

»Du hast was?«, brüllte Gerban. Durch das Seitenfensterchen des Landauers sah Franz, dass ein später Fußgänger verblüfft stehen blieb.

»So ist es. Du hast richtig gehört. Und wenn du nicht möchtest, dass zumindest Riemer darüber bestens Bescheid weiß, wenn wir in Altenstadt ankommen, solltest du deine Stimme senken.«

»Du wirst uns alle ruinieren!«, schnaubte Gerban, zu Franz' Genugtuung mit nun deutlich gedämpfter Lautstärke.

»Das wird an dir liegen.« Er blieb kühl. »Ich verzichte sogar auf ein Drittel der Summe, die mir aus Großvaters Vermögen zustünde, und begnüge mich mit zweihunderttausend Francs.« Das war der Kompromiss, den er sich überlegt hatte.

Sein Vater wusste dies allerdings nicht zu würdigen. »Zweihunderttausend Francs? Hast du den Verstand jetzt ebenso verloren wie deine Mutter?«

Diese Bemerkung war nicht dazu angetan, Franz' Laune zu heben.

»Ich glaube, ich habe noch nie eine Entscheidung in klarerer Geistesverfassung getroffen. Ich werde Teilhaber in der Eisenwarenfabrik der Familie Serge.«

»Teilhaber in der Eisenwarenfabrik«, echote Gerban. Offensichtlich stand er unter Schock. »Das ist bereits alles rechtens und abgemacht?«

»Der Vertrag ist unterschriftsreif. Es fehlt nur noch meine Einzahlung. Sobald ich einen Wechsel über die Summe vorlegen kann, werden wir ihn unterzeichnen.«

»Wo soll ich denn in kurzer Zeit so viel Geld hernehmen?«

Darüber hatte Franz auf der Rückfahrt von Saint-Quentin ausführlich nachgedacht. »Du könntest eine Hypothek auf das Weingut oder das Altenstädter Herrenhaus aufnehmen«, schlug er vor. »Da deine Bankguthaben aus dem Weinhandel ja nicht ausreichen, wie ich aus den Geschäftsbüchern weiß.«

»Aha.« Plötzlich gewann Gerban seine Fassung zurück. »Du hast also schon alles bis ins Kleinste bedacht. Nur ...« Er machte eine künstliche Pause. »Nur eines nicht. Du kannst gar nicht für die französische Staatsbürgerschaft optieren, da all deine gültigen Papiere ausweisen, dass du immer ein guter bayerischer Deutscher warst.«

Das hatte Franz tatsächlich nicht bedacht. Doch er konterte sofort. »Nun scheinst du den Verstand verloren zu haben! Ich kann Dutzende von Zeugen dafür beibringen, dass ich Franzose bin. Außerdem steht es im Erbvertrag, der sonst ja gar nicht gültig wäre.«

»Eben! Der sonst gar nicht gültig wäre«, triumphierte sein Vater. Doch seine Euphorie währte nur kurz.

»Wenn du dich nicht an die Bestimmungen hältst, fällt Großvaters Vermögen an den französischen Staat. Das weißt du so gut wie ich.«

Gerban zog seinen letzten Trumpf. »Ich habe einen hohen preußischen Beamten mit fünftausend Gulden bestochen, alle Dokumente zu vernichten, die deine französische Herkunft belegen. Er und auch ich gingen ins Gefängnis, wenn das auffliegen würde. Das kannst du unmöglich wollen.«

Franz schlug das Herz vor Zorn bis zum Hals. Er sah rot. »Wenn das so ist, gehst du eben in den Knast. Ich bleibe Franzose, ziehe nach Saint-Quentin und werde Teilhaber in der Eisenwarenfabrik. Dieser Beschluss ist unabänderlich. Und wenn du dich auf den Kopf stellst.«

Im Dämmerlicht sah er, dass sich sein Vater tatsächlich an den Kopf griff. Sein Gesicht war schmerzverzerrt. *Oh nein, jetzt spielt er auch noch Theater wie ein hysterisches Waschweib!*

»Ich gebe dir Zeit bis zum neuen Jahr, Vater. Um das Geld zu beschaffen und meine Herkunftspapiere in Ordnung zu bringen. Wie du das bewerkstelligst, ist mir gleich. Nach Dreikönig werde ich für die französische Staatsbürgerschaft optieren. Und nun steige ich aus und gehe den Rest des Weges zu Fuß.« Er klopfte mit seinem Gehstock an die Vorderwand der Kutsche.

»Brrr!«, hörte er Riemer knurren. Wenig später öffnete der Kutscher die Tür und ließ das kleine Treppchen hinab. Franz stieg aus.

Am Gesicht des treuen Bediensteten erkannte er, dass Riemer jedes Wort der lautstarken Unterhaltung mit angehört hatte. Der alte Mann wirkte deutlich schockiert.

»Riemer, ich verlasse mich auf Ihre Diskretion. Sie werden alles für sich behalten, was Sie heute Abend gehört haben.«

»Selbstverständlich, junger Herr.« Seit Jahren hatte Riemer Franz nicht mehr so angesprochen, da er wusste, dass der es nicht mochte.

»Fahren Sie meinen Vater jetzt heim. Unser Gespräch hat ihn mitgenommen, er muss sich ausruhen«, wies Franz das Selbstverständliche an, um das peinliche Schweigen zu überbrücken. »Und warten Sie nicht auf mich. Ich habe meinen Hausschlüssel dabei und muss mich erst einmal beruhigen.«

»Jawohl, junger Herr.« Der Kutscher mied seinen Blick. Dann stieg er wieder auf den Bock.

Als Franz der Kutsche nachsah, konnte er nicht wissen, wie recht er mit seiner Vermutung über die Verfassung seines Vaters hatte. Im Dunkeln des Wageninneren umklammerte Wilhelm Gerban mit beiden Händen seinen schmerzenden Kopf.

Gasthaus »Drei Störche« in Lambrecht
Dezember 1871

»Und du glaubst, dass noch vor den Weihnachtstagen eine Fabrikinspektion stattfindet?«

Josef hob die Schultern. »Ich hoffe es, Irene. Zumal wenn du sagst, dass die kleinen Mädchen nun schon über eine Woche lang diese gefährliche Arbeit tun. Ich werde gleich morgen früh auf dem Bürgermeisteramt vorsprechen.«

Irene war noch nicht überzeugt. »Ich hätte es dir eigentlich schon am vergangenen Freitag erzählen wollen«, sagte sie schuldbewusst. »Aber Fränzel hatte den ganzen Tag gehustet. Da wollte ich ihn nicht auch noch abends allein bei Trude lassen. Zumal er dauernd nach mir verlangte und weinte.«

Josef tätschelte ihre Hand. »Du bist eine fürsorgliche Mutter, Irene. Viele Arbeiterfrauen empfinden ihre Kinder vor allem als Last. Mach dir keine Vorwürfe! Bislang ist ja zum Glück noch nichts passiert.«

»Aber du sagst, der einzige Fabrikinspektor in der südlichen Pfalz hat seinen Amtssitz in Neustadt. Vielleicht ist er schon längst bis zum neuen Jahr mit Besuchsterminen verplant.«

Josef verzog seine Lippen zu dem zynischen Lächeln, das er immer aufsetzte, wenn er über die Fabrikherren sprach. »Ich glaube, dass eher das Gegenteil der Fall sein wird. Zumindest der für Lambrecht zuständige Inspektor hat noch nie von sich aus einen spontanen Besuch in irgendeiner Fabrik gemacht, soweit mir bekannt ist. Man vertraut in den Ämtern nur zu gerne darauf, dass sich die Fabrikherren an die Gesetze halten.«

»Und was geschieht, wenn eine Unregelmäßigkeit aufgedeckt wird?«

Josefs zynisches Lächeln vertiefte sich. »Im besten Fall, aus unserer Sicht, wird der Fabrikherr verwarnt und muss eine Geldbuße entrichten. Im schlimmsten Fall redet er sich geschickt heraus und behauptet zum Beispiel, die Eltern hätten ihm das wahre Alter ihrer Kinder verschwiegen. Dann kommt er völlig ungeschoren davon.«

»Und was geschieht mit den Kinderarbeitern?«, fragte Irene entmutigt.

»Die werden in der Regel sofort entlassen und auch eine Weile nicht wieder eingestellt. Das ist das Einzige, was wir erreichen werden. Dass Reuter die kleinen Mädchen in der Spinnerei entlässt und auch die anderen unter zwölf Jahre alten Kinder. Dann sind die Kleinen zumindest eine Weile außer Gefahr.«

Irene ließ den Kopf sinken. Sie war völlig deprimiert. »Also haben die Arbeiter keine Rechte und keinen Schutz, selbst wenn es Gesetze gegen ihre Ausbeutung gibt. Was soll denn nur aus uns allen werden?«

Josef legte ihr die Hand unter das Kinn und hob ihr Gesicht sanft an. Das zynische Lächeln war einem sowohl entschlossenen wie auch zärtlichen gewichen.

»Wir dürfen nicht aufgeben, Irene, und uns nicht unterkriegen lassen. Solange es gebildete Männer wie Karl Marx und Friedrich Engels gibt, um nur einige der bekanntesten zu nennen, haben wir Arbeiter eine Stimme, die mit der Zeit immer mächtiger werden wird. Und wenn wir zusammenhalten und uns organisieren, sind wir auch jetzt schon stark. Wir haben bereits einhundertfünfzig Mitglieder in unserem Arbeiterverein und schon über dreihundert Gulden in der Streikkasse. Außerdem Mehl, Öl, Hülsenfrüchte und andere nicht verderbliche Vorräte angelegt.«

»Wann, denkst du, wird es so weit sein?«

»Wahrscheinlich im Frühjahr. Es hängt davon ab, wie viele Mitglieder wir noch werben können und wie lange die Fabrikherren stillhalten.«

Alarmiert sah Irene auf. »Stillhalten? Ja wissen sie denn schon von unseren Plänen?«

Josef zuckte die Achseln. »Dass etwas vorgeht, wissen sie natürlich. Schließlich berichten auch die Zeitungen über uns. Und dass es darum geht, uns auf einen Streik vorzubereiten, wird, wenn überhaupt, auch nicht lange geheim zu halten sein. Nicht jeder, der unsere Versammlungen besucht, wird auch Mitglied. Manch einer wird seine private Börse auffüllen, indem er unsere Pläne verrät.«

Irene fiel etwas ein. »Ich habe heute Abend den Färber Robert Sieber aus meiner Fabrik in der Versammlung gesehen. Er ist ein grober Geselle und misshandelt seine Familie. Kennst du ihn?«

Josef nickte grimmig.

»War er zum ersten Mal da?«

»Das war er. Und als Mitglied eingeschrieben hat er sich

natürlich nicht. Ich wette, der rennt schon morgen zu Reuter, um ihm zu berichten.«

Irene erschrak. »Und was geschieht dann?«

Josef schürzte die Lippen. »Das werden wir sehen. Vielleicht sind die Fabrikherren ja sogar bereit, mit uns zu reden, um einen Streik zu verhindern. In Aachen ist das neulich schon vorgekommen. Auf jeden Fall können sie uns nicht daran hindern, uns weiterhin zu treffen. Damit verstoßen wir ja nicht gegen Gesetze.«

Wieder ließ Irene den Kopf hängen. Alles erschien ihr plötzlich so aussichtslos. Josefs Züge wurden weich. Er griff nach ihrer Hand.

»Genug von diesen Themen für heute Abend. Nun lass uns einmal von etwas ganz anderem reden.« Seine Stimme klang wieder rau vor Spannung und Zärtlichkeit. »Hast du mittlerweile einmal über uns beide nachgedacht?«

Irene spürte ihre Kehle eng werden. Wider besseres Wissen hatte sie gehofft, dass das Thema heute Abend nicht mehr zur Sprache käme.

Doch nun musste sie sagen, wie es um sie stand. Sie holte tief Luft und suchte dann entschlossen Josefs Blick. »Das habe ich, Josef. Du bist ein ehrenwerter Mann, und jede Frau, der du den Hof machst, könnte sich glücklich schätzen ...«

»Außer dir«, fiel ihr Josef ins Wort. Die Enttäuschung, die sich auf seinem Gesicht zeigte, schnitt Irene ins Herz.

»Nein, lieber Josef, so ist es nicht«, sagte sie leise. »Ich kann dir nur nichts versprechen, das ich vielleicht nicht halten kann. Mein Herz ist noch immer an Fränzels Vater gebunden, obwohl ich ihn nie wiedersehen werde. Das solltest du wissen. Ich achte und mag dich sehr. Aber ich weiß nicht, ob ich dich jemals so innig lieben werde wie ihn.«

In Josefs Zügen malten sich widersprüchliche Gefühle. Irene las Erleichterung, Hochachtung und Schmerz darin. Eine kurze Weile schwieg er still. Dann ergriff er ihre beiden Hände und drückte auf jede einen innigen Kuss.

»Dass du so ehrlich zu mir bist, macht dich nur noch begehrenswerter, Irene. Liebe habe ich vorläufig genug für uns beide. Wenn du deinerseits noch Achtung und Wertschätzung für mich einbringst, haben wir mehr als die meisten anderen Paare, die ich kenne. So lass es uns also miteinander versuchen.«

Irene nickte schüchtern. Traurigkeit und Erleichterung, nicht mehr allein in der Welt zu stehen, hielten sich anfangs in ihrer Brust die Waage. Schließlich siegte die Erleichterung. Sie lächelte Josef zu.

»Darf ich dich küssen?«, fragte er.

Hier in aller Öffentlichkeit!, wollte sie schon einwenden, als ihr sein Mund die Lippen verschloss. Er schmeckte nach dem Tabak, den er ab und zu rauchte, und dem Wein, den er für sie beide bestellt hatte. Ganz anders als Franz und doch ...

Zum ersten Mal, seit Franz im vergangenen Jahr in den Krieg gezogen war, fühlte sie sich geborgen.

Anwesen der Gerbans bei Altenstadt
Dezember 1871, zwei Tage nach Franz' Heimkehr

Es klopfte leise an die Tür zum Frühstückszimmer, wo Franz allein vor den Resten seiner Mahlzeit saß. Seitdem er seinem Vater seinen Entschluss, sein Erbe aus der Firma zu ziehen, mitgeteilt hatte, ging Wilhelm Gerban ihm weitgehend aus dem Weg.

Schon gestern hatte sein Vater ihm mitgeteilt, dass er ihn im Weißenburger Kontor nicht mehr zu sehen wünsche. Danach verließ er weit vor der üblichen Zeit das Haus. Auch Mathilde würde erst heute aus dem Hospital entlassen werden und am Abend mit ihrem Vater heimkehren.

So stocherte Franz missmutig in den gebratenen Eiern und dem Schinken herum. Hätte er dadurch nicht das Hauspersonal und ganz Weißenburg auf das Zerwürfnis mit seinem Vater aufmerksam gemacht, wäre er in ein Hotel gezogen. Dennoch bereute er seine Entscheidung nicht, obwohl er sich im Innersten eingestehen musste, dass neben Trotz auch unterschwellig das schlechte Gewissen mitschwang.

Nun hob er erstaunt den Kopf von seinem noch halb vollen Teller. Das Dienstmädchen Heidi, das beim Frühstück servierte, pflegte das Klingelzeichen abzuwarten, bevor es hereinkam, um abzuräumen oder frischen Kaffee zu bringen.

»Herein!«, rief er mürrisch. Zu seiner Überraschung trat die Hausdame Frau Burger ein.

»Entschuldigen Sie bitte vielmals, Herr Gerban, dass ich Sie störe«, sagte sie mit ihrer leisen, kultivierten Stimme. »Darf ich Sie einen kleinen Moment lang um eine Unterredung bitten?«

Franz' Herz machte unwillkürlich einen Satz. Ging es um Irene? Er hatte Frau Burger immer im Verdacht gehabt, mehr über ihr Verschwinden zu wissen, als sie zugab.

»Natürlich.« Er wies auf den freien Stuhl ihm gegenüber. »Worüber möchten Sie sprechen? Darf ich Ihnen dabei eine Tasse Kaffee anbieten?«

»Nein, vielen Dank!« Frau Burgers Augen flackerten. Sie wirkte eindeutig nervös. Zögernd nahm sie auf der äußersten Stuhlkante Platz und hielt sich so gerade, als habe sie einen Ladestock verschluckt. Ihre im Schoß verschränkten Hände wirkten verkrampft.

»Nun, was kann ich für Sie tun?« Franz konnte sich keinen Reim auf das Verhalten der Hausdame machen.

»Ich hoffe, Sie empfinden mich nicht als zudringlich oder sogar impertinent«, begann Frau Burger umständlich. Dann holte sie sichtlich Luft. »Ich habe den Eindruck gewonnen, dass Sie uns womöglich bald verlassen möchten«, brachte sie ihr Thema dann auf den Punkt. Es ging also nicht um Irene.

Franz versuchte, sich seine Enttäuschung nicht anmerken zu lassen, und schürzte spöttisch die Lippen. »Also hat Riemer geredet«, konstatierte er nüchtern.

Frau Burger wirkte nun noch verlegener. »Riemer ist kein geschwätziger alter Mann«, verteidigte sie den Kutscher. »Er war in der Tat sehr aufgeregt über die Gesprächsfetzen, die er notgedrungen auf der Heimfahrt nach Ihrer Rückkehr aufgeschnappt hat. Ja, das ist wahr. Doch er hat nur ein paar Andeutungen mir und Niemann gegenüber gemacht.« Sie stockte.

»Und weiter?« Franz wurde langsam ungeduldig, zumal er immer noch keinen Hinweis hatte, worauf die Hausdame eigentlich hinauswollte.

»Es sind vor allem die Instruktionen, die Ihr verehrter Herr Vater mir gegeben hat, Herr Gerban, die mich davon überzeugt haben, dass Riemer sich nicht vollständig geirrt haben kann. Ab heute Abend soll das Fräulein Mathilde alle Mahlzeiten auf ihrem Zimmer serviert bekommen. Ihr verehrter Herr Vater selbst möchte sein Frühstück eine Stunde früher einnehmen als üblich und wird bis auf Weiteres im ›Goldenen Adler‹ in Weißenburg zu Abend speisen. Vor allem das spricht für das von Riemer angedeutete …«, sie suchte nach dem richtigen Wort, »… spricht für die augenblicklichen Dissonanzen.«

Franz spürte, dass ihm das Blut zu Kopfe stieg. *Er will mich also zumindest vor den Augen und Ohren der Dienstboten meiden wie einen Aussätzigen. Dann muss ich ja auch keine Zurückhaltung mehr üben.*

»Nun, Frau Burger, Ihre Eindrücke entsprechen der Wahrheit. Ich werde für die französische Staatsbürgerschaft optieren und das Elsass im nächsten Jahr für immer verlassen. Mit dem

Erbe meiner Mutter werde ich Teilhaber in einer Eisenwarenfabrik in Saint-Quentin. Aber das wissen Sie ja sicherlich schon
alles.«

Frau Burger errötete ebenfalls und deutete ein Nicken an.

»Allerdings verstehe ich nicht, liebe Frau Burger, weshalb
Sie das anficht.« Franz wurde lauter. »Also erklären Sie sich
jetzt bitte!«

»Es geht um Ihre verehrte Frau Mutter.«

Im ersten Moment glaubte Franz, sich verhört zu haben.
»Um meine Mutter? Was hat sie denn damit zu tun?« Er ließ
nun alle Diskretion außer Acht. »Sofern Sie das nicht längst
ebenfalls wissen, Frau Burger, meine Mutter gilt als unheilbar
wahnsinnig. Und will mich, ihren einzigen Sohn, seit Monaten nicht sehen.« Ärgerlich konstatierte er, dass seine Stimme
schwankte. Die Ablehnung seiner Mutter machte ihm mehr zu
schaffen, als er sich eingestehen wollte.

Frau Burger sah todunglücklich aus. »Manchmal trügt der
Schein«, begann sie kryptisch. Sie sprach so leise, dass sich
Franz über den Tisch beugen musste, um sie zu verstehen.

»Was soll das heißen? So sprechen Sie doch endlich Klar-
text, Frau Burger!«

»Ich kann Ihnen nur eine Vermutung bieten, und ich riskiere meine Stellung mit dem, was ich Ihnen heute sage. Aber
ich glaube, es ist bei der Einweisung Ihrer Frau Mutter in die
Irrenanstalt nicht alles mit rechten Dingen zugegangen.«

»Waas?« Franz war verstört. »Was soll nicht mit rechten
Dingen zugegangen sein?«

Frau Burgers Lippen zitterten. »Darüber kann ich beim besten Willen nicht sprechen.«

»Hat mein lieber Vater dabei seine Hände im Spiel? Hat
er gedroht, Sie auf die Straße zu setzen, wenn Sie etwas verraten?«

Frau Burgers Schweigen war Franz Antwort genug.

»Was wissen Sie noch, Frau Burger?« Er wagte den Schuss ins Blaue. »Etwa auch, warum Irene verschwunden ist?«

Die Hausdame zuckte zusammen, blieb jedoch stumm.

»Hängt das etwa alles miteinander zusammen?«

Frau Burger stand auf. »Bitte, ich kann Ihnen keine weiteren Auskünfte geben. Entsprechende Nachforschungen müssten Sie selbst anstrengen.« Sie holte noch einmal tief Luft. »Deshalb wäre es vielleicht von Vorteil, wenn Sie hier im Elsass bleiben würden, Herr Gerban. Und nun bitte ich Sie, mich zu entschuldigen. Ich habe Ihre Zeit schon viel zu lange in Anspruch genommen.« Mit diesen Worten wandte sie sich zur Tür und huschte hinaus.

Zutiefst verstört starrte Franz ihr nach.

Tuchfabrik Reuter in Lambrecht
Dezember 1871, eine Woche später

»Also, verehrter Herr Inspektor Meisner, nun haben Sie jedes Stockwerk besichtigt und konnten sich hoffentlich davon überzeugen, dass in meiner Fabrik alles mit rechten Dingen zugeht.«

Der dickliche Mann mit dem zu engen Gehrock und einem Schnurrbart, der ihm zu beiden Seiten des Mundes bis aufs Kinn herabhing, nickte. »Ich werde einen entsprechenden Bericht verfassen, Herr Reuter, der Sie von allem Verdacht reinigt, Kinder zu beschäftigen, die das gesetzliche Mindestalter noch nicht erreicht haben.«

Irene, in deren Nähe die Männer stehen geblieben waren, beugte sich tiefer über den Stoff, den sie gerade mit dem Noppeisen bearbeitete. Sie wollte sich ihre Verwirrung und Empörung nicht anmerken lassen.

»Ich gestehe freimütig ein, Herr Meisner«, salbaderte Reuter mit öliger Stimme, »dass ich die Gesetzgebung in unseren deutschen Landen nicht immer nachvollziehen kann. Die Restriktionen für die Beschäftigung von Kindern sind nirgendwo in Europa so streng wie bei uns. Allein das bedeutet für uns Tuchfabrikanten einen erheblichen wirtschaftlichen Nachteil gegenüber unseren ausländischen Konkurrenten und schmälert den Profit enorm.«

»Dazu möchte ich mich nicht äußern«, entgegnete der Inspektor steif.

»Sie sind ein ehrenwerter Beamter, Herr Meisner, und lassen daher nichts auf Ihren Brotgeber kommen.« Reuter seufzte theatralisch. »Ich wünschte, ich könnte Gleiches auch von der Loyalität meiner Belegschaft sagen. Dennoch möchte ich mir noch eine Anmerkung erlauben: Frühzeitig über regelmäßige Arbeit an ein gottgefälliges Leben herangeführt zu werden hat noch keinem Kinde geschadet. Zumal es damit auch zum Unterhalt seiner Familie beitragen kann und so beizeiten lernt, Verantwortung zu übernehmen.«

Meisner räusperte sich. »Ich stimme Ihnen zu, verehrter Herr Reuter, solange Leben und Gesundheit der Kinder nicht durch ihre Tätigkeit gefährdet werden.«

Der flüchtige Seitenblick, den sich Irene erlaubte, zeigte ihr, dass sich Reuter selbstgerecht in die Brust warf.

»Das versteht sich doch von selbst, Herr Meisner. Selbst wenn es mir erlaubt wäre, Kinder unter zwölf Jahren zu beschäftigen, würde ich sie nie irgendeiner Gefahr aussetzen.«

Irene knirschte vor Wut mit den Zähnen. *Dieser Heuchler!* Sie beugte sich noch tiefer über den Stoff und riss mit ihrer zitternden Hand einen langen Faden mit dem Noppeisen heraus.

»Das habe ich keinen Augenblick lang bezweifelt, Herr Reuter«, versicherte der Fabrikinspektor. »Ich kann Ihren Ärger über die Beschränkungen, die unsere strengen Vorschriften

Ihnen als Unternehmer auferlegen, nachvollziehen. Doch ich halte Sie für einen gesetzestreuen Ehrenmann.«

»Dann verraten Sie mir doch eines, lieber Herr Meisner!« Nun senkte Reuter verschwörerisch die Stimme. »Wer hat mich denn überhaupt angezeigt?«

Der Fabrikinspektor zögerte einen Augenblick lang. »Eigentlich darf ich Ihnen das nicht sagen, Herr Reuter. Aber nun, da sich die Sache als üble Denunziation herausgestellt hat, fühle ich mich nicht mehr an meine Schweigepflicht gebunden. Soviel ich weiß, heißt der Mann Josef Hartmann. Er ist ein arbeitsloser Malergeselle, der in Lambrecht einen Ableger des Deutschen Arbeitervereins gegründet hat, von dem er auch bezahlt wird.«

Irene erstarrte vor Schreck, zumal Reuters Antwort nicht dazu angetan war, sie zu beruhigen.

»Aha! Das dachte ich mir schon fast. Ein subversives Element, das meine und die Belegschaften anderer Fabriken in Lambrecht gegen uns, ihre Brotgeber, aufzuwiegeln versucht. Ein zuverlässiger Arbeiter hat mir davon berichtet.«

Das war sicher Robert Sieber, das Schwein aus der Färberei. Irene fuhr mit dem Noppeisen so heftig über das Tuch, dass sie diesmal sogar ein Loch hineinriss. Das war ihr schon lange nicht mehr passiert. Einen Augenblick lang war sie abgelenkt. *Ich wollte den Ballen bis zur Mittagspause fertig bearbeiten. Das kann ich nunmehr vergessen.*

So entging ihr der größte Teil von Reuters nächstem Satz. Sie wurde erst wieder aufmerksam, als sie das Wort »Streik« hörte, und hob unwillkürlich den Kopf. Der Blick seiner hellbraunen Augen wirkte tückisch. »Doch seien Sie versichert, verehrter Herr Meisner, wir werden gerüstet sein.«

»Was gibt es da zu glotzen?«, fuhr er Irene im nächsten Moment an.

Sie erschrak. »Entschuldigen Sie bitte, Herr Reuter«, murmelte sie.

»Eine Nopperin sollte die Augen stets auf das Tuch gerichtet halten, das sie gerade bearbeitet«, wurde sie belehrt. »Sonst verursacht sie Schäden, anstatt sie zu beheben.« Er trat einen Schritt auf sie zu.

Einen furchtbaren Augenblick lang befürchtete Irene, er würde ihre Arbeit inspizieren und genau die Fehler entdecken, die ihr während der belauschten Unterhaltung passiert waren. Doch schon wandte sich der Fabrikherr wieder ab.

»Jawohl, Herr Reuter«, murmelte sie trotzdem der Vorsicht halber. »Ich werde das besser beherzigen.« Sie senkte den Blick zurück auf das grüne Uniformtuch und verachtete sich selbst für ihre Feigheit. Aber sie brauchte ihren Arbeitslohn. Obwohl Josef und sie nun ein Paar waren, reichte das, was ihm der überörtliche Allgemeine Deutsche Arbeiterverein für seine regionale politische Tätigkeit zahlte, bei Weitem nicht aus, um sie und Fränzel davon mit zu unterhalten.

Der Fabrikinspektor meldete sich wieder zu Wort. »Ich muss mich nun leider verabschieden, Herr Reuter, damit ich nach dem Mittagsmahl noch rechtzeitig nach Neustadt zurückkehren kann, um meinen Bericht über die Inspektion zu verfassen.«

»Wie außerordentlich schade, Herr Meisner.« Nun klang Reuters Stimme wieder ölig. »Ich wollte Sie zum Mittagessen ins ›Goldene Lamm‹ führen. Das ist Lambrechts bestes Haus am Platz und bietet eine ausgezeichnete Küche.«

»Da sage ich nicht nein, lieber Herr Reuter«, hörte Irene, die den Blick fest auf ihren Arbeitstisch gerichtet hielt, Meisner im Weggehen antworten.

Das Herz klopfte ihr bis zum Hals. Die zwanzig Minuten bis zum Beginn ihrer Mittagspause kamen ihr wie eine Ewigkeit vor.

Als die Zeiger der großen Wanduhr endlich auf zwölf standen, ließ Irene alles stehen und liegen und hastete die beiden Stockwerke bis zur Spinnerei hinunter.

Dort ging sie sofort zu Emma, deren Selfaktor stillstand, weil sie gerade dabei war, ihre Spulen an die neuen Ballen Vorgarn aus der Krempelei zu knüpfen. Ihre Wange wies einen bläulich verfärbten Fleck auf, den Irene am Vortag noch nicht bemerkt hatte. Also hatte Josefs Ermahnung nicht allzu lange vorgehalten, genau wie er es vermutet hatte. Normalerweise hätte sie ihre Freundin auf die erneute Misshandlung durch Georg angesprochen. Doch heute hatte sie Dringlicheres im Sinn.

»Wo ist Else?«, brüllte sie Emma wegen des Lärms ins Ohr. Dann ließ sie den Blick über die weitläufige Halle schweifen. »Und wo sind die Mädchen?« Sie konnte keines der Kinder ausmachen.

Emma zuckte mit den Achseln und begann, die Fäden des letzten Ballens an ihren Spulen zu befestigen. »Die Kinder sind heute nicht zur Arbeit erschienen. Ich vermute, das hat mit der Inspektion zu tun«, antwortete sie auf die gleiche Weise.

»Mit der Inspektion? Woher wusste man denn davon?«

Emma sah Irene mitleidig an. Jetzt erst erkannte sie, dass auch deren rechtes Auge blutunterlaufen war. »Ach, du Schaf. Jeder Inspektor kündigt seinen Besuch in einer Fabrik doch vorher an.«

Irene war fassungslos. Ihr fehlten die Worte. In diesem Moment kam die Vorarbeiterin Else den Gang entlang. Irene stürzte, ohne groß nachzudenken, auf sie zu, fasste sie am Arm und zog sie hinaus auf den Absatz des Stiegenhauses.

»Hast du die Kinder heute heimgeschickt oder gar nicht erst zur Arbeit kommen lassen?«

Else musterte sie kühl. Dann legte sie einen Finger auf ihre Lippen. »Schrei nicht so herum, Irene. Oder willst du deine Arbeit noch heute loswerden?«

Irene atmete tief durch. »Also stimmt es«, schloss sie aus Elses Reaktion. »Die Mädchen und auch alle anderen Kinder unter zwölf Jahren sind heute gar nicht zur Arbeit erschienen.«

»Natürlich nicht«, beschied Else ihr schroff. »Was glaubst du, wer es zu büßen gehabt hätte, wenn es anders gewesen wäre?«

Irene biss sich auf die Lippen, um nicht herauszuplatzen. Aber Else ließ ihr gar keine Gelegenheit zu einer Erwiderung.

»Reuter hat mich doch ohnehin schon auf dem Kieker, Irene«, sagte sie ruhig. »Ich dachte, das wüsstest du. Er ist gestern höchstpersönlich in der Spinnerei erschienen und hat den Mädchen befohlen, heute nicht zur Arbeit zu kommen. Er bezahlt ihnen trotzdem den Lohn dafür. Willst du den Kindern ihren freien Tag missgönnen?«

»Darum geht es doch gar nicht, Else!«, empörte sich Irene. »Die Mädchen gefährden sich jeden Tag, an dem sie unter den Selfaktoren saubermachen. Das ist dir doch klar! Was zählt da ein freier Tag, wenn es um ihre leibliche Unversehrtheit geht? Josef Hartmann hat mir erzählt, dass schon Kinder verstümmelt worden sind.«

Else grinste spöttisch. »Soso, Josef Hartmann steckt also dahinter. Das hätte ich mir eigentlich denken können. Man behauptet, er will die Arbeiter zu einem Streik aufwiegeln. Und du sollst jetzt sein Liebchen sein«, sagte sie Irene auf den Kopf zu.

Die spürte, dass sie errötete. »Josef hat in allem recht, was er sagt und tut«, verteidigte sie ihn.

»Das wird sich dann ja zeigen«, erwiderte Else. »Ich jedenfalls werde mich an keiner seiner Aktionen beteiligen. Ich habe hart gearbeitet, um das zu werden, was ich heute bin. Das setze ich nicht aufs Spiel.« Mit einem Seitenblick auf Emma fügte sie hinzu: »Andere übrigens auch nicht.«

Irene fiel auf, dass Emma ihrem Blick auswich. »Was soll das heißen?«, fragte sie stattdessen Else.

»Nun, der Inspektor hat Emma und auch andere Arbeiterinnen gefragt, ob in der Spinnerei Kinder arbeiten und sogar den Boden unter den Selfaktoren reinigen. Keine von uns hat das eingestanden.«

Irene war erneut fassungslos. Sie rannte zu Emma, die noch immer das Vorgarn befestigte. »Hast du den Inspektor tatsächlich belogen?«

Emma fuhr wie eine Furie zu ihr herum und schrie sie an: »Was blieb mir denn anderes übrig, du dumme Kuh! Schau doch mal, wie ich heute aussehe!« Sie zeigte auf ihr misshandeltes Gesicht. »Was glaubst du, was Georg mit mir macht, wenn ich auch noch meine Arbeit verliere? Und Reuter stand doch direkt daneben, als dieser Beamte mich nach den Mädchen fragte. Er hätte mich jetzt schon entlassen. Hättest du das in Kauf genommen?«

Irenes Wut verrauchte mit einem Schlag. Hatte sie nicht selbst noch vor einer halben Stunde vor Reuter gekuscht, der erzürnt war, nur weil sie ihn angestarrt hatte? Und das, obwohl es ihr mit Trude Ludwig als Vermieterin und Josef Hartmann als Partner viel besser erging als Emma!

»Es tut mir leid!« Sie schüttelte den Kopf und drehte sich ohne weitere Worte um. Mit hängenden Schultern kehrte sie an ihre Arbeit zurück, obwohl ihre Mittagspause noch längst nicht vorbei war. Nicht geweinte Tränen der Erbitterung und Resignation brannten in ihren Augen und verschlugen ihr den Appetit.

So sind wir Arbeiter also völlig hilf- und schutzlos der Willkür der Fabrikherren ausgeliefert. Den ganzen restlichen Tag kreisten ihre Gedanken um diesen Satz.

Für die Fertigstellung des Ballens, die sie ursprünglich bis zur Mittagszeit geplant hatte, brauchte sie fast bis zum Ende ihrer heutigen Schicht.

Irrenanstalt in Klingenmünster
Dezember 1871, ein paar Tage vor Weihnachten

»Möchten Sie noch eine schöne Tasse Tee, Frau Gerban?« Schwester Irmgard, ihre neue Wärterin, wies einladend auf die Kanne, deren Inhalt von einem Stövchen warm gehalten wurde.

»Das wäre mir sehr lieb, Schwester Irmgard. Und geben Sie bitte ordentlich Zucker hinein. Diese Medizin schmeckt gar zu bitter. Ich möchte den unangenehmen Geschmack mit dem Tee überdecken.«

Während die Schwester ihr den Rücken zukehrte, um den Tee einzuschenken, kippte Pauline den Inhalt des kleinen Bechers blitzschnell in die Erde der Topfpalme vor dem Fenster ihres Salons.

Hoffentlich geht die Pflanze nicht irgendwann ein, sorgte sie sich.

Als sich Irmgard mit der dampfenden Tasse umdrehte, setzte sie ein strahlendes Lächeln auf und streckte ihr das kleine Gefäß entgegen. »Geben Sie mir den Tee im Austausch gegen den leeren Becher. Ich habe alles schon brav geschluckt.«

Die junge Wärterin erwiderte das Lächeln. »Wie schön, dass es Ihnen wieder so gut geht, Frau Gerban. Wir hoffen alle, dass dieser Zustand diesmal anhält.«

Dafür werde ich sorgen, versprach Pauline sich aufs Neue. *Noch einmal legen sie mich nicht herein!*

Sie schauderte innerlich, als sie an die vielen Wochen und Monate dachte, in denen dieser korrupte Klinikleiter Dietrich sie mit seiner Medikation fast bis zur Bewusstlosigkeit betäubt hatte. Nur um dann zu behaupten, die von ihm selbst verursachten Symptome seien ein Zeichen ihres geistigen Verfalls.

Mittlerweile durchschaute Pauline die Intrige, die sie hier in der Irrenanstalt nunmehr seit über einem Jahr festhielt.

Ihr Gatte hatte Dietrich, den er für seine Willfährigkeit wahrscheinlich fürstlich bezahlte, bestochen. Seitdem sie durch die Reduktion der Medikation wieder klar denken konnte, grübelte Pauline über ihr Schicksal nach.

Solange Dietrich hier der uneingeschränkte Herrscher ist, kann ich nichts ausrichten. Ich muss mich anpassen, wenn ich meinen Verstand nicht durch die betäubenden Mittel endgültig einbüßen will. Doch Irmgard hat angedeutet, dass Dietrich in einigen Jahren in den Ruhestand gehen könnte. Das besagen jedenfalls die Gerüchte rund um seine Abreise aus der Anstalt genau zu dem Zeitpunkt, an dem die Blattern ausbrachen.

Zum zweiten Mal erhielt ich dadurch die Chance, von Dr. Bertram behandelt zu werden. Er hat mir versprochen, dass die Medikation nicht wieder erhöht werden wird, solange ich mich gut fühle. Wenn ich jemals wieder hier herauskommen will, muss ich mich anpassen. Kein Wort über Franz, kein Wort über den Anlass und die Umstände meiner Einweisung, so schwer es mir auch fällt, diese himmelschreiende Ungerechtigkeit hinzunehmen. Sonst behauptet Dietrich wieder, ich litte an Wahnvorstellungen. Alles ist besser als die Benommenheit und Hilflosigkeit der vergangenen Wochen. Das will ich nie wieder ertragen müssen.

»Frau Gerban?« Pauline schreckte aus ihren Gedanken auf.

»Entschuldigen Sie bitte, ich war einen Moment lang abgelenkt. Haben Sie etwas gesagt?«

Irmgard lächelte nachsichtig. »Ich wollte Ihnen noch mitteilen, dass Herr Dr. Bertram Sie heute aufsuchen möchte. Er bringt Ihnen Weihnachtspost von zu Hause mit.«

Pauline war vorbereitet, als Dr. Bertram am Nachmittag kam. Sie gedachte, ihre Rolle als angepasste Patientin perfekt zu spielen.

»Es scheint Ihnen nach wie vor immer besser zu gehen«, lobte der Oberarzt, als er sie flüchtig untersucht hatte. »Sie wirken fröhlich und aufgeräumt, bei klarem Verstand und haben weiter an Gewicht zugelegt. Das spricht dafür, die Medikation noch einmal zu verringern.«

Pauline verbarg ihre Freude. »Wenn Sie dies für angemessen halten, Herr Dr. Bertram, ist es sicherlich nur zu meinem Besten.«

Da sie, seitdem sie sich dazu in der Lage fühlte, so viel von dem Präparat, wie es ihr nur irgend möglich war, heimlich ausgespuckt hatte, konnte sie selbst am besten beurteilen, dass ihr das Medikament nicht nützte, sondern nur schadete.

Der Oberarzt nickte jovial. »Und es scheint mir daher auch an der Zeit zu sein, den Kontakt zu Ihrer Familie wieder aufzunehmen.« Er zog ein Schreiben aus der Tasche und schwenkte es. Pauline erkannte Franz' Handschrift sofort. »Dieser Brief kam heute an. Er ist von Ihrem Sohn.«

Paulines Lächeln gefror. Sofort war sie auf der Hut. »Ich möchte Franz nicht sehen«, sagte sie brüsk. War das wieder eine Falle? Von Bertram hatte sie das nicht erwartet.

Dessen Miene wurde ernst. »Das scheint mir ein seltsamer Wunsch zu sein. Darf ich nach den Gründen fragen?«

Pauline improvisierte verzweifelt. »Franz tut mir nicht gut, Herr Doktor. Ich kann es Ihnen auch nicht besser erklären, aber er versetzt mich in Unruhe. Er bedrängt mich und will unbedingt etwas von mir wissen, was ich ihm nicht sagen kann.«

»Worum handelt es sich denn dabei?«, hakte Bertram nach.

»Es geht um ein Liebchen, das ihm davongelaufen ist. Aus unerfindlichen Gründen glaubt er, ich wüsste den Grund dafür.«

»Und wissen Sie ihn?« Bertram blieb hartnäckig. Er beobachtete sie scharf.

Paulines Herz begann zu rasen. *Ich darf nicht wieder auf sie hereinfallen. Vielleicht steckt Bertram doch mit Dietrich und Wilhelm unter einer Decke.*

Die nächsten Worte rang sie sich ab. »Ich weiß es nicht sicher. Aber ich habe meine Vermutungen«, log sie. »Franz ist verkrüppelt. Er hat im Krieg ein Bein verloren. Das stieß das Mädchen ab.« Sie hasste sich selbst dafür, dass sie Irene und Franz so schlechtmachte. Aber was blieb ihr anderes übrig? »Und da mein Sohn ohnehin vom Charakter her jähzornig und unleidlich ist, wollte sie das nicht auch noch ertragen.«

Bertram nickte bedächtig. »So soll ich Ihrem Sohn also antworten, dass Sie nach wie vor keinen Besuch von ihm wünschen?«

»Zumindest nicht, solange ich mich noch nicht stabil genug fühle«, ließ sich Pauline eine Hintertür offen. Dann fiel ihr etwas ein. »Wann kommt Dr. Dietrich eigentlich zurück?«

Bertram wirkte indigniert. »Wir erwarten ihn im Laufe des Januars«, antwortete er steif.

»Dann sagen Sie ihm bitte nicht, dass Franz geschrieben hat!« In ihrer Panik griff sie nach Bertrams Arm. »Bitte versprechen Sie mir das! Und bitte bleiben Sie mein behandelnder Arzt. Ich befolge jede Ihrer Anweisungen aufs Wort.«

Bertrams Miene entspannte sich. *Er hat mich zuvor, als ich ihn nach Dietrichs Rückkehr gefragt habe, missverstanden und geglaubt, ich zöge ihm Dietrich als Arzt vor,* wurde Pauline klar.

Nun nestelte der Oberarzt in der Tasche seines Kittels. »Hier sind ein paar persönliche Worte Ihres Sohnes an Sie, die er dem Schreiben an die Klinik beigelegt hat. Genesungswünsche und Weihnachtsgrüße, nichts Beunruhigendes«, versuchte er, Pauline zu beschwichtigen, die angstvoll zurückwich. »Wollen Sie den Brief nicht wenigstens lesen?«

Sie schüttelte heftig den Kopf. »Auf gar keinen Fall!«

Bertram seufzte. »Gut, dann nehme ich ihn zu Ihren Akten. Melden Sie sich, wenn Sie es sich anders überlegt haben.«

Während Pauline, die sich gleich nach Bertrams Abschied in ihr Schlafzimmer zurückgezogen hatte, lautlos in ihre Kissen schluchzte, ging der Oberarzt mit zusammengezogenen Brauen durch den winterlichen Park. Da ihn die allmählich genesenden Pockenkranken und die Verantwortung für die gesamte Anstalt noch immer in Atem hielten, hatte er seine Absicht, im Fall Pauline Gerban einmal nachzuforschen, wieder aus den Augen verloren.

Aber da ist etwas faul im Staate Dänemark, wiederholte er seine Gedanken von damals. *Das spüre ich immer deutlicher. Diesmal werde ich die Sache nicht wieder auf die lange Bank schieben, sondern mich sachkundig machen.*

Kapitel 13

Wilhelm Gerban sah auf die barocke Wanduhr im Frühstückszimmer. Es war zehn Minuten vor acht Uhr. Nach dem in den letzten Wochen zur Routine gewordenen Zeitplan für ihre getrennten Mahlzeiten würde Franz in wenigen Minuten herunterkommen.

Üblicherweise wäre er, Wilhelm, zu dieser Zeit bereits aus dem Haus, und Mathilde hätte sich in ihr Zimmer zurückgezogen. Heute jedoch ließ sich eine Begegnung mit Franz nicht vermeiden, zumal er keine guten Neuigkeiten für ihn hatte.

Stirnrunzelnd sah Gerban auf Mathildes Teller. Wieder hatte sie kaum etwas gegessen. Die Kleider der letzten Saison schlackerten ihr schon wieder um den Leib, obwohl ihre Zofe Klärchen sie schon zweimal enger gemacht hatte. Die an jenem Unglückstag vor sechs Wochen bei Madame Marat bestellte neue Garderobe hatte Mathilde gleich zurückgeschickt, da die Kleider ihr inzwischen viel zu weit und erstaunlicherweise auch zu überladen mit Zierrat waren.

»Warum isst du denn wieder kaum etwas, mein Liebes?«, sorgte sich Wilhelm. »Am Ende wirst du mir noch krank werden.«

»Mir geht es gut«, wehrte Mathilde ab.

Wilhelm entschloss sich zur Offenheit. Heute war anscheinend der Tag für ehrliche Worte. »Ist dir die Sache mit von Wernitz so sehr auf den Magen geschlagen?«, fragte er.

Mathilde hob den Kopf. Aus ihrer Miene sprach eine für Gerban neue Art von Trotz. Das war nicht mehr die verzogene Göre, die nicht sofort ihren Willen bekam. Das war eine entschlossene junge Frau, die ein Ziel verfolgte.

»Die Sache ist mir nicht auf den Magen geschlagen, Vater. Eine Lehre war sie mir dennoch. Und da ich jetzt nicht einmal mehr auf eine stattliche Mitgift hoffen kann, muss ich andere Reize entwickeln, wenn ich keine alte Jungfer werden will. Zumindest möchte ich mich nicht mehr ›fett‹ schimpfen lassen müssen.«

Wilhelm schwieg betroffen. Obwohl die fehlenden Pfunde vor allem Mathildes Gesicht ohne die Pausbacken viel hübscher erscheinen ließen, spürte er erneut die ihm schon vertraute Wut. Sie ergriff ihn jedes Mal, wenn er an die Tragödie dachte, die dank der Starrsinnigkeit seines Sohnes den sorglosen Wohlstand der ganzen Familie bedrohte. Damit hatte er nie gerechnet, zumal er Pauline im vergangenen Jahr so geschickt ausgeschaltet hatte. Auch der dumpfe Kopfschmerz, der ihn seit Franz' Rückkehr aus Saint-Quentin regelmäßig befiel, kündigte sich erneut an.

Am dramatischsten hatte bislang sein Bruder Gregor reagiert. »Du willst uns nicht nur unsere Beteiligung am Gewinn des Weinhandels streichen, sondern mir auch noch das Salär kürzen?«, brüllte er mit hochrotem Kopf. »Wie sollen wir da unsere Ausgaben bestreiten?«

Wilhelm war auf einen solchen Ausbruch vorbereitet gewesen und daher ruhig geblieben. »Wir müssen alle den Gürtel enger schnallen. Was schlägst du vor?«

»Bring deinen renitenten Sohn endlich zur Räson! Erst kämpft er auf der falschen Seite, und jetzt tut er uns das an! Ottilie wird außer sich sein.«

Wilhelm lächelte spöttisch. »Also daher weht der Wind. Wagst du nicht, ihr die Wahrheit zu bekennen?«

»Sie wird wieder versucht sein, Franz bei den deutschen Behörden anzuzeigen.«

»Dann bring erst mal du deine Frau zur Räson! Wenn du uns nicht gänzlich ruinieren willst, sorge dafür, dass sie schweigt! Eigentlich sollte sie doch am besten wissen, was ein Bankrott bedeutet.«

Gregors Frau Ottilie stammte aus kleinbürgerlichen Verhältnissen. Ihr Vater hatte es vorübergehend zu einigem Wohlstand gebracht, da er den Truppen in Rheinbayern, wie die seit 1816 zum Königreich Bayern gehörende Pfalz genannt wurde, mithilfe bestochener Intendanten minderwertige Ware verkauft hatte. Als die Sache aufflog, war ihr Vater ruiniert gewesen und nur knapp einer Gefängnisstrafe entgangen. All dies hatte sich nur wenige Wochen nach Gregors Hochzeit mit Ottilie abgespielt. Wilhelm musste damals mit einer erheblichen Summe aus Paulines Vermögen einspringen, damit nicht auch noch der Ruf der Weinhandlung in Mitleidenschaft gezogen wurde.

»Und wie willst *du* verhindern, dass alle Welt von dieser Schande erfährt?«, fauchte Gregor.

»Ich habe mit Franz vereinbart, dass er seine Option zur französischen Staatsbürgerschaft erst abgibt, wenn die Finanzierung der Auszahlung seines Erbes gesichert ist. Ich werde darauf dringen, dass er noch am selben Tag nach Saint-Quentin abreist. Damit ist er dem Zugriff der preußischen Behörden entzogen.«

»Aha! Und was ist dann mit dem Ruf der Weinhandlung? Bislang war es dir doch immer am wichtigsten, dass genau das, was unser lieber Franz auf dem Kerbholz hat, nicht ans Tageslicht kommt.«

Über diesen Punkt hatte Wilhelm viele Male nachgedacht. »Ich werde den gebrochenen Vater spielen, dem sein Sohn ohne sein Zutun und Wissen übel mitgespielt hat. Seinen verderbten Charakter werde ich seiner französischen Mutter zu-schreiben ...«

»Was ja auch den nackten Tatsachen entspricht«, fiel ihm Gregor ins Wort.

»... die durch die unseligen Verträge, die ihr Vater mir auf-gezwungen hat, auch die Macht dazu hatte, diesen schlechten Einfluss auszuüben«, fuhr Wilhelm fort, ohne auf Gregors Ein-wurf einzugehen. »Ich hoffe darauf, dass Franz' Verhalten bei unserer Kundschaft Mitgefühl für unsere Familie erzeugt und die Sache glimpflich für uns ausgeht.«

Gregor blickte skeptisch drein, sagte jedoch nichts.

»Dass sich die Verträge jedoch nicht nur auf ihre Mitgift, sondern auf das gesamte Vermögen der Familie beziehen, wer-den wir natürlich geheim halten«, fuhr Wilhelm fort. »Des-halb weiß niemand außer uns, wozu das Geld aus den Hypo-theken tatsächlich verwendet wird. Auch die Banken nicht, die mir die erforderliche Summe leihen werden.«

»Und was hast du denen gesagt?«

»Dass wir mit dem Geld neue Filialen unserer Weißenbur-ger Weinhandlung im Deutschen Reich eröffnen wollen. Und zusätzliche Weinberge rund um Dürkheim und Deidesheim erwerben. Keine Bank, mit der ich gesprochen habe, hat das angezweifelt.«

Schließlich hatte Gregor die entscheidende Frage gestellt: »Werden wir uns jemals finanziell von diesem Schlag erho-len?«

In diesem Moment hatte es hinter Wilhelms Schläfen wieder zu pochen begonnen. »Ich werde mein Bestes tun, Gregor.«

Doch nun erwies sich die zweite Hürde, die Wilhelm an-fangs als eher harmlos eingeschätzt hatte, als unüberwindbar: Franz' gefälschte bayerische Staatsbürgerschaft.

Wer weiß, was der Heißsporn tut, wenn er die Wahrheit erfährt. Vor Franz' Reaktion fürchtete Wilhelm sich wirklich. *Aber ich habe getan, was ich konnte. Jetzt liegt der Gang der Dinge nicht mehr in meiner Macht.*

»Mein Liebes«, sprach er Mathilde nun an. »Wenn du dein Frühstück beendet hast, lass mich bitte allein. Ich habe vertraulich mit deinem Bruder zu reden.«

Tuchfabrik Reuter in Lambrecht
Mitte Januar 1872

Benjamin Reuter beobachtete vom Fenster seines Kontors in der Tuchfabrik aus, wie die beiden Kutschen nacheinander auf den Hof einfuhren. Er kontrollierte sein Äußeres vor dem kleinen Wandspiegel hinter einem Paravent und richtete seinen Binder, der ein wenig verrutscht war. Dann nahm er hinter seinem imposanten Schreibtisch Platz.

Schon kurze Zeit später führte sein Verwalter Plotzer die beiden Männer herein. Sie waren korrekt in Zylinder und warme Umhänge über ihren dunkelgrauen Gehröcken gekleidet.

»Meine Herren, ich grüße Sie herzlich. Legen Sie doch ab!«

Während Plotzer Hüte, Mäntel und Handschuhe entgegennahm und an seinen Gehilfen weiterreichte, schob Reuter einige Papiere zusammen, als sei er gerade noch sehr beschäftigt gewesen. Dann sprang er auf. »Wie schön, dass Sie es ermöglichen konnten, rechtzeitig hier zu sein. Plotzer, sorgen Sie für Kaffee und Gebäck!«

Dann kam Reuter mit ausgestreckten Händen hinter seinem Schreibtisch hervor. »Guten Morgen, verehrter Herr Marx. Guten Morgen, lieber Herr Botzong.« Er schüttelte beiden Herren die Hand.

Johann Jakob Marx und Hartmann Botzong waren die Besitzer der neben Reuter und Sohn größten Tuchfabriken in Lambrecht. Sie waren deutlich älter als Benjamin Reuter und gehörten der Generation seines verstorbenen Vaters an, dem Reuter als derzeit jüngster Fabrikherr nachgefolgt war.

»Also, wir halten es genau so wie besprochen, meine Herren«, sagte er, als sie auf den Kaffee warteten. »Nun hoffe ich nur, dass die Kanaille auch pünktlich ist.«

Anwesen der Gerbans bei Altenstadt
Mitte Januar 1872

»Guten Morgen. Fährst du heute nicht ins Kontor?« Franz musterte seinen Vater verblüfft, als er kurz nach acht Uhr das Frühstückszimmer betrat.

Wilhelm wies auf den freien, für Franz noch eingedeckten Platz ihm gegenüber. Mathildes Geschirr hatte das Dienstmädchen Heidi inzwischen abgeräumt. »Setz dich bitte! Ich muss dir etwas sagen.«

Franz schwante, dass es nur um ein unangenehmes Thema gehen konnte. Er wappnete sich und setzte eine herausfordernde Miene auf.

»Also, worum geht es?« Innerlich pochte sein Herz hart gegen seinen Brustkorb. Der mit Jean-Jacques Serge besprochene Zeitplan war bereits um fast zwei Wochen überschritten. Sein zukünftiger Partner wartete ungeduldig auf Franz' Einzahlung, um die ersten Investitionen tätigen zu können. Die Produktion der Edelstahlwaren sollte spätestens im Herbst beginnen.

Doch es ging seinem Vater gar nicht um das Geld. »Kegelmann ist versetzt worden«, begann er für Franz zunächst unverständlich. »Wahrscheinlich hat er selbst um seine Versetzung gebeten. Jedenfalls ist er meinem Zugriff jetzt definitiv entzogen.«

»Wer ist Kegelmann?«

Sein Vater schnaubte. »Das ist der preußische Beamte, der deine französischen Papiere gegen die gefälschten bayerischen ausgetauscht hat. Für die Summe von fünftausend Gulden.«

Franz überlief es heiß und kalt. »Und was bedeutet das jetzt?«

»Als Bayer kannst du nicht für die französische Staatsbürgerschaft optieren, Franz. Wenn du nicht dich, mich und Kegelmann wegen Urkundenfälschung ins Gefängnis bringen willst, musst du darauf verzichten.«

Franz schnappte nach Luft. »Das hast du dir ja fein ausgedacht, Vater. Aber so einfach gebe ich mich nicht geschlagen.«

Wilhelm Gerban zuckte mit den Achseln. »Ich habe getan, was ich konnte, Franz. Anfangs hielt ich die Sache für das weitaus kleinere Problem im Vergleich zur Beschaffung von zweihunderttausend Francs. Doch ich wurde schnell eines Besseren belehrt.«

Er drückte beide Hände gegen die Schläfen und sah selbst für Franz' skeptischen Blick elend aus. Seine Haut wirkte grau, die Wangen eingefallen, dunkle Schatten lagen unter seinen Augen.

»Und was hast du unternommen?«, fragte Franz, so ruhig es ihm möglich war.

»Ich habe das erste Mal noch vor Weihnachten mit Kegelmann gesprochen. Er machte von vornherein Einwände und behauptete, es sei ihm nicht möglich, die ganze Sache unauffällig rückgängig zu machen. Zumal wenn du für die französische Staatsbürgerschaft optieren willst. Jeder Elsässer, der das beantragt, wird natürlich kritisch unter die Lupe genommen. Dass du laut den Akten ein Bayer bist, hat auf dem neu mit Preußen besetzten Amt letztlich niemanden gewundert. Das hatte man erwartet, und daher kamen auch keinerlei Fragen auf. Wenn du jetzt aber auf einmal schon immer Elsässer gewesen sein willst, werden sich auch die subalternen Beamten fragen, warum das niemand vorher gemerkt hat. So argumentierte wenigstens Kegelmann.«

»Warum hast du ihm nicht ein weiteres Mal Geld angeboten? Das hätte seine Bedenken womöglich zerstreut«, fragte Franz sarkastisch.

»Du hältst dich wohl für besonders schlau«, gab ihm sein Vater mit gleicher Münze zurück. »Ich habe Kegelmann zuerst noch einmal fünftausend, schließlich sogar zehntausend Gulden angeboten. Er sagte mir daraufhin zu, sich einen Ausweg zu überlegen. Nach Weihnachten war er dann angeblich an einem schweren Brustkatarrh erkrankt. Und gestern, als ich zum wiederholten Mal in der Präfektur vorsprach, hieß es, er sei nach Berlin versetzt worden.«

Franz überlegte fieberhaft. Zweifelsohne würde es den Geschäften der Eisenwarenfabrik Serge nicht zum Vorteil gereichen, wenn man so kurz nach dem verlorenen Krieg einen Deutschen zum Teilhaber machte. Das war die Kehrseite der Medaille: Genauso wie es den Gerbans geschadet hätte, wenn seine französische Staatsbürgerschaft bekannt geworden wäre, erginge es dann, nur unter anderem Vorzeichen, den Serges. *Und wie soll ich Marianne erklären, dass ich auf einmal ein Bayer bin? Sie hat mich als französischen Versehrten in ihr Haus aufgenommen und gesund gepflegt. Sie muss sich doch vollkommen getäuscht fühlen.*

Plötzlich hatte Franz das Gefühl, in dem überheizten Frühstückszimmer zu ersticken. Er erhob sich mühsam. Sein Beinstumpf schmerzte höllisch.

»Ich muss an die frische Luft und nachdenken, was jetzt zu tun ist«, beschied er seinem Vater. Der nickte nur resigniert.

Franz humpelte in die Halle und klingelte nach Heidi, damit sie ihm seinen Mantel brachte. Draußen war es bitterkalt.

Plötzlich hörte er ein Rumoren vor der Haustür. »Was ist denn das für ein Lärm?«, fragte er unwirsch.

Das Mädchen knickste. »Da ist ein Bursche, der sich nicht abweisen lassen will. Er begehrt, Sie zu sprechen. Doch er sah so zerlumpt aus, dass ich ihn nicht hereinlassen und Sie mit dieser Lappalie behelligen wollte. Als er sich frech auf die Stufen setzte, um dort auf Sie zu warten, rief ich Niemann zu Hilfe. Der befahl ihm, das Anwesen zu verlassen. Doch der Bursche weigerte sich. Jetzt hat Niemann zwei Stallburschen befohlen, ihn hinauszuwerfen.«

Alarmiert humpelte Franz vor die Tür. »Herr Franz!«, ertönte in diesem Moment eine bekannte Stimme. »Herr Franz, bitte, bitte, helfen Sie uns!«

Franz erkannte die Stimme sofort. Der Junge, der da so flehentlich nach ihm rief, war Hansi Krüger aus Schweighofen.

Tuchfabrik Reuter in Lambrecht
Mitte Januar 1872

Josef Hartmann hielt wider besseres Wissen nach Irene Ausschau, als er das Fabrikgebäude mit jeweils einem Vertreter der Belegschaften aus den Tuchfabriken Marx und Botzong betrat. Es war kurz vor halb neun Uhr. Er wusste, dass Irenes Frühstückspause nur eine Viertelstunde betrug, die sie außerdem meistens in der Nopperei im dritten Stock des Gebäudes verbrachte.

Jetzt folgten die drei Männer in ihren schlichten, aber sauberen Arbeitskitteln, über denen sie nur dünne Joppen trugen, dem Weber Bernhard Kessler in einen Flur im Erdgeschoss. Kessler vertrat die Belegschaft von Reuter und Sohn und hatte sie am Eingang erwartet. Er führte sie zum Kontor des Verwalters Plotzer.

»Gott zum Gruß, meine Herren! Ihre Gesprächspartner sind bereits eingetroffen.« Plotzer warf insbesondere Kessler, dem Weber aus der eigenen Fabrik, einen schiefen Blick zu, der Josef nicht entging. Der junge Mann, den die harte Arbeit weit älter aussehen ließ als seine knapp dreißig Jahre, erwiderte den Blick trotzig mit hoch erhobenem Kopf.

Josef wusste, dass er eine kranke Frau und drei kleine Kinder von seinem kargen Lohn zu ernähren hatte, der jetzt ab Februar um weitere zehn Prozent gekürzt werden sollte. Das hatten die Fabrikherren ihren Belegschaften erst in der vergangenen Woche mit nüchternen Aushängen angekündigt.

In der Versammlung am vergangenen Freitagabend hatte der Platz im Nebenraum der »Drei Störche« kaum ausgereicht, um alle Arbeiter zu fassen, die diesmal erschienen waren. Selbst fünf Frauen waren unter den Anwesenden.

»Das dürfen wir uns nicht bieten lassen«, war die einhellige Meinung. »Wenn die Fabrikherren diese Lohnkürzungen in die Tat umsetzen, müssen wir sofort mit dem Streik beginnen.«

Sosehr sich Josef über den erneuten Zulauf zu seinem Arbeiterverein freute, so ungelegen kam ihm der Zeitpunkt, obwohl ihm die Absichten der Fabrikherren nicht unbekannt waren und ihn keineswegs überraschend trafen. Dennoch hatte er bis zum Schluss gehofft, den Arbeitskampf bis zum März hinauszögern zu können. Dann wäre der strenge Winter hoffentlich vorbei und die Streikkasse und Vorratskammern ausreichend gefüllt, um auch die Arbeiter mit Nahrung und Heizmaterial zu versorgen, die noch keine Vereinsmitglieder waren, sich aber am Ausstand beteiligen wollten.

»Denn Streikbrecher sind die größte Gefahr für unseren Erfolg.« Nur Irene konnte Josef seine Sorgen unverblümt anvertrauen. Allen anderen gegenüber musste er die Maske der Zuversicht und Souveränität wahren, damit sie das Vertrauen in ihn nicht verloren.

»Wenn es jetzt noch zu früh für den Streik ist, dann biete

den Tuchfabrikanten doch erst einmal eine Verhandlung an«, hatte ihm seine kluge Freundin, die er von Tag zu Tag mehr schätzte und liebte, geraten. »Vielleicht erreicht ihr ja eine gütliche Einigung, die den gesamten Streik überflüssig macht.«

Josef setzte sein zynisches Lächeln auf. »Miteinander zu reden und dabei unseren guten Willen zu beweisen, ist sicher ein vernünftiges Vorgehen, an das ich auch selbst schon gedacht habe. Dass die Herren allerdings nicht nur die Lohnkürzung rückgängig machen, sondern auch noch eine erhebliche Erhöhung bewilligen, halte ich für höchst unwahrscheinlich.«

Tatsächlich war Reuter, der im Augenblick den rotierenden Posten eines Sprechers der Lambrechter Tuchfabrikanten innehatte, sofort mit dem Treffen einverstanden gewesen und hatte es sogar relativ kurzfristig anberaumt.

Und genau das machte Josef Hartmann noch misstrauischer. *Die Kerle führen irgendetwas im Schilde.* Da war er sich sicher.

»Treten Sie näher, meine Herren.«

Benjamin Reuters Lächeln erreichte seine Augen nicht, als er die ärmlich gekleideten Arbeiter begrüßte, die mit ihren Mützen in der Hand und von der Kälte rot gefrorenen Nasen und Händen in sein überheiztes Kontor traten. Er musterte sie mit seinem stechenden Blick, während er ihnen Plätze auf den einfachen Holzschemeln anwies, die er eigens für diesen Termin in sein mit teuren Mahagonimöbeln eingerichtetes Fabrikbüro hatte bringen lassen.

Befriedigt nahm er zur Kenntnis, dass sich die Mienen der Ankömmlinge verfinsterten, als sie ihre Plätze gegenüber den in bequemen Ledersesseln sitzenden Fabrikanten einnahmen. Es verstand sich von selbst, dass man den Arbeitern auch keine Erfrischungen anbot.

»Nun, meine Herren.« Reuter setzte erneut sein falsches

Lächeln auf. »Sie haben um dieses Gespräch gebeten. Was können meine werten Kollegen und ich für Sie tun?«

Erwartungsgemäß stand Josef Hartmann, den Reuter für den Urheber der Unruhen hielt, auf, um zu antworten.

»Bitte behalten Sie doch Platz!«

Der Mann erwiderte seinen Blick kühl. »Auf diesem Schemelchen sitzend müsste ich zu Ihnen aufschauen, Herr Reuter. Das behagt mir nicht.« Seine Stimme war ruhig und klar.

Reuters Puls beschleunigte sich. Er war Widerstand gegen seine Anordnungen nicht gewohnt. Schon gar nicht, wenn er in Form einer so schlecht verhohlenen Unverschämtheit wie dieser daherkam.

Nun gut, dann kreuzen wir eben die Klingen. Er, Reuter, würde sich diese einmalige Gelegenheit, sich vor seinen weitaus älteren Kollegen zu profilieren, nicht entgehen lassen. Schließlich stammte der ganze geniale Plan, wie er die Arbeiter in die Knie zwingen wollte, von ihm.

Die Lohnkürzung in der letzten Woche anzukündigen und ihre Rücknahme als Verhandlungsmasse in der Hinterhand zu haben, wenn es tatsächlich zu einem Aufruhr unter den Belegschaften kam, war seine Idee gewesen. »Dabei können wir nur gewinnen«, hatte er die übrigen Fabrikherren überzeugt. »Im besten Fall schluckt dieses Pack die Kröte, und wir sparen zehn Prozent Lohnkosten. Im schlimmsten Fall müssen wir im Vergleich zu jetzt nur eine geringe Summe drauflegen und können uns trotzdem als großzügig verkaufen.«

»Dann sprechen Sie!«, forderte er Hartmann jetzt auf.

»Sie können uns helfen, die nackte Not zu bezwingen, die uns heute im Namen unserer Kameraden und deren Familien hierherführt«, begann der jedoch anders, als Reuter erwartet hatte. »Der diesjährige Winter ist bitterkalt. Holz oder Kohlen werden für den einfachen Arbeiter immer unerschwinglicher. Auch die Preise für Grundnahrungsmittel wie Brot und Kartoffeln steigen von Woche zu Woche. Selbst wenn die ganze Familie mitarbeitet, auch Kinder, deren zartes Alter ihnen Fabrikarbeit eigentlich gesetzlich verbietet, reicht das Einkommen nicht mehr aus, um alle hungrigen Mäuler zu stopfen, geschweige denn, warme Kleidung und Schuhe zu kaufen. Wir bitten Sie als Arbeitgeber daher um dreißig Prozent mehr Lohn und verzichten gleichzeitig auf eine Forderung nach Verkürzung der Arbeitszeit.«

Reuter schnappte nach Luft. Damit hatte er nicht gerechnet. Hartmann hatte kein Wort über die angekündigte Lohnkürzung verloren. Stattdessen forderte er eine geradezu astronomische Erhöhung.

Seine wohl vorbereitete Rede passte nun nicht mehr. »Das ist vollkommen ausgeschlossen!«, platzte er stattdessen heraus.

Hartmann schien dies erwartet zu haben. »Dürfen wir höflich um Auskunft bitten, warum Sie es für ausgeschlossen erachten?«

»Die ... die Löhne, die wir bezahlen, sind jetzt schon so hoch, dass wir nahezu ohne jeden Profit arbeiten. Ganz im Gegenteil, wir sehen uns sogar gezwungen, die Löhne zu senken, um unsere Kosten zu decken.« Jetzt fühlte er sich wieder sicherer.

Doch anstatt beeindruckt zu sein, spielte ein unverschämtes Lächeln um die Lippen dieses Lümmels. »Das nimmt mich in der Tat wunder, Herr Reuter. Soviel mir bekannt ist, zahlen die Tuchfabrikanten in Lambrecht den niedrigsten Lohn im ganzen Reich. Obwohl Ihnen die bayerische Armee einen Auftrag nach dem anderen erteilt, da die Ausrüstung ihrer Soldaten im vergangenen Krieg sehr gelitten hat.«

Reuter fehlten die Argumente, um auf diese unerwarteten Vorhaltungen zu reagieren. Während er noch verzweifelt nach der richtigen Antwort suchte, ergriff Johann Jakob Marx das Wort. Dessen Tuchfabrik war die älteste in Lambrecht und

blickte auf eine über zweihundertjährige Existenz im Familien-
besitz zurück. »Woher haben Sie diese Informationen?«

Hartmann wandte sich dem beleibten Mann mit der Halb-
glatze zu. Sein verbliebener grauer Haarkranz erinnerte entfernt an einen Heiligenschein, dem allerdings der finstere Gesichtsausdruck nicht entsprach.

»Ich habe Erkundigungen bei anderen regionalen Arbeiter-
vereinen eingezogen.« Er zog ein Papier aus seiner Jackenta-
sche. »Hier ist eine Liste der Löhne aus Aachen, aus Barmen
und Elberfeld im Wuppertal, aus Meerane und Crimmitschau
in Sachsen, um nur einige Beispiele zu nennen. Sogar die
Oggersheimer Fabrikherren bewilligen ihren Arbeitern höhere
Löhne als Sie hier in Lambrecht.« Oggersheim bei Ludwigshafen lag nur ungefähr vier bayerische Meilen von Lambrecht
entfernt. Das entsprach knapp dreißig Kilometern, wenn man
das neue Längenmaß nahm, das Bayern zum Jahreswechsel
eingeführt hatte. Es war vielen aber noch nicht geläufig.

Hartmann hielt Marx das Papier entgegen, das dieser jedoch
nicht entgegennahm.

»Vielleicht sind deren Aufträge lukrativer«, warf nun Hartmann Botzong, der dritte Fabrikherr, ein.

»Dann sollten auch Sie lukrativere Preise verhandeln, damit
Sie Ihre Unkosten besser decken und uns anständig bezahlen
können«, konterte der Arbeiter aus Botzongs Belegschaft, der
offensichtlich nicht mehr an sich halten konnte und dessen Gesicht vor Zorn gerötet war.

Hartmann machte eine beschwichtigende Handbewegung
in seine Richtung. »Bleib ruhig, Ewald, und lass mich sprechen, wie wir es vereinbart haben.«

»Allerdings hat mein Kamerad durchaus nicht unrecht«,
wandte er sich dann wieder an die Fabrikherren. »Würden Sie
bessere Preise für das Tuch erzielen, hätten Sie einen höheren
Spielraum bei den Kosten.«

»Sie haben gut reden!« Auch Reuter riss nun der Geduldsfaden. *Was bilden sich diese unverschämten Kerle eigentlich ein?* »Die Konkurrenz schläft nicht. Wenn wir unseren Kunden zu teuer werden, suchen sie sich andere Lieferanten.«

»Die höhere Löhne bezahlen, Sie aber gleichwohl unterbieten könnten?« Hartmann war nicht auf den Mund gefallen. »Wenn dies der Fall sein sollte, wirtschaften diese Fabrikherren entweder klüger oder haben geringere Erwartungen an ihren eigenen Profit.«

Reuter platzte endgültig der Kragen. »Sie werfen uns nachlässiges Wirtschaften vor?« Speicheltropfen sprühten von seinen Lippen. »Und wie wirtschaften Sie und Ihresgleichen? Sind unsere Löhne vielleicht deshalb nicht ausreichend, weil Ihre Arbeiter nicht mit Geld umgehen können? Zum Beispiel, weil sie ihren Lohn mit schöner Regelmäßigkeit in die Schenken tragen?«

Dieses Argument saß. Das erkannte Reuter an Hartmanns verbissener Miene und seinen zu Fäusten geballten Händen. Doch bevor er ein triumphierendes Lächeln aufsetzen konnte, mischte sich zu seinem großen Verdruss Bernhard Kessler, der Weber aus seiner eigenen Tuchfabrik, ein.

»Herr Reuter, ist Ihnen bekannt, was ein eineinhalbpfündiges Schwarzbrot kostet?«

»Natürlich nicht«, schnauzte Reuter ihn an. »Darum kümmert sich meine Hauswirtschafterin. Ich habe ...«

»Lassen Sie mich eine Schätzung abgeben«, fiel der Fabrikherr Marx ihm ins Wort. »Ich veranschlage einmal einen Kreuzer dafür.«

Hartmann übernahm das Gespräch wieder. »Bernhard, die Herren können das gar nicht wissen. Sie essen wahrscheinlich nie Schwarzbrot.« Mit seinem zynischen Lächeln richtete er dann den Blick wieder auf die Tuchfabrikanten. »Diese Zeiten sind lange vorbei, meine Herren«, stellte er klar. »Das

Brot kostet heute ungefähr das Dreifache, zumal die Ernte so schlecht ausgefallen ist. Milch und Eier sind für den einfachen Arbeiter bereits vollends unerschwinglich geworden. Gar nicht zu reden von Bohnenkaffee oder Kuchen.« Sein spöttischer Blick streifte die Gedecke der Fabrikherren.

»Was haben Sie vor, wenn wir Ihre Forderungen nicht erfüllen?«, fragte Hartmann Botzong.

»Dann sehen wir uns gezwungen, unsere Arbeit niederzulegen!«, antwortete ihm der Arbeiter aus seiner eigenen Fabrik.

Diesmal verzog sich Hartmanns Miene vor Ärger. »Ewald, ich sagte es dir schon einmal. Lass mich reden!«, wies er ihn zurecht.

Reuter grinste spöttisch. *Die geben sich einiger, als sie in Wahrheit sind.* Jetzt fühlte er sich wieder sicher. Und seine Strategie passte nun wieder.

»Sie fordern eine unerhörte Aufstockung Ihres Lohns«, begann er. »Doch Sie argumentieren wohl nicht ganz zu Unrecht, dass Ihre Lebenshaltungskosten gestiegen sind. Lassen Sie uns allein, damit wir uns beraten können. Wir werden bemüht sein, eine Lösung zu finden, die ein guter Kompromiss für beide Seiten ist«, schlug er vor, um Zeit zu gewinnen.

Hartmann sah ihn misstrauisch an. »Und wann wollen Sie uns diesen Vorschlag unterbreiten?«

Reuter grinste siegesgewiss, während die Herren Marx und Botzong verwirrt dreinblickten. »Oh, das wird nicht lange dauern. Sie können auf unsere Entscheidung warten, wenn es genehm ist.« Er zog an einem Klingelzug an der Wand neben seinem Schreibtisch. Kurze Zeit später erschien Plotzers Gehilfe.

»Lassen Sie diese Herren hier im Kontor Ihres Vorgesetzten warten«, wies Reuter den jungen Mann an. »Und bieten Sie ihnen eine Tasse Kaffee und ein Gebäckstück an.«

Mühsam hinkte Franz mit seiner Prothese den leicht ansteigenden, vom Regen aufgeweichten Weg zur Hütte der Krügers hinauf, in der die ganze sechsköpfige Familie nun in einem einzigen Raum hauste. Es war die ehemalige Kate der Arbeiterin Liese Hellmann, die Franz vor mehr als fünf Jahren in der Zeit seiner Strafarbeit auf dem Weingut kennengelernt hatte.

Im Einspänner auf dem Weg nach Schweighofen hatte er sich von Hansi berichten lassen, was inzwischen geschehen war, und kochte nun innerlich vor Wut. Aber bevor er die Verantwortlichen zur Rede stellte, wollte er sich ein eigenes Bild von der Lage machen.

Dass Hansi die Lehre bei Stromberg nie angetreten hatte, war Franz natürlich klar. Hansis Ausbildung gehörte ja zu der Abmachung mit seinem Vater, ihn mit der zukünftigen Leitung des Weinguts zu betrauen, die nach seinem Streit mit von Wernitz hinfällig geworden war. Er war damals von Herzen froh gewesen, Hansi noch nichts davon erzählt zu haben. So hatte er zumindest keine falschen Hoffnungen bei ihm geweckt.

Dennoch hatte er sich bis heute Morgen keine ernsthaften Sorgen um die Krügers gemacht. Er glaubte die Familie durch den Vorschuss auf Lenes Witwenrente und Hansis Lohn als Weingutsarbeiter mit dem Nötigsten versorgt. Deshalb hatte er die Krügers nach seiner Rückkehr aus Saint-Quentin auch nicht mehr besucht. Denn zum einen hatte er noch keine Lösung für das Problem, was aus Hansi werden sollte, gefunden. Zum anderen hatte er seinem Vater zugesagt, seine Entscheidung, das Elsass zu verlassen, niemandem außerhalb der engsten Familie mitzuteilen, um die Gewährung der Kredite nicht zu gefährden.

Das bereute er angesichts des brutalen Verhaltens seines

Onkels Gregor und dessen Verwalter Stromberg gegenüber den Krügers nun zutiefst.

»Unser großes Haus mussten wir schon vor Weihnachten räumen, da wir die Miete nicht mehr aufbringen konnten«, berichtete Hansi. »Denn Ihr Onkel forderte im Dezember die gesamte Summe auf einmal zurück, die er meiner Mutter als Vorschuss auf ihre Witwenrente gegeben hatte.« Diese war nach wie vor nicht bewilligt worden.

»Weil wir nicht einmal die Hälfte zurückzahlen konnten, obwohl wir unsere gesamten Notgroschen dafür hergaben, beschlagnahmte Stromberg fast unseren ganzen Hausrat. Er ließ uns nur meine Pritsche, das schlechtere Bett, den Tisch und zwei Schemel sowie ein wenig Koch- und Essgeschirr. Selbst unsere Sonntagskleider nahm er mit. Trotzdem reichte auch das längst nicht aus, um unsere Schulden zu decken.«

Franz' Herz klopfte ihm bis zum Hals, während er Hansi zuhörte. *Diese Widerlinge haben die Krügers für meine Entscheidung fortzugehen büßen lassen. Die stelle ich auf eine Weise zur Rede, dass ihnen Hören und Sehen vergeht,* nahm er sich vor. Doch es kam noch schlimmer.

»Auch unsere Löhne für Dezember behielt Stromberg ein und gab uns nicht einen Heller heraus. Mutters Tränen rührten ihn nicht. Sie hatte vor Weihnachten die gesamte Tischwäsche für das Fest ausgekocht und gebleicht, dazu unzählige Bettlaken und Handtücher. Sogar die Vorhänge sind von ihr gewaschen und gebügelt worden. Sie war tagelang beschäftigt. Einerseits wunderte sie sich über diese Menge an Wäsche, zumal viele Laken und Tücher gar nicht schmutzig, sondern vom fehlenden Gebrauch nur muffig geworden waren. Andererseits war sie froh über den Zusatzverdienst, bevor ihr klar wurde, dass sie keinen Heller davon zu sehen bekommen würde.«

Ottilie, dieses Miststück! Auch sie hat sich an der Ausbeutung der Krügers beteiligt. Franz war sich sicher, dass Onkel und

Tante sich auf diese Weise, nachdem sie ihm nichts anhaben konnten, stellvertretend an seinen Günstlingen rächten.

»Als wir gegen den totalen Einbehalt unserer Löhne protestierten, entließ Stromberg uns beide«, fuhr Hansi fort. »Hätten die Leute im Arbeiterdorf und ein paar Verwandte aus Schweighofen uns nicht mit Lebensmitteln versorgt, hätten wir schon Weihnachten nichts mehr zu essen gehabt.« Jetzt zitterte Hansis Stimme zum ersten Mal. Er machte eine kurze Pause, um sich zu sammeln.

»Dann gab mir ein Cousin einen Tipp. Auf einem Weingut in Rechtenbach war ein Stallbursche krank geworden. Ich verdingte mich ab dem neuen Jahr als Ersatz auf dem Gut. Es war allerdings von vornherein klar, dass ich diese Stellung wieder verlieren würde, sobald der Knecht seinen Katarrh auskuriert hätte. Wegen des schlechten Wetters kam ich abends nicht nach Hause zurück, sondern schlief dort im Stall. Deshalb wusste ich nicht, dass meine Geschwister alle erkältet und fiebrig sind. Eine Nacht lang glaubte Mutter sogar, dass Berti sterben würde.« Berti war Hansis fünfjähriger Bruder, das jüngste der Geschwister.

Franz stöhnte leise auf. *Nicht auszudenken, wenn das Kind durch meine Schuld gestorben wäre!*

Hansi schniefte und zog die Nase hoch.

»Aber die alte Käthe hat uns mit ihren Kräutern geholfen. Das Geld dafür schulden wir ihr noch. Gestern kam ich wieder nach Hause, weil der Knecht, den ich vertreten habe, genesen ist. Ich habe nur drei Gulden verdient. Auf dem Heimweg begegnete ich Stromberg. Wenig später kam er zu uns und forderte das Geld für die Abzahlung der Schulden ein.« Hansi stockte.

»Und was hast du ihm gesagt?« Franz' Kiefermuskeln schmerzten, so fest biss er die Zähne zusammen, um vor Zorn nicht laut aufzuschreien.

Hansi holte tief Luft. »Ich hoffe, Sie halten mich jetzt nicht für unverschämt, Herr Franz. Aber ich weigerte mich, ihm das Geld zu geben, da wir keinen Bissen Brot mehr im Haus hatten. Heute Morgen stand er wieder vor unserer Tür und befahl uns, auch das schlechte Häuschen bis zum Abend zu räumen. Doch wir wissen nicht, wohin wir gehen sollen. Da wusste ich mir keinen anderen Rat mehr, als mich an Sie um Hilfe zu wenden.« Hansis Stimme brach. Offensichtlich unterdrückte er ein Schluchzen.

»Warum hast du das denn nicht schon viel früher getan?« Franz' schlechtes Gewissen führte dazu, dass er vorwurfsvoll gegenüber dem Falschen klang.

Hansi warf ihm einen scheuen Seitenblick zu. »Mutter und ich glaubten, Sie seien uns böse, da Sie uns schon so lange nicht mehr besucht haben.«

»Warum sollte ich euch denn böse sein?« Franz war zutiefst betroffen.

»Nun ...«, Hansi druckste herum. »Nun, Sie wollten mich doch auf ein Internat schicken, was wir abgelehnt haben. Da dachten wir, Sie halten uns für undankbar und wollten nichts mehr mit uns zu tun haben.«

Franz ballte die Hände so stark zu Fäusten, dass ihm die Fingernägel ins Fleisch schnitten. Er hatte wieder einmal unterschätzt, wie hoch die Barrieren waren, die die einfachen Leute von ihm, dem Herrensohn, trennten. *Seit meiner Rückkehr aus Saint-Quentin habe ich nur noch an mich gedacht,* wütete er innerlich gegen sich selbst. *Und damit die Krügers ihrem Schicksal überlassen.*

Kurz hatte Frau Burgers Mahnung bezüglich seiner Mutter, die Hoffnung noch nicht aufzugeben, ihn tatsächlich in seinem Entschluss, fortzugehen, wankelmütig gemacht. Doch als der Brief dieses Doktors Bertram aus Klingenmünster eintraf, dass Pauline ihn nach wie vor nicht sehen wolle, obwohl der Arzt ihr die Erlaubnis dazu erteilt hätte, verfolgte er seine Pläne wieder unbeirrt weiter. In seiner Enttäuschung traten die Krügers dabei völlig in den Hintergrund.

Doch laut konnte er das jetzt nicht aussprechen. »Es tut mir sehr leid, Hansi, dass das alles geschehen ist«, sagte er stattdessen mit gepresster Stimme. »Dich oder deine Mutter trifft daran nicht die geringste Schuld. Wenn es gerade eben so geklungen hat, entschuldige ich mich dafür. Jedenfalls verspreche ich dir, dass jetzt wieder alles in Ordnung kommt.«

Wie er das bewerkstelligen wollte, war ihm allerdings noch nicht klar.

Je näher Franz mit Hansi an seiner Seite der kleinen Kate kam, die am obersten Ende des Arbeiterdörfchens lag, desto schlimmer wurde der Gestank, der ihm in die Nase stieg. Die Hütte lag knapp unterhalb einer Latrine. Sie war ehemals die einzige im ganzen Dörfchen gewesen. Jetzt gab es zwar zwei weitere, aber die Senkgrube schien wie vor über fünf Jahren schon lange Zeit nicht mehr entleert worden zu sein.

Hansi bemerkte, dass Franz unwillkürlich die Nase rümpfte. »Seit Liese Hellmann weggezogen ist, war die Kate nicht mehr bewohnt«, erklärte er vorsorglich. »Die Latrine wurde meistens nur von den unmittelbaren Nachbarn benutzt. Andere Bewohner kamen nur herauf, wenn die anderen Abtritte besetzt waren.«

»Das ist kein Grund, sich nicht um die Instandhaltung zu kümmern!«, knurrte Franz. Erst Hansis Schweigen machte ihm klar, dass der Junge sich erneut angegriffen fühlte.

»Ein weiterer Punkt, den ich mit meinem Onkel und Stromberg zu klären habe«, fügte er daher hinzu.

Als er den Kopf senkte, um die Hütte durch die niedrige Tür zu betreten, schlug ihm beinahe die gleiche eisige Kälte entgegen wie draußen. Der Herd war nicht geheizt, kleine Pfützen standen auf dem Boden aus gestampftem Lehm.

Lene Krüger hockte, in ein löchriges, gestricktes Umschlagtuch gehüllt, auf einem Schemel am Tisch. Sie war bis auf die Knochen abgemagert. Als sie Franz erblickte, glitt ein Freudenstrahl über ihr eingefallenes Gesicht. Bevor er sie daran hindern konnte, sprang sie auf, fiel vor ihm auf die Knie und ergriff seine Hand, um sie zu küssen.

»Dem Himmel sei Dank, dass Sie gekommen sind, Herr Franz!«

Franz schoss das Blut ins Gesicht. »Steh auf, Lene, ich bitte dich! Steh auf! Ich müsste dich auf Knien um Verzeihung anflehen, nicht du mich!«

»Steh auf!«, insistierte er, als Lene seiner Aufforderung nicht gleich nachkam. »Du machst deinen Rock ja ganz nass!«

Lene blickte ihn schuldbewusst an. »Das Dach ist nicht dicht, Herr Franz«, murmelte sie. »Aber wir haben nur einen einzigen Topf, den ich nicht darunter stellen kann, da ich die Milch für die Kleinen darin aufbewahre. Und keine Tücher, um aufzuwischen.«

Franz zog die verhärmte Frau nach oben. »Ich werde mich um alles kümmern«, versprach er. »Schon in ein paar Stunden habt ihr es warm und trocken.« Er zog seinen Mantel aus gutem Wolltuch aus und legte ihn Lene um die Schultern. »Derweil nimm erst einmal das!«

Jetzt fiel sein Blick auf das Bett in der Ecke des Raumes, in dem sich Hansis Geschwister unter der einzigen dünnen Decke aneinanderdrückten. Als er näher trat, erkannte er, dass auch die Kinder vor Kälte zitterten und stark abgemagert waren.

Er hatte seine Börse schon gezückt, um Hansi mit dem gesamten Inhalt zum Krämer nach Schweighofen zu schicken, als ihm eine bessere Idee kam.

»Sind deine Kinder noch krank?«, fragte er überflüssigerweise. Lene nickte. Tränen traten in ihre Augen.

»Ich schicke euch noch heute unseren Arzt, Dr. Frey aus

Weißenburg, vorbei«, kündigte Franz an. »Alles andere erledige ich sofort!«

Tuchfabrik Reuter in Lambrecht
Mitte Januar 1872

Es dauerte tatsächlich nur eine knappe Stunde, bis Reuter Josef und die übrigen Arbeiter zurück in sein Kontor bringen ließ. Während seine Kameraden die Hoffnung hegten, die Tuchfabrikanten würden ihnen ein vernünftiges Angebot machen, gab sich Josef keinen derartigen Illusionen hin.

Dennoch übertraf der sogenannte Kompromissvorschlag seine schlimmsten Befürchtungen noch bei Weitem.

»Wir haben lange und ausführlich diskutiert und Ihre kritische Lage durch die Erhöhung der Kosten des täglichen Bedarfs dabei wohl bedacht«, salbaderte Reuter mit öliger Stimme. »Deshalb möchten wir Ihnen das folgende großzügige Angebot machen. Vorweg gesagt: Sie fordern eine Lohnerhöhung von dreißig Prozent, was leider ganz und gar ausgeschlossen für uns ist, da es uns in kürzester Zeit in den Ruin treiben würde.« Hartmann spürte die Frustration seiner Kameraden, die hinter ihm standen, nahezu körperlich.

»Sie wissen, dass wir uns ursprünglich dazu gezwungen sahen, eine Lohnkürzung von zehn Prozent durchzuführen. Davon möchten wir jetzt Abstand nehmen.« Reuter machte eine kleine Pause. »Ich sehe Ihnen an, dass Sie dies noch nicht sonderlich erfreut.« Nun wirkte seine Miene verkniffen. »Doch unsere Großzügigkeit wird Sie hoffentlich eines Besseren belehren.« Wieder machte er eine Pause. Die Spannung unter den Arbeitern war buchstäblich mit Händen zu greifen.

»Wir erhöhen Ihren Lohn ab Februar um fünf Prozent. Mit dem Verzicht auf die zehn Prozent Kürzung macht dies fünfzehn Prozent aus und ist damit genau die Hälfte von dem, was Sie fordern. Wir sind Ihnen damit weitestgehend entgegengekommen und hoffen, dass Sie dies zu würdigen wissen.«

Reuters Triumph angesichts der fassungslosen und wütenden Mienen der Arbeiter wurde nur dadurch geschmälert, dass der Weber namens Ewald einen dunklen Strahl Tabaksaft auf seinen guten Perserteppich spuckte. Dann wandte sich die Gruppe ohne ein weiteres Wort um und stürmte hinaus.

Weingut bei Schweighofen
Mitte Januar 1872

So schnell er konnte, humpelte Franz den matschigen Weg durch das Arbeiterdorf wieder hinab und bestieg mit Hansi, dem er bedeutet hatte, ihm zu folgen, den Einspänner. Auf dem kurzen Weg zum Gutshaus schwieg er grimmig. Er bemerkte zwar, dass Hansi ihm ab und zu ängstliche Seitenblicke zuwarf, behielt seine Gedanken und Pläne aber vorläufig für sich.

Im Hof hielt er vor dem Kontor des Verwalters, das in einem Seitengebäude lag, an. Im Innern brannte Licht. Es war ein trüber Januartag und trotz der noch frühen Stunde schon düster.

Ohne anzuklopfen, trat er ein. Stromberg hob überrascht den Kopf. Offenbar war er gerade dabei, etwas mit einem Mann zu besprechen, den Franz nicht kannte. Womöglich war es einer der Vorarbeiter.

»Guten Tag, meine Herren.« Ohne Stromberg die Hand zu reichen, wandte er sich an den Unbekannten. »Ich bin Franz Gerban, dem dieses Anwesen größtenteils gehört. Wer sind Sie?«

Stromberg sog hörbar die Luft ein, während der Arbeiter antwortete: »Clemens Dick ist mein Name, Herr Gerban.«

Seine Stimme klang ehrerbietig. »Ich bin Ihr Vorarbeiter während der Wintermonate.«

»Gut«, beschied ihm Franz, ohne Stromberg weiterhin eines Blickes zu würdigen. »Lassen Sie einen größeren Wagen oder Karren anspannen!«

»Meinen Sie einen Lesewagen, Herr Gerban?« Der Mann war verblüfft. »Oder die Kutsche des gnädigen Herrn?«

Kurz war Franz versucht, dem letzten Vorschlag zuzustimmen. Doch die Kutsche war für seine Zwecke weniger geeignet als ein Pferdekarren.

»Nehmen Sie einen Lesewagen und füllen Sie ihn zur Hälfte mit Brennholz oder Kohlen.« Er sah sich im Kontor des Verwalters um. Vor dem Schreibtisch lag ein abgewetzter Teppich. *Fürs Erste muss das genügen,* entschied er. »Rollen Sie vorher diesen Teppich ein und laden Sie ihn später ebenfalls auf den Karren.«

»Herr Gerban«, mischte sich nun erstmals Stromberg ein, der aus seiner Erstarrung erwacht war. »Was hat das zu bedeuten?«

Franz ignorierte ihn vollständig.

»Und nehmen Sie auch diese beiden Stühle mit. Außerdem diese Truhe. Und diesen Schrank!«

»In beiden sind Akten und Kontobücher!«, wandte Stromberg ein, nun mit entsetzter Stimme.

Franz trat an die Truhe und öffnete sie. Rücksichtslos ergriff er die ersten Papiere und warf sie auf den Holzboden neben dem Teppich.

»Dann finden Sie einen anderen Platz dafür, Stromberg«, antwortete er dem Verwalter zum ersten Mal, ohne ihn anzusehen. »Sonst wird Dick die Truhe gefüllt mitnehmen. Immerhin geben die Papiere ein hübsches Feuerchen ab!« Er warf weitere Akten auf den Boden. Aus dem Augenwinkel nahm er wahr, dass Stromberg aus dem Kontor stürzte.

Als die Truhe leer war, wandte er sich an Clemens Dick, der ihn mit der Mütze in der Hand, ebenso wie Hansi, fassungslos beobachtete. »Holt den Karren und ladet die Möbel und den Teppich auf!«, befahl er barsch.

Der Vorabeiter räusperte sich. »Es wird nicht alles auf einmal hineinpassen«, wandte er ein, während Franz den Schrank zu leeren begann. »Und wohin soll ich die Sachen denn bringen?«

»Dann fahren Sie eben mehrere Male! Es kommt alles in die Kate der Krügers!« Hansi entfuhr ein kleiner Laut der Überraschung.

Franz fiel noch etwas ein. »Und nehmen Sie ein paar Arbeiter mit, Dick, und bringen Sie das Dach der Hütte in Ordnung. Und überzeugen Sie sich außerdem davon, dass der Kamin richtig zieht! Er wurde schon längere Zeit nicht mehr angeheizt.«

Unschlüssig drehte der Mann seine Mütze in den Händen. Er wusste offensichtlich nicht, was er von dem ganzen Geschehen halten sollte.

Über die nächsten Worte dachte Franz nicht nach, bevor sie ihm über die Lippen kamen. »Wenn Sie Ihre Sache gut machen, Dick, behalte ich Sie als Vorarbeiter. Wenn nicht, müssen Sie sich eine neue Stellung suchen!«

Seine Worte waren offenbar überzeugend. »Jawohl, Herr Gerban! Ich gehe den Wagen anspannen!«

Der Vorarbeiter und Hansi hatten das Kontor kaum verlassen, da sah Franz seinen Onkel über den Hof stürzen, in seinem Schlepptau nicht nur Stromberg, sondern zu Franz' Überraschung auch seine Tante Ottilie.

»Bist du jetzt vollends von Sinnen?«, brüllte Gregor Gerban noch in der offenen Tür. »Was maßt du dir an? Was hat das zu bedeuten?«

Franz holte tief Luft, um mit ruhiger Stimme sprechen zu können. Er wusste, dass dies souveräner und damit zielführender wäre, als zurückzubrüllen.

Zunächst ignorierte er seinen Onkel und fixierte Stromberg. »Packen Sie Ihre Sachen und räumen Sie noch heute Ihre Wohnung hier auf dem Weingut. Sie sind wegen Vernachlässigung Ihrer Pflichten und schlechter Behandlung der Arbeiter fristlos entlassen!«

Strombergs Gesicht wurde kalkweiß. Hilflos irrte sein Blick zu Gregor Gerban, der mittlerweile puterrot angelaufen war.

»Was bildest du dir ein, du französischer Kretin!«, brüllte der nun noch lauter. »Bist du jetzt irre geworden wie die Schlampe, die dich geboren hat?«

Franz' Puls begann zu rasen. Er trat, ohne zu zögern, auf seinen Onkel zu und hob die Faust. Der wich erschrocken zurück.

»Wenn du noch einmal derartig über meine Mutter sprichst, schlage ich dich zu Boden! Und sorge dafür, dass ihr Schmarotzer bald mittellos auf der Straße liegt.«

»Das kannst du gar nicht!« Ottilies Stimme drohte, sich zu überschlagen. »Dazu bist du gar nicht befugt!«

Franz drehte sich zu ihr um. »Wozu bin ich nicht befugt, werte Tante?«, antwortete er, nun wieder gefährlich leise. »Du und dein Mann habt nichts als Schulden in unser Geschäft eingebracht und lebt seit Jahrzehnten vom Vermögen meiner Mutter, dessen alleiniger Erbe ich bin. Mein Vater ist nur der Nutznießer! Habt ihr das vergessen?«

»Wie kannst du es wagen, uns so …!« Ottilies Hände waren zu Klauen gekrümmt. In ihrem schwarzen Kleid glich sie mehr denn je einer Krähe.

»Da gibt es nichts zu wagen, Tante Ottilie«, fiel Franz ihr ins Wort. »Du bist die Tochter eines betrügerischen Bankrotteurs, den das Geld meiner Mutter vor dem Kerker gerettet hat.

Hast du das mittlerweile vergessen? Dann wird es Zeit, dich daran zu erinnern!«

»Oh!« Mit einem erstickten Laut sank Ottilie auf einen der bequemen, mit Leder bezogenen Stühle, die Franz für die Krügers vorgesehen hatte.

Doch er war noch nicht fertig. »Hätten wir dich deinem Schicksal überlassen, säßest du heute wie Lene Krüger in einer Kate, in die es hineinregnet, oder vielleicht sogar im Armenhaus!«, fuhr er fort. Die unterdrückten Gefühle vieler Jahre brachen sich Bahn. »Oder glaubst du, dieser Opportunist und erbärmliche Feigling«, er wies mit ausgestrecktem Finger auf seinen Onkel, »wäre dein Ehemann geblieben, wenn meine Mutter eure Scheidung verlangt hätte? Ihr Einverständnis war damals vonnöten, um die Bestechungssumme aufzubringen und deinen Vater freizukaufen!«

In der Tat hätte Wilhelm Gerban eine größere Summe für etwas anderes als das Weingeschäft nicht ohne Paulines Zustimmung verwenden dürfen. Auch das sah der Erbvertrag seines Großvaters vor, der den Gerbans wohl nie getraut hatte, wie Franz erst jetzt vollständig klar wurde.

Sein Blick fiel auf Stromberg, der ihn mit weit aufgerissenen Augen anstarrte. »Ich gehe davon aus, diese Informationen sind Ihnen neu?«, höhnte er.

Die Bemerkung an seinen Untergebenen riss Gregor Gerban offenkundig aus seiner Erstarrung. »Gehen Sie jetzt bitte, Stromberg! Ich komme später auf Sie zu!«

Der Verwalter huschte so rasch hinaus, dass sich Franz ein spöttisches Grinsen nicht verkneifen konnte.

»Wie kannst du uns vor den Ohren Außenstehender derart desavouieren!«, zischte Ottilie. Offenbar hatte auch sie sich wieder gefasst.

»Es ist nichts als die Wahrheit«, entgegnete Franz kühl. »Die schon längst einmal hätte ausgesprochen werden müssen!«

»Ich habe dem Geschäft der Gerbans immer loyal gedient!«, wehrte sich sein Onkel, nun mit weinerlicher Stimme. »Ohne die Spitzenlagen dieses Weinguts wäre der Weinhandel nie so erfolgreich geworden!«

Franz verdrängte, dass in dieser Aussage seines Onkels mehr als ein Körnchen Wahrheit steckte. Heute genoss er die Revanche für viele Jahre der Anpassung, vor allem die seiner Mutter, die sich um des lieben Friedens willen nie ernsthaft gegen die Schikanen ihrer angeheirateten Verwandten zur Wehr gesetzt hatte.

»Das sei einmal dahingestellt«, ließ er seinen Onkel abblitzen. »Auf jeden Fall dulde ich nicht länger, dass verdiente Arbeiter wie die Familie Krüger so schändlich behandelt werden. Nur um euer Mütchen gefahrlos an denen zu kühlen, die sich nicht wehren können. Das habe ich dir, werter Onkel, schon einmal gesagt. Du hast es leider nicht ernst genommen!«

Unvermittelt brach Ottilie in Tränen aus. »Wenn Fritz noch leben würde«, schluchzte sie. »Wenn Fritz nicht gefallen wäre, würdest du nicht wagen, so mit uns umzuspringen!«

»Wenn Fritz noch leben würde, würden meine Eltern einen weiteren Schmarotzer durchfüttern«, entgegnete Franz gnadenlos. Ottilie schrie auf.

»Fritz hat sein Leben auf dem Feld der Ehre für sein Vaterland hingegeben«, donnerte sein Onkel. »Während du dich feige beim Feind verkrochen hast!«

Franz schoss zu ihm herum. Den scharfen Schmerz in seinem Beinstumpf aufgrund der ruckartigen Bewegung nahm er nicht einmal wahr. »Fritz hat sein Leben sinnlos für eine lächerliche Regimentsfahne geopfert! Ich habe Menschen als Sanitäter geholfen, die in diesem wahnwitzigen Krieg ihre Gesundheit oder sogar ihr Leben eingebüßt haben. Wie der sterbende Karl Krüger«, ließ er nun jede Vorsicht fahren, »dem ich in Bazeilles versprochen habe, mich um seine Familie zu kümmern.«

Rücksichtslos fuhr er wieder zu Ottilie herum. »Also geh und sage deiner Köchin, sie soll Lebensmittel, Wäsche und Geschirr für die Krügers zusammenpacken. Lege außerdem warme Kleider für Lene und ihre Kinder heraus. Sonst lernt ihr mich auf eine Weise kennen, die euch unsere heutige Auseinandersetzung wie ein mildes Frühlingslüftchen gegenüber einem Orkan erscheinen lässt!«

Kapitel 14

Irrenanstalt in Klingenmünster
Januar 1872, eine Woche später

»Nun, ich möchte Ihnen meinen allergrößten Respekt aussprechen, Dr. Bertram. Sie haben mich als Anstaltsleiter in meiner Abwesenheit ausgezeichnet vertreten.«

Dietrich lehnte sich selbstzufrieden in seinem Fauteuil zurück und nahm einen Zug aus seiner teuren Havanna-Zigarre. Sie befanden sich in seinem luxuriös eingerichteten Zimmer im Hauptgebäude der Klinik mit Blick auf den nun winterlich kahlen Park. Während seiner Abwesenheit war dieser Raum natürlich verschlossen gewesen. Bertram musste sich mit seinem eigenen, weitaus schlichteren Sprechzimmer begnügen.

»Es wird Sie freuen, Herr Bertram, dass auch ich nicht erfolglos zurückkehre. Neben einigen viel beachteten Vorträgen in München, Zürich und Wien über die erstaunlichen Effekte des neuen Medikaments Chloralhydrat habe ich die Aufforderung erhalten, Aufsätze in gleich drei angesehenen medizinischen Fachzeitschriften zu veröffentlichen. Nun trage ich mich mit dem Gedanken, Ihnen die Co-Autorenschaft für den Artikel im *Magazin für Nervenheilkunde* anzubieten. Dabei soll es um multimorbide Krankheitsbilder gehen. Ich denke da natürlich bevorzugt an die Auswirkungen einer lebensbedrohlichen Seuche wie den Blattern auf den Verlauf von Seelenstörungen.«

Er blies einen perfekten Rauchring in Richtung Bertram. »Nun, was halten Sie von dieser Idee?«

Obwohl der Oberarzt die Impertinenz seines Vorgesetzten bereits kannte, fehlten ihm einmal mehr die Worte. Offensichtlich beabsichtigte Dietrich, der feige die Flucht vor den Pocken in seiner Anstalt ergriffen hatte, sich nun mit fremden, genauer gesagt, Bertrams Federn zu schmücken. Zweifellos sollte er den Artikel schreiben, ohne seine eigenen Verdienste in den Vordergrund zu stellen, und im Gegenzug dafür lediglich mit der Co-Autorenschaft abgefunden werden.

Aber diesmal hatte sein Chefarzt die Rechnung ohne den Wirt gemacht.

»Ich bedanke mich von ganzem Herzen für das großmütige Angebot, Herr Dr. Dietrich«, begann Bertram scheinheilig. »Doch im Augenblick fühle ich mich nicht in der Verfassung, an wissenschaftlichen Werken dieser Größenordnung mitzuwirken.«

Dietrichs Gesichtszüge entgleisten. »Wie darf ich das verstehen?«

Bertram setzte ein unschuldiges Lächeln auf. »Während Ihrer Abwesenheit haben die Ärzte und nicht erkrankten Wärter der Anstalt buchstäblich Tag und Nacht gearbeitet, um die Seuche einzudämmen und es dennoch den körperlich gesunden Nervenkranken an nichts fehlen zu lassen. Auch ich selbst fühle mich daher sehr erschöpft und habe Ihre Rückkehr herbeigesehnt. Allerdings stelle ich Ihnen gern meine Aufzeichnungen für Ihren Aufsatz zur Verfügung. Sie sind möglicherweise nicht ganz vollständig und ein wenig unsystematischer als bei einem geregelten Anstaltsbetrieb. Doch ich bin zuversichtlich, dass Ihre große Erfahrung dies mehr als wettmachen wird.«

»Das würde Ihnen zudem die Möglichkeit geben, sich einen vollständigen Überblick über die Geschehnisse während Ihrer Abwesenheit zu verschaffen«, fügte er noch eine Spur zu süffisant hinzu. Tatsächlich hatte sich der Klinikleiter bislang

kaum nach den Ereignissen während seiner vorgeblichen Forschungsreise erkundigt.

Allerdings war Dietrich nicht auf den Kopf gefallen. Er fixierte Bertram mit einer Mischung aus Ärger und Misstrauen.
Dann zog er erneut an seiner Zigarre.

»Wie überaus schade, Bertram, dass Sie eine solche Gelegenheit, sich für zukünftige Leitungsaufgaben zu profilieren,
verstreichen lassen.« Er blies seinem Oberarzt den Rauch
direkt ins Gesicht. »Bislang hielt ich Sie zu Höherem berufen.
Aber auch ich kann mich irren. Niemand ist unfehlbar.«

Die schlecht verhohlene Drohung gab Bertram das Stichwort für das heikle Thema, das bislang noch nicht zur Sprache
gekommen war.

»Wie so oft haben Sie recht, Herr Dr. Dietrich, und ich bin
erleichtert, dass Sie die Angelegenheit selbst erwähnen«, begann er kryptisch. Dann legte er eine Kunstpause ein.

Tatsächlich ging Dietrich ihm in die Falle. »Was meinen Sie
damit, Bertram? Erklären Sie sich!«

Der richtete sich kerzengerade auf. Seit er die Fakten im
Fall Pauline Gerban kannte, hatte er diese Situation vor Dietrichs Rückkehr im Geiste immer wieder durchgespielt. Endlich
hatte er etwas gegen seinen Vorgesetzten in der Hand. Für korrupt hielt er ihn schon lange, aber bislang hatten ihm die Beweise dafür gefehlt.

»Es geht um die Patientin Pauline Gerban aus Altenstadt.«
Mit Absicht vermied er die Formulierung »Ihre Patientin«.
»Ich weiß, dass Sie ein großer Befürworter des Präparats
Chloralhydrat sind. Doch mittlerweile mehren sich auch die
kritischen Stimmen. Ich verweise hier auf die Veröffentlichung
eines Aufsatzes von Herrn Dr. Friedrich Jolly im ›Ärztlichen
Intelligenzblatt der bayerischen Ärzte‹, der Ihnen sicherlich
bekannt ist.«

Da der Artikel erst in der jüngsten Ausgabe erschienen war

und Dietrich entgegen der Prahlerei mit seinem ärztlichen Wissen mit der Lektüre wissenschaftlicher Magazine oft im Rückstand war, bezweifelte Bertram, dass er ihn schon gelesen hatte. Doch erwartungsgemäß gestand Dietrich das nicht ein, sondern machte eine wegwerfende Handbewegung.

»Eine Einzelmeinung, Bertram, und beruhend auf wenigen Einzelfällen.«

»Nun, einen weiteren Einzelfall kann ich mühelos hinzufügen.« Bertram sah Dietrich gerade in die Augen. »Die Dosis Chloralhydrat, die Sie der Patientin Gerban verschrieben haben, war so hoch, dass, wie in diesem Aufsatz beschrieben, ihre Vitalfunktionen aufs Äußerste beeinträchtigt waren. Eine Beibehaltung der Dosierung in dieser Höhe hätte sogar ihren Tod zur Folge haben können. Atmung, Kreislauf und gastrointestinale Funktionen waren gleichermaßen betroffen. Jolly berichtet von solchen Todesfällen.«

Dietrich erblasste. »Das ist doch barer Unfug, Bertram!«, wehrte er ab. »Höchstwahrscheinlich nichts als eine vorübergehende Krisis. Das Präparat schlug hervorragend an. Die chronischen Wahnvorstellungen der Patientin verschwanden ebenso wie ihre vorherigen Tobsuchtsanfälle. Und Schwester Rosa, ihre Pflegerin, die sie rund um die Uhr betreut, hätte mich sofort über jede Veränderung des Krankheitsbildes ihres Schützlings in Kenntnis gesetzt.«

»Nun, leider waren Sie nicht vor Ort, als sich die Folgen der vor Ihrer Abreise nochmals erhöhten Medikation mit Chloralhydrat zeigten, Herr *Doktor* Dietrich.« Bertram betonte den Titel so spöttisch, dass sein Vorgesetzter zusammenzuckte. »Und Schwester Rosa ist seit Wochen dienstunfähig. Auch sie erkrankte an den Pocken und hat die Seuche nur knapp und mit Narben, die sie ihr Leben lang zeichnen werden, überstanden.«

»Aha!« Dietrich wirkte nur kurz irritiert. Dann trat er die

Flucht nach vorn an. »Und warum werde ich erst jetzt über diese Entwicklung informiert?«, blaffte er blasiert.

Bertram blieb gelassen. »Sie haben nach Ihrer gestrigen Rückkehr noch nicht nach den einzelnen Patienten gefragt, Herr Dietrich.« Diesmal ließ er den Titel seines Vorgesetzten sogar ganz weg. »Und mich vor Ihrer Abreise ausdrücklich darum gebeten, nur im äußersten Notfall zu Rate gezogen zu werden!«

»Eben, eben, Bertram!« Dietrich zeigte mit dem ausgestreckten Zeigefinger auf ihn. »Das scheint mir ja wohl ein äußerster Notfall gewesen zu sein.«

»Keineswegs, Herr Dietrich. Die überhöhte Dosis fiel sogar dem Unterarzt Seibold und der Hilfsschwester Irmgard auf, die die Wärterin Rosa vertritt. Der Zustand der Patientin besserte sich unmittelbar nach einer Dosisreduktion. Heute ist sie auf die niedrigste mögliche Medikation eingestellt und verträgt das ausgezeichnet.« Bertram konnte nicht wissen, dass Pauline inzwischen auch diese Dosis regelmäßig ausspuckte. »Sie ist bei klarerem Verstand denn je, Herr Dietrich.«

Sein Vorgesetzter setzte ein arrogantes Lächeln auf. »Die Patientin erscheint nur klar, Bertram. In Wahrheit ist sie in höchstem Maße paranoid. Ich werde sie sogleich aufsuchen und mich von ihren angeblichen Fortschritten überzeugen. Immerhin haben Sie sich im Sommer schon einmal geirrt.«

Mit diesem Argument hatte Bertram gerechnet. »Das sehe ich anders«, widersprach er Dietrich, der ihn empört anstarrte. Bertram hob die Hand, um seinem Einspruch zuvorzukommen. »Auch damals erschien mir die Dosis Morphium, mit der die Patientin behandelt wurde, viel zu hoch! Nach der Reduktion klärte sich ihr Verstand.«

»Im Gegenteil, Bertram, ganz im Gegenteil! Ihr Wahnsystem begann wieder zu blühen. Sie fantasierte sogar, bei ihrer Einweisung sei nicht alles mit rechten Dingen zugegangen.

Und verlangte nach ihrem ebenfalls seelisch labilen Sohn Franz, obwohl der für den letzten Tobsuchtsanfall, den sie erlitt, verantwortlich zeichnet.«

Dietrichs Ton wurde immer lauter. Jetzt sprang er auf, die fast verglühte Zigarre noch in der Hand. »Doch zum zweiten Mal an diesem Tag wird mir klar, Bertram, dass ich mich in Ihnen getäuscht habe. Sie werden sich ab sofort von Pauline Gerban fernhalten. Ebenso wie der Unterarzt Seibold. Und da Schwester Rosa offensichtlich für die Pflege der Patientin nicht mehr taugt, werde ich schnellstmöglich einen Ersatz beschaffen. Als Oberarzt sind Sie nicht annähernd so tüchtig, wie ich glaubte.«

Auch Bertram stand nun auf. »Und Sie als Klinikleiter nicht annähernd so seriös, wie ich glaubte«, konterte er, nun ebenfalls in scharfem Tonfall. Dietrich schnappte nach Luft wie ein Fisch auf dem Trockenen.

»Ich habe die Akte der Patientin Gerban Wort für Wort studiert, Herr Dietrich«, fuhr Bertram fort. »Es gab tatsächlich kein reguläres Einweisungsverfahren. Zu keinem Zeitpunkt hat die vorgeschriebene richterliche Anhörung stattgefunden. Auch der Familienrat wurde nie einberufen, geschweige denn angehört. Ich habe außerdem Schwester Rosa auf das Genaueste befragt. Im Juli des vergangenen Jahres zeigte Frau Gerban keineswegs Anzeichen eines Rückfalls in den akuten Wahn. Sie fragte lediglich nach den Einweisungsformalitäten und erwähnte dabei ihren Sohn Franz. Doch Sie, Herr Dietrich, hatten Rosa befohlen, Ihnen Derartiges sofort zu melden. Noch am selben Abend erhöhten Sie Frau Gerbans Dosis Chloralhydrat um mehr als das Doppelte. Auch das ist in der Akte dokumentiert. Und kommt mir ausgesprochen merkwürdig vor, Herr *Doktor* Dietrich.«

Der sank zurück auf seinen Lehnstuhl. »Und was wollen Sie mir nun damit bedeuten?« Seine Stimme zitterte.

Bertram holte tief Luft. »Frau Gerban hat ausdrücklich darum gebeten, in Zukunft nur noch von mir behandelt zu werden. Das habe ich ihr bereits zugesagt. Wenn Sie nicht damit einverstanden sind, sollten wir den Familienrat nachträglich einberufen und auch die richterliche Anhörung nachholen. Dann soll die Justiz entscheiden, wie in diesem Fall weiter vorgegangen wird.«

»Hat Frau Gerban das so vorgeschlagen?«

Bertram schüttelte den Kopf. »Nein, ganz im Gegenteil. Obwohl ich sie für stabil genug halte, möchte sie ihren Sohn Franz weiterhin nicht sehen. Und besteht keineswegs auf den nachträglichen Einweisungsformalitäten. Sie möchte sogar die verunstaltete Schwester Rosa als Pflegerin behalten. Insofern muss ich Ihnen in einem Punkt leider recht geben, Herr Dietrich. Pauline Gerban leidet zweifelsohne an einer Seelenstörung. Sie verkennt ihre Umwelt und hat paranoide Gedanken bezüglich ihres Sohnes.«

Bertram hatte die Weihnachtspost von Franz Gerban als freundlich und liebevoll empfunden und seine Enttäuschung, die er ihm in einem Antwortbrief auf seinen abschlägigen Bescheid zu erkennen gegeben hatte, als echt. Er konnte Paulines Bedenken und Ängste daher nicht nachvollziehen. Doch ihre Aussagen, warum sie Franz nicht sehen wollte, waren bei seinen weiteren Versuchen, sie von einem Besuch zu überzeugen, immer absurder geworden. Zuletzt hatte sie behauptet, er würde ihr schlechte Gedanken eingeben. Das war eindeutig krankhaft.

»Jedoch bedarf diese Seelenstörung keiner exzessiven Medikation«, führte Bertram weiter aus. »Im Gegenteil, die hier in der Anstalt im Vergleich zu ihrer Herkunft eingeschränkte Lebensqualität der Patientin würde dadurch auf ein unerträgliches Maß verringert.«

Dietrich kaute an seiner Unterlippe. »Und wenn ich mich

weigere, einer Behandlung der Patientin durch Sie zuzustimmen?«

Auch auf diese Frage war Bertram vorbereitet.

»Dann werde ich selbst die richterliche Anhörung anstrengen und Franz Gerban, den nunmehr volljährigen Sohn, nach seiner Meinung zur Einberufung des Familienrates befragen. Dadurch wird zweifelsohne offenkundig werden, dass in diesem und ...«, er schoss ins Blaue, »womöglich auch in weiteren Fällen das bayerische Recht grob verletzt wurde. Außerdem werde ich Ihre Rolle bei der Bekämpfung der Blattern nicht unerwähnt lassen.«

Dietrichs Gesicht war nun so weiß wie eine gekalkte Wand. »Sie erpressen mich also, Bertram!«, knirschte er.

»Ich wüsste nicht, womit ich Sie erpressen könnte, wenn nichts Unrechtes vorliegt«, konterte der Oberarzt. »Ich mache Ihnen lediglich einen vernünftigen Vorschlag. Quid pro quo, wie schon die alten Lateiner sagten. Ich behandele die Patientin Gerban und übe weiterhin ungehindert meine Pflichten als Oberarzt aus. Sie leiten die Klinik bis zu Ihrem Ruhestand in einigen Jahren, den Sie in allen Ehren antreten. Mich selbst schlagen Sie, wie Sie es beabsichtigten, als Ihren Nachfolger vor. Frau Gerban führt das ruhige zurückgezogene Leben hier in Klingenmünster, das sie sich wünscht. Ihre Familie wird nicht weiter behelligt. So ist allen Beteiligten auf das Beste gedient.«

Haus der Trude Ludwig in Lambrecht
Ende Januar 1872

Mit brennenden Augen starrte Irene in die Dunkelheit. Ganz vorsichtig, um ihn nicht zu wecken, schob sie Josefs Arm zurück, mit dem er ihre Taille noch immer umfangen hielt. Dann streckte sie ihre verkrampften Glieder.

In ihrem Innern tobten die unterschiedlichsten Gefühle. An Schlaf würde in dieser Nacht nicht mehr zu denken sein.

Heute Abend hatte sie zum ersten Mal seit dem Beginn ihrer Liebesbeziehung dem Drängen Josefs nachgegeben und ihn mit in ihre Schlafkammer im Haus ihrer Wirtin und inzwischen mütterlichen Freundin Trude Ludwig genommen. Trude war zur Beerdigung einer Cousine nach Mainz gefahren und würde erst übermorgen zurückkehren.

Bislang hatten Josefs und Irenes Zärtlichkeiten, bestehend aus innigen Küssen und Umarmungen, in dunklen Ecken stattgefunden, zumeist kurz bevor Josef sie von ihren abendlichen Treffen nach Hause brachte. Obwohl Trude ihr schon längst bedeutet hatte, dass sie Josef über Nacht mitbringen dürfe, sofern alles so diskret vonstattenginge, dass die Nachbarn keinen Grund hätten, sich die Mäuler zu zerreißen, hatte Irene das bislang nicht übers Herz gebracht.

Und ihr Gespür, dass sie noch nicht so weit war, sich nach Franz einem anderen Mann hinzugeben, hatte sie nicht getrogen. Sobald Josef sie heute Nacht in die Arme nehmen wollte, verkrampfte sie sich. Viele Männer hätten sich in einer solchen Situation mit Gewalt genommen, was ihnen nicht freiwillig gewährt wurde. Aber solch eine Art Mann war Josef zum Glück nicht.

Als seine Versuche, sie durch sanftes Streicheln zu entspannen, mehrere Male vergeblich blieben, bettete er ihren Kopf schließlich an seine breite Brust.

»Ich liebe dich auch so zärtlich und innig, mein Schatz, und kann warten«, flüsterte er ihr ins Ohr. »Sobald du bereit bist, lass es mich wissen. Auch wenn es noch viele Wochen dauert, macht es mir nichts aus. Schließlich möchte ich, dass du dann ganz bei mir bist und nicht in deiner Erinnerung an Fränzels Vater gefangen.«

Als bräche ein Damm in ihr, war Irene daraufhin in heftiges

Schluchzen ausgebrochen. Obwohl sie sich bei Josef geborgen fühlte, wurde ihre Sehnsucht nach Franz geradezu übermächtig. Josef wiegte sie sanft, bis sie sich beruhigte. Dann war er neben ihr eingeschlafen.

Denn hinter ihm lag ein weiterer harter Tag. Es schien, als sei den Fabrikherren vor allen Dingen deshalb nicht beizukommen, weil sich die Arbeiter der Tuchfabriken nicht einigen konnten, ob sie nun streiken sollten oder nicht.

Dabei war Irene der Auffassung, dass ein Arbeitskampf angesichts der bislang vergeblichen anderweitigen Bemühungen Josefs das letzte und vielleicht einzige Mittel war, um die Lebensbedingungen der Belegschaften zu verbessern. Mit legalen Mitteln war diesen Ausbeutern jedenfalls nicht beizukommen.

Josef hatte vor Wut mit der Faust auf den Tisch geschlagen, als sie ihm vor einigen Wochen von der missglückten Fabrikinspektion erzählte. »Ich habe den Beamten auf dem Bürgermeisteramt ausdrücklich und inständig gebeten, die Inspektion vorher nicht anzukündigen«, empörte er sich. »Aber ich hätte es besser wissen müssen. Reuter sitzt auch im Lambrechter Gemeinderat. Die Stadt ist bezüglich der Wohlfahrt auf seine Spenden und die der anderen Fabrikanten angewiesen. Da wäscht eine Hand die andere!«

Wegen der ständigen Erhöhung der Lebensmittelpreise und des bitterkalten Winters hatte sich die Lage der Arbeiter nach Weihnachten weiter zugespitzt. Als die Fabrikbesitzer dann auch noch ankündigten, die ohnehin viel zu knappen Löhne noch weiter kürzen zu wollen, rief bereits ein großer Teil der Arbeiterschaft nach Streik. Josefs Hoffnung, diesem durch eine erfolgreiche Verhandlung entgegentreten zu können, war gescheitert. Anstatt einer erheblichen Lohnerhöhung sollten die Arbeiter mit einem Almosen abgespeist werden, das die Fabrikherren auch noch als großzügig verkauften. Josef war sicher, dass dieser Plan auf Reuters Mist gewachsen war.

Dennoch hatte das Vorgehen der Fabrikherren zumindest bei einem Teil der noch unentschlossenen Kameraden die erwünschte Wirkung erzielt. Dazu trug erheblich bei, dass die drei Arbeiter, die Josef als Vertreter ihrer Belegschaften zu der Verhandlung begleitet hatten, bereits am nächsten Tag fristlos entlassen worden waren und mit ihren Familien nun vom Geld in der Streikkasse des Arbeitervereins lebten.

Was langfristig aus ihnen werden sollte, war ungewiss. Selbst wenn sie aus Lambrecht wegzogen, würden sie kaum woanders wieder in Lohn und Brot kommen. Denn mitten im Winter stellte in der Regel kein Fabrikherr neue Arbeiter ein. Und zumindest bis ins nahe Oggersheim, wo die am nächsten gelegenen Tuchfabriken waren, würde ihnen ihr Ruf als Aufrührer vorauseilen.

»Also ist uns der Spatz in der Hand doch lieber als die Taube auf dem Dach!«, argumentierten die Ängstlichen oder die Vernünftigen, je nachdem, von welcher Warte aus man es sah, in den Freitagsversammlungen und tagsüber in ihren kargen Arbeitspausen.

Bei den Frauen war Else Gläser, die Vorarbeiterin in der Spinnerei, deren Wortführerin. Erst heute Mittag hatte sie Irene zur Rede gestellt. Die hatte sich angewöhnt, in den Pausen bei ihren Kolleginnen für Josefs Idee eines flächendeckenden Streiks zu werben.

»Wenn wir alle zusammenhalten, wird unseren sogenannten Brotgebern gar nichts anderes übrig bleiben, als uns besser zu bezahlen«, argumentierte sie gegenüber Hilde und Auguste, zwei Arbeiterinnen aus der Spinnerei und der Nopperei.

»Und wenn sie uns alle entlassen?«, fragte Hilde ängstlich. Irene wusste, dass sie ihr uneheliches Kind allein durchbringen musste. »Das haben sie ja mittlerweile angedroht, wenn wir ihr Angebot der fünfprozentigen Lohnerhöhung nicht annehmen.«

Tatsächlich verkündete ein Aushang, der gestern in jeder Tuchfabrik angeschlagen worden war, dass man allen Arbeitern und Arbeiterinnen, die sich nicht mit ihrer Unterschrift von jeder Streikabsicht distanzierten, kündigen würde. Bislang hatte zwar kaum jemand unterschrieben, aber die Frist lief am 15. Februar ab.

»Dann stünden alle Selfaktoren und Webstühle still«, konterte Irene. »Der sich daraus ergebende Verlust wäre für die Fabrikanten viel größer, als mit uns über eine Lohnerhöhung zu verhandeln. Zumal Josef Hartmann die Arbeitszeitverkürzung nicht einmal gefordert hat, obwohl dies ursprünglich so besprochen war.«

»Aber fünf Prozent mehr Lohn sind doch besser als nichts oder sogar eine weitere Minderung«, wandte Auguste ein. Sie war schon über vierzig Jahre alt und von der jahrzehntelangen Plackerei in der Fabrik verbraucht. »Wenn ich meine Stellung in der Nopperei verliere, nimmt mich niemand mehr, und ich muss verhungern.«

»Oder du gehst ins Armenhaus!« Unbemerkt war Else Gläser von hinten an die Gruppe herangetreten. »Da verhungerst du auf Dauer zwar auch, aber zumindest auf Raten. Bei dünnem Haferschleim und einer Scheibe trockenem Brot am Tag kannst du zumindest ein paar Monate überleben.« Ihr Tonfall war sarkastisch.

Irene wandte sich um. »Mehr wird sich Auguste von unserem Lohn in der Nopperei in Zukunft auch nicht leisten können, wenn die Preise weiter so steigen«, erwiderte sie. »Als ich dort im Mai anfing, konnte ich mit meinen drei Gulden Fränzel und mich noch gut über die Runden bringen. Jetzt würde es entweder nur noch für seinen Brei oder mein Essen reichen, wenn ich auch noch die übliche Miete und Kohlen davon bezahlen müsste. Und neue Kleider konnte ich mir von meinem Lohn noch nie leisten.«

Sie wies auf ihr abgetragenes Kleid und die ausgefranste Schürze, die sie darüber trug. Sie gehörten noch zur Ausstattung, die Minna, ihre Freundin aus Schweigen, ihr nach ihrer Flucht aus Weißenburg geschenkt hatte, und waren vielfach geflickt. Trotz Irenes Geschick beim Nähen wirkten sie inzwischen schäbig.

»Die wenigen Sachen für Fränzel habe ich anfangs aus Lappen und zerschlissenen Laken geschneidert, die ich statt meines Nählohns erhalten habe«, fügte sie hinzu. »Hätte mir meine Wirtin zum Winter nicht die Kleidung ihrer verstorbenen Tochter geschenkt, die ich umändern konnte, müsste mein Kleiner jetzt frieren. Fünf Prozent Lohnerhöhung bedeuten für mich genau neun Kreuzer mehr in der Woche. Den Gegenwert von zwei Pfund Brot und sechs Eiern oder einem Liter Milch.«

Else musterte sie kühl. »Wenn ich geahnt hätte, dass du einmal die Arbeiterinnen aufwiegeln würdest, hätte ich dir gar nicht erst zu der Stelle in der Nopperei verholfen.«

»Dann wäre aber deine Gerti noch immer dort und nicht bei uns in der Spinnerei«, kam Hilde Irene unerwartet zu Hilfe. Else errötete leicht und biss sich auf die Lippen.

Ohne auf Hildes Bemerkung einzugehen, sagte sie zu Irene: »Du solltest dich auf jeden Fall vorsehen. Ich verpfeife dich nicht bei Plotzer. Aber jedermann außer ihm und Reuter weiß, dass du Josef Hartmanns Liebchen bist. Wenn einer der beiden das rauskriegt, fliegst du ohnehin in hohem Bogen raus.«

»Aber eigentlich hat Irene recht«, mischte sich nun Auguste ein. »Wir arbeiten dreizehn Stunden am Tag und können uns davon nicht einmal das Nötigste zum Leben leisten.«

»Dann seht zu, dass ihr vorankommt«, schnaubte Else. »Ich habe auch einmal als einfache Arbeiterin angefangen und mich dann durch Fleiß und Ehrgeiz hochgearbeitet. Das könntet ihr doch auch anstreben, ohne unseren Brotherrn so zu brüskieren.«

»Aha!« Das war wieder Hilde. »Wie viele Aufseherinnen werden denn bei den Selfaktoren gebraucht? Soll ich mich anstrengen, um dich zu ersetzen?«

Else wurde nun tiefrot im Gesicht. »Also, ich habe euch alle gewarnt. Insbesondere dich, Irene. Passt euch an und tut eure Arbeit! Sonst ergeht es euch schlecht!«

Am Abend hatte Irene Josef von diesem Gespräch erzählt. Er zuckte mit den Schultern. »Ich kann Else sogar verstehen«, räumte er zu Irenes Überraschung ein. »Nur ganz wenige Frauen werden zu Vorarbeiterinnen. Und Gerti und sie stehen allein in der Welt. Es geht ihnen im Vergleich zu den meisten anderen Frauen gut, nicht nur, weil sie genug verdienen, sondern auch, weil Else schon vor Jahren den Mut hatte, ihren versoffenen Ehemann vor die Tür zu setzen.«

»Woher weißt du denn das?«

Josef lächelte. »Ich habe selbst schon mit Else gesprochen und sie auf unsere Seite zu ziehen versucht. Sie genießt hohes Ansehen in der Spinnerei und bei Plotzer. Verträte sie unsere Sache, würde uns das sehr nützen. Aber leider ...« Er hob die Achseln noch einmal, ohne den Satz zu beenden.

All diese Bilder zogen im Dunkel der Nacht nun ein weiteres Mal vor Irenes innerem Auge vorbei und verstärkten ihren Gefühlswirrwarr noch. Da war die Angst vor der Zukunft, die sie mit allen Arbeiterinnen teilte. Da waren die Wut und Erbitterung über die Profitgier der Fabrikherren. Da waren Dankbarkeit und Schuldbewusstsein gegenüber Josef, den sie heute Nacht enttäuscht hatte und der dies tapfer ertrug, ohne es sie im Geringsten büßen zu lassen.

Aber stärker als jedes andere Gefühl war ihre Sehnsucht nach Franz.

Anwesen der Gerbans bei Altenstadt
Ende Januar 1872

Franz straffte die Schultern und prüfte im großen Spiegel, der in der Halle hing, ob sein Binder tadellos geknüpft war und sein Jackett richtig saß. Er wollte seinem Vater, der stets korrekt gekleidet war, auch äußerlich als gleichberechtigter Gesprächspartner gegenübertreten.

Schon vor zwei Wochen auf der Fahrt von Schweighofen zurück nach Altenstadt war ihm klar geworden, dass er sich gegenüber seinem Onkel und Stromberg eher wie der zukünftige Leiter des Weinguts als wie der demnächst nach Frankreich auswandernde, abtrünnige Sohn aufgeführt hatte. Die Information, dass er seine Pläne aufgrund der gefälschten Papiere, die ihn als Bayern auswiesen, nicht ohne gravierende Konsequenzen umsetzen konnte, hatte bereits erste Wirkung gezeigt.

Dennoch wollte er sich nicht so schnell geschlagen geben. Er hatte seinem Vater eine weitere Frist von vierzehn Tagen eingeräumt, um die Angelegenheit mit der Staatsangehörigkeit in Ordnung zu bringen, und im Gegenzug dafür dessen Zustimmung zur Entlassung Strombergs gefordert. Dass er sich selbst währenddessen alles noch einmal gründlich durch den Kopf gehen lassen wollte, behielt er für sich.

Sein Vater machte ihm kaum Hoffnungen auf die Beschaffung eines elsässisch-lothringischen Passes und hatte vorerst nur einer Suspendierung Strombergs zugestimmt. Allerdings bot er Franz zu dessen Überraschung jetzt wieder die Übernahme der Leitung des Weinguts in einigen Jahren an.

»Ich habe eingesehen, dass ich im Sommer nach deinem Streit mit von Wernitz überreagiert habe und möchte auf unsere damaligen Pläne zurückkommen. Wenn du dann immer noch auf der Entlassung Strombergs bestehst, werde ich mich dem nicht widersetzen. Ich habe Verständnis für deinen Zorn auf den Verwalter und heiße sein Verhalten gegenüber den Krügers nicht gut«, argumentierte sein Vater und verschwieg dabei den Anteil seines Bruders am Vorgehen Strombergs. »So etwas schadet auch der Reputation des Weinguts. Aber wenn du nach Saint-Quentin gehst, sind wir mehr denn je auf erfahrene Mitarbeiter angewiesen. Dann werde ich den Teufel tun und Stromberg entlassen. Was aus den Krügers wird, steht dann nicht mehr in meiner Macht.«

Franz durchschaute die Strategie seines Vaters sofort. »Also ist das Wohl und Wehe der Krügers jetzt von meiner Entscheidung abhängig.«

Sein Vater zuckte die Achseln. »Das kannst du so sehen. Gehst du nach Saint-Quentin, werde ich Stromberg behalten und ihm natürlich freie Hand im Umgang mit den Arbeitern lassen. Denn der Schaden, der durch deinen Weggang entsteht, ist ohnehin schon groß genug. Die Krügers sind dann eben das Bauernopfer und müssen sich eine neue Bleibe suchen.«

An diesem Tag kam Franz zum ersten Mal der Gedanke, dass es lohnender für ihn sein könnte zu bleiben, als fortzugehen. Es war leicht, von Jean-Jacques Serge, der jetzt schon weit mehr für seine Arbeiter tat als die Gerbans, weitere Verbesserungen ihrer Lebensbedingungen zu fordern. Aber wäre es nicht feige von ihm, sich vor seiner eigenen Verantwortung gegenüber denen zu drücken, die dann vollständig der Willkür seines Vaters und seines rachsüchtigen Onkels ausgesetzt sein würden?

Zumal auch das Geld knapper sein wird denn je, wenn ich meinen Anteil herausziehe. Dass von dem verbleibenden Rest etwas für die Arbeiter auf dem Weingut abfällt, ist absolut unwahrscheinlich. Selbst wenn ich die Krügers überreden kann, mit mir zu kommen, wären sie wahrscheinlich in Saint-Quentin nicht glücklich. Sie haben immer hier in der Pfalz gelebt und sind mit der Gegend verwurzelt. Und was wäre außerdem mit den anderen?

In dieser ersten schlaflosen Nacht, die auf seinen Besuch in Schweighofen folgte, wälzte sich Franz schweißgebadet in seinen Laken. Und beschloss, zunächst weitere Informationen einzuholen, bevor er seine Entscheidung tatsächlich revidierte.

Dass sein Vater ihn gut genug kannte, um genau das vorherzusehen, ahnte Franz nicht. Deshalb hielt er für bare Münze, was er durch den bestochenen Beamten einige Tage später auf dem Weißenburger Amt erfuhr, als er sich erneut nach Lenes Hinterbliebenenrente erkundigte.

Dort teilte man ihm mit, ein Zeuge sei aufgetaucht und habe behauptet, Karl Krüger sei nicht vor Sedan, sondern während der Belagerung von Paris im Oktober gefallen, nachdem er zuvor desertiert und zum Feind übergelaufen sei. Der Witwe eines Vaterlandsverräters würde natürlich kein Pfennig Rente ausgezahlt werden.

Franz knirschte vor Wut mit den Zähnen über diese neue Sachlage. Denn er wusste es ja besser. Doch er konnte immer noch nicht wagen zuzugeben, dass er in Bazeilles gewesen war. Zu sehr hatten die französischen Freischärler den Deutschen nach der verlorenen Schlacht von Sedan als Partisanen zugesetzt. Aus diesem Grund waren diese auch noch nicht zu einer Amnestie für französische Zivilisten, die mitgekämpft hatten, bereit.

Wie sein Vater gehofft hatte, verstärkte dieses Dilemma aber sein schlechtes Gewissen gegenüber den Krügers.

In der Angelegenheit Kegelmann stieß Franz dagegen auf die gleiche Hürde wie sein Vater, der wiederum ohne das Wissen seines Sohnes ein letztes Mal versucht hatte, in der Passfrage weiterzukommen. Man weigerte sich jedoch, ihm mitzuteilen, in welches Berliner Amt der Mann versetzt worden war und unter welcher Adresse man ihn erreichen konnte.

Nicht von seinem Vater beeinflusst, aber eindeutig, fiel die

Auskunft seines Notars Monsieur Payet aus, den Franz schließlich nach weiteren schlaflosen Nächten vollkommen ins Vertrauen zog.

»Sie können nur als Elsässer zur französischen Staatsbürgerschaft optieren. Und nur dann haben Sie Anspruch darauf, Ihren Besitz mitzunehmen. Ist diese Voraussetzung nicht mehr gegeben, rate ich Ihnen dringend von Ihrem Vorhaben ab, zumal...«, Payet räusperte sich, »illegale Praktiken für diese Situation verantwortlich sind. Das kann nur schlecht für Sie alle ausgehen.«

Er trank einen Schluck Wasser und fuhr fort: »Wie es scheint, war Ihr französischer Großvater auf keinen Fall gewillt, den deutschstämmigen Gerbans auf Dauer etwas von seinem Vermögen zu übereignen. Zwar könnte Ihr Vater sich jetzt weigern, Ihnen das Urvermögen auszuzahlen, weil Sie kein Franzose mehr sind und er wiederum der Vormund Ihrer Mutter ist, die in diesem Fall allein befugt wäre, zu ihren Lebzeiten über alles, Urvermögen und Zugewinn zu verfügen. Wenn Sie daraufhin jedoch die Fälschung Ihrer Staatsbürgerschaft aufdecken, um Ihren Anteil gerichtlich einzufordern, müssten auch Sie mit strafrechtlichen Konsequenzen rechnen. Im schlimmsten Fall würden Sie sogar alle enteignet werden.«

»Enteignet? Wieso denn das?« Franz war entsetzt.

Payet zuckte mit den Schultern. »Tja, laut den Bestimmungen des Erbvertrags fiele das Vermögen Ihrer Mutter nach deren Tod an den französischen Staat.«

»Aber meine Mutter lebt doch noch!«, wandte Franz ein.

Payet spitzte die Lippen. »Schon, aber unter Vormundschaft in einer Anstalt. Wer garantiert Ihnen denn, dass Ihrem Vater diese Vormundschaft nicht entzogen würde, um vorzeitig an das Vermögen zu gelangen? Denn eine solche Erbschaft könnte im Augenblick beiden Nationen zupasskommen. Frankreich hat enorme Reparationszahlungen an das Deutsche

Reich zu leisten. Da ist sicherlich jeder Centime willkommen. Und Deutschland dürfte keine Einwände dagegen haben, sich ein paar hunderttausend Francs auf die fünf Milliarden anrechnen zu lassen, die Frankreich bezahlen muss.«

Völlig am Boden zerstört lauschte Franz den Worten Payets. Der versuchte, ihn aufzumuntern.

»Trotzdem sehe ich keinen Grund für Sie, den Kopf hängen zu lassen. Für mich sieht es so aus, als ob Sie sich gerade in einer Pattsituation mit Ihrem Vater befänden. Jeder für sich kann nur verlieren, wenn Sie einander bekriegen, und gewinnen, wenn Sie sich einigen. Ihr Vater kann kein Interesse daran haben, dass seine Machenschaften auffliegen. Nutzen Sie seine Zwangslage doch aus, um einerseits hier im Elsass zu bleiben, andererseits Ihre Stellung gegenüber ihm zu festigen! Ihr Erbe verschafft Ihnen die Teilhaberschaft an den Geschäften der Familie Gerban und ein Mitspracherecht auf Augenhöhe. Verlangen Sie darüber einen regulären Vertrag, wie Sie es schon ehedem vorhatten.«

Franz schwieg und ließ sich das durch den Kopf gehen.

Monsieur Payet fasste dies als Skepsis auf und legte nach. »Festigen Sie jetzt Ihre Stellung als Juniorchef und lassen Sie sich das schriftlich bestätigen. Solange Ihre Mutter noch lebt, wird sich die Frage der Erbschaft nicht stellen, wenn Sie es nicht selbst provozieren. Und wenn sie hoffentlich hochbetagt stirbt, herrschen sowieso andere Umstände. Ihr Großvater konnte damals ja nicht ahnen, dass das Elsass einmal deutsch werden würde. Und seien Sie versichert, sobald Frankreich seine Kriegsschulden getilgt hat, wird kein deutscher Testamentsvollstrecker mehr darauf bestehen, dass Sie als bayerischer Staatsbürger und leiblicher Sohn von Pauline Gerban zugunsten Frankreichs leer ausgehen.«

Franz sagte noch immer nichts.

Der Notar strich sich über seinen gepflegten Bart. »Aber

ich fürchte, wenn Sie mit dem Vertrag zu lange warten, ist die Sache mit den gefälschten Papieren entweder verjährt, oder Ihrem Vater, der ja offenkundig mit allen Wassern gewaschen ist, wird etwas anderes einfallen, um Sie kaltzustellen.«

In dieser Nacht träumte Franz in einer seiner kurzen Schlummerphasen von Irene. Am Morgen danach suchte er erneut das Gespräch mit der Hausdame Frau Burger.

Er bestellte sie unter einem Vorwand ins Frühstückszimmer, nachdem sein Vater das Haus verlassen hatte. Diesmal sagte er ihr auf den Kopf zu, was er dachte.

»Frau Burger, ich habe seit meiner Rückkehr aus dem Krieg den Eindruck, dass Sie mir etwas verschweigen, was mit dem Verschwinden meiner Verlobten zu tun hat. Jetzt hängt meine Entscheidung, das Elsass zu verlassen, ganz maßgeblich von diesen Informationen ab. Vor einigen Wochen deuteten Sie an, mit der Einweisung meiner Mutter nach Klingenmünster sei etwas nicht in Ordnung. Deshalb bitte ich Sie, mir endlich die Wahrheit zu sagen!«

Die Augen der Hausdame weiteten sich vor Schreck. »Aber ich weiß doch gar nichts Genaues, junger Herr. Und musste Ihrem Herrn Vater versprechen ...« Sie stockte. Ihre Hände zitterten.

»Was mussten Sie ihm versprechen?«

»Keine falschen Gerüchte in die Welt zu setzen. Und Beweise habe ich keine.«

»Dann sagen Sie mir, was Sie glauben!«

Frau Burger wich seinem durchdringenden Blick aus und schwieg.

»Um Himmels willen, was befürchten Sie denn?«, blaffte Franz sie aufgrund seiner durch den Schlafmangel bedingten Dünnhäutigkeit an.

Frau Burger zuckte zusammen. »Dass Sie mich weiter und

weiter ausfragen werden. Und dann Nachforschungen anstellen, die mich kompromittieren.«

Franz ballte die Hände zu Fäusten. »Wären Sie wenigstens bereit, die Fragen, die ich Ihnen stelle, mit Ja oder Nein zu beantworten?«

»Das kommt auf die Fragen an. Und darauf, ob Sie meine Meinung diskret behandeln. Ich...« Ihre Augen füllten sich jetzt mit Tränen. »Ich habe doch kein anderes Heim als dieses Haus hier. Und wüsste nicht, wohin ich sonst gehen sollte.«

Was ist mein Vater nur für ein erbärmlicher Schuft! Es besteht kein Zweifel daran, dass er Frau Burger gedroht hat, sie hinauszuwerfen, wenn sie mit mir spricht. Und er wird diese Absicht in die Tat umsetzen, sobald er den Verdacht schöpft, dass sie ihm zuwidergehandelt hat, koste es, was es wolle. Irgendetwas wird ihm einfallen.

Er hob die rechte Hand zum Schwur. »Ich verspreche Ihnen, niemandem zu verraten, was Sie mir sagen, geschweige denn, Ihren Namen ins Spiel zu bringen. Das gelobe ich bei meiner Ehre. Mögliche Nachforschungen werde ich völlig diskret anstellen!«

Frau Burger sah ihn zweifelnd an. Schließlich gab sie sich einen Ruck. »Dann fragen Sie!« Ihre Stimme war kaum zu verstehen.

»Weiß meine Mutter, warum das Dienstmädchen Irene verschwunden ist?«

Eine schier endlose Zeit starrte Frau Burger auf ihre im Schoß fest verschränkten Hände. Dann nickte sie fast unmerklich.

»Wissen Sie es auch?« Ein etwas zu rasches Kopfschütteln war die Antwort.

»Weiß meine Mutter außerdem, wohin Irene gegangen ist?«

Diesmal war die Antwort eindeutig. »Das glaube ich nicht, Herr Gerban.«

Also gibt es tatsächlich ein ungelüftetes Geheimnis um Irenes

Verschwinden. Schon seit seinem Gespräch im Januar des vergangenen Jahres mit Irenes Freundin Minna kurz nach seiner Rückkehr hatte Franz diesen Verdacht.

Dann geschah etwas Erstaunliches. Plötzlich hob Frau Burger den Kopf. Ihre Augen blitzten entschlossen. »Ich habe keine Beweise dafür, aber ich glaube, dass die Einweisung Ihrer Mutter nach Klingenmünster mit Irenes Verschwinden zu tun hat. Sie hatte etwas vor und wurde durch die Einweisung daran gehindert.« Sie stand auf.

»Alles Weitere müssen Sie selbst herausfinden, junger Herr. Mich entschuldigen Sie nun bitte. Meine Haushaltspflichten rufen.«

Sie ließ einen zugleich verstörten und entschlossenen Franz im Frühstückszimmer zurück. *Wenn es etwas herauszufinden gibt, werde ich es herausfinden,* nahm er sich erneut vor. *Und das kann ich nicht von Saint-Quentin aus tun.*

Nach diesem Gespräch überlegte Franz nur noch, was genau er von seinem Vater fordern wollte. Seine Unerfahrenheit im Weinanbau war das einzige, noch unüberwindlich erscheinende Hindernis, um sowohl Stromberg als auch seinen Onkel Gregor auf der Stelle loszuwerden. Keinesfalls wollte er erneut dem Kompromiss zustimmen, sich jahrelang anlernen zu lassen. Da kam ihm der Zufall zu Hilfe.

Um der angespannten Atmosphäre in Altenstadt zu entfliehen, verbrachte Franz den Abend des Tages nach dem Gespräch mit Frau Burger im Gasthof »Zu den zwei Schwänen« in Schweigen. Hier hatte er im vergangenen Jahr bis zum Ausbruch des Krieges glückliche Stunden mit Irene verlebt.

Während er trübsinnig in seinen Wein starrte, den nahezu unberührten Teller mit seinem Nachtmahl vor sich, bemerkte er, dass der Wirt mit einem ihm unbekannten Mann tuschelte und dabei auf ihn wies. Wenig später trat der Mann tatsächlich an seinen Tisch.

»Verzeihen Sie, dass ich Sie anspreche. Sind Sie Herr Franz Gerban?« Der Mann drehte verlegen seinen Hut in den Händen. Er war ungefähr vierzig Jahre alt und korrekt in einen Anzug mit Weste gekleidet, der schon etwas abgetragen wirkte. Dennoch machte er einen seriösen Eindruck. Sein flackernder Blick verriet Franz, dass er aufgeregt war.

»Ich heiße Nikolaus Kerner«, stellte er sich vor. »Ich habe gehört, dass Sie vielleicht einen neuen Verwalter für Ihr Weingut nahe Schweighofen brauchen?«

Franz war verblüfft, blieb aber vorsichtig. »Wie kommen Sie darauf?«

»Gestern Abend war hier ein Herr zu Gast, der diesen Posten bislang offensichtlich innehatte. Er trank viel Wein, und schließlich hörte ich ihn am Nebentisch schimpfen. Er behauptete, viele Jahre Verwalter der Weingutsbesitzer Gerban gewesen zu sein. Nun wollten Sie, der Junior, ihn entlassen, und das würden Sie zu bereuen haben, wenn es Ihnen denn überhaupt gelänge.«

»Aha!« Franz fehlten zunächst die Worte. Kerner missverstand das. »Vielleicht habe ich mich ja auch geirrt, Herr Gerban. Der Herr hatte wirklich sehr viel getrunken.«

»War es ein schmächtiges Kerlchen mit dünnem Haar und einem auffallenden Schnurrbart?«

Kerner nickte.

Sieh an, sieh an, der Herr Stromberg! Wer hätte das von diesem scheinheiligen Burschen gedacht? Besäuft sich in einer öffentlichen Schenke und zieht über mich her.

Laut fragte er: »Und was kümmert Sie das?«

Der Mann errötete leicht. »Ich war über fünfzehn Jahre lang Verwalter auf einem großen Weingut in der Nähe von Maikammer. Nun musste das Gut aufgrund widriger Umstände leider Bankrott anmelden, und ich wurde entlassen.«

Franz nickte bedächtig. Er hatte von diesem Konkurs eines

ihrer größten Pfälzer Konkurrenten gehört. Der Besitzer war vor einigen Jahren kinderlos gestorben. Ironischerweise war der Niedergang des Geschäfts eine Folge der beständigen Erbstreitigkeiten der neuen Eigner.

»Der Wirt war so freundlich, mich darauf hinzuweisen, dass Sie der junge Herr des Weinguts Gerban sind. Es hat einen ausgezeichneten Ruf, und ich habe selbstverständlich schon viel darüber gehört. Es wäre eine große Ehre für mich, wenn ich für Sie arbeiten dürfte. In meiner Heimatregion sind alle Verwalterstellen besetzt. Deshalb bin ich auch hierhergekommen und wohne in diesem Gasthaus, um mich nach einer neuen Anstellung umzusehen«, plapperte Kerner nervös weiter.

Die Gedanken rasten durch Franz' Kopf. Sollte das die Lösung seines größten ihm verbliebenen Problems sein?

»Doch wenn ich Sie unnötig belästigt habe ...«, verstand Kerner sein Schweigen schon wieder falsch.

»Nein, nein. Bitte entschuldigen Sie, ich war in Gedanken!« Franz wies auf den freien Stuhl ihm gegenüber. »Bitte nehmen Sie doch Platz. Wirt! Bringen Sie uns noch einen Schoppen vom Sonnenberg!« Das war eine bekannte Weinlage des Schweighofener Guts.

In den nächsten Stunden unterhielten sich Franz und Kerner sehr intensiv. Danach war Franz davon überzeugt, dass Kerner tatsächlich über alle Kenntnisse verfügte, um ein Weingut zu verwalten und ihn gründlich in die Geheimnisse und Herausforderungen des Anbaus von Spitzenweinen einführen zu können.

Und mit diesem As im Ärmel wollte Franz seinem Vater heute gegenübertreten, um seine Forderungen zu stellen. *Und diesmal werde ich erfolgreich sein,* schwor er sich.

»Brauchen Sie noch etwas, gnädige Frau?« Schwester Rosa nuschelte leicht, da die Pocken auch ihre Lippen befallen und dort kraterförmige Narben hinterlassen hatten.

»Eine Tasse Tee wäre schön, meine Liebe«, antwortete Pauline freundlich.

»Das ist eine ausgezeichnete Idee, gnädige Frau. Möchten Sie dazu auch gleich Ihre Abendmedikation einnehmen? Ich könnte sie mit dem Tee vermischen. Dann schmeckt sie nicht gar so bitter.«

Pauline überlegte kurz. Eigentlich hatte sie noch bis morgen warten wollen, denn dann wäre Rosas einwöchige Probezeit abgelaufen. *Aber was ich ihr zu sagen habe, kann sie auch schon heute erfahren,* beschloss sie.

»Bringen Sie mir beides erst einmal getrennt«, antwortete sie. Ihren schönen Tee wollte sie sich nicht durch Chloralhydrat verderben lassen.

Während Rosa in der im Erdgeschoss der Frauenvilla gelegenen kleinen Küche das Gewünschte zubereitete, überdachte Pauline ein letztes Mal ihren Plan. Er war nicht ganz ohne Risiko, aber sie war bereit, es einzugehen.

Obwohl sie nicht die geringste Sympathie für ihre Wärterin empfand, war sie doch sehr erschüttert gewesen, als sie Rosa nach deren Pockenkrankheit das erste Mal wiedersah. Gesicht, Hals, Hände, Unterarme, jedes Stück sichtbare Haut war von roten Narben entstellt, viele in Form tiefer Krater.

»Wir sagen den Kranken immer, sie sollen die Pusteln auf keinen Fall aufkratzen«, seufzte Dr. Bertram auf ihre diesbezügliche Frage hin. »Doch sie jucken wohl so unerträglich, dass viele Infizierte sich nicht beherrschen können. Das Ergebnis haben Sie ja soeben bei Schwester Rosa gesehen.

Die rote Farbe der Narben wird mit der Zeit verblassen. Die Löcher in der Haut wird sie leider bis an ihr Lebensende behalten.«

Dieses Gespräch hatte vor nunmehr sechs Tagen stattgefunden. Dr. Bertram brachte Rosa zu seiner morgendlichen Visite mit, damit sich Pauline einen Eindruck machen konnte. Während die bedauernswerte Kreatur, wie Pauline sie seit dieser Begegnung bei sich nannte, vor der Tür wartete, hatte Bertram Pauline die entscheidende Frage gestellt.

»Wollen Sie Schwester Rosa wirklich als Wärterin behalten? Obwohl sie wieder genesen ist, ist sie als Pflegerin eigentlich nicht mehr zu gebrauchen. Den Patienten graust es vor ihr, einige schimpfen sie sogar ein Ungeheuer. In Klingenmünster kann sie nicht weiter bleiben, wenn Sie ihre Entlassung wünschen. Ich habe schon einmal überlegt, ob ich sie in ein Pflegeheim für Schwerstkriegsversehrte vermitteln könnte, die oft auch entstellt oder blind sind. Eine andere Beschäftigungsmöglichkeit ist mir nicht eingefallen.«

In diesem Moment war Pauline die Idee gekommen, noch vage zwar, aber vielversprechend. »Mich dauert die arme Frau. Da ich ihr nichts vorzuwerfen habe, würde ich es gerne noch einmal mit ihr versuchen.«

Ursprünglich war ihre Bereitschaft, Schwester Rosa wieder als Pflegerin zu akzeptieren, eine rein taktische gewesen. Sie war ein Teil ihres Plans, um in der Ägide Dietrich keinen Anstoß mehr zu erregen. Dass sowohl Dietrich als auch Bertram jetzt bereit waren, Rosa zu ersetzen, hatte ihr jedoch noch eine ganz andere Möglichkeit eröffnet.

»Sind Sie da wirklich sicher, Frau Gerban? Zumal Rosa einen exorbitant hohen Lohn erhält, den Ihr Gatte zahlt«, blieb Bertram skeptisch.

»Eine Woche lang möchte ich es erst mal mit ihr versuchen, Herr Oberarzt. Und den Lohn möchte ich ihr auch nicht kürzen. Schließlich bleiben ihre Aufgaben die gleichen wie vorher.«

»Nun gut«, stimmte Bertram letztlich zu. »Dann sprechen wir in einer Woche wieder darüber.«

Dieser Termin war für morgen früh anberaumt. Rosa hatte Pauline im wahrsten Sinne des Wortes die Hände geküsst, als sie von ihrer Probezeit erfahren hatte. Seither gab sie sich nicht nur die größte Mühe. Auch ihre frühere Barschheit war völlig verschwunden. An ihre Stelle war eine beinah schon devot anmutende Dienstbeflissenheit getreten.

Nun kehrte sie mit der dampfenden Kanne zurück. Aus dem Vitrinenschrank nahm sie ein Teegedeck, goss Pauline eine Tasse ein und füllte danach den kleinen Messingbecher mit der Dosis Chloralhydrat, die Pauline nur noch abends erhielt.

»Nehmen Sie sich auch eine Tasse Tee und setzen Sie sich, Rosa«, forderte Pauline sie auf. »Ich habe mit Ihnen zu sprechen.« Bewusst wählte sie den gleichen Ton wie früher gegenüber einem Dienstboten, der sich etwas zuschulden hatte kommen lassen.

Rosa erbleichte, was ihre Narben wie frische, blutrote Wunden aussehen ließ. Ihre Hände zitterten so stark, dass das teure Teegeschirr klirrte, als sie sich selbst ein Gedeck aus dem Schrank nahm und eine Tasse füllte. Ohne einen Schluck zu kosten, nahm sie Pauline gegenüber auf der Sesselkante Platz, die Hände um die Untertasse gekrampft.

Pauline bemühte sich, kühl zu bleiben und sich nicht von ihrem Mitleid überwältigen zu lassen. *Letztlich hatte Rosa auch niemals Mitleid mit mir. Und was ich ihr vorschlagen werde, ist auch zu ihrem eigenen Besten.*

Sie trank einen Schluck Tee, um ihre trockene Kehle zu befeuchten. Was sie nun vorhatte, passte eher zum Stil ihres verhassten Gatten. Pauline hatte ein solches Vorgehen immer verachtet.

»Sie wissen, Rosa, dass ich morgen darüber entscheiden soll, ob ich Sie als Wärterin behalte«, begann sie.

Rosas Hände zitterten jetzt so stark, dass der Tee aus der Tasse schwappte. »Ich hoffe doch, gnädige Frau, dass Sie mit mir zufrieden waren. Ich habe mir jede erdenkliche Mühe gegeben. Doch sollten Sie noch etwas vermissen, werde ich es umgehend nachholen oder verbessern.«

Pauline musterte Rosa mit, wie sie hoffte, ungerührter Miene. »Etwas, liebe Rosa, vermisse ich allerdings noch in der Tat. Schauen Sie her!«

Rosas Augen weiteten sich vor Entsetzen, als Pauline den Inhalt des kleinen Messingbechers in die Topfpalme goss, die neben ihr auf einem Beistelltischchen stand.

»Ich möchte, dass Sie absolutes Stillschweigen darüber bewahren, dass ich keinerlei Medikamente mehr einnehmen werde. Auch weitere Dauerbäder sind für mich ausgeschlossen, sollten sie nochmals verordnet werden. Niemand wird das erfahren, wenn Sie es nicht ausplaudern, denn ich verfüge ja über ein Einzelbad. Unter diesen Voraussetzungen können Sie weiterhin für mich arbeiten.«

»Aber ... aber Frau Gerban«, fiel ihr Rosa in ihrer Erschütterung fast ins Wort. »Sie werden wieder akut krank werden und auf die geschlossene Abteilung verlegt werden müssen. Diese Behandlung ist doch zu Ihrem eigenen Besten.«

»Ich war abhängig von Laudanum, als ich hier eingewiesen wurde. Das ist wahr, Rosa. Doch geistig war ich immer bei klarem Verstand. Die Medikation hat die Symptome nicht beseitigt, an denen ich vorgeblich litt. Sie hat sie stattdessen hervorgerufen.«

Rosas Miene veränderte sich. Ihr Blick wirkte nun wissend und wachsam zugleich. Pauline erkannte den Grund.

»Ich weiß, dass Sie mir nicht glauben, Rosa. Viele Seelengestörte streiten ab, dass sie geistig krank sind. Doch ob Sie mir glauben oder nicht, ist letztlich ohne Bedeutung für mich. Wenn Sie nicht bereit sind, meine Bedingungen zu erfüllen, werde ich schon morgen bei Dr. Bertram Ihre Ablösung fordern.«

Nackte Panik verdrängte alle anderen Gefühle und Gedanken in Rosa. Sie stellte ihre unberührte Tasse ab. »Ich würde mittellos auf der Straße liegen, Frau Gerban«, flehte sie.

»In der Tat ein grausames Schicksal«, stimmte Pauline Rosa zu. »Doch ungleich grausamer ist es, wochenlang an ein Bett gebunden zu werden oder tagelang im Wasser liegen zu müssen, obgleich es dazu nicht den geringsten medizinischen Anlass gibt. Betäubt wie ein Ochse vor der Schlachtung, kaum mehr in der Lage, einen klaren Gedanken zu fassen. Das möchte ich nie mehr erdulden müssen. Es ist schlimm genug, nicht zu wissen, ob ich diese Anstalt jemals wieder verlassen kann.«

Rosa presste die vernarbten Lippen zusammen. Pauline sah, dass sie einen heftigen inneren Kampf ausfocht.

In einer spontanen Regung griff Pauline über den Tisch nach Rosas Hand. »Wir müssen beide ein grausames Schicksal erdulden«, sagte sie sanft. »Lassen Sie es uns doch gemeinsam so gut wie möglich bewältigen. Das ist das Einzige, was uns bleibt.«

Rosa brach in Tränen aus. Eine Weile schluchzte sie wortlos vor sich hin. Dann hob sie ihr zerstörtes Antlitz und blickte Pauline in die Augen.

»Ich bin einverstanden, Frau Gerban, und danke Ihnen für Ihre Großmut. Sie werden sie nicht bereuen.«

Pauline betrachtete sie eindringlich. Doch ihre innere Stimme sagte ihr, dass Rosa die Wahrheit sprach.

Tuchfabrik Reuter in Lambrecht
Anfang Februar 1872

Der unmenschliche Schrei hallte durch die ganze Fabrik. Irene riss vor Schreck das Noppeisen zurück, sodass ein großer Riss in dem Stoff entstand, den sie gerade bearbeitete.

Auguste, ihre Nachbarin in der Nopperei, ließ ebenfalls die Nadel fallen. »Da muss etwas Furchtbares passiert sein«, flüsterte sie schreckensbleich.

Da auch die gestrenge Aufseherin bereits zum Treppenhaus eilte, liefen Irene, Auguste und die anderen Nopperinnen hinter ihr her. Schnell stellte sich heraus, dass der Schrei aus der Spinnerei gekommen war.

Was Irene dort erblickte, ließ ihr das Blut in den Adern gefrieren. Die Spindeln eines ganzen Abschnitts der Selfaktoren waren blutbespritzt, auch der Boden im Gang war damit bedeckt und schon ganz glitschig. Ein undefinierbares Etwas, ebenfalls blutig und aus merkwürdigen Fäden bestehend, schwang an den Spitzen zweier Spindeln. Als der Selfaktor sich wieder in Richtung der Saalmitte bewegte, schlug sich Irene vor Entsetzen die Hände vor den Mund: Die Fäden stellten sich als lange blonde Haare heraus!

Oh nein! Das ist Emma!

Im engen Gang zwischen den Selfaktoren, die nach wie vor in Betrieb waren, drängte sich eine Gruppe Arbeiterinnen dicht an dicht. Als sich Irene hindurchzwängte, sah sie die Beine einer Frau, die auf dem Boden lag. Um sie herum knieten drei Frauen. Eine davon hielt ein schluchzendes Kind in den Armen, das sein Gesicht an ihrer Brust vergraben hatte. Sie blickte nun hoch.

»Ich bin unversehrt, Irene!« Die realisierte erst jetzt, dass sie Emmas Namen eben laut herausgeschrien haben musste. »Es hat Gerti erwischt!«

»Stellt doch endlich diese verdammten Maschinen ab!« An ihrer Stimme hätte Irene Else Gläser, Gertis Mutter, nicht erkannt. Die sonst so kaltblütige und besonnene Frau klang nun geradezu hysterisch.

Hätte Irene während des Krieges nicht ähnlich grausame Wunden gesehen, wäre sie wahrscheinlich ohnmächtig geworden, als sie Gerti sah. Ihre Gesichtszüge waren unkenntlich vor Blut, ihr Kopf eine einzige Wunde aus rohem Fleisch. Einige verfilzte Haarsträhnen hingen ihr zu beiden Seiten der Wangen noch auf die Schultern herab. Auch die Kleidung ihrer Mutter, die Gerti in den Armen hielt, war blutdurchtränkt.

»Wo ist Plotzer?«, schrie Else im gleichen Moment, als die Selfaktoren endlich stillstanden. »Er muss nach einem Arzt schicken! Sofort! Sie verblutet mir noch!«

Gleich drei Arbeiterinnen stürzten zum Stiegenhaus und trafen den Verwalter auf der Schwelle zur Spinnerei an. In der jetzt gespenstisch anmutenden Stille hörte man nur Gertis lautes Stöhnen. Die Frauen tuschelten mit Plotzer, der auf dem Absatz kehrtmachte und die Treppe so schnell hinablief, dass seine Schritte im ganzen Saal zu hören waren.

»Ein Tuch! Hat denn niemand ein reines Tuch?«, schrie Else.

Zwei andere Frauen rannten an Irene vorbei, um das Gewünschte zu holen. Das gab Emma endlich den Raum, um mit dem schluchzenden Kind aufzustehen und zu Irene zu kommen. Als das Kind den Kopf hob, erkannte Irene die kleine Anna.

»Was ist denn um Gottes willen geschehen?« Gewohnt, den Lärm der Maschinen zu übertönen, fragte Irene so laut, dass sich etliche Köpfe zu ihr umdrehten.

Emma legte den Zeigefinger an ihre Lippen. »Pscht! Ich höre dich ja!« Dann senkte sie die Stimme.

»Annas Kleid hatte sich in einer Spule verfangen, als sie

unter dem Selfaktor die Wollflocken aufsammelte. Sie wurde über die ganze Länge der Bahn mitgeschleift, einmal vor und einmal zurück. Als sich der Selfaktor der Saalmitte näherte, bückte sich Gerti, um Anna zu befreien. Dabei löste sich ihr Kopftuch, und ihr Zopf geriet in die Maschine. Als der Selfaktor zurückschnellte, riss er ihr die Kopfhaut mitsamt den Haaren vom Schädel.«

Irene spürte, wie ihr übel wurde. Nur das herzerweichende Schluchzen der kleinen Anna hinderte sie daran hinauszustürzen, um sich zu übergeben. »Ich bin schuld! Ich habe nicht aufgepasst! Ich allein bin schuld! Muss die Gerti jetzt sterben?«

»Das wollen wir nicht hoffen, du dämliches Balg!« Die Frauen und das Kind fuhren herum. Sie hatten den Fabrikherrn Reuter nicht kommen hören.

»Platz da!« Rücksichtslos benutzte Reuter seine Ellenbogen, um die Frauen zur Seite zu drängen. »Was gibt es denn da zu glotzen? Du da!« Er wies auf Auguste. »Was hast du hier verloren? Warum bist du nicht oben in der Nopperei?«

Verschüchtert huschte Auguste an ihm vorbei.

»Wie konnte das passieren? Und wieso stehen die Maschinen hier still?«, blaffte Reuter als Nächstes Else Gläser an, ungeachtet ihrer blutenden Tochter, die sie in den Armen hielt. Else brachte keinen Ton heraus. Ihr Mund öffnete und schloss sich, ohne irgendein Wort herauszubringen.

»Herr Reuter!« Entschlossen sprang Emma auf, drückte Irene die kleine Anna in die Arme und baute sich mit in die Hüften gestützten Händen vor Reuter auf. »Das ist Gerti Gläser, Elses Tochter, die so schwer verletzt worden ist!«

»Und? Warum hat sie nicht besser aufgepasst?« Irene glaubte ihren Ohren nicht zu trauen, angesichts der kaltschnäuzigen Grausamkeit Reuters. »Es ist bekannt, dass die Spinnerinnen Kopftücher zu tragen haben, damit solche Unfälle vermieden werden! Sie haben ja auch eins an!«

»Sie hat der kleinen Anna helfen wollen, die sich im Selfaktor verfangen hat. Dabei ist es passiert!«

»Aha! Das Kind hat sie also auch nicht richtig angelernt!« Reuter drehte sich einmal um die eigene Achse. »Jetzt schauen Sie sich doch mal diese Schweinerei an! Mindestens ein Ballen Wolle ist verloren, und es wird einen Tag dauern, bis hier alles geputzt ist.«

In diesem Moment kamen zwei Weber mit schnellen Schritten in den Raum geeilt. Sie trugen eine Bahre zwischen sich. »Plotzer hat die Kutsche anspannen lassen! Wir fahren die Verletzte zum Arzt! Das geht schneller, als ihn hierherzuholen!«

Sie stellten die Bahre ab und bückten sich nach Gerti. Reuter stellte seinen rechten gestiefelten Fuß auf den Rand der Trage. »Welche Kutsche?«, schnappte er. »Etwa die meine?« Jetzt überschlug seine Stimme sich fast. »Wollt ihr mir die jetzt auch noch versauen? Schafft das Weib in die Spinnstube. Der Arzt soll dorthin kommen!«

Später wusste Irene nicht mehr zu sagen, was in diesem Moment mit ihr passiert war. Es war, als ob in ihrem Innern etwas aufplatzen würde. Sie trat auf die andere Seite der Bahre und riss sie so fest zurück, dass Reuter ins Straucheln geriet. »Was sind Sie nur für ein gewissenloser Schuft!«, zischte sie ihn an. »Sie beschäftigen illegal dieses Kind«, sie wies auf die tränenüberströmte Anna, »obwohl es gerade einmal acht Jahre alt ist, bringen es durch die ihm zugewiesene Arbeit jeden Tag in Lebensgefahr, betrügen und belügen den Fabrikinspektor, der hier nach dem Rechten sehen sollte, und machen jetzt der armen Gerti, die der Kleinen zu Hilfe eilen wollte, sich dabei selbst verletzt hat und vielleicht sogar daran sterben wird, auch noch bittere Vorwürfe, weil Sie um ein bisschen Wolle und die Lederpolster in Ihrer Kutsche fürchten?« Ihre Stimme steigerte sich, ohne dass sie selbst es merkte, zu einem Crescendo. »Was sind Sie für ein verachtenswerter Patron!«

Reuter stand vor Erstaunen der Mund offen. Er wirkte völlig perplex.

»Jawohl, Irene hat recht!« Das war Emmas Stimme. »Ja, sie hat recht!«, schlossen sich andere Frauen an.

Reuter schnappte nach Luft. »Das ist Aufruhr! Meuterei!« Speicheltropfen spritzten von seinen Lippen. Er zeigte mit dem Finger auf Irene. »Sie und auch Sie«, das war Emma, »sind auf der Stelle entlassen! Und auch jede andere, die noch einmal aufzumucken wagt.«

Er fuhr zu den Arbeitern herum, die ihn finster musterten. »Glotzt nicht so blöd! Schafft dieses unselige Weib zum Arzt, meinethalben mit meiner Kutsche. Lasst euch Tücher zum Unterlegen geben! Wenn ich nur einen Blutfleck sehe, könnt ihr ebenfalls euren Hut nehmen! Na los! Wird's bald?«, schnauzte er, als sich die Männer nicht gleich bewegten. Nun bückten sie sich hastig, nahmen Elsa ihre Tochter, die mittlerweile das Bewusstsein verloren hatte, fast grob aus den Armen und betteten sie auf die Trage. Sie hatten die Tür zum Stiegenhaus noch nicht erreicht, da blaffte Reuter Else an: »Das ist auch Ihre Schuld, Frau Gläser! Sie sind hier in der Spinnerei mit der Aufsicht betraut! Sehen Sie zu, dass die Maschinen so rasch wie möglich wieder zu laufen beginnen!« Kein Wort des Mitgefühls mit ihr und ihrer schwer verletzten Tochter kam ihm über die Lippen.

Else erhob sich schwerfällig wie eine alte Frau. Einen Moment lang glaubte Irene, sie würde sich Reuter fügen. Doch ein Blick in Elses Augen belehrte sie eines Besseren. In ihnen brannte ein mörderischer Hass!

Sie ballte die Hände zu Fäusten, als sie sich drohend vor Reuter aufbaute, sodass dieser unwillkürlich einen Schritt zurückwich. Doch da hinter ihm mehrere Frauen standen, blieb ihm kein Platz zum Ausweichen. Im Gegenteil, die Frauen stießen ihn wieder ein Stück nach vorn.

»Die Arbeiterin Irene, die Sie gerade entlassen haben, hat mit jedem Wort recht!« Die umstehenden Frauen hielten den Atem an. Man hätte im Saal eine Stecknadel fallen hören. Irenes Blick huschte zur Tür, wo nun auch die Arbeiter dicht gedrängt standen und lauschten.

»Ich war bisher nur zu blöd, um es zu erkennen!«, fuhr Else fort. Sie erhob ihre Stimme nicht, war aber trotzdem deutlich zu verstehen. »Ich habe Ihnen und Ihrem verfluchten Vater fast mein ganzes Leben gewidmet. Ich bin ebenfalls schon als Göre unter Ihren Spinnmaschinen herumgekrochen, was damals noch viel gefährlicher war als heute. Ich habe mein Maul gehalten, wenn jedes Jahr mehrere Arbeiter draufgingen, verbrüht, verstümmelt, vergiftet, weil unser Schutz Ihnen nicht einen einzigen Heller wert ist. Ich habe mich durch schlimmste Plackerei nach oben gearbeitet, bis ich hier Aufseherin wurde, und glaubte auch noch, dafür müsste ich Ihnen dankbar und loyal gegenüber sein. Und nun habe ich Ihnen mein einziges Kind geopfert, Sie Scheusal!«

»Auch Sie sind . . .«, schrie Reuter in hohem Diskant.

»Nein, Sie Ausbeuter! Jetzt rede ich, und Sie halten Ihre gottverdammte Schnauze! Ich habe ohnehin nur noch eins, was ich Ihnen zu geben habe. Das hier!«

Sie zog die Nase hoch, räusperte sich und spuckte Reuter einen grüngelben Rotzklumpen mitten ins Gesicht.

Dann drehte sie sich mit ausgebreiteten Armen im Kreis herum. »Hier ist doch schon lange von Streik die Rede! Ihr wisst alle, dass ich bislang dagegen war. Doch jetzt sehe ich das anders! Dieses Pack versteht nur eine Sprache: Wir müssen uns wehren! Ich lege ab sofort meine Arbeit nieder. Wer sich mir anschließen will, möge es tun!«

Damit drängte sie sich an dem zur Salzsäule erstarrten Reuter vorbei durch die Menge. Irene und Emma folgten ihr auf dem Fuße, dahinter alle anderen Arbeiterinnen der Spinnerei. Auch die im Treppenhaus versammelten Weber schlossen sich an.

Von Josef Hartmann erfuhr Irene später, dass nur zehn der einhundertsechsundsiebzig Arbeiterinnen und Arbeiter, die Reuter beschäftigte, in der Tuchfabrik geblieben waren.

❧ Teil 3 ❧

Ernüchterung

Kapitel 15

Weingut bei Schweighofen
Ende Februar 1872

»Und ihr möchtet wirklich keinen Kuchen?« Ottilies Stimme zitterte leicht. Ihre Miene zeigte, dass sie das für ein schlechtes Zeichen hielt. »Man kann gegen meine Köchin sagen, was man will, aber ihre Apfeltorte ist ihr noch immer gelungen.«

»Nein danke«, antworteten Franz und Wilhelm Gerban wie aus einem Munde. »Kaffee ist vollkommen ausreichend«, fügte Franz hinzu.

»Nun gut«, Ottilies Stimme klang nun genauso spitz, wie ihre Nase war. »Gregor wird jeden Augenblick kommen. Wollt ihr mir nicht schon einmal sagen, was der Grund für euren überraschenden Besuch ist, noch dazu mitten in der Woche?«

»Wir warten, bis Gregor da ist.« Wilhelms Tonfall duldete keinen Widerspruch. »Du sagtest doch, du hast einen Stallburschen geschickt, um ihn zu holen, und er sei nicht weit weg vom Haus. Dann wird er ja jeden Moment eintreffen.«

»Nun gut«, wiederholte Ottilie. »Wie geht es denn Pauline?«, wechselte sie abrupt das Thema.

Was für eine gehässige Person, dachte Franz. *An meiner Mutter ist ihr nicht das Geringste gelegen. Sie möchte nur in unserer Wunde stochern.*

»Besser«, gab Wilhelm Ottilie Auskunft. »Die Ärzte berichten, dass sie wieder bei klarem Bewusstsein ist und an verschiedenen Freizeitbeschäftigungen teilnimmt. Man zieht sogar in Erwägung, sie einen Handarbeitszirkel leiten zu lassen.«

»Ach, wie erfreulich!«, säuselte Ottilie mit einem falschen Lächeln. »Dann wird sie doch sicherlich bald entlassen?« Ihre Frage hatte etwas Lauerndes.

Wilhelm schüttelte den Kopf. »Davon kann keine Rede sein! Ihr Verstand bleibt nachhaltig zerrüttet. Sie bildet sich alles Mögliche ein und hält sogar uns, ihre Familie, für ihre Feinde. Daher wird sie wohl dauerhaft in der Anstalt verbleiben müssen. Wir alle haben nicht einmal eine Besuchserlaubnis.«

Es war Franz zwar ein schwacher Trost, dass Dr. Bertram vor einigen Tagen auch seinen Vater gebeten hatte, Abstand von weiteren Besuchen zu nehmen. Die Patientin wünsche, ihn nicht mehr zu sehen, da sie dies zu sehr aufregen könnte. Aber der Schmerz über ihre Zurückweisung saß nichtsdestoweniger tief.

»Doch diese traurige Angelegenheit erleichtert es uns zumindest, eine akzeptable Lösung für unser heutiges Problem zu finden«, zahlte Wilhelm Ottilie ihre vorgetäuschte Anteilnahme mit einem süffisanten Unterton heim.

Franz' Tante wurde bleich. Zum Glück hörten alle in diesem Moment das Rollen eines Wagens auf dem Kies der Einfahrt. Schon kurze Zeit später polterte Gregor die Treppe hinauf und betrat den Salon.

»Guten Tag zusammen«, begann er brüsk. »Was eilt denn so sehr, dass ihr mich am helllichten Tag hier herbeizitiert? Ich habe gerade den Riesling-Weinberg besichtigt, den wir im letzten Frühjahr neu angelegt haben.«

»Gregor!«, rief Ottilie mit hoher Stimme. »Du verdreckst mir mit deinen Stiefeln den ganzen Teppich! Zieh sie sofort aus!« Sie riss so stark am Klingelzug, dass Franz einen Moment lang glaubte, die Schnur würde aus der Verankerung springen.

Während sich das Gesicht seines Onkels rot färbte und Wilhelm ein spöttisches Lächeln aufsetzte, hielt es Franz nicht mehr auf seinem Sitz. *Ich brauche frische Luft. Ich ersticke in dieser scheinheiligen Atmosphäre.*

Er erhob sich aus seinem viel zu weichen Sessel, ohne auf den Schmerz zu achten, den ihm sein Beinstumpf dabei bereitete, und öffnete die Flügeltüren, die auf den Balkon hinausführten. An einem klaren, sonnigen Tag wie dem heutigen hatte man von dort aus einen weiten Ausblick über die Gerban'schen Rebenfelder und die sanften Hügel der Umgebung.

»Franz!«, zeterte nun Tante Ottilie in seinem Rücken. »Du lässt ja die ganze behagliche Wärme entweichen.«

Franz ignorierte ihr Geschrei und trat hinaus, ohne die Türen hinter sich zu schließen. Draußen atmete er die kühle frische Winterluft tief ein. *Hätte ich meine Entscheidung nicht längst getroffen, mit den beiden nicht unter einem Dach zu leben, wäre sie spätestens jetzt gefallen. Ich muss alle Sessel und Sofas neu aufpolstern lassen. Man versinkt geradezu in ihnen und kann nicht bequem darin sitzen.*

Er ließ seinen Blick über die Landschaft schweifen, die mit Eiskristallen überzogen war und in der Sonne glitzerte wie ein Märchenland. Ein tiefer Frieden überkam ihn. *Hier werde ich nun in Zukunft leben und arbeiten.*

Noch wusste er nicht, wie Marianne und Jean-Jacques Serge auf die Absage seiner Teilhaberschaft reagieren würden, da sein Brief erst seit gestern zu ihnen unterwegs war. Er hatte abgewartet, bis der Vertrag mit seinem Vater, den sie auf sein Drängen hin bei Monsieur Payet ausgehandelt hatten, unterschrieben und gesiegelt war. Doch tief in seinem Inneren war er mit sich im Reinen.

Undeutlich vernahm er in seinem Rücken, dass das Dienstmädchen die Hausschuhe seines Onkels brachte, ihm die schmutzigen Stiefel auszog und sich schließlich wieder entfernte. Er kam erst zurück, als sein Vater ihn rief.

Mit vor der Brust verschränkten Armen saß Gregor Gerban

auf dem Sofa neben seiner Frau, die mit ihrer Rechten immer wieder nervös über den Handrücken der Linken strich.

»Also, wir hören. Was gibt es?« Gregor blickte seinen Bruder Wilhelm an.

»Mein Sohn wird es euch erklären.« Er gab Franz ein Zeichen.

Der nahm wieder in seinem Sessel Platz und richtete sich so gerade auf, wie es die weichen Polster zuließen.

»Ich werde ab sofort die Leitung des Weinguts übernehmen«, kam er gleich auf den Punkt. »Stromberg wird entlassen und durch Nikolaus Kerner ersetzt, der bislang das Weingut Liebmann in Maikammer verwaltet hat. Sofern Stromberg Kerner eine anständige Einweisung gibt, wofür ich nicht mehr als vierzehn Tage veranschlage, erhält er eine Abfindung von drei Monatsgehältern. Ansonsten keinen Kreuzer mehr als seinen letzten Lohn für Februar.«

Onkel Gregor und Tante Ottilie saßen wie erstarrt. Während Franz' kurzer Rede hatte Ottilie lediglich eine Hand in Gregors Arm gekrallt. Sie war nun totenbleich, Gregor puterrot im Gesicht.

Der wandte sich nun demonstrativ an Wilhelm. »Das habt ihr zwei euch ja fein ausgedacht. Und was wird aus uns?«

Wieder machte Wilhelm eine Kopfbewegung in Richtung seines Sohnes. Er hatte im Vorfeld darauf bestanden, dass Franz seinen Verwandten die schlechten Neuigkeiten selbst übermittelte, wofür der ihm jetzt sogar dankbar war. *Das zeigt viel besser, wie ernst wir es meinen!*

»Du darfst dich ab sofort zur Ruhe setzen, Onkel Gregor«, ergriff Franz daher wieder das Wort. »Immerhin bist du ja bereits sechzig Jahre alt. Wir bezahlen dir eine gute Rente, von der ihr anständig leben könnt. Natürlich nur, sofern du dich als kooperativ erweist, falls Nikolaus Kerner und ich deinen Rat ab und an noch benötigen sollten.«

»Und wo willst du wohnen?«, mischte sich Ottilie nun mit einer mindestens um eine Oktave höheren Stimme ein. »Es ist dir doch sicherlich klar, dass wir dich nach einem solchen Affront nicht in unserem Haus dulden wollen, geschweige denn, jeden Tag auch noch gemeinsame Mahlzeiten mit dir einnehmen möchten.«

Franz blieb kühl. »Auch dafür gibt es natürlich eine Lösung, geschätzte Tante. Denn ich sehe das genauso wie du. Ich würde gar nicht unter einem Dach mit euch wohnen wollen.« Er machte eine künstliche Pause.

»Zum Glück beweist du zumindest in dieser Hinsicht Verstand, Wilhelm«, schnappte Ottilie. »Aber glaube nur ja nicht, dass Gregor bei Unwettern oder anderen Vorkommnissen einspringen wird, wenn dein Sohn in Altenstadt ist.«

»Zum Glück wird das tatsächlich gar nicht nötig sein, liebe Tante«, imitierte Franz den Beginn ihrer Rede. »Denn Gregor und du werdet das Gutshaus verlassen und zurück nach Altenstadt in eure ehemalige Wohnung ziehen. Sie ist noch vollständig möbliert. Natürlich dürft ihr an Wäsche und Geschirr alles mitnehmen, was euch gehört.«

»Du ... du Bastard!« Ottilie kreischte nun geradezu. »Du willst uns auch noch unser Heim nehmen? Das kannst du gar nicht. Das Haus gehörte einst Gregors Vater.«

»Und wäre ohne das Geld meiner Mutter schon längst verkauft und das Gut bankrott wie das von Liebmann in Maikammer«, erwiderte Franz, der angesichts der Beleidigung allmählich doch die Geduld verlor. »Aber das kann euch mein Vater weit besser erklären!«

Der richtete sich nun ebenfalls in seinem Sessel auf, von dem aus er den Disput bislang schweigend verfolgt hatte.

»Das war eine von Franz' Bedingungen dafür, dass er im Land bleibt und sein Erbe im Geschäft belässt«, zog er sich selbst feige aus der Affäre. »Er muss ja hier im Weingut wohnen, damit er jederzeit verfügbar ist, wenn etwas Unvorhergesehenes eintritt. Das hast du selbst gerade betont, Ottilie, wenn auch indirekt. Zumal du angedroht hast, dass dein Mann in diesem Falle nicht helfen würde«, schlug er seine Schwägerin nun doch mit ihren eigenen Waffen.

»Und dem stimmst du so einfach zu? Was hat der Bengel denn gegen dich in der Hand, dass du ihm alles durchgehen lässt?« Auch Gregor mischte sich nun wieder ein.

Wilhelm fixierte ihn kalt. »Ihm gehört nun einmal von Rechts wegen der größte Teil unseres Vermögens. Er ist jetzt volljährig und kann selbst bestimmen, was er damit tun will. Das mag euch nicht gefallen, aber leider«, Franz entging dieses Wort in der Rede seines Vaters nicht, »ist es so und nicht zu ändern.«

Auch meinem Vater werde ich niemals wirklich vertrauen können, fand Franz erneut bestätigt. Er bemühte sich, seine Bitterkeit hinunterzuschlucken.

»Was spricht denn außerdem dagegen, Gregor, dass ihr wieder in Altenstadt wohnt?«, fuhr Wilhelm bereits fort. »Zu Lebzeiten unseres Vaters war deiner Gattin unser Gutshaus doch gar nicht repräsentativ genug, um dort zu logieren. Nanntest du es damals nicht sogar ein ›altes, halb verfallenes Bauernhaus‹?«, wandte er sich an seine Schwägerin.

Auf deren bleichen Wangen erschienen nun hektische rote Flecke. »Das war, weil dein Vater alle guten Räume für sich beanspruchte«, verteidigte sie sich. »Wir hätten nur im Nebenhaus wohnen können.«

»Eben«, belehrte Wilhelm sie. »Genau diese Situation wollen wir jetzt vermeiden. Denn diese Wohnung hier im Haupthaus müsstet ihr auf jeden Fall für Franz räumen und ins Nebenhaus ziehen. Ohne all diese Möbel«, er machte eine weit ausholende Handbewegung, »die dir aber ja ohnehin nicht mehr gefallen. Oder bin ich da falsch unterrichtet? Gregor erwähnte jedenfalls schon vor etlicher Zeit, dass du sie für altes Gerümpel hältst und ersetzen willst.«

Ottilie schnappte nach Luft, während sich Gregors Gesichtsfarbe zu einem besorgniserregenden Dunkelrot vertiefte. Franz nutzte die kurze Schweigepause, um in dieselbe Kerbe zu schlagen wie sein Vater.

»Ihr habt selbst in der Vergangenheit immer betont, dass der Leiter des Weinguts standesgemäß wohnen muss. Ich will hier der ›Herr‹ sein, nicht der ›junge Herr‹, der noch grün hinter den Ohren ist und sich mit ein paar abgelegenen Zimmern begnügt.« Eigentlich war dies für Franz überhaupt nicht von Belang, aber er wusste, dass sein Onkel und seine Tante ihn noch weniger respektieren würden, wenn er nicht wie sie selbst auf bestimmten Statussymbolen bestünde.

»Jedenfalls wurden eure Möbel in Altenstadt gut gepflegt, Ottilie. Die Räume im linken Flügel des Hauses sind sofort bezugsfertig. Ihr könnt ein Dienstmädchen mitnehmen und meinethalben auch deine neue Zofe, Ottilie«, schlug Wilhelm nun einen versöhnlicheren Tonfall an. »Unsere Köchin Frau Kramm wird euch mit versorgen, aber ihr könnt eure Mahlzeiten auch getrennt von Mathilde und mir einnehmen, wenn ihr darauf besteht. Und Riemer kann euch mit dem Einspänner oder meinethalben sogar mit dem Landauer überallhin kutschieren. Ich übernehme diese Löhne und Kosten für eure Lebenshaltung. Zusätzlich zu der Rente, die wir euch aussetzen wollen.«

»Wie hoch wird die sein?«

»Das hängt davon ab, liebe Ottilie, ob ihr kooperiert. Das hat Franz doch gerade betont. Zunächst halten wir es wie mit dem Verwalter Stromberg. Drei Monate bleibt für euch finanziell noch alles beim Alten. Wenn ihr zum Beispiel bis Mitte März nach Altenstadt umgezogen seid, wird sich dies positiv auf die Höhe eures Saläs auswirken. Wenn Gregor bereit ist,

Fragen zu beantworten, die Franz die Übernahme der Leitung erleichtern, wirkt sich das ebenfalls positiv aus.«

»Sofern solche Fragen überhaupt aufkommen, Vater«, warf Franz ein. »Du konntest dich ja selbst von den Fähigkeiten des neuen Verwalters Nikolaus Kerner überzeugen.«

»Das konnte ich, Franz. Dennoch dürfte dein Onkel über eine Expertise verfügen, die ab und an nützlich für unser Geschäft sein kann.«

Gregor machte Wilhelms Versuch, wenigstens etwas von seiner Reputation zu retten, sofort zunichte. »Ich warte nur darauf, dass du angekrochen kommst und mich um Hilfe anflehst, Franz«, zischte er gehässig. »Dann werden wir weitersehen.«

»Oh ja!« Entgegen seinen Vorsätzen wurde Franz nun doch wütend. »Dann werden wir weitersehen! Ich habe nicht die geringsten Skrupel, euch beide auf die Straße zu setzen nach allem, was ihr euch in all den Jahren herausgenommen habt. Würde meine Mutter noch in Altenstadt wohnen, hättet ihr euch ohnehin mit einer kleinen Wohnung in Weißenburg begnügen müssen, nach dem, was vor allem du, Tante Ottilie, ihr angetan hast.«

»Was habe ich deiner Mutter je angetan?« Ottilies Stimme überschlug sich fast. »Willst du mir am Ende auch noch vorwerfen, dass ich daran schuld bin, dass sie in einer Irrenanstalt sitzt?«

Franz' Puls begann sich zu beschleunigen. »Du hast deinen Anteil daran, Tante. Aber nicht den einzigen und nicht den größten!« Er streifte seinen Vater mit einem Seitenblick.

»Ich glaube, das Thema gehört nicht hierher«, wehrte der sofort ab. »Lasst uns jetzt die Sachlage zusammenfassen: Wenn ihr beide kooperiert, lebt ihr weiterhin standesgemäß, nur nicht hier in Schweighofen, sondern im Herrenhaus in Altenstadt. Ihr bezieht eine großzügige Rente. Wenn deine Hilfe bei der Leitung des Weinguts benötigt wird, bringst du dich ein,

Gregor. Das ist die einzige Gegenleistung, die wir verlangen. Ihr räumt dieses Haus binnen den nächsten vierzehn Tagen, damit Franz hier einziehen und die Leitung ab Mitte März auch offiziell übernehmen kann.«

»Und wenn wir uns weigern?«, machte Gregor einen letzten Versuch.

»Dann wirst du als Leiter des Weinguts fristlos entlassen und auch gegen deinen Willen auf die Straße gesetzt. Das Gutshaus und auch das Weingut gehören zum Vermögen meiner Eltern, an dem ihr nicht den geringsten Anteil habt«, erwiderte Franz.

»So ein Skandal würde euch ruinieren!«, schnappte Ottilie.

»Das mag sein. Aber ich halte die Wahrscheinlichkeit für nicht sehr hoch. Ihr wärt dagegen auf jeden Fall ruiniert.«

Eine kurze Weile fixierten sich die Kontrahenten noch mit Blicken, bis Ottilie und Gregor nachgaben und die ihren senkten.

»Das werdet ihr zwei noch bitter bereuen!«, drohte Ottilie, bereits auf dem Rückzug ins Unvermeidliche.

»Darauf lassen wir es ankommen«, erwiderten Franz und Wilhelm wie aus einem Munde.

Wilhelm hielt sich den dröhnenden Kopf, nachdem Franz und er wieder in Altenstadt angekommen waren und er sich unter dem Vorwand, die Zeitung lesen zu wollen, in die Bibliothek zurückgezogen hatte. Franz war zum Glück auf sein Zimmer gegangen.

Diese Kopfschmerzen werden schlimmer und schlimmer, realisierte Wilhelm bedrückt. *Ich sollte doch einmal Dr. Frey zu Rate ziehen.*

Bislang hatte er gehofft, die Schmerzen würden von allein wieder aufhören, sobald die drängenden Sorgen vorbei wären, die ihn in den letzten Wochen in Atem gehalten hatten.

Zumindest gibt es keine neuen Probleme mit Pauline. Dr. Dietrich hatte ihm brieflich versichert, dass er ihre Betreuung aufgrund seiner hohen Arbeitsbelastung dem Oberarzt Bertram übertragen hatte, den er allerdings sorgfältig überwachen würde.

Dass Pauline ihn nun ebenfalls nicht mehr sehen wollte, entlastete ihn sogar. Die Hauptsache war, dass Dietrich sie von Franz fernhielt. Das war die Vereinbarung zwischen ihnen beiden, die sie nach Franz' letztem Besuch vor einem Jahr getroffen hatten. *Und wenn sie das nun sogar selbst will, aus welchen Gründen auch immer, kann es mir nur recht sein. Scheinbar gilt sie in der Klinik ja gerade deshalb als irre.*

Nicht so glücklich für ihn hatten sich die Ereignisse nach Franz' ursprünglicher Entscheidung, nach Saint-Quentin gehen zu wollen, entwickelt. Über die Zugeständnisse, die er seinem Ältesten hatte machen müssen, um ihn im Lande zu halten, knirschte er noch immer vor Wut mit den Zähnen, obwohl er sich bemühte, sich nichts anmerken zu lassen.

Aber ich werde Mittel und Wege finden, nie wieder in eine solche Situation zu kommen, beruhigte er sich, während er sein Taschentuch mit dem immer bereitstehenden kühlen Wasser aus der Karaffe tränkte und sich dann an die schmerzenden Schläfen hielt. *Die ersten Versuche entwickeln sich jedenfalls bereits außerordentlich vielversprechend!*

Am Bahnhof in Lambrecht
Anfang März 1872

»Buh!«
»Schämt euch!«
»Verräter!«
»Saukerle!«

Irene hätte sich am liebsten die Ohren wegen des infernalischen Lärms zugehalten, mit dem die streikenden Lambrechter Textilarbeiter ihre Leidensgenossen aus dem elsässischen Bischwiller empfingen, die die Tuchfabrikanten als Streikbrecher angeworben hatten.

Sechs Gendarmen eskortierten den armseligen Zug, der von Benjamin Reuter und Robert Sieber, dem Färber, der inzwischen zum Stellvertreter des Verwalters aufgestiegen war, angeführt wurde. In Irenes Brust schlugen zwei Herzen:

Einerseits taten ihr die ausgemergelten, erbärmlichen Gestalten leid, die sich mit schweren Schritten in Richtung ihrer neuen Arbeitsstätte schleppten. Die ehemals in Bischwiller ansässigen Tuchherren hatten samt und sonders für die französische Staatsbürgerschaft optiert und das Elsass verlassen, um woanders neue Produktionsstätten zu gründen. Ihre Arbeiter, die dadurch brotlos wurden, hatten sie natürlich zurückgelassen. Die meisten von ihnen blieben ohne Beschäftigung, man munkelte, dass einige sogar schon verhungert seien. Angesichts der bis auf die Knochen abgemagerten Männer und Frauen, die Kinder mit tief in den Höhlen liegenden Augen an der Hand führten oder auf dem Rücken trugen, erschien Irene dieses Gerücht durchaus glaubhaft.

Andererseits war ihr klar, dass die ohnehin bereits arg angeschlagene Moral der Streikenden in Lambrecht dadurch weiter sinken würde. Entgegen Josefs und auch ihren eigenen Erwartungen waren ihnen die Fabrikherren keinen Zoll entgegengekommen, obwohl sich fast neunzig Prozent der Belegschaften aller Lambrechter Tuchfabriken dem Streik der Arbeiter von Reuter und Sohn noch am selben Tag angeschlossen hatten, an dem Else Gläser dazu aufrief.

In den ersten beiden Wochen herrschte noch Optimismus vor, obwohl die Fabrikherren jedem Streikenden fristlos gekündigt hatten. »Das ist nur eine Taktik, um ihr Gesicht zu wahren«, konnte Josef die Kameraden zunächst noch beruhigen.

Doch nun, nach der vierten Woche des Ausstands, wurden die Vorräte knapp, und die Streikkasse begann sich zu leeren.

»Ich habe es befürchtet. Der Ausstand hat zu früh begonnen. Wir hatten noch zu wenige Mitglieder, die eingezahlt haben, und müssen nun alle versorgen, die streiken. Auch die, die nie einen Kreuzer entrichtet haben«, klagte Josef Irene sein Leid.

Schon war es zu Streitigkeiten unter den Lambrechter Arbeitern gekommen. Erste Forderungen wurden laut, die Vereinsmitglieder bevorzugt mit Nahrung und Brennmaterial zu versorgen. »Wir haben eingezahlt, die anderen nicht. Doch nun profitieren alle gleichermaßen von unseren, uns vom Munde abgesparten Beiträgen. Das ist ungerecht!«, ereiferten sich einige Arbeiter auf den nun täglich stattfindenden Versammlungen. Darüber war es vor einigen Tagen fast zu Handgreiflichkeiten gekommen. Josef und einige andere beherzte Kameraden hatten zwar Schlimmeres verhindern können. Dennoch verließ eine murrende Gruppe von Unzufriedenen beider Seiten vorzeitig den Saal.

Irene war entsetzt, als sie erfuhr, dass einige dieser Abtrünnigen sich am nächsten Tag als Streikbrecher wieder zur Arbeit gemeldet hatten. Tatsächlich waren diese Arbeiter wieder eingestellt worden, und zwar mit einem um fünfzehn Prozent höheren Lohn als zuvor.

»Das soll unseren Kampfgeist brechen und zeigen, dass nur die Arbeiter überleben, die sich der Diktatur der Fabrikherren fügen.« Irene konstatierte bedrückt, dass Josefs zynisches Lächeln jetzt einen bitteren Zug aufwies, wenn er es denn überhaupt noch aufsetzte. Auch seine Zuversicht wich zunehmend der Resignation. »Doch ich sehe jetzt schon voraus, dass sie diese Lohnerhöhungen wieder rückgängig machen werden, sobald wir nachgeben und den Streik beenden.«

Sie lagen eng umschlungen in Irenes Bett. Sie spürte in der Dunkelheit, wie resigniert er war, und hörte das leichte Zittern in seiner Stimme. Als sie ihn tröstend zu streicheln begann, fing der große starke Mann plötzlich zu weinen an. Er bemühte sich anfangs, dies vor Irene zu verbergen, und drehte ihr sogar den Rücken zu. Gleichermaßen voller Mitleid und Angst vor der Zukunft schmiegte sie sich an ihn. Und schließlich führte ihrer beider Verzweiflung zu dem, was Entspannung und Zärtlichkeit bislang nicht vermocht hatten: In dieser Nacht gab sich Irene Josef zum ersten Mal hin.

Auch wenn es ganz anders war als mit Franz, da Josef nicht vermochte, die gleiche heftige Leidenschaft in ihr zu wecken, schien es auf einmal gut und richtig zu sein. Ihre Liebe zu Franz gehörte der Vergangenheit an. Es hatte sogar etwas Tröstliches für Irene, dass sie so einzigartig bleiben würde. Josef wiederum war für diesen kurzen Moment überglücklich, und allein, dass er seine Sorgen für einen Augenblick vergaß, war für Irene der schönste Liebesbeweis.

Doch die heitere Gelassenheit, die sie nach dieser Nacht mit Josef erfüllte, währte nur kurz. Schon am nächsten Abend pochte es gegen zehn Uhr an Trude Ludwigs Tür. Die Frau, die mit zwei kleinen, weinenden Mädchen an den Händen vor ihr stand, hätte Irene zuerst fast nicht wiedererkannt. Emmas Gesicht war zu einem Ballon angeschwollen und blutüberströmt. Ein Schneidezahn fehlte, ihr Atem ging keuchend, sie ging gekrümmt und hinkte stark.

»Georg! Er hat wieder getrunken«, stammelte sie mühsam, ehe sie ohnmächtig zusammenbrach.

Nur nach und nach erfuhr Irene in der folgenden Nacht, in der sie an Emmas Bett wachte, was geschehen war. Auch Georg war am Morgen entgegen den Vorhaltungen seiner Frau wieder in die Fabrik gegangen und hatte sich zur Arbeit gemeldet. Obwohl die geringe Zahl der Belegschaft noch nicht ausreichte, um auch nur einen einzigen Webstuhl in Gang zu setzen, da keine frische Wolle zur Verfügung stand und die unfertigen Webstücke nach vier Wochen völlig eingestaubt und unansehnlich waren, hatte Plotzer ihm einen kräftigen Vorschuss ausbezahlt.

Nach einem ungewohnt angenehmen Arbeitstag, an dem er nur einige Wartungs- und Putzarbeiten verrichtet hatte, führte Georgs erster Weg ihn in seine Stammkneipe, wo er sich in Gesellschaft Robert Siebers, des ehemaligen Färbers, schwer betrank. Anscheinend hatte dieser Schuft Georg gegen Emma aufgehetzt.

»Man darf sich von den Weibern nicht auf der Nase herumtanzen lassen«, belehrte er Georg. »Wenn du wieder zur Arbeit gehst, hat das auch dein Weib zu tun. Wie stehst du denn da, wenn sie weiterstreikt? Jedermann sieht dann doch, dass du dir keinen Respekt verschaffen kannst. Also, sieh zu, dass sie spurt.«

So oder ähnlich hatte Georg jedenfalls argumentiert, als er betrunken nach Hause kam. Als sich Emma empört weigerte, hatte er sie so schlimm zugerichtet wie noch nie zuvor. Mit letzter Kraft und nicht mehr als dem, was sie am Leibe trugen, hatte sich Emma daraufhin mit ihren Töchtern zu Irene geflüchtet, während er seinen Rausch ausschlief.

Wie Irene gehofft hatte, nahm Trude die drei gastfreundlich auf. Doch als Irene und Else Gläser am nächsten Tag, beladen mit Kleidung und Hausrat, den sie in Georgs Abwesenheit aus der Wohnung geholt hatten, zurückkehrten, empfing Trude sie schon an der Tür mit besorgter Miene.

»Emma geht es immer schlechter. Sie hustet Blut und bekommt kaum Luft. Mit kalten Wickeln und Kräutertee ist ihr nicht mehr zu helfen. Wir müssen einen Arzt holen.«

Zum Glück hatte Josef Rat gewusst und einen Medikus gefunden, der bereit war, auch einer streikenden Arbeiterin zu helfen. Der Großteil der braven Lambrechter Bürger unterstützte die Sache der Fabrikanten und verurteilte den Ausstand.

»Ich nehme kein Geld für meinen Besuch«, erklärte Dr. Pöhler, ein noch junger Mann mit schütterem blondem Haar, als ihm Irene den Gulden hinhielt, den ihr Josef aus der Streikkasse gegeben hatte. »Aber ob ich helfen konnte, wird sich erst in den nächsten Tagen entscheiden. Frau Schober hat von den Schlägen und Tritten innere Verletzungen davongetragen. Zwei ihrer Rippen sind gebrochen. Wenn sich ein Splitter in ihre Lunge gebohrt hat, wird sie sterben.«

Irenes Knie wurden weich. Sie musste sich an der Tischkante in Trudes Küche abstützen, um nicht zu fallen.

»Aber sie hat zwei kleine Töchter«, argumentierte sie unsinnigerweise in ihrer Hilflosigkeit.

Der junge Arzt blickte sie mitleidig an. »Ich habe ihr einen festen Brustverband gemacht. Sie darf auf keinen Fall aufstehen oder sich heftig bewegen und braucht beständige Pflege. Können Sie das gewährleisten?«

»Natürlich können wir das«, erklang in diesem Moment Trude Ludwigs energische Stimme in Irenes Rücken. »Ich kümmere mich um die Mädchen, und Else Gläser ist schon dabei, Frauen für Emmas Pflege anzuwerben.«

Dr. Pöhler lächelte erleichtert. »Ich lasse Ihnen noch diese Medizin da, damit die Patientin schlafen kann und ihre Schmerzen nicht gar zu arg sind. Den Rest muss die Natur leisten. Rufen Sie mich, wenn sich ihr Zustand verschlechtert, aber ...«, er wirkte verlegen, »tun Sie es bitte unauffällig. Sie verstehen ...«

Irene und Trude nickten. Auch das Fortbestehen von Dr. Pöhlers Praxis hing von den Besuchen gut betuchter Lambrechter ab.

Tatsächlich hatte Else mehr Frauen für Emmas Pflege gefunden, als benötigt wurden, um sie Tag und Nacht zu betreuen. Es waren größtenteils dieselben, die auch ihre Tochter Gerti pflegten.

Gerti hatte den furchtbaren Unfall zum Glück überlebt. Allerdings würde sie ihr ganzes Leben lang entstellt bleiben, denn die abgerissene Kopfhaut würde nicht mehr nachwachsen. Zudem ging es ihr psychisch nicht gut, sie wirkte apathisch und sprach kaum ein Wort.

Ob Else oder Josef dahintersteckten, dass Georg endlich die Abreibung erhielt, die er schon lange verdient hatte, wusste Irene nicht, denn beide hüllten sich darüber in Schweigen. »Aber die Tracht Prügel, die man ihm verabreicht hat, wird er so schnell nicht vergessen«, konstatierte Else grimmig zwei Tage nach seiner Attacke auf Emma.

So standen die Dinge, als die Nachricht eintraf, dass die Streikbrecher aus Bischwiller jeden Tag eintreffen würden. Und an diesem Morgen war es nun so weit.

Wie schon an den vergangenen Vormittagen hatte sich eine große Menschenmenge am Bahnhof versammelt, um die Ankunft des einzigen Zuges abzuwarten, der täglich aus Frankreich kam und in Lambrecht hielt. Dass Reuter und Sieber mit den Gendarmen kurz zuvor eingetroffen waren, hatte die Menge darin bestärkt, dass die Arbeiter heute ankommen würden, und die aggressive Stimmung noch weiter aufgeheizt. Nachdem der Zug abgefahren war, defilierten die Bischwiller nun an den Lambrechtern vorbei. Viele Kinder weinten, in den Gesichtern der Frauen las Irene Angst, in denen der Männer Grimm und Trotz.

Auf Reuters Miene dagegen spiegelte sich reiner Triumph. Er blieb plötzlich stehen und wandte sich an die streikenden Arbeiter. »Das sind nur die ersten einhundertfünfzig, ihr Bastarde«, schallte seine Stimme so laut über den Platz, dass sie sogar die Schimpftiraden übertönte. »Schon morgen läuft meine Fabrik wieder an. Und in den nächsten Tagen wird kein Webstuhl in Lambrecht mehr still...«

Der Stein traf ihn mitten ins Gesicht. Sofort fing er aus dem Mund zu bluten an. Weitere Steine flogen nun aus den hinteren Reihen der Arbeiter auf die Bischwiller und die Gendarmen. Ein Geschoss traf ein kleines Kind, das von seiner Mutter auf dem Rücken getragen wurde, am Kopf.

Ohne nachzudenken, drängte sich Irene durch die Menge nach vorn und traf dort auf Josef Hartmann und Bernhard Kessler, den Weber, den Reuter schon vor dem Streik fristlos entlassen hatte. Beide standen bereits mit ausgebreiteten Armen vor der Menge.

»Haltet ein! Haltet ein!«, brüllte Josef aus vollem Hals. Ein Stein flog auf ihn zu, ob zufällig oder absichtlich, war nicht auszumachen. Irene schrie auf, doch er wich in letzter Sekunde aus. Er bückte sich nach dem Stein, derweil sich die Gendarmen zu einer Gruppe zusammenschlossen und ihre Schlagstöcke zogen. Schusswaffen hatten sie nicht dabei.

»Keine Gewalt!«, brüllten die Männer aus vollem Halse der Menge zu. Irene gesellte sich zu ihnen und breitete ebenfalls die Arme aus. Sie fixierte Else Gläser und die Nopperin Auguste, die mit erhobenen Händen im Begriff waren, ebenfalls Steine zu werfen, bis sie die Arme sinken ließen. Andere taten es ihnen nach.

Drei weitere Männer und zwei Frauen traten nun ebenfalls vor die Menge. Alle fassten sich instinktiv an den Händen und bildeten so eine kleine Menschenkette vor Reuter, den Bischwillern und den Gendarmen.

Der Tumult ebbte ab. Die Leute ließen ihre Wurfgeschosse fallen. Als die Bischwiller mit Reuter, der von Sieber gestützt wurde, den Bahnhof verlassen hatten, begannen sich auch die Lambrechter Arbeiter zu zerstreuen.

»Kommt heute Nachmittag um drei Uhr in die ›Drei

Störche‹!«, rief Josef der Menge nach. »Dort werden wir beraten, was jetzt zu tun ist.«

Kaum jemand wandte den Kopf zum Zeichen, dass seine Botschaft überhaupt gehört worden war.

»Das wird noch ein böses Nachspiel haben«, prophezeite der Arbeiterführer Irene, als sie bedrückt und voll schlimmer Vorahnungen zu Trude Ludwigs Haus gingen, um sich nach Emmas Befinden zu erkundigen.

Tatsächlich rückten noch am selben Abend zwei Kompanien Soldaten aus der Landauer Garnison in Lambrecht ein.

Kapitel 16

Weingut bei Schweighofen
Mitte März 1872

»Diese Lage würde ich auf Dauer lieber mit Portugieser bepflanzen als mit Gewürztraminer.« Nikolaus Kerner wies auf eine sanft ansteigende Rebfläche, die zwischen dem Gut und dem Weiler Windhof lag. Er bückte sich, hob eine Handvoll Erde auf, roch daran und zerrieb sie dann zwischen den Fingern. »Der Boden ist besser für den Portugieser geeignet. Er ist zu trocken und sandig für den Gewürztraminer. Die Erntebücher weisen demgemäß aus, dass der Ertrag von diesem Weinberg nicht allzu üppig ist. Der Portugieser ist dagegen anspruchslos und würde auch auf dieser Rebfläche sehr gut gedeihen. Zudem wird Rotwein immer beliebter.«

Franz bückte sich ebenfalls, um eine Handvoll Erde aufzunehmen. Innerlich beglückwünschte er sich erneut dazu, Kerner kennengelernt und eingestellt zu haben. Der Mann verfügte tatsächlich über eine ausgezeichnete Expertise.

»Dann sollten wir das nach der nächsten Lese in Angriff nehmen«, entschied er. »Wann ist die beste Zeit für eine Neubepflanzung?«

»Im späten Frühjahr. Dann sind die Schösslinge auch vor Schäden durch Fröste geschützt.«

»Wunderbar. Dann planen Sie das so ein!«

Der Verwalter nickte und machte sich eine Notiz in sein kleines Büchlein, das er immer bei sich trug.

»Wie gut kommen die Märzarbeiten voran?«, fragte Franz.

»Die Arbeiter sind gerade mit dem Rebschnitt beschäftigt. Meines Wissens läuft alles nach Plan. Jedenfalls hat der Vorarbeiter Clemens Dick, der die Arbeiten koordiniert, nichts anderes berichtet.«

»Was halten Sie von dem Mann?« Franz war misstrauisch, da Dick noch von Stromberg eingestellt worden war.

»Er macht einen guten Eindruck auf mich, was seine fachlichen Qualitäten angeht. Dick hat alle Arbeiten im Weinberg von der Pike auf gelernt. Mit den Leuten ist er mir manchmal ein wenig zu grob. Aber das habe ich schon mit ihm besprochen. Er hat Besserung gelobt.«

»Und Hansi Krüger, Ihr neuer Lehrling?« Sie hatten den Einspänner erreicht, und Franz kletterte auf den Bock. Er versuchte, sein linkes Bein oder das, was von ihm übrig war, nicht allzu stark zu belasten. In jüngster Zeit hatte er resigniert akzeptiert, dass der Schmerz in seinem Beinstumpf ihm womöglich ein lebenslanger Begleiter bleiben würde.

»Hansi macht einen aufgeweckten Eindruck auf mich, Herr Gerban. Er scheint intelligent zu sein und hat eine gute Handschrift.« Auch Kerner bestieg nun die kleine Kutsche, die Franz wendete und in Richtung des Gutshauses lenkte. »Im Augenblick lasse ich ihn die Geschäftsbücher der letzten Jahre abschreiben. Leider ist manches nur schwer leserlich, und man sollte ohnehin immer eine doppelte Ausfertigung haben, die an einem anderen Ort aufbewahrt wird. In Maikammer habe ich einmal erlebt, dass ein Brand in einem Nachbarweingut alle Akten vernichtete. Sie ließen sich nur partiell ersetzen, der Verlust war immens.«

Wieder schlug sich Franz innerlich auf die Schulter. Schon in den wenigen Tagen, die Kerner in Schweighofen tätig war, hatte dieser eine Reihe von Versäumnissen und Missständen aufgedeckt, die sich im Laufe der letzten Jahre nach und nach eingeschlichen hatten. Selbst wenn ein Teil davon zu Lasten des ehemaligen Verwalters Stromberg ging, hätte Gregor Gerban das als Leiter des Weinguts merken müssen, wenn er Strombergs Arbeit regelmäßig und sorgfältig kontrolliert hätte.

»Und wie geht es mit der Renovierung der Arbeiterhäuschen voran?«

Franz merkte auf, als Kerner diesmal nicht sofort antwortete. Er warf ihm einen Seitenblick zu und sah, dass der Verwalter unschlüssig auf seiner Unterlippe herumkaute.

»Also, was haben Sie auf dem Herzen?«, baute ihm Franz eine Brücke.

Kerner gab sich einen Ruck. »Nun, ich erlaube mir, Ihnen offen meine Meinung zu sagen. Im Augenblick kann ich die fünf Arbeiter, die ich auf Ihren Wunsch dafür abgestellt habe, eigentlich kaum in den Weinbergen entbehren.«

Er wies zum strahlend blauen Frühlingshimmel hinauf. »Das Wetter ist sehr gut für diese Jahreszeit. Je länger wir mit dem Rebschnitt und dem Binden der Weinstöcke warten, desto mehr stehen sie schon in Saft und Kraft. Die Arbeit wird mühsamer, die Gefahr, die Rebstöcke zu beschädigen, größer. Es fehlen auch die drei Arbeiter, die Ihre Wohnung nach dem Auszug Ihrer Verwandten streichen, tapezieren und die Möbel umstellen. So bleiben mir nur noch knapp zwanzig Leute ...«

»Meine Wohnung kann warten«, fiel Franz dem Verwalter ins Wort. »Da begnüge ich mich gerne vorerst mit einem Provisorium, bis die dringendsten Arbeiten im Weinberg erledigt sind.«

Doch Kerner war noch nicht zufrieden. Er holte tief Luft. »Zwei der Arbeiter, deren Hütten gerade in Ordnung gebracht werden, haben mich selbst darauf hingewiesen, dass ihre Kameraden jetzt dringender in den Weinbergen gebraucht werden würden. Zumal heute auch noch die Anforderung Ihres verehrten Herrn Vaters aus dem Weißenburger Kontor eintraf.«

»Welche Anforderung?« Franz war alarmiert.

Kerner warf ihm einen irritierten Blick zu. »Nun, das Schiff nach Übersee geht von Hamburg in knapp einem Monat ab. Wir müssen also sofort damit beginnen, die Flaschen des vergangenen Jahrgangs abzuziehen, um die Lieferung fertigzustellen. Schließlich ist das ein Alleinstellungsmerkmal der Gerban-Weine. Niemand sonst in der Südpfalz verkauft Weine in Flaschen.«

Franz nickte. »Flaschenbarone« wurden die wenigen Händler genannt, die ihre Ware nicht nur in Fässern lieferten.

»Beziehungsweise, wir müssten mit der Abfüllung beginnen«, schränkte Kerner ein. »Denn die Flaschen sind noch gar nicht eingetroffen. Morgen wollte ich nach Landau fahren, um den Glashändler zur Rede zu stellen. Die Flaschen sollten bereits seit Februar bereitstehen.«

»Oha!« Nicht zum ersten Mal hatte Franz den Eindruck, dass ihm die Fülle der Aufgaben, die täglich zu bewältigen waren, über den Kopf wuchs. Zumal sich sein Verdacht gerade bestätigte, dass sich sein Onkel Gregor zumindest nach Strombergs Suspendierung offensichtlich um nichts mehr gekümmert hatte, denn die fehlende Lieferung hätte ja schon längst moniert werden müssen.

Ich vermute, dass Gregor schon vorher nachlässig geworden ist. Doch seitdem Stromberg gehen musste, wollte er es mir und meinem Vater durch solche Unterlassungen heimzahlen. Vielleicht hatte er aber auch schon längst keinen Überblick mehr über das, was an Aufgaben anstand, und war nur noch pro forma der Leiter des Weinguts.

»Fahren Sie selbstverständlich morgen nach Landau. Haben Sie etwas dagegen, wenn ich Sie begleite?«

Nun wirkte Kerner verwundert. »Aber nein, Herr Gerban. Sie sind doch der Chef.«

Franz seufzte und entschloss sich zur Offenheit. Kerner wurde ihm von Tag zu Tag sympathischer.

»Auf dem Papier bin ich der Chef, Herr Kerner. In der Realität muss ich alles noch von Grund auf lernen. Ich habe ja bislang nur als junger Bursche ein paar Monate in den Weinbergen mitgearbeitet und ein knappes Jahr im Weinkontor in Weißenburg. Wie man Wein herstellt und zum Verkauf fertig macht, ist mir größtenteils noch ein Buch mit sieben Siegeln.«

»Nun, das ist kein Hexenwerk, Herr Gerban«, tröstete Kerner ihn. »Sie werden das schon alles nach und nach lernen.«

Franz war nicht überzeugt. »Ich würde mit in die Weinberge gehen, aber mein Bein ...« Er stockte und versuchte, die Bitterkeit hinunterzuschlucken, die ihn plötzlich überfiel.

»Die Arbeit in den Weinbergen ist tatsächlich eher ungeeignet für Sie«, gab Kerner zu. »Der Boden ist zu matschig und oft auch zu steil. Aber Sie könnten doch in der Kellerei mitarbeiten, wenn Sie möchten. Das scheint mir auch die Domäne Ihres Onkels gewesen zu sein, der wohl ein guter Kellermeister war, wie man mir berichtet hat. Erfahrene Arbeiter für die Weinberge haben wir genug. Aber die Trauben in gute oder sogar Spitzenweine zu verwandeln, haben sie nicht gelernt. Was das anging, ließ Ihr Onkel die Leute höchstens die Hilfsarbeiten machen.«

»Und wer soll mich dabei anleiten?«, fragte Franz. »Sie selbst haben doch auch so schon mehr als genug zu tun.«

Kerner räusperte sich. »Es wäre sicher von Vorteil, wenn Sie einen erfahrenen Kellermeister einstellen würden, Herr Gerban«, begann er vorsichtig. »Zumal diese Position seit dem Ausscheiden Ihres Onkels vakant ist.«

Widerwillig erinnerte sich Franz an die lobenden Worte seines Vaters über Gregor. *Also hat er sich doch nicht nur einen schlauen Lenz gemacht,* musste er die schlechte Meinung über seinen Onkel zumindest zum Teil revidieren.

»Ich wüsste da vielleicht sogar jemanden«, fuhr Kerner fort.

»Sie wüssten jemanden? An wen denken Sie?«

»Nun, offen gesagt, an meinen Schwager. Er arbeitet noch in Maikammer, wäre aber sicher bereit hierherzuziehen, sofern es eine geeignete Wohnung für ihn gäbe. Er ist nicht alleinstehend wie ich, sondern hat eine Frau und zwei kleine Kinder. Meine Verwalterwohnung wäre leider zu klein, um sie alle aufzunehmen.«

Fritz! Fritz' Wohnung im Nebenhaus wäre geeignet, schoss es Franz sofort durch den Kopf. »Würden drei Räume mit einem eigenen Badezimmer reichen? Eine Küche wäre zwar nicht dabei, aber die Köchin könnte die Familie mitversorgen, oder Ihre Schwester könnte dort die Mahlzeiten zubereiten. Was meinen Sie?«

Kerner strahlte über das ganze Gesicht. »Das wäre ganz wunderbar, Herr Gerban. Ich habe sonst keine Verwandten und würde mich sehr freuen, sie wieder in meiner Nähe zu wissen.«

»Was veranschlagen Sie an Gehalt?«

»Nun, wenn die Wohnung frei ist und auch ein Teil der Kost gestellt wird, rechne ich mit fünfzig Gulden im Monat.«

Franz überlegte. Der Vertrag mit seinem Vater sah vor, dass größere Ausgaben einvernehmlich beschlossen werden sollten. Waren sechshundert Gulden pro Jahr schon eine größere Summe? Leider hatten sie das nicht genau definiert.

»Ich bin einverstanden«, stimmte er trotzdem zu. »Wann könnte Ihr Schwager anfangen?«

»Ich denke, spätestens zum 1. Mai wäre es möglich.«

»Gut, dann geben Sie ihm Bescheid, dass er sich rasch in Schweighofen vorstellen soll. Wenn er einen so guten Eindruck auf mich macht wie Sie, steht seiner Einstellung nichts mehr im Wege.«

Und wenn mein Vater Einwände hat, werde ich schon damit fertig, dachte er trotzig. *Schließlich bin ich gleichberechtigter Teilhaber.*

Dann fiel ihm noch etwas ein. »Da die Bewohner des Dörfchens selbst der Meinung sind, ihre Häuser können noch warten, bis sie instand gesetzt werden, lassen Sie alle verfügbaren Leute morgen für den Rebschnitt einteilen!«

Lambrecht
Ende März 1872, drei Wochen später

»Es hat keinen Sinn mehr, Kameraden. Wir müssen aufgeben.«

»Aber warum denn?«, begehrte Bernhard Kessler auf. »Noch gibt es doch Hoffnung! Aus dem ganzen Reich treffen Solidaritätsbekundungen ein! Der Aachener und der Barmer Arbeiterverein haben uns sogar Geld versprochen!«

Um Trude Ludwigs Küchentisch saßen jene vier Männer, die im Januar vergeblich versucht hatten, mit den Fabrikherren Reuter, Marx und Botzong zu verhandeln. Else Gläser hatte sich zu ihnen gesellt.

Irenes Hand zitterte so stark, als sie den Gästen Pfefferminztee in irdene Becher goss, dass sie einen Teil über dem blank gescheuerten Tisch verschüttete. »Autsch!«, schrie Ewald, der Arbeiter aus der Fabrik Botzong, auf, als ihn ein paar heiße Tropfen trafen.

»Entschuldigung«, murmelte Irene, stellte die Kanne ab und ließ sich kraftlos auf den letzten freien Stuhl sinken. Im Nebenzimmer hörte sie Fränzel und die Schober-Mädchen fröhlich lachen. Emma, die noch nicht wieder vollständig hergestellt war und stundenweise noch immer das Bett hüten musste, wohnte mit ihren Kindern nach wie vor bei Trude. Sie hoffte, nach einem erfolgreichen Streik und ihrer Genesung wieder eingestellt zu werden und auch ohne Georg für die beiden sorgen zu können. Zumal Trude ihr versprochen hatte, dass sie auf Dauer bei ihr wohnen könne.

Jetzt schien sich nicht nur diese Perspektive bis auf Weiteres erst einmal in Luft aufzulösen. *Was soll nur aus uns allen werden?* Seit Tagen konnte Irene kaum noch schlafen, so sehr drückten die Sorgen sie nieder.

Der Krawall am Bahnhof bei der Ankunft der ersten Bischwiller hatte schlimme Folgen gezeitigt. Schon am nächsten Tag verbot der Lambrechter Bürgermeister alle öffentlichen Versammlungen der Streikenden. Als die nächsten Textilarbeiter aus Bischwiller eintrafen, hatte sich die Menge der Lambrechter, die erneut gegen die Streikbrecher protestieren wollte, denn auch angesichts der aufgepflanzten Bajonette der bayerischen Soldaten rasch zerstreut.

Auch Versammlungen in geschlossenen Räumen mussten angemeldet und genehmigt werden, sofern mehr als fünf Arbeiter daran teilnehmen wollten. Drei Tage später war das Wirtshaus »Drei Störche« von den Behörden geschlossen worden und hatte bis heute nicht mehr öffnen dürfen. Seither hatte kein anderer Lambrechter Gastwirt gewagt, seine Räume für eine Versammlung der Arbeiter, und sei sie noch so klein, zur Verfügung zu stellen. Josef Hartmann war zur unerwünschten Person geworden und musste sogar sein Zimmer in der billigen Pension räumen, in der er bislang gewohnt hatte. Seither logierte auch er in Trude Ludwigs Haus, wo er sich mit den Kameraden traf, die den Streik mit ihm organisiert hatten.

»Josef hat recht«, mischte sich nun Kaspar Erb, der Vertreter der Marx'schen Belegschaft, ein. Er galt als besonnen und klug und meldete sich nur zu Wort, wenn er wirklich etwas zu sagen hatte. »Unsere Streikkasse ist fast leer. Mit den verbliebenen fünfzig Gulden kommen wir nicht weit, selbst wenn uns der Aachener und Barmener Verein noch ein paar Gulden schicken. Und täglich melden sich mehr Kameraden mit ihren Frauen und Kindern zur Arbeit zurück. Noch werden sie nicht abgewiesen, sondern wieder eingestellt. Aber wer weiß, wie lange das noch anhält.«

»Genauso lange, wie es Bischwiller gibt, die zu schwach sind, um ihre dreizehn Stunden in den Fabriken abzuleisten. Für jeden Lambrechter Arbeiter, der sich zurückmeldet, wird ein Bischwiller entlassen.« Ewald, der Vertreter von Botzong, klang zynisch.

»Aber die Löhne sind wieder so niedrig wie vor dem Streik!«, empörte sich Else Gläser.

»Das war ja zu erwarten«, erklärte Josef Hartmann. »Seit die ersten Lambrechter den Streik gebrochen haben, war mir das klar! Noch bevor ich von der Konkurrenz aus dem Elsass überhaupt etwas wusste.«

»Also, wie soll es jetzt weitergehen?«

»Wir müssen eine letzte Versammlung einberufen«, schlug Josef vor. »Alle zusammenbringen, die noch streiken, und abstimmen, was nun zu tun ist.«

»Und wo sollen wir uns treffen?«, fragte Ewald. »Kein Gastwirt gibt uns noch einen Raum!«

»Ich kenne einen Bauern, etwas außerhalb von Lambrecht, bei dem wir unser Getreide eingekauft haben. Ich habe ihn schon gefragt. Er wird uns eine Scheune, die abseits von seinem Hof liegt, zur Verfügung stellen, sofern niemand davon erfährt, dass er es uns erlaubt hat. Werden wir erwischt, müssen wir beschwören, sie ohne sein Wissen benutzt zu haben.«

»Und was passiert, wenn die Mehrheit dafür ist, den Streik zu beenden?«

»Dann werden wir uns nach dieser Mehrheit richten müssen!«

»Was geschieht mit den Bischwiller Arbeitern?«, mischte sich nun Irene mit zaghafter Stimme ein. »Wenn die Lambrechter wieder eingestellt werden, wird man sie alle entlassen.«

»Nun, das Hemd ist uns in diesem Fall näher als der Rock.« Noch nie hatte sie Josef Hartmann so gefühllos sprechen hören. »Die Elsässer hätten wissen müssen, dass ihnen dieses Schicksal droht, wenn der Streik zu Ende ist. Jeder altgediente Arbeiter kennt sich mit den Maschinen in seiner Fabrik besser aus als ein Zugereister. Das hätte ihnen klar sein müssen.«

»Aber sie waren am Verhungern«, wagte Irene einen letzten Einwand.

Josefs harte Miene wurde weicher. Er seufzte. »Das weiß ich, Irene«, sagte er mit einem zärtlichen Unterton. »Und es ist schön und gerecht, dass du dich um das Schicksal der Bischwiller sorgst. Aber was sollen wir tun? Niemand wird die Lambrechter Arbeiter woanders einstellen. Dazu hat sich die Kunde über den Streik schon viel zu weit im Lande verbreitet. Sollen wir unsere eigenen Leute verhungern lassen?«

»Uns alle hier rund um den Tisch stellt sowieso niemand mehr ein«, erklärte Else. »Wir und mindestens zwanzig andere stehen auf einer schwarzen Liste.«

»Woher weißt du das?«

Else zuckte mit den Schultern. »Ich habe so meine Quellen.« Ein undefinierbarer Ausdruck, den Irene erst einige Tage später verstehen sollte, trat auf ihr Gesicht. »Aber ich habe meine eigenen Pläne.«

»Also, kommen wir doch endlich zu einem Ergebnis.« Wieder meldete sich Kaspar Erb zu Wort. »Ich schlage vor, wir gehen von Haus zu Haus und benachrichtigen die Kameraden, die noch streiken, dass wir uns heute Abend in jener Scheune treffen wollen. Jeder von uns sechsen bekommt eine Liste der Namen und Adressen, die er abgeht. Seid ihr damit einverstanden?«

Alle Anwesenden stimmten zu. Man einigte sich auf die Zeit von sieben Uhr abends und ließ sich den Weg zur Scheune von

Josef Hartmann beschreiben. Eine Stunde später waren die Listen erstellt, und jeder machte sich auf den Weg.

Anfangs glaubte Irene, ihre trübe Stimmung läge allein am gescheiterten Streik und den schlechten Nachrichten, die sie ihren Kollegen zu überbringen hatte. Doch je mehr Gespräche sie führte, desto klarer wurde ihr, dass sie noch etwas anderes beunruhigte.

Da liegt noch größeres Unheil in der Luft, spürte sie immer deutlicher. *Doch ich weiß weder, was es sein, noch was ich dagegen tun könnte.*

Der Arbeiter, der sich zwei Stunden später in die Tuchfabrik Reuter schlich, blickte sich vorsichtig um, als er den Gang zu Plotzers Kontor entlanghuschte.

»Sie treffen sich heute Abend zu einer Versammlung in einer Scheune. Sie haben dafür keine Genehmigung eingeholt.«

»Aha!« Plotzer musterte den Mann mit den tiefen Furchen im Gesicht und den abgearbeiteten Händen. »Und wo ist die genau?« Er ließ sich den Weg beschreiben und machte sich dabei Notizen.

»Werden Sie mich und meine Frau jetzt wieder einstellen?«

Plotzer genoss die Unterlegenheit des Bittstellers. »Eigentlich bist du schon viel zu alt, um in der Krempelei zu arbeiten. Und eine der besten Spinnerinnen ist deine Frau auch nicht. Eigentlich hätte ich euch beide nicht mehr genommen.« Er machte eine Pause.

»Doch da uns deine Information recht nützlich ist, lasse ich nochmal Gnade vor Recht ergehen. Also sei morgen pünktlich um sechs Uhr da.«

Irrenanstalt in Klingenmünster
Ende März 1872

»Und Sie sind sicher, Frau Gerban, dass Ihnen das alles nicht zu viel wird?« Schwester Hilde, eine Nonne, die die Freizeitaktivitäten in der Anstalt koordinierte, musterte Pauline skeptisch.

»Im Gegenteil«, lächelte Pauline. »Ich bin ausgesprochen froh, wenn ich eine Beschäftigung habe. Schließlich habe ich einstmals einen großen Haushalt geleitet. Verbunden mit vielen gesellschaftlichen Verpflichtungen. Dazu gehörten auch die sogenannten Lebenden Bilder, die unser Theaterzirkel regelmäßig aufführte. Als junge Frau habe ich sogar selbst eine Figur dargestellt. Später habe ich dann vor allem bei den Vorbereitungsarbeiten geholfen. Das würde ich auch jetzt gerne tun.«

»Aha«, sagte die Nonne. »Was stellen Sie sich denn genau vor?«

»Wir könnten die Kostüme im Handarbeitszirkel nähen und die Kulissen am Malnachmittag herstellen. Dann könnte die Vorstellung einer der Höhepunkte des Sommerfests werden. Freiwillige, die sich gerne als Figuren bei den Lebenden Bildern beteiligen wollen, finden wir sicher genug.«

»Und trotzdem wollen Sie auch noch Musikstunden geben?«

»Warum denn nicht? Ich habe früher regelmäßig Klavier gespielt und festgestellt, dass ich weniger verlernt habe, als ich dachte. Wenn es Interessenten gibt, denen ich noch etwas beibringen kann, tue ich das gerne. Mich beruhigt die Musik, Herr Dr. Bertram«, wandte sie sich an den Oberarzt, der der Besprechung beiwohnte. »Vielleicht kann ich mit begabten Schülern sogar einmal ein Konzert geben. Oder die Lebenden Bilder musikalisch begleiten. So greift dann eine Aktivität in die andere.«

Bertram kratzte sich nachdenklich am Kinn. *Sie scheint sich das alles wirklich zuzutrauen. Zur Manie neigt sie nicht, das wäre mir aufgefallen. In diesem Fall würde sie auch übertrieben euphorisch klingen, nicht heiter gelassen. Wüsste ich es nicht besser, ich würde glatt glauben, sie sei geistig ganz gesund.*

Er beschloss, in zweifacher Hinsicht die Probe aufs Exempel zu machen. »Schwester Rosa«, winkte er Paulines Betreuerin heran, die sich bislang im Hintergrund gehalten hatte. »Was halten Sie von alledem?«

Im Gegenteil zu Dr. Dietrich befragte er Rosa grundsätzlich nur in Gegenwart der Patientin.

Rosa verzog ihre vernarbten Lippen zu einem Lächeln, das ihr zerstörtes Gesicht wie eine groteske Maske aussehen ließ. »Wenn Sie meine bescheidene Meinung hören möchten, ich glaube, all diese Beschäftigungen tun Frau Gerban gut. Sie schläft ruhig und ist stets guter Laune.«

»Dann vertraue ich Ihrem Urteil, Wärterin Rosa, denn Sie kennen Ihren Schützling am besten. Aber Sie benachrichtigen mich sofort, wenn sich eine Änderung im Gesundheitszustand Ihrer Schutzbefohlenen ergeben sollte«, ermahnte Bertram Rosa mit Absicht ebenfalls in Gegenwart von Pauline.

»Das sage ich zu, Herr Dr. Bertram.«

»Das müssen Sie auch zusagen, Rosa«, fiel Pauline ein. »Denn ich merke ja selbst vielleicht nicht, wenn es mir schlechter geht, und muss dann sofort die angemessene Behandlung bekommen.«

Wieder war Bertram erstaunt. *Patienten mit einer derartigen Krankheitseinsicht sind außerordentlich selten,* konstatierte er bei sich. Dass genau dies der jüngste und mit Rosa abgesprochene Schachzug von Pauline Gerban war, ahnte er nicht.

Ich mache noch einen weiteren Versuch, blieb der Oberarzt bei seinem Vorhaben, den gestern wieder ein Schreiben von Paulines Sohn Franz erreicht hatte, in dem dieser dringend um die Gelegenheit bat, seine Mutter sprechen zu dürfen.

Doch deren Antwort, noch am selben Tag ebenfalls in Gegenwart ihrer Wärterin Rosa vorgetragen, fiel wie zuletzt erneut abschlägig aus.

Ein wirklich gut kompensierter Wahn, sinnierte Bertram. *Vielleicht sollte ich doch einmal etwas im* Magazin für Nervenheilkunde *über diesen außerordentlichen Fall veröffentlichen.*

In einer Scheune vor Lambrecht
Ende März 1872, am selben Abend

Traurig und mutlos ließ Irene ihren Blick über die Menschen schweifen, die sich in der Scheune versammelt hatten. Viele Frauen weinten. Die Männer ballten in ohnmächtigem Zorn ihre Fäuste.

»Also war alles umsonst?«, meldete sich ein älterer Mann zu Wort, nachdem Josef seinen Lagebericht erstattet hatte.

»Wir haben ein Zeichen gesetzt, dass wir uns nicht alles bieten lassen«, antwortete Josef, sichtlich bemüht, seiner Stimme einen überzeugenden Klang zu verleihen. Es gelang ihm nur unzureichend, konstatierte Irene. »Unser Ausstand hat die Tuchherren eine schöne Stange Geld gekostet. Das werden sie so schnell nicht vergessen.«

»Und es uns büßen lassen!«, ertönten gleich mehrere Stimmen durcheinander. »Womöglich kürzen sie uns sogar die Löhne noch weiter.«

»Wenn sie uns überhaupt noch mal nehmen«, zweifelten andere.

»Das werdet ihr sehen, wenn ihr euch morgen wieder zurückmeldet!«, rief Else, ohne ein Hehl daraus zu machen, dass sie nicht an ihre Arbeit zurückkehren würde. »Und wir Frauen haben auf jeden Fall etwas gewonnen! Wer wollte, durfte dem Arbeiterverein beitreten!«

Diese Regelung hatte Josef Hartmann bereits kurz vor dem Streik durchgesetzt. Sie war bislang einzigartig. Josef berief sich dabei auf August Bebel, einen der prominentesten Arbeiterführer im Reich, der Vereine für Arbeiterinnen schon vor einigen Jahren gefordert hatte.

»Und wenn der Streik zu Ende ist, könnt ihr ... können wir uns wieder regelmäßig treffen. Wir werden aus unserem Verein einen echten Arbeiterbildungsverein machen, gemeinsam Bücher und Zeitungen lesen und darüber diskutieren. Und denen helfen, die noch nicht richtig lesen und schreiben können. Irgendetwas Gutes liegt selbst in jeder Katastrophe.«

Irene bewunderte Elses Optimismus, zumal die anderen Frauen ihn kaum zu teilen schienen. Ihr selbst war klar, dass sie Lambrecht verlassen müsste. Josef und sie hatten bereits beschlossen, nach Aachen zu gehen, wo sie niemand kannte und wiedererkennen würde.

Dort werde auch ich aktiver für die Rechte der Arbeiterfrauen eintreten, beschloss sie insgeheim. *Vielleicht können wir gemeinsam ja auch etwas gegen gewalttätige Ehemänner unternehmen.*

Ihre Gedanken schweiften zu Emma. Sie hatte sich zum Glück wieder ein wenig erholt, klagte aber nach wie vor über starke Schmerzen in der Brust. Georg Schober hatte schon zweimal vor Trudes Tür gestanden und gefordert, sie solle mit den Mädchen zu ihm zurückkehren. Bislang hatte Josef ihn in seine Schranken gewiesen. *Aber was soll aus ihr werden, wenn wir Lambrecht verlassen?*

Zwar hatte sich Trude bereit erklärt, die Schobers weiterhin bei sich wohnen zu lassen, zumal ihr Irene offengelegt hatte, dass sie mit Fränzel weggehen würde. *Doch wovon soll Emma mit ihren Kindern dann leben?* Die Freundin stand wie sie auf der schwarzen Liste und würde in Lambrecht und Umgebung nicht mehr eingestellt werden, wenn sie Georg Schober endgültig verließ. Diese Vermutung war ihr von Else bestätigt worden.

Plötzlich wurde hart gegen das Scheunentor geschlagen. Im nächsten Augenblick wurde es auch schon aufgerissen. Zwei mit Schusswaffen ausgerüstete Gendarmen standen davor. Dahinter formierte sich eine Gruppe von Soldaten in bayerischer Uniform, angeführt von einem Leutnant.

Der trat nun vor und blickte sich kurz in der Scheune um. »Uns wurde eine nicht genehmigte Versammlung gemeldet«, erklärte er zackig. »Wer trägt dafür die Verantwortung?«

Irene sah das Zeichen, das Josef seinen Mitstreitern machte, bevor er allein vortrat.

»Ich trage die Verantwortung. Mein Name ist Josef Hartmann. Ich leite den örtlichen Arbeiterverein.«

Der Blick des Leutnants suchte kurz den der beiden Gendarmen. Sie nickten.

Dann wandte er sich wieder an Josef. »So sind Sie der Mann, den wir suchen. Im Namen des Königs verhafte ich Sie wegen Aufruhrs und Landfriedensbruchs.«

Kapitel 17

Auf dem Weg nach Fröschweiler
Ende April 1872

Diesmal stauten sich keine Fahrzeuge vor dem Abzweig von Wörth nach Fröschweiler, als Franz die Hauptstraße entlangfuhr. Schon von Weitem sah er, dass das Denkmal für Bayerns gefallene Helden mittlerweile fertiggestellt war.

Stirnrunzelnd hielt Franz sein Zugpferd an und betrachtete die bronzene Scheußlichkeit. Auf einem Sockel stehend, hielt der Engel des Sieges einen Lorbeerkranz über das behelmte Haupt eines halb zusammengesunkenen Soldaten, der seine Fahne umklammerte. Vor ihnen lag, lang hingestreckt, der bayerische Löwe. Die gesamte Skulptur thronte auf einem offensichtlich hohlen, mit einer Tür versehenen breiten Sockel, der wie eine Grabkammer anmutete und mit Tafeln geschmückt war, die Schlachtszenen zeigten. Aus eigener Anschauung wusste Franz nur zu gut, wie wenig deren verklärende Darstellung mit dem wahren Geschehen auf den Schlachtfeldern zu tun hatte.

Nachdenklich lenkte er sein Pferd den Hügel nach Fröschweiler hinauf. Heute hatte er sich endlich die Zeit genommen, Pfarrer Klein und seine Familie wieder einmal zu besuchen.

Immerhin wusste er das Weingut jetzt in den besten Händen. Kerners Schwager Johann Hager hatte bereits seinen Dienst als Kellermeister angetreten und schon nach einer Woche etwas entdeckt, das Franz nicht mehr nur unter der Kategorie »Versäumnisse« verbuchen konnte.

»Es ist mir sehr peinlich, Sie darauf hinzuweisen, Herr Gerban«, druckste er herum. »Doch der Soldatenwein, der für die Garnisonen im Elsass bestimmt ist, scheint mir eindeutig gepanscht zu sein.« Er stockte und warf Franz einen unsicheren Blick zu.

»Gepanscht? Was meinen Sie damit?«

Hager trat von einem Fuß auf den anderen. Sie standen gemeinsam im großen Keller, in dem die Fässer mit den billigeren Weinsorten lagerten. »Zum einen ist er nicht sortenrein. Hier sind mehrere Weine zusammengekippt worden. Aber nicht im Sinne eines Cuvée, bei dem man mit Bedacht verschiedene Rebsorten mischt. Sondern eher eine willkürliche Mischung aus Riesling, Silvaner und Gewürztraminer, wahrscheinlich sogar aus verschiedenen Jahrgängen. Hier, überzeugen Sie sich selbst.«

Er hielt Franz ein Glas hin, in dem sich eine helle Flüssigkeit befand. Der nahm einen Schluck davon und spuckte ihn sofort wieder auf den Boden aus. »Pfui! Die Weinsorten schmecke ich nicht heraus. Aber das Gemisch ist widerlich süß!«

Hager nickte. Er winkte Franz zu einem Fass. »Als ich dieses Fass geöffnet habe, habe ich auch noch etwas anderes entdeckt. Sehen Sie die Zuckerkristalle, die sich am Rand abgesetzt haben? Der Wein war wahrscheinlich zu sauer und wurde daher nachgesüßt. Das ist sogar erlaubt. Aber dieser Wein hier wird als ›Riesling‹ mit ›mäßiger Süße‹ angepriesen. Das ist eindeutig falsch, und der Verkaufspreis ist dementsprechend viel zu hoch.«

Franz war perplex. »Würden es die Soldaten denn nicht merken, wenn der Wein gepanscht ist?«

Hager zuckte mit den Schultern. »Womöglich nicht. Denn sie haben ja vielleicht gar keinen Vergleich. Wein ist für einfache Zivilisten oft unerschwinglich oder in den Gaststätten, die sie sich leisten können, genauso schlecht wie dieser hier. Und Offiziere haben ihren eigenen Wein. Der ›Offizierswein‹ lagert in diesem Fass.« Er zeigte auf die gegenüberliegende Seite des Kellers. »Er ist einwandfrei. Ein passabler Weißburgunder. Natürlich kein Spitzenwein, aber trinkbar.«

Franz hörte bei den letzten Worten Hagers kaum hin. »Also produziert das Spitzenweingut Gerban, das weit über die Grenzen der Pfalz hinaus bekannt ist, unbemerkt auch minderwertige Weine?« Er war fassungslos.

Hagers Lippen umspielte ein leichtes Lächeln. »Jedes Weingut produziert auch minderwertige Weine. Das lässt sich gar nicht vermeiden. Manchmal ist der ganze Jahrgang nicht gut, manchmal sind nur die Trauben einzelner Lagen zu sauer. Wichtig ist nur, die schlechteren Weine auch als solche zu kennzeichnen. Um Betrug handelt es sich erst, wenn man behauptet, der Wein sei besser, als er in Wahrheit ist, und für ihn zudem noch einen überhöhten Preis verlangt.«

Franz musste das erst einmal verdauen. »Gibt es noch mehr betrügerische Chargen?«, fragte er schließlich.

»Zum Glück nicht«, antwortete Hager. »Die übrigen Weine, die ich gekostet habe, sind exzellent und reifen genauso, wie sie sollten. Es fehlen zu meinem Erstaunen nur zwei Kategorien in Ihrem Sortiment.«

»Welche Kategorien fehlen?«

»Der billigste und der kostbarste Wein, den es gibt. Der billigste ist an sich gar kein richtiger Wein, sondern Wasser, das man nach dem ersten Keltern auf den Trester gegossen hat, also sogenannter Tresterwein. Dennoch ist das Getränk oft gesünder als das Wasser aus verunreinigten Brunnen und Quellen. Auf meinem ehemaligen Weingut in Maikammer pflegte man diesen ›Vize-Wein‹ an die Gutsarbeiter als ›Haustrunk‹ zu verschenken.«

»Und was ist die kostbarste Kategorie?«

»Die nennt man ›Eiswein‹. Haben Sie schon einmal davon gehört?«

Franz schüttelte den Kopf.

»Eiswein wird aus gefrorenen Trauben gekeltert, die man am besten erst mitten im Winter erntet. Riesling eignet sich dafür am besten. Die Trauben enthalten dann zwar nur noch sehr wenig Saft, der ist dafür aber so wunderbar süß, dass es keinerlei Zusatz von Zucker mehr bedarf. Eiswein wird nur in kleinen Flaschen verkauft. Man nennt ihn auch Damen- oder Dessertwein. Eine Flasche kostet mindestens fünf Gulden.«

»Fünf Gulden für eine kleine Flasche Wein?« Das war der Durchschnittswochenlohn eines Landarbeiters.

Hager nickte. »Eher noch mehr. Denn nur wenige Weingüter trauen sich an das Verfahren heran. Weil in einem milden Winter ohne rechtzeitigen Frost die Trauben verfaulen und dann die gesamte Ernte verloren ist.«

»Wir wollen beide Sorten dennoch im kommenden Herbst herstellen«, entschied Franz spontan. »Suchen Sie mit Ihrem Schwager schon einmal den Riesling-Weinberg aus, in dem wir erst nach dem Frost lesen.«

Hager nickte erfreut, während sich Franz mit einer Mischung aus Sorge und Wut abwandte. Noch am selben Tag fuhr er nach Weißenburg, um seinen Vater mit den betrügerischen Praktiken in Schweighofen zu konfrontieren.

»Ich weiß nichts von gepanschtem Wein«, beteuerte der und breitete in einer Geste der Unschuld die Hände aus. »Wenn es so ist, wie der neue Kellermeister sagt, hat Gregor ohne mein Wissen eigenmächtig gehandelt. Ich verspreche dir, dass ich ihn zur Rede stellen werde.«

»Und was geschieht mit dem gepanschten Wein?«

Wieder breitete sein Vater die Hände aus, diesmal in einer übertriebenen Geste der Hilflosigkeit. »Die Lieferung ist bereits fest zugesagt, und wir haben keinen Ersatzwein, da der ganze Jahrgang 1870 bereits verkauft ist. Während des Krieges lagen viele Rebflächen brach. Auch unser Ertrag fiel nur halb so hoch aus wie in normalen Jahren, weil so viele Landarbeiter als Soldaten eingezogen wurden.«

»Dann müssen wir zumindest den Preis erheblich senken.«

Diesmal runzelte sein Vater mit einem Anflug von Zorn die Stirn. »Als Geschäftsmann musst du noch viel lernen, mein Sohn«, belehrte er Franz zu dessen Ärger. »Wenn wir jetzt den Preis senken, können wir ihn für die Lieferung im nächsten Jahr nicht wieder erhöhen. Zumal die Konkurrenz ja nicht schläft und wir wieder mit normalen Erträgen rechnen müssen.«

Franz knirschte vor Wut mit den Zähnen, zumal sich einen Tag später herausstellte, dass auch Gregor angeblich nichts von den betrügerischen Machenschaften wusste und alles auf Stromberg schob.

Wer's glaubt, wird selig. Zum Glück habe ich ja jetzt zuverlässige Leute, die ein Auge auf alles haben werden, was auf dem Weingut vor sich geht. Wäre ich bei Gregor in die Lehre gegangen, wüsste ich heute noch nichts von diesen krummen Geschäften.

Tief in seine Grübeleien versunken, hatte Franz nur nebenbei registriert, dass der Einspänner mittlerweile die Ortsgrenze von Fröschweiler passiert hatte. Da riss ihn ein kleiner Tumult aus seinen Gedanken.

Vor der Schule, die neben dem Pfarrhaus lag, stand eine Gruppe von sechs Soldaten mit aufgepflanzten Bajonetten. Ein Offizier in preußischer Uniform debattierte lautstark mit Pfarrer Carl Klein. Daneben stand Schwester Clémentine, die Lehrerin, mit hängenden Schultern.

Im Moment, in dem Franz seine Stute hinter einer Kutsche zügelte, die bereits vor dem Schulhaus stand, kam ein Mann in steifem Zivilanzug und mit grimmigem Gesichtsausdruck durch das Spalier der Soldaten. Hinter ihm folgten zwei Gefreite, die zwischen sich einen Mann gepackt hielten und ihn mehr vorwärts zerrten als führten.

Es war der Turko Ben Salah.

Trudes Haus in Lambrecht
Ende April 1872

»Sie haben ihn zu einem Jahr Festungshaft verurteilt, Trude«, berichtete Irene der alten Frau unter Tränen. Sie saß mit Else Gläser in Trudes gemütlicher Küche. »Er soll im Gefängnis in Ludwigshafen eingesperrt werden. Was soll ich jetzt nur tun?« Plötzlich verlor sie völlig die Fassung. Sie schlug die Hände vors Gesicht und schluchzte heftig.

Else und Trude wechselten einen bedeutungsvollen Blick über den Tisch hinweg. Else hatte Irene nach Landau begleitet, wo der Prozess stattgefunden hatte, bei dem heute das harte Urteil gefällt worden war.

Auch wenn es zum Glück keine weiteren Verhaftungen nach dem Ende des Streiks gegeben hatte, war nur ein Teil der Arbeiter wieder eingestellt worden. Viele Familien wussten nun nicht mehr ein noch aus und machten in ihrer Verzweiflung sogar Josef für ihr Elend mitverantwortlich. Doch die Tuchherren waren gewillt, ein hartes Exempel zu statuieren, zumal sich ein Teil der Bischwiller mittlerweile gut in den Fabrikalltag eingelebt hatte und sie nicht mehr auf die Lambrechter Arbeiter angewiesen waren.

Besonders tragisch war Emmas Schicksal. Ihr war nach dem gescheiterten Streik am Ende nichts anderes übrig geblieben, als zu Georg zurückzukehren. Da ihre Verletzungen noch immer nicht ausgeheilt waren, konnte sie nicht mehr in der Spinnerei arbeiten. Der einzige Arbeitsplatz, den ihr Plotzer »aus reinem Entgegenkommen aufgrund der Loyalität Ihres Mannes« anbot, war Irenes ehemalige Stelle in der Stillstube, wo sie nun einen Bruchteil des Lohns ihrer ehemaligen Tätigkeit erhielt.

Doch wäre sie nicht zu Georg zurückgekehrt, hätte sie in ganz Lambrecht keine Arbeit mehr gefunden, da sie wie Irene und Else als eine der Ersten, die dem Streikaufruf gefolgt waren, auf der berüchtigten schwarzen Liste stand.

Trotzdem ging es den Schobers inzwischen viel schlechter als früher. Mit Emmas geringem Lohn reichte das Geld vorn und hinten nicht mehr, zumal Georg nach wie vor trank. Die Konsequenzen waren schlimm. »Wir werden unsere Wohnung räumen und in ein Kellerloch ziehen«, weinte Emma, als sie ihre letzten Sachen aus Trudes Haus abholte. »Dort müssen wir dann zu viert in einem einzigen Raum kochen, schlafen und leben. Georg will das Bett sogar tagsüber an einen Schlafburschen vermieten. Dann habe ich gar kein eigenes Zuhause mehr.«

»Und dafür soll ich ihm auch noch dankbar sein, hat er gesagt«, ergänzte sie voller Bitterkeit. »Denn er betont immer wieder, dass er mich gar nicht mehr hätte aufnehmen müssen.«

Daran war die aktuelle bayerische Rechtslage schuld, die Ehefrauen massiv benachteiligte. Dass Frauen geprügelt wurden, gehörte in Arbeiterfamilien zum Alltag und war daher kein Grund, seinen Ehemann zu verlassen.

»Im Gegenteil«, hatten Irene und Emma von einem verkniffenen Advokaten im städtischen Rathaus erfahren, als Emma erstmals gesund genug war, um wieder laufen zu können, und sich über ihre Rechte informieren wollte. »Kehren Sie nicht zu Ihrem Ehemann zurück, kann Ihnen das als böswilliges Verlassen ausgelegt werden. In diesem Fall hat Ihr Mann das Recht, Ihnen die Kinder wegzunehmen und nach seinem Belieben mit ihnen zu verfahren.«

Vor allem dieses Argument hatte den Ausschlag für Emmas Entscheidung gegeben. »Ich kann diesem Unmenschen doch nicht meine schutzlosen Mädchen überantworten«, schluchzte sie nach der Rückkehr aus dem Rathaus an Trudes Küchentisch und konnte sich lange nicht mehr beruhigen.

Auch ihre Freundinnen wussten keinen Ausweg. So war

Emma schließlich nach ein paar weiteren Nächten in Trudes Haus zu Georg zurückgekehrt.

Auch Irenes Lage war mittlerweile verzweifelt. Erwartungsgemäß hatte Plotzer sie abgewiesen, als sie in ihrer Not versucht hatte, wieder in der Nopperei unterzukommen. Auch bei den Verwaltern der übrigen Fabriken wies man ihr die Tür, kaum dass sie ihren Namen genannt hatte. Sie galt nicht nur als eine der aktiven Aufrührerinnen, sondern war mittlerweile auch als Josef Hartmanns Liebchen denunziert worden.

Seither lebte sie auf Trude Ludwigs Kosten und verfügte über keinen einzigen Kreuzer eigenes Geld mehr, zumal auch die Streikkasse von den Behörden beschlagnahmt worden war. Nach der Urteilsverkündung hatte sie Josef noch einmal in der Landauer Festung, in der er interniert war, besuchen dürfen.

»Versuche, dich nach Aachen oder Barmen durchzuschlagen«, riet er ihr. »Oder meinethalben sogar nach Sachsen. Dort wirst du irgendwo unterkommen. In Oggersheim hat es keinen Zweck. Reuter hat dort gute Bekannte unter den Fabrikherren und wird deinen Namen bereits publik gemacht haben. Und sei es nur, um mich zu treffen!«

»Und was wird aus uns?«, weinte Irene. »Ich kann dich doch nicht einfach im Stich lassen!«

Josef traten Tränen der Rührung in die Augen. »Ich werde dich finden, mein Lieb«, versprach er. »Aber schreibe mir nicht ins Gefängnis, wo du bist. Jeder Brief wird gelesen, und wir wissen ja nun allzu gut genug, dass es überall von Denunzianten nur so wimmelt.«

Obwohl sich Trude Ludwig erboten hatte, als Mittelsfrau zu fungieren und Briefe von Josef an Irene weiterzuleiten, damit sie in Kontakt bleiben konnten, war der Gedanke schier unerträglich für sie, schon wieder einen Mann, der sie aufrichtig liebte, zu verlieren und allein in der Welt zu stehen.

»Vielleicht gibt es ja doch noch eine Möglichkeit für dich, in

Oggersheim unterzukommen«, tröstete Else Gläser sie nun zu ihrer Überraschung. »Du kannst doch so gut nähen. Ich habe gehört, dass dort vor Kurzem eine große Weißwarennäherei eröffnet hat, die mehr als einhundert Arbeiterinnen einstellen will. Dort werden Hemden angefertigt, die bislang in Heimarbeit hergestellt wurden.«

Irene merkte auf. »Meinst du denn, dort kennt man mich nicht?«

Else zuckte mit den Schultern. »Es ist zumindest einen Versuch wert. Weißwarennäherei und Wolltuchfertigung sind zwei verschiedene Paar Stiefel. Ich bin gerade dabei, weitere Erkundigungen einzuziehen.«

»Doch auch wenn Irene in Oggersheim ist, kann sie Josef Hartmann nicht im Gefängnis besuchen. Im Gegenteil, genau weil es so nahe liegt, würde ich ihr davon abraten, da es zu gefährlich ist«, warf Trude ein.

»Ich wäre aber immerhin in seiner Nähe«, sagte Irene leise. »Und am Tag, an dem er entlassen wird, kann ich ihn vor dem Gefängnistor erwarten.«

»Du wirst ihm sogar schreiben können«, erklärte Else. »Dafür werde ich sorgen.«

»Wie willst du das denn machen?«, fragten Trude und Irene wie aus einem Mund.

»Das bleibt vorerst mein Geheimnis. Aber ihr werdet es bald erfahren.«

Sosehr die Frauen sie auch bedrängten, eine andere Auskunft war von Else nicht zu bekommen.

»Wie geht es denn Gerti?«, besann sich Irene endlich darauf, dass auch Else gerade ein schweres Schicksal zu meistern hatte.

Tatsächlich verfinsterten sich ihre Züge. »Leider nicht gut. Sie wird von Tag zu Tag teilnahmsloser. In jüngster Zeit will sie nicht einmal mehr essen.«

»Und was sagt Dr. Pöhler?« Irene wusste, dass Else den freundlichen Arzt ebenfalls zu Rate gezogen hatte.

Einen Moment hatte sie den Eindruck, dass Elses Augen feucht wurden. Doch sie schien die Tränen wegzublinzeln.

»Er weiß leider auch keinen Rat. Zumindest keinen guten. Also muss ich mir selbst helfen«, erwiderte sie kryptisch.

Vor dem Schulhaus von Fröschweiler
Ende April 1872

»Was geht hier vor sich?« In herrischem Ton sprach Franz den preußischen Beamten an.

Der würdigte ihn zunächst keines Blickes. Stattdessen antwortete ihm Pfarrer Klein.

»Das ist Herr Eduard Förster, der kaiserliche Schulinspektor für den Kreis Weißenburg. Er hat uns heute einen Überraschungsbesuch abgestattet und sowohl den Unterricht von Schwester Clémentine moniert als auch die Anwesenheit Ben Salahs als Schüler.«

»Ich darf doch sehr bitten. *Geheimer Schulrat* Eduard Förster«, mischte sich der Beamte jetzt mit schnarrender Stimme ein. Er musterte Franz verächtlich. »Und wer sind Sie, wenn ich fragen darf?«

Franz richtete sich zu voller Größe auf. »Herr Franz Gerban, Mitinhaber der Weinhandlung Gerban in Weißenburg.«

»Aha! Noch einer von den Wackes!« Zu Franz' Empörung benutzte Förster tatsächlich die abfällige Bezeichnung der Preußen für die Bewohner Elsass-Lothringens. »Was hier passiert, geht Sie nicht im Geringsten etwas an. Es sei denn, Sie stecken mit diesen Menschen, die sich den deutschen Gesetzen verweigern, unter einer Decke.«

Franz holte tief Luft, um die heiße Wut zu bezwingen, die

in ihm aufstieg. Dann antwortete er, so ruhig es ihm möglich war: »Mäßigen Sie sich mit Ihren Unverschämtheiten!« Zu seiner Genugtuung rötete sich Försters Gesicht vor Ärger. »Ich bin bayerischer Staatsbürger und verbitte mir Ihre Beschimpfungen, auch im Namen meiner elsässischen Freunde. Wenn Sie nicht sofort erklären, was Sie hier tun, erwartet Sie eine Dienstaufsichtsbeschwerde beim Kreisdirektor in Weißenburg, zu dem mein Vater und ich ausgezeichnete Beziehungen unterhalten.«

Später wunderte sich Franz über sich selbst. Er hatte nicht nur seine gefälschte und eigentlich ungeliebte bayerische Staatsbürgerschaft in die Waagschale geworfen, sondern auch die tatsächlich existierenden guten Geschäftsbeziehungen seines Vaters zum preußischen Kreisdirektor, die von vielen Elsässern als »Kollaboration« bewertet wurden.

Demgemäß übersah er jetzt die erstaunten Blicke des Pfarrers und der Lehrerin, die von alldem nichts wussten.

»Können Sie sich ausweisen?« Jetzt war auch der Offizier im Rang eines Leutnants hinzugetreten.

»Selbstverständlich!« Souverän zückte Franz seinen gefälschten bayerischen Pass.

Förster wurde bleich. »Ich bitte um Verzeihung für meinen Irrtum, Herr Gerban.« Seine Stimme klang nun devot. »Doch als aufrechter deutscher Bürger können auch Sie nicht gutheißen, was hier geschehen ist.«

Er wies auf Schwester Clémentine. »Entgegen den Vorschriften hat diese Frau, die nie ein deutsches Lehrerexamen abgelegt hat, Französisch als Hauptfach unterrichtet, obwohl es sich hier nur um eine Volksschule handelt, wo dies streng untersagt ist. Wahrscheinlich kann sie andere Fächer aufgrund ihrer mangelnden Kenntnisse gar nicht lehren.«

»Woher wollen Sie beides wissen, Herr Geheimrat?«, unterbrach ihn Franz.

»Ich habe die Schüler befragt und mir ihre Hefte zeigen lassen. Diese Frau hat jeden Tag Französischunterricht erteilt! Da kommen weit mehr vergeudete Schulstunden zusammen, als in den Mittelschulen und Lyzeen erlaubt sind.«

Franz sah ein, dass es sinnlos war, in dieser Sache Einwände zu erheben. Stattdessen versuchte er es auf andere Weise. »Ich habe dem Unterricht bereits selbst beigewohnt und hatte nichts zu beanstanden. Es wurde Deutsch unterrichtet, Geografie und vor allem in ausgezeichneter Weise einfache Mathematik.«

Förster wurde misstrauisch. »Was hat Sie denn veranlasst, dem Unterricht beizuwohnen?«

»Ich bin ein Mäzen dieser Schule«, log Franz spontan. »Seitdem Pfarrer Klein verwundete Freunde von mir nach der Schlacht von Fröschweiler-Wörth gepflegt hat.«

»Aha.« Zu seinem Glück fragte Förster nicht nach. Stattdessen lenkte er auf das zweite, noch viel brisantere Thema.

»Und dabei ist Ihnen nicht aufgefallen, dass dieser Wilde«, er wies auf Ben Salah, den die Gefreiten noch immer gepackt hielten, »am Unterricht teilnahm?«

»Natürlich wusste ich davon«, blieb Franz jetzt bei der Wahrheit. »Auch der Turko wurde in der Schlacht schwer verwundet und hier im Pfarrhaus gesund gepflegt. Nun ist er als Hausmeister tätig und folgt gelegentlich auch dem Unterricht. Was ist dagegen einzuwenden?«

»Er ist ein Feind der schlimmsten Sorte«, empörte sich Förster, wobei der Leutnant heftig nickte. »Gar kein richtiger Mensch, so wie Sie und ich. Diese Wilden haben unglaubliche Gräueltaten im Kriege verübt. Die Kinder werden sich vor so einem fürchten.«

»Das ist mir nicht bekannt«, erwiderte Franz. »Ben Salah gilt als freundlich und sanftmütig.«

»Und wurde doch in der Schlacht schwer verwundet?«, spottete der Leutnant. »Wie passt das denn zusammen?«

Franz ignorierte den Offizier und wandte sich wieder an Förster. »Sind Sie gläubig?«, versuchte er einen letzten Schachzug.

»Selbstverständlich bin ich gläubig. Ich bin ein bekennender protestantischer Christ«, betonte der Schulinspektor. »Doch was hat das hiermit zu tun?«

»Heißt es nicht im Neuen Testament, man soll seine Feinde lieben und ihnen vergeben?«

Nun trat ein verächtlicher Zug auf Försters Miene. »Wenn das Ihr Motiv ist, Herr Gerban, diese Schule trotz aller Missstände, die hier herrschen, zu fördern, lassen Sie sich eines gesagt sein: Hätten wir diesen frommen Spruch unseres Herrn Jesus befolgt, hätten wir weder den Krieg gewonnen, noch wären wir heute eine vereinte deutsche Nation. Außerdem gilt die heilige Bibel nicht für ungläubige Wilde.«

»Was wollen Sie denn mit Ben Salah tun? Er ist aufgrund seiner Verwundungen doch zum Krüppel geworden!« In Schwester Clémentines Stimme schwangen Tränen mit.

»Das werden die zuständigen Behörden in Weißenburg entscheiden«, beschied Förster ihr kurz angebunden. »Und nun werden uns die Herrschaften entschuldigen müssen«, er tippte an seinen Zylinder. »Setzen Sie den Wilden auf den Bock der Kutsche!«, wies er die beiden Gefreiten an. »Wir müssen unsere Inspektionsreise wohl oder übel abbrechen und nach Weißenburg zurückkehren. Und Ihnen, gnädige Frau«, sagte er zu Schwester Clémentine, »erteile ich mit sofortiger Wirkung ein absolutes Lehrverbot. Wenn Sie sich nicht daran halten, wird die ganze Schule geschlossen!«

»Das werden Sie noch bereuen!«, drohte Franz. »Ich werde mich sofort nach meiner Rückkehr über Sie beschweren! Dann ergeht es Ihnen schlecht! Für mich steht nämlich vor allem infrage, ob Sie dem Amt eines Schulinspektors gerecht werden.«

Förster würdigte ihn keiner Antwort mehr. In ohnmächtiger Wut sahen Franz und Pfarrer Klein der abfahrenden Kutsche mit ihrer Eskorte berittener Soldaten nach, während Schwester Clémentine nun hemmungslos schluchzte.

Wenige Tage später erfuhr Franz in der Kreisdirektion in Weißenburg, bei der er noch am selben Tag wütenden Einspruch erhoben hatte, dass Schwester Clémentine mittlerweile in ihr Kloster nach Straßburg zurückgeschickt worden und ein deutscher Lehrer an ihre Stelle getreten war.

Ben Salah wurde noch am Tag seiner Verhaftung in einen Zug nach Paris gesetzt. Franz konnte nie in Erfahrung bringen, was aus ihm geworden war.

Trudes Haus in Lambrecht
Mai 1872, zehn Tage später

Als Irene die Haustür öffnete, an die es gerade gepocht hatte, stand ein Gassenjunge von ungefähr zwölf Jahren vor ihr. »Ich soll diesen Brief überbringen«, nuschelte er und blickte sie erwartungsvoll an. Offensichtlich hoffte er auf ein Trinkgeld.

»Zeig mir erst einmal, von wem der Brief kommt«, antwortete Irene, die zu ihrer Enttäuschung sogleich erkannt hatte, dass die Adresse nicht von Josefs Hand geschrieben war.

Trotzdem freute sie sich, als sie als Absenderin den Namen »Else Gläser« las. Auch von der Freundin hatte sie schon längere Zeit nichts mehr gehört, obwohl diese versprochen hatte, Irene zu benachrichtigen, sobald sie mehr über die Oggersheimer Weißnäherei in Erfahrung gebracht hätte.

Nachdem sie den sichtlich enttäuschten Jungen mit ein paar Nüssen aus dem vergangenen Jahr abgespeist hatte, öffnete sie den dicken braunen Umschlag in der Küche. Er schien noch mehr zu enthalten als nur einen Brief.

Als sie das Schreiben herauszog, fielen tatsächlich ein weiteres Papier und ein fest umwickeltes Päckchen heraus, das Irene zunächst nicht beachtete. Stattdessen las sie, anfangs voller Neugier, dann mit zunehmender Erschütterung, was Else geschrieben hatte.

Liebe Irene,

wenn Du dieses Schreiben bekommst, weilen Gerti und ich schon in einer besseren Welt. Dieser Entschluss ist mir wahrlich nicht leichtgefallen. Ich habe bis zuletzt gehofft, es gäbe einen anderen Ausweg. Doch leider ist es der einzige.

Nachdem Gerti sich weiter weigerte zu essen und sogar wieder wie ein Säugling ins Bett machte, erklärte mir Dr. Pöhler vor zwei Tagen, dass sie vielleicht nie wieder gesund werden wird und rund um die Uhr betreut werden muss.

Es ist schon schlimm genug, dass aus einem lebenslustigen hübschen Mädchen ein entstelltes Wesen geworden ist, dem die Gassenjungen hinterherpfeifen würden, wenn es je ohne Kopftuch das Haus verließe. Dass Gerti nun aber auch noch seelengestört ist, wie es der Doktor ausdrückte, ist noch viel schlimmer. Nur die Nervenärzte in Klingenmünster wüssten hier Rat, hat er gesagt. Aber ich gebe mein liebes Mädchen nicht in eine Irrenanstalt.

Anfangs wollte ich mich selbst als Weißnäherin in Oggersheim verdingen und Gerti und Dich mitnehmen. Das war, als ich noch hoffte, sie würde zumindest bald wieder gesund genug sein, um allein bleiben und den Haushalt besorgen zu können, während ich arbeite. Ich kenne einen Schreiber im Lambrechter Rathaus, der mir noch einen Gefallen schuldete. Er stellte Gerti und mir falsche Papiere aus, damit man uns in Oggersheim nicht an unseren Namen erkennt. Ich wollte auch Dir vorschlagen, dass er einen Pass für Dich fälscht. Aber ich brauche nun ja nicht mal mehr die Papiere, die ich schon habe.

Daher denke ich, Du könntest Gertis Pass verwenden. Sie hat blaue Augen wie Du, und als Haarfarbe ließ ich >braun< einsetzen. Ich konnte nicht ertragen, dass >blond< an dieser Stelle steht, denn Gertis herrliche Haare sind ja verloren. Ein Zufall, der Dir nun zugutekommt! Außerdem ist Gerti wie Du im Monat Februar geboren, da musste ich nur die letzte Jahreszahl ändern. Das habe ich selbst mit Tinte gemacht, aber ich glaube, es fällt nicht auf.

Also, wenn du die Papiere benutzen möchtest, heißt Du in Oggersheim Anna Klein und bist am 12. Februar 1850 geboren und damit eben ein Jahr älter als in Wirklichkeit. Es war leichter, aus einer Sechs eine Null zu machen als eine Eins.

Meinen Notgroschen, den ich zur Übersiedlung nach Oggersheim benutzen wollte, brauche ich nun auch nicht mehr. Es sind dreißig Gulden. Ich habe die Münzen gut verpackt, damit der Botenjunge nicht erkennt, dass der Umschlag Geld enthält.

Und wenn Du Josef schreiben willst, benutze dazu nun einfach Deinen wirklichen Namen Irene Weber. Dann bringt Dich niemand mit Anna Klein in Verbindung.

Es bleibt mir, Dir das Glück zu wünschen, das mich mit Gertis Unfall verlassen hat. An Ausdauer, Zähigkeit und Mut stehst Du mir ja in nichts nach.

Zünde eine Kerze für mich und Gerti an und sprich ein Vaterunser für uns, wenn Du wieder einmal in eine Kirche gehst. Das bittet Dich zum Abschied

Deine Freundin Else

Nur wenig später machte die erschütternde Kunde, dass sich zwei Arbeiterinnen vor den hereinfahrenden Zug gestürzt hatten, die Runde durch Lambrecht. Es waren Else und Gerti.

Kapitel 18

Weißnäherei in Oggersheim
Juni 1872

Mit einem Ziehen in der Magengrube trat Irene mit ihrem Wäschekorb vor die gestrenge Oberaufseherin und stellte ihre Arbeit des gestrigen Tages vor ihr ab. Sie hatte fast vierzehn Stunden lang nahezu ohne Pause genäht. Bei Dienstschluss war die Aufseherin schon längst in ihrem gemütlichen Heim gewesen.

Als Irene, den schlafenden Fränzel auf dem Arm, um halb zehn Uhr abends endlich in ihr kleines Zimmer wankte, das sie in einer billigen Pension gemietet hatte, war sie sogar zu erschöpft gewesen, um sich die kalten Kartoffeln aufzuwärmen, die sie am Vortag gekocht hatte. Hastig schlang sie zwei davon hinunter, um dann wie ein Stein in ihr Bett zu fallen, bis der alte Wecker um halb sechs Uhr schrillte.

»Nun, Frau Klein«, sprach die Aufseherin Irene mit ihrem falschen Namen an. »Dann lassen Sie mich doch einmal sehen, ob Sie jetzt besser mit der Nähmaschine zurechtkommen als in der vorigen Woche.« Ihre neuen Kolleginnen hatten ihr erzählt, dass Ilse Stockhausen die altjüngferliche Tante des Besitzers der Weißnäherei war, dem auch die nebenan gelegene Tuchfabrik gehörte. Sie beaufsichtigte die Arbeit aller Neulinge und entschied nach spätestens vier Wochen darüber, wer bleiben durfte und wer nicht.

Nun setzte Frau Stockhausen ihre Brille, die sie an einer goldenen Gliederkette um den Hals trug, auf und nahm sich das erste Hemd vor, das Irene gestern genäht hatte. Es war aus weißem Baumwollstoff gefertigt und hatte weder Kragen noch Manschetten, die von Heimarbeiterinnen genäht und später eingesetzt wurden. In den Werkstätten der Zwischenhändler, der sogenannten Verleger, die die Ware aus der Fabrik an die Heimarbeiterinnen weitergaben, wurden dann noch die Knopflöcher mit eigens dafür konstruierten Maschinen gesteppt.

In ihrer Schicht vom Vortag hatte Irene zweiundfünfzig Hemden zusammengenäht. Sie arbeitete im Duo mit einer Vorrichterin zusammen, die die Stoffe zuschnitt. Zum Glück war Martha eine erfahrene Vorrichterin und verschnitt sich nur selten. Früher hatte sie selbst in Heimarbeit an der Nähmaschine gesessen, bis ihr Rücken das nicht länger mitmachte.

Da sich die Vorrichterin und die Näherin den Akkordlohn aufteilen mussten, war Martha in der vergangenen Woche natürlich nicht erfreut darüber gewesen, dass Irene zunächst mit der ihr noch unbekannten Nähmaschine nicht besonders gut zurechtgekommen war. An ihren ersten beiden Arbeitstagen verdienten die Frauen gar nichts, da die Aufseherin Irenes schiefe Nähte moniert und die Hemden als »Ausschuss« bezeichnet hatte. Erst ab dem dritten Tag war es etwas besser geworden. Dennoch reichte der in sechs zwölfstündigen Arbeitstagen erreichte Wochenlohn nicht einmal aus, um bescheiden davon zu leben.

Zwei Kreuzer bezahlte die Weißnäherei für ein einwandfreies Hemd. Ein erfahrenes Gespann aus Zuschneiderin und Näherin konnte bis zu sechzig Hemden innerhalb eines zwölfstündigen Arbeitstages herstellen. Von den maximal zwei Gulden Tagesarbeitslohn wurden dann zunächst die Kosten für das Garn und zerbrochene Maschinennähnadeln abgezogen. Der verbleibende Betrag wurde dann im Verhältnis vierzig zu sechzig Prozent zwischen den Frauen aufgeteilt, wobei die Näherin aufgrund der größeren körperlichen Anstrengung auch den größeren Anteil erhielt.

Doch in Irenes erster Arbeitswoche unter ihrem falschen Namen Anna Klein waren am Ende nur knapp fünf Gulden übrig geblieben. Nach der üblichen Aufteilung entfielen weniger als zwei Gulden davon auf Martha.

»Das kommt daher, dass du allein für vierzig Kreuzer Nadeln zerbrochen hast«, schimpfte Martha Irene aus. »Gar nicht zu reden davon, dass ich zwei Tage völlig umsonst zugeschnitten habe.«

Irene war selbst tief deprimiert über das Ergebnis ihrer ersten Arbeitswoche. Voller Freude hatte sie freitags zuvor erfahren, dass sie montags in der Weißnäherei anfangen könnte. Bis dahin hatte sie vier Wochen lang an jedem Freitag vergeblich vorgesprochen. Ein Arbeitsplatz für eine Näherin sei nicht frei, beschied man ihr. Von Woche zu Woche war Irenes Angst gestiegen, dass Elses dreißig Gulden nicht ausreichen würden, bis sie eine neue Arbeit gefunden hätte.

In den Tuchfabriken wagte sie trotz ihres falschen Namens nicht, sich vorzustellen, aus Sorge, man könne sie dennoch erkennen. Zumal sie keine andere Tätigkeit bei der Tuchherstellung beherrschte als die der Nopperin. Denn mittlerweile machten Gerüchte die Runde, dass die Oggersheimer Fabrikherren schon etliche nach dem Streik entlassene Lambrechter Arbeiter abgewiesen hätten.

Irene lebte daher über ihre Geldnöte hinaus in beständiger Sorge, jemandem aus Lambrecht zu begegnen. Dort war sie als Josef Hartmanns Freundin am Ende gut bekannt gewesen, zumal sie sich auch aktiv an der Organisation des Streiks, vor allem an der Verteilung der Lebensmittel, beteiligt hatte.

In Oggersheim war das Leben zudem noch viel teurer als in Lambrecht. Irene hatte keine Wohnung für sich und Fränzel gefunden, die sie sich leisten konnte. Für ihr Zimmer in der

Pension musste sie eineinhalb Gulden wöchentlich entrichten. Immerhin bekam sie zusätzlich noch ein mageres Frühstück dafür, fühlte sich aber mehr und mehr an ihre trostlose Landauer Zeit erinnert.

Zwar musste sie nicht erneut befürchten wegen Fränzel, mit dem sie damals in Landau schwanger ging, des Hauses verwiesen zu werden. Denn sie hatte sich dem Vermieter sogleich als Kriegswitwe vorgestellt, was der ihr auch anstandslos geglaubt hatte. Doch Fränzels Betreuung bei einer Hütefrau kostete ebenfalls einen halben Gulden pro Woche.

Da Irenes Anteil am Arbeitslohn ihrer ersten Woche nur etwas mehr als drei Gulden betrug, konnte sie ihren Unterhalt davon bei Festkosten von allein zwei Gulden nicht bestreiten. Umso mehr verstand sie Marthas Unmut, die weniger als die Hälfte dessen verdient hatte, was sie gewohnt war. Schweren Herzens legte Irene zwei Gulden aus ihrer immer geringer werdenden Barschaft dazu, um Martha milde zu stimmen und keinen dauerhaften Zwist mit ihr zu riskieren.

Als sehr geschickte Handnäherin hatte sie nicht mit den Schwierigkeiten gerechnet, die ihr die mechanische Nähmaschine bereiten würde. Leider hatte sie bislang nie die Gelegenheit gehabt, diese Art des Nähens zu erlernen. Frau Burger, die Hausdame der Gerbans, hatte zwar kurz nach Irenes Arbeitsantritt in Altenstadt davon gesprochen, der Herrschaft die Anschaffung einer Nähmaschine vorzuschlagen. Doch solange Irene dort als Dienstmädchen gearbeitet hatte, war aufgrund des Kriegsausbruchs später keine Rede mehr davon gewesen.

Als Handnäherin war Irene für ihre feinen Stiche bekannt, von denen sie bei aller Geschicklichkeit aber nur ungefähr fünfzig pro Minute ausführen konnte. Die mithilfe eines Fußpedals angetriebene Nähmaschine war auf dem neuesten technischen Stand, da die Weißnäherei erst vor Kurzem eröffnet hatte, und schaffte bis zu tausend Stiche pro Minute, hatte Frau Stockhausen Irene am Tag ihrer Einstellung erklärt. Martha, deren frühere Partnerin wegen einer komplizierten Schwangerschaft ausgefallen war, bestätigte dies.

Doch Irenes erste Versuche waren kläglich gescheitert. Sie brauchte einen ganzen Tag, um den Rhythmus des Fußpedals mit dem Handrad zu koordinieren und dabei den Stoff geschickt unter dem Nähfuß zu führen, durch den die Nadel stieß. Demgemäß waren die Stiche ihrer ersten Nähte unregelmäßig und schief, viele der teuren Maschinennadeln zerbrachen und mussten mühsam neu eingesetzt und eingefädelt werden.

Auch am zweiten Tag brachte Irene nichts zuwege, wie sie abends bedrückt feststellte, als Frau Stockhausen kein einziges Stück ins Lohnbuch eintragen wollte. Schon an diesem Abend hatte Irene ihren Dienst, der eigentlich um sieben Uhr endete, freiwillig um zwei Stunden verlängert, um zu üben. Martha hatte ohnehin viel mehr Hemden zugeschnitten, als Irene geschafft hatte.

Obwohl sie die Arbeit hier körperlich noch mehr anstrengte als die in der Lambrechter Nopperei, hatte sie seither ihre Schicht jeden Tag um zwei Stunden verlängert.

Nun beobachtete sie ängstlich, wie Frau Stockhausen geschwind ein Hemd nach dem anderen aus dem Korb nahm, es, ohne eine Miene zu verziehen, begutachtete und zwei Stapel bildete, von denen der rechte deutlich höher wurde als der linke. Das Herz wollte ihr schon in die Schuhe rutschen, als Frau Stockhausen endlich fertig war und den Kopf hob.

Ohne ein Lächeln schob sie Irene den höheren Stapel hin. »Diesmal scheint es besser geklappt zu haben«, sagte sie dann zu Irenes unendlicher Erleichterung mit ihrer schnarrenden Stimme. »Nur acht der Hemden sind immer noch mangelhaft. Sehen Sie her!«

Nun zog sie ein Hemd von dem kleineren Stapel und zeigte auf die Naht unter dem Ärmel. »Diese Stelle ist besonders heikel, Frau Klein. Achten Sie besser darauf, dass auch hier die Stichführung stimmt!«

Mit bloßem Auge konnte Irene gar nicht erkennen, was Frau Stockhausen meinte. Die schob ihr ein Vergrößerungsglas hin. Erst als Irene es über die monierte Stelle legte, erkannte sie eine winzige Abweichung der Stichfolge an den besagten Stellen.

Aber das würde doch gar kein Kunde merken, lag es ihr schon auf der Zunge zu sagen, als sie Frau Stockhausens warnenden Blick bemerkte. Sie biss sich auf die Lippen. Diese Frau hatte die Macht, über ihr eigenes und damit auch über Fränzels Schicksal zu entscheiden.

Ein Gespräch während ihrer kurzen Mittagspause in der Runde ihrer Kolleginnen, das sie nur mit halbem Ohr mitbekommen und als Tratsch abgetan hatte, fiel ihr wieder ein. »Die Alte wirtschaftet in die eigene Tasche«, hatte eine ältere Näherin behauptet. »Viele Hemden, die sie als Ausschuss bezeichnet, behält sie selbst und verkauft sie unter der Hand.«

Nun hielt Irene das nicht mehr nur für ein böswilliges Gerücht. Sie unterdrückte einen Seufzer, bedankte sich und deutete sogar einen Knicks an, als die Oberaufseherin ihr vierundvierzig Hemden in ihrem Lohnbuch gutschrieb. Sie würde sich eben noch mehr anstrengen müssen.

Wäre Josef doch nur nicht im Gefängnis, wünschte sie sich insgeheim, als sie sich auf den Heimweg machte. Sie hatte ihm tatsächlich als Irene Weber geschrieben und behauptet, wieder als Dienstmädchen zu arbeiten. Sein Antwortbrief, den er an Trude Ludwigs Adresse nach Lambrecht gesandt hatte, brauchte wegen dieses Umwegs fast zwei Wochen, bis er bei ihr eintraf.

Josef sprach ihr Mut zu und behauptete, ihm selbst ginge es

den Umständen entsprechend gut. Doch Irene war niederge-
schlagener gewesen denn je. Aber was nutzte das Klagen! Bis
zu seiner Entlassung würde sie Fränzel und sich selbst eben
allein durchbringen müssen.

Andererseits, hatte sie das nicht immer geschafft? *Liebe
Mutter, beschütze mich und gib mir Kraft.* Seit dem Beginn des
Streiks in Lambrecht hatte Irene sich angewöhnt, an schweren
Tagen diese Art von Stoßgebet an ihre unbekannte Mutter zu
schicken. Denn das Gefühl, dass diese nicht mehr unter den
Lebenden weilte, wurde immer stärker in ihr.

Und trotz der Traurigkeit, die sie jedes Mal dabei befiel,
fühlte sie sich danach immer ein wenig getröstet.

Weingut bei Schweighofen
Juli 1872

Obwohl Franz nur wenig Hoffnung hatte, öffnete er das
Schreiben, das soeben aus Klingenmünster eingetroffen war,
mit klopfendem Herzen. Wieder einmal hatte er den Versuch
unternommen, mit seiner Mutter Pauline in Kontakt zu treten, um doch noch einen brauchbaren Hinweis über Irenes
Verbleib zu erhalten. Rasch überflog er die Zeilen, geschrieben in der korrekt gleichmäßigen Handschrift des Oberarztes Dr. Bertram, mit dem er schon etliche Male korrespondiert
hatte.

Sehr geehrter Herr Gerban,

*sehr gerne hätte ich Ihnen einen positiveren Bescheid gegeben,
doch leider blieb auch mein jüngster Versuch, Ihre Mutter zu einem
Kontakt mit Ihnen zu bewegen, ohne Erfolg. Im Gegenteil, als ich
energischer darauf drängte, hat das sogar eine leichte Nervenkrise
ausgelöst, die zum Glück nach einer Erhöhung der Medikation nur
wenige Tage anhielt.*

Dabei war ich diesmal wirklich außerordentlich optimistisch. Wir haben letzte Woche unser großes Sommerfest gefeiert. Ihre Frau Mutter war maßgeblich an den Vorbereitungen beteiligt, und es wurde ein großer Erfolg.

In der Anstalt hat sie mittlerweile viele Aufgaben übernommen. Sie gibt drei jungen Patientinnen Klavierstunden, was sich sehr günstig auf deren Seelenstörung auswirkt, und leitet unseren Handarbeitszirkel. Letzteren sogar vollständig allein, seit die Lehrerin Fräulein Prieger krankheitsbedingt ausfiel. Sie nimmt regelmäßig an den Malstunden teil und hat sich jetzt sogar noch zum Gärtnern angemeldet. Sie will rund um das Landhaus, das sie mit anderen Patientinnen der ersten Klasse bewohnt, einige Blumenbeete anlegen.

Ich habe deshalb schon mehrmals mit dem Gedanken gespielt, unserem Klinikleiter Dr. Dietrich vorzuschlagen, Ihre Frau Mutter nach Hause zu entlassen. Doch sie wehrt sich mit Händen und Füßen dagegen, wenn Sie mir diesen Ausdruck nachsehen möchten. Und gegen ihren Willen würde eine Entlassung sicherlich schnell zu einem Rückfall führen. Zumal, wenn sie Ihnen und Ihrem Herrn Vater nicht vertraut.

Ich gestehe Ihnen ganz offen, dass der Fall Ihrer Mutter mir inzwischen selbst ein Rätsel ist. Warum Sie und Ihr Vater eine so zentrale Rolle in ihrem, im Alltag nicht erkennbaren, da gut kompensierten Wahnsystem spielen, erschließt sich mir nicht. Doch solche leider oft sehr stabilen Wahnsysteme sind nun einmal nicht mit dem normalen Verstand zu erfassen. Und selbst wir Nervenärzte werden immer wieder mit Phänomenen konfrontiert, die wir niemals für möglich gehalten hätten. Das ist das gleichzeitig Faszinierende und Mühsame an unserem Beruf.

Doch ich schweife ab. Ihrer Mutter geht es (abgesehen von der jüngsten Krisis) seit Beginn des Jahres bei uns so gut, wie es seit ihrer Einlieferung noch nie der Fall war. Sie wirkt zufrieden und ausgeglichen. Ihr Leben ist so erfüllt, wie es in einer Anstalt für

Seelengestörte nur möglich ist. Deshalb möchte ich Abstand davon nehmen, sie mit Medikamenten oder anderen Behandlungsmaßnahmen zu traktieren, nur um der winzigen Hoffnung willen, dass dies ihr Wahnsystem positiv beeinflusst. Die Chance dafür erachte ich nämlich als äußerst gering. Ihre Frau Mutter würde unter den durchaus für Patienten nicht immer angenehmen Methoden womöglich nur unnötig leiden oder sogar wieder kränker werden.

Da ihr Aufenthalt bei uns auch kein finanzielles Problem für Ihren Herrn Vater zu sein scheint, der ja auch die Wärterin Rosa weiterhin gut bezahlt, schlage ich also vor, augenblicklich alles beim Alten zu lassen.

Ich verspreche Ihnen, Ihre Frau Mutter weiterhin intensiv zu beobachten und, sobald ich dazu eine Chance sehe, ohne ihren Gesundheitszustand zu beeinträchtigen, Ihren Wunsch nach einem Besuch erneut zur Sprache zu bringen. In den nächsten Monaten möchte ich nach dieser Krise jedoch erst einmal Abstand davon nehmen. Ich hoffe auf Ihr Verständnis.

Hochachtungsvoll
Ihr sehr ergebener Oberarzt Dr. Klaus Bertram

Franz ließ das Schreiben sinken. Er trank den schal gewordenen Wein aus, der von seinem einsamen Nachtmahl übrig geblieben war, und bemühte sich, Fassung zu bewahren und sich nicht von seiner Verzweiflung über diesen erneuten Fehlschlag überwältigen zu lassen.

Irene! Nun sind es schon fast zwei Jahre, dass sie verschwunden ist. Irgendwo muss sie doch sein! Wie mag es ihr gehen? Leidet sie Hunger? Hat sie Freunde? Vielleicht sogar einen anderen Mann?

Der letzte Gedanke tat ihm wie immer besonders weh.

Frau Burger hat angedeutet, dass die Einlieferung meiner Mutter mit Irenes Verschwinden zusammenhängen könnte. Aber sie weiß nicht mehr oder will mir nicht mehr sagen. Also muss ich noch einmal zu Irenes Freundin Minna nach Schweigen fahren.

Sie weiß zwar auch nicht, wo Irene ist, aber sie weiß, warum sie weggegangen ist. Vielleicht finde ich dadurch endlich einen Anhaltspunkt!

Weißenburg
Ende Juli 1872

Mathilde klappte ihren Sonnenschirm auf, als sie aus dem Landauer stieg, mit dem Riemer sie nach Weißenburg gebracht hatte. Der Tag war sonnig und heiß. Hinter ihr verließ ihre Zofe Klärchen die Kutsche, beladen mit fünf Kleidersäcken, hinter denen ihre kleine Gestalt fast verschwand.

Bevor Mathilde sich auf den kurzen Weg vom zentralen Marktplatz zum Geschäft von Madame Marat, ihrer Schneiderin, machte, drehte sie sich kurz zu Riemer um. »Kehren Sie nach Altenstadt zurück«, wies sie den alten Mann an. »Ich werde ein paar Stunden beschäftigt sein und fahre dann mit meinem Vater zurück. Seien Sie pünktlich um sechs Uhr wieder da!«

Das Glöckchen bimmelte leise, als Mathilde die Tür von Madame Marats Laden öffnete. Zu ihrem Ärger war das Geschäft bis auf eine junge Verkäuferin leer.

»Wo ist die Meisterin?«, fragte Mathilde kurz angebunden ohne einen Gruß.

»Sie sucht im Hinterzimmer ein paar Utensilien für den Besuch einer Kundin zusammen, bei der heute eine Anprobe ansteht«, erklärte die Angestellte verschüchtert. »Ich hole sie rasch herbei!«

Wenig später kehrte sie mit Madame Marat im Schlepptau zurück. Die Schneiderin lächelte dienstbeflissen. Ein weniger egozentrischer Mensch als Mathilde hätte bemerkt, dass ihre Augen nicht mitlächelten. Doch die übersah solche Feinheiten.

»Guten Tag, Fräulein Gerban«, begrüßte die Schneiderin sie. »Was für eine unerwartete Überraschung!«

Wieder überhörte Mathilde die versteckte Kritik, die in Madame Marats Äußerung mitschwang.

»Gut, dass ich Sie noch antreffe.« Mathilde erwiderte auch den Gruß der Meisterin nicht. »Ich bringe Ihnen fünf Sommerroben aus dieser und der vergangenen Saison. Sie sind mir mittlerweile viel zu weit geworden. Ich wollte mit Ihnen besprechen, wie man sie umändern kann.«

Madame Marat verzog bedauernd den Mund. »Ich fürchte, dazu komme ich im Augenblick nicht, Fräulein Gerban. Ich bin auf dem Sprung zu einer Anprobe. Darf Sie vielleicht eine meiner Näherinnen beraten? Ich könnte sie sofort aus der Werkstatt herbeiholen lassen.«

»Das kommt überhaupt nicht infrage«, lehnte Mathilde ab. »Ich möchte mit Ihnen selbst sprechen. Die Anprobe können Sie auch noch später machen.«

Nur einen Lidschlag lang zeigte Madame Marats hageres Gesicht einen verärgerten Ausdruck. Dann hatte sie ihre Mimik wieder unter Kontrolle.

»Ich bedaure unendlich, Fräulein Gerban. Doch diese Anprobe lässt sich keinesfalls verschieben. Es handelt sich um das Hochzeitskleid der Tochter des Kreisdirektors, die morgen heiraten wird. Falls noch letzte Änderungen erforderlich sind, werden wir ohnehin bis Mitternacht arbeiten müssen. Vielleicht«, sie zögerte kurz, entschloss sich dann aber doch dazu fortzufahren, »vielleicht wäre es gut, Sie würden Ihren Besuch in Zukunft vorher ankündigen. Dann wären wir darauf eingestellt.«

»Und wie soll ich das bewerkstelligen?«, schnappte Mathilde. »Soll ich Ihnen demnächst einen Boten senden?«

Madame Marat blieb ungerührt. »Soviel ich weiß, fährt Ihr Kutscher Ihren verehrten Herrn Vater jeden Tag nach Weißenburg. Das Kontor liegt doch gleich hier um die Ecke. Vielleicht wäre es möglich, dass Ihr Bediensteter uns eine kurze Nachricht übermittelt, wann Sie kommen möchten? Dann könnte ich ihm auch gleich Auskunft erteilen, ob es an diesem Tag passt.«

In Mathildes Gesicht arbeitete es. Einen solch rüden Umgang mit ihren Wünschen war sie als Kundin nicht gewohnt. Doch andererseits war Madame Marat in Weißenburg die erste Adresse für schicke Garderobe und hatte zudem seit der Besetzung der Stadt durch die Preußen mehr als genug zu tun. Die nächste vergleichbar renommierte Damenschneiderei gab es erst wieder in Landau.

»Gut. Dann ist daran wohl nichts zu ändern«, lenkte Mathilde schließlich widerwillig ein. »Ich werde Ihnen beim nächsten Mal eine Botschaft durch Riemer zukommen lassen. Aber was machen wir heute? Ich habe meine Kutsche bereits nach Altenstadt zurückgeschickt und kann kaum mit fünf meiner Sommerroben durch die Stadt spazieren.«

»Dann lassen Sie die Kleider doch hier und kommen Sie morgen wieder«, schlug Madame Marat vor. »Vielleicht könnte Ihre Zofe meiner ersten Näherin schon erläutern, welche Änderungen Sie wünschen.«

»Ich darf hinzufügen«, nun verzog sie ihre Lippen wieder zu jenem unechten Lächeln, »dass Ihnen dieses Kleid, das Sie heute tragen, ganz ausgezeichnet zu Gesicht steht. Sie erlauben mir außerdem als Ihrer langjährigen Schneiderin sicher die Bemerkung, dass Ihre Figur durch die schlankere Taille sehr gewonnen hat. Das eröffnet uns in der Mode ganz neue Möglichkeiten.«

In der Tat hatte Mathilde seit dem Eklat mit von Wernitz im Dezember ununterbrochen an Gewicht verloren. Mit ihren Bemühungen, sich beim Essen einzuschränken, hatte sie auch nicht aufgehört, nachdem Franz seinen Plan, das Elsass zu verlassen, wieder aufgegeben hatte.

Ihre Figur war zwar immer noch füllig, aber das entsprach durchaus dem Schönheitsideal für junge Frauen aus dem Großbürgertum, demgemäß schlanke Frauen, die als »mager« galten, eher der Arbeiterschicht zugeordnet wurden. Obwohl niemand je öffentlich darüber sprach, galt eine üppigere Statur zudem als ein Zeichen der Fruchtbarkeit und erhöhte somit die Attraktivität unverheirateter Frauen als Ehekandidatinnen.

Selbst die Dienstboten in Altenstadt, die Mathilde seit vielen Jahren durch ihre barsche Art vor den Kopf stieß, räumten bei ihrem Tratsch über die Herrschaft mittlerweile ein, dass sie sogar regelrecht hübsch geworden war, seit sie so viel abgenommen hatte.

Verschwunden waren Pausbacken und Doppelkinn, die ihrem Gesicht früher im besten Fall das Aussehen eines barocken Cupidos, im schlimmsten das eines Ferkels verliehen hatten. Die dicken Arme und Finger waren schlanker geworden, sodass ihr die Armbänder und Ringe nicht mehr ins Fleisch schnitten.

Zum ersten Mal war eine entfernte Ähnlichkeit mit ihrer Mutter Pauline zu erkennen. Wie Franz hatte auch Mathilde deren hohe Wangenknochen geerbt, was unter dem Fett jahrelang nicht zu erkennen gewesen war.

Jetzt wirkten ihre Züge im Gegenteil zu früher apart, was auch den blassblauen Augen mehr Ausdruckskraft verlieh. Selbst ihr blondes Haar wirkte kräftiger.

Auch Mathildes Modegeschmack hatte sich sehr verändert. Das hellgelbe Musselinkleid, das sie heute mit dem dazu passenden Hütchen und Sonnenschirm trug, wies als Zierrat nur einige zarte Spitzen an Ausschnitt, Ärmeln und der Turnüre auf.

»Das gnädige Fräulein hat sich wirklich ungeheuer zu seinem Vorteil verändert«, betonte Madame Marat ein weiteres

Mal. Ihre Taktik verfehlte die Wirkung nicht. Mathilde lächelte geschmeichelt.

»Ich habe Ihnen nur Roben mitgebracht, die ich auch, wenn sie enger gemacht werden, so nicht mehr tragen will«, erläuterte sie der Schneiderin. »Ich brauche Ihren sachkundigen Rat, wie man die Kleider umändern könnte. Oder ob man die Stoffe zumindest anderweitig verwenden kann. Um Blusen daraus zu fertigen oder im schlimmsten Fall Sonnenschirme. Den überflüssigen Zierrat möchte ich dabei in Zahlung geben.«

Madame Marats Lächeln gefror. »Das kann ich erst nach einer genauen Prüfung beurteilen«, erklärte sie steif. »Vielleicht lässt sich davon noch einiges bei den Umänderungen verwenden oder gar für zukünftige Roben aufbewahren«, lenkte sie ein, als sie Mathildes Stirnrunzeln bemerkte. Sie sah demonstrativ auf die kleine goldene Standuhr auf dem Verkaufstisch.

»Aber nun muss ich mich sputen, Fräulein Gerban. Wie sollen wir verbleiben?«

»Wann kommen Sie voraussichtlich zurück, Madame Marat?«, stellte die eine Gegenfrage.

»Nun, es wird wohl fünf Uhr am Nachmittag werden.«

Mathilde blickte ebenfalls auf die Uhr. Es war jetzt gerade einmal halb drei.

»Gut«, entschied sie dann. »Ich nehme Ihr Angebot an. Meine Zofe wird die Roben mit Ihrer ersten Näherin durchgehen und Änderungsideen entwickeln. Ich komme um fünf Uhr wieder hierher und möchte die Vorschläge dann zumindest mit Ihnen erörtern.«

Madame Marat seufzte vernehmlich. »Sie wissen, wie bedrängt unsere Zeit heute ist, gnädiges Fräulein«, trat sie den geordneten Rückzug an. »Doch für eine so wertvolle Kundin wie Sie will ich sehen, was sich tun lässt.«

Minnas Haus in Schweigen
Ende Juli 1872

»Möchten Sie im Haus eine Tasse Kaffee und ein Stück Kuchen einnehmen, während ich die Fässer auflade, Herr Gerban? Meine Frau hat gerade einen frischen Butterzopf gebacken. Und Kirschmarmelade eingekocht.«

Franz ließ sich seine Erleichterung über die Einladung nicht anmerken und lächelte Minnas Mann Otto freundlich zu. »Den Zopf mit der Marmelade nehme ich sehr gerne. Doch statt Kaffee würde ich bei dieser Hitze lieber ein Glas Wasser trinken.«

»Auch das wird sicher möglich sein«, gab Otto, der als Küfer das Gerban'sche Weingut schon seit vielen Jahren mit Weinfässern belieferte, lächelnd zurück.

»Lassen Sie sich doch von Herrmann helfen«, wies Franz auf den Arbeiter, den er aus Schweighofen mitgebracht hatte. Johann Hager, der Kellermeister, der die Lieferungen in der Regel überwachte, war auf Franz' Geheiß auf dem Weingut geblieben. »Ich muss langsam lernen, auch ohne Sie zurechtzukommen«, hatte Franz seine Entscheidung begründet. »Nicht, weil ich Sie loswerden möchte«, beruhigte er den Kellermeister sofort, als er dessen verstörten Gesichtsausdruck bemerkte, »sondern weil ich immer sicherer in der Leitung des Weinguts werden will, die ja so viele verschiedene Aufgaben umfasst.«

In der Tat hatte er die zehn Eichenfässer, die Otto auf Lager hatte, sorgsam begutachtet und zwei davon nicht erstanden, da sie kleine Fehler aufwiesen. Zum Ausgleich bestellte er fünf kleine Fässer, in denen der Eiswein reifen sollte, den sie im Winter erstmals herstellen wollten.

Zum Glück hatte, noch während Franz überlegte, wie er unauffällig mit Minna in Kontakt kommen könnte, deren Mann schon die Einladung zum Kaffee ausgesprochen.

Wenig später saß er in der tadellos aufgeräumten und geputzten guten Stube am blank gewienerten Tisch und ließ sich den köstlichen Butterzopf schmecken. Soeben betrat Minna den Raum, in der Hand einen bunt bemalten, irdenen Krug.

»Ich habe mir erlaubt, ein wenig Zitronenmelisse ins Wasser zu geben, Herr Gerban. So schmeckt es noch frischer.«

Franz entging nicht, dass Minnas Hand leicht zitterte, als sie ihm etwas in den Becher eingoss, der zum Krug passte. Gläser gab es in diesem bescheidenen Haushalt offenbar nicht.

Er trat die Flucht nach vorn an. »Minna, ich möchte noch einmal mit Ihnen über Irene sprechen!«

Ihr gutmütiges rundes Gesicht versteinerte augenblicklich. »Ich habe Ihnen doch alles gesagt, was ich weiß. Und Irenes Geheimnis kann und darf ich Ihnen nicht verraten.« Sie presste die vollen Lippen zusammen.

»Minna!« Franz' Stimme wurde drängender. »Bitte setzen Sie sich und hören Sie mich an!«

Widerwillig nahm Minna auf einer Stuhlkante Platz.

»Ich war bereits drauf und dran, das Elsass zu verlassen und nach Frankreich zu gehen«, begann er. Minnas Miene zeigte Betroffenheit. »Das weiß kaum jemand, also behalten Sie es bitte für sich. Ein ausschlaggebender Grund für diese Entscheidung war, dass ich nichts über Irenes Verbleib in Erfahrung bringen konnte. Ich hoffte daher, sie in der Ferne und mit einer neuen Beschäftigung, die mich ausfüllen und fordern würde, irgendwann zu vergessen.«

Seine Kehle fühlte sich trocken an. Er nahm einen Schluck Wasser, das in der Tat köstlich schmeckte. »Und genauso ausschlaggebend für meine Entscheidung, am Ende doch hierzubleiben, war eine Mitteilung der Hausdame Burger, die Sie ja kennen«, bog er die Wahrheit ein wenig zurecht.

Minna nickte, ohne etwas zu antworten.

»Frau Burger deutete an, die Einweisung meiner Mutter in

die Irrenanstalt nach Klingenmünster hätte etwas mit Irenes Verschwinden zu tun. Doch meine Mutter weigert sich hartnäckig, mit mir zu sprechen. Sie empfängt seit Monaten keine Besuche der Familie mehr, auch nicht von meinem Vater. Ich kann mir das nur damit erklären, dass sie unter einem ungeheuren Druck stehen muss. Ihr behandelnder Arzt kann damit nichts zu tun haben, denn er hat schon öfters vergeblich versucht, meine Mutter zu einer Kontaktaufnahme mit mir zu überreden.«

Nun wirkte Minna erschrocken, sagte aber immer noch nichts.

»Minna!«, wiederholte Franz eindringlich. »Sie wissen etwas von großer Bedeutung, nicht nur für Irenes Schicksal, sondern auch für das meine und das meiner Mutter. Soll sie ihr ganzes weiteres Leben in dieser Anstalt verbringen müssen, weil Sie mir keinen Hinweis geben wollen, wie das alles miteinander zusammenhängt?«

Minnas innerer Kampf spiegelte sich deutlich auf ihrem Gesicht wider. Schließlich gab sie sich einen Ruck.

»Wo Irene ist, weiß ich wirklich nicht, Herr Gerban«, sagte sie schließlich mit rauer Stimme. »Sie wollte mir schreiben, hat es aber nicht getan, wie ich Ihnen ja schon sagte. Aber ich weiß, dass sie von hier aus nach Landau gefahren ist, wo sie bis ...« Sie stockte und biss sich auf die Lippen.

»Wo sie was?« Franz war Minnas Zögern nicht entgangen.

»Sie wollte dort bis zum Frühling bleiben. Wir haben ihr etwas Geld geliehen, das so lange gereicht hätte«, fing Minna sich wieder. »Dann wollte sie sich Arbeit in einer Fabrik suchen.«

»In einer Fabrik?« *Die Tuchfabriken von Lambrecht liegen Landau am nächsten,* schoss es Franz durch den Kopf.

»Könnte sie nach Lambrecht gegangen sein?«, fragte er nach.

Minna hob ratlos die Schultern. »Ich weiß es nicht, Herr Gerban. Möglich wäre es. Sie kann ja sehr gut nähen. Ich weiß nicht, ob das bei der Tuchherstellung von Nutzen ist.«

»Nun gut. Dort nachzuforschen, ist zumindest einen Versuch wert. Allerdings wurde dort im Frühjahr gestreikt, wie Sie sicherlich aus den Zeitungen wissen.«

Minna nickte wieder.

»Viele Arbeiterinnen und Arbeiter wurden entlassen«, überlegte Franz laut. »Aber da dies der einzige Anhaltspunkt ist, den ich habe, werde ich ihm nachgehen.«

Weißenburg
Ende Juli 1872

Kaum hatte Mathilde das Geschäft Madame Marats verlassen, bereute sie, Riemer nach Altenstadt zurückgeschickt zu haben. Sie spürte, dass sie in der Hitze des Tages bereits zu schwitzen begann.

Im Kontor ihres Vaters gab ihr der Gehilfe die Auskunft, dass Wilhelm Gerban sich gar nicht im Haus befände, sondern gerade einen wichtigen Weißenburger Kunden besuchte. Ihr Lieblingscafé hatte ausgerechnet heute geschlossen.

Fast war sie versucht, zurück in die Schneiderei zu gehen, um Klärchen abzuholen und mit einer Mietdroschke heimzufahren, als sie das rege Treiben auf dem Marktplatz bemerkte. Zwischen den überdachten Ständen war es schattig. Hausfrauen und Dienstmädchen eilten mit gefüllten Körben an ihr vorbei, und offensichtlich wurden nicht nur Lebensmittel, sondern auch Töpferwaren, Gürtel und Schnallen, Borten und Spitzen und billiger Schmuck feilgeboten.

Mathilde, die zuletzt vor einigen Jahren mit ihrer Mutter auf dem Markt gewesen war, beschloss, einen kleinen Bummel zu machen und vielleicht sogar etwas Tand zu erwerben. Sie schlenderte gerade an den Ständen mit Obst und Gemüse vorbei, als sie in ihrem Rücken ein unharmonisches Pfeifen vernahm. Erst als sie genauer hinhörte, erkannte sie in der Melodie die Marseillaise, die französische Nationalhymne. Drei Gassenbuben pfiffen und summten sie laut.

Irritiert bog Mathilde in den nächsten Gang ein und musste zu ihrem Ärger erkennen, dass ihr die Gassenbuben weiterhin folgten. Nun wagte es einer der Bengel sogar, sie am Kleid zu zupfen.

»Was fällt dir ein, Unverschämter?«, fuhr Mathilde zu ihm herum. Der Junge, er mochte vielleicht zwölf Jahre alt sein, grinste und entblößte dabei seine vorstehenden Zähne.

»Seht ihr wohl?«, nuschelte er auf Französisch zu seinen Kameraden, die genau wie er selbst barfuß waren und ausgefranste leinene Kniehosen unter schmuddeligen Kitteln trugen. »Ich habe euch doch gesagt, das ist eine Boche! So eine erkenne ich sofort.«

Mathildes Französischkenntnisse waren zwar trotz der Bemühungen ihrer Mutter Pauline immer recht bescheiden geblieben, aber diese Frechheit verstand sie trotzdem.

»Was fällt euch ein, ihr Bengel?«, schimpfte sie weiter auf Deutsch. »Lasst mich gefälligst in Ruhe!«

Die Jungen pfiffen die Marseillaise stattdessen nur noch lauter und kamen Mathilde so nahe, dass sie befürchtete, ihr zartgelbes Sommerkleid würde schmutzig werden. Sie wich zurück. Jetzt umfassten sich die Jungen sogar an den Händen, umringten sie und tanzten im Kreis um sie herum. Dabei beschränkten sie ihr Gesumme nun auf eine einzige Liedzeile: »Le jour de gloire est arrivé«, johlten sie immer wieder.

Mathilde blickte sich hilfesuchend um. Doch weder die Besitzer der Marktstände noch die Hausfrauen machten Anstalten, ihr zu Hilfe zu eilen. In der Ferne erblickte sie einen

Schutzmann und winkte ihm zu. Doch auch der tat so, als würde er Mathilde nicht sehen.

Erst jetzt fiel ihr ein, was ihr Vater, dem sie damals nur beiläufig zuhörte, kürzlich beim Abendessen erzählt hatte. »Seit Kurzem kommt es in Weißenburg und auch in anderen elsässischen Städten immer wieder zu Belästigungen von Deutschen. Seit die Regierung alle französischen Symbole verboten hat, insbesondere das Hissen der Trikolore oder das Tragen von blau-weiß-roten Kokarden und es bei Zuwiderhandlungen bereits zu Verurteilungen und Geldstrafen kam, macht sich dieses Unwesen mehr und mehr breit.«

Jetzt griffen die Bengel mit ihren schmutzigen Pfoten tatsächlich nach ihrem Rock. Sie zog den Stoff so heftig zurück, dass es hässlich ratschte. Der zarte Musselin wies einen mehrere Zoll langen Riss auf.

»Hilfe! So helft mir doch!«, rief sie nun verzweifelt.

Da wurde der Bengel, der sie am heftigsten bedrängt hatte, plötzlich am Ohr gepackt und zurückgezogen. »Aua!«, schrie er aus Leibeskräften. Seine Kumpane ließen Mathildes Kleid los und gaben Fersengeld.

Mathilde blickte zu ihrem Retter auf, der sie um fast zwei Haupteslängen überragte. Es war ein beleibter Herr in mittleren Jahren, der trotz der Hitze korrekt in einen Anzug mit Weste und Binder und einen hellgrauen Zylinder gekleidet war. Jetzt verpasste er dem Burschen mit der freien Hand eine schallende Ohrfeige und ließ ihn dann los, worauf dieser seinen bereits geflüchteten Komplizen hinterherrannte.

Der Herr zog seinen Zylinder und verbeugte sich vor Mathilde. »Herbert Stockhausen, Tuchfabrikant. Zu Ihren Diensten, gnädiges Fräulein«, stellte er sich vor.

Mathilde antwortete den Tränen nahe: »Ich danke Ihnen von ganzem Herzen, mein Herr. Ich weiß nicht, was in diese Jungen gefahren ist. Ich habe ihnen nichts zuleide getan.«

Der Herr runzelte grimmig die Stirn. »Es sind elsässische Gassenjungen der übelsten Sorte. Selbst in Oggersheim haben wir schon von solchen Attacken gehört. Damit protestieren diese Wackes gegen die deutsche Regierung.«

Mathilde fingerte ihr Spitzentaschentuch aus ihrem Beutel und tupfte sich damit die Augen. »Sie kommen aus Oggersheim?«, hauchte sie.

Der Herr verbeugte sich noch einmal. »Jawohl, Fräulein...?« Er hob fragend die Stimme.

»Gerban! Mein Name ist Mathilde Gerban!« Die Mischung aus Besorgnis und Bewunderung in den Augen Stockhausens entging ihr nicht.

»Nun, Fräulein Gerban. Für eine junge deutsche Frau scheint mir Weißenburg im Augenblick nicht das geeignete Pflaster zu sein, um ganz allein über einen belebten Markt zu schlendern.« Der Tadel in seiner Stimme wurde durch sein Lächeln gemildert. »Wohin darf ich Sie denn nun begleiten?«

»Ich habe meine Zofe bei meiner Schneiderin gelassen«, verteidigte sich Mathilde. »Ich dachte doch nicht, dass mir Derartiges in meiner Heimatstadt widerfahren könnte.«

»Sie stammen selbst aus dem Elsass?«, fragte Stockhausen verdutzt.

»Ich bin zwar hier geboren, aber meine Familie ist deutsch«, beeilte sich Mathilde, ihm zu versichern.

Stockhausens Skepsis wich wieder dem bewundernden Lächeln. »Soll ich Sie zu Ihrer Schneiderin begleiten?«

»Ach nein«, wehrte Mathilde ab. Dort würde sie nur nutzlos herumsitzen, bis Madame Marat eintraf. »Begleiten Sie mich doch ins Kontor meines Vaters!« Sie wies mit der Hand über den Marktplatz. »Das ist gleich dort drüben!« Im Kontor würde sie sich wenigstens hinlegen und sich eine kühle Limonade bestellen können. »Die Weinhandlung Gerban!«, fügte sie noch hinzu.

Stockhausens Blick folgte ihrer Hand und blieb an dem eleganten Firmenschild hängen.

»Nein, was für ein Zufall! Dort wollte ich heute noch vorsprechen. Zum krönenden Abschluss meiner Geschäfte, die mich hierhergeführt haben, habe ich wegen einer größeren Weinlieferung noch eine Verabredung mit Ihrem verehrten Herrn Vater.« Er zückte eine schwere goldene Taschenuhr. »In genau einer halben Stunde, Fräulein Gerban. So lange darf ich dort sicher mit Ihnen auf Ihren Herrn Vater warten.«

Kapitel 19

Irrenanstalt in Klingenmünster
August 1872

»Nun, meine Liebe, dein Spiel hat schon nach wenigen Unterrichtsstunden deutlich gewonnen«, lobte Pauline ihre Klavierschülerin Lisa. Diese war vor ungefähr zwei Monaten in die Anstalt eingeliefert worden und gehörte nach ihrer Entlassung aus der geschlossenen Abteilung seit zwei Wochen zu ihrem Musikzirkel.

»Ich danke Ihnen, Frau Gerban.« Lisa lächelte schüchtern. »Die Musik beruhigt mich sehr. Sie hilft mir, meinen Aufenthalt hier zu ertragen.«

Pauline nickte verständnisvoll. Sie betrachtete Lisa besorgt. Das ungewöhnlich hübsche Mädchen war kaum achtzehn Jahre alt, wie sie wusste, und stammte aus einer reichen Weingutsfamilie in Kirrweiler. Bislang hatte Pauline kein Anzeichen einer Seelenstörung bei Lisa entdeckt, sah man einmal von ihrer Niedergeschlagenheit über ihren Aufenthalt in der Irrenanstalt ab.

»Hat man Sie auch schon mal in eines dieser furchtbaren Dauerbäder gesteckt?«, fragte Lisa nun unvermittelt. Ihre mandelförmigen, fast schwarzen Augen füllten sich mit Tränen.

Pauline legte dem Mädchen eine Hand auf den Arm. »Ja, ich kenne diese Tortur«, bestätigte sie. »Hat Dr. Dietrich sie angeordnet?« Sie wusste, dass auch Lisa, wie ehemals sie selbst, eine Privatpatientin des Klinikleiters war.

Lisa nickte. »Immer wenn ich nach dem Familienrat gefragt

habe.« Sie sprach so leise, dass Pauline glaubte, sich verhört zu haben.

»Nach dem Familienrat? Was meinst du damit?«

Lisa blickte auf. »Nun, ich habe gehört, dass ein Richter über jede Einweisung befinden und der Familienrat einbezogen werden muss. Meine Großmutter und mein Onkel waren dagegen, dass meine Mutter mich hierherbringen ließ. Meine große Schwester auch. Doch immer, wenn ich Dr. Dietrich danach gefragt habe, hat er mich in ein Dauerbad gesteckt und mir diese schrecklichen Medikamente verabreicht. Die machen einen ganz müde und wirr im Kopf.«

Pauline war alarmiert. Ihr Herz begann, schneller zu schlagen. Sollte Dietrich seine Macht als Klinikleiter ausnutzen, um auch andere Patientinnen willkürlich entgegen jeder medizinischen Notwendigkeit zu behandeln? Dass dieser Mensch korrupt war, wusste sie ja aus eigener leidvoller Erfahrung. Doch bislang hatte sie sich für einen Einzelfall gehalten.

»Warum bist du denn hier?«, fragte sie entgegen ihrer sonstigen Zurückhaltung.

Eigentlich vermied sie dieses Thema mit ihren Schülerinnen. Sie wollte die Gründe für die Einweisung lieber gar nicht wissen. Zumal ihr Dr. Bertram dazu geraten hatte, mit den Mitgliedern ihrer Theatergruppe und ihres Musik- und Handarbeitszirkels nicht über deren Diagnosen zu sprechen. »Viele Patientinnen regt es nur auf, danach gefragt zu werden, Frau Gerban. Sie sollen sich ja in Ihren Gruppen entspannen und ihr trauriges Los ein paar Stunden vergessen, um gesünder zu werden, nicht kränker.« Dieses Argument leuchtete Pauline ein.

Obwohl niemand im großen Musiksaal in der Nähe war, blickte Lisa sich furchtsam um. »Der Stallmeister hat mir nachgestellt«, flüsterte sie.

Pauline war schockiert. »Der Stallmeister?«

»Ja, er hat mir jeden Tag regelrecht aufgelauert. Und mich zu küssen und anzufassen versucht. Wenn Sie verstehen, was ich meine.«

Pauline nickte mechanisch. Die Gedanken rasten durch ihren Kopf. »Aber warum bist *du* dann hier? Und dieser Mann nicht schon längst in Gewahrsam?«

Nun senkte Lisa die Stimme noch mehr. »Das liegt an meiner Mutter, Frau Gerban. Sie glaubt mir nicht und hat mich schon immer gehasst.«

»Gehasst? Um Himmels willen! Warum sollte eine Mutter ihre eigene Tochter hassen?«

Unangenehm berührt, dachte sie einen Moment lang daran, dass auch sie ihre Tochter Mathilde nicht mochte. Doch sie verdrängte den Gedanken sofort und konzentrierte sich wieder auf Lisa.

»Mein Vater hat sich scheiden lassen, weil Mutter nie einen Sohn bekam. Das ist der Grund! Nun hasst sie meine ältere Schwester und mich. Aber meine Schwester ist schon längst von zu Hause weg. Sie ist in Hamburg mit einem Reeder verheiratet. Vielleicht weiß sie nicht einmal etwas von meiner Einweisung.«

Pauline stutzte. »Hast du nicht eben gesagt, auch deine Schwester wäre dagegen gewesen?«

Lisa lächelte entschuldigend. »Sie wäre sicher dagegen gewesen, wenn sie es wüsste. Da habe ich mich wohl missverständlich ausgedrückt.«

»Aha!« Pauline nahm das nur beiläufig zur Kenntnis. Sie war immer noch zu sehr mit ihren eigenen Gedanken beschäftigt. »Aber wie kam es denn genau zu deiner Einweisung?«

Lisas Augen füllten sich wieder mit Tränen. »Er hat mir aufgelauert, als ich von einem Ausritt zurückkam.« Wieder blickte sie sich furchtsam um. »Er griff mir von hinten in den Schritt, also zwischen die Beine. Ich versuchte, mich zu befreien, aber er ließ mich nicht los und grabschte auch nach meinen Brüsten. Da geriet ich in Panik und schrie ganz laut um Hilfe. Ich konnte mich gar nicht mehr beruhigen. Meine Mutter rief unseren Hausarzt. Der gab mir etwas zum Schlafen, und am nächsten Tag war ich hier.«

»Und was sagt Dr. Dietrich dazu?«

»Ich habe ihm alles erzählt, aber er glaubt mir auch nicht«, flüsterte Lisa. Sie senkte die Stimme so sehr, dass Pauline ihr Ohr dicht zu ihrem Mund hinabbeugen musste. »Er steckt mit meiner Mutter unter einer Decke. Sie gibt ihm Geld, damit er mich hier wegsperrt.«

Der Kloß, der Paulines Kehle urplötzlich vor lauter Bitterkeit verengte und ihr fast den Atem nahm, überraschte sie selbst. Sie hatte gehofft, sich einigermaßen mit ihrem Schicksal arrangiert zu haben. Zumal Dr. Bertram ihr erzählt hatte, dass Dietrich schon Ende des nächsten Jahres in den Ruhestand gehen und er seine Nachfolge antreten würde. So lange würde sie eben noch durchhalten müssen.

Doch dass Dietrich den gleichen Missbrauch seiner Stellung offensichtlich auch bei diesem jungen Mädchen ausübte, empörte sie bis ins Mark.

»Können Sie mir nicht helfen?« Lisas flehende Frage riss sie aus ihren Gedanken.

»Ich wüsste nicht, wie, mein Kind«, antwortete sie zögernd. Dann kam ihr eine Idee.

»Hast du dich schon einmal Dr. Bertram, dem Oberarzt, anvertraut?«

Ein Ausdruck der Panik trat auf Lisas hübsches Gesicht. »Das darf ich nicht!«, wisperte sie. »Dr. Dietrich hat es mir verboten. Wenn ich Dr. Bertram auch nur ein Sterbenswörtchen sage, werde ich wieder in die geschlossene Abteilung gesperrt und muss jeden Tag viele Stunden ins Dauerbad.«

Paulines Empörung wuchs gleichzeitig mit der Angst um

ihr eigenes Wohlergehen. »Und wie sollte ich dir helfen können?«

»Sie könnten verlangen, dass mein Familienrat einberufen wird. Auf Sie wird man sicherlich hören! Sie gelten unter den Insassen und auch beim Klinikpersonal als Respektsperson.«

Pauline erstarrte zu Eis. Genau dieses Thema musste sie unter allen Umständen vermeiden. Zwar war sie jetzt Bertrams Patientin, aber Dietrich war noch an der Macht und, wie ihr Lisas Schicksal bewies, skrupelloser denn je.

»Ich werde darüber nachdenken«, wich sie Lisa aus. Dann straffte sie sich. »Doch jetzt lass uns noch einmal den Anfang von ›Für Elise‹ spielen. Da gab es noch ein paar Dissonanzen! Das ist auch dein Übungsstück bis zur nächsten Woche!«

Tuchfabrik Reuter in Lambrecht
August 1872

Franz' Hände waren vor Nervosität schweißfeucht, als er aus dem Landauer stieg, den er sich samt dem Kutscher Riemer in Altenstadt ausgeliehen hatte. Der Tag war drückend schwül. Schweißtropfen sammelten sich rasch auf seiner Stirn unter dem steifen Zylinder, als er über den Fabrikhof auf die Eingangshalle zuhinkte.

Plötzlich glaubte er, einen Blick im Nacken zu spüren. Als er sich, auf seinen Gehstock gestützt, umdrehte, erblickte er eine verhärmte, noch junge Frau, deren Oberlippe offensichtlich nach einer Misshandlung angeschwollen war.

»Wo finde ich denn Herrn Reuter?«, sprach er sie an. Die Frau wies zuerst auf die geöffnete doppelflügelige Tür, kam dann aber auf ihn zu.

»Ich zeige Ihnen den Weg«, bot sie an. Ihr schäbiges Kleid mit der vielfach geflickten Schürze wies sie als Fabrikarbeiterin aus. Franz vermutete, dass sie sich ein Trinkgeld verdienen wollte, und beschloss, sich angesichts ihres ärmlichen Aussehens nicht lumpen zu lassen.

Er roch ihren Schweiß, als sie sich an ihm vorbeidrängte und ihn in die Fabrik führte. Dort herrschte zu Franz' Erschrecken ein geradezu ohrenbetäubender Lärm. Zudem stank es nach altem Fett, irgendwelchen Chemikalien und ungewaschener Kleidung.

Oh Gott, hier ist es ja um unendlich vieles schlechter als in der Eisenwarenfabrik der Serges, erkannte Franz sofort. Während er hinter der jungen Frau eine Treppe hinaufstieg, war er erneut froh, dass seine Absage im Winter in Saint-Quentin zu keinem Einbruch der Fabrikproduktion und einer ernsthaften Verstimmung zwischen ihm und den Serges geführt hatte.

Stattdessen teilte ihm Marianne schon nach wenigen Wochen mit, ihr Schwager hätte einen anderen Teilhaber gefunden und sei Franz daher nicht mehr gram über seinen Rückzieher. Sie selbst sei ebenfalls bei ihrem Entschluss geblieben, sich für die Fabrikschule einzusetzen. Aus der nachfolgenden Korrespondenz wusste Franz außerdem, dass die Serges all seine Vorschläge zugunsten der Arbeiter umgesetzt hatten.

Auch wenn Sie nun doch im Elsass geblieben sind, hatten die Maßnahmen, die Sie gefordert haben, Hand und Fuß, François, teilte Marianne ihm mit. *Das hat sich sehr schnell herausgestellt. Wir hatten in diesem Jahr noch keinen einzigen Unfall. Die Kinder lernen in der Schule nun sehr viel besser, seitdem sie vor Schulbeginn nicht mehr arbeiten müssen. Ich selbst unterrichte sie im Lesen und Schreiben, was mir sehr viel Freude bereitet. Einen außergewöhnlich begabten Jungen werden wir sogar in ein Internat schicken, damit er später einmal studieren kann. Wenn sich dies bewährt, fördern wir jedes Jahr auf diese Weise ein Arbeiterkind.*

»Ich hoffe nur, dass Irene nicht hier gearbeitet hat«, murmelte Franz jetzt vor sich hin. Zu seinem Erstaunen zuckte die junge Frau vor ihm zusammen. »Wurden Sie im Krieg verwundet?«, fragte sie ihn schüchtern, als sie vor einer breiten Eichentür Halt machten, deren protzige Schnitzereien so gar nicht zum restlichen Erscheinungsbild der Fabrik passen wollten.

Franz kramte in seiner Tasche nach einem Gulden, während er ihre Frage zerstreut bejahte. So sah er nicht, dass die junge Frau zu einer weiteren Frage ansetzte.

Da wurde die Tür aufgerissen. Ein junger Mann in einem schon etwas abgetragenen Anzug stürzte hinaus. »Schaffen Sie mir Plotzer her! Auf der Stelle!«, rief jemand ihm nach.

Franz zog den Zylinder und klopfte energisch, bevor ihm einfiel, dass er seiner Führerin noch gar kein Trinkgeld gegeben hatte. Als er sich umdrehte, sah er sie jedoch schon hinter dem jungen Mann die Treppe hinablaufen.

»Ja bitte!«, ertönte es jetzt herrisch von innen. Franz holte tief Luft. Das war nun seine dritte Station in Lambrecht. In der Marx'schen Tuchfabrik hatte er niemanden angetroffen, der ihm Auskunft erteilen konnte oder wollte. Bei Botzong war der Fabrikherr »in der Sommerfrische«. Der Verwalter glaubte allerdings, den Namen »Irene Weber« schon einmal gehört zu haben, und verwies Franz diesbezüglich an die Tuchfabrik Reuter.

Mit klopfendem Herzen trat Franz ein. Hinter einem übergroßen Schreibtisch lümmelte sich ein Mann in mittleren Jahren in einem Lehnstuhl aus Leder. Seine Füße in blank geputzten schwarzen Halbschuhen hatte er auf den Schreibtisch gelegt und nahm sie nun rasch herunter, als er an Franz' Äußerem den wohlhabenden Bürger erkannte.

»Mein Name ist Franz Gerban«, stellte der sich vor. »Ich komme aus Weißenburg ...«

»Etwa aus der Weinhandlung Gerban?«, fiel ihm der Fabrikherr, denn in der Kombination mit Weißenburg konnte es sich kaum um jemand anders handeln, ins Wort.

»So ist es«, bestätigte Franz. »Sie sind sicherlich Herr Benjamin Reuter?«, fragte er vorsichtshalber nach.

»Zu Ihren Diensten«, bestätigte Reuter und strich sich eine Strähne seines dünnen blonden Haars über seine Stirnglatze. Er wies auf den Stuhl gegenüber seinem Schreibtisch. »Was verschafft mir denn diese unerwartete Ehre? Meine Weinbestellung habe ich schon im Frühjahr aufgegeben und gestehe freimütig ein, dass Ihre Weine hervorragend sind. Dennoch habe ich aktuell noch keinen Bedarf an Nachschub.«

Franz lächelte entgegenkommend. »Das ist auch nicht der Grund, warum ich Sie aufsuche. Ich wollte mich nach einem unserer ehemaligen Dienstmädchen erkundigen, das hier in Ihrer Fabrik gearbeitet haben soll.«

»Aha!« Reuter wirkte verdutzt. »Und sie heißt ...«

»Irene Weber!«

Ein abfälliger Ausdruck trat in Reuters hellbraune Augen.

»Hat sie etwas gestohlen?«, fragte er zu Franz' Verblüffung.

»Um Gottes willen, nein«, wehrte der ab. »Im Gegenteil ...«

»Dann seien Sie froh, dass Sie sie ohne Schaden losgeworden sind. Was man leider von mir nicht behaupten kann ...«

»Ja, was gibt es denn?«, schnauzte er jemanden in Franz' Rücken an. »Ach, Sie sind es, Plotzer! Später, kommen Sie später wieder! Und schließen Sie die verdammte Tür!«

»Haben Sie auch dauernd Ärger mit Ihrer Buchhaltung?«, wandte er sich dann wieder mit einem aufgesetzten Lächeln an Franz.

»Keineswegs«, antwortete der peinlich berührt. Dann öffnete er die Finger, mit denen er bei Reuters Erwähnung von Irene unwillkürlich den Rand des Zylinders auf seinen Beinen umklammert hatte, und versuchte, sein klopfendes Herz zu ignorieren.

»Also hat Irene Weber bei Ihnen gearbeitet?«, fragte er, so ruhig es ihm möglich war.

»Sie war ein Jahr lang oder etwas mehr in unserer Nopperei beschäftigt. Dann hat sie mit ihrem Mann, mit dem sie wie viele dieser Arbeiterflittchen nicht mal verheiratet ist, einen Streik angezettelt. Sicher haben Sie davon gehört?«

Franz, den diese Nachricht wie ein Schlag traf, nickte mechanisch.

»Ich habe sie hochkant rausgeschmissen«, fuhr Reuter fort. Sein Lächeln wurde jetzt schmierig. »Ihren Kerl haben sie zu einem Jahr Haft verurteilt.«

»Josef Hartmann!« Franz kannte den Namen des Arbeiterführers ebenfalls aus der Zeitung.

»Ja, so heißt dieses subversive Subjekt«, bestätigte ihm Reuter. »Wo die Schlampe hin ist, weiß keiner. Angeblich wollte sie sich nach Aachen wenden. Ich habe ihren Steckbrief an alle dortigen Fabrikherren geschickt. Niemand wird sie dort noch einstellen. Sie wird in der Gosse landen, wenn sie ihren Bankert ernähren will.«

»Ihren Bankert? Irene und Josef Hartmann haben ein Kind?«

»Was weiß ich, ob Hartmann der Vater ist. Es könnte auch jeder andere Arbeiter sein. Sie wissen doch, dieses Volk hat keine Moral!«

Franz war nun, als habe man ihm den Boden unter den Füßen weggezogen. Um das Zittern seiner Hände zu verbergen, steckte er sie unter den Zylinder, der noch immer auf seinem Schoß lag.

»Also, kann ich sonst noch etwas für Sie tun?«, drang Reuters Stimme wie durch einen Nebel in sein Bewusstsein.

»N... nein«, stammelte er innerlich wie gelähmt.

»Dann grüßen Sie Ihren Herrn Vater recht herzlich von mir, Herr Gerban. Im Herbst werde ich sicher wieder eine Bestellung für die Wintersaison aufgeben. Ich plane unter anderem einen großen Ball«, plapperte Reuter. Franz hörte kaum, was er sagte. Er sah nur, dass sich die Lippen seines unsympathischen Gegenübers bewegten.

Reuter stand auf. »Sie sehen ja richtig schockiert aus, Mann! Machen Sie sich doch keine Vorwürfe wegen dieses Dienstmädchens. Manche Menschen sind eben schon von Geburt an verderbt. Daran kann auch der beste Arbeitgeber nichts ändern.«

Unter anderen Umständen hätte Franz eine scharfe Antwort parat gehabt. Doch jetzt stand er nur mit fühllosen Gliedern auf und hoffte, er würde es noch bis zu seiner Kutsche schaffen, ohne vorher zusammenzubrechen.

Er reichte Reuter eine schlaffe Hand zum Abschied. Wie er die Treppe hinunter und über den Hof zum Landauer gekommen war, wusste er später nicht mehr zu sagen.

Auch die junge Frau mit dem misshandelten Gesicht, die ihn im Fabrikhof schüchtern anrief, bemerkte er in seinem namenlosen Schmerz nicht.

Weißnäherei in Oggersheim
September 1872

»Frau Klein! Sie sollen umgehend zu Herrn Stockhausen kommen!«

Irene und ihre Kollegin Martha blickten erstaunt von ihren Verrichtungen auf. Martha schnitt gerade ein Hemd zu, Irene ersetzte eine leere Rolle Maschinengarn.

Beunruhigt wechselten die Frauen einen Blick. Was konnte das nur zu bedeuten haben? Der unbewegten Miene der Botin, sie war das Bürofräulein des Besitzers, war nichts zu entnehmen.

»Was gibt es denn?«, fragte Irene trotzdem.

»Das wird Ihnen der gnädige Herr persönlich erläutern«, antwortete das ältliche Fräulein schnippisch.

Mit klammen Händen folgte Irene ihm durch die Halle mit den Nähmaschinen über den weitläufigen Hof ins Gebäude der Tuchfabrik, in dem Stockhausens Kontor lag. Unterwegs überlegte sie krampfhaft, was geschehen sein könnte.

Hatte man sie am Ende doch als Josef Hartmanns Geliebte erkannt? Sie hatte ihm weiterhin nur unter ihrem echten Namen »Irene Weber« geschrieben und war kein einziges Mal persönlich im Gefängnis erschienen, obwohl ihr das Herz vor Mitgefühl mit dem einsamen Häftling blutete.

Also muss es wohl ein Lambrechter Arbeiter sein, der mich verraten hat. Aber was hätte er davon gehabt, sie anzuzeigen? *Er wäre ja ebenfalls hierhergekommen, um Arbeit zu suchen. Wir wären also Leidensgenossen. Warum sollte er mir daher so etwas antun?*

Oder hatte Reuter selbst sie erkannt und denunziert? *Aber wo sollte er mich gesehen haben?* Zwar führte Herbert Stockhausen immer wieder Besucher voller Stolz durch die Weißnäherei. Aber Reuter war nie dabei gewesen.

Die Frauen hasteten die Treppe hoch. »Beeilen Sie sich, Frau Klein. Herr Stockhausen hat nur wenig Zeit. Er erwartet noch hohen Besuch. Der Bürgermeister persönlich hat sich angekündigt.« Die Unfreundlichkeit des Bürofräuleins bestärkte Irene in ihren schlechten Vorahnungen.

Doch sobald sie mit hängenden Schultern durch die messingbeschlagene Tür des Kontors trat, die ihr das Fräulein aufhielt, erlebte sie eine Überraschung.

Herbert Stockhausen saß neben seiner Tante Ilse an einem kleinen, mit Tee und Gebäck gedeckten Tisch. Er lächelte und stand sogar auf, als Irene näher kam. Jovial reichte er ihr seine fleischige Hand und lud sie ein, Platz zu nehmen. Während seine Tante Ilse Irene unaufgefordert Kaffee einschenkte, lehnte sich Stockhausen zurück und faltete die Hände über seinem runden Bauch.

»Also Sie sind Frau Anna Klein. In der Tat habe ich Sie schon oft in der Weißnäherei gesehen. Doch allein die Beschreibung meiner Tante verschaffte mir noch kein klares Bild darüber, wer Sie sind.«

Irene fiel keine Antwort ein. »Nehmen Sie Milch und Zucker?«, schnarrte Ilse Stockhausen und verhinderte auf diese Weise eine peinliche Schweigepause.

»Sehr gerne, Frau Stockhausen«, flüsterte sie und hielt wenig später die Tasse in ihren zitternden Händen. Trotz ihrer Furcht, etwas zu verschütten, schmeckte ihr der Kaffee köstlich, als sie einen Schluck davon probierte.

»Was ... was ist denn der Grund, gnädiger Herr, dass Sie mich rufen ließen, wenn ich fragen darf«, begann sie schließlich leise, nachdem Stockhausen sie noch immer musterte. *Wie ein Stück Vieh auf dem Markt,* schoss es Irene durch den Kopf.

Auf einmal lachte er schallend und schlug sich mit einer Hand auf den feisten Oberschenkel. »Tante Ilse, du hast mir ja gar nicht gesagt, dass unsere beste Weißnäherin derartig schüchtern ist.«

Irene war völlig perplex. Stockhausens beste Weißnäherin? Zwar schaffte sie mittlerweile in der Tat bis zu siebzig fehlerfreie Hemden in einer Schicht und hatte ihre Fertigkeiten an der Nähmaschine so weit gesteigert, dass sie manchmal sogar Martha, die kaum mehr nachkam, beim Zuschneiden half. Doch bislang war ihr nicht bewusst gewesen, dass keine andere Näherin mit ihr mithalten konnte.

»Also, Frau Klein«, fuhr Stockhausen fort, während er weiterhin über sein ganzes rundes Gesicht strahlte. »Was würden Sie davon halten, zur Vorarbeiterin befördert zu werden?«

»Zur Vorarbeiterin? Ich?« Mehr Worte brachte Irene nicht über die Lippen.

»Meine Tante Ilse hat Sie empfohlen. Sie sind nicht nur fleißig, sondern auch strebsam. Es ist doch wahr, dass Sie schon viele Male länger am Abend geblieben sind, um noch eine Partie Hemden fertigzustellen?«

Irene nickte. In den ersten Wochen hatte sie abends geübt, um ihre Nähte zu verbessern. Danach hatte sie sich immer wieder freiwillig gemeldet, wenn nach Überstunden gefragt wurde, um eine Lieferung fertigzustellen. Sie brauchte das zusätzliche Geld, um Rücklagen für Winterkleidung zu bilden, die sie und Fränzel dringend benötigten.

Bevor sie sich gefasst hatte, sprach Stockhausen auch schon weiter: »Ich beabsichtige, eine neue Abteilung zu eröffnen. Mein größter Zwischenhändler für Manschetten und Kragen wird immer unzuverlässiger. Oft ist die in Heimarbeit gefertigte Ware beschmutzt oder sogar beschädigt und kommt zudem häufig zu spät. Nun möchte ich auch diese Teile hier vor Ort fertigen lassen. Und damit dann jedes Hemd vollständig aus unserer Produktionsstätte kommt, werde ich zwei Spezialmaschinen anschaffen, um zudem noch die Knopflöcher steppen zu können.«

Er zog eine Zigarre aus seiner Jacketttasche und zündete sie an. Dann paffte er mehrmals, während die Frauen einen Hustenreiz unterdrückten.

»Ich will acht neue Arbeiterinnen fürs Zuschneiden und Nähen der Manschetten und Kragen und noch zwei weitere für die Knopflochmaschinen einstellen. Da wir dazu einen eigenen Saal im Nebengebäude unserer Halle beziehen müssen, brauche ich auch eine weitere Aufseherin. Wollen Sie diesen Posten haben?«

Irene fühlte sich wie an dem Tag, an welchem ihr Trude Ludwig in Lambrecht angeboten hatte, als Mieterin bei ihr einzuziehen. Sie konnte ihr Glück kaum fassen. Doch diesmal kam ihre Antwort schneller als damals.

»Natürlich möchte ich das, Herr Stockhausen«, sagte sie mit zitternder Stimme. »Und ich bedanke mich auch recht schön für Ihre Empfehlung, Frau Stockhausen.« Sie deutete eine Verbeugung in Richtung der Oberaufseherin an. »Wann soll es denn losgehen?«

»Nun, ich denke, sobald die Maschinen angeliefert werden. In zwei bis drei Wochen, schätze ich«, antwortete Stockhausen.

Erst als Irene, noch immer innerlich jubelnd, den schlafenden Fränzel von der Hütefrau abholte, fiel ihr ein, dass sie gar nicht nach ihrem Lohn gefragt hatte.

Irrenanstalt in Klingenmünster
September 1872

»Lisa! Was ist denn nur mit dir los?«, fragte Pauline besorgt. »Dieses Stück hast du schon so viele Male tadellos gespielt. Doch heute machst du selbst beim dritten Anlauf lauter Fehler.«

Lisa ließ die Hände auf die Tasten des Klaviers fallen, was eine grelle Dissonanz zur Folge hatte. Sie senkte den Kopf. »Ich kann mich einfach nicht konzentrieren«, murmelte sie. »Sie lassen mir keine Ruhe.«

»Wer? Wer lässt dir keine Ruhe?«

»Die Gedanken in meinem Kopf. Es ist so, als ob sie zu mir sprächen.«

»Hörst du Stimmen, mein Kind?« Pauline war erschrocken.

Nach vielen Monaten in der Anstalt wusste sie, dass akustische Halluzinationen ein Symptom für eine bestimmte Geisteskrankheit waren, die man »Spaltungsirresein« nannte.

Lisa schüttelte heftig den Kopf. »Nein, Stimmen höre ich nicht. Ich ... ich bin nur so verwirrt und durcheinander.«

»Ist etwas Besonderes geschehen?«

Lisa biss sich auf die Lippen.

»Du kannst mir vertrauen. Ich verrate dich nicht«, versicherte ihr Pauline.

Lisa sah auf. »Versprechen Sie mir das? Ich weiß nicht, was er mir sonst antut.«

Pauline erschrak, versuchte aber, sich dies nicht anmerken zu lassen. »Ich verspreche es. Nun sag mir, wer dir etwas antun könnte?«

Lisa schwieg und kämpfte offensichtlich mit sich. Pauline wartete geduldig. Endlich bewegte das Mädchen die Lippen. Pauline las ihm die Worte vom Munde ab, so leise flüsterte es: »Es ist Dr. Dietrich!«

»Der Klinikleiter? Du meinst, er schickt dich wieder auf die geschlossene Station oder ins Dauerbad?«

Eine Träne lief Lisa die rechte Wange hinab. »Ich weiß nicht, was er tut. Vielleicht bringt er mich sogar um.«

Pauline stockte der Atem. Besorgt griff sie an Lisas Stirn. Sie war kühl und zart. An Fieber litt das Mädchen offenbar nicht.

Kurz entschlossen stand sie auf. »Wollen wir einen kleinen Spaziergang durch den Park machen? Es ist ein herrlicher Spätsommertag. Ich könnte dir meine Dahlien zeigen. Sie blühen ganz wunderbar.«

Lisa nickte zögernd. »Nun komm schon!«, drängte Pauline. »Hier drinnen ist es wirklich zu stickig. Die frische Luft wird dich auf andere Gedanken bringen!«

Sie reichte dem Mädchen, das mit schweren Schritten neben

ihr herging, den Arm. Vor der Tür atmete Lisa tief ein. Ihr Blick klärte sich. Sie ließ ihn über die mächtigen Bäume schweifen, deren Laub sich bereits zu verfärben begann.

»Wie schön es hier ist! Wunderschön!« Pauline spürte, dass Lisa sich entspannte. Sie nahmen den Weg zu Paulines Blumenbeeten, die sie im Sommer angelegt hatte.

Liebevoll tätschelte sie Lisas Arm, als sie plötzlich stutzte. Der spitzenbesetzte Ärmel des weißen Kleides, das das Mädchen trug, hatte sich verschoben. Ihr rechtes Handgelenk wies kaum verschorfte Kratzer auf.

»Um Gottes willen, Lisa! Wo hast du dich denn so schlimm verletzt?«

Lisas Blick verfinsterte sich wieder. Wie zuvor im Musiksaal sah sie sich nach allen Seiten um.

»Das war er! Er hat das getan! Als er mich festhielt, habe ich mich gewehrt!«

Pauline war zutiefst entsetzt. Blitzschnell dachte sie nach. Weibliche Patienten wurden in der Regel von Wärterinnen betreut. Nur in Ausnahmefällen mussten männliche Pfleger helfen, zum Beispiel, wenn die Frauen einen Tobsuchtsanfall bekamen. Doch wäre das bei Lisa der Fall gewesen, hätte man sie schon längst wieder auf die geschlossene Station gebracht. Sie konnte sich keinen Reim auf Lisas Aussage machen.

»Wer hat dich festgehalten? Und warum?«

Wieder sah sich Lisa nach allen Seiten um. Dann bückte sie sich, pflückte die große Blüte einer Dahlie ab und hielt sie sich vors Gesicht, als würde sie daran riechen. »Dr. Dietrich war es«, flüsterte sie Pauline durch die Blume hindurch zu.

»Dr. Diet…?«

»Pscht«, zischte Lisa. »Wenn er uns hört, bringt er womöglich uns beide um!«

Pauline spürte ihre Knie weich werden. Sie lenkte Lisa zu einer nahen Parkbank. Dort atmete sie erst einmal tief durch.

Als ihr Puls etwas ruhiger geworden war, fasste sie nach Lisas Hand. »Nun erzähle mir, was geschehen ist.«

Lisa druckste herum. »Es ist so peinlich«, rang sie sich schließlich ab.

Verständnislos starrte Pauline das junge Mädchen an. »Was ist so peinlich? Wollte er dich untersuchen, und das war dir unangenehm? Aber bei unverheirateten jungen Frauen und Mädchen ist doch immer eine Wärterin dabei!«

»Er hat sie weggeschickt.« Diesmal sprach Lisa klar und deutlich.

»Weggeschickt? Obwohl er dich untersuchen wollte?«

Lisa nickte. »Ja! Und dann hat er mir befohlen, mich ganz nackt auszuziehen.«

Pauline fehlten die Worte. Ein schrecklicher Verdacht keimte in ihr auf.

»Wo? Wo hat Dr. Dietrich dich untersucht?«

»Am ganzen Körper«, antwortete Lisa nun, ohne zu zögern. »Er hat gesagt, er muss sich davon überzeugen, dass ich keine dieser ekligen Krankheiten habe. Sie wissen schon, diese Krankheiten, die sich Männer bei schlechten Frauen holen.«

»Die Syphilis?«, entfuhr es Pauline unwillkürlich.

»Ja, ich glaube, so heißt das. Ich musste sogar die Beine ganz auseinander machen. Und dann ...«, sie stockte, »dann hat er was ganz Schlimmes getan.«

»Was ganz Schlimmes«, echote Pauline. Sie fühlte sich wie betäubt. Hatte Dr. Dietrich dieses junge hübsche Mädchen etwa missbraucht?

»Ich habe mich gewehrt, weil es so wehtat. Da hat er mich an den Handgelenken festgehalten. Ich habe versucht, mich aus seinem Griff zu winden. Er hatte so scharfe Manschettenknöpfe, solche mit vorstehenden blauen Steinen. Daran habe ich mich gekratzt. Schauen Sie her!«

Lisa zog nun beide Ärmel hoch. Auch ihr linkes Handgelenk war völlig verschorft. Pauline kannte Dr. Dietrichs Manschettenknöpfe. Die blauen Steine waren mit seinen Initialen aus Diamantsplittern besetzte Lapislazuli. Dietrich trug den Schmuck oft und gern.

»An den Oberschenkeln habe ich lauter blaue Flecken«, flüsterte Lisa jetzt.

Pauline ballte die Hände zu Fäusten. »Du meinst... du meinst...«, die Worte kamen ihr kaum über die Lippen, »Dr. Dietrich hat dir Gewalt angetan?«

Lisa nickte fast unmerklich. Ihre mandelförmigen Augen schimmerten wieder feucht. »Jetzt bekomme ich nie mehr einen guten Ehemann. Denn das darf man doch erst machen, wenn man verheiratet ist.«

Spontan nahm Pauline das zitternde Mädchen in die Arme. »Danke, dass du dich mir anvertraut hast«, flüsterte sie ihr ins Ohr. »Ich werde dir helfen. Ich weiß noch nicht, wie, aber dieser Mann darf dir nie wieder etwas tun.«

Kapitel 20

Weinkontor in Weißenburg
Ende Oktober 1872

Wilhelm Gerban war überrascht, als er den Messingklopfer an der Eingangstür zum Kontor hörte. Er griff zu seiner Taschenuhr. Riemer konnte es noch nicht sein, um ihn abzuholen. Der Kutscher war auf die Minute pünktlich und würde erst in etwa zwanzig Minuten eintreffen. Zudem erwartete Gerban ihn in der Regel bereits vor der Tür.

Vielleicht hat Harborg etwas vergessen. Seinen Schirm oder sein Zigarrenetui? Suchend sah Wilhelm sich um, während er aufstand. Seinen Gehilfen hatte er schon längst nach Hause entlassen wie an jedem Tag, an dem er Harborg, den Vertreter des Berliner Bankhauses Quistorp, empfing. Er wollte keinerlei unnötige Aufmerksamkeit auf diese Transaktionen lenken.

Zu seinem Glück interessierte sich Franz nur mäßig für die Buchhaltung. Zwar ließ er sich die Geschäftsbücher an jedem Monatsende vorlegen, aber Wilhelm sorgte natürlich dafür, dass seinem Sohn keine Unregelmäßigkeiten auffielen. Und sobald seine Investitionen die erwünschten Gewinne erbracht hätten, würden die aufgeführten Vermögenswerte ja auch tatsächlich wieder mit real vorhandenem Geld hinterlegt sein. Nur er, Wilhelm, wäre dann endlich finanziell unabhängig.

Noch heute liefen ihm Schauer über den Rücken, wenn er sich vorstellte, dass ihm Pauline die Gewalt über ihr Vermögen all die Jahre, die er sich in Sicherheit wähnte, jederzeit hätte entziehen können. Zumal seine Gattin ihm in den dreißig Jahren ihrer Ehe immer freie Hand gelassen und sich nie in die Geschäfte eingemischt hatte. Deshalb war ihm erst durch jene Szene in der Bibliothek Ende September 1870 klar geworden, auf welch dünnem Eis er sich bis dahin bewegt und wie sehr er Pauline unterschätzt hatte.

Bis zu jenem Gespräch hatte er sich sicher gefühlt und zudem einen genialen Plan in der Hinterhand gehabt. Der bestand anfangs nur aus der Idee, Paulines Laudanum-Sucht auszunutzen, um sie für ein paar Wochen in Klingenmünster einweisen zu lassen, sofern sie sich weiterhin für Franz' Kind einsetzen würde. Aber da es der Familie selbstredend nicht zur Ehre gereichte, wenn sich eines ihrer Mitglieder in einer Irrenanstalt befand, sollte sie nur so lange dort bleiben, bis er Irene zur Abtreibung gebracht und aus Weißenburg entfernt hatte. Er hatte gehofft, dass Pauline dies dann Warnung genug sein würde, um sich ihm und seinen Plänen in Zukunft nicht mehr entgegenzustellen.

Selbst als sie ihm auf die Schliche gekommen war und entdeckt hatte, dass Irene seine Tochter war, die er im Weißenburger Kontor festhielt, war ihm noch nicht bewusst, wie brisant die Situation wirklich für ihn war. Er hatte sich lediglich dazu beglückwünscht, vorgesorgt zu haben, und spontan beschlossen, Paulines Einweisung noch am selben Abend zu inszenieren. Dann wollte er weitersehen.

Doch als seine Frau ihm dann die Ungeheuerlichkeiten enthüllte, die er nicht im Traum für möglich gehalten hätte, war ihm blitzschnell klar geworden, dass sie die Anstalt nie mehr verlassen dürfte und die Wahrheit als Ausgeburt ihres Wahns betrachtet werden müsste. Zum Glück hatten ihm zwei Faktoren dabei in die Hände gespielt:

Pauline hatte sich selbst nach ihrer Einweisung in Gegenwart des Klinikleiters aus lauter Wut auf ihn wie eine Rasende gebärdet, sodass sie dem Arzt tatsächlich verrückt erschien. Und

Dr. Dietrich war zudem bestechlich. Dietrich stellte keine Fragen, als Wilhelm ihm anbot, ihn mit einer monatlichen Zuwendung zu bedenken, wenn er dafür sorgte, dass Pauline weder die illegalen Umstände ihres dauerhaften Verbleibs in der Anstalt ohne Familienrat und richterliche Anhörung infrage stellen noch jemals ein Gespräch mit seinem Sohn Franz in klarer geistiger Verfassung führen würde.

Unter diesen Voraussetzungen war Wilhelm als ihr Ehemann nämlich ihr Vormund, und Pauline konnte ihre Drohungen bezüglich des Vermögens nicht wahr machen, die sie ihm an jenem Abend in der Bibliothek angedroht hatte.

Doch seine Ruhe war nicht von Dauer gewesen. Schon ein Jahr später war ihm seine Abhängigkeit ein zweites Mal schmerzlich bewusst geworden. Obwohl er seinen Sohn Franz immer für einen Rebellen mit außergewöhnlichen Ansichten und Ideen gehalten hatte, war ihm dennoch niemals in den Sinn gekommen, dass Franz die irrsinnige Idee entwickeln könnte, sein Vermögen in jene Eisenwarenfabrik in Saint-Quentin zu investieren, anstatt es im Weingeschäft zu belassen. Aus dieser misslichen Situation hatte ihn nur der glückliche Umstand gerettet, dass Franz seine bayerische Staatsbürgerschaft nicht mehr rückgängig machen konnte.

In eine vergleichbare Lage wollte er nun wahrlich nie wieder geraten. Niemand wusste, dass er die schon für Franz' Auszahlung seines Vermögensanteils bestimmten Kredite nicht storniert, sondern für seine heimlichen Investitionen benutzt hatte.

Und in der Tat ließen sich diese Geschäfte bislang ganz prächtig an. Der Wert der von ihm erworbenen Aktien hatte sich durch die Kursgewinne bereits verdoppelt. Auch die Dividende war mit fünfzehn Prozent nahezu gigantisch ausgefallen. Daher hatte Wilhelm alle Ausschüttungen und sogar die Barreserven der Weinhandlung auf Anraten des Quistorper Bankvertreters bis auf einen Notgroschen von zehntausend Gulden

heute nochmals in weitere Wertpapiere investiert. In Pfandbriefe, die nach Auskunft des Berliner Bankagenten binnen
Jahresfrist ihren Wert vervielfachen würden und durch Berliner Immobilien abgedeckt waren. In der Hauptstadt entstand
gerade ein Prachtbau nach dem anderen.

Noch ein weiteres Risiko war er daher leichten Herzens
eingegangen. Die Wertpapiere hatte er aus den vorhandenen
Mitteln nur zu zwei Dritteln bezahlen können. Aber das sei
gar kein Problem, hatte ihm der Quistorper versichert. Da die
Kurse ständig weiter steigen würden, könnte Wilhelm die fehlende Summe leicht im nächsten Jahr aus den Kursgewinnen
begleichen. Und trotzdem noch ein erkleckliches Sümmchen
übrig behalten.

Natürlich konnte er diese jüngsten Investitionen aus den Bar-
mitteln der Firma nicht ohne Franz' Zustimmung leisten. Deshalb hatte er seinem Sohn vorgegaukelt, es würde sich dabei um
eine sehr konservative Anlage handeln, die das eingesetzte Kapital nicht antasten würde. Trotzdem war Franz zunächst misstrauisch gewesen und hatte ihm seine Zustimmung schließlich
nur widerwillig erteilt, nachdem ihm sein Vater versicherte, die
reduzierten Barreserven würden ja durch die bevorstehenden
Verkäufe des neuen Jahrgangs rasch wieder aufgefüllt werden.

Doch diese taktischen Winkelzüge um das Geld, das er, obwohl es aus Paulines Vermögen stammte, immer als sein eigenes
betrachtet hatte, war er nun gründlich satt. *Aber es dauert ja nicht
mehr lange,* sinnierte er, während er weiter nach einem Gegenstand suchte, den der Vertreter vergessen haben könnte. *Nur
noch ein, zwei Jahre, dann bin ich reicher als Franz.*

Ohne etwas gefunden zu haben, öffnete er schließlich die
Tür. Zu seinem Erstaunen stand nicht Harborg davor, sondern
ein ihm gänzlich unbekannter Mann.

Wilhelm bemühte sich, seinen Unmut nicht zu zeigen. Vor
einigen Monaten hatte er ein Ladengeschäft in Weißenburg er-

öffnet, in dem kleinere Kunden die billigeren Fassweine direkt erstehen und Bestellungen für die in Glasflaschen abgefüllten Spitzenweine abgeben konnten. Wie die Läden in Hagenau und Landau wurde auch das Weißenburger Geschäft von den Kunden gut angenommen. Es hatte bis acht Uhr abends geöffnet. Jetzt war es Viertel vor sechs.

»Guten Abend, mein Herr«, grüßte Gerban steif. »Das Kontor hat leider bereits geschlossen. Aber wenn Sie sich nur zwei Straßen weiter bemühen möchten, können Sie noch Wein in unserem Ladengeschäft erstehen.«

Der fremde Mann zog seinen Hut und verbeugte sich leicht. »Guten Abend, Herr Gerban. Mein Name ist Konrad Ahrens. Ich leite die örtliche Polizeidienststelle. Ein oder zwei Ihrer wunderbaren Weine habe ich in den wenigen Wochen, seitdem ich meinen Dienst in Weißenburg antrat, bereits gekostet. Doch heute führt mich eine sehr persönliche Angelegenheit zu Ihnen. Darf ich kurz eintreten?«

Verblüfft trat Wilhelm zur Seite und ließ Ahrens ein. Er hatte bereits von der Neubesetzung gehört, den Mann aber noch nicht kennengelernt.

Er ging ihm voraus in sein Büro und wies auf einen Platz am Besuchertisch. »Darf ich Ihnen etwas anbieten?«, fragte er gewohnheitsmäßig.

Ahrens schüttelte den Kopf. »Ich befinde mich noch im Dienst«, antwortete er zu Gerbans erneuter Verblüffung.

»Aha.« Wilhelm wartete. Er konnte sich beim besten Willen nicht vorstellen, was einen Polizeibeamten zu dieser Stunde in sein Kontor führen könnte. Die gepanschten Weine jedenfalls nicht. Seit Franz dies entdeckt und aufs Schärfste dagegen protestiert hatte, war seit dem Sommer nur noch einwandfreie Ware an die Garnisonen geliefert worden.

»Ähm.« Ahrens räusperte sich. »Es geht um Ihre werte Schwägerin, Frau Ottilie Gerban.«

»Ottilie?« Jetzt war Wilhelm fassungslos. »Hat sie sich etwas zuschulden kommen lassen?« Das war für ihn die naheliegende Erklärung.

»Das können Sie besser beurteilen als ich«, antwortete Ahrens zu Wilhelms fortgesetztem Erstaunen. Der verlor nun die Geduld.

»Also sagen Sie mir bitte, worum es sich handelt!«

»Ihre Schwägerin hat eine Anzeige erstattet. Gegen Ihren Sohn Franz Gerban.«

»Was hat sie getan?« Wilhelm traute seinen Ohren nicht.

Ahrens zog ein Papier aus der Tasche und überflog es kurz. »Sofern mein Beamter alles richtig aufgenommen hat, behauptet Ihre werte Schwägerin, Ihr Sohn Franz sei gar kein Deutscher, sondern in Wahrheit Franzose. Er habe als Zivilist gegen unsere Truppen gekämpft, was nach wie vor ein Straftatbestand wäre, und dabei sogar ein Bein verloren. Darüber hinaus sei er für den Tod ihres Sohnes Fritz verantwortlich, den er beim Kampf um Schloss Geisberg persönlich erschossen habe. Ich habe bereits einige Nachforschungen angestellt, und die Vorwürfe scheinen mir doch, ähm, etwas weit hergeholt zu sein, wenn ich mich so ausdrücken darf. Da erschien mir ein persönlicher Besuch bei Ihnen angebrachter zu sein als ...« Er ließ den Rest des Satzes offen.

Wilhelm holte tief Luft und versuchte, sich zu beruhigen. Wie immer, wenn er sich in jüngster Zeit aufregte, spürte er wieder den stechenden Schmerz in seinem Schädel. Dagegen half in der Regel ein guter Obstbrand.

Um Zeit zu gewinnen, stand er auf, stellte zwei kleine Schnapsgläser auf den Besuchertisch und füllte sie mit einer goldgelben Flüssigkeit. »Unser bester Mirabellenbrand seit Langem«, betonte er. »Die Ernte im August war sehr reichhaltig. Dieser Brand hier wurde gerade erst abgefüllt und ist noch nicht einmal im Handel.« Er hob sein Glas und stürzte das fruchtig scharfe Getränk in einem Zug hinunter. Dann schenkte er sich nach, während Ahrens sein eigenes Glas nicht anrührte.

»Ich danke Ihnen auf jeden Fall sehr, dass Sie gekommen sind«, begann Gerban bedächtig. »Sie tun recht daran, dieser Anzeige meiner Schwägerin nicht zu trauen.«

Ahrens nickte. »Ich habe mich selbst darüber sachkundig gemacht, dass Ihr Sohn bayerischer Staatsbürger ist...«

»... und es immer war«, fiel ihm Gerban ins Wort.

»Selbstverständlich«, beeilte sich Ahrens, Wilhelms Aussage zu bestätigen.

»Sind Sie sich über die Motive meiner Schwägerin für diese Anzeige im Klaren?« Gerban trat die Flucht nach vorn an.

Ahrens schüttelte den Kopf. »Ich weiß nur, dass Fritz Gerban als Offizier der Liegnitzer Königsgrenadiere tatsächlich vor Schloss Geisberg gefallen ist. In den Listen der Weißenburger Garnison ist Ihr Sohn Franz jedoch nicht als Soldat aufgeführt. Es ist zwar bekannt, dass auch Zivilisten bei der Verteidigung Weißenburgs mitkämpften. Doch wer genau das gewesen ist, wird natürlich verschwiegen, und amtliche Zeugnisse gibt es darüber nicht.«

»So ist es!« Gerban erkannte seine Chance sofort und ergriff sie beim Schopf. »Genau das weiß meine Schwägerin leider auch.«

Er goss sich noch einen Mirabellenschnaps ein und kippte ihn hinunter. Aus dem stechenden Kopfschmerz wurde langsam ein leises Pochen.

»Seit Fritz gefallen ist, ist Ottilie leider seelisch vollkommen aus dem Gleichgewicht geraten, Herr Ahrens. Fritz war ihr einziger Sohn.«

»Auch mein eigener Sohn zählt zu den Kriegsopfern«, fuhr Gerban fort. »Er wurde tatsächlich als Zivilist verwundet, als er kurz nach der Schlacht bei Fröschweiler-Wörth auf einen explodierenden Blindgänger trat. Es grenzt an ein Wunder, dass er nur sein linkes Bein verlor. Er war auf dem Weg zu unserer Filiale in Hagenau«, benutzte Wilhelm Franz' eigene damalige Ausrede, zu der dieser nach seiner Flucht aus Weißenburg nach Fröschweiler gegriffen hatte, als er in eine Kontrolle deutscher Soldaten geraten war. »Ottilie hat das nie geglaubt, neidet uns aber, dass Franz den Krieg überlebt hat.«

Ahrens nickte verständnisvoll. »Viele Eltern, die ihre Söhne verloren haben, reagieren verbittert gegenüber den Überlebenden. Das hört man allerorten. Meine eigenen Söhne waren zum Glück noch zu jung, um eingezogen zu werden. Und selbst das trägt uns ab und an abfällige Reaktionen ein. Doch aus Missgunst eine solche Anzeige zu erstatten ist unerhört.«

»Da stimme ich Ihnen vollkommen zu, Herr Ahrens. Allerdings gibt es auch noch ein weiteres Motiv«, erklärte Gerban. »Ich habe meinen Bruder unlängst zugunsten meines jetzt volljährigen Sohnes von der Leitung unseres Weinguts in Schweighofen entbunden. Auch das hat seine Frau Ottilie nur schwer verkraftet.«

Ahrens lächelte erleichtert. »Dann ist ja alles so weit geklärt. Ich werde die Anzeige als unbegründet verwerfen und gar nicht erst an die Staatsanwaltschaft weiterleiten.« Er stutzte. »Oder wünschen Sie eine Gegenanzeige wegen übler Nachrede?«

Gerban schüttelte den Kopf. »Am besten halten wir meinen Sohn Franz ganz aus dieser Sache heraus. Denn nur er könnte eine solche Anzeige erstatten. Und der Familienfrieden wäre dann ... Sie verstehen, was ich meine. Ich kläre die Angelegenheit mit der Beteiligten daher lieber diskret.«

Der Messingklopfer ertönte wieder. Das musste Riemer sein, der vergeblich auf seinen Dienstherrn gewartet hatte. Tatsächlich war es bereits zehn Minuten über der verabredeten Zeit.

»Mein Kutscher ist da«, erklärte Gerban. »Ich muss jetzt nach Hause fahren, sonst komme ich zu spät zum Nachtmahl. War dies auch Ihr letzter Gang für heute?«

Ahrens nickte.

»Dann tun Sie mir den Gefallen und kosten Sie diesen Mirabellenbrand. Er ist zu schade, um ihn wegzuschütten.«

Diesmal ließ sich Ahrens nicht lange bitten.

Schnaubend vor Wut stürmte Wilhelm eine halbe Stunde später im Altenstädter Herrenhaus in Ottilies Salon, ohne auch nur vorher anzuklopfen. Die Wirkung des Mirabellenbrands begann bereits zu verfliegen. Der stechende Schmerz kehrte zurück und war nicht dazu angetan, seine Laune zu heben.

Ottilie, die sich allein im Salon befand, schrie vor Schreck auf. Mit ausgestreckten Armen ging Gerban auf sie zu, packte sie an beiden Schultern, zog sie vom Sofa hoch und schüttelte sie so fest, dass sich ihr Haarknoten löste und ihre dünnen, zunehmend grauen Strähnen auf die Schultern fielen.

»Du elendes Luder«, zischte er. »Du Saumensch!« Er hob eine Hand wie zum Schlag. Ottilie schrie erneut auf.

Sofort erschien ihr Dienstmädchen Gitta in der Tür und starrte erschrocken auf die Szene. »Hau ab!«, schrie Gerban. Gitta ließ sich das nicht zweimal sagen und huschte davon.

»Du missgünstiges Weib!«, knurrte Wilhelm. Dann stieß er Ottilie zurück auf das Sofa. Die brach in Tränen aus.

In diesem Moment kam sein Bruder Gregor herein. Wahrscheinlich hatte ihn Gitta zu Hilfe gerufen.

»Was um alles in der Welt ist hier los? Bist du verrückt geworden, Wilhelm?«

»Verrückt ist dieses hinterlistige Weib!« Wilhelm wies mit ausgestrecktem Arm auf Ottilie. In knappen Worten unterrichtete er Gregor über die Anzeige.

Auch der wurde nun wütend auf seine Frau. »Ich habe dich tausendmal vor so einem Unfug gewarnt«, fuhr er sie an, wohl auch im Bemühen, Wilhelm zu beweisen, dass er nichts mit der Sache zu tun hatte.

Während Ottilie weiter schluchzte, legte Gregor seinem Bruder begütigend die Hand auf den Arm. »Verzeih ihr noch einmal, Wilhelm«, bat er. »Sie ist seit Fritz' Tod nicht mehr ganz bei sich.«

»Dann wüsste ich einen angemessenen Ort für sie«, konterte Gerban. Mit Genugtuung bemerkte er, dass sowohl Gregor als auch Ottilie zusammenzuckten. »In der Klingenmünsterer Anstalt gibt es sicher noch Plätze für Erste-Klasse-Patientinnen, die *nicht mehr ganz bei sich sind*«, wiederholte er verächtlich Gregors letzte Worte.

»Die Alternative, vor die ich dich stelle, Bruder, wenn so etwas Ähnliches noch ein einziges Mal vorkommt, ist die Scheidung von dieser Xanthippe. Eine der beiden Lösungen wird umgesetzt, wenn sich dein Weib noch einmal erfrecht, mir meine jahrzehntelangen Wohltaten mit Hinterlist, Zank und Neid zu vergelten. Das lasst euch beiden gesagt sein.«

Damit stürmte er hinaus und warf die schwere Tür mit einem Knall hinter sich zu.

Irrenanstalt in Klingenmünster
Ende Oktober 1872

Zögernd klopfte Pauline an die Tür des Sprechzimmers von Dr. Bertram. Ihre halbherzige Hoffnung, er sei vielleicht gar nicht da und sie würde dieses unangenehme Gespräch zumindest heute noch einmal vermeiden können, erfüllte sich nicht. Ein kräftiges »Herein!« lud sie zum Eintreten ein.

Ihre Hand, mit der sie die Klinke herunterdrückte, war feucht vor Aufregung. Nach Lisas Enthüllungen über Dr. Dietrich hatte sie nahezu ununterbrochen darüber nachgedacht, wie sie dem Mädchen helfen könnte. Außerdem hatte sie rasch erkannt, dass eine Überführung Dietrichs wohl seinen vorzeitigen Rückzug aus der Klinikleitung zur Folge haben würde. Das gäbe ihr die Möglichkeit, sofort entlassen zu werden, sofern Bertram tatsächlich seine Nachfolge antrat.

Dieser Gedanke war sehr verlockend. Andererseits war sich Pauline auch des immensen Risikos bewusst, wenn die Sache fehlschlug. Dietrich würde nicht zögern, ihr alle mühsam erworbenen Privilegien zu entziehen, und sie wahrscheinlich sogar wieder in der Verwahrstation einsperren lassen. Dort würde sie nicht einmal auf Rosas Hilfe als Wärterin zurückgreifen können.

Wie groß diese Gefahr war, bewies ihr Lisas erneute vierwöchige Einweisung in die »Geschlossene«, wie die Patienten die Station nannten. Dietrich hatte sie genau an dem Tag angeordnet, an dem er Lisa nach der Klavierstunde, bei der sie sich Pauline anvertraut hatte, das nächste Mal untersuchte. Das Mädchen hatte Pauline erzählt, dass er sie jeden Dienstag in sein Sprechzimmer bestellte.

Abgemagert und die Hände noch vom letzten Dauerbad aufgequollen, war Lisa erst vor vier Tagen wieder im Speisesaal der Erste-Klasse-Patienten aufgetaucht. Dort nahm auch Pauline mittlerweile ihr Mittagessen ein, um ihrer zwar komfortablen, aber einsamen Wohnung noch häufiger entfliehen zu können.

Es war ihr nur kurz gelungen, die völlig verstört wirkende Lisa zu sprechen. »Ja, er hat es wieder getan!«, bestätigte das Mädchen zu Paulines Entsetzen. »Und als ich geschrien habe, wurde ich sofort in die Geschlossene gebracht.«

Geistesgegenwärtig hatte Pauline noch gefragt, ob Lisa weiterhin dienstags von Dietrich untersucht werden würde, was diese bestätigt hatte. Dann war das Mädchen nach ängstlichen Blicken über die Schulter davongehuscht.

Seither überlegte Pauline buchstäblich Tag und Nacht, wie man zwei Fliegen mit einer Klappe schlagen könnte: Lisa zu helfen und die Machenschaften Dietrichs zu entlarven. Schließlich war der einzige Weg, der ihr erfolgversprechend erschienen war, den Oberarzt Klaus Bertram ins Vertrauen zu ziehen. Allerdings wollte sie sich vorsichtig an das Thema herantasten, um erst einmal in Erfahrung zu bringen, ob sie ihn überhaupt als Verbündeten gewinnen könnte.

»Guten Tag, Herr Dr. Bertram. Ich muss dringend mit Ihnen sprechen«, begann sie nun ihre sorgfältig vorbereitete Rede. »Haben Sie einen Moment für mich Zeit?«

Bertram sah überrascht auf. »Was gibt es denn, liebe Frau Gerban?« Sein Blick wurde besorgt. »Geht es Ihnen nicht gut?«

»Doch, doch«, versicherte ihm Pauline. »Ich fühle mich nach wie vor ausgezeichnet. Es geht um eine meiner ehemaligen Klavierschülerinnen. Um sie mache ich mir Sorgen.«

»Sie meinen sicherlich Fräulein Lisa Wolter«, traf Bertram zu Paulines Überraschung sofort ins Schwarze.

»Woher wissen Sie das?«, fragte sie verblüfft.

»Nun, das junge Mädchen ist sehr, sehr krank«, antwortete Bertram. »Sie wurde gerade erst von der geschlossenen Abteilung wieder auf eine offene Station verlegt.« Seine Stimme wurde drängend. »Sagen Sie mir, Frau Gerban, ist Ihnen etwas Seltsames an Lisa aufgefallen?«

Pauline war verstört. Zwar war auch Bertram offensichtlich um Lisas Wohlergehen besorgt, aber ihr Instinkt sagte ihr, dass er nicht im gleichen Sinn besorgt war wie sie.

Folgerichtig blieb sie vorsichtig. »Lisa möchte nicht mehr am Musikzirkel teilnehmen«, wich sie aus. »Und auch keine Klavierstunden mehr nehmen.«

Bertram lächelte erleichtert. »Das ist kein Grund zur Beunruhigung, Frau Gerban. Lisa muss sich erst wieder auf der offenen Abteilung eingewöhnen. Das geht bei ihrem Krankheitsbild nur langsam Schritt für Schritt. Doch seelengestörte

Menschen spüren oft selbst am besten, was gut für sie ist. Das wissen Sie doch aus eigener Erfahrung. Lassen Sie Lisa Zeit und machen Sie ihr immer wieder das Angebot, am Musikzirkel und auch an den Musikstunden teilzunehmen. Sie werden sehen, über kurz oder lang ist sie dazu bereit.«

Damit schien das Thema für ihn erledigt zu sein. »Und nun entschuldigen Sie mich bitte, ich muss noch diese Akte studieren«, machte er Anstalten, Pauline zu verabschieden.

Die machte einen letzten Versuch. »Darf ich Sie fragen, woran Lisa leidet?«

Bertram runzelte die Stirn. »Ihre Sorge um das Mädchen ehrt Sie, Frau Gerban. Doch auch Ihnen gegenüber bin ich an meine ärztliche Schweigepflicht gebunden. Sie würden doch auch nicht wollen, dass ich mit jedermann über Ihre eigene Seelenstörung spreche.«

Damit war Paulines heutiger Versuch, Lisa zu helfen, gescheitert. Resigniert wandte sie sich nach einem kurzen Abschiedsgruß zur Tür, als Bertram sie noch einmal zurückrief.

»Noch auf ein Wort, Frau Gerban! Nehmen Sie bitte auch selbst Abstand davon, mit Lisa über ihre Krankheit zu sprechen. Das tut ihr nicht gut und könnte ihre Genesung beeinträchtigen.«

Ratloser denn je verließ Pauline Bertrams Sprechzimmer.

Anwesen der Gerbans bei Altenstadt
November 1872

»Herr Gerban, ich freue mich ganz aufrichtig, Sie endlich kennenzulernen.« Herbert Stockhausen lächelte breit und reichte Franz seine etwas feuchte Hand.

Franz erwiderte Stockhausens Lächeln gezwungen. Obwohl er es nur aus dem Augenwinkel wahrnahm, bemerkte er, dass

Mathilde ihn mit einer Mischung aus Ängstlichkeit und Trotz musterte.

Obwohl sie diesmal weit weniger Grund dafür hat als bei von Wernitz im vergangenen Jahr, dachte Franz bei sich. *Immerhin hat Stockhausen ja bereits um ihre Hand angehalten.*

Widerwillig musste Franz zugeben, dass er dies sogar nachvollziehen konnte. Mathilde würde immer noch eine beträchtliche Mitgift in die Ehe einbringen, obwohl sein Vater diese um die Hälfte auf fünfundzwanzigtausend Gulden reduziert hatte.

Das machte allerdings Mathildes äußere Erscheinung im Gegensatz zum letzten Jahr mehr als wett. Selbst Franz musste eingestehen, dass seine jüngere Schwester zum ersten Mal, seitdem er denken konnte, zumindest passabel aussah, manchmal sogar fast hübsch.

Nicht nur ihre Figur, auch ihre Garderobe hatte sehr gewonnen. Heute trug sie ein geschmackvolles Kleid aus dunkelblauem feinem Wolltuch mit einem Einsatz aus Brüsseler Spitze. Den Stoff hatte ihr Stockhausen bei einem seiner Besuche als Gastgeschenk mitgebracht. Er stammte aus seiner eigenen Fabrikation.

Seither hatte Mathilde auf Stockhausens Antrag gehofft, der prompt beim nächsten Besuch erfolgte. Heute war man hier in Altenstadt zusammengekommen, um die Verlobungsfeier zu planen. Anlässlich dieser Gelegenheit war auch Franz nichts anderes übrig geblieben, als sich in Altenstadt einzufinden. Mathilde hatte ihn, entgegen ihrer früheren Art, sogar mit einem handgeschriebenen Billett zum Nachmittagstee gebeten.

Ob sich vielleicht auch ihr Charakter verändert hat?, überlegte Franz. Er bezweifelte es zwar, hatte aber auch keinen Beweis dafür, dass sie die Dienstboten und andere »niedrig geborene« Menschen weiterhin schikanierte.

Er konnte natürlich nicht wissen, dass Stockhausen Mathilde bei einem seiner letzten Besuche sogar liebevoll getadelt hatte, als sie das Dienstmädchen Heidi aufgrund einer Nichtigkeit scharf anfuhr.

»Dienstboten muss man mit Nachsicht und Strenge zugleich behandeln, mein Augenstern«, wies der um zwanzig Jahre ältere Mann Mathilde milde zurecht. »Es ist unter deiner Würde, jemanden anzuschreien. Das wird nur als ein Zeichen von Schwäche ausgelegt.«

Ohne den Grund dafür zu kennen, hätten die Dienstboten Franz erzählen können, dass sich Mathilde ihnen gegenüber seither höflicher benahm, als sie es gewohnt waren.

»Ich werde vor unserer Hochzeit ein Internat für höhere Töchter besuchen«, verkündete Mathilde nun zu Franz' Überraschung. »Dort werde ich alles erlernen, was ich wissen muss, um die Führung eines herrschaftlichen Haushalts übernehmen zu können.«

Franz war perplex. Solange ihre Mutter Pauline Mathilde zum Besuch einer solchen Schule gedrängt hatte, hatte seine Schwester sich immer geweigert.

Stockhausen lächelte zufrieden. Er zog Mathildes, nun im Gegensatz zu früher schlanke Hand, an deren Ringfinger der große Verlobungsrubin prangte, an seine Lippen. »Wie schön, dass du meinem Rat Folge leisten willst, meine Liebe«, flötete er. Franz konstatierte verwundert, dass er tatsächlich in Mathilde verliebt zu sein schien.

Nun wandte sich Stockhausen an ihn. »Wir würden gerne den Zeitplan für die bevorstehenden Feierlichkeiten festlegen, Herr Gerban. Oder darf ich Sie Franz nennen?«

»Sie dürfen«, antwortete Franz knapp, was ihm ein Stirnrunzeln seines Vaters und einen ängstlichen Blick Mathildes eintrug.

Stockhausen entging beides. »Dann nennen Sie mich bitte Herbert, lieber Schwager in spe«, strahlte er. »Aber zurück zu meiner Frage. Wann wären Sie denn am ehesten im Weingut abkömmlich?«

»Bis Weihnachten haben wir dort alle Hände voll zu tun«, antwortete Franz. »Der Spätburgunder gärt noch auf der Maische und muss danach in Fässer abgefüllt werden, um dort vollends zu reifen.«

»Er gärt auf der Maische?«, fragte Stockhausen verwundert. »Ich dachte, Wein würde gleich nach dem Keltern in Fässer gefüllt.«

»Das gilt nur für Weißweine«, klärte Franz ihn auf und bemerkte schadenfroh, dass Mathilde einen leichten Schmollmund zog. *Wie immer, wenn sich nicht ständig alles nur um sie dreht. Wirklich verändert hat sie sich nicht.* »Doch wenn Rotwein seine rote Farbe bekommen soll, muss die aus den Traubenschalen herausgegoren werden.«

»Aha! Das wusste ich gar nicht. Und wie lange muss der Wein dann noch reifen?«

»Unsere Spitzenrotweine liegen bis zu fünfzehn Monate in den Fässern, bevor wir sie in Flaschen abfüllen. Bei Weißweinen geht es schneller. In der Regel stehen weiße Premiumweine im nächsten Sommer zur Verfügung. Leichte Trinkweine, die wir ohnehin nur in Fässern ausliefern, gibt es natürlich schon ab dem folgenden Frühjahr.«

»Und wie war die Ernte in diesem Jahr?«

Franz lächelte zufrieden. »Sehr gut. Ich kann mich nicht beklagen. Mein Vater plant sogar, im nächsten Jahr weitere Filialen in Straßburg und Neustadt zu eröffnen.«

Wilhelm Gerban, der sich bislang nicht zu Wort gemeldet, sondern dem Gespräch zufrieden gelauscht hatte, nickte. »Und mein Sohn plant sogar eine Novität!«, verriet er mit sichtlichem Stolz.

»Eine Novität? Verraten Sie mir mehr darüber?«

»Wir wollen erstmals versuchen, Eiswein herzustellen«,

übernahm Franz wieder das Wort. Mit diesen fremden Federn sollte sich sein Vater nicht schmücken dürfen.

»Eiswein? Was ist denn das?«

»Ein Risiko, aber ich habe ihm letztlich zugestimmt«, kam Wilhelm Franz jetzt doch zu dessen Ärger zuvor.

»Kein sehr großes Risiko«, wiegelte der ab. »Eiswein wird aus bereits gefrorenen Trauben gekeltert. Gelingt dies, ergibt das einen überaus lieblichen, köstlichen Dessertwein, der nur in kleinen Flaschen verkauft wird.«

»Und worin besteht das Risiko?«

»Nun, je später es friert, der ideale Monat dafür ist der November, wächst die Gefahr, dass die Trauben an den Rebstöcken verfaulen und höchstens noch als Viehfutter taugen. Doch wir haben zunächst nur einen Riesling-Weinberg bei Schweigen noch nicht gelesen. Zudem keine unserer Spitzenlagen.«

»Aber im Winter wären Sie dann gar nicht abkömmlich?«, fragte Stockhausen.

»So ist es«, antwortete Franz. »Ich will das Gut nicht verlassen, solange der Eiswein nicht gelesen ist. Wann das genau sein wird, ist nämlich nicht abzusehen. Es könnte sogar bis weit in den Januar hinein gehen. Die Entscheidung für die Lese muss aufgrund des Wetters vielleicht von einem Tag auf den anderen getroffen werden. Da muss ich als Leiter des Weinguts vor Ort sein.«

Jetzt sah Mathilde ausgesprochen unwirsch aus. Stockhausen bemerkte es sofort.

»Meine Liebe, die Verlobungsfeier läuft uns doch nicht weg. Also verlegen wir das Fest in den späten Januar oder den Februar. Auf jeden Fall vor den Beginn der Fastenzeit.«

Mathilde blickte weiterhin enttäuscht drein. »Wenn ich einem früheren Fest im Wege stehe, sollten Sie darauf keine Rücksicht nehmen, lieber Herbert. Es täte mir zwar sehr leid«, log Franz, »aber nur wegen mir sollten Sie die Feier nicht aufschieben.«

»Das kommt aus zwei Gründen überhaupt nicht infrage.« Stockhausens Stimme klang energisch. »Ich habe bereits mit großem Bedauern vernommen, dass sowohl Ihre liebe Frau Mutter als auch Ihre Tante nicht teilnehmen können, da beide ...«, er suchte nach dem richtigen Wort, »unpässlich sind. Aus diesem Grund werden wir sowohl die Verlobung als auch die Hochzeit in Oggersheim feiern. Es ist für meine zahlreiche Verwandtschaft weitaus bequemer, dorthin zu kommen, als ins relativ weit entfernte Elsass zu reisen. Wenn nun aber auch noch der Bruder meiner Anverlobten fehlt, würde das niemand aus meiner Familie verstehen.«

»Denn«, jetzt wandte er sich mit leichtem Tadel an Mathilde, »als zukünftige Fabrikantengattin musst du wissen, mein lieber Schatz, dass das Unternehmen immer an erster Stelle steht. Auch vor den Interessen der Familie. Als ich im zeitigen Frühjahr meine Weißnäherei in Oggersheim eröffnet habe, bin ich anfangs auch nicht verreist. Ebenso wenig, als im Herbst die neue Abteilung für die Manschetten- und Kragenfertigung dazukam. Du erinnerst dich, da blieb ich sogar dir zwei lange Wochen fern, bis ich sicher war, dass alles so läuft, wie es soll. Zum Glück fand ich eine tüchtige Vorarbeiterin, sonst wäre ich noch länger unabkömmlich gewesen.«

»Und nun lächele wieder, mein Liebling«, bat er sodann. »Die düstere Miene steht dir nicht zu Gesicht.« Mit etwas Schadenfreude konstatierte Franz, dass Mathildes Lippen sich sofort zu einem unechten Lächeln verzogen.

»Also, dann lassen Sie mich doch einmal zusammenfassen, was nun geplant ist, Herr Stockhausen ...«

»Herbert, wenn Sie wollen, auch sehr gerne für Sie, lieber Schwiegervater in spe«, fiel Stockhausen Wilhelm ins Wort.

»Also gut, Herbert«, fuhr Franz' Vater fort. »Mathilde besucht ab dem neuen Jahr das Landauer Internat für höhere Töchter. Im Februar feiern wir dann die Verlobung in Oggersheim. Und vermutlich im Herbst eure Hochzeit?« Er hob fragend die Stimme.

»Lieber im Sommer!«, mischte Mathilde sich ein.

Herbert streichelte ihre Hand. »Im Sommer ist Hochsaison in der Fabrik, meine Liebe. Im Herbst wäre es besser.«

»Allerdings vor dem Beginn der Lese«, warf Wilhelm Gerban ein.

»Ich schlage die letzte Septemberhälfte vor. Bist du damit einverstanden, Franz?«

Der nickte geistesabwesend.

»Aber wenigstens Weihnachten feiern wir dieses Jahr alle zusammen hier!«, warf Mathilde ein. »Ist dir das ebenfalls recht, Franz?«

Franz nickte wieder. Er war abgelenkt. Seit Kurzem ging ihm ein Gedanke durch den Kopf.

»Ich würde Sie gerne noch etwas fragen, Herr ... ich meine natürlich Herbert«, begann er.

Der nickte ihm aufmunternd zu. »Fragen Sie mich, was Sie wollen!«

»Haben Sie eigentlich von dem Streik der Tucharbeiter in Lambrecht gehört?«

Herberts Miene verfinsterte sich. »Selbstverständlich, Franz. Die Gazetten haben auch bei uns ausführlich darüber berichtet. Zumal der Streikführer seine Strafe dafür in Ludwigshafen abbüßt.«

»Ich habe gelesen, dass viele Streikende nach dem Ende des Ausstands in Lambrecht keine Arbeit mehr fanden.«

»Das war ihr eigenes Risiko, Franz. Wer seinem Brotgeber in die Suppe spuckt, hat eben hinterher keinen mehr.«

In Franz erwachte der alte Widerstand gegen die Selbstherrlichkeit von Grund- und Fabrikherren. »Nun, es kommt darauf an, wofür die Arbeiter streiken. Ich habe sogar selbst einmal...«

»Mein Sohn hat seinerzeit einen Streik unserer Gutsarbeiter mitten während der Weinlese verhindert«, fiel ihm Wilhelm ins Wort, während Mathilde hörbar aufatmete. »Er wies auf die Missstände in ihren Unterkünften hin. Wir haben sie beseitigt, worauf die Landarbeiter wieder weitergeerntet haben.«

»Und seit Franz das Weingut leitet, wurden die Häuschen noch einmal saniert«, mischte sich Mathilde ein. »Das Dörfchen soll richtig schmuck sein, hat man mir berichtet. Daran hat mein Bruder gutgetan, denn die Landarbeiter sind ihm jetzt treu ergeben.«

Franz fehlten vor Überraschung die Worte. Er konnte sich nicht erinnern, dass ihn Mathilde jemals gelobt hätte.

»Natürlich hat ein christlicher Unternehmer die Verantwortung für das Wohlergehen seiner Arbeiter«, bestätigte Stockhausen. »Wie ein guter Hirte für seine Herde. Doch nach allem, was ich weiß, haben sich meine Kollegen in Lambrecht in dieser Hinsicht nichts zuschulden kommen lassen. Im Gegenteil, die Mehrzahl der Streikenden haben sie sogar wieder eingestellt, nachdem die zur Vernunft gekommen waren.«

»Und was geschah mit den Übrigen? Sind sie etwa in Oggersheim untergekommen?«

Herbert lächelte selbstzufrieden. »Das kann ich definitiv ausschließen, Franz. Die Lambrechter Fabrikherren haben uns eine Namensliste der Rädelsführer geschickt. Von denen werden Sie keinen in Oggersheim finden.«

Obwohl Franz gar nicht wusste, was genau er mit der Nachricht, dass Irene womöglich in Oggersheim sei, hätte anfangen sollen, brannte die erneute Enttäuschung wie Säure in seiner Brust.

Ich liebe sie immer noch, stellte er resigniert fest. *Und das, ob-*

wohl ich mir nach meinem Besuch in der Tuchfabrik Reuter fest vorgenommen hatte, sie endgültig zu vergessen.

Denn offensichtlich hatte sich Irene ja recht rasch über das Ende ihrer Beziehung zu ihm hinweggetröstet. Wenn sie ein Kind von einem anderen hatte und Reuter davon wusste, musste sie sich schon wenige Monate nach ihrem Verschwinden aus Altenstadt mit einem neuen Mann eingelassen haben.

Wieder und wieder hatte Franz die Zeit nachgerechnet, während er wie gelähmt vor Schock damals nach Schweighofen zurückgekehrt war. Aus dem ersten heftigen Schmerz, der ihn in Reuters Büro überfallen hatte, war zuerst Entsetzen, dann Wut und im Laufe der Zeit tiefe Niedergeschlagenheit geworden.

Und wenn er ehrlich zu sich selbst war, glaubte er bis heute nicht, seine große Liebe jemals vergessen zu können. Er dachte jeden Tag an Irene. Sie verfolgte ihn bis in seine Träume.

Aber erneut hatte ihm das Schicksal gerade eben einen Fingerzeig gegeben. *Was ich bisher auch unternommen habe, um sie zu finden, es war vergeblich. Ich sollte mich endlich damit abfinden,* nahm er sich einmal mehr vor.

Irrenanstalt in Klingenmünster
November 1872

»Also, Rosa, was haben Sie herausgefunden?«

Die Wärterin rutschte unbehaglich auf ihrem Stuhl hin und her.

»Die nächste Untersuchung Lisas ist tatsächlich für morgen früh zur üblichen Zeit angesetzt. Schwester Gertrud wird nicht dabei sein.«

»Aha«, konstatierte Pauline mit grimmiger Befriedigung. »Dann geht mein Plan ja voraussichtlich auf.«

Rosa fühlte sich nach wie vor sichtlich unwohl. »Frau

Gerban«, mahnte sie. »Ich halte das noch immer für keine gute Idee. Was ist, wenn sich das Mädchen das alles nur eingebildet hat? So etwas kommt bei seelengestörten jungen Frauen durchaus vor.«

Pauline schüttelte unwillig den Kopf. »Das kann ich mir nicht vorstellen. Ich glaube, was Lisa mir erzählt hat. Woher sollte ein so junges Mädchen wie sie denn sonst überhaupt etwas von all diesen schmutzigen Angelegenheiten wissen?«

Rosa zuckte mit den Schultern. »Vielleicht hat sie irgendwelche Geschichten aufgeschnappt.«

»Und die Kratzer und blauen Flecke, die sie sich zugezogen hat? Bildet sie sich das auch einfach nur ein?«

Rosa öffnete schon den Mund, als ihr Pauline zuvorkam. »Halten Sie Dr. Dietrich für einen guten und ehrenhaften Arzt? Sagen Sie mir die Wahrheit, Rosa.«

In Rosas Gesicht arbeitete es. »Nach allem, was ich mittlerweile weiß, nicht in jeder Hinsicht«, gab sie zu. »Sie hat er jedenfalls nicht richtig behandelt. Seit Sie bei Dr. Bertram sind, geht es Ihnen deutlich besser. Aber auch Ärzte können sich in medizinischer Hinsicht einmal irren. Was Sie dem Klinikleiter aber jetzt unterstellen, wäre ja ein regelrechtes Verbrechen.«

»Lisa hat mir ihre Verletzungen mehrmals gezeigt. Und Sie selbst haben herausgefunden, dass auch beim letzten Termin keine Wärterin dabei war.«

»Schwester Gertrud hat mir versichert, dass an diesem Tag keine körperliche Untersuchung geplant war. Dietrich wollte Lisa lediglich befragen. Es gibt so wenige Pflegerinnen in der Anstalt, dass bei reinen Befragungen junger Frauen auch kein zusätzliches Personal dabei ist. Zumal sich die Patientinnen dem Doktor eher anvertrauen, was ihre Symptome betrifft, wenn dabei keine Zeugen zugegen sind.«

Pauline sog grimmig die Luft ein. »Ja, das kann Dietrich natürlich ausnutzen. Genau das gibt ihm freie Hand.«

Rosa seufzte.

»Was haben wir denn zu verlieren?«, drängte Pauline. »Ich spreche heute noch mit Lisa und gebe ihr Instruktionen, wie sie sich verhalten soll. Außerdem habe ich dafür gesorgt, dass Dr. Bertram mich zur gleichen Zeit behandelt wie Dietrich Lisa. Sie warten derweil vor der Tür. Die Sprechzimmer sind nur zehn Schritt voneinander entfernt. Sie klopfen genau nach fünfzehn Minuten und behaupten, Dietrich würde Bertram bei einem Notfall brauchen. Dann gehen Sie vor und reißen Dietrichs Zimmertür auf. Wenn sich alles so abspielt, wie Lisa behauptet, ist sie zumindest schon völlig nackt, wenn Bertram dazukommt. Allein das ist in höchstem Maße ungehörig. Aber wahrscheinlich ist Dietrich schon mitten dabei, Lisa zu missbrauchen. Im besten Fall ertappen Bertram und Sie Dietrich in flagranti.«

Pauline hatte tagelang an diesem Plan gefeilt. Schließlich beschloss sie, Rosa ins Vertrauen zu ziehen. Die glaubte zwar nicht an das ganze Komplott, hatte sich aber schließlich bereit erklärt mitzuwirken, da Pauline nicht lockerließ. Neben dem Hinweis auf ihre Abmachung, Rosa trotz ihrer Entstellung nur weiterhin zu beschäftigen, wenn diese sie in allem gewähren ließ, hatte Pauline noch mit einem goldenen Anhänger nachgeholfen. Damit beruhigte sie ihr schlechtes Gewissen darüber, Rosa einmal mehr regelrecht erpresst zu haben.

Doch sie war fest entschlossen, diese unerwartete Chance zu Lisas und ihrem eigenen Vorteil zu nutzen. Dass sie im Falle eines Erfolges mit ihrer baldigen Entlassung rechnete, verschwieg sie Rosa natürlich. Denn das würde die Wärterin ja endgültig brotlos machen.

»Hallo, Lisa!« Pauline winkte dem Mädchen, bevor es den Speisesaal nach dem Mittagessen verließ. »Komm einmal zu mir, ich muss etwas mit dir besprechen.«

Diesmal sah Pauline sich nach allen Seiten um. Im Speisesaal gab es noch zu viele mögliche Zuhörer.

»Lass uns einen kleinen Spaziergang machen. Das Wetter ist kühl, aber frisch. Etwas Bewegung wird uns guttun.«

»Wie geht es dir denn, Lisa?«, begann Pauline vorsichtig. Sie wollte das Mädchen auf keinen Fall aufregen oder auch nur beunruhigen.

»Es geht mir ganz gut«, antwortete Lisa mit abgewandtem Blick.

»Du hast ja morgen wieder einen Termin bei Dr. Dietrich«, tastete sich Pauline weiter vor.

»Ja!« Jetzt sah Lisa auf. Zu Paulines Verblüffung begannen ihre Augen zu strahlen. »Ja, darauf freue ich mich!«

»Wie bitte? Du freust dich darauf?« Pauline glaubte, sich verhört zu haben.

»Ja, ich freue mich sehr!« Lisa lachte leise. »Die Stimmen in meinem Kopf sagen, dass er mich morgen erhören wird.«

»Die Stimmen in deinem Kopf?« Pauline war fassungslos.

Lisa legte den Finger auf ihren herzförmigen Mund. »Pst! Ja, meine Stimmen. Habe ich Ihnen denn noch nie davon erzählt?«

»Du hast von Gedanken in deinem Kopf gesprochen.«

Lisa kicherte. »Ach ja. Das war, als ich Sie noch nicht so gut kannte. Ich erzähle ansonsten nur Dr. Dietrich von den Stimmen.«

Pauline fehlten die Worte.

»Ist er nicht ein herrlicher Mann?«, schwärmte Lisa. »So gebildet! So gut aussehend! So freundlich! Fast so wie Peter auf dem Weingut.«

»Peter?«, wiederholte Pauline.

»Ja, der Stallmeister. Ich habe Ihnen doch von ihm erzählt.« Lisas Lächeln wich einer betrübten Miene. »Aber Peter wollte mich nicht erhören. Nicht einmal, als ich mich nackig vor ihm ins Stroh legte.«

»Du hast *was* getan?«

Lisa zog einen Schmollmund. »Wollen Sie jetzt mit mir schimpfen wie meine Mutter? Sie hat mich nie verstanden.«

»Du bist hier, weil du euren Stallmeister verführen wolltest?« Pauline konnte noch immer nicht glauben, was Lisa sagte.

Lisa nickte heftig. »Die Stimmen haben mir zugeflüstert, dass er Tag und Nacht von mir träumt. Aber er war zu feige, das einzugestehen. Deshalb bin ich ja hier.«

Pauline fühlte sich wie betäubt.

Lisas nächste Worte sprudelten schon aus ihrem Mund: »Anfangs war ich böse auf Mutter. Doch dann habe ich Dr. Dietrich kennengelernt. Und jetzt wird alles gut.«

»Alles wird gut«, wiederholte Pauline erneut völlig konsterniert.

»Ja, ich war die letzten Male bei Dr. Dietrich ganz brav. Aber die Stimmen sagen, dass er mich morgen erhören wird. Dann muss ich mir selbst auch nicht mehr wehtun.«

Pauline griff unwillkürlich nach Lisas Hand und schob den Ärmel ihres Kleides zurück. Die hässlichen Kratzer waren fast abgeheilt, aber die ganzen Handgelenke mit weißen dünnen Narben übersät.

»Du hast dir diese Verletzungen selbst zugefügt?«

Lisa wich ihrem Blick aus. »Es schmerzte so sehr, wenn er mich abwies. Da habe ich mir lieber selbst wehgetan.«

Ihr Blick begann plötzlich zu flackern. »Aber Sie dürfen ihm nicht verraten, dass ich manchmal noch daran denke. Er hat mir nämlich verboten, mich zu ritzen. Sonst muss ich wieder in die Geschlossene.«

Zum ersten Mal registrierte Pauline etwas in Lisas Miene, für das sie zunächst keine Worte fand.

Irre, fuhr es ihr dann durch den Kopf. *Lisa ist wirklich irre.*

»Was wollten Sie denn überhaupt mit mir besprechen, Frau

Gerban?«, fragte das Mädchen. Seine Miene wirkte nun wieder ganz normal, sein Lächeln so süß wie früher. »Ich muss ja noch meine Mittagsmedikamente einnehmen. Sonst wird Schwester Gertrud ärgerlich.«

»Nichts«, antwortete Pauline schwach. »Nichts Wichtiges, liebe Lisa. Ob du noch mal am Musikzirkel teilnehmen willst, wollte ich dich fragen«, griff sie zu einer Notlüge.

»Oh ja, bestimmt«, strahlte Lisa. »Ich sage Ihnen rechtzeitig Bescheid. Aber jetzt«, sie senkte geheimnisvoll ihre Stimme, »jetzt muss ich mich erst einmal auf morgen vorbereiten.«

»Sie hätten mir schon längst Bescheid geben müssen, Frau Gerban«, tadelte Dr. Bertram Pauline mit ungewohnt strenger Stimme. »Dass Lisa sehr krank ist, hatte ich Ihnen doch schon gesagt. Jetzt, da Sie es ohnehin wissen, kann ich Ihnen auch sagen, wie man die Seelenstörung nennt, an der sie leidet. Es handelt sich um Liebeswahn.«

Er seufzte. »Dabei waren Dr. Dietrich und ich schon so optimistisch, dass unsere Behandlung angeschlagen hat. Um zu beweisen, dass wir Lisa nun vertrauen, hat Dr. Dietrich sogar die letzten Gespräche ohne Zeugen mit ihr geführt.«

»Doch das scheint ihren Rückfall geradewegs begünstigt zu haben«, murmelte er gedankenverloren.

»Also war bei den früheren Untersuchungen immer eine Schwester dabei?«, fragte Pauline niedergeschlagen.

Bertram musterte sie streng. »Selbstverständlich, Frau Gerban. Diese Seelenstörung ist zwar selten, tritt aber vor allem bei jungen Frauen auf. Zumal bei solchen, die schlimme Erfahrungen mit dem eigenen Vater gemacht haben, wenn Sie verstehen, was ich meine. Doch das hätte ich Ihnen jetzt wirklich nicht sagen dürfen. Kann ich mich wenigstens auf Ihre völlige Diskretion verlassen?«

Pauline nickte. Ihr war zum Weinen zumute.

»War Schwester Rosa in Ihre Pläne eingeweiht?«, riss Bertram sie noch einmal aus ihrer Traurigkeit.

»Nein! Nein, ich habe mir das alles ganz allein eingebildet«, schützte sie aus einem Reflex heraus ihre Wärterin.

»Das ist gut zu hören, Frau Gerban. Hätte Rosa diesen Irrsinn auch noch unterstützt, wäre ich gezwungen, sie von Ihrer Pflege zu entbinden.«

»Schwester Rosa wusste rein gar nichts davon«, log Pauline noch einmal. Ihr Drang, jetzt allein zu sein und sich auszuweinen, wurde übermächtig.

Trotzdem stellte sie eine letzte Frage. »Was wird nun aus Lisa?«

»Ich werde Dr. Dietrich natürlich über alles informieren müssen. Mit Ausnahme der dubiosen Rolle, die Sie monatelang gespielt haben. Das würde ihn nur gegen Sie einnehmen. Stattdessen werde ich es so darstellen, dass Sie mich rechtzeitig gewarnt haben. Aber nur unter zwei Bedingungen.«

Er sah Pauline erneut streng in die Augen.

»Sie sichern mir zu, mir in Zukunft sofort alles zu berichten, was Ihnen bei Lisa oder anderen Patienten merkwürdig vorkommt. Im Zweifelsfall fragen Sie Schwester Rosa. Sie ist erfahren genug, um beurteilen zu können, ob es sich dabei um Symptome einer Seelenstörung handelt oder nicht.«

Pauline nickte. »Und die zweite Bedingung?«

»Sie halten sich in Zukunft von Lisa fern. Anscheinend tut Ihr Einfluss dem Mädchen nicht gut. Kann ich mich darauf verlassen?«

Pauline nickte ein weiteres Mal.

»Dann gehen Sie jetzt und legen sich den Rest des Tages hin«, befahl Dr. Bertram. »Auch für Ihre eigene seelische Verfassung sind solche Ereignisse Gift.«

Kapitel 21

Weißnäherei in Oggersheim
an einem Dienstag im Januar 1873

Irene zog sich ihren Wollmantel enger um die Schultern, als sie an diesem Dienstagmorgen durch den frisch gefallenen Schnee auf das Gebäude der Weißnäherei zuhastete. Den Mantel hatte sie bei einem Trödler erstanden, gereinigt und geschickt ausgebessert. Nun sah er zumindest von Weitem passabel aus, zumal seine dunkelgrüne Farbe Irene gut zu Gesicht stand. Auch für ihre mit Schaffell gefütterten Stiefel war sie dankbar.

Überhaupt hatte sie es ganz aus eigener Kraft geschafft, in Oggersheim für sich und Fränzel gut zu sorgen. Ihr Sohn entwickelte sich weiterhin prächtig. Er lief bereits seit seinem ersten Geburtstag und plapperte ganz entzückend, wobei sich sein Wortschatz jeden Tag erweiterte.

Mittlerweile hatte Irene auch eine Einzimmerwohnung gefunden, die näher bei der Weißnäherei lag und die sie abends tüchtig einheizen konnte, nachdem sie Fränzel von der Hütefrau abgeholt hatte. Obwohl diese mit Trude Ludwigs Fürsorge für Fränzel in Lambrecht nicht mithalten konnte, da sie tagsüber bis zu acht Kinder betreute, fand Irene sie tüchtig und vertraute ihr Fränzel ohne Bedenken an, zumal sie ihn gegen einen geringen Aufpreis auch bis spät in den Abend dort lassen konnte.

Das alles verdankte sie ebenso wie die kräftige warme Mahlzeit, die sie jeden Tag zubereitete, ihrer neuen Position als Vorarbeiterin. Ihr Lohn bestand zum einen aus einem Fixum von immerhin acht Gulden pro Woche, zum anderen aus einer Prämie, die sich je nach der Anzahl und Qualität der in ihrer Abteilung genähten Kragen und Manschetten richtete. Schnell hatte Irene herausgefunden, dass sie sowohl zu ihrem eigenen als auch zum Besten der Arbeiterinnen handelte, wenn sie die Näherinnen anleitete, möglichst fehlerfrei und rasch zu arbeiten. Auch wenn sie ihnen dabei ihre eigenen Kniffe und Handgriffe verraten musste, die sie sich inzwischen angeeignet hatte.

In der hektischen Zeit vor Weihnachten hatte sie auf diese Weise, wenn auch mit Überstunden bis weit in den Abend, zweimal an die zwölf Gulden pro Woche verdient und davon sogar ein kleines Weihnachtsbäumchen erstanden. Sie musste immer noch lächeln, wenn sie an Fränzels glänzende Augen und entzückte Ausrufe dachte, mit denen er nach den selbst gebastelten Strohsternen und den kleinen Leckereien griff, die den Baum schmückten. Am besten hatten ihm die fünf bunten Glaskugeln gefallen, die Irene in einer seltenen Anwandlung von Verschwendung für einen halben Gulden erstanden hatte.

Nun betrat sie den Nähsaal mit von der Kälte geröteten Wangen und wunderte sich darüber, dass ein kleines Grüppchen ihrer Näherinnen bereits da war und die Köpfe zusammensteckte. Die Frauen sahen auf, als Irene näher kam. Adele, eine Arbeiterin, deren Mann im letzten Jahr so schwer verunglückt war, dass er seither seine Beine nicht mehr bewegen konnte, kam, mit den anderen Kolleginnen im Schlepptau, schnellen Schrittes auf sie zu. Erschrocken erkannte Irene, dass ihr Gesicht verweint aussah.

»Was ist denn passiert, Adele? Geht es deinem Mann wieder schlechter?«

Die Frau schüttelte den Kopf. »Nein. Oder natürlich ja, wenn ich es recht überlege. Wenn er die schlimmen Nachrichten hört, wird auch er leiden.«

»Was denn für schlimme Nachrichten?«

»Ja, weißt du es denn noch gar nicht? Wir sollen doch alle entlassen werden.«

Irene fuhr der Schrecken in alle Glieder. »Wir werden alle entlassen?«

»Du nicht«, stellte eine ältere Arbeiterin namens Thea klar. »Wir hier.« Sie machte eine Geste, die das Grüppchen der Frauen umfasste. »Wir sechs werden entlassen. Zumindest über den Winter. Frau Stockhausen hat uns gestern Abend gesagt, wenn das Geschäft nach Ostern anzieht, könnten wir uns wieder bewerben.«

»Gestern Abend hat man euch das gesagt?« Irene konnte es noch immer nicht fassen. »Aber eure Arbeit ist doch einwandfrei. Und davon gibt es mehr als genug. Vor Weihnachten haben wir alle bis in die Nacht hinein genäht, um alle Aufträge rechtzeitig fertigzustellen.«

»Ja, so ist es.« Thea klang sarkastisch, während Adele nun die Tränen über die Wangen liefen. »Aber nun ist die jährliche Saure-Gurken-Zeit für uns Näherinnen angebrochen. Das ist hier in der Fabrik auch nicht anders als bei der Heimarbeit. Da wurde ich auch jedes Jahr gleich nach Weihnachten arbeitslos, manchmal über vier lange Monate. Danach musste ich dann wieder bis zu sechzehn Stunden am Tag schuften.«

»Und du glaubst, das ist jetzt in unserer Weißnäherei auch nicht anders?«

Eine dritte Arbeiterin, Helene, mischte sich nun ein. »Wir hatten gehofft, dass es anders wäre. Aber natürlich vergebens. Auch im großen Nähsaal werden zwei Drittel der Arbeiterinnen entlassen. Die meisten vorhandenen Aufträge sind abgearbeitet. Jetzt scheint jeder Kunde bis zum Frühjahr genug Vorrat an Hemden zu haben. So ist das eben jedes Jahr in allen Weißnähereien.«

Irene schwirrte der Kopf. In der Annahme weiterer guter Verdienste hatte sie gerade eine bemalte Bauerntruhe, in die sie sich

480

auf Anhieb verliebt hatte, erstanden, um ihre und Fränzels Kleider darin unterzubringen. Dafür hatte sie die für ihre Verhältnisse ungewöhnlich hohe Summe von zwölf Gulden bezahlt. Dieses Geld würde ihr jetzt natürlich fehlen, denn die Einsparungen beträfen unweigerlich ihren zukünftigen Verdienst.

»Am Samstag erhalten wir unseren letzten Lohn, und dann können wir sehen, wie wir durch den Winter kommen«, sagte Thea grimmig, woraufhin Adele die Hände vors Gesicht schlug und laut zu weinen begann.

In diesem Augenblick schlug die große Uhr, die am Fabrikgebäude angebracht war, sechs. Von Weitem sah Irene Frau Stockhausen kommen.

»Was sollen wir denn jetzt nur tun?«, schluchzte Adele.

Erst in diesem Moment wurde Irene bewusst, dass die Arbeiterinnen von ihr, der Vorarbeiterin, Rat und Hilfe erwarteten. Sie kämpfte ihre eigene Angst nieder und straffte die Schultern.

»Ich will sehen, ob sich noch etwas tun lässt«, versprach sie in einem hoffnungsvolleren Ton, als ihr zumute war. »Aber nun sollten wir alle an die Arbeit gehen, um nicht noch unseren heutigen Tageslohn zu schmälern.«

Zwei Stunden später wusste Irene, dass sie rein gar nichts für die vor der Entlassung stehenden Kolleginnen erreicht hatte und tatsächlich selbst gravierende Nachteile in Kauf nehmen musste, obwohl sie ihre Stelle behielt.

»Sie vergeuden Ihre Zeit, Frau Klein«, hatte ihr Ilse Stockhausen mit eisiger Miene erklärt. »Wir erwarten die nächste große Bestellung der bayerischen Armee und der großen Kaufhäuser frühestens Ende März. Dann werden wir sehen, ob und wie viele Arbeiterinnen wir wieder brauchen.«

»Aber wie sollen die Frauen denn im Winter ohne Verdienst überleben?«

Ilse Stockhausen zuckte mit den Achseln. »Nun, verhungern wird so schnell niemand. Dann müssen sie eben waschen oder putzen gehen, in Gaststätten bedienen oder sonst eine Arbeit tun, die es auch im Winter gibt. Das Nähen gehört leider nur sehr eingeschränkt dazu. Seien Sie froh, dass Sie selbst Ihre Arbeit behalten!«

Irene fasste sich ein Herz. »Ich würde darüber gerne mit Herrn Stockhausen persönlich sprechen.«

Dessen Tante musterte Irene über die Gläser ihrer Brille hinweg wie ein lästiges Insekt. »Mein Neffe ist gar nicht da! Er besucht seine Verlobte im Elsass. Außerdem steckt er gerade in den Vorbereitungen für seine Verlobungsfeier. Neben all seinen Geschäften natürlich. Aber ...«, sie hob eine Hand, um Irenes Einwand zuvorzukommen, »da Sie die Gepflogenheiten in unserer Branche ja offensichtlich nicht kennen, ist Ihnen vielleicht noch nicht klar, dass auch Ihr eigener Lohn in den nächsten Monaten etwas niedriger ausfallen wird.«

Irene nickte bedrückt. »Doch, das ist mir klar. Wenn es so wenig zu tun gibt, wird meine Prämie wegfallen.«

»Nun, dabei können wir es leider nicht bewenden lassen.«

Irenes Puls begann sich zu beschleunigen. »Nicht bewenden lassen? Was bedeutet das, wenn ich fragen darf?«

Die Antwort traf sie zum zweiten Mal an diesem Tag bis ins Mark. »Nun, mehr als fünf Gulden können Sie auch als Fixum vorerst nicht erwarten. Schließlich haben Sie nur noch vier anstatt zehn Arbeiterinnen anzuleiten. Ich hatte meinem Neffen vor seiner Abreise sogar vorgeschlagen, auch Sie zu entlassen. Die Aufseherinnen im großen Nähsaal könnten Ihre Tätigkeit im Winter mit übernehmen. Sie können von Glück sagen, dass er davon in seiner Gutmütigkeit nichts wissen wollte. Er hält Sie auf Ihrem Posten für unersetzlich. Ich selbst hätte das anders entschieden. Tüchtige Vorarbeiterinnen finden sich immer.«

Die Gedanken rasten durch Irenes Kopf, während sie niedergeschlagen und mutlos an ihre Arbeit zurückkehrte. Mit fünf Gulden pro Woche würde sie die Unkosten für das neue Zimmer, Fränzels Hütefrau, ausreichend Brennholz und kräftige Nahrung nicht decken können. Sie würde sich in allem einschränken müssen. *Hätte ich Närrin in meinem Leichtsinn die Truhe doch nur nicht erstanden,* verfluchte sie sich anfangs noch selbst. *Dann hätte ich wenigstens ein paar Ersparnisse mehr als jetzt.*

Doch je mehr der Tag voranschritt und ihr die traurigen Mienen der ihr anvertrauten Arbeiterinnen ins Herz schnitten, desto wütender wurde sie. Was bildeten sich diese Fabrikherren eigentlich ein, ihre Arbeiterinnen einfach davonzujagen und der nackten Not preiszugeben? Jeder Hofhund bekam sein Gnadenbrot, wenn er alt wurde, seinem Herrn aber zuvor treu gedient hatte.

Schon während des Tages reifte ein Plan in ihr, der immer deutlichere Konturen annahm. Nach einer fast schlaflos verbrachten Nacht war sie willens, ihn in die Tat umzusetzen.

Josef würde es gutheißen, machte sie sich selbst Mut. Sie konnte ihn weder besuchen noch ihm schreiben, was sie vorhatte, denn jeder Brief wurde ja zensiert.

Josef wusste daher bis heute nicht, wo sich Irene überhaupt aufhielt. Und erst recht nicht, dass sie in Oggersheim unter dem Namen Anna Klein lebte und arbeitete. Irene sandte alle Post an ihn über Trude Ludwig und erhielt über die Freundin auch seine Antworten. Hätte sie Josef nichtsdestoweniger von ihren Plänen berichtet, wären die Zensoren auf sie aufmerksam geworden, zumal es nur wenige fabrikähnlich betriebene Weißnähereien in der Region gab.

Aber auch ohne Josefs Rat war sich Irene sicher, auf dem richtigen Weg zu sein. *Er wäre sogar stolz auf mich. Selbst dann, wenn mein Plan scheitert. Denn wie pflegt er immer wieder zu sagen: Wer nicht wagt, der nicht gewinnt.*

»Also ist das Experiment mit dem Eiswein tatsächlich gelungen? Meinen herzlichen Glückwunsch!«

Johann Hager, der Kellermeister, strahlte angesichts dieses Lobs von Mathildes Verlobtem über das ganze Gesicht. »Wir hatten sehr viel Glück mit dem Wetter, Herr Stockhausen.« Seine stolze Miene strafte seine bescheidenen Worte Lügen. »Es fror bereits einige Male im November und blieb seit Dezember weitgehend frostig. Dadurch konnten wir die Trauben bis zur letzten Woche hängen lassen. Und ja, der Most ist zuckersüß und wird einen herrlichen Dessertwein ergeben.«

Nikolaus Kerner, der Verwalter des Weinguts, der sich ebenfalls sichtlich freute, warf ein: »Aber du darfst nicht vergessen, Johann, dass auch die Herren Gerban bereit waren, den Versuch mitzutragen. Nicht jeder Weingutsbesitzer geht solche Risiken ein.«

»Ein guter Unternehmer muss sogar Risiken eingehen!« Stockhausen warf sich in die Brust. »Sonst kommt er zu nichts. Ich habe im letzten Jahr eine Weißnäherei in Oggersheim eröffnet, die bereits hervorragend produziert. Da werden sich die teuren, von mir erworbenen Nähmaschinen, die sich auf dem neuesten Stand der Technik befinden, bald mehr als amortisiert haben.«

»Allerdings braucht es dazu auch immer das geeignete Personal«, merkte Franz an. Die Großspurigkeit seines Schwagers in spe fiel ihm ebenso auf die Nerven wie Mathilde, die ihren Verlobten pausenlos anhimmelte. »Ohne die Herren Kerner und Hager hätte das Weingut Gerban sich kaum an dieser Novität versucht.«

Das war ein Seitenhieb gegen seinen Vater Wilhelm, der als Sechster im Bunde am Rundgang durch die Wirtschaftsgebäude und Weinkeller des Guts Schweighofen teilnahm. Er hatte seinem Bruder Gregor und Kerners Vorgänger Stromberg viel zu lange freie Hand gelassen.

Stockhausen blieb Franz' leicht gereizter Unterton wie üblich verborgen. In dieser Hinsicht gehörte der Tuchfabrikant nicht gerade zu den aufmerksamsten Zuhörern.

»Da haben Sie natürlich vollkommen recht, Franz«, stimmte er zu. »Auch bezüglich meines eigenen Personals kann ich von einem sehr erfolgreichen Versuch berichten. Ich habe eine junge Weißnäherin bereits nach wenigen Monaten ihrer Tätigkeit zur Vorarbeiterin der Gruppe gemacht, die Kragen und Manschetten fertigt und die Knopflöcher steppt. Und was soll ich sagen? Diese kleine Person übertrifft sogar meine kühnsten Erwartungen. Sie liefert mit ihrer Gruppe nicht nur eine ausgezeichnete Qualität, sondern ist darüber hinaus auch noch bei ihren Arbeiterinnen beliebt!«

»Mein Schatz!« Mathilde zupfte schüchtern an Stockhausens Ärmel. »Mir wird langsam kalt hier drinnen, und es riecht auch recht streng. Mein lieber Bruder hat ja angekündigt, dass es Tee und Gebäck im Salon geben wird. Könnten wir jetzt ins Gutshaus gehen?«

Stockhausen klopfte zärtlich auf Mathildes Hand, die auf seinem Arm lag. »Mein empfindsames Weibchen, gemach, gemach! Ich finde alles, was mir dein Bruder hier zeigt, sehr interessant. Schließlich habe ich mir diese Führung durch das Weingut gewünscht.«

Er wandte sich an Franz. »Sie hatten mir ja außerdem noch eine Weinverkostung angeboten. Einen Spätburgunder und einen besonders feinen Riesling, wie ich mich zu erinnern glaube. Sie wissen ja, dass mir für Ihre Schwester nur das Beste gut genug ist. Das gilt auch für die Weine, die bei unserer Verlobungsfeier kredenzt werden sollen.«

»Die Weine, die ich Ihnen auf Herrn Hagers Rat empfehle,

sind wie all unsere Spitzenweine in Flaschen abgefüllt. Wenn Mathilde hier unten friert, sollten wir uns jetzt ins Gutshaus begeben. Dort können Sie nach dem Nachmittagstee nach Herzenslust probieren«, schlug Franz vor.

»Das ist eine ausgezeichnete Idee«, stimmte sein Vater ungefragt zu. »Hager, bringen Sie ein paar Flaschen hinüber ins Haus. Und sorgen Sie dafür, dass der Rotwein in der Küche dekantiert und der Weißwein kühl gestellt wird.«

Franz bemühte sich, seinen Unmut zu verbergen. *Ich habe dem Alten schon mehr als einmal gesagt, dass er sich auf dem Weingut zurückhalten soll. Ich maße mir ja auch nicht an, seine Gehilfen und Verkäufer in den Ladengeschäften herumzukommandieren.*

Doch er sagte nichts. Franz war viel zu froh darüber, dass Mathilde bald nach Oggersheim ziehen würde, um die Verlobung durch Familienstreitigkeiten in Stockhausens Anwesenheit zu belasten. Auch aus diesem Grund hatte er dessen Wunsch nach einer Führung durch das Weingut entsprochen.

Und tatsächlich hatte der Fabrikherr keines der Wirtschaftsgebäude ausgelassen, die rund um den Hof, an dessen südlicher Seite das Gutshaus lag, gruppiert waren. Nicht nur die unterirdischen Weinkeller mit den langen Reihen von Holzfässern, in denen die neuen und zum Teil auch noch die Rotweine des vorigen Jahrgangs lagerten, interessierten ihn. Nein, auch die darüber gelegenen Vorratsräume für Glasflaschen und Verpackungsmaterial aller Art, Brennholz, Kohlen, Petroleum für die Leuchten und Futter für die Pferde ließ er sich zeigen. Er besichtigte sogar die Waschküche mit ihrem großen Kessel, den Bottichen und Waschtischen.

»Also, dann lasst uns hinübergehen«, stimmte Franz zu, der ebenfalls erleichtert war, dass der fast einstündige Rundgang endete.

Auf dem Weg über den Hof zog er Nikolaus Kerner zur Seite. »Haben Sie schon etwas von Hansi gehört?«, raunte er.

Kerner nickte mit beklommener Miene. »Ja, das habe ich. Es sieht wohl nicht gut für ihn aus. Ich fürchte, er wird eine saftige Geldstrafe kassieren, während die Kadetten, mit denen er sich geprügelt hat, wohl ungestraft davonkommen.«

»Wann wird das Urteil gesprochen?«

»Übermorgen, Herr Gerban.«

»Gut, diesmal begleite ich Hansi nach Weißenburg.«

Eine halbe Stunde später saßen sie rund um den Teetisch im Salon des Gutshauses. Die Köchin servierte einen Käsekuchen, der früher zu Mathildes Leibspeisen gezählt hatte. Franz wunderte sich einmal mehr darüber, dass sich seine Schwester mit einer schmalen Portion begnügte, während sich ihr Verlobter bereits das dritte Stück von Heidi, dem Altenstädter Dienstmädchen, servieren ließ. Mathilde hatte die junge Frau eigens nach Schweighofen mitgebracht, da Franz außer der Köchin kein Hauspersonal beschäftigte.

Die gröberen Hausarbeiten hatte er zwei Frauen seiner Landarbeiter angeboten, die froh darüber waren, sich etwas dazuverdienen zu können. Sie traten ihren Dienst jeden Morgen bei Tagesanbruch an, heizten ein, reinigten die Zimmer und wuschen die Wäsche. In der Küche half Hagers Gattin mit, die dort gemeinsam mit der Köchin die warmen Mahlzeiten zubereitete, von denen sie dann einen Teil mit in ihre eigene Wohnung nahm.

Für Franz' Köchin, die er nach dem Umzug von Gregor und Ottilie Gerban nach Altenstadt behalten hatte, gab es ohnehin meist wenig zu tun. Franz nahm an den meisten Tagen nach dem Frühstück zu Mittag nur einen Imbiss ein, den er sich häufig einpacken ließ, wenn er im Weinkeller oder auf den Ländereien zu tun hatte. Auch abends fiel ihm im Weingut oft die Decke auf den Kopf, sodass er häufig auswärts speiste, bevorzugt im Schweigener Gasthof »Zu den zwei Schwänen«, wo er sich im Kriegsjahr oft mit Irene getroffen hatte. Manchmal fuhr er mit dem Schweighofener Einspänner auch nach Weißenburg in den »Grünen Baum« oder den »Goldenen Adler«.

Doch sosehr er sich auch abzulenken versuchte, die Ungewissheit über Irenes Schicksal saß ihm immer noch wie ein Stachel im Fleisch.

»Wie bitte?« Franz fuhr aus seinen Grübeleien auf, als Stockhausen ihn ansprach. »Entschuldigen Sie bitte, ich war in Gedanken.«

»Ich hatte danach gefragt, wie Sie hierzulande denn jetzt mit den Elsässern zurechtkommen.«

»Wir sind und wir waren immer gute Nachbarn. Ich betrachte Weißenburg nach wie vor als meine Heimatstadt. Und bin auch nach wie vor mit Elsässern gut befreundet.« Er dachte kurz an Pfarrer Klein und seine Familie in Fröschweiler, die er schon seit längerer Zeit nicht mehr besucht hatte.

»Soso«, wunderte sich Stockhausen, während Mathilde erblasste und Wilhelm seinem Sohn einen beschwörenden Blick zuwarf. »Das kam mir an dem Tag, an dem ich meine liebe Mathilde zum ersten Mal sah, aber ganz anders vor! Da wurde sie von elsässischen Gassenjungen massiv belästigt.«

»Andererseits«, er tätschelte Mathildes Arm, »hätte ich mein Goldstück ohne diese frechen Burschen ja gar nicht kennengelernt.«

»Mathilde wurde wahrscheinlich mit einer Preußin verwechselt«, erläuterte Franz. »Ich finde es zwar nicht richtig, dass die Damen unserer Besatzer belästigt werden, aber solange man sich so aufführt, wundert es mich auch nicht.«

»Was meinen Sie denn mit ›Besatzern‹?« Stockhausen klang indigniert. »Und vor allem ›mit sich aufführen‹?«

Wilhelm trat Franz unter dem Tisch merklich gegen das unversehrte Schienbein. Doch viel zu verärgert über das, was Hansi Krüger gerade geschehen war, beachtete der es nicht.

»Die Elsässer haben zwei Jahrhunderte zu Frankreich gehört und wurden leider nicht gefragt, ob sie nach Kriegsende lieber zum Deutschen Reich wechseln würden.«

»Das war wahrscheinlich auch nicht nötig«, erklärte Stockhausen im Brustton der Überzeugung. »Ich denke, eine überwältigende Mehrheit hätte sich ohnehin dafür ausgesprochen.«

»Ich gehe eher von einer überwältigenden Mehrheit aus, die dagegen gewesen wäre«, konterte Franz. »Liebe Mathilde, ist dir nicht gut? Nicht, dass dir die Teekanne wieder aus der Hand fällt!«, wandte er sich in Erinnerung an die Szene mit von Wernitz vor eineinhalb Jahren an seine Schwester.

Mathilde zog ihre zitternde Hand zurück, die sie tatsächlich bereits nach der Kanne ausgestreckt hatte.

»Du ärgerst dich wegen des Vorfalls mit Hansi Krüger!«, trat jetzt sein Vater die Flucht nach vorn an.

Franz war überrascht. »Woher weißt du davon?«

Wilhelm lächelte schmal. »Du vergisst, dass wir viele gute Kunden unter den preußischen Beamten haben.«

»Wer ist denn dieser Hansi Krüger?«, fragte Stockhausen.

»Das ist mein hoch talentierter Verwalterlehrling. Er hat sich letzte Woche mit zwei deutschen Kadetten geprügelt, die ihn angegriffen haben«, erklärte Franz grimmig.

»Und wie ist es dazu gekommen?«

»Hansi trug ein blau-weißes Halstuch, das ihm seine Liebste geschenkt hatte. Und dazu eine rote Mütze.«

Stockhausen blickte verständnislos drein.

»Das sind die Farben der Trikolore«, erläuterte Wilhelm.

»Aha!« Der Tuchfabrikant verstand immer noch nicht.

»Es ist strengstens verboten, diese drei Farben zusammen am Leib zu tragen. Die Preußen empfinden das als einen Protest gegen sie, wenn nicht sogar als Rebellion.«

»Ja, und war die Kleidung Ihres Lehrlings denn so gemeint?«

»Unsinn!«, antwortete Franz brüsk. »Natürlich nicht. Hansi

ist ein geborener Pfälzer, also ein Bayer. Sein Vater hat im Krieg gegen die Franzosen gekämpft und ist dabei wahrscheinlich vor Sedan gefallen. Aber diese Kadettenschnösel empfanden Hansis Aufmachung trotzdem als Provokation. Sie forderten ihn auf, Halstuch und Mütze abzunehmen, was Hansi verweigerte. Daraufhin schlugen sie sich.«

»Und jetzt steht Hansi in Weißenburg vor Gericht und muss wahrscheinlich eine Geldstrafe bezahlen«, ergänzte Wilhelm Gerban.

»Obwohl die Kadetten den Streit angefangen haben. Das finde ich empörend!«

»Nun, nun«, beschwichtigte Stockhausen in seiner betulichen Art. »Das Urteil ist ja noch nicht gesprochen. Und unsere deutschen Richter sind doch keine Hitzköpfe, sondern besonnene Leute.«

»Da wäre ich mir nicht so sicher! In Molsheim hat man kürzlich einen Sportverein verboten, weil dessen Mitglieder bei einer Parade weiße Mützen mit einem blauen Band und dann noch irgendein anderes rotes Kleidungsstück anhatten. Obwohl die einen rote Strümpfe, die anderen rote Hosen, die dritten gar nur ein rotes Einstecktuch trugen.«

»Das halte ich nun tatsächlich für bedenklich«, stimmte Stockhausen Franz zu. »Manche Beamten sind eben übereifrig.«

»Sie haben sogar eine Hochzeitsfeier aufgelöst, weil die Tischdekoration aus roten, weißen und blauen Blumen bestand.«

»Tz, tz«, machte Stockhausen. »Wie gut, dass wir in Oggersheim feiern.« Wieder tätschelte er Mathildes Arm. »Da kann uns so ein Missgeschick nicht passieren.«

»Jedenfalls begleite ich Hansi Krüger übermorgen ins Gericht«, erklärte Franz. »Dann sehen wir weiter.«

Den warnenden Blick seines Vaters ignorierte er.

Weißnäherei in Oggersheim
Januar 1873, zwei Tage später am Donnerstag

Mit dem geflochtenen Korb voller Manschetten und Kragen in beiden Händen betrat Irene den großen Hemden-Nähsaal und blieb zunächst an der Tür stehen, um sich umzusehen. Ungefähr drei Viertel der Nähmaschinen, die in drei langen Reihen hintereinander standen, waren besetzt. Auch an den großen Tischen im Hintergrund, auf denen die Vorrichterinnen die Hemden zuschnitten, standen die meisten Frauen noch. Irene wusste, dass die Arbeiterinnen die einstündige Mittagspause, die ihnen, natürlich unbezahlt, zustand, oft um die Hälfte verkürzten, um ihren Akkordlohn aufzubessern.

Wie sie gehofft hatte, war Frau Stockhausen allerdings nirgends zu sehen. Sie machte jeden Tag pünktlich auf die Minute zwischen zwölf und ein Uhr ihre Mittagspause, die sie in der neben der Fabrik gelegenen Villa ihres Neffen verbrachte, wo sie eine eigene kleine Wohnung hatte.

»Rasch!«, flüsterte Irene Adele und Helene zu, die mit ihren Körben hinter ihr standen. »Gebt die Nachricht an eure Kolleginnen weiter, während ihr die Manschetten und Kragen verteilt! Sie sollen sich alle heute Abend um acht Uhr im Gasthaus ›Zum Weißen Bären‹ einfinden.«

Dort hatte Irene unter dem Vorwand, ihren Geburtstag feiern zu wollen, einen Nebenraum reserviert. Wenn alle Arbeiterinnen kommen würden, stünden sie dort so eng beisammen, wie die Heringe in der Tonne übereinanderlagen. Aber etwas Besseres hatte sich auf die Schnelle nicht finden lassen, und dem Wirt, der im Januar ebenfalls wenig Geschäfte machte, war es nur recht gewesen, den Raum zur Verfügung zu stellen. »Vorausgesetzt, jeder Gast bestellt mindestens ein Getränk. Wenn ich nicht wenigstens drei Gulden Umsatz mache, verlange ich Miete von Ihnen.«

Irene verdrängte ihre Furcht, am Ende auf diesen Kosten sitzen zu bleiben, und stimmte zu.

Nun ging sie den ersten der drei Gänge entlang, legte ihre fertige Ware auf die schmalen Tischchen neben die Nähmaschinen, auf denen auch das Ersatzgarn und die Kästchen mit den Maschinennadeln standen, und beugte sich dabei mit ihrer Nachricht zu jeder Frau hinunter.

Im Vergleich zu dem infernalischen Lärm, der in Lambrecht in der Spinnerei oder der Weberei geherrscht hatte, war es hier im Nähsaal geradezu ruhig. Dennoch ratterten die besetzten Maschinen so laut, dass Irene ihre Botschaft oft einige Male wiederholen musste, bis sie verstanden wurde.

»Worum soll es denn im ›Weißen Bären‹ gehen?«, fragte man sie natürlich immer wieder.

»Um die bevorstehenden Entlassungen und die Lohnkürzungen für die verbleibenden Arbeiterinnen«, erläuterte sie leise.

»Daran können wir doch ohnehin nichts ändern«, lautete oft die resignierte Antwort.

Irene war darauf vorbereitet. »Dann hast du ja auch nichts zu verlieren, wenn du zu uns stößt«, konterte sie. »Ich habe einen Plan«, verriet sie danach geheimnisvoll. »Aber um den kennenzulernen, musst du heute Abend kommen.«

Aus dem Augenwinkel heraus sah Irene Martha, ihre ehemalige Vorrichterin, die mittlerweile ebenfalls die Zuschneidearbeiten als Vorarbeiterin beaufsichtigte, auf sich zukommen.

»Was tuschelt ihr denn alle so eifrig?« Ihre vergrämte Miene strafte ihren gewollt burschikosen Tonfall Lügen.

Irene erläuterte Martha in wenigen Worten, worum es ging. Ein winziger Hoffnungsfunke glomm in den umschatteten Augen der Kollegin auf. »Ich gehöre auch zu denen, die man entlassen will«, vertraute sie Irene an. »Die Stockhausen meinte, die beiden Vorarbeiterinnen der Näherei könnten das bisschen Zuschneiden mit beaufsichtigen.«

»Ich werde auch die Kolleginnen informieren, die gerade in der Pause sind«, bot sie Irene sodann an. »Ich hoffe, dass alle zahlreich erscheinen werden, um zu hören, was du vorhast.«

Gerichtssaal in Weißenburg
Januar 1873

»Also, Sie verbürgen sich dafür, dass dieser junge Mann keine staatsfeindlichen Absichten hegte, als er diese provozierenden Kleidungsstücke trug?«

Der Richter fixierte Franz scharf durch ein Lorgnon, das sein Auge grotesk vergrößerte. Mit seiner grauen Perücke und schwarzen Robe erinnerte er Franz an eine Dohle.

»Dafür verbürge ich mich. Sein Vater hat im Krieg auf der Seite der Bayern gekämpft und ist dabei gefallen.« Franz hoffte inständig, dass der Richter nichts von der Falschaussage wusste, mit der man Hansis Vater als Deserteur und Überläufer denunziert hatte. Zu seiner Erleichterung erwähnte der Richter dies tatsächlich nicht.

»Sie selbst haben im Dienste unseres Vaterlandes ein Bein verloren«, konstatierte er weiter, was Franz selbstverständlich unwidersprochen ließ. »Es ist daher kaum davon auszugehen, dass Sie subversive Personen in einer solch verantwortungsvollen Position in Ihrem Weingut beschäftigen. Denn auch ein Verwalterlehrling hat ja wohl Zugang zu vertraulichen Dokumenten.«

Franz nickte mit zusammengebissenen Zähnen. »So ist es, Ehrwürden«, rang er sich ab.

»Dann lasse ich noch einmal Gnade vor Recht ergehen. Ich spreche dich zwar nicht frei, junger Mann, aber ich reduziere deine Geldstrafe von fünfzig auf nur zehn Gulden. Das wird dir eine Lehre sein, dich nächstens besonnener zu verhalten.«

»Ich entrichte die Strafe für Hansi Krüger«, sagte Franz zu.

»Davon gehe ich aus, Herr Gerban. Ein Lehrling wird kaum so viel verdienen, dass er eine solche Summe sofort aus eigener Tasche bezahlen kann.« Der Richter ließ dabei offen, woher Hansi dann erst im Falle der noch höheren Geldstrafe die fünfzig Gulden hätte hernehmen sollen. »Doch ich gebe Ihnen einen guten Rat, Herr Gerban. Auch Sie sind noch jung.«

Er machte eine Pause und fixierte jetzt wieder Franz.

»Ziehen Sie Ihrem Lehrling die Summe in Raten vom Lohn ab. Nur durch Schaden wird man klug. Und Sie tragen schließlich als Lehrherr eine Mitverantwortung für das einwandfreie Verhalten eines Unmündigen.«

Herr, schenke mir Geduld, flehte Franz im Stillen, ohne eine Miene zu verziehen.

Schon bei den ersten Worten des Richters, mit der dieser die heutige Sitzung eröffnet hatte, war Franz klar geworden, dass er durch Widerstand und Renitenz nichts erreichen, sondern für Hansi alles nur noch schlimmer machen würde. Und was ihm zeit seines Lebens schwergefallen war, wenn es um ihn selbst ging, brachte er nun um Hansi Krügers willen zuwege: Diplomatie und Pragmatismus, zumindest nach außen hin.

»Ich ordne außerdem an, dass diese Vorstrafe aus den Akten getilgt wird, wenn du dich ein Jahr lang einwandfrei betragen hast«, wandte sich der Richter nun wieder an Hansi, der eingeschüchtert nickte. Mit einer Vorstrafe in den Akten hätte er nirgendwo anders Arbeit gefunden. Das war auch Franz klar. Und die Garantie, Hansi lebenslang zu beschäftigen, wollte er nun doch nicht übernehmen.

»Damit ist die Verhandlung beendet.« Der Richter schlug mit einem hölzernen Hämmerchen auf seinen Tisch. »Erheben Sie sich, während ich das Urteil verlese.«

Während der Richter monoton vor sich hin leierte, dachte Franz an den Turko Ben Salah, der einem anderen engstirnigen Preußen in die Hände gefallen war. *Hätte ich für den armen Kerl ebenfalls mehr erreicht, wenn ich nicht so zornig geworden wäre?*

Der Gedanke beschäftigte ihn den gesamten schweigsamen Heimweg über.

Stockhausens Kontor in Oggersheim
Januar 1873, zwei Tage später am Samstag

»Setzen Sie sich dorthin, Frau Klein. Herr Stockhausen hat im Augenblick noch keine Zeit für Sie. Er ist ja erst seit gestern Nachmittag wieder im Haus!«

Das Vorzimmerfräulein war unfreundlich wie eh und je. Es hatte nicht einmal Irenes Gruß erwidert.

Mit klopfendem Herzen nahm Irene auf dem harten Schemel Platz und überdachte wohl zum einhundertsten Mal ihre Rede. Heute würde sie alles auf eine Karte setzen. War es die falsche Karte, würde auch sie mit an Sicherheit grenzender Wahrscheinlichkeit ihre Stelle verlieren und wieder einmal nicht wissen, wie sie Fränzel und sich ernähren sollte.

Vielleicht geht mein Plan aber auch auf, sprach sie sich Mut zu. Wenigstens hatte nur sie selbst etwas zu verlieren. Die Arbeiterinnen, die ohnehin heute Abend ihren letzten Wochenlohn erhalten sollten, konnten dagegen nur gewinnen. Genauso hatte sie auch von ihrem erhöhten Standort im »Weißen Bären« aus argumentiert, auf dem sie für alle gut sichtbar war. Dabei handelte es sich zwar um kein Podest, sondern nur um einen Stuhl, auf dem Irene stand, aber zumindest konnte jeder sie sehen und hören. Denn tatsächlich war der kleine Saal brechend voll. Fast alle Frauen aus der Weißnäherei hatten sich eingefunden.

»Und ich verspreche denjenigen, die bei gekürztem Lohn

ihre Stelle auch über die Wintermonate behalten würden, dass ich nur im äußersten Notfall mit einem Streik drohe«, versprach Irene. Wenigstens rauchten die Frauen nicht, sodass ihr kein Qualm beständigen Hustenreiz verursachte wie seinerzeit bei den von Josef Hartmann geleiteten Versammlungen in Lambrecht.

»Und wenn Herr Stockhausen auch dann nicht auf unsere Vorschläge eingeht«, Irene wählte bewusst eher höfliche Formulierungen, »dann kommt jede von euch, die noch ihre Arbeit hat, am nächsten Montag wie üblich zur Weißnäherei.« Das hatte sie am Donnerstagabend im »Weißen Bären« viele Male betont.

»Was ist, wenn er uns trotzdem alle entlässt?«, meldeten sich einige nach wie vor pessimistische Frauen zu Wort.

»Dann müsste er die Weißnäherei erst einmal für längere Zeit schließen«, kam Martha Irene zu Hilfe. »Denn Heimarbeiterinnen können oft nicht als Ersatz in den Fabriken einspringen, da sie niemanden für die Betreuung ihrer Kinder haben. Und in ganz Oggersheim ist Stockhausens Weißnäherei die einzige, und ihr wisst doch zudem noch alle sehr gut, dass wir uns mit den neuen Nähmaschinen erst einmal zurechtfinden mussten.«

»Und wenn Anna recht hat und Stockhausen im März den nächsten größeren Auftrag erwartet, würde er doch ohne geübte Näherinnen gar nicht liefern können«, ergänzte die Arbeiterin Thea.

»Also gut! Versuchen wir es zumindest!«, war schließlich die fast einhellige Meinung gewesen, als die Versammlung endete.

Und nun saß Irene mit schweißfeuchten Händen auf dem harten Schemel und wartete in Stockhausens Vorzimmer darauf, vorgelassen zu werden. Immer wieder prüfte sie ihre Argumente, die sie gemeinsam mit den Kolleginnen gesammelt hatte. *Sie sind allesamt plausibel, aber wird Stockhausen das auch so sehen?*

Nach einer Wartezeit, die Irene endlos vorkam, obwohl es in Wahrheit nur zwanzig Minuten waren, ging endlich die messingbeschlagene Tür aus dunkel gebeiztem Eichenholz auf. Den Mann, der in einem eleganten schwarzen Anzug mit Weste und einem blütenweißen, aufwändig mit Stehkragen und gefälteltem Brusteinsatz versehenen Hemd heraustrat, kannte Irene nicht.

»Ich verlasse mich auf Sie, Herr Jäger«, hörte sie Stockhausens sonore Stimme, ohne ihn selbst sehen zu können. »Entenbrust, Rinderbraten und Wildschweinkeule, dazu Forellenfilets und Zander. Da müsste dann für jeden Geschmack etwas dabei sein. Und reichlich! Wir erwarten fast einhundert Gäste.«

Der Mann kehrte Irene noch einmal den Rücken zu und trat halb durch die Tür zurück in Stockhausens Kontor. »Und Sie sind wirklich sicher, dass Vorspeisen, Suppe und Nachtisch im eigenen Hause zubereitet werden sollen?«

Stockhausen lachte dröhnend. »Meine Küchenfee ist ohnehin schon beleidigt, dass ich die Hauptgänge nebst Beilagen auswärts bestelle. Auch wenn Sie das feinste Haus am Platz sind. Ich fürchte, sie würde mir den Dienst aufkündigen, wenn ich ihr auch noch die übrigen Gänge streitig mache.«

»Nun gut, Herr Stockhausen.« Jäger verneigte sich. »Und sollten Sie es sich doch noch einmal anders überlegen ...«

»... weiß ich ja, wo ich Sie finde«, beendete Stockhausen den angefangenen Satz.

Dann trat er selbst durch die Tür. Ohne Irene zu begrüßen, wandte er sich zuerst an das Bürofräulein. »Ist meine Tante denn noch nicht da?« Er runzelte die Stirn.

»Ihre Tante lässt sich vielmals entschuldigen«, antwortete das Fräulein zu Irenes großer Erleichterung. »Sie ist gerade sehr unpässlich. Wohl ein verdorbener Fisch zum Mittagsmahl, wenn Sie verstehen ...«

»Also, Frau Klein, dann kommen Sie herein.« Wieder begrüßte Stockhausen Irene nicht und reichte ihr auch nicht die Hand. Er wies ihr in seinem Kontor zwar wieder denselben Platz an seinem runden Besuchertisch zu, den sie schon innegehabt hatte, als er ihr im Spätsommer die Stelle als Vorarbeiterin offerierte. Doch diesmal bot er ihr nicht einmal ein Glas Wasser aus der Karaffe an, die auf einem Beistelltischchen stand, geschweige denn eine Tasse Bohnenkaffee oder gar Gebäck.

»Sie kommen, um dagegen zu protestieren, dass heute Abend ein Teil der Arbeiterinnen entlassen wird?«, begann der Fabrikherr dann mit zusammengezogenen Augenbrauen. Natürlich hatte Irene dem Vorzimmerfräulein gestern den Anlass ihres Gesprächstermins nennen müssen, um überhaupt vorgelassen zu werden.

Stockhausen wich Irenes Blick aus. »Das hätte ich allerdings nicht von Ihnen gedacht, als ich Sie zur Vorarbeiterin machte. Sonst hätte ich das unterlassen. Das können Sie mir glauben.«

Unter ihrer abgewetzten Handtasche verkrampfte Irene die Hände im Schoß. Im Versuch, sich ihre Nervosität nicht anmerken zu lassen, reckte sie selbstbewusst den Kopf.

»Ich würde Ihnen dazu gerne einige Vorschläge unterbreiten, die ich auch schon mit den Kolleginnen abgestimmt habe.« Sie machte eine kleine Pause, bis auch er den Kopf hob und sie ansah.

»Aha. Und die wären?«

»Es gibt einige gute Gründe dafür, die Belegschaft auch über die Wintermonate hindurch zu behalten. Dazu gehört in erster Linie die Qualität unserer Arbeit, wie wir sie alle in jüngster Zeit erbracht haben. Soviel mir bekannt ist, gab es kaum Reklamationen bei der von uns gefertigten Ware.« Das war ein Schuss ins Blaue. Aber Irene verließ sich darauf, dass Stockhausens verkniffene Tante ihnen solche Reklamationen sicher schon längst unter die Nase gerieben hätte. Auch der Fabrikherr widersprach ihr nicht.

»Diese Qualität an den hochmodernen Nähmaschinen zu erzeugen, bedarf der ständigen Übung und Fingerfertigkeit, Herr Stockhausen. Das weiß ich aus eigener Erfahrung, und jede Näherin hat es mir bestätigt. Eine geübte Näherin kann bis zu eintausend Stiche pro Minute ausführen. Mit einwandfreien Nähten, wie ich betonen möchte. Und ohne Flecken auf dem Hemdenstoff, wie sie in Heimarbeit ja häufig vorkommen, da diese oft in der Nähe des Küchenherdes verrichtet wird und die Stoffe auf demselben Tisch ausgebreitet werden, an dem die Familie isst«, wiederholte Irene mit Bedacht Stockhausens eigene Argumente. Seinerzeit hatte er genau damit das Ende der Kragen-, Manschetten- und Knopflochfertigung in Heimarbeit begründet.

»Gut, das ist mir alles bekannt, Frau Klein. Sonst hätte ich ja auch keine zentrale Weißnäherei in Oggersheim eingerichtet«, antwortete der Fabrikherr denn auch. »Doch im Winter fehlen mir nun einmal die Aufträge, um alle Näherinnen zu beschäftigen. Viele Frauen hätten rein gar nichts zu tun. Und dass ich sie dafür nicht bezahlen möchte, liegt ja wohl auf der Hand.«

»Und wenn Sie auf Vorrat nähen ließen?«, sprang Irene ins kalte Wasser.

»Auf Vorrat? Was meinen Sie damit?«

Irene holte tief Luft. »Nun, in all den Monaten, in denen ich selbst in der Näherei tätig bin, wurden doch zumindest von der bayerischen Armee immer die gleichen Oberhemden geordert, also immer ein und derselbe Schnitt in drei verschiedenen Größen. Erwarten Sie denn bei diesen Aufträgen gravierende Veränderungen?«

Stockhausen wirkte verblüfft. »Nun, eigentlich nicht«, räumte er ein.

»Oder glauben Sie, die Truppen sind bereits vollständig ausgerüstet?«, wagte Irene den nächsten Schachzug.

Nun lächelte Stockhausen amüsiert. »Das auf gar keinen Fall, mein neunmalkluges Fräulein ..., ich meine natürlich Frau Klein«, verbesserte er sich. »Bis der Bedarf gedeckt ist, werden noch Jahre vergehen. Schließlich müssen die neuen Rekruten, die die vielen Kriegsopfer ersetzen sollen, eingekleidet werden. Ein Krieg fordert ja nicht nur Opfer an Menschen, sondern vor allem an Material«, fuhr er mit unternehmerischer Gefühllosigkeit fort. »Jeder Soldat sollte drei Hemden zum Wechseln haben. Ich schätze, die meisten haben bislang höchstens zwei oder sogar nur eins.«

»Dann gehen Sie ja kein Risiko ein, wenn wir jetzt schon mit dem Nähen beginnen würden.« Irene schöpfte erstmals wieder etwas Hoffnung. »Zumal ...« Sie stockte absichtlich.

»Was heißt zumal?«

»Zumal wir ja auch andere Artikel herstellen könnten. Zum Beispiel Unterwäsche für die Soldaten.«

»Unterwäsche? Die wird aber nicht aus denselben Stoffen gefertigt wie Oberhemden.«

»Das nicht, Herr Stockhausen. Sie müssten dafür gröbere Baumwoll- oder Leinentuche einkaufen.«

»Und riskiere den Verlust dieser Investition, wenn die Armee ihren Bedarf woanders deckt.«

»Es sei denn, Sie verkaufen in diesem Fall die Wäsche an Kaufhäuser, in denen auch ärmere Kunden verkehren. Unterwäsche braucht schließlich jeder.« Irene hatte wirklich gründlich über jeden möglichen Einwand Stockhausens nachgedacht. Das machte sich jetzt bezahlt.

»Und wie genau stellen Sie sich das vor?«

Irene neigte den Kopf und bemühte sich, ein Lächeln zu unterdrücken. »Wir könnten die Unterwäsche in denselben drei Größen fertigen wie die Oberhemden. Es gibt einige

Arbeiterinnen, die solche Wäsche bereits in Heimarbeit hergestellt haben. Sie kennen die Schnitte und wissen, worauf es ankommt.«

»Aber es braucht weder Kragen noch Manschetten oder aufwändige Knopflöcher für diese Ware.« Stockhausens Blick bekam nun etwas Lauerndes. »Was soll also mit Ihren eigenen Arbeiterinnen geschehen?«

Auch auf diese Frage war Irene vorbereitet. »Die Frauen können genauso gut nähen wie alle anderen Weißnäherinnen. Zumal Unterwäsche keine so großen Ansprüche an die Kunstfertigkeit stellt wie Oberhemden.«

»Hm!« Stockhausen starrte vor sich hin. Offenbar dachte er nach. Geistesabwesend nahm er einen Schluck Kaffee aus seiner Tasse und verzog angeekelt den Mund. »Igitt! Der ist ja ganz kalt!«

Er stand auf und ging zur Bürotür. »Fräulein Brause! Kochen Sie uns einen frischen Kaffee! Sie nehmen doch auch eine Tasse?«, wandte er sich dann an Irene.

Nun lächelte sie offen. »Sehr gerne, Herr Stockhausen.«

»Gut! Sie haben mich überzeugt, dass an Ihren Vorschlägen etwas dran sein könnte. Wenn wir im Frühjahr bereits fertige Ware haben, sind wir der Konkurrenz ein Stück weit voraus. Zumal die Arbeiterinnen in den am nächsten gelegenen Weißnähereien in Worms und Heidelberg bereits entlassen wurden.« Er sah mit einem selbstgerechten Gesichtsausdruck auf. »Wogegen ich schon jetzt meine volle Belegschaft glatte zwei Wochen länger beschäftigt habe als andere Fabrikherren.«

»Ein weiser Entschluss«, schmeichelte Irene. »Der Ihnen jetzt doppelt zugutekommt, wenn Sie uns alle den ganzen Winter über beschäftigen. Sie haben dadurch einen Vorsprung vor der Konkurrenz, und Ihre Arbeiterinnen bleiben in der Übung und schonen darüber hinaus ihre Hände.« Ein weiteres Argument, das Stockhausen neugierig machen sollte.

Irenes Rechnung ging wieder auf. »Schonen ihre Hände?«, fragte der Tuchfabrikant irritiert nach.

»Ihre werte Frau Tante hat mir bei meiner Einstellung eingeschärft, nur mit blitzsauberen Händen zur Arbeit zu kommen. Um die Stoffe nicht zu beschmutzen. Aber ich habe darüber hinaus gemerkt, dass auch raue Hände den Stoffen schaden können. Ist die Haut aufgerissen, oder sind die Fingernägel abgebrochen, zieht man leicht Fäden. Arbeiterinnen in meinem Saal, denen das passiert ist, habe ich deshalb empfohlen, billige Handschuhe bei der Küchen- und Hausarbeit zu tragen.«

»Aha! Und was wollen Sie mir jetzt eigentlich sagen?«

»Die entlassenen Arbeiterinnen müssen jede Gelegenheit nutzen, um im Winter etwas dazuzuverdienen. Ihre werte Frau Tante hat mir selbst gesagt, sie rechne damit, dass die Frauen waschen und putzen gehen oder in billige Wirtshäuser zum Abspülen. Mir haben die Kolleginnen darüber hinaus gesagt, dass einige von ihnen sich in den vergangenen arbeitslosen Perioden als Lastenträgerinnen oder Gassenfegerinnen verdingt haben. Einige haben sogar Holz gehackt. Eben alles getan, was ein paar Kreuzer einbringt, um die Not zu lindern. Dabei werden ihre Hände natürlich rau und rissig. Selbst wenn sie nicht alles verlernt haben, wenn sie wieder eingestellt werden, wird auch das die Qualität der Näharbeiten zumindest anfangs beeinträchtigen.«

Es klopfte an die Kontortür. Fräulein Brause brachte eine frische Kanne Kaffee. Stockhausen wedelte sie ohne Dank hinaus wie eine lästige Fliege.

Kein Wunder, dass sie so verbiestert ist, dachte Irene, während ihr Stockhausen persönlich das duftende Getränk eingoss.

»Nun gut, Frau Klein. Sie haben mich überzeugt. Ich behalte die gesamte Belegschaft, jedoch nur zu dem reduzierten Festlohn, den ich für die Übergangszeit vorgesehen hatte.«

Über diesen möglichen Einwand hatte Irene besonders

gründlich nachgedacht. Würde er überhaupt gemacht werden, war einerseits weniger Lohn besser als keiner. Andererseits wusste sie, dass es sehr schwer werden könnte, später zum alten Lohnniveau zurückzukehren. Das hatte ihr Josef Hartmann während des Lambrechter Streiks erklärt, als sie über mögliche Kompromisse diskutierten.

Erst anlässlich der Aufzählung all der Köstlichkeiten, die Stockhausen für seine Verlobungsfeier bestellte, hatte Irene kurz entschlossen im Vorzimmer entschieden, wie sie in diesem Fall reagieren würde.

»Darauf kann ich leider nicht eingehen«, antwortete sie kühn. »Der reduzierte Lohn ist zu wenig zum Leben und zu viel zum Sterben. Sie haben gerade Entenbrust und Rinderbraten für Ihre Verlobungsfeier bestellt«, sie hob die Stimme bei ihren letzten Worten, und Stockhausen nickte kurz. »Solch feine Gerichte kennen wir Arbeiterinnen unser ganzes Leben lang nicht. Höchstens am Sonntag gibt es ab und zu ein Stück Speck oder Rauchfleisch und zu hohen Feiertagen vielleicht ein zähes Huhn.«

Stockhausen blickte finster drein.

»Bezahlen Sie doch weiter den Stücklohn«, schlug Irene vor. »Für Unterwäsche natürlich weniger als für Oberhemden. Das ermutigt die Frauen auch dazu, ihre Hände zu pflegen. Außerdem müssen sie keinen Nebenverdienst annehmen, der ihre Haut ruiniert. Und Sie können womöglich sogar höhere Preise für Ihre Ware verlangen, wenn Sie schneller liefern können als andere Weißnähereien.«

Stockhausen legte die Stirn in Falten. Aus den Bewegungen seiner Finger schloss Irene, dass er rechnete.

»Nun gut!«, brummte er schließlich. »Vier Wochen lang! Genau vier Wochen lang probiere ich diese Methode! In dieser Zeit erkunde ich den Markt und sondiere, ob ich die Ware überhaupt absetzen kann. Gelingt mir dies nicht, werde ich noch mehr von Ihnen, als jetzt schon vorgesehen waren, entlassen, um meine Verluste zu reduzieren.«

Irene nickte. Ihr Instinkt sagte ihr, dass heute wahrscheinlich nicht mehr zu erreichen war. Obwohl sie noch einen letzten Trumpf im Ärmel hatte.

»Und Prämien zahle ich Ihnen im Winter nicht.« Stockhausen zeigte mit dem Finger auf sie. »Auch wenn Ihre Gruppe noch so gut arbeitet.«

»Es sei denn, Sie hätten auch dadurch einen Gewinn.« Irenes Stimme klang sicherer, als sie sich in Wirklichkeit war. »Darf ich Ihnen einen letzten Vorschlag unterbreiten?«

Stockhausen nickte misstrauisch.

»Bislang fertigen wir nur Stapelware, Herr Stockhausen. Ein feiner Herr wie Sie oder der Mann, mit dem Sie gerade über das Essen gesprochen haben, würde so etwas nie kaufen.« Sie machte eine kleine Pause.

»Natürlich nicht! Worauf wollen Sie jetzt hinaus?«

»Was halten Sie davon, wenn ich mit den geschicktesten Zuschneiderinnen und Näherinnen feinere Oberhemden herzustellen versuche? Aus Linnen oder auch aus Seide, wenn Sie uns das zutrauen. Für solche Oberhemden mit aufwändigen Kragen und Manschetten sowie gefältelten Hemdbrüsten könnten Sie weit höhere Preise verlangen als für die Stapelware. Ich leite die Näherinnen an. Wir fertigen die Ware im kleinen Nähsaal. Und sollten wir erfolgreich sein und Sie mit Ihrem unternehmerischen Geschick Kunden für diese Erzeugnisse finden, woran ich nicht den geringsten Zweifel hege, dann zahlen Sie mir und den anderen eine kleine Zusatzprämie aus Ihrem Gewinn.«

Stockhausen wirkte einen Moment lang verblüfft. Dann begann er zu Irenes Erstaunen laut zu lachen und schlug sich dabei auf die feisten Oberschenkel.

»Na, Sie sind mir ja eine ganz Ausgebuffte!« Irene hatte das

Wort noch nie gehört, nahm es aber als Kompliment. »Gut! Dann machen wir das so. Sagen Sie den Frauen in den Näh- sälen Bescheid, dass ich sie am Montag vollzählig zur Arbeit erwarte. Ich muss mich derweil sputen, um die Stoffe für die im Winter zu fertigende Ware einzukaufen. Aber da weiß ich schon, an wen ich mich wenden werde«, überlegte er laut, ohne Irene dabei anzusehen.

Sie nahm das als Zeichen dafür, dass sie entlassen sei, und stand auf. »Ich danke Ihnen von ganzem Herzen, Herr Stock- hausen.« Sie reichte ihm die Hand, die er kräftig schüttelte. »Und bedanke mich bei Ihnen im Namen all meiner Kollegin- nen.«

Sie war schon halb aus der Tür, als er sie noch einmal zurück- rief. »Was hätten Sie denn getan, wenn ich abgelehnt hätte?«

Irene holte tief Luft. »Dann wären wir alle am Montag ge- schlossen nicht mehr zur Arbeit erschienen. Ich bin sehr froh, dass es nicht so weit gekommen ist.«

Sie wartete Stockhausens Reaktion nicht ab, sondern schlüpfte rasch hinaus. Im Vorzimmer hörte sie noch, dass er fluchte. »Hol der Teufel die Weiber, sie sind von Natur aus lis- tig und verschlagen.« Aber sie bemerkte auch den amüsierten Unterton in seiner Stimme.

Auf dem Weg von Weißenburg nach Altenstadt
Ende Januar 1873

Wilhelm Gerbans Kopfschmerzen wurden immer heftiger, je mehr er sich seinem Anwesen in Altenstadt näherte. Er scheute die heftige Szene, die ihm zweifelsohne bevorstand, und hätte sie am liebsten vermieden. Aber die Dinge waren nun einmal so, wie sie waren, und nicht zu ändern.

Die Verlobung wird ja nur um ein paar Wochen verschoben, versuchte er vergeblich, sich selbst zu beruhigen. *Und der Hochzeitstermin im September ist ja nicht einmal davon betroffen.*

Trotzdem war ihm klar, dass Mathilde geradezu hysterisch auf diese Nachricht reagieren würde.

Gestern waren zwei Briefe aus Oggersheim für ihn und seine Tochter, die ja unter der Woche im Internat für höhere Töchter in Landau weilte, eingetroffen.

Sehr verehrter Wilhelm, schrieb Herbert Stockhausen.

Es tut mir unendlich leid, Ihnen mitzuteilen, dass wir die geplante Verlobungsfeier leider verschieben müssen. Meine liebe Tante Ilse ist heftig erkrankt. Was anfangs noch wie eine Unpässlichkeit aufgrund einer verdorbenen Speise anmutete, hat sich leider als ernsthafte Magenkrankheit herausgestellt, die sogar im Hospital behandelt werden musste.

Nach ihrer Entlassung muss meine liebe Tante jetzt erst einmal zur Kur nach Baden-Baden reisen, um sich wieder gänzlich zu erholen. Ich werde sie dorthin begleiten, um sicherzustellen, dass dort alles seine Ordnung hat und sie die besten Voraussetzungen für ihre rasche Genesung vorfindet.

Unser Hausarzt hat einen Aufenthalt von mindestens vier, wenn nicht gar sechs Wochen empfohlen. Dass ich meine Verlobungsfeier auf gar keinen Fall ohne meine Tante abhalten möchte, die an mir als früh verwaistem Kind über viele Jahrzehnte hinweg die Mutterstelle vertreten hat, ist Ihnen sicher verständlich.

Ich hoffe, wir können unser Fest im späten April oder frühen Mai nachholen. Und dabei mit etwas Glück bereits im Freien unter einer milden Frühlingssonne feiern. Das wäre doch wunderbar!

Bitte trösten Sie meine geliebte Mathilde, die sicher genauso traurig sein wird wie ich selbst. Aber die Wege des Herrn sind nun einmal unergründlich. Ich habe in zarten Worten versucht, ihr die Sachlage zu erläutern, und bin sicher, dass sie dafür Verständnis aufbringen wird.

Leider war Wilhelm Gerban sich da bei Weitem nicht so

sicher wie Stockhausen. Vorsichtshalber hatte er den Brief an seine Tochter ins Kontor mitgenommen, da er nicht wollte, dass sie ihn unvorbereitet gleich nach ihrer Rückkehr vorfand.

Ich melde mich bei Mathilde, sobald ich aus Baden-Baden zurückkehre, was in ungefähr ein bis zwei Wochen der Fall sein dürfte.

Ich verbleibe für heute mit hochachtungsvollen Grüßen an Sie und Ihren Herrn Sohn und mit zärtlichen Gedanken an Mathilde

Ihr Ihnen ergebener Herbert Stockhausen

Kurz hinter dem Abzweig, der von der Landstraße zum Anwesen der Gerbans führte, rumpelte der Einspänner in ein Schlagloch. Ein scharfer Schmerz fuhr Gerban diesmal nicht nur durch den Kopf, sondern auch durch den Rücken.

Ich werde zu alt, um noch selbst zu kutschieren, sinnierte er. *Vielleicht sollte ich doch Ottilies beständigen Klagen nachgeben und eine zweite größere Equipage anschaffen. Und Riemer bitten, einen der Stallknechte zum zweiten Kutscher auszubilden. Auch er wird alt, und wer weiß, wie lange er seinen Dienst noch verrichten kann.*

Andererseits scheue ich diese Ausgabe gerade jetzt, wo ich jeden Kreuzer für meine Investitionen brauche. Er seufzte schwer angesichts dieses Dilemmas.

Als er die kiesbestreute Einfahrt erreichte, sah er gleich, dass der Landauer schon angekommen war, mit dem er Riemer ins Internat geschickt hatte, um Mathilde, die an jedem zweiten Wochenende nach Hause durfte, abzuholen. Und da kam sie auch schon an die Tür und winkte ihm zu.

Noch einmal seufzend und seinen schmerzenden Rücken reibend, stieg Gerban aus und wappnete sich für die Szene, die ihm bevorstand.

∽ Teil 4 ∼

Erlösung

Kapitel 22

Weißnäherei in Oggersheim
Mai 1873

Tief in Gedanken versunken ging Irene mechanisch an den Nähmaschinen ihrer Arbeiterinnen im kleinen Saal der Weißnäherei entlang. Mittlerweile platzte der Raum aus allen Nähten, seitdem Stockhausen nach dem großen Erfolg ihrer »Oberhemdenkollektion für den eleganten Mann«, wie er die Produkte bei seinen Kunden anpries, weitere zehn Nähmaschinen angeschafft hatte.

Tatsächlich erwiesen sich Irenes Ideen vom Januar als überaus lohnend. Mit den bereits Anfang März vorhandenen Armeehemden hatte er alle Wettbewerber aus dem Feld geschlagen und zudem einen besseren Preis erzielt als im vergangenen Jahr. Auch die Unterwäsche hatte sich prächtig verkauft. Damit hatte Stockhausen die Armee und Kaufhäuser als Kunden gewonnen.

Geradezu aus den Händen rissen ihm aber vor allem die größeren Kaufhäuser Irenes feine Oberhemden, deren Schnitt und Ausstattung sie gemeinsam mit Martha, ihrer ehemaligen Vorrichterin, entworfen hatte. Die Näherinnen kamen mit den Bestellungen kaum mehr nach, obwohl seit dem Frühjahr fast jeden Tag Überstunden gemacht wurden.

Selbstverständlich hatte Stockhausen bis auf eine Frau, die betrunken am Arbeitsplatz erschienen war, auch niemanden aus der Belegschaft entlassen. Im Gegenteil, er stellte bereits im März, und damit ebenfalls lange vor der Konkurrenz, zusätzlich die besten Näherinnen ein, die er in Oggersheim und im nahe gelegenen Ludwigshafen finden konnte.

Und er hatte nicht nur Irene, sondern der gesamten Belegschaft den Lohn erhöht und zusätzlich eine Prämie bezahlt. Darin unterschied sich Stockhausen tatsächlich von den Lambrechter Tuchfabrikanten, allen voran Benjamin Reuter, die ausschließlich auf ihre »Profitmaximierung« aus waren, wie es Josef Hartmann auszudrücken pflegte.

»Anna? Anna!«, rief die junge Näherin, an der Irene gerade vorbeieilte, schließlich lauter.

Sie schreckte hoch. »Ja! Was gibt es denn, Kathi?«

»Du hattest doch gestern versprochen, mir zu zeigen, wie man diese Hemdbrüste besser fältelt.«

»Ach ja!«, antwortete sie zerstreut. Sie beugte sich kurz über ein Muster, das die junge Frau ihr hinhielt. Ihr geübtes Auge erkannte sofort, dass man diesen Brusteinsatz mit seinen schiefen und vor allem sichtbaren Nähten nicht für eines der Luxusoberhemden verwenden konnte, für die die Kaufhäuser oft über zehn Gulden verlangten.

Aber heute fühlte sie sich der Aufgabe, Kathi anzuleiten und mit ihr zu üben, nicht gewachsen. Das würde sie sicher eine Stunde voller Konzentration kosten. Instinktiv griff sich Irene an den Kopf.

»Morgen, Kathi«, versprach sie der enttäuschten Frau. »Ich zeige dir morgen, wie du es besser machen kannst. Ich habe gerade schlimme Kopfschmerzen.«

»Oh, das tut mir leid!« Kathis gekränkte Miene wirkte nun besorgt. »Willst du nicht früher nach Hause? Die Stockhausen lässt dich ganz bestimmt gehen, wo du doch beim Tuchherrn einen so großen Stein im Brett hast.«

Irene warf einen raschen Blick auf die wie in jeder Fabrik überdimensionale Wanduhr. Es war erst ein Viertel nach vier Uhr. Sie schüttelte den Kopf. »Ich glaube, ich muss durchhalten, Kathi. Schließlich hatte ich schon vorgestern Nachmittag frei.«

Damit wandte sie sich ab und versank wieder in ihren Grübeleien. Vorgestern Nachmittag!

Mit sieben anderen Frauen hatte Irene vor dem Tor des Ludwigshafener Gefängnisses gewartet – das Gesicht unter einem Schleier verborgen, den sie aus einem Stoffrest angefertigt hatte. Ilse Stockhausen hatte ihn ihr mit gnädiger Miene überlassen, wohl wissend, dass er in der Fabrik ohnehin nicht mehr zu verwenden gewesen wäre, weil sie einige Fäden gezogen hatte.

Dennoch erkannte Josef Hartmann Irene sofort. Mit großen Schritten eilte er auf sie zu und umarmte sie so fest, dass es ihr fast den Atem nahm.

»Wie schön, dich endlich wiederzusehen!«, raunte er, bevor er sie rasch vor den Blicken der Torwachen in Sicherheit brachte, die argwöhnisch zu ergründen versuchten, welche Frau den Aufrührer Hartmann aus dem Gefängnis abholte.

Erst hinter der nächsten Straßenecke lüftete Josef den Schleier und küsste sie innig. »Ich habe dich so vermisst«, seufzte er. »Hätten sie mich diesen Monat nicht schon früher entlassen, als festgesetzt war, wäre ich bestimmt verrückt vor Sehnsucht nach dir geworden.«

Mit einer Mischung aus schlechtem Gewissen und Hingabe erwiderte Irene den Kuss. Einerseits freute sie sich sehr über Josefs Freilassung, andererseits hatte sie ihn in den letzten Monaten, als es ihr und Fränzel dank ihres beachtlichen Lohns recht gut ging, nicht mehr so arg herbeigesehnt wie in den ersten Wochen in der Fremde. Noch auf dem Weg zu ihrer Wohnung berichtete Irene Josef, wie sie die Zeit seiner Haft als Anna Klein in der Oggersheimer Weißnäherei verbracht hatte.

Es dauerte nicht lange, bis Josef das heikle Thema ihrer gemeinsamen Zukunft ansprach. Sie lagen nach einem heftigen, aber aufgrund Josefs langer Enthaltsamkeit kurzen Liebesakt erschöpft im Bett ihrer Wohnung. Da es noch helllichter Tag war, blieb Fränzel bei der Hütefrau.

»Man hat mir die Frankenthaler Leitung des dortigen Arbeitervereins angeboten. Der Brief erreichte mich noch im Knast kurz nach der Verkündung der Amnestie vor zwei Wochen. Mein Gehalt ist recht ordentlich. Wenn du mit Nähen noch etwas in Heimarbeit dazuverdienst, kommen wir gut über die Runden. Zumal es sogar eine Dienstwohnung gibt, die ich für kleines Geld mieten kann.«

Er spürte, wie sich Irene in seinen Armen versteifte. »Willst du das nicht?« Sie hörte die Enttäuschung in seiner Stimme und seufzte.

»Ich weiß es nicht, Josef. Ich verdiene sehr gut hier in Oggersheim, manchmal sind es fast fünfzehn Gulden pro Woche. Davon konnte ich früher nur träumen. Und darüber hinaus bin ich für zwanzig Arbeiterinnen verantwortlich, die auf mich zählen und die ich nicht im Stich lassen möchte.«

Als er nicht antwortete, ergänzte sie: »Zumindest so lange nicht, bis sie die Kunst des Nähens so gut beherrschen wie ich. Sonst werden sie am Ende entlassen.«

»Also willst du bis zum Sankt Nimmerleinstag in Oggersheim bleiben«, konstatierte Josef. Irene sah irritiert auf und bemerkte, dass er schmunzelte.

»Was soll das heißen?«

»Wenn alle so gut nähen lernen sollen wie du, werde ich wohl bis zu meinem Lebensende auf dich warten müssen.«

Sie knuffte ihn in die Seite. »Verspotte mich nur! In Heimarbeit kann ich höchstens ein Drittel von dem verdienen, was ich jetzt habe.«

»Dafür verdiene ich die fünfzehn Gulden pro Woche«, erwiderte Josef schlicht. »Und du musst keine Miete zahlen und vor allem keine Hütefrau für Fränzel.«

Seine nächsten Worte trieben Irene die Tränen in die Augen. »Ich wäre deinem Sohn gerne endlich ein guter Vater. Er ist jetzt schon zwei Jahre alt. Wenn er mich nicht bald besser kennenlernt, wird er mich nie als seinen Vater akzeptieren, sondern immer für einen Fremden halten.«

Er merkte, dass er damit Irenes empfindsamsten Punkt traf. »Und das Kind könnte tagsüber bei dir sein«, legte er nach. »Die Wohnung hat inklusive der Küche drei Zimmer. Eines davon richten wir als Heimarbeitszimmer und Fränzels Spielzimmer ein. Du musst nicht wie andere Heimarbeiterinnen in einem Raum wohnen, essen, schlafen und arbeiten.«

Irene fühlte sich fast besiegt. »Woher weißt du das denn alles schon so genau?«, fragte sie schwach.

Josef grinste. »Nun, ich habe einen Vertreter des Arbeitervereins ins Gefängnis nach Ludwigshafen bestellt und mir von ihm alles genau erläutern lassen, bevor ich zugesagt habe. Er kam gestern, am letzten Besuchstag während meiner Haft.«

»Ich denke darüber nach«, wich Irene Josef aus. »Vielleicht bleibe ich einfach noch bis Weihnachten in Oggersheim und komme dann nach. Bis dahin werde ich außerdem so viel auf die Seite legen können, dass wir einen schönen Notgroschen haben.«

»Und ich kann dich doch sonntags oft besuchen«, tröstete sie ihn, als er sich nun versteifte. Sie strich ihm über die stoppelige Wange. »Es fahren mehrere Züge pro Tag nach Frankenthal, und es ist ja nur eine kurze Strecke.«

Josef gab vorerst auf. »Einverstanden«, seufzte er, »so lass dir alles gut durch den Kopf gehen.« Dann nahm er sie erneut in die Arme.

In der Nacht danach hatte Irene nur wenig geschlafen und sich grübelnd von einer Seite auf die andere gewälzt. *Wenn ich nur wüsste, was richtig ist,* sinnierte sie immer wieder. Natürlich brauchte Fränzel einen Vater. Aber es wäre auch schön, zumin-

515

dest noch eine Weile als Vorarbeiterin tätig zu sein. Eine solche Position würde sie als Liebchen eines Arbeiterführers so schnell nicht wieder erlangen.

Tief im Innern wusste Irene jedoch, dass dies nur ein Vorwand war. Im Gegensatz zu Josef hatte sie die erzwungene Keuschheit nicht gestört. Im Gegenteil, dadurch konnte sie Franz die Treue halten, auch wenn er nie etwas davon erfahren würde.

Heute Morgen war Josef dann nach Frankenthal aufgebrochen. Er schrieb ihr seine neue Adresse auf und bat sie noch einmal eindringlich, ihm rasch zu folgen. Zuvor hatte er sich bemüht, seine Enttäuschung zu verbergen, weil ihm Irene eine weitere Liebesnacht unter Hinweis auf Fränzels Anwesenheit verweigert hatte. Trotz ihrer Erschöpfung lag Irene danach wieder stundenlang wach und fühlte sich heute nun wie gerädert.

Gedankenverloren bog sie jetzt in den Teil des Nähsaals ein, von dem der Korridor abging, über den man den Hof und die gegenüberliegende Tuchfabrik erreichte. Da hörte sie plötzlich eine ihr bekannte Stimme. Wie angewurzelt blieb Irene stehen.

»Du siehst gar nicht gut aus, lieber Papa«, säuselte Mathilde. »Findest du den Gang durch diese endlosen Hallen auch so ermüdend wie ich?«

Unwillig schüttelte Gerban den Kopf, was seine Schmerzen nur noch verstärkte. Plötzlich tanzten bunte Sterne vor seinen Augen. Halt suchend griff er um sich und lehnte sich gegen eine Wand.

»Papa! Papa!« Mathildes Stimme wurde schrill. »Was ist mit dir?«

Wilhelm atmete tief durch und wartete, bis der Schwindel verging. Dann richtete er sich wieder gerade auf. Mittlerweile war auch Herbert Stockhausen herangekommen.

»Verehrter Herr Schwiegervater, ist Ihnen nicht gut?«

Durch den gerade überstandenen Schmerz gewarnt, verzichtete Wilhelm auf jede Kopfbewegung. »Es ist wieder eine dieser plötzlichen Attacken«, erklärte er stattdessen. »Sie kommen und gehen, wie es ihnen gefällt. Sobald ich ein paar Tropfen Laudanum genommen habe, wird es besser werden.«

»Aber du solltest dich jetzt ausruhen«, insistierte Mathilde. Sie blickte ihren Verlobten bittend an. »Mein Vater ist nicht mehr der Jüngste. Können wir nicht vorgehen und schon in die Villa zurückkehren?«

»Natürlich«, versicherte ihr Stockhausen. Dann richtete er mit bedeutungsschwangerer Stimme noch eine letzte Frage an Wilhelm. »Ich hoffe, Sie haben keine Sorgen?«

Wilhelm verstand sofort, was er meinte. »Sie meinen wegen der Börsenverwerfungen in Wien? Nun, das betrifft mich zum Glück überhaupt nicht«, log er. »Ich habe mich ausschließlich nach Berlin orientiert. Da sind die Anlagen sicher.«

In Wirklichkeit war er jedoch sehr beunruhigt darüber, dass in Wien gleich mehrere Banken Konkurs angemeldet hatten. Die großen Gazetten schrieben, dass viele Anleger dadurch ihr ganzes Vermögen verloren hätten. Und spekulierten natürlich darüber, ob diese »geplatzte Blase mit faulen Immobiliengeschäften« nicht auch auf andere Börsenplätze übergreifen würde.

Stockhausen zog die Stirn in Falten und sprach Wilhelms eigene Befürchtungen aus. »Nun, ich hoffe, Sie behalten recht, lieber Schwiegervater. Meine Berliner Bank hat mir natürlich gleichfalls versichert, dass sie nicht mit negativen Auswirkungen rechnet. Trotzdem bin ich froh, dass ich nur zehntausend Gulden angelegt habe. Diesen Verlust könnte ich notfalls verschmerzen. Zum Glück hatte ich gar nicht mehr flüssige Mittel zur Verfügung, da ich in den letzten beiden Jahren ununterbrochen in die Weißnäherei investiert habe.«

Wilhelms Schläfen begannen wieder zu pochen. Ein Anflug

von Panik ergriff ihn. *Das ganze Geld! Ich habe das ganze Geld bei Quistorp angelegt! Und nie für möglich gehalten, dass es bei solchen Transaktionen einen Totalverlust geben könnte.* Doch in Wien ist vielen Geschäftsleuten genau das passiert! Sie sind pleite und müssen sogar ihre Villen verkaufen. Und wenn die Gazetten recht haben, hat auch in Wien niemand damit gerechnet, dass etwas schiefgehen könnte.

Er fasste einen Entschluss. *Ich verkaufe alles wieder. Sobald ich zu Hause bin, verkaufe ich meine Aktien.*

»Papa? Papa?« Mathilde begann, ihm auf die Nerven zu gehen. Sie wandte sich an Stockhausen.

»Nun quäle meinen Vater doch nicht mit solch langweiligen Themen. Er muss sich setzen, seine Tropfen nehmen und eine Tasse Tee trinken.«

»Du hast ja recht, meine Liebe«, begütigte Stockhausen. »Ich begleite euch beide nach drüben.«

»Wo ist denn Franz?«, fragte Mathilde.

»Er ist zurückgeblieben, weil er noch den Abtritt... sich noch etwas frisch machen wollte«, wählte Stockhausen im letzten Moment eine gefälligere Formulierung. Über sämtliche Stoffwechselvorgänge wurde in Gegenwart von Damen genauso wenig gesprochen wie über Schwangerschaft oder Geburt.

»Aber wir treffen ihn sicher auf dem Rückweg und nehmen ihn dann mit in die Villa. Die Weißnäherei kann ich euch noch ein andermal zeigen.«

Mathildes vorausgegangene Frage hatte Irene nicht verstanden, nur Stockhausens Antwort. »Er ist zurückgeblieben, weil er noch den Abtritt... sich noch etwas frisch machen wollte.«

Sie lugte vorsichtig aus der Nische, in der sie sich eng an die Wand presste, bis die Gerbans samt Stockhausen den Saal verlassen hatten.

Mathilde! Und ihr Vater gleich noch mit dazu! In ihrem Schock vergaß sie vollkommen, dass Wilhelm Gerban auch ihr eigener Vater war. *Was tun sie hier? Wie kommen sie überhaupt hierher?*

Plötzlich fiel ihr siedend heiß ein, worum es gehen könnte. *Die Verlobung! Die Feier wurde im Winter verschoben und soll morgen stattfinden! Natürlich! Mathilde ist Stockhausens Verlobte, von der er ohne Unterlass schwärmt!*

Immerhin hatte Mathilde sich äußerlich sehr zu ihrem Vorteil verändert. *Wahrscheinlich, um auf dem heiß umkämpften Heiratsmarkt mithalten zu können.* Fast hätte Irene ihren ehemaligen Quälgeist, der sie als Dienstmädchen im Hause Gerban fast täglich schikaniert hatte, nicht mehr wiedererkannt. Nur die Stimme klang noch genauso unangenehm wie früher.

Während Irene mit langsamen Schritten den Gang entlang zurückging, rief sie sich Mathildes Erscheinung noch einmal in Erinnerung. Da es draußen warm und sonnig war, trug Gerbans Tochter ein duftiges Kleid aus zartlila Musselin mit bis zu den Ellenbogen reichenden Ärmeln und einem cremefarbenen Spitzeneinsatz. Es war ebenso wie das dazu passende Hütchen nur mit ein paar gleichfarbigen Rüschen garniert. Über die Schultern hatte sie einen leichten, ebenfalls cremefarbenen Spitzenschal geworfen. Das Kleid betonte dezent ihre mittlerweile schlankere Figur.

Sieh an, wer hätte das gedacht! Unwillkürlich musste Irene schmunzeln. *Aus dem fetten Entlein ist doch noch ein einigermaßen ansehnlicher Schwan geworden. Und Herbert Stockhausen wirkt tatsächlich verliebt.*

Verliebt? Wieder durchfuhr es Irene heiß und kalt. *Franz! Ist Franz auch hier? Er wird wohl kaum der Verlobung seiner einzigen Schwester fernbleiben.*

Ihre Müdigkeit war wie weggeblasen. *Ich muss sofort weg! Sie sind zwar jetzt alle in der Villa, aber wer weiß, ob sie nicht wie-*

derkommen! Ich werde Ilse Stockhausen doch bitten müssen, mich früher gehen zu lassen.

Schnellen Schrittes bog sie um die Ecke. Und prallte unmittelbar dahinter mit einem Mann zusammen, der ihr den Rücken zukehrte.

Verblüfft wandte der sich um, hob zunächst seinen Hut auf, der zu Boden gefallen war, und sah ihr dann ins Gesicht. Es war Franz!

Franz kamen die wenigen Sekunden, in denen er wie festgewurzelt an seinem Platz verharrte, wie eine halbe Ewigkeit vor.

»Verzeihen Sie bitte mein Ungeschick!«, murmelte Irene und wollte sich mit gesenktem Kopf an ihm vorbeischlängeln. Doch Franz hielt sie instinktiv am Arm fest.

»Irene? Irene!« Seine Stimme klang noch ungläubig. »Mein Gott, bist du es wirklich?«

Ihr Gesicht war kalkweiß mit roten hektischen Flecken auf beiden Wangen. Sie rührte sich nicht. Franz war versucht, sie zu schütteln.

»Wo warst du denn all die Jahre? Warum hast du dich nie bei mir gemeldet?«

Sie antwortete immer noch nicht. Bitterkeit stieg ihm wie Galle in die Kehle. Wider besseres Wissen zog er an seinem linken Hosenbein, bis der metallene Teil seiner Prothese, die den Unterschenkel ersetzte, zum Vorschein kam. »Ist es deswegen? Weil ich zum Krüppel geworden bin?«

Er sah, dass ihr Tränen in die Augen schossen. »Oh nein, Franz«, sagte sie und gab damit zu, dass auch sie ihn erkannt hatte. »Wie kannst du nur so etwas von mir denken? Ich habe jeden Tag für dein Leben gebet...«

»Ach, hier sind Sie, lieber Franz!«, dröhnte plötzlich Stockhausens Stimme in Irenes Rücken. Beide hatten sein Kommen nicht bemerkt.

»Oho!«, machte der Fabrikherr. »Ich sehe, Sie haben schon Bekanntschaft mit Frau Anna Klein geschlossen. Wollen Sie mir etwa meine beste Vorarbeiterin abspenstig machen?« Er lachte über seinen eigenen Scherz.

»Anna Klein?«, wiederholte Franz leise.

»Aber das wird Ihnen nicht gelingen!« Stockhausen bemerkte die Spannung, die zwischen den beiden herrschte, nicht, obwohl sie fast greifbar war. »Anna Klein legt nämlich größten Wert auf gepflegte Hände. In Ihren Weinbergen würden sie rau und rissig werden und ihre Eignung als Näherin beeinträchtigen.«

Franz ging ein Licht auf. »Ist das die junge Frau, von der Sie im Januar so schwärmten? Die Sie nach kurzer Zeit zur Vorarbeiterin befördert haben?«

Stockhausen lachte noch lauter. »Daran erinnern Sie sich noch, Franz? Alle Achtung!« Er verschluckte sich und musste husten. Als er wieder zu Atem kam, prustete er: »Ja, das ist die besagte Perle. Aber damals wusste ich noch nicht, dass sie geradezu ein wahrer Schatz ist. Das dürfen Sie wörtlich nehmen.« Kurz erläuterte er Franz Irenes Verdienste. »Wissen Sie was? Ich schenke Ihnen eins von Anna Kleins Hemden! Frau Klein«, wandte sich Stockhausen an Irene. »Bringen Sie ein Hemd, das Sie selbst genäht haben, nach Dienstschluss in die Villa und geben Sie es dort ab. Aber achten Sie darauf, dass es einwandfrei ist.«

»Jawohl, Herr Stockhausen. Das versteht sich von selbst«, flüsterte sie.

Der Fabrikherr schlug Franz auf die Schulter. »Sie kommen nun mit, mein Lieber! Alle warten schon mit dem Tee auf Sie.«

Irene nutzte die Gelegenheit, knickste und huschte eilig davon. Stirnrunzelnd sah Stockhausen ihr nach.

»Merkwürdig! Normalerweise ist sie nicht so schüchtern!

Eigentlich eine ganz selbstbewusste kleine Person. Aber verstehe die Weiber, wer will!«

»Wann hat sie denn Dienstschluss?« Franz konnte sich die Frage beim besten Willen nicht verkneifen.

Jeder andere als Herbert Stockhausen wäre jetzt misstrauisch geworden, er aber missverstand Franz nur ein weiteres Mal. »Erst um sieben Uhr! Das reicht nicht mehr, um das Hemd zum Nachtmahl anzuziehen. Wir speisen pünktlich um halb acht!« Er schlug Franz noch einmal auf die Schulter.

»Aber es wäre für eine so profane Gelegenheit ohnehin verschwendet. Heute Abend gibt es nur ein leichtes Essen! Wir wollen uns früh zurückziehen. Schließlich ist morgen der große Tag. Da möchte ich mein Goldstück frisch und ausgeruht an meiner Seite sehen!«

Mit diesen Worten eilte er Franz voraus und blickte über seine Schulter, als der nicht gleich zu ihm aufschloss. Denn erst jetzt merkte Franz, dass seine Prothese durch den Zusammenstoß mit Irene verrutscht war. Verstohlen zerrte er über seinem Hosenbein daran, bis sie wieder einigermaßen saß. Dennoch zog er beim ersten Schritt vor Schmerz zischend die Luft durch die Zähne.

»Ach, entschuldigen Sie, Franz. Ich hatte vergessen ...« Stockhausen beendete den Satz nicht. »Aber wissen Sie was?«, überbrückte er die peinliche Schweigepause. »Ich bitte meinen Diener, das Hemd auf jeden Fall noch heute Abend zu plätten, falls es notwendig ist. Dann können Sie es morgen zum Gartenfest tragen!«

Villa Stockhausen in Oggersheim
Mai 1873, am Abend desselben Tages

Er wartete hinter einem blühenden Fliederbusch, bis Irene wieder aus dem Dienstboteneingang kam, der an der rechten Seite der Villa lag. Es war schon kurz nach neunzehn Uhr dreißig, und sie blickte sich scheu nach allen Seiten um und huschte dann den gepflegten Gartenweg entlang, der zu einem schmiedeeisernen Pförtchen führte.

Als sie fast auf seiner Höhe angekommen war, trat er aus seinem Versteck heraus und verstellte ihr den Weg. Sie erstarrte mitten in der Bewegung. Ihre Augen waren vor Schreck geweitet wie die eines waidwunden Rehs.

»Warum fürchtest du dich vor mir?«, sprach er sie an. »Was habe ich dir getan?«

Ihre Miene verzog sich schmerzvoll. »Nichts!«, flüsterte sie. »Gar nichts hast du mir angetan, mein Geliebter.«

Sie schlug sich erschrocken auf die Lippen, kaum dass ihr dieses letzte Wort entschlüpft war.

Ohne nachzudenken, trat Franz entschlossen auf sie zu, zog sie in seine Arme und küsste sie. Ihre weichen Lippen öffneten sich sofort. Sie umschlang ihn ebenfalls und ließ zu, dass seine Zunge ihren Mund erforschte wie früher, bevor sie sich liebten. Eine schier endlose Weile standen sie dort, ihre Körper miteinander verschmolzen, als seien sie ein einziges Wesen. Erschauernd spürte Irene an Franz' Erektion, wie sehr er sie noch immer begehrte.

Schließlich löste er seine Lippen von den ihren und flüsterte ihr ins Ohr: »Ich habe mich so unendlich nach dir gesehnt, Irene!« Er knabberte sanft an ihrem Ohrläppchen.

Das sanfte Abendlicht zeichnete alle Konturen weich, und der Flieder duftete betörend. »Am liebsten würde ich dich gleich, hier an Ort und Stelle, lieben!«, raunte er.

Sie gluckste glückselig und schmiegte sich an ihn. »Ich habe dich auch in jeder Stunde vermisst, Franz. Trotzdem wäre dein Schwager sicherlich völlig entgeistert, wenn er uns beide hier in seinem Garten fände.«

»Dann lass uns woanders hingehen!« Obwohl Franz noch immer flüsterte, klang seine Stimme rau vor Begehren. »Hast du ein Zimmer für dich allein?«

Sie nickte. *Fränzel kann noch bei der Hütefrau bleiben*, schoss es ihr durch den Kopf. *Sie wird denken, dass ich wieder einmal Überstunden mache. Notfalls lasse ich ihn bis Mitternacht dort.* Obwohl sie ihren Sohn noch nie so spät abgeholt hatte, spürte sie nicht die geringsten Gewissensbisse. Allerdings beunruhigte sie etwas anderes. »Wird man dich nicht beim Abendessen vermissen?«

Franz schnaubte leicht. »Und wenn schon! Mir wird irgendeine passende Ausrede einfallen.« Er ließ seine Zunge ihren Hals entlanggleiten und spürte voll Wonne, wie sie erschauerte. »Ist es weit bis zu dir?«

Sie schüttelte den Kopf. »Nur eine Viertelstunde Weg.«

»Dann nehmen wir eine Droschke. Weißt du, wo welche stehen? Ich kann … ich kann nicht mehr so weit gehen«, überwand er sich zu sagen.

Sie zuckte zusammen. »Verzeih mir meine Taktlosigkeit, Franz.« Sie holte spürbar Luft. »War … war es sehr schlimm? Und wo ist es überhaupt geschehen?«

»In Bazeilles bei Sedan«, antwortete er kurz. Dann atmete auch er tief ein. »Ja, es war sehr schlimm, Irene.« Er schob sie ein wenig von sich weg und suchte ihren Blick. »Aber das war nicht das Schlimmste, was mir je geschehen ist.«

Sie wusste sofort, was er jetzt sagen würde.

»Das Schlimmste war, dass ich glaubte, dich für immer verloren zu haben.«

Irenes Wohnung in Oggersheim
Mai 1873, wenig später am selben Abend

Franz nahm Irenes Hand nicht, sondern stieg ohne Hilfe aus der Droschke, die sie glücklicherweise sofort in der Nähe der Fabrik gefunden hatten. Ein wenig beklommen blickte er sich um.

Die Mietshäuser waren mindestens vier Stockwerke hoch und wirkten von außen eher schäbig wie die gesamte Gegend, durch die sie zuletzt gefahren waren.

»Hier wohnst du?«, fragte er. Zu seiner Verblüffung begann Irene zu strahlen, während sie ihm antwortete.

»Ja, hier wohne ich. In einem Zimmer ganz für uns ...«, sie stockte und verbesserte sich dann, »...ganz für mich allein. Der Abtritt liegt nicht im Hof, sondern im gleichen Stockwerk. Daneben liegt sogar ein Badezimmer mit einer Zinkwanne, das ich mir nur mit drei anderen Parteien teilen muss. Mein Badetag ist der Dienstag, wenn ich es zeitlich einrichten kann.«

»Aha!« Franz sagte nichts weiter dazu, dachte aber bei sich: *In welchen Verhältnissen hat die Ärmste denn vorher gelebt?*

Er humpelte hinter Irene durch einen düsteren Innenhof, in dem es nach Müll roch, und stieg danach eine steile Stiege im Hinterhaus hinauf, die in den dritten Stock führte. Immerhin war es im Treppenhaus reinlich.

Während der kurzen Fahrt in der Droschke hatten sie kaum ein Wort miteinander gesprochen, sah man einmal von den gestammelten Zärtlichkeiten ab, die sie zwischen ihren Küssen gemurmelt hatten. Schon vorher hatte er auf dem Weg das Wichtigste geklärt: Irene nannte sich in Oggersheim Anna Klein, weil sie ihre wahre Identität wegen ihrer Beteiligung am Lambrechter Streik geändert hatte. Und sie war – zu seiner unendlichen Erleichterung – nicht verheiratet.

Jetzt ließ sich Franz durch Irenes Anblick erneut davon ablenken, dass sie noch über so viel mehr zu sprechen hatten. Aus ihrem Haarknoten hatten sich einige braune Strähnen gelöst und ringelten sich um ihren zarten Nacken. Ihr blaues Baumwollkleid war natürlich mit keiner der läppischen Turnüren versehen, die im Bürgertum noch in Mode war, und ließ daher die Konturen ihrer Hüften und Beine erkennen, als sie vor ihm die Treppe hinaufstieg. Das Begehren schmerzte ihn fast noch mehr als sein verkrüppeltes Bein.

Mein Bein! Irene wird zum ersten Mal meinen Beinstumpf sehen. Schlagartig verschwand seine Leidenschaft und machte einer fast übermächtigen Beklommenheit Platz. Am liebsten wäre er auf der Stelle umgekehrt und geflohen.

Aber da blieb Irene schon vor einer schmalen, grün gestrichenen Holztür stehen und schloss sie auf. Als sie sich zu ihm umdrehte, glänzten ihre Augen tiefblau wie Saphire. Wie von einem Magneten angezogen, trat er hinter ihr ein.

Das Erste, was Irene ins Auge stach, war ein kleines Stofftier, das Josef Fränzel im Frühjahr geschenkt hatte, nachdem er es auf einem Jahrmarkt gewonnen hatte. Rasch bückte sie sich danach, hob es vom Boden auf und verbarg es unauffällig in ihrer Schürzentasche. Gleich darauf schalt sie sich eine Närrin. Fränzels Kinderbettchen verriet ohnehin, dass sie hier nicht allein lebte.

Franz verlor zu ihrem Erstaunen kein Wort darüber. Panik ergriff sie für einen Moment. *Weiß er etwa von unserem Sohn?*

Ängstlich blickte sie ihm in die Augen und entdeckte zu ihrer Verblüffung ebenfalls Angst in seinem Blick.

»Was hast du?«, murmelte sie. »Bereust du, hierhergekommen zu sein?«

Er schüttelte stumm den Kopf. Plötzlich begriff sie. »Du befürchtest, ich könnte mich vor deiner Verletzung ekeln«, brachte sie es auf den Punkt. Seine Miene verriet ihr, dass sie ins Schwarze getroffen hatte.

»Du Dummer«, flüsterte sie zärtlich und streichelte über seine Wange. »Ich freue mich doch so unendlich, dass wir wenigstens diese eine Begegnung...« Wieder hielt sie erschrocken inne. Fast hätten sich die Gedanken, die unablässig die Seligkeit ihres Wiedersehens unterbrachen und die sie in der letzten Stunde mit aller Macht verdrängt hatte, durch ihre Unachtsamkeit gerade Bahn gebrochen. Schon in der Droschke hatte sie den Entschluss gefasst, dass es nur diese eine Begegnung zwischen ihr und Franz geben durfte. Und nachgerechnet, dass es zum Glück unwahrscheinlich war, dass sie erneut schwanger werden könnte, da ihre letzte Periode gerade erst vor zwei Tagen geendet hatte.

Lasst mir nur diese wenigen Stunden. Nur dieses letzte Mal!, beschwor sie ihre Gedanken, als hätten diese ein von ihr unabhängiges Eigenleben. *Morgen! Morgen werde ich genug Zeit zum Nachdenken haben. Wartet bis morgen!*

Instinktiv band sie die Halbschürze ab und begann, die Knöpfe ihres Baumwollkleides zu öffnen. *Zum Glück trage ich heute mein neuestes Arbeitskleid.* Wie all ihre Sachen hatte sie es selbst genäht.

Der Ausdruck in Franz' Augen wich zu ihrer Freude wieder dem ihr vertrauten Funkeln, das ihr einen Schauer über den Rücken jagte. In ihrem leinenen Untergewand trat sie auf ihn zu und umarmte ihn innig. Dann begann sie, ihn zu entkleiden.

Willenlos ließ Franz es geschehen, dass sie ihm nacheinander Jackett, Weste und schließlich die Hose auszog. Als sie seiner Prothese ansichtig wurde, entfuhr ihr ein leiser Jammerlaut. In ihre Augen traten Tränen.

Als hätte sie nie etwas anderes getan, löste sie behutsam die Lederriemen, die das eiserne Gestell mit seinem, wie immer am Ende eines Tages geschundenen Beinstumpf verbanden. Die über den verbliebenen Knochen vernähte Haut war trotz der Polsterung des ledernen Prothesenschafts feuerrot.

Sie streichelte behutsam über das schmerzende Fleisch. »Soll ich es etwas kühlen?« Er nickte unwillkürlich. Instinktiv hatte Irene erkannt, womit er sich selbst vor dem Zubettgehen Linderung zu verschaffen pflegte.

Sie huschte zu einem Waschtisch und kam einen Augenblick später mit einem kleinen Handtuch zurück, das sie um seinen Stumpf herumwickelte. Es strömte einen seltsamen Duft aus.

»Ich habe etwas Ringelblumenöl darauf getropft. Das lege ich auch meinem kleinen So...« Sie hielt erneut mitten im Wort inne und sog scharf die Luft ein.

Diesmal lenkte Franz vom Thema ab. »Ich weiß, dass du ein Kind hast«, bestätigte er zum Teil Irenes Verdacht. »Doch lass uns später darüber sprechen.« Die letzten Strahlen der untergehenden Sonne schienen durch das kleine Fenster der Kammer und tauchten Irenes Gesicht in ein sanftes Licht.

»Zuerst...«, er griff nach ihr. Seine Kehle war trocken. »Zuerst will ich dich endlich wieder lieben.«

Der Morgen dämmerte schon herauf, als Irene nach kurzem Schlummer die Augen öffnete. Neben ihr lag Franz auf dem Rücken. Er schlief mit leicht geöffnetem Mund. Auf seinem Gesicht lag ein Ausdruck tiefen Friedens.

Während sie ihn betrachtete, tobten die unterschiedlichsten Gefühle in ihrer Brust. Da war die Erinnerung an die wunderbaren Empfindungen, die nur Franz in ihrem Körper hervorrufen konnte. Ihre Leiber hatten zueinandergefunden, so leicht und selbstverständlich, als wären sie nie voneinander getrennt gewesen.

Da waren aber auch die Schuldgefühle gegenüber allen Menschen, die ihr etwas bedeuteten. Gegenüber Fränzel, den sie das erste Mal die ganze Nacht bei der Hütefrau gelassen hatte. Gegenüber Josef, den sie ihrer Auffassung nach zwar nicht mit Franz betrogen hatte, zu dem sie sich aber nun flüchten musste, ohne ihn je so lieben zu können wie Franz. Gegenüber ihren Arbeiterinnen, von denen sie sich nicht einmal verabschieden konnte, wenn sie noch diesen Vormittag den Zug nach Frankenthal erwischen wollte. Sogar gegenüber Stockhausen, der doch so große Stücke auf sie hielt und enttäuscht von ihrem Verhalten sein würde. Denn dass sie Oggersheim schnellstmöglich verlassen müsste, war Irene schon vor ihrer Begegnung mit Franz klar gewesen, wollte sie Mathilde nicht eines Tages per Zufall begegnen.

Aber ihr Herz zog sich vor allem vor Schmerz zusammen, wenn sie an Franz und das Leid dachte, das ihm ihr erneutes Verschwinden bereiten würde. »Nicht jetzt«, hatte sie ihm mit ihren Küssen immer wieder den Mund verschlossen, wenn er ihr Fragen zu stellen begann. »Warte bis morgen!«

»Aber morgen bin ich den ganzen Tag mit dieser dummen Verlobungsfeier gebunden«, wandte Franz ein. »Da kann ich womöglich erst nach Mitternacht zu dir kommen.«

Das gibt mir einen ganzen Tag Vorsprung, überlegte Irene jetzt mit einer winzigen Spur Erleichterung, die sich in ihre Traurigkeit mischte. *Ich werde ihm diesmal die Wahrheit schreiben, warum ich erneut vor ihm geflohen bin. Die wird ihm sehr wehtun, aber er wird es verstehen. Nur dass Fränzel sein eigener Sohn ist, verschweige ich ihm.*

Die Kirchturmuhr schlug zweimal. *Halb fünf,* registrierte sie. *Ich sollte ihn jetzt wecken. Sonst merkt er womöglich, dass ich heute gar nicht in die Fabrik gehen will.* Doch sie fühlte sich wie gelähmt. Ununterbrochen betrachtete sie sein schlafendes Gesicht, bemüht, sich jeden Zug für immer einzuprägen.

Jetzt schlug die Uhr dreimal. Ein Viertel vor fünf. Franz schlug die Augen auf.

»Es ist schon spät, du musst jetzt gehen!«

Er schüttelte stumm den Kopf. »Und dich rasieren!«, neckte sie ihn und strich ihm über die stoppeligen Wangen. »So kannst du dich nicht auf der Verlobung deiner Schwester zeigen!«

Er zog sie zu sich hinunter und verschloss ihr mit seinen Lippen den Mund. Ein letztes Mal ließ sich Irene willenlos vom Strudel ihrer Gefühle mitreißen.

Kapitel 23

Irenes Wohnung in Oggersheim
Mai 1873, am frühen Morgen des nächsten Tages

Irene stieg auf einen Stuhl, um durch das kleine Fenster ihres Zimmers einen letzten Blick auf Franz zu erhaschen, der gerade den Hof zum Vorderhaus durchschritt. Sie konnte nur seinen oberen Rücken sehen. Gerade setzte er seinen leichten Sommerhut auf. An der schwungvollen Bewegung und seinem sicheren Tritt glaubte Irene zu erkennen, dass er glücklich war.

Als er aus ihrem Blickfeld entschwand, ließ sie sich auf das Bett fallen, vergrub ihr Gesicht in den Kissen, die noch nach Franz rochen, und begann haltlos zu weinen. Schließlich fiel sie in einen kurzen Erschöpfungsschlaf, aus dem sie aufschreckte, als die Kirchturmuhr sieben schlug.

»Um Gottes willen«, murmelte sie. »Ich muss mich sputen. Zumindest in der Fabrik wird man mich jetzt schon vermissen!«

Sie schickte ein Dankgebet zum Himmel, dass Ilse Stockhausen, die Oberaufseherin, heute wegen der Verlobungsfeier ebenfalls nicht zum Dienst erscheinen würde. Das Fest sollte besonders aufwändig werden und mit einem gemeinsamen Familienfrühstück im engsten Kreis beginnen, hatte Franz ihr heute Morgen erzählt.

Danach würde man gemeinsam die zahlreichen Gäste begrüßen, die bereits zum Mittagsmahl, das man im weitläufigen Garten der Villa in Form eines Büfetts servieren wollte, erwartet wurden. Die Damen würden sich dann am Nachmittag zurückziehen, um sich ein wenig auszuruhen und für die Abendfestlichkeiten umzukleiden. Ein Galadiner mit anschließendem Ball sollte den Tag beschließen.

»Die Tanzerei wird irgendwann zwischen neun und zehn Uhr beginnen, je nachdem, wie viele Reden beim Essen geschwungen werden«, schätzte Franz. »Da niemand von mir erwarten kann, dass ich mich am Tanz beteilige, dürfte ich mich gegen elf Uhr unauffällig verabschieden können, ohne Aufsehen zu erregen. Dann komme ich sofort hierher zu dir.«

Mit ihren Fragen über die Feier hatte Irene während Franz' kurzer Morgentoilette erfolgreich von den schwierigen Themen abgelenkt, die zwischen ihnen noch ungeklärt waren. Dennoch fasste er ihr nach dem innigen Abschiedskuss unter das Kinn und hob ihren Kopf an, bis ihre Augen sich trafen.

»Sosehr ich dich auch begehre, meine Liebste, heute Abend werden wir als Erstes miteinander sprechen müssen. Ich möchte wissen, warum du damals so plötzlich verschwunden bist, ohne jemals wieder etwas von dir hören zu lassen. Ich möchte außerdem wissen, warum du das für die beste Lösung hieltest, mit der du mir Schmerz ersparen wolltest, wie mir deine Freundin Minna nach langem Zögern verraten hat, ohne dabei dein Geheimnis zu lüften. Meine Verkrüppelung ist es ja offenkundig nicht gewesen, die dich zur Flucht bewogen hat, obwohl ich mich davon erst in dieser Nacht endgültig überzeugen konnte.«

Er legte ihr zwei Finger auf den Mund, als sie etwas erwidern wollte. »Und ich möchte vor allem wissen, welche Rolle der Mann, mit dem du ein Kind hast, noch in deinem Leben spielt. Scheinbar lebst du ja nicht mit ihm zusammen.«

Jetzt umfasste er ihr Gesicht mit beiden Händen. »Ich für meinen Teil möchte dich auf der Stelle heiraten, obwohl du das Kind eines anderen mit in die Ehe bringst. Wir würden auf dem Weingut bei Schweighofen leben, das ich jetzt leite. Bitte denke also bis heute Abend darüber nach!«

Irene schluchzte ein letztes Mal auf, als sie sich Franz' letzte Worte in Erinnerung rief. Dann straffte sie sich. *Er muss endlich erfahren, wie es um uns steht,* beschloss sie noch einmal. *Doch zuerst muss ich das Nötigste packen.*

Hastig begann sie, einige Kleider für Fränzel und sich in zwei große Koffer zu werfen, die sie mittlerweile angeschafft hatte. *Ich werde eine Droschke zum Bahnhof nehmen und Fränzel unterwegs von der Hütefrau abholen,* beschloss sie. *Wenn es einen passenden Zug gibt, kann ich schon gegen Mittag in Frankenthal sein.*

Dann brühte sie sich eine Kanne Bohnenkaffee auf, den sie sich wieder leisten konnte, seitdem sie so gut verdiente. In der Regel gönnte sie sich eine Tasse pro Tag. Doch heute wollte sie den verbliebenen Rest verbrauchen, da sie bis auf etwas Wegzehrung ohnehin keine Lebensmittel mitnehmen konnte.

Wehmütig ließ sie den Blick über ihr bescheidenes Mobiliar schweifen, das sie sich nach und nach angeschafft hatte. *Der Hausbesitzer wird sich freuen, das Zimmer so fein ausgestattet wieder vermieten zu können. Sicherlich wird er den Mietpreis kräftig erhöhen.*

Aber was nutzte es, sich gegen das unabwendbare Schicksal aufzulehnen. Irene konnte von Glück sagen, dass sie diesmal wusste, wohin sie sich mit Fränzel wenden konnte, und keine Angst haben musste, wieder mit nackter Not konfrontiert zu werden.

Sie wischte sich energisch die Tränen ab, die ihr schon wieder über die Wangen liefen, zog einen Bogen ihres billigen Schreibpapiers hervor, nahm Feder und Tinte aus der Schublade des kleinen Esstischs und begann nach kurzem Nachdenken zu schreiben.

Villa Stockhausen in Oggersheim
Mai 1873, am Morgen desselben Tages

Es pochte heftig an die Tür des Gästezimmers, das Franz in der Villa Stockhausen bewohnte.

»Franz? Franz, bist du da?« Das war die Stimme seiner Schwester Mathilde. Wie immer, wenn sie aufgeregt war, klang sie schrill.

»Komm herein!«, rief er unwillig.

Sie riss die Tür regelrecht auf und stürmte ins Zimmer. Franz richtete vor dem Spiegel gerade den Sitz seines Querbinders, den er zu Irenes Hemd trug. Er fand es tatsächlich gestärkt und gebügelt vor, nachdem er sich frühmorgens über den Dienstboteneingang in sein Zimmer geschlichen hatte.

»Franz! Zum Glück bist du endlich da! Wo warst du denn gestern Abend? Wir haben fast eine halbe Stunde mit dem Essen auf dich gewartet. Was hätten die Stockhausens denken sollen, wenn du nun auch nicht zum Frühstück erschienen wärst!«

»Gemach, gemach, Schwesterherz!«, beschwichtigte Franz. »Mir ging es gestern Abend nicht gut. Mein Bein schmerzte stark und dann meide ich jede Gesellschaft. Ich fuhr mit einer Droschke in die Stadt, habe dort gegessen und danach ein Varieté besucht. Das hat mich abgelenkt, und heute geht es mir wieder besser.«

»Du hättest uns wenigstens Bescheid geben können! Wo du und Vater doch meine einzigen Verwandten auf diesem Fest seid!« Trotz Franz' Versuch, jovial zu wirken, blieb Mathilde vorwurfsvoll.

Tatsächlich hatte Onkel Gregor es abgelehnt, ohne seine Frau Ottilie an der Feier teilzunehmen. Zwischen ihr und Wilhelm herrschte seit ihrem vereitelten Versuch, Franz anzuzeigen, noch immer eisiges Schweigen. Die beiden gingen sich tunlichst aus dem Weg. Also galt Ottilie gegenüber Herbert Stockhausen weiterhin als unpässlich, um kritische Fragen nach ihrer und Gregors Abwesenheit im Keim zu ersticken.

Paulines Straßburger Verwandte waren dagegen nicht eingeladen worden, weil Mathilde politische Dispute befürchtete und ihre Verlobungsfeier auf gar keinen Fall damit belasten wollte. Die Straßburger hatten zwar alle für die elsässisch-lothringische Staatsbürgerschaft optiert, waren und blieben jedoch im Herzen treue Franzosen und lehnten die preußischen Reglementierungen ab, wie Franz aus ihrem gelegentlichen Briefwechsel wusste. Schon öfters hatte er vorgehabt, diesen Teil der Familie wieder einmal zu besuchen, war aber wegen dringender Angelegenheiten auf dem Weingut bislang noch nicht dazu gekommen.

Obwohl ihm Mathilde wie so oft auf die Nerven ging, lenkte er die Unterhaltung jetzt auf ein Thema, das ihr sicherlich gefallen würde.

»Jedenfalls siehst du trotz deiner schwesterlichen Sorge um mich bezaubernd aus!«

Tatsächlich entspannte sich Mathildes Miene. »Findest du das wirklich? Ich kann mich nicht erinnern, dass du mir jemals ein Kompliment gemacht hättest.«

Früher gab es dafür auch wahrlich keinen Anlass, fuhr es Franz durch den Kopf. Doch inzwischen hatte sich einiges geändert.

»Das hellblaue Kleid steht dir gut, Mathilde«, sagte Franz, und es war die reine Wahrheit. »Es betont deine Augen und passt zu deinen Haaren. Ich habe es noch nie an dir gesehen.«

»Es ist neu«, antwortete Mathilde stolz. »Aber warte erst einmal, bis du mein Abendkleid siehst. Madame Marat hat sich diesmal selbst übertroffen.«

»Nun, dann bin ich gespannt«, blieb Franz konziliant. An einem Tag wie dem heutigen, erfüllt von Glück über sein Wiedersehen mit Irene, konnte er selbst seiner Schwester Mathilde ein paar Nettigkeiten sagen. Zumal an ihrem Verlobungstag.

Ein Gong ertönte in der Halle der Villa. »Komm mit«, drängte Mathilde. »Das Frühstück ist angerichtet. Wir sollten uns pünktlich dazu einfinden.«

Auch dieser Tag wird vorübergehen, seufzte Franz still vor sich hin, als er Mathilde die breite Treppe hinab folgte. *Und hoffentlich rasch. Ich kann es kaum erwarten, Irene wieder in meine Arme zu schließen.*

Irenes Wohnung in Oggersheim
Mai 1873, am selben Morgen

Mein geliebter Franz,

wüsste ich einen Weg, Dir den Schmerz zu ersparen, den ich Dir mit diesem Brief erneut bereiten muss, ich würde ihn wählen. Selbst wenn er mich ein gesundes Glied meines Körpers kosten würde. Doch diesen Weg gibt es nicht.

Du fragst Dich zu Recht, warum ich Weißenburg vor fast drei Jahren ohne ein Wort verlassen habe. Wie Du schon selbst erkannt hast, hatte Deine Kriegsverletzung nichts damit zu tun.

Sie hielt inne und kaute gedankenverloren auf dem Kiel der Gänsefeder herum. Wie viel sollte sie Franz erzählen und was besser verschweigen, um ihn nicht auf die Spur ihrer Schwangerschaft zu bringen?

Dass Pauline ihr damals nicht mehr zu Hilfe gekommen war, führte Irene darauf zurück, dass sie wegen ihres Laudanum-Konsums nach Klingenmünster eingewiesen worden war. Das hatte ihr Vater Wilhelm ihr auch mit unverhohlener Häme unter die Nase gerieben. Danach hatte sie nie mehr etwas über Franz' Mutter gehört.

Ihre gestrige Sorge, dass Franz von Pauline später die Wahrheit über Fränzel erfahren haben könnte, war zum Glück unbegründet. Er wusste zwar von Reuter, dem Lambrechter Tuchfabrikanten, dass sie ein Kind hatte, hielt es aber zum Glück für den Sprössling eines anderen Mannes.

Genau darin lag jetzt ihre Chance, Franz ihr Verhalten einigermaßen verständlich zu machen und zugleich zu verhindern, dass er wieder nach ihr suchte. Wenn sie nur jetzt die richtigen Worte fand!

Sie holte tief Luft und fuhr zu schreiben fort.

Der wahre Grund ist ein völlig anderer. Dein Vater nutzte im Spätsommer 1870 die Gelegenheit, als ich ins Weißenburger Kontor kam, um dort sauberzumachen, um mich wegen unserer Beziehung zur Rede zu stellen. Anfangs bot er mir Geld an, damit ich aus Deinem Leben verschwände. Danach sperrte er mich sogar im Keller ein, um mich mürbe zu machen.

Erst als das alles nichts nutzte, rückte er mit der furchtbaren Wahrheit heraus: Dein Vater, geliebter Franz, ist auch der meine. Wir sind Halbgeschwister. Ich bin das Kind einer Beiköchin, die Dein Vater schwängerte, während Deine Mutter Dich austrug.

Da Irene noch immer nichts Genaues über ihre eigene Mutter wusste, blieb sie bei der Version, die ihr Wilhelm Gerban weisgemacht hatte, obwohl sie selbst nicht daran glaubte.

Niemand wusste von der Schwangerschaft, auch Deine Mutter nicht. Warum Dein Vater mich später als Dienstmädchen in sein Anwesen holte, bleibt vorläufig sein Geheimnis. Vielleicht plagte ihn ja doch irgendwann das schlechte Gewissen, mich, als sein leibliches Kind, auf Dauer der Not im Waisenhaus ausgesetzt zu haben.

Und hätten wir uns nicht ineinander verliebt, hätte alles sogar seinen rechten Gang gehen können. Ich war bereits vom Küchenmädchen zum Hausmädchen aufgestiegen und hätte meinen Weg weiter fortsetzen können, bis ich dann eines Tages wie meine Freundin Minna einen standesgemäßen, einfachen Mann geheiratet hätte. Möglicherweise war das sogar der Plan Deines Vaters, dem ich nicht nur Schlechtes unterstellen möchte.

Mit ihren letzten Worten sprang Irene angesichts dessen, was Wilhelm Gerban ihr angetan hatte, über ihren eigenen Schatten. Aber was nützte es, Franz ihretwegen dauerhaft mit seinem Vater zu entzweien. Die beiden waren aufgrund ihres gemeinsamen Weingeschäfts aufeinander angewiesen.

Doch Du weißt, dass es anders kam. Ich war und ich bin unsterblich in Dich verliebt und habe heute Nacht ein weiteres Mal gespürt, dass es Dir genauso geht. Aber jetzt ist Dir sicherlich ebenso klar wie mir, mein Geliebter, dass unsere Liebe nicht sein darf. Also gab ich schließlich dem Drängen unseres Vaters nach und verschwand auf Nimmerwiedersehen aus Deinem Leben.

Auch dieser Satz entsprach nicht ganz der Wahrheit, aber das hielt Irene angesichts dessen, was sie Franz ersparen wollte, für verzeihlich.

Ich ging nach Lambrecht und verdingte mich dort in der Tuchfabrik Reuter, wie Du ja schon weißt. Das war ein sehr hartes Leben. Als ich einen guten und rechtschaffenen Mann kennenlernte, gab ich seinem Werben daher nach anfänglichem Zögern nach. Ich wurde schwanger von ihm und gebar ihm einen Sohn.

Der Schmerz über unser beider Schicksal und meine ungebrochene Liebe zu Dir bewogen mich allerdings lange dazu, seinen Heiratsantrag, den er mir gleich nach Beginn der Schwangerschaft machte, nicht anzunehmen. Da ich diesen Mann zwar achte, aber nicht so liebe wie Dich, wollte ich ihn außerdem nicht täuschen. Zumal es unter Arbeitern durchaus üblich ist, trotz gemeinsamer Kinder unverheiratet zu bleiben. Ich wohnte deshalb nicht einmal mit ihm zusammen.

Doch vor genau zwei Wochen gab ich ihm doch mein Wort, um mein Leben endlich in geordnete Bahnen zu lenken, zumal unser Sohn seinen Vater braucht.

Wären Du und ich nicht miteinander verwandt, hätte ich mein ihm gegebenes Versprechen um Deinetwillen jetzt trotzdem gebrochen, obwohl ich mich dafür schäme. Doch nun will ich mich daran halten, auch wenn Du derjenige bist, den ich für immer lieben werde. Wie stark diese Liebe ist, magst Du daran ermessen, dass ich mich Dir gestern ohne Bedenken hingegeben habe. Ich habe jede Sekunde genossen und bereue nichts. Es war für mich, als ob mich das Schicksal noch einmal dafür entschädigen wollte, dass unsere Liebe keine Zukunft hat.

Dieses Schreiben an Dich endet mit einer Bitte: Der Mann, den ich jetzt heiraten werde, weiß nichts von Dir. Daher flehe ich Dich an, nicht nach mir zu suchen. Ich werde ihm jetzt früher als geplant an seinen neuen Arbeitsplatz folgen und will versuchen, mit ihm und unserem gemeinsamen Sohn eine Familie zu gründen und so glücklich zu werden, wie es mir nach Deinem Verlust eben möglich ist.

Behalte Du mich so in Erinnerung, wie Du mich in den letzten Stunden erlebt hast! Und wenn Du jetzt allzu traurig bist, bedenke, dass ich Dich bis zu meinem Totenbett von ganzem Herzen lieben werde.

Auch Dir wünsche ich, dass Du eine gute Frau findest, die Dich liebt und achtet, und dass Du schließlich doch noch das Glück erlebst, das Du verdienst.

Ich umarme Dich in Gedanken und küsse Dich zärtlich
Deine Irene

Ein letztes Mal blickte sich Irene wehmütig in ihrer kleinen Wohnung um und ließ ihren Blick über die bemalte Bauerntruhe, die noch einen Teil ihrer Kleidung und Wäsche enthielt, über die Betten mit den weichen Daunendecken, die blau gemusterte Waschschüssel und all die anderen Gegenstände gleiten, die sie in den letzten Monaten mit so viel Stolz auf ihre Selbstständigkeit erworben hatte.

Kurz überlegte sie, ob sie noch einen Brief für Martha, ihre ehemalige Vorrichterin, hinterlassen sollte, um ihr die Einrichtung zu übereignen, verwarf den Gedanken dann aber wieder. Es war bereits nach neun Uhr, dazu blieb keine Zeit mehr. Da sie außerdem Marthas genaue Wohnadresse nicht kannte, hätte Franz Martha den Brief in die Fabrik bringen müssen und das wollte sie ihm nicht auch noch zumuten. Zumal ihr plötzliches Verschwinden schon genug Aufmerksamkeit unter der Belegschaft wecken würde.

Eine Träne stahl sich aus ihrem Auge. Entschlossen wischte Irene sie ab, packte die beiden Koffer und verließ wieder einmal ein ihr lieb gewordenes Zuhause.

Zum letzten Mal, sprach sie sich selbst Mut zu, als sie die steile Treppe hinabstieg.

Villa Stockhausen in Oggersheim
Mai 1873, am Nachmittag desselben Tages

Die Kapelle spielte gerade einen Wiener Walzer, als Mathilde Franz von hinten auf die Schulter klopfte.

»Heute Abend werden wir dazu tanzen«, schwärmte sie, als sich Franz zu ihr umdrehte. Dann schlug sie sich leicht auf die Lippen.

»Oh, entschuldige bitte! Das war taktlos von mir!«

Franz winkte ab. »Wenn ich etwas aufgrund meines fehlenden Beins nicht vermisse, dann ist es die Tanzerei. Du weißt doch, dass ich das noch nie mochte.«

»Dann wirst du mir meine Bitte erst recht nicht abschlagen«, antwortete Mathilde mit zu Franz' Erstaunen schmeichelnder Stimme.

Die bevorstehende Heirat hat anscheinend tatsächlich eine positive Wirkung auf sie, konstatierte er. *Wann hat sie mich jemals in diesem Tonfall um etwas gebeten?*

»Worum geht es denn?«

»Ich möchte dir gleich eine Internatsfreundin vorstellen. Sie heißt Ernestine Körber und kommt aus einer sehr angesehenen Familie. Ihr Vater ist ein reicher Kaufmann aus Worms und gerade zum Geheimen Kommerzienrat ernannt worden. Es wäre sehr lieb, wenn du dich ein wenig um sie kümmern würdest.«

Franz' Laune sank. »Mathilde, versuche bitte nicht, mich zu verkuppeln. Ob und wann *ich* mich verlobe, entscheide ich selbst«, wehrte er ab.

Zu seinem Erstaunen verzog Mathilde keine Miene. »Es geht mir um etwas ganz anderes«, wisperte sie, damit die Umstehenden es nicht hörten. »Du hast mich gerade daran erinnert, dass du nicht tanzen wirst. Nun, ich befürchte, auch Ernestine wird nicht allzu oft tanzen. Ich wäre dir daher sehr dankbar, wenn du heute Abend ihr Tischherr wärst und dich auch danach während des Balls ein wenig um sie kümmerst.«

Verblüfft folgte Franz Mathilde, die sich ohne eine weitere Erklärung umdrehte und auf eine junge Frau zusteuerte, die allein am Rand der Wiese in der Nähe des Büfetts stand. Sie trug ein rosafarbenes Kleid und einen dazu passenden Sonnenschirm. Mit ihrer schlanken Figur und den vollen, mit Seidenrosen geschmückten dunkelblonden Stablocken, die ihr über die Schultern flossen, sah sie von Weitem recht attraktiv aus.

Erst als Franz fast unmittelbar vor ihr stand, erkannte er, was es mit Ernestine auf sich hatte, und hoffte, dass sie ihm seinen Schock nicht ansah. Ihr zartes Gesicht mit den dunkelblauen Augen und der feinen Nase war durch eine Hasenscharte so sehr entstellt, dass man durch den großen Oberlippenspalt hindurch ihre Schneidezähne sehen konnte. Eine Operationsnarbe zog sich zudem als roter Strich bis zur Nase hinauf.

»Liebe Ernestine!« Mathildes Stimme klang gewollt herzlich. »Hier bringe ich dir meinen Bruder Franz. Du wirst heute

Abend beim Galadiner neben ihm sitzen. Da dachte ich, ihr solltet euch schon vorher ein wenig kennenlernen.«

… als die beiden Krüppel, die ihr seid, ergänzte Franz sarkastisch Mathildes Satz in Gedanken.

Ernestine reichte ihm eine schmale Hand in einem Spitzenhandschuh. »Guten Tag, Herr Gerban. Ich freue mich, Ihre Bekanntschaft zu machen«, lispelte sie. Auch ihre Aussprache war durch die Behinderung stark beeinträchtigt.

Ihren Blick konnte Franz zunächst nicht deuten. Später interpretierte er ihn als eine Mischung aus Scheu und Skepsis.

»Nennen Sie mich doch Franz«, schlug er spontan vor. »Darf ich Ihnen meinen Arm reichen? Vielleicht möchten Sie ja noch etwas essen?«

»Dort drüben ist ein kleiner Tisch frei«, wies Mathilde in Richtung der gerade aufgeblühten Rosenbüsche. »Wie wäre es damit?«

»Danke, Mathilde. Wir kommen zurecht«, beschied ihr Franz, jetzt wieder kühler.

»Dann ist es gut. Ich muss mich nämlich entschuldigen. Ihr versteht, die vielen Gäste.«

»Was darf ich Ihnen denn bringen?«, bot Franz Ernestine an, als sie am Gartentisch angekommen waren.

»Vielleicht sollte lieber ich Ihnen etwas bringen?«, antwortete sie unverblümt. »Wie ich bemerkt habe, macht Ihnen das Gehen ja einige Mühe.«

Franz spürte zu seinem Verdruss, dass er errötete. Dann trat er die Flucht nach vorn an. »Ja, Sie haben recht. Meine Beinprothese funktioniert auf einem weichen Untergrund wie diesem Rasen leider schlechter als auf hartem Straßenpflaster.«

Er winkte einem der vorbeieilenden Lohndiener, die Stockhausen in großer Anzahl für die Verlobungsfeier verpflichtet hatte. »Aber ich möchte gar nichts essen.« Tatsächlich lag ihm das üppige Frühstück noch schwer im Magen. Vom Tablett des Kellners nahm er ein Glas Weißwein für sich und, auf Ernestines Bitte, für sie einen Apfelsaft. Auch sie wollte nichts essen.

»Gefällt Ihnen das Fest?«, bemühte er sich dann, Konversation zu machen. Sie blickte ihn prüfend an.

»Ja und nein.«

»Oh!« Diese Antwort überraschte ihn. »Woher kommt dieser Widerspruch?«

Sie verzog die Lippen, was Franz erst auf den zweiten Blick als Lächeln deutete.

»Das Wetter ist herrlich, die Kapelle spielt wunderbare Musik, das Essen ist reichhaltig und vielfältig, die Gäste sind freundlich und elegant gekleidet.«

»Aha! Und was steckt hinter dem Nein?«

»Wie würde es Ihnen gefallen, ein Fest zu besuchen, das Sie selbst nie erleben werden?«

Franz war verwirrt. »Ich verstehe nicht ganz, was Sie meinen.«

»Tatsächlich nicht? Warum, glauben Sie, hat Mathilde Sie zu meinem Tischherrn bestimmt? Weil wir beide heute Abend nicht tanzen werden. Sie nicht aufgrund Ihrer Verkrüppelung, ich nicht aufgrund meiner Entstellung. Und zumindest mit mir wird sich auch niemand jemals verloben.«

Franz war zu verblüfft über Ernestines Freimütigkeit, um sich an der Bezeichnung »Verkrüppelung« zu stören.

»Ich kann tatsächlich nicht tanzen«, räumte er ein. »Aber warum sollte auch Ihre Tanzkarte leer bleiben?«

»Weil ich erst gar keine bei mir habe. Ich möchte nicht, dass der ein oder andere Herr nur aus Mitleid mit mir tanzt. Und obwohl ich nicht weiß, ob sich unter Mathildes Gästen solche befinden, möchte ich auch keinem weiteren Mitgiftjäger mehr in die Hände fallen.«

»Einem Mitgiftjäger?«, echote Franz.

»Wissen Sie etwa nicht, was das ist?«, konterte sie amüsiert. In seiner Verblüffung blieb Franz ihr die Antwort schuldig.

»Nun, ein Mitgiftjäger ist ein junger Mann ohne Vermögen, der aufgrund der fünfzigtausend Gulden, die mein Vater mir mit in die Ehe geben will, und vor allem aufgrund der Tatsache, dass ich seine einzige Erbin bin, bereit ist, im Gegenzug dafür mein Gesicht in Kauf zu nehmen.« Nun klang sie bitter.

Spontan griff Franz nach Ernestines Hand. »Warum sprechen Sie so schlecht über sich?«, fragte er. »Eine gute Ehe hängt doch nicht allein davon ab, ob man ein schönes Gesicht oder einen unversehrten Körper hat.«

Einen Moment lang glaubte Franz, einen feuchten Schimmer in Ernestines Augen zu erkennen.

»Mein Vater besteht auf einer Liebesheirat«, erklärte sie dann. »Oder zumindest auf einem ehrbaren Ehemann, der in guten Verhältnissen lebt und sich nichts Ernsthaftes hat zuschulden kommen lassen. Insofern ist meine bisherige Bilanz niederschmetternd.«

Franz schwieg betroffen. Was hätte er auch dazu sagen sollen?

Ernestine fuhr unaufgefordert fort: »In meinen ersten Bewerber war ich noch aufrichtig verliebt. Er stellte sich als notorischer Spieler heraus, der vor Schulden nicht mehr ein noch aus wusste. Vor dem zweiten Bewerber warnte unser Hausarzt meinen Vater. Er teilte ihm unter dem Siegel der Verschwiegenheit mit, dass der Mann an einer venerischen Krankheit leidet. So sagt man doch dazu?«, legte sie nach. »Schockiert es Sie, dass ich als Dame über so etwas spreche?«

Franz schüttelte den Kopf. Obwohl Ernestines Offenheit außerordentlich ungewöhnlich für eine junge Frau aus ihren Kreisen war, meinte er es ernst.

»Den dritten Bewerber hätte mein Vater genommen. Er war Witwer, über zwanzig Jahre älter als ich und suchte vor allem eine Mutter für seine sechs Kinder, wie er mir wortreich versicherte. Das war dann aber mir nicht genehm. Zum Glück zwang mein Vater mich nicht zu dieser Heirat.«

Franz fand immer noch keine Worte.

»Die Hoffnung aufgegeben, mich gut unter die Haube zu bringen, hat mein Herr Vater allerdings noch nicht. Sonst würde ich Ihre Schwester ja nicht aus dem Internat kennen, wo sich höhere Töchter auf die künftige Haushaltsführung und Kinderpflege vorbereiten.«

»Und Ihr Herr Vater hat recht damit.« Endlich fand Franz seine Sprache wieder. »Sie sind noch so jung! Das ganze Leben liegt noch vor Ihnen. Als ich bei Sedan mein Bein verlor, glaubte ich auch, nun sei alles zu Ende. Nur um festzustellen, dass ich mein Leben heute mehr denn je genieße. Denn auf jede Phase des Unglücks folgt auch wieder eine des Glücks. Man darf nur die Hoffnung nicht aufgeben.«

Er strahlte unwillkürlich, als er an Irene dachte. Ihr Bild ging ihm schon den ganzen Tag nicht aus dem Kopf.

So bemerkte er diesmal nicht, dass sich Ernestines Gesichtsausdruck erneut veränderte und sie ihn mit einer Mischung aus Rührung und Faszination betrachtete.

Sonst hätte er wahrscheinlich auf seine nächsten Worte verzichtet. »Fortuna wartet mit Sicherheit auch auf Sie. Was zählt ein makelloses Gesicht gegenüber einem scharfen Verstand und so viel Courage, wie Sie sie besitzen. Über kurz oder lang wird ein Mann um Sie anhalten, der Ihre wahren Werte zu schätzen weiß.«

Irenes Wohnung in Oggersheim
Mai 1873, am späten Abend desselben Tages

Pfeifend kletterte Franz aus der Droschke und bezahlte den Kutscher, bevor er sich fröhlich auf den Weg zu Irenes kleiner Wohnung im Hinterhaus der Mietskaserne machte.

Der Abend und überhaupt die ganze Verlobungsfeier waren weit besser verlaufen, als er zunächst befürchtet hatte. Das lag vor allem an Ernestine Körber, die ihm auch als Tischdame eine kluge und schlagfertige Gesprächspartnerin gewesen war. Schließlich stellte sie Franz sogar ihren Eltern vor, die erst am Abend zur Feier dazugestoßen waren.

Franz hatte mit Herrn Körber ein anregendes Gespräch über Weine geführt und zu seiner Freude eine große Bestellung für den Gerban'schen Spätburgunder und Riesling erhalten, die bei Tisch serviert worden waren und dem alten Körber ausgezeichnet mundeten.

Der einzige Wermutstropfen war, dass sein Vater Wilhelm das Fest schon vor dem Beginn des Balls verlassen musste, da er sich unpässlich fühlte. So konnte ihn Franz nicht über das gute Geschäft informieren, das er mit Körber abgeschlossen hatte.

Der Alte schwächelt in letzter Zeit, konstatierte er nun, als er über den nur von einer einzigen Petroleumlampe schlecht beleuchteten Hinterhof hinkte. Ernsthafte Sorgen machte er sich allerdings nicht. *Der Alte hat eine Ochsennatur, der wird sich schon wieder erholen.*

Da Mathilde wegen der vielen Gäste, der zahlreichen Glückwünsche und wertvollen Verlobungsgeschenke ohnehin viel zu beschäftigt war, um auf ihn zu achten, konnte sich Franz kurz nach elf Uhr tatsächlich nahezu unbemerkt davonmachen und musste nicht mit bohrenden Fragen seines Vaters rechnen. Es war ein Glücksfall, dass auch Ernestine mit ihren Eltern um diese Zeit aufbrach. Die Familie wollte trotz der späten Stunde noch bis Worms fahren, da der Vater am nächsten Morgen einen wichtigen Geschäftspartner erwartete.

Als Franz hoffnungsvoll zu Irenes Wohnung hinaufsah, fiel ihm auf, dass kein Licht durch das Fenster nach draußen drang. *Hoffentlich schläft sie nicht schon zu fest,* fuhr es ihm durch den Kopf. *Überraschen würde es mich nicht nach unserer wundervollen Nacht. Aber ich muss heute unbedingt noch mit ihr sprechen.* Etwas mulmig wurde ihm schon bei dem Gedanken, was sie ihm wohl als Erklärung für ihre Flucht zu sagen hätte.

Im ebenfalls nur spärlich beleuchteten Stiegenhaus fiel ihm ein, dass ihr Sohn heute wahrscheinlich mit in der Kammer sein würde. Irene konnte ihn ja schlecht eine weitere Nacht bei der Hütefrau lassen. Er rechnete kurz nach.

Der Bub kann nicht viel älter als ein Jahr sein. Zu klein, um sich an unseren Zärtlichkeiten zu stören. Er atmete tief ein. *Und zum Glück auch zu klein, um zu merken, dass ich nicht sein richtiger Vater bin, wenn ich Irene heirate.*

Seltsamerweise hegte er daran nicht den geringsten Zweifel. Gestern Nacht hatte es Irene zwar sorgfältig vermieden, den Namen ihres Geliebten zu nennen. Doch Franz wusste ja schon seit seinem Besuch bei Benjamin Reuter in Lambrecht, dass es wahrscheinlich der Arbeiterführer Josef Hartmann war.

Hoffentlich legt uns der Kerl keine Steine in den Weg, dachte er plötzlich beklommen, als er den letzten Treppenabsatz hinaufstieg. *Er wird sicherlich ebenfalls fragen, warum mir Irene damals davongelaufen ist. Auch wenn Minna das bestritten hat, bin ich mir sicher, dass mein Vater hinter alldem gesteckt hat. Wahrscheinlich hat er Irene nicht nur unter Druck gesetzt, sondern auch bestochen. Und nun schämt sie sich, das einzugestehen,* vermutete er, als er das dritte Stockwerk endlich erreicht hatte.

Aber ich kenne den Alten ja nur zu gut und werde sowohl Irene als auch Hartmann erklären, dass er eben nicht lockerlässt, wenn er sich einmal etwas in den Kopf gesetzt hat. Wie sollte ein einfaches Dienstmädchen, noch dazu eine Waise, dem etwas entgegenzusetzen haben? Das wird zumindest Irene entlasten. Und Hartmann wird sie sagen, dass ich es bin, den sie liebt. Schließlich ist die letzte Nacht dafür der beste Beweis.

Nun stand er an der Tür und legte vorsichtig sein Ohr daran. Kein Laut war zu hören. *Sie und das Kind schlafen wohl wirklich fest.* Behutsam drehte er den Türknauf. Er gab widerstandslos nach. Sein Herz begann, schneller zu klopfen. *Sie hat die Tür für mich aufgelassen. Das ist zwar leichtsinnig, zeigt aber noch einmal, wie sehr sie mich liebt.*

So leise er konnte, trat Franz ein. Im Zimmer war es stockfinster, nur etwas Mondlicht schien durch die zugezogenen Vorhänge. Behutsam tastete Franz sich vorwärts in Richtung von Irenes Bett. Seine Augen gewöhnten sich nur langsam an die Dunkelheit.

Deshalb erschrak er bis ins Mark, als er zärtlich nach der schlafenden Geliebten tastete und ins Leere griff.

Nur eine Viertelstunde später saß Franz, innerlich zu Eis erstarrt, an Irenes Küchentisch und versuchte, das Unbegreifliche zu fassen. Die Gedanken rasten durch seinen Kopf, ohne dass er einen von ihnen festhalten konnte.

Sie ist weg! Wieder vor mir geflohen! Ich soll ihr Bruder sein! Hat mein Vater sie mit dieser Lüge vertrieben? Zuzutrauen wäre es ihm, er schreckt ja vor nichts zurück. Sie will Hartmann jetzt heiraten. Und ich soll nicht nach ihr suchen. Aber ich könnte sie über ihn sicher ausfindig machen. Irgendwo wird er ja wieder aufs Neue agitieren. Oder ist er noch im Gefängnis? Gab es nicht eine Amnestie? Ich weiß nicht mehr, was darüber in den Zeitungen stand. Aber falls sie nicht zu ihm ist, wohin könnte sie dann gegangen sein? Und wer sagt mir denn, dass sie mich nicht abweist, wenn ich wieder vor ihr stehe? Oder, es durchfuhr Franz heiß und kalt, *oder hat sie* mich etwa belogen? Dient ihr die Verwandtschaft mit mir als Vorwand, um mich erneut zu verlassen? Aber wozu braucht sie einen Vorwand? Sie liebt mich doch, oder nicht? Hat sie mir letzte Nacht etwas vorgemacht? Aber wozu denn? Sie hätte mich ja nicht mit hinaufnehmen müssen. Nein, das kann nicht sein, ihre Gefühle für mich waren nicht gespielt.

Die ganze Nacht über saß er mit dröhnendem Kopf auf dem harten Küchenstuhl. Ängstlich vermied er den Blick auf Irenes Bett, in dem er sich noch vor wenigen Stunden in »sündiger Lust« mit ihr gewälzt hatte. Denn als das würde es nicht nur die Kirche, sondern auch der Staat bezeichnen, in dem Geschwisterliebe als Straftat galt. Sofern Irene ihm die Wahrheit gesagt hatte. Oder sofern sein Vater Irene damals die Wahrheit gesagt hatte.

Als der Morgen dämmerte, fraß sich ein einzelner Gedanke wie Säure in sein Hirn.

Mein Vater! Er allein weiß die Wahrheit! Ich werde ihn zur Rede stellen. Gleich heute früh! Ob es die Stockhausens merken oder nicht, ist mir gleichgültig. In wenigen Stunden werde ich die Wahrheit herausfinden! Selbst wenn ich sie aus meinem Vater herausprügeln muss.

Kapitel 24

Villa Stockhausen in Oggersheim
Mai 1873, am Morgen nach der Verlobung

Es war sieben Uhr früh, als Franz durch den Dienstboteneingang der Villa ins Haus humpelte. Seine Hoffnung, auf diese Weise niemandem zu begegnen, wurde rasch enttäuscht. Gleich zwei Dienstmädchen knicksten erschrocken vor Franz, als sie seiner ansichtig wurden.

Ein Blick in den Spiegel verriet Franz den Grund ihrer Furcht. Er sah aus wie ein böser Geist. Sein Gesicht war kalkweiß, seine Augen funkelten wild. Die schwarzen Bartstoppeln taten ein Übriges, um ihn wie einen Meuchelmörder wirken zu lassen. Er umfasste den Handlauf des geschnitzten Geländers der geschwungenen Treppe und zog sich mehr, als dass er ging, daran hinauf. Er spürte, dass seine Prothese zu verrutschen drohte, achtete aber nicht weiter darauf.

Vor der Tür zum Zimmer seines Vaters, das im Gästetrakt gleich neben dem seinen lag, hielt Franz an und pochte hart an das Holz. Als darauf nicht gleich eine Reaktion erfolgte, hämmerte er mit beiden Fäusten gegen die Füllung. »Mach auf!«, rief er dabei. »Mach sofort auf!«

Endlich hörte er das Knarren einer Bettstatt. Wenig später drehte sich der Schlüssel im Schloss, die Tür öffnete sich einen Spalt. Dahinter lugte das ebenfalls unrasierte Gesicht seines Vaters hervor. »Was gibt es denn? Ist etwas passiert?«, fragte er verstört.

Hätte Franz nach der Nacht auf Irenes unbequemem Küchenstuhl, auf dem er zum Schluss für ein paar Minuten in verkrümmter Haltung eingenickt war, nicht jeder Knochen im Körper geschmerzt, gar nicht zu reden von seinem Stumpf, in dem ein Feuer zu brennen schien, und wäre er nicht so außer sich gewesen, hätte er vielleicht bemerkt, wie schlecht Wilhelm aussah.

Die Augen seines Vaters waren leicht glasig, seine Bewegungen ungelenk, auch sein Gesicht totenblass, die Züge verzerrt. Tatsächlich plagte Wilhelm bereits seit gestern Abend der schlimmste Schmerzanfall, den er je gehabt hatte. Dazu trugen auch die neuesten schlimmen Börsennachrichten bei.

Gestern Nachmittag war die Antwort auf sein Telegramm eingetroffen, das er noch am Vortag der Verlobungsfeier ans Bankhaus Quistorp nach Berlin gesandt hatte. Seine Bitte, einen Teil der Pfandbriefe sofort abzustoßen, war abschlägig beschieden worden. Tatsächlich hatte Quistorp diese auf Wiener Immobilien ausgestellt und erklärte sich nun außerstande, sie auch nur zu einem Bruchteil ihres ehemaligen Wertes zu verkaufen. »Müssen warten, bis sich Lage beruhigt«, teilte der Bankier Gerban im Telegrammstil mit. »Augenblicklich sonst Totalverlust.«

Nun erkannte Wilhelm seinen Sohn. »Was willst du denn so früh?«, brummte er.

»Mit dir reden! Sofort!«

Wilhelm ließ sich zunächst nicht einschüchtern. »Das kann bis nach dem Frühstück warten«, beschied er ihm und wollte die Tür wieder zudrücken, als sich Franz mit seinem ganzen Gewicht dagegen warf.

Sie schnellte auf, warf seinen dahinter stehenden Vater zu Boden und ihn gleich mit, als er das Gleichgewicht verlor. Dabei löste sich seine Prothese endgültig vom Oberschenkel.

Auf den Ellenbogen schob sich Franz ganz ins Zimmer hinein und stieß die Tür mit dem gesunden Bein mit solcher Wucht zu, dass es knallte. Dann packte er seinen Vater, der noch immer völlig verstört auf dem Boden lag, in seiner Raserei an der Gurgel.

»Du Schwein!«, presste er hervor. Der Schnaps, den er in einem Apothekerkasten in Irenes Schrank gefunden und vor seinem Aufbruch auf einen Zug geleert hatte, tat ein Übriges. »Was hast du mit Irene gemacht? Ich bringe dich um!«

Er hörte schnelle Schritte auf dem Gang. Die Wut verlieh ihm Riesenkräfte. Er ließ von seinem Vater ab, kniete sich auf sein gesundes Bein, richtete sich auf und drehte den Schlüssel im Schloss.

»Herr Gerban?« Es war die Stimme von Stockhausens erstem Diener. »Herr Gerban? Ist alles in Ordnung?«

»Hauen Sie ab!«, brüllte Franz. Dann wandte er sich wieder seinem Vater zu, der sich nun ebenfalls in eine sitzende Position aufgerichtet hatte und sich die schmerzende Kehle hielt.

»Bist du von Sinnen?«, röchelte er. »Was willst du von mir?«

»Was hast du mit Irene gemacht?«, wiederholte Franz. Um seinen Vater nicht erneut körperlich anzugehen, ballte er die Hände zu Fäusten.

»Irene? Ich weiß nichts von Irene!«, beteuerte Wilhelm. Seine Augen weiteten sich vor Schreck. »Ich habe sie seit ihrem Verschwinden aus Weißenburg nicht mehr gesehen.«

»Was hast du ihr vorgelogen, damit sie mich verlässt? Womit hast du sie bestochen?«

»Ich habe ihr Geld angeboten, das ist wahr. Aber sie hat es nicht genommen.« In Wilhelms Kopf hämmerte es wie auf einer Baustelle.

»Und warum hast du es ihr angeboten?«, brüllte Franz.

»Sie ist deine Schwester.« Obwohl Wilhelm die gefürchteten Worte nur flüsterte, dröhnten sie wie ein Donnerhall in Franz' Ohren.

»Meine Schwester?« Die Stimme drohte ihm jetzt zu versagen. Also hatte sein Vater Irene nicht belogen, um sie zum Verschwinden zu bewegen. Sein letzter Hoffnungsfunke erlosch.

»Deine Halbschwester«, stellte Wilhelm klar. »Die Frucht einer Affäre mit einer Beiköchin, als deine Mutter mit dir schwanger war. Sie wuchs im Waisenhaus auf.«

»Du Unmensch!« Wieder drohte Franz, sich auf seinen Vater zu stürzen. »Hast du ihre Mutter verstoßen?«

Sein Vater schüttelte den Kopf und fasste sich dann erneut mit verzerrtem Gesicht an die Schläfen. »*Sie* nahm mein Geld. Dass sie das Mädchen im Waisenhaus ließ, erfuhr ich erst viele Jahre später«, log er. »Als ich es wusste, holte ich Irene sofort in unser Haus.«

»Aber du hast dich ihr zunächst nicht als ihr Vater zu erkennen gegeben, du ... du Unmensch!« Franz spuckte das Wort geradezu heraus. »Und hast zugelassen, dass ...«

Mit letzter Kraft hob sein Vater die Hand. Ein schwacher Abglanz seiner alten Energie zeigte sich auf seiner Miene. »*Ich* habe eure Liaison nie gewollt!« Jetzt erhob auch er seine Stimme. »Das weißt du sehr genau, Franz. Ich war seit dem Moment dagegen, in dem ich davon erfuhr. Und habe dir gegenüber nie ein Hehl daraus gemacht. Aber du hast mir ja schon immer getrotzt und versucht, mit dem Kopf durch die Wand zu rennen.«

Er versuchte aufzustehen und richtete einen zitternden Finger auf Franz. »Nie hast du auf mich gehört. Obwohl ich immer nur dein Bestes ...«

Plötzlich verdrehte er die Augen und kippte wie ein Sack rücklings zu Boden. Mit dem Hinterkopf stieß er hart an die Kante seines Betts und wurde ohnmächtig.

Erst jetzt hörte Franz das heftige Pochen und verzweifelte Rufe im Hausflur. Er robbte zur Tür und drehte den Schlüssel mit letzter Kraft. Dann wurde ihm selbst schwarz vor Augen.

Frankenthal
Mai 1873, einen Tag davor am frühen Nachmittag

»Darf ich Ihnen helfen?« Irene nickte dankbar, als ein junger Mann in Arbeiterkleidung die zwei schweren Koffer packte, sodass sie Fränzel auf den Arm nehmen und vorsichtig die drei steilen Stufen aus dem Zug zum Bahnsteig hinabsteigen konnte.

»Wo möchten Sie denn hin, Frau …?« Der junge Mann hob fragend die Stimme. Irene entging sein bewundernder Blick nicht.

»Zu meinen Eltern«, nahm sie Zuflucht zu einer Notlüge. »Aber ich werde mit einer Mietdroschke dorthin fahren.«

»Dann trage ich Ihnen die Koffer zumindest auf den Vorplatz zu den Halteplätzen der Kutschen.«

Irene zögerte kurz, dann nahm sie auch dieses Angebot an. Fränzel, ihr sonst eher ruhiger kleiner Sohn, war heute wie aufgekratzt und durfte keine Sekunde aus den Augen gelassen werden.

Heute Morgen hatte er zuerst heftig geweint, als sie ihn bei der Hütefrau abholte. »Der Kleine stand furchtbare Ängste aus, als Sie gestern nicht kamen«, erklärte die Betreuerin vorwurfsvoll. »Ich konnte ihn kaum beruhigen.«

Die ganze Fahrt zum Bahnhof über kuschelte Fränzel sich eng an Irene und lutschte an seinem Daumen. Erst angesichts der dampfenden, pfeifenden Lokomotive lebte er auf. Seine Augen begannen zu strahlen.

»Zug! Das ist ein Zug!« Fast wäre seine kleine Hand aus der ihren geglitten, als Fränzel nicht rasch genug auf den Bahnsteig gelangen konnte. Er jauchzte vor Glück, als Irene tatsächlich mit ihm in ein Zweite-Klasse-Abteil stieg, weil sie die dritte Klasse, in der sie seinerzeit von Lambrecht nach Oggersheim gefahren war, als zu überfüllt und unbequem in Erinnerung hatte. Der kleine Junge kletterte sogleich auf den Fensterplatz, den Irene für ihn ergatterte, und presste seine Nase gegen das Glas.

Gut investiertes Geld, dieser bequemere Platz, lächelte sie trotz ihrer Müdigkeit und Traurigkeit angesichts von Fränzels Begeisterung in sich hinein. Liebevoll betrachtete sie ihr Söhnchen.

Fränzel glich seinem Vater mit seinen dunklen Augen und Locken von Tag zu Tag mehr. In den letzten Wochen hatte sich sein Wortschatz ungeheuer erweitert, was auch an den beiden Bilderbüchern lag, die Irene für ein paar Kreuzer bei demselben Trödler erstand, bei dem sie auch ihre Möbel erworben hatte. In einem der Bücher hatte tatsächlich eine sprechende Lokomotive eine Rolle gespielt.

»Was sagt die Lok denn?«, fragte Fränzel tatsächlich in diesem Moment.

»Dass sie uns beide heil an unser Ziel bringen wird, mein Schatz. Aber nur, wenn kleine Jungen ihre Sitze nicht mit schmutzigen Schuhen beflecken«, drohte sie Fränzel spielerisch mit dem Finger. Schuldbewusst nahm er sogleich seine Füße von den Polstern, plapperte aber die gesamte Fahrt hindurch ununterbrochen und ließ ihr damit zum Glück keine Zeit zum Grübeln.

Auch jetzt begannen seine Augen wieder zu strahlen, als ihr junger Helfer die beiden Koffer vor der ersten Droschke abstellte. »Pferde, jetzt fahren wir mit Pferden!« Mit schlechtem Gewissen erkannte Irene in diesem Moment noch einmal, wie sehr Fränzel unter ihrer Trennung in der vergangenen Nacht gelitten hatte. Denn von der ersten Droschke, mit der sie ihn in Oggersheim bei der Hütefrau abholte, hatte er kaum Notiz genommen.

»Dann wünsche ich Ihnen viel Spaß bei Ihren Eltern.« Der junge Arbeiter fasste sich an die Mütze.

»Ich danke Ihnen.« Plötzlich fiel Irene etwas ein. »Was

führt Sie denn hierher?« Bislang hatte sie sich kaum um Konversation mit dem jungen Mann bemüht.

»Ich hoffe, in Frankenthal Arbeit in einer der vielen Maschinenfabriken zu finden«, erklärte der. »Man sagt, die Löhne seien hier höher als anderswo. Aber seien Sie trotzdem froh, dass Sie nicht arbeiten müssen.«

»Dann wünsche ich Ihnen viel Glück bei der Suche.« Irene überging die letzte Bemerkung und reichte dem Mann zum Abschied die Hand. In ihrem dunkelgrünen Sonntagskostüm, dem kleinen, dazu passenden Hütchen und den unauffällig gestopften, zuvor billig erstandenen Spitzenhandschuhen wirkte sie eher wie eine ehrbare Kleinbürgerin als wie die Arbeiterin, die sie war. Außerhalb der Arbeiter- und Bauernklasse galt es nämlich als unschicklich, wenn Frauen arbeiteten.

Eine Viertelstunde später hielt die Droschke vor der Adresse, die ihr Josef erst vorgestern in seinem Brief als die seiner neuen Wohnung mitgeteilt hatte. Zu Irenes Enttäuschung meldete sich nur die Hauswirtin auf ihr Klingeln und Klopfen.

»Ich möchte zu Josef Hartmann«, erklärte Irene. Der Blick der Alten wurde misstrauisch.

»In welcher Angelegenheit, wenn ich fragen darf?«

Die Worte kamen Irene über die Lippen, ohne dass sie lang darüber nachgedacht hatte. »Ich bin seine Frau. Und das hier ist Fränzel, unser Sohn.«

Villa Stockhausen in Oggersheim,
Mai 1873, am Tag nach der Verlobung

»Wie konntest du Vater nur so furchtbar aufregen? Er hätte sich schwer verletzen können, als er das Bewusstsein verlor und zu Boden fiel.« Mathilde blitzte Franz anklagend an.

»Und das auch noch am Tag nach diesem herrlichen Fest! Was soll denn nur Herbert von alldem denken?«

»Das ist mir vollkommen gleichgültig, meine Liebe.« Franz war noch viel zu aufgewühlt, um Mitleid mit seinem Vater oder gar Verständnis für Mathildes Besorgnis um den guten Ruf ihrer Familie zu empfinden.

»Zum Glück hat er nur eine Beule davongetragen«, plapperte Mathilde weiter. »Der Doktor hat ihm dennoch eine Woche strengster Bettruhe verordnet. Jetzt werden wir unseren Aufenthalt hier wohl oder übel verlängern müssen.«

»Was dir doch nur recht sein kann, Schwester, so wie du Stockhausen anhimmelst. Ich wette, wenn du unserem alten Herrn ungestraft eins hättest überziehen können, nur um hier ein paar Tage länger herauszuschlagen, hättest du keine Sekunde gezögert.«

Mathildes Augen füllten sich mit Tränen. »Ich hatte gehofft, unser Verhältnis hätte sich gebessert, Franz. Doch nun muss ich erkennen, dass es so schlecht ist wie eh und je.«

»Weshalb ich dich auch noch heute von meiner Gegenwart befreien werde«, erwiderte Franz. »Bitte sag Stockhausens Kutscher, dass ich schon mit dem Mittagszug zurück nach Weißenburg fahre.«

Josefs Wohnung in Frankenthal
Mai 1873, am Abend des Vortages

»Irene? Bist du es wirklich? Ich glaubte, meinen Ohren nicht zu trauen, als Frau Probst mir sagte, meine Frau und mein Sohn seien eingetroffen. Was führt dich denn schon heute hierher?«

»Hast du etwa jemand anderen erwartet?«, neckte Irene Josef Hartmann, um der Antwort auf diese nur allzu berechtigte Frage auszuweichen.

»Nun, meine Frau und meinen Sohn hätte ich wahrlich nicht erwartet«, erwiderte er ernst. »Eher schon meine Geliebte und deren Sohn.«

»Ich hatte Angst, deine Vermieterin würde uns sonst nicht einlassen«, gab Irene zu. »Und Fränzel war doch so furchtbar müde.«

Tatsächlich schlief ihr Söhnchen nach all den Aufregungen der letzten vierundzwanzig Stunden bereits tief und fest.

»Es ist schön, dass du dich als meine Frau bezeichnet hast.« Jetzt endlich nahm Josef sie in die Arme, küsste sie innig und umarmte sie fest. »Dann sollten wir den Worten allerdings bald auch Taten folgen lassen.«

Irene wusste, was Josef meinte, ging aber nicht darauf ein. »Ich habe dir etwas gekocht«, sagte sie. »Leberklöße und Sauerkraut, eins deiner Leibgerichte. Deine Küchenschränke waren ganz leer«, erklärte sie angesichts Josefs erstauntem Blick. »Da war ich noch mit Fränzel beim Krämer.«

Er ergriff sie an beiden Armen und hielt sie ein Stück von sich weg, um ihr in die Augen zu sehen. »Ich freue mich sehr auf ein solch köstliches Nachtmahl, Irene. Zumal es in der ganzen Wohnung danach duftet. Aber bevor wir uns zu Tisch setzen, will ich wissen, warum du so rasch anderen Sinnes geworden bist.«

Irene hatte gewusst, dass Josef so reagieren würde. Daher hatte sie auf der Zugfahrt sorgfältig überlegt, wie viel von der Wahrheit sie ihm mitteilen wollte.

»Herbert Stockhausen hat sich mit Mathilde verlobt«, erklärte sie. »Mathilde Gerban!«

Josef blickte verständnislos drein.

»Das war die Tochter des Hauses in Altenstadt, wo ich Dienstmädchen war. Sie hat mich damals ununterbrochen schikaniert. Ich sah sie zufällig, als Herbert Stockhausen sie und ihren Vater gestern durch die Fabrik führte. Hätte sie mich erkannt, wäre nicht nur mein falscher Name aufgeflogen. Mathilde hätte sicher dafür gesorgt, dass Stockhausen mich auf der Stelle entlässt.«

»Und deshalb hast du Hals über Kopf alles stehen und liegen lassen? Sind die beiden denn schon verheiratet?«

»Nein, das sagte ich doch. Mathilde und ihre Familie waren anlässlich ihrer Verlobungsfeier in Oggersheim. Sie ist wohl gerade jetzt in vollem Gange. Aber Mathildes Vater war gestern unpässlich und musste die Führung unterbrechen. Sie wollten sie morgen fortsetzen. Da habe ich meine Siebensachen gepackt und bin mit Fränzel sofort hierhergefahren.«

»Ohne deine neuen Möbel mitzunehmen? War das nicht etwas überstürzt?«

»Hier wäre doch ohnehin kein Platz dafür gewesen.« Auch auf diesen Einwand war Irene vorbereitet. »Die Miete habe ich vor meiner Abreise noch bis zum Ende des Monats bezahlt. Ich werde Martha, meiner ehemaligen Kollegin, schreiben, dass sie das Inventar für mich verkaufen soll.«

Josef blickte noch immer skeptisch drein. Plötzlich hellte sich seine Miene auf, wurde gleich darauf jedoch wieder grimmig.

»Du sagst, gerade jetzt findet Mathildes Verlobungsfeier statt?«

Irene nickte.

»Dann hat sie doch sicher auch ihren Bruder dazu eingeladen. Oder ist er zu versehrt, um zu reisen?«

Irene spürte ihr Gesicht heiß werden.

»Nein«, gab sie jetzt zu. Sie wollte Josef nicht unnötig belügen. »Er hätte wahrscheinlich an der morgigen Führung teilgenommen. Ich hörte Stockhausen in der Nische, in der ich mich versteckt hielt, so etwas erwähnen. Und dass er mich ihnen allen vorstellen wollte, sagte er auch.« Ihre Stimme erstarb.

»Und vor dieser Situation bist du geflohen?« Josef fasste ihr unter das Kinn und hob ihren Kopf an. »Weil du dem Mann nicht begegnen wolltest, den du noch immer liebst?«

Irene wurde noch röter. »Ich weiß es nicht«, wich sie aus. »Die Situation hat mich vollkommen überrumpelt. Plötzlich wollte ich nur noch hierher zu dir.« Das war die reine Wahrheit. Josefs Miene wurde sofort weicher.

»Dann will ich für dich hoffen, dass du dich in deinen Gefühlen für mich nicht irrst, Irene. Doch lass uns erst einmal eine Weile hier zusammenleben, bevor du dich endgültig für mich entscheidest. Da du dich der gestrengen Frau Probst ja ohnehin schon als meine Ehefrau vorgestellt hast, kann dies nach außen hier in Frankenthal, wo dich niemand kennt, gerne so bleiben. Den Offiziellen des Arbeitervereins hatte ich vorsorglich schon aus dem Gefängnis heraus mitgeteilt, dass ich mit meiner Familie komme. Also heißen Fränzel und du ab jetzt mit Nachnamen ›Hartmann‹. Niemand wird das hier hinterfragen.«

Irene fühlte sich bedrückt und erleichtert zugleich.

»Aber am Silvestertag dieses Jahres werde ich dich noch einmal fragen, ob du meine Frau werden willst, Irene. Und das wird das letzte Mal sein. Bist du dann noch immer nicht damit einverstanden, trennen sich von da an unsere Wege.«

Kanzlei von Monsieur Payet in Weißenburg
Ende Mai 1873

»Und das ist definitiv Ihr letztes Wort?«

Monsieur Payet breitete bedauernd die Hände aus. »Einen Passus über Familienstreitigkeiten als Grund für die Auflösung Ihres Geschäftsverhältnisses mit Ihrem Herrn Vater sieht der erst kürzlich geschlossene Vertrag nicht vor.«

»Er hat mein Vertrauen zutiefst enttäuscht«, brauste Franz auf.

Monsieur Payet blieb ruhig und schüttelte den Kopf. »In einer familiären Angelegenheit, wie Sie betont haben.« Die wahren Hintergründe hatte Franz dem Notar nicht verraten. »Nicht in einer geschäftlichen. Wenn da ein Partner den anderen betrügen würde, wäre das der einzige legale Grund für die hintergangene Partei, vom Vertrag zurückzutreten.«

Franz raufte sich unwillkürlich die Haare. Seitdem er wusste, dass sein Vater, der sich mittlerweile von seinem Sturz erholt hatte, bald wieder ins Elsass zurückkehren würde, fand er den Gedanken unerträglich, weiterhin gemeinsam Geschäfte mit ihm machen zu müssen. Doch wenn Payet recht hatte, und daran zweifelte Franz keinen Augenblick, würde ihm wohl nichts anderes übrig bleiben, als auch diese Kröte zu schlucken.

Raus! Ich muss hier weg! Ich brauche dringend einen Tapeten-wechsel, um dem Alten nicht schon so bald wieder begegnen zu müssen, grübelte er, während er den Einspänner via Schweig-hofen lenkte. *Das Weingut kann ich Kerner und Hager im Sommer getrost allein überlassen. Bis zur Lese müsste ich allerdings wieder zurück sein, sonst nimmt man mich als Leiter des Guts nicht mehr ernst. Aber bis dahin sind es noch mindestens drei Monate. Wenn ich doch nur wüsste, wohin ich gehen könnte!*

Als ob ein unsichtbarer guter Geist sein Flehen erhört hätte, fand Franz die Antwort auf diese Frage in der Briefschale auf der Kommode der Schweighofener Eingangshalle vor, als er nach Hause zurückkehrte.

Kapitel 25

»Und dieser von Ernsthausen hat Sie als Bürgermeister von Straßburg einfach Ihres Amtes enthoben?«

Franz hatte von dieser Affäre zwar schon einige Male von seinen Straßburger Verwandten gehört, begegnete Ernest Lauth aber heute zum ersten Mal.

Auch wenn er nach wie vor jeden Tag über seine Beziehung zu Irene grübelte und nachts von ihr träumte, war er über die Einladung der Straßburger Verwandten seiner Mutter Pauline von Herzen froh gewesen, als er sie vor einigen Wochen nach seiner Rückkehr von Monsieur Payet vorfand.

Tatsächlich hatte er seine Großcousins und -cousinen seit mehreren Jahren nicht mehr gesehen. Im Gegensatz zu Paulines Eltern, die nur eine einzige Tochter gehabt hatten, waren die mittlerweile verstorbenen Großtanten und -onkel, also die Geschwister von Paulines Eltern, kinderreich. Franz hatte sie während seiner Schulzeit am Straßburger Lyzeum oft besucht. Zuletzt war er vor Kriegsbeginn auf seiner Europareise bei ihnen zu Gast gewesen.

Die Einladung kam ihm daher gerade recht, obwohl der Anlass, die Beerdigung eines Großonkels, der im biblischen Alter von einundneunzig Jahren verstorben war, ein trauriger war. Allerdings hielt sich die Betroffenheit der Familie in Grenzen, zumal der Greis in seinen letzten Lebensjahren senil gewesen war.

Daher war die üppige Trauerfeier zum Glück nicht dazu angetan, Franz' Melancholie noch zu verstärken. Im Gegenteil genoss er den Kontakt zu diesem entfernten Teil seiner großen Verwandtschaft, die sich herzlich freute, ihn endlich wiederzusehen, und sich regelrecht darum riss, ihn im eigenen Haus zu beherbergen.

So logierte Franz aktuell bei der Familie seines Großcousins Louis Krämer, der Mitglied des Straßburger Gemeinderats war. Allerdings war es dort vor einigen Tagen zu einem Eklat gekommen, über den sich Franz nun informierte.

Ernest Lauth, der abgesetzte Bürgermeister, ein distinguiert wirkender Herr mit grauen Koteletten, seines Zeichens im bürgerlichen Leben von Beruf Bankier, nickte. »Ja, seit dieser Preuße Adolf von Ernsthausen 1871 zum Straßburger Präfekten ernannt wurde, habe ich das kommen sehen. Es ging mehr schlecht als recht zwei Jahre lang gut, obwohl ich immer wieder gegen die Benachteiligung von uns Elsässern nach der Annexion protestierte. Aber nun reichte dem preußischen Verwaltungshengst ein nichtiger Anlass, um mich abzusetzen.«

Er machte eine kleine Pause. Lauth und die Mitglieder des Gemeinderats hatten sich in Krämers Haus versammelt, um ihre nächsten Schritte zu beschließen.

Franz wusste bereits, worum es ging. »Von Ernsthausen soll sich daran gestört haben, dass Sie Dokumente weiterhin mit ›Maire‹, der französischen Bezeichnung für Bürgermeister, unterschrieben haben?«

Lauth grinste bitter. »Genau. Diese Lächerlichkeit ist der Anlass für meine Absetzung. Ich gebe zwar zu, dass von Ernsthausen zuvor einige Male angemahnt hat, dass ich darauf verzichten soll. Aber das sehe ich nicht ein. Das Elsass gehörte zwei Jahrhunderte lang zu Frankreich. Ich lasse mich nicht dazu zwingen, mir nichts, dir nichts zu einem strammen Preußen werden zu müssen.«

Wie schade, dachte Franz bei sich. *Ein wenig Konzilianz an dieser unbedeutenden Stelle hätte der Stadt einen großartigen Politiker erhalten.* Doch das sagte er natürlich nicht, sondern gab nur einen Laut des Bedauerns von sich. Seit Hansis glimpflich verlaufenem Prozess wegen seiner anstößigen Kleidung in den Farben der Trikolore hatte er, ganz im Gegensatz zu seiner früheren Haltung, eingesehen, dass man mit Pragmatismus weiter kam als mit Rebellion.

»Und was soll nun heute geschehen?«, fragte er stattdessen.

»Der Straßburger Gemeinderat hat sich mit dem Bürgermeister solidarisiert«, antwortete Louis, der mittlerweile hinzugekommen war, anstelle von Ernest Lauth. »Wir sind gewählte und damit legitimierte Vertreter der Stadtbevölkerung. Nun hat von Ernsthausen gedroht, uns ebenfalls abzusetzen und uns den Zugang zum Rathaus zu verweigern. Das wäre allerdings ein politischer Eklat. Wir sind sicher, dass er es nicht so weit kommen lassen wird. Also machen wir heute die Probe aufs Exempel. Willst du mitkommen?«

Franz nickte. Allerdings teilte er den Optimismus seines Großcousins nicht.

Zwei Stunden später stellte sich heraus, dass Franz recht behalten sollte. Als er sich mit den Gemeinderäten, alles ehrbare Großbürger in Gehrock und Zylinder, dem Rathaus näherte, sah er sofort, dass preußische Soldaten Aufstellung vor dem Eingang genommen hatten. Sobald sich die Straßburger näherten, ertönte ein scharfer Befehl, woraufhin die Soldaten ihre Gewehre von den Schultern nahmen und die Gemeinderäte mit ihren aufgepflanzten Bajonetten bedrohten.

Franz kam die Stimme des Offiziers, der das Kommando führte, bekannt vor, ohne dass er sie zunächst zuordnen konnte. Erst als er näher herankam, erkannte er Eduard von

Wernitz, Mathildes ehemaligen Bewerber, mit dem er vor fast zwei Jahren in Streit geraten war.

Sein Cousin Louis Krämer, den die Gemeinderäte zum Sprecher gewählt hatten, trat vor. Ohne Furcht ging er auf von Wernitz zu.

»Wir sind die gewählten Volksvertreter von Straßburg und begehren Einlass in unser Rathaus.«

Von Wernitz musterte ihn verächtlich. »Ich habe Befehl, Ihnen mitzuteilen, dass Sie alle mit sofortiger Wirkung Ihrer Ämter enthoben sind. Gehen Sie umgehend nach Hause, sonst lasse ich Sie arretieren!«

»Das lassen wir uns nicht bieten, Sie unverschämter Patron!«, protestierte Louis. Dann drehte er sich zu seinen Kollegen um und rief auf Französisch: »Kommt, wir lassen uns nicht aufhalten. Wir marschieren einfach an ihnen vorbei.«

Angesichts der auf sie gerichteten Bajonette zögerten die meisten. Franz hinkte auf seinen Cousin zu.

Er raunte auf Französisch: »Louis, ich kenne diesen Offizier. Mit ihm ist wahrlich nicht zu spaßen. Er ist ein fanatischer Preuße. Bringt euer Leben nicht unnötig in Gefahr! Das ist kein politisches Amt der Welt wert!«

In diesem Augenblick wurde von Wernitz auf Franz aufmerksam. »Ah, der Vaterlandsverräter!«, rief er ihn an. »Macht wieder gemeinsame Sache mit diesen Wackes. Aber von so einem Subjekt ist ja nichts anderes zu erwarten!«

Franz' Puls begann, sich zu beschleunigen. Die auch auf Französisch gestellte Frage seines Cousins, woher er diesen Kerl kennen würde, ignorierte er. Stattdessen trat er dicht vor von Wernitz und legte die bloßen Hände auf die Bajonette der beiden neben ihm stehenden Soldaten.

»Ich habe mein Bein im Kampf für mein Vaterland verloren«, sprach er, nun wieder auf Deutsch, die reine Wahrheit, ohne dass die Truppe um die Doppeldeutigkeit seiner Worte wusste. »Wollt ihr mich jetzt, unbewaffnet und zudem versehrt, niederstechen? Ist das die gerühmte preußische Tapferkeit vor dem Feind?«

Zu seiner Genugtuung ließen die Soldaten die Bajonette sinken.

»Wo ist Ihre Legitimation, von Wernitz?«, wandte er sich sodann an den Leutnant. »Zeigen Sie mir Ihren Befehl!« Er streckte die Hand aus.

»Ich denke überhaupt nicht daran«, knurrte von Wernitz.

»So muss ich also davon ausgehen, dass Sie Ihre Kompetenzen überschreiten?«, konterte Franz und zahlte von Wernitz dann mit gleicher Münze heim. »Aber was ist schon anderes von einem verschuldeten, brandenburgischen Mitgiftjäger zu erwarten!« Er sprach so laut, dass es alle Gemeinderäte und auch die umstehenden Soldaten hörten.

Die Straßburger begannen zu grinsen, aber selbst auf die Gesichter einiger Soldaten trat ein leichtes Lächeln.

»Dieser Mensch hielt einst um die Hand meiner Schwester Mathilde an«, eröffnete Franz den gebannt lauschenden Zuhörern. »Die Heirat kam allerdings nie zustande, weil sich herausstellte, dass das Gut seiner Eltern mit der reichen Mitgift vor dem Ruin gerettet werden sollte.«

Von Wernitz' Gesicht färbte sich puterrot. »Sie wissen genau, dass es andere Gründe für den Abbruch meiner Bewerbung gab«, fauchte er und verriet damit in seiner Wut, dass Franz mit seiner Behauptung, er würde Mathilde kennen, recht hatte.

»Aha! Und welche sollen das sein?« Franz blieb kühl und beherrscht.

»Sie machten schon damals gemeinsame Sache mit diesem Pack«, schrie von Wernitz und wies auf die Straßburger Honoratioren. »Und Ihre saubere Schwester ...«

»Sie beleidigen also Ihre neuen deutschen Mitbürger!«, unterbrach ihn Franz. »Haben Sie jetzt auch noch die Frechheit, eine Dame zu beschimpfen?« Er wandte sich an die Gemeinderäte.

»Ein wahrhaft ehrenwerter preußischer Offizier, wie Sie sehen und hören können, meine Herren!«, rief er, natürlich weiter auf Deutsch. Viele Elsässer waren zweisprachig, die meisten verstanden und sprachen sogar nur Deutsch.

Mittlerweile hatte sich eine neugierige Menge von Passanten um die Gruppe vor dem Rathaus versammelt. »Offensichtlich mit dem Charakter und dem Gehirn einer Küchenschabe.« Franz genoss jedes Wort. »Ob er seinen Befehl überhaupt verstanden hat, bleibt ohne die offensichtlich fehlende, schriftliche Legitimation offen.«

In diesem Augenblick öffnete sich ein Fenster im ersten Stock des Rathauses. Franz erkannte Adolf von Ernsthausen, der sich weit über die Brüstung lehnte. »Von Wernitz!«, rief er so laut, dass es jedermann hören konnte. »Was ist das für ein Tumult? Hatte ich Ihnen nicht Befehl erteilt, die Auflösung des Gemeinderates durchzusetzen, ohne öffentliches Aufsehen zu erregen?«

Danach richtete von Ernsthausen seinen Blick auf die Straßburger Honoratioren. »Gehen Sie friedlich nach Hause, meine Herren!«, rief er. »Ich habe Befehl gegeben, Sie nicht mehr ins Rathaus einzulassen. Und Sie sehen ja, dass dieser Offizier durchaus gewillt ist, meinen Befehl auszuführen, wenn auch mit den falschen Mitteln.«

Franz wusste, dass er nicht mehr erreichen würde, ohne eine gewaltsame Eskalation zu riskieren. »Also, lasst uns umkehren, meine Herren«, schloss er sich von Ernsthausens Rat an. »Heute werden wir hier nichts weiter ausrichten, ohne unsere Gesundheit oder sogar unser Leben zu riskieren. Lasst uns lieber ein Protestschreiben an das fürs Elsass zuständige Reichskanzleramt in Berlin verfassen. Dort soll entschieden werden, ob man unser Recht derart mit Füßen treten darf.«

»Wie lautet noch einmal der zweite Teil des schönen Sprichworts: ›Die Klügeren geben nach‹«, fuhr er mit lauter Stimme fort. »Ich gebe zu, dass diese Weisheit kaum jemals so zutreffend war wie heute. Auch wenn nicht allzu viel dazu gehört, klüger zu sein als dieser preußische Edelmann. Eine Maus verfügt über mehr Verstand!« Er wies mit einer verächtlichen Geste auf von Wernitz.

Plötzlich brandete Gelächter auf dem Rathausplatz auf. Erst kicherten einzelne Personen, dann fielen mehr und mehr Elsässer ein, bis sich die ganze Menge vor dem Rathaus samt den Gemeinderäten vor Lachen bog.

Als die Honoratioren kehrtmachten, um zu Louis' Haus zurückzukehren, spendeten ihnen die Passanten darüber hinaus tosenden Beifall.

Auch Franz' Cousin hielt sich den Bauch und wischte sich die Lachtränen von den Wangen. »Dem arroganten Kerl hast du es aber gegeben, Franz. An dir ist ein wahrer Politiker verloren gegangen! Vielleicht kandidierst du ja eines Tages noch für den Reichstag!«

Frankenthal
Ende August 1873

»Ich kann Ihnen diese wunderbare Nähmaschine für eine Ratenzahlung von nur zwanzig Kreuzern pro Woche anbieten, Frau Hartmann. Oder sogar das exklusivere Modell, das über weit mehr Stich- und Nahtarten verfügt, für dreißig Kreuzer. Allerdings ist das Einverständnis Ihres Ehemanns unbedingte Voraussetzung dafür. Er muss natürlich auch den Ratenvertrag gegenzeichnen.«

Obwohl sich Irene Josefs Einverständnis sicher war, weil sie ihre Pläne vorher mit ihm besprochen hatte, ärgerte sie sich über die selbstherrliche Art des Verkäufers. Als Frau behandelte er sie demonstrativ von oben herab.

»Was würde die Maschine denn kosten, wenn ich sie in einer Summe erwerben würde?«

Der Verkäufer zwirbelte seinen pomadisierten Schnurrbart und betrachtete Irene mit einer Miene, die sowohl Erstaunen über so viel Naivität als auch eine Spur Verachtung zum Ausdruck brachte.

»Nun, wir führen die Nähmaschinen aus Amerika ein«, erklärte er überflüssigerweise, da Irene dies längst wusste. »Sie stammen von der Firma Singer, die dort Marktführer ist. Der Preis für die billigere Maschine beträgt einhundert Gulden, der für die teurere Maschine einhundertfünfzig.«

Irene rechnete blitzschnell nach. »Wenn ich aber für die teurere Maschine über zehn Jahre hinweg dreißig Kreuzer pro Woche bezahle, kostet sie mich fast zweihundertsechzig Gulden.«

Der Verkäufer schnaubte. »Es liegt auf der Hand, dass die Ratenzahlung auch einen bestimmten Zins für den Gebrauch enthält. Zumal das Unternehmen ja das ganze Risiko trägt, das zum Beispiel ein unsachgemäßer Gebrauch mit sich bringt.«

»Ich hatte Sie aber so verstanden, dass Reparaturen zu Lasten des Käufers gehen?«, warf Irene ein.

»Das versteht sich von selbst, meine Gnädigste.« Der Verkäufer warf sich in seine feiste Brust. Irene fand den Mann immer unerträglicher. »Denn stellen Sie sich einmal vor, Sie bleiben die Ratenzahlung schuldig, und wir müssen die Maschine zurücknehmen. Ist sie dann nicht sorgfältig gewartet worden oder sogar beschädigt, bleiben wir auf diesem Schaden sitzen.«

»Ab der wievielten ausbleibenden Rate müsste ich die Nähmaschine denn zurückgeben?« Irene war alarmiert.

»Ab der zweiten«, antwortete der Verkäufer trocken und wich diesmal Irenes Blick aus.

»Das muss ich dann wirklich zuerst einmal mit meinem Mann besprechen.« Sie war erschrocken. Der Händler für Galanteriewaren, für den sie seit ungefähr zwei Monaten in Heimarbeit Handschuhe per Hand zusammennähte, hatte ihr schon zweimal kurzfristig keine neuen Aufträge erteilt. Zwar gab es nach jeweils einer Woche, die Irene aufgrund der anstrengenden Tätigkeit sogar als Erholungspause begrüßt hatte, neue Aufträge. Aber gesichert war ihr Einkommen nicht.

»Und wenn ich eine Anzahlung leiste?«, fragte sie noch, als sich der Verkäufer schon erheben wollte.

»Wie viel könnten Sie denn anzahlen?«

Irene überschlug ihre durch die Ausgaben für den Umzug und die Ergänzung ihrer Kleidung und Wäsche für Fränzel und sich arg verminderten Rücklagen. »Dreißig Gulden könnte ich entbehren«, antwortete sie zögernd. Das würde ihren Notgroschen auf nur zehn Gulden verringern.

Mit schlechtem Gewissen verschwieg sie Josef bis heute, dass sie gar keinen Brief an Martha geschrieben und diese gebeten hatte, ihre zurückgelassene Wohnungseinrichtung in Oggersheim für sie zu verkaufen. Zu groß war ihre Furcht, ihren jetzigen Aufenthaltsort zu verraten. Sie hätte ein Schreiben an Martha ja nur in die Fabrik senden können, und dort hätte Franz möglicherweise auf Umwegen davon erfahren. Das wollte sie trotz der geringen Wahrscheinlichkeit nicht riskieren.

Doch Josef die Wahrheit zu sagen, wagte sie auch nicht. Wie hätte sie ihm denn erklären sollen, dass Franz womöglich nach ihr suchen würde, wenn er wüsste, wo sie ist? Stattdessen behauptete sie mit noch heftigeren Gewissensbissen, bislang nichts von Martha gehört zu haben, und machte die ehemalige Kollegin damit indirekt zur Betrügerin.

Josef reagierte darauf mit Resignation und Fatalismus. »Es ist nicht das erste Mal, dass sich Arbeiter auf Kosten ihrer eigenen Leidensgenossen bereichern«, stellte er fest. »Warum sollte es dir besser ergehen als anderen?«

Der Verkäufer nahm ihr die Entscheidung für eine Anzahlung jetzt ohnehin ab. »Die Raten bleiben bei einer Anzahlung natürlich gleich. Nur der Zahlungszeitraum verringert sich.«

Erst jetzt fiel Irene etwas anderes auf. »Wenn ich die Nähmaschine vorzeitig zurückgeben müsste, bekäme ich dann überhaupt eine Entschädigung? Zum Beispiel die Rückzahlung der Anzahlungssumme?«

Nun zeigte die Miene des Verkäufers offenes Mitleid mit so viel Dummheit. »Eine Rückzahlung geleisteter Einlagen, seien es Raten oder Anzahlungen, ist nicht vorgesehen, Frau Hartmann. Sie verstehen, wir müssen unser unternehmerisches Risiko zumindest ein wenig verringern.«

Er erhob sich und setzte seinen Hut auf. »Aber besprechen Sie das doch noch einmal alles in Ruhe mit Ihrem Herrn Gemahl. Sein Einverständnis ist ja ohnehin Bedingung für einen Kauf- oder Ratenvertrag. Ich darf mich dann für heute empfehlen.« Nach einer sparsamen Verbeugung verließ er die Wohnung.

Mit einer Mischung aus Wut und Niedergeschlagenheit kehrte Irene an ihre Arbeit zurück. Nicht zum ersten Mal trauerte sie aufrichtig ihrer komfortablen Stellung als Vorarbeiterin in Stockhausens Weißnäherei nach, die sie vor dem Hintergrund ihrer jüngsten Erfahrungen noch einmal mehr zu schätzen wusste.

In den ersten Wochen in Frankenthal hatte sie zunächst gar keine Beschäftigung als Näherin gefunden. Es gab dort nur wenige Zwischenhändler für Nähen in Heimarbeit. Zwei der Verleger, wie man diese Zwischenhändler auch nannte, hatten im Moment keine Vakanzen. Sie schrieben sich Irenes Adresse auf und ließen danach nie mehr etwas von sich hören.

Der Stücklohn, den ihr der dritte Zwischenhändler für Oberhemden als Stapelware anbot, war so gering, dass Irene über sechzehn Stunden am Tag hätte arbeiten müssen, um auch nur annähernd den Lohn zu erzielen, den sie seinerzeit als Nopperin in der Tuchfabrik Reuter verdient hatte.

Nachdem sie diese Option daher für sich verworfen hatte, war sie eines Tages ziellos mit Fränzel durch die Hauptgeschäftsstraßen von Frankenthal geschlendert und hatte sich die Nase an den Schaufenstern der teuren Geschäfte plattgedrückt, deren Waren sie sich nie würde leisten können. Vor einem Galanteriewarengeschäft, das feine Handschuhe, Samtbeutel, aufwändige Kragen und andere Accessoires für Damen anbot, beobachtete sie zufällig eine heftige Auseinandersetzung.

Eine dicke Dame in mittleren Jahren stürmte wutentbrannt aus der Ladentür, gefolgt von einer anderen Frau im hoch geschlossenen schwarzen Kleid, offensichtlich die Inhaberin des Geschäftes.

»Frau Obermedizinalrätin, ich bitte Sie«, hörte Irene die Inhaberin mit flehender Stimme sagen. »Ich versichere Ihnen, dass ich Ihnen ein Paar neue Handschuhe, die makellos sein werden, anfertigen lasse. Natürlich ohne jede Unkosten für Sie.«

Die Dame, die fast im Wortsinn Haare auf den Zähnen hatte, da ein leichter schwarzer Flaum auf ihrer Oberlippe prangte, drehte sich mit vor Zorn funkelnden Augen zu ihr um. »Das ist bereits das dritte Paar Handschuhe, das ich bei Ihnen erstanden habe und dessen Nähte nach kurzem Tragen gerissen sind. Diesmal geschah es auf einem Gartenfest, zu dem ich geladen war, sodass es jedermann mitbekam. Behalten Sie Ihren überteuerten Schund in Zukunft für sich. Ich fahre lieber nach Worms oder Ludwigshafen, als Ihr Geschäft noch einmal zu frequentieren!« Damit rauschte sie davon.

Irene überlegte nur kurz und betrat dann den Laden, in den

sich die Frau in Schwarz mittlerweile wieder zurückgezogen hatte. Zum Glück trug sie ihr feines Sonntagskostüm. So hielt die Ladenbesitzerin sie für eine Kleinbürgerin.

»Was darf ich für Sie tun?« An ihren leicht geröteten Augen erkannte Irene, dass die Frau geweint hatte.

Irene fasste sich ein Herz. »Ich habe Ihr Gespräch mit der Dame, die Ihr Geschäft gerade verlassen hat, mit angehört.«

Das Gesicht der Inhaberin verschloss sich.

»Ich wollte nicht lauschen«, entschuldigte sich Irene. »Aber es schien mir so, als ob sich die Dame über aufgeplatzte Nähte an ihren Handschuhen beschwert hat. Ich kann sehr gut nähen«, fuhr sie hastig fort, als die Ladenbesitzerin schon den Mund zu einer Erwiderung öffnete. »Und ich bin neu in der Stadt und suche Arbeit. Vielleicht kann ich Ihnen zu Diensten sein.«

Die Inhaberin, eine hagere Frau mit einer spitzen Nase, die Irene entfernt an Ottilie Gerban erinnerte, musterte sie aufmerksam. »Kommen Sie mit«, forderte sie Irene dann ohne weitere Umstände auf. »Ist Ihr Sohn brav?«, hielt sie noch einmal inne. »Kindergeschrei in meinem Geschäft würde meine Kundschaft vertreiben.«

»Fränzel ist brav«, versicherte Irene und hoffte, ihr Sohn würde nicht sogleich den Beweis des Gegenteils antreten. Doch als ob der Kleine ahnen würde, dass es hier um etwas Wichtiges ging, verhielt er sich während der folgenden halben Stunde tatsächlich mucksmäuschenstill und spielte ruhig mit dem kleinen Stoffhund, den ihm Josef geschenkt hatte.

»Hier!« Die Inhaberin nahm einen zartlila Seidenhandschuh auf und zeigte ihn Irene. Der Zeigefinger war über die ganze Längsseite hinweg aufgeplatzt, die Nähte sogar ausgefranst. »Können Sie das so flicken, dass man den Schaden nicht mehr sieht?«

Irene nickte entschlossen. »Wenn Sie mir eine feine Nadel,

einen Fingerhut und das passende Seidengarn geben, kann ich das!«

Tatsächlich lieferte sie den Handschuh nur zehn Minuten später ab. Die Inhaberin griff sogar zu einer Lupe, um Irenes Arbeit zu begutachten. Dann entspannte sich ihre Miene. Sie begann zu lächeln.

»Sehr schön«, lobte sie Irene. »Ich werde Sie dem Händler, der mir die Handschuhe liefert, als Näherin empfehlen. Er sitzt in Mannheim und kommt nur einmal in der Woche hierher. Ich gebe Ihnen Bescheid, wenn er Sie beschäftigen will. Lassen Sie mir Ihre Adresse da.«

Tatsächlich stand der Mann nur zwei Tage später vor Irenes Wohnungstür. Nachdem er wohlwollend registriert hatte, dass Irene über einen sauberen Arbeitsraum verfügte, in dem weder gekocht noch geschlafen wurde, erklärte er sich damit einverstanden, sie als Heimarbeiterin zu beschäftigen. Seither nähte Irene für einen Stücklohn von sieben Kreuzern pro Paar zugeschnittene Seidenhandschuhe für ihn zusammen, die sie hernach auch noch bestickte.

An guten Tagen schaffte sie ungefähr zehn einwandfreie Paare, bis Josef abends von seiner Tätigkeit im Büro des Arbeitervereins zurückkehrte. Das brachte ihr zwar einen Lohn von im Schnitt ungefähr vier Gulden pro Woche ein, war aber dennoch eine mühsame Arbeit, zu der sie volle Konzentration und Aufmerksamkeit brauchte, sodass ihr am Abend häufig Kopf und Rücken schmerzten.

Am vergangenen Sonntag war sie dann auf einem Spaziergang mit ihrer kleinen Familie an einem Geschäft, das amerikanische Nähmaschinen der Firma Singer verkaufte, vorbeigekommen. Jede Frau wurde aufgefordert, einmal zum Probenähen hereinzuschauen.

Irene ließ sich das nicht zweimal sagen. Aus einem alten Stück Stoff schnitt sie selbst drei Paar Handschuhe zu und erprobte bereits am nächsten Tag, ob die beiden Nähmaschinen dieser schwierigen Aufgabe gewachsen waren. Und tatsächlich stellte sich heraus, dass sie mit etwas Übung aufgrund ihres großen Geschicks mit der teureren Nähmaschine Handschuhe anfertigen konnte. Deren Stiche waren sogar feiner als die von Hand genähten.

»So könnte ich die doppelte Menge pro Tag schaffen«, erklärte sie Josef beim Abendessen begeistert. »Ich muss sie anschließend nur noch von Hand besticken.«

»Dann lade den Vertreter der Firma doch einmal zu uns nach Hause ein und besprich die Konditionen für die Anschaffung mit ihm. In einer Summe können wir die Nähmaschine natürlich nicht erwerben, aber es war ja auch von günstigen Ratenzahlungen die Rede.«

Nun, günstig seien diese Ratenzahlungen wahrlich nicht, erklärte sie Josef nun am Abend nach dem Besuch des Verkäufers. Der legte seine breite Hand auf die ihre.

»Möchtest du die Maschine trotzdem haben?«, fragte er lächelnd.

Irene nickte zögernd. »Eigentlich schon«, gestand sie ihm.

»Dann lass uns den Ratenvertrag abschließen, mein Liebes«, redete er ihr zu. »Und solltest du tatsächlich einmal keine Aufträge bekommen, stehe ich für die Zahlungen gerade.«

Straßburg
Ende August 1873

»Wie schön, dass du auf deinem Heimweg noch einmal Station in Straßburg machst!« Franz' Großcousin Louis Krämer eilte die Treppe seines Hauses hinab auf ihn zu und schlug ihm herzhaft auf die Schulter, bevor er Franz kurz umarmte. Dessen Ankunft war ihm soeben gemeldet worden.

»Du kommst gerade zur rechten Zeit«, fuhr Louis fort. »Ich möchte dir jemanden vorstellen.«

Neugierig folgte ihm Franz hinauf ins Herrenzimmer. Er hatte die letzten Wochen zuerst in Paris, danach noch einige Tage bei Marianne Serge in Saint-Quentin verbracht. Jetzt war es langsam an der Zeit heimzukehren.

Ein paar Tage in Straßburg werde ich mir aber noch gönnen, beschloss er, als er hinter Louis die Treppe hinaufstieg. Sein Vater Wilhelm war schon längst aus Oggersheim wieder nach Weißenburg zurückgekehrt. Zudem stand in drei Wochen die Hochzeit seiner Schwester Mathilde an. Franz freute sich weder auf das Fest noch darauf, seinem Vater wohl oder übel wieder gegenübertreten zu müssen.

Von Nikolaus Kerner hatte er sich regelmäßig über das Weingut berichten lassen. Dort schien alles in bester Ordnung zu sein, man erwartete sogar aufgrund des sonnigen Sommers eine Rekordernte bei allen Rebsorten. Ein Umstand, der neue Investitionen in Lagerräume und Fässer erforderte, die Franz mit seinem Vater besprechen wollte.

Im Herrenzimmer schlug Franz dichter Zigarrenqualm entgegen. Rund um einen niedrigen Tisch, der mit Wein- und Cognacgläsern bestückt war, saßen fünf Männer. Neben drei weiteren ehemaligen Gemeinderäten erkannte Franz den abgesetzten Bürgermeister Ernest Lauth. Der fünfte Mann war ihm gänzlich unbekannt.

»Mein lieber Franz! Darf ich dir Herrn Otto Back vorstellen? Herr Back, das ist mein geschätzter Großcousin Franz Gerban. Er hat damals den Eklat vor dem Rathaus verhindert.«

»Sehr erfreut!« Otto Back stand auf und reichte ihm die Hand. Franz war verblüfft. Obwohl sich Backs Haupthaar bereits zu lichten begann, hatte sich Franz den neuen, von den Preußen eingesetzten Bürgermeister von Straßburg deutlich älter vorgestellt. Er schätzte Back auf höchstens vierzig Jahre.

Noch verblüffter war Franz darüber, dass sich Back offensichtlich als Gast im Haus seines Cousins aufhielt.

Natürlich hatte Franz auch auf seiner Weiterreise nach Paris erfahren, dass das für das Elsass zuständige Reichskanzleramt in Berlin sowohl die Absetzung von Ernest Lauth als auch die der Gemeinderäte gebilligt hatte. Obwohl er im Grunde seines Herzens nichts anderes erwartet hatte, erfüllte ihn dieser Umstand mit ohnmächtiger Wut.

Elsass-Lothringen war das einzige Gebiet im Reich, das keine originäre Landesstaatsgewalt besaß. Als »Reichsland«, wie es genannt wurde, war es offiziell gemeinsames Herrschaftsgebiet der Staaten des Deutschen Reiches. Das lag daran, dass es aufgrund der französischen Vergangenheit in Elsass-Lothringen weder eine im Land herrschende Adelsdynastie noch Stadtstaaten gab, die von alteingesessenen Oligarchen regiert wurden.

Fürsten und Stadtoligarchen übten in ihren angestammten Gebieten weiterhin landesstaatliche Hoheitsrechte aus, wenn auch seit der Kaiserproklamation nicht mehr als unabhängige Machtinstanzen, sondern im Rahmen des föderativen Deutschen Reiches. Elsass-Lothringen dagegen besaß nicht einmal eine eigene Landesflagge, und seine Verwaltung war unmittelbar dem Kaiser unterstellt.

De facto bestimmten daher preußische Behörden in Berlin, was in Elsass-Lothringen geschah. Dies führte erwartungsgemäß zu einer beständigen Benachteiligung der annektierten Gebiete, die teilweise sogar mit diktatorischen Mitteln beherrscht wurden. Die Absetzung der demokratisch gewählten straßburgischen Volksvertreter war dabei nur eines von zahlreichen Beispielen, zumal der preußische Präfekt von Ernsthausen auch keine Neuwahlen zugelassen hatte.

»Sie sind also der kluge Kopf, der die Gemeinderäte vor einigen Monaten von einem gewaltfreien Rückzug ohne Gesichtsverlust überzeugt hat«, konstatierte Otto Back nun.

Franz' Erstaunen wuchs. Nie hätte er erwartet, dass der neue Bürgermeister selbst dieses heikle Thema ansprach.

Doch der fuhr schon fort: »Ein sehr weiser Rat für solch einen jungen Mann, wenn Sie mir diese Bemerkung erlauben. So können wir jetzt alle gemeinsam zum Wohle dieser wunderschönen Stadt im Verborgenen wirken, ohne allzu viel Aufsehen in Berlin zu erregen.«

Nun war Franz wirklich perplex. Unwillkürlich huschte sein fragender Blick zum Gesicht seines Cousins Louis.

»Herr Back pflegt alle kommunalen Angelegenheiten von Wichtigkeit mit uns zu beraten und abzustimmen«, erklärte der mit einem wissenden Lächeln. »Das mag dir zwar ungewöhnlich erscheinen, Franz, ist aber Realität und für jede Partei nur von Vorteil. Heute geht es um die neue Universität, die im vergangenen Jahr gegründet wurde.«

»Vor allem um die Restaurierung und Rettung der wenigen historischen Dokumente, die das feindliche Feuer im Krieg nicht völlig zerstört hat«, fügte Louis hinzu.

»Ein unersetzlicher Verlust!« Back sah ehrlich betroffen aus. Bei der Beschießung der Stadt durch die Preußen im August 1870 war die Bibliothek in Brand geraten, die auch ein Archiv mit unschätzbar wertvollen mittelalterlichen Dokumenten barg. »Und das beste Beispiel dafür, dass rohe Gewalt nur Schaden anrichtet. Ich bin sehr glücklich, dass ich zumindest einen bescheidenen Beitrag dazu leisten darf, diesen Verlust wenigstens zum Teil wiedergutzumachen.«

Franz ließ sich auf den ihm angebotenen Platz in einem Armsessel sinken und sich ein Glas Weißwein einschenken. Für Cognac war es ihm um diese Spätnachmittagsstunde noch zu früh.

»Und was sagt Ihr Dienstherr in Berlin zu dieser Kooperation?«, konnte er sich die Frage nicht verkneifen.

Back zwinkerte ihm zu. »Was er nicht weiß …«, begann er

das bekannte Sprichwort zu zitieren. Dann wurde seine Miene ernst. »Ich bin keineswegs mit der Art und Weise einverstanden, mit der der geschätzte Präfekt Adolf von Ernsthausen in Straßburg vorgegangen ist. Seit man mich bat, neuer Bürgermeister zu werden, hatte ich daher die Absicht, mich mit den alteingesessenen Straßburger Notabeln gutzustellen und alles im Einvernehmen mit ihnen zu entscheiden oder zumindest vorher ihren Rat einzuholen.«

Er machte eine weit ausholende Geste. »Und unsere Erfolge geben mir recht.«

Franz war außerordentlich beeindruckt. Interessiert verfolgte er den Verlauf der Diskussion über die neue Universität, bis plötzlich Louis' erster Diener vor ihm stand.

»Dieses Telegramm ist gerade per Eilboten aus Saint-Quentin für den gnädigen Herrn eingetroffen.« Der Mann hielt ihm mit einer Verbeugung das Silbertablett mit dem Schriftstück hin.

Aus Saint-Quentin? Oh Gott, ist etwas mit Marianne oder ihrem Schwager?, schoss es Franz durch den Kopf.

»Ich glaube, das Telegramm wurde dem gnädigen Herrn nachgeschickt«, fügte der Diener in diesem Augenblick hinzu.

Aha, daher der Eilbote. Jetzt war Franz erst recht erschrocken. Er hatte Marianne Serge beim Abschied seine Straßburger Adresse mit dem Hinweis gegeben, er wolle sich noch für einige Tage in der elsässischen Hauptstadt aufhalten.

Hastig riss er den Umschlag auf. Das Telegramm kam von seinem Verwalter Nikolaus Kerner.

Unwetter hat große Schäden im Weingut verursacht – Stopp – Teil der Ernte vernichtet – Stopp – auch Gebäude beschädigt – Stopp – erbitte Ihre sofortige Rückkehr.

Kapitel 26

Weingut bei Schweighofen
Ende August 1873, zwei Tage später

»Auch dieser Weinberg ist leider schwer getroffen worden.« Nikolaus Kerner wies auf die Rebfläche. Obwohl sie noch ungefähr einhundert Schritt weit entfernt waren, sah Franz die niedergemähten Weinstöcke. »Der Sturm hat eine regelrechte Schneise geschlagen. Sie sehen, die nebenan liegenden Flächen sind bis auf abgerissenes Laub und einige Traubendolden sogar nahezu unversehrt.«

»Aber das war eine unserer besten Spätburgunderlagen«, antwortete Franz entsetzt.

Kerner nickte bedrückt. »So ist es, Herr Franz. Auch eine unserer Rieslingspitzenlagen wurde nahezu vernichtet.«

»Was sollen wir jetzt nur tun?« Franz war erschüttert.

»Die Weinverkäufe werden erst mittelfristig davon betroffen sein«, beruhigte ihn Kerner. »Bis zum nächsten Sommer haben wir auf jeden Fall genug Spätburgunder von der letzten Ernte, da unsere Spitzenrotweine ja bis zu fünfzehn Monate reifen. Beim Riesling wird es schon knapper. Da haben wir den vergangenen Jahrgang schon weitestgehend verkauft. Spätestens im nächsten Frühjahr, wenn die neuen Weißweine herangereift wären, wird es knapp. Sowohl bei den leichten Trinkweinen als auch bei den Spitzenweinen.«

»Sind weitere Weingüter in der Umgegend stark beschädigt worden?«

Nun sah Kerner unglücklich drein. »Das Unwetter war lokal

begrenzt. Nach allem, was ich weiß, sind unsere Weinlagen und die im Umkreis von drei Meilen am schwersten betroffen.«

»Also hat das Unwetter vor allem in der Südpfalz gewütet?«

»So ist es, Herr Franz.«

»Wie hoch wird unser Lese-Ertrag ausfallen?«

Kerner zuckte die Achseln. »Höchstens die Hälfte eines normalen Jahres. Bei den Spitzenlagen rechne ich sogar nur mit ungefähr einem Drittel. Aber auch nur, weil wir zuvor aufgrund des guten Wetters eine sehr reiche Ernte erwarten können.«

Franz raufte sich die Haare. »Was für ein Pech! Wir werden einen Teil unserer Kunden verlieren. Mit dieser Menge können wir ja nicht einmal unsere Stammkundschaft vollständig versorgen. Ganz zu schweigen von dem Umsatzeinbruch, den das mit sich bringen wird. Wahrscheinlich können wir nicht einmal unsere Unkosten decken.« Franz redete sich immer mehr in Rage.

»Leider ist das nicht auszuschließen, Herr Franz. Zumal wir auch nicht wagen können, eine der wenigen unbeschädigten Rieslinglagen in dieser Saison für Eiswein vorzuhalten. Wenn es nicht rechtzeitig friert, wäre das ein weiterer Verlust.«

»Also, Kerner, was schlagen Sie vor?«

»Einige Notfallmaßnahmen habe ich bereits ergriffen. Ich habe die Arbeiter angewiesen, die noch verwendbaren Trauben an den niedergerissenen Weinstöcken zu lesen, bevor sie verfaulen. Da der Sommer so warm war, sind sie zwar noch nicht reif, aber haben doch schon mehr Süße als in anderen Jahren. Daraus können wir zumindest einen billigen Schankwein keltern, den wir nachsüßen dürfen.«

»Die Gerban'schen Spitzenlagen als billiger Schankwein.« Die bittere Bemerkung konnte Franz nicht zurückhalten.

Kerner verstand das als Kritik und verteidigte sich. »Es ist ja nur eine Notfallmaßnahme für dieses Unglücksjahr.«

Franz hob die Hand und winkte müde ab. »Sie haben genau

das Richtige getan, Kerner. Aber wir müssen die Lagen dringend neu bepflanzen. Wie lange wird es dauern, bis sie wieder dieselben Erträge bringen wie bisher?«

»Leider müssen wir mit mindestens acht oder sogar zehn Jahren rechnen. Die ältesten der nun zerstörten Rebstöcke waren über zwanzig Jahre alt.«

»Also müssen die Böden im Herbst vorbereitet werden, damit wir im Frühjahr die Jungreben pflanzen können.«

»So ist es, Herr Franz.«

»Was soll mit den beschädigten Wirtschaftsgebäuden geschehen?«

»Wie Sie ja selbst schon gesehen haben, hat der Blitz ausgerechnet das Gebäude, in dem wir unsere Flaschen gelagert hatten, in Brand gesetzt und teilweise zerstört. Zum Glück hat der heftige Sturzregen das Feuer so schnell gelöscht, dass es nicht auf die anderen Lagerräume übergreifen konnte. Aber alle Flaschenvorräte sind durch die Hitze gesprungen oder von Teilen des einstürzenden Dachs zerschlagen worden.«

»Sie sagten, auch die beiden Keltern seien betroffen?«

Kerner bejahte. »Die Rauchentwicklung war so stark, dass beide völlig verräuchert sind. Die dem Flaschenlager am nächsten stehende Kelter wurde zudem vom Funkenflug getroffen und ist zum Teil verkohlt. Die muss auf jeden Fall ersetzt werden. Aber ich würde dazu raten, beide Keltern zu erneuern, damit der ausgepresste Most nicht den Geschmack von Rauch annimmt.«

Franz seufzte.

»Die meisten Dächer müssen ebenfalls ausgebessert werden, da die Schindeln zum Teil vom Wind fortgerissen wurden. Selbst das Gutshaus muss an einigen Stellen neu gedeckt werden.«

»Was noch?«

»Drei Lesewagen wurden zertrümmert. Wir brauchen auch

zwei neue Zugpferde. Zwei Gäule rissen sich in ihrer Panik vor dem Unwetter los, stürmten aus dem Stall und wurden von herumfliegenden Teilen verletzt. Ich musste sie zum Schlachter bringen lassen.«

Franz holte tief Luft. »Also, wie hoch sind die Schäden insgesamt, Ihrer Ansicht nach?«

»Ich schätze, ohne die möglichen Einbußen beim Weinverkauf belaufen sie sich auf ungefähr fünfzehntausend Gulden. Vielleicht auf ein paar tausend mehr, wenn Sie ein weiteres Experiment wagen wollen«, fügte er kryptisch hinzu. »Aber das könnte sich lohnen.«

Franz starrte seinen Verwalter verständnislos an. »Was für ein Experiment?«

»Es ist eine Idee meines Schwagers, des Kellermeisters. Wenn wir im Oktober Trauben dazukaufen, würde er einmal versuchen, Cuvée-Weine herzustellen. Damit könnten wir die durch die Ernteschäden fehlende Menge ersetzen.«

Franz erinnerte sich, dass Hager ihm gegenüber das Wort »Cuvée« schon einmal erwähnt hatte, konnte sich aber nicht mehr an den Zusammenhang erinnern und daher mit dem Vorschlag nichts anfangen. »Sie wollen Weine zusammenpanschen?«

Kerner blickte ein wenig gekränkt drein. »Ein paar unserer weißen und roten Spitzenlagen sind ja zum Glück unversehrt geblieben. Wenn Sie Trauben in ähnlicher Qualität hinzukaufen, könnten wir sowohl sortenreine Cuvées aus verschiedenen Lagen als auch Cuvées aus verschiedenen Rebsorten herstellen. Dazu könnten wir zum Teil sogar unsere eigenen Trauben verwenden. Die Weißburgunder- und Portugieserlagen blieben zum großen Teil unversehrt.«

»Und wie sollen diese ›Cuvée-Weine‹, wie Sie sie nennen, unsere Spitzenweine ersetzen?«

Kerner lächelte. »Nun, wie ich Ihnen schon sagte, Herr

Franz, es ist ein Experiment. Meines Wissens hat noch nie jemand versucht, einen Spitzenlagen-Cuvée herzustellen. Wir wären die Ersten.«

Franz ließ sich das durch den Kopf gehen. »Nun, womöglich wäre es einen Versuch wert. Aber warum die hohen Zusatzkosten von mehreren tausend Gulden? So viel kosten die Trauben doch gar nicht!«

»Oh doch. Wenn wir die Winzer im Umkreis dazu bewegen wollen, uns einen Teil ihrer ohnehin durch das Unwetter geschmälerten Lese zu überlassen, wird das teuer werden. Aber Trauben aus weiter entfernten Lagen scheiden aus. Unsere Weine sind ja speziell dafür berühmt, dass sie von Böden der Südpfalz stammen.«

»Da haben Sie wohl recht, Kerner.«

Durch Franz' Zustimmung ermutigt, fuhr der Verwalter fort: »Außerdem brauchen wir neue Fässer für diese Weine. Der Markt ist gegenüber Cuvée-Weinen noch misstrauisch. Wir sollten uns nicht dem Verdacht aussetzen, die Cuvée-Weine billiger produziert zu haben als unsere Spitzenweine, obwohl wir vergleichbare Preise dafür verlangen. Sie wissen, dass wir für die roten und weißen Trauben unterschiedliche Fässer verwenden, selbst bei den preiswerteren Weinen.«

Franz überlegte. »Aber wir sollten zumindest einen Teil der Trauben aus den Spitzenlagen trotz der geringen Gesamtmenge sortenrein verarbeiten. Für unsere ältesten und betuchtesten Kunden. Haben die erst einmal einen anderen Lieferanten gefunden, mit dem sie ähnlich zufrieden sind wie mit uns, werden wir sie kaum zurückgewinnen können. Zumindest nicht ohne einen tüchtigen Preisabschlag.« Das hatte Franz von seinem Vater gelernt. *Und wo der Alte recht hat, hat er recht,* dachte er.

Kerner nickte zustimmend. »Diese Variante hatte ich auch schon erwogen.«

Franz rechnete. »Also brauchen wir zunächst einmal rasch

zwanzigtausend Gulden, um die schlimmsten Schäden zu beheben, Trauben für Cuvées hinzuzukaufen und Jungreben vorzuziehen. Damit kämen wir dann zumindest bis zum Frühjahr aus. Gelingt der Cuvée, wären wir vielleicht sogar schon wieder über den Berg. Wenn nicht, sehen wir weiter.«

Plötzlich fiel ihm etwas ein. »War denn mein Vater überhaupt schon hier, um sich ein Bild zu machen?«

Kerners Miene verschloss sich. »Leider nicht, Herr Franz. Dem Boten ließ er bereits zweimal ausrichten, er fühle sich zu unwohl, um hinauszukommen.«

Der Alte wird wirklich weinerlich, sinnierte Franz. Dabei kann er von Glück sagen, dass ich mein Vermögen im Geschäft gelassen habe. Hätte er mich auszahlen müssen, wäre es ihm sicherlich alles andere als leichtgefallen, jetzt zusätzlich eine solche Summe für die Schadensbehebung aufzubringen. Zumal er auch noch Mathildes Mitgift auszahlen muss.

Er holte tief Luft, um die Beklemmung zu vertreiben, die wie ein Alb auf seiner Brust saß. *Aber so dürften die zwanzigtausend Gulden kein allzu großes Problem sein. Notfalls müssen wir uns die Summe leihen, falls die liquiden Mittel schon anderweitig verplant sind.* Er dachte dabei an die Filialen, die sein Vater neu eröffnen wollte. Seines Wissens sollte es jeden Tag so weit sein.

Aber einen Kredit in dieser Höhe wird uns wohl keine Bank verwehren.

Dennoch wollte die Enge in seiner Brust nicht weichen.

Anwesen der Gerbans bei Altenstadt
1. September 1873

»Nun musste ich dreimal vorsprechen, um endlich vorgelassen zu werden, Vater. Was denkst du dir nur dabei? Du weißt doch, worum es geht und wie dringlich die Sache ist.«

»Ich habe seit einigen Tagen furchtbare Kopfschmerzen«, erwiderte Wilhelm Gerban und griff sich an den Schädel, in dem es tatsächlich wie rasend pochte. »Ich dachte, es würde besser, wenn ich Laudanum nehme, aber das war ein Irrtum.«

»Nun gut«, antwortete Franz barsch, da er die Beschwerden seines Vaters nach wie vor nicht ernst nahm. »Dann machen wir es kurz. Wir brauchen zwanzigtausend Gulden, um die Unwetterschäden im Weingut zu beheben. Da ich aufgrund meiner Reise die Geschäftsbücher längere Zeit nicht mehr durchgesehen habe, weiß ich nicht, ob wir diese Summe liquide haben.«

Wilhelm Gerban erwiderte nichts. Er goss sich Cognac nach und nahm einen tiefen Schluck.

»Also«, drängte Franz gereizt, »gibst du mir jetzt eine Antwort, oder muss ich tatsächlich selbst in die Bücher sehen?«

»Ich habe gerade Mathildes Mitgift an Herbert Stockhausen ausbezahlt. Das waren die letzten liquiden Mittel vor den Saisonverkäufen.«

Franz seufzte. »Das habe ich mir fast gedacht. So ein Pech! Und den Rest haben jetzt die Filialen verschluckt, nicht wahr? Zumindest vor meiner Abreise hatten wir doch noch mindestens fünfzigtausend Gulden zur Verfügung.«

Wilhelm zögerte kurz, dann nickte er.

»Nun, dann müssen wir eben ein paar Wertpapiere verkaufen. Du hast ja weitere fünfzigtausend Gulden in sichere Anlagen investiert, das hattest du im letzten Herbst mit mir abgestimmt.«

Wilhelm mied Franz' Blick und trank noch einen Schluck Cognac. »Wir können die Papiere nicht verkaufen«, sagte er so leise, dass Franz ihn erst beim zweiten Mal verstand.

»Wieso geht das nicht?«, brauste er auf.

»Die Papiere sind leider nichts mehr wert.«

»Was sagst du da?« Franz schnappte nach Luft. »Du hattest mir doch versichert, dass keinerlei Verlustrisiko bestünde.« Ihm ging ein Licht auf. »Hast du das Geld etwa in diese windigen Immobiliengeschäfte investiert, die jetzt aufgeflogen sind?«

Wilhelm nickte wortlos.

»Ich war dagegen, das weißt du! Du hattest mir zugesagt, nichts ohne mein Einverständnis zu tun. Und in den Büchern steht nichts davon. Da sind andere Wertpapiere aufgeführt.« Sein Puls raste. Er zeigte mit dem Finger auf seinen Vater. »Du hast mich belogen und die Bücher gefälscht. Ich fasse es nicht! Weißt du, dass das ein Grund wäre, unseren Vertrag zu kündigen?«

Trotz der Schmerzen in seinem Beinstumpf hielt es Franz nicht mehr auf dem schweren Lederfauteuil in der Bibliothek, in der die Unterredung stattfand. Er stemmte sich hoch und begann, durch den Raum zu humpeln.

Das wäre die Gelegenheit, den Alten endlich loszuwerden, raste er innerlich. *Und ihm die Schweinerei mit Irene heimzuzahlen. Aber ausgerechnet jetzt kann ich sie nicht nutzen.*

Er holte tief Luft und versuchte, sich zu beruhigen. Dann baute er sich vor seinem immer noch im Sessel sitzenden Vater auf.

»Gut, dann fahren wir morgen nach Weißenburg und nehmen einen Kredit bei unserer Hausbank auf. Sie werden uns ja wohl kaum diese läppischen zwanzigtausend Gulden verwehren.«

Das Gesicht seines Vaters färbte sich beängstigend rot.

»Was hast du jetzt dagegen wieder einzuwenden?«, schnappte Franz, dem dies nicht entgangen war.

Die nächsten Worte seines Vaters drangen nur langsam in sein Bewusstsein.

»Auch die Bank wird uns nichts leihen. Weder diese noch

eine andere. Ich habe alles verpfändet und kann die Kredite jetzt schon nicht zurückzahlen.«

Franz fehlten die Worte. »Wie … was …?«

Wilhelm ballte seine Hände zu Fäusten. »Früher oder später hättest du es ja ohnehin erfahren. Also kannst du es auch schon heute hören.«

Er versuchte, sich aufzusetzen, und verzog das Gesicht, als der Schmerz sich wie ein Dolch in seinen Kopf bohrte. Einen Moment wurde ihm schwarz vor Augen.

»Als du damals das Elsass verlassen wolltest, hatte ich die Kredite für deine Auszahlung schon mit den Banken abgesprochen. Ich gab allerdings als Verwendungszweck an, das Geschäft erweitern zu wollen. Da ich jahrelang ein solventer Kunde war, fragte man nicht weiter nach. Außerdem gab es ja Sicherheiten, sowohl dieses Anwesen hier als auch das Weingut mit seinen wertvollen Ländereien.«

Franz ließ sich wieder auf den Fauteuil sinken. Sein gesundes Bein fühlte sich so weich wie Pudding an. Das Blut dröhnte in seinen Ohren.

»Und dann?« Er erstickte fast an den Worten.

»Ich habe alles bei Quistorp investiert.«

»Bei Quistorp?« Obwohl Franz den Namen schon einmal gehört hatte, fiel ihm zunächst nicht ein, woher er ihn kannte. Dann durchfuhr es ihn wie ein Blitz. »Das ist dieser Bankrotteur aus Berlin. Es stand in allen Gazetten. Quistorp ist pleite! Und da steckt all unser Geld drin?«

Wilhelm nickte und verzog das Gesicht erneut vor Schmerzen. »Die ersten Renditen waren fantastisch. Es gab fünfzehn Prozent! Jedermann hielt die Anlagen für todsicher. Deshalb habe ich immer mehr investiert.«

»Immer mehr«, echote Franz. Sein Gehirn war wie leer gefegt.

»Ich habe sogar die Renditen wieder reinvestiert. Es hieß,

die Anlagen würden sich in wenigen Jahren im Wert vervielfachen.« Wilhelm stockte.

Franz begriff plötzlich. »Und wenn sie sich vervielfacht hätten, hättest du die Kredite bei unseren Hausbanken zurückgezahlt, der Firma das entnommene Kapital heimlich wieder zurückgegeben und den Gewinn für dich behalten.«

Obwohl er den Nagel auf den Kopf getroffen hatte, trafen ihn Wilhelms nächste Worte wie eine Ohrfeige. Plötzlich klang dessen Stimme kräftiger, Trotz schwang in ihnen mit.

»Jawohl, dann hätte ich endlich mein eigenes Geld gehabt. Mein Lebtag war ich von diesem elenden Erbvertrag abhängig und konnte nie eigenständig über das Vermögen verfügen. Auch heute muss ich jeden wichtigen Schritt mit dir abstimmen. Wären diese Investitionen erfolgreich gewesen, hätte ich niemandem mehr Rechenschaft ablegen müssen und wäre endlich mein eigener Herr gewesen.«

Franz zählte lautlos bis zehn, bevor er antwortete. Es drängte ihn, seinem Vater erneut an die Gurgel zu gehen. Endlich beruhigte er sich ein wenig.

»Aber dein wunderbarer Plan ging offensichtlich schief«, erwiderte er sarkastisch. »Und wie soll es jetzt weitergehen? Ich hoffe, du hast dir wenigstens darüber ein paar Gedanken gemacht.«

Er rechnete nicht damit, dass es noch schlimmer kommen könnte. Doch er sollte sich irren.

»Ich habe Aktien auf Pump gekauft. Die Summe muss ich in wenigen Wochen bezahlen. Zum Ausgabepreis, versteht sich. Heute sind die Papiere nichts mehr wert.«

Franz glaubte zuerst, sich verhört zu haben. Doch die Miene seines Vaters, eine Mischung aus Trotz, Selbstmitleid und Ratlosigkeit, sprach Bände.

Jetzt verlor Franz doch die Beherrschung. »Was soll das nun wieder heißen?«, brüllte er. »Wovon willst du das denn bezahlen, bitte schön? Wenn kein Geld mehr da ist und die Banken uns auch nichts leihen werden?«

Nun antwortete sein Vater so leise, dass Franz ihn erneut bitten musste, seine Worte zu wiederholen. Dann spürte er, wie alle Kraft aus seinem Körper wich. Er fühlte sich wie gelähmt.

»Du willst Land verkaufen?« Seine eigene Stimme hörte sich fremd in seinen Ohren an. »Einige unserer Spitzenlagen? Die paar, die das Unwetter uns noch gelassen hat?« Die Konsequenz stand ihm ganz klar vor Augen. »Dann sind wir ruiniert!«

Sein Vater schwieg, zeigte keine Regung.

Franz' Mund formte nur zwei Worte. »Wie viel?« Der vollständige Satz hätte gelautet: »Wie viel musst du sofort aufbringen?«

Sein Vater verstand ihn auch so. »Fünfundzwanzigtausend Gulden.«

»Aha!« Ein Gedanke schoss Franz durchs Hirn. »Und warum, in drei Teufels Namen, hast du dann trotzdem Mathildes Mitgift bezahlt? Wenn doch gar nichts mehr da war? Die Summe wäre doch exakt die gewesen, die du jetzt für die Tilgung gebraucht hättest.«

»Ich hatte Stockhausens Bank das Geld genau am Tag zuvor angewiesen«, verteidigte sich sein Vater.

»Aber du wusstest doch, welches Risiko bestand!«

Wilhelm wich seinem Blick aus. »Ich wollte Mathilde ...«, er verstummte.

Franz ahnte, was sein Vater beinahe ausgesprochen hätte. »Du wolltest Mathilde versorgt wissen.«

Wilhelm antwortete nicht. Doch das war so gut wie ein »Ja«.

Plötzlich überkam Franz eine tödliche Ruhe. *Wieder ein 1. September,* schoss es ihm durch den Kopf. *Heute vor drei Jah-*

ren habe ich mein Bein verloren. *Und in diesem Moment verliere ich das Weingut. Nach Irene auch noch das Weingut.*

Er fixierte seinen Vater. »Was bist du nur für ein erbärmlicher Mensch!« Seine Stimme troff vor Verachtung. Mit Genugtuung registrierte er, dass Wilhelm zusammenzuckte. »Bis auf Mathilde, die dir gleicht wie ein Satanspilz dem anderen, bringst du über alle Menschen, die näher mit dir zu tun haben, nichts als Unglück!«

Er hob die Hand, als sein Vater den Mund öffnete. »Nein! Jetzt rede ich! Du hast meiner Mutter, deiner eigenen Frau, das Leben zur Hölle gemacht. Obwohl ihr der Ehevertrag die Möglichkeit gegeben hätte, Einfluss zu nehmen, ließ sie dich gewähren, ohne je Einspruch gegen deine Machenschaften zu erheben. Du tust dir leid, weil du nie nominell der Herr über ihr Vermögen warst. Aber de facto hast du geschaltet und gewaltet, wie es dir in den Kram passte.«

»Nein, jetzt rede ich!«, schnauzte er Wilhelm an, der erneut etwas sagen wollte.

»Anstatt dankbar zu sein, hast du sie bevormundet, gedemütigt und in ihrem eigenen Haus mit Dienstmägden betrogen. Das Leben mit dir konnte sie nur noch mit immer mehr Laudanum ertragen! Bis sie in einer Irrenanstalt gelandet ist und keinen von uns mehr sehen will!«

Er ballte die Hände zu Fäusten. »Gratuliere, Vater! Deine Frau lebt lieber in einer Anstalt, als gesund genug zu werden, um heimzukommen! Und jetzt hast du auch noch mein Leben ruiniert. Gleich zweifach ruiniert! Du hast mein Erbteil durchgebracht, und die Frau, die ich über alles liebe, ist ein Spross deiner widerwärtigen Lust.«

Wilhelm schüttelte den Kopf. Er fasste sich an die Kehle, als hätte er Atemnot.

»Oh doch!«, donnerte Franz. »Ein Spross deiner widerwärtigen Lust! Den du hernach feige verleugnet hast. Du hast dich weder zu ihrer Mutter bekannt noch zu Irene als deiner Tochter. Du hast dein eigen Fleisch und Blut stattdessen aus Weißenburg vertrieben, damit deine Schande niemals öffentlich wird.«

»Nein, nein«, röchelte Wilhelm. »Irene ist nicht . . .«

»Sie ist nicht deine Tochter?«

»Doch, Irene ist meine Tochter.«

Der winzige Hoffnungsschimmer, der in Franz aufgekommen war, erlosch wie ein Funke im Wind.

»Aber . . .«, setzte Wilhelm mühevoll wieder an.

Franz schnitt ihm das Wort ab. »Versuch dich erst gar nicht zu rechtfertigen! Erspar mir dieses erbärmliche Getue! Ich verachte dich. Du bist für mich nicht mehr wert als der Kot eines räudigen Hundes.«

»Franz, bitte . . .«

Der hob beide Hände zur Abwehr. »Ich will nichts mehr hören. Wenn ich heute aus diesem Zimmer gehe, wirst du mich nie mehr wiedersehen!«

»Franz, bitte höre . . .«

»Nein, es ist alles gesagt.« Mit Mühe hievte sich Franz aus dem weichen Fauteuil, ergriff seinen Gehstock und wandte sich zur Tür. »Gehab dich wohl, Vater! Ich hoffe, du schmorst einst für deine Untaten in der Hölle!«

Er hatte die Tür schon erreicht, als es hinter ihm einen schweren Schlag tat. Als er sich umdrehte, sah er, dass sein Vater ihm zu folgen versucht hatte und dabei vornüber zu Boden gefallen war.

Widerwillig ging Franz zu ihm zurück. »Steh auf! Mit diesem Theater erreichst du gar nichts bei mir.«

Sein Vater rührte sich nicht. Er lag regungslos auf dem Perserteppich, mit dem Gesicht nach unten. War er ohnmächtig geworden? Nun war Franz doch eine Spur beunruhigt. So etwas passte nicht zu dem alten Gerban.

Mühsam ließ er sich auf sein gesundes Knie sinken. »Hast du dich verletzt? Soll ich Niemann rufen?«

Sein Vater bewegte sich immer noch nicht. Mit all seiner Kraft drehte ihn Franz auf den Rücken und blickte in gebrochene stahlgraue Augen.

Wilhelm Gerban war tot.

Irrenanstalt in Klingenmünster
September 1873

»Ihr Sohn Franz hat noch einmal geschrieben. Da Sie nicht an der Beerdigung Ihres Gatten teilnehmen können, möchte er Sie hier in der Anstalt besuchen.«

Dr. Dietrich fixierte Pauline Gerban scharf.

Die Gedanken rasten durch ihren Kopf, während sie eine gleichmütige Miene zu bewahren versuchte. *Nur noch ungefähr ein Vierteljahr. Dann geht Dietrich in den Ruhestand. Dr. Bertram wird mich bestimmt entlassen, wenn ich ihn darum bitte. Aber was wird Dietrich tun? Stellt er mir jetzt eine letzte Falle?*

Unglücklicherweise war Bertram schon seit einigen Wochen nicht in der Klinik, da er eine Bildungsreise durch verschiedene Anstalten im Reich und dem benachbarten Österreich machte, mit der er sich auf die Übernahme der Klinikleitung im neuen Jahr vorbereiten wollte. Er würde erst Mitte November wieder zurück sein, um dann nach und nach Dietrichs Leitungsaufgaben zu übernehmen.

Schließlich schüttelte Pauline entschlossen den Kopf. So kurz vor dem Ziel wollte sie sich keiner neuen Gefahr aussetzen. *Womöglich verabreicht mir Dietrich Mittel, die mich tatsächlich meinen Verstand kosten. Dann komme ich hier nie mehr heraus.*

Dabei stand ihr vor allem das Bild des jungen Mädchens Lisa vor Augen. Nachdem ihre Anfälle von Liebeswahn nicht nachgelassen hatten, stand sie jetzt unter so schweren Medikamenten, dass sie völlig teilnahmslos geworden war.

»Ich möchte meinen Sohn noch nicht sehen«, bekräftigte sie ihre Entscheidung. »Ich muss mich vom Schock über den Tod meines Gatten erst einmal erholen.«

Dietrich nickte gleichgültig. »Wie Sie wollen, Frau Gerban.« Er machte ein paar Notizen in ihre Krankenakte und bedeutete ihr dann, dass die Sprechstunde beendet sei.

Anwesen der Gerbans bei Altenstadt
September 1873, nach der Beerdigung

»Also, Franz. Was möchten Sie Mathilde und mir denn mitteilen?« Herbert Stockhausen musterte seinen zukünftigen Schwager misstrauisch.

»Ich hoffe, es sind keine weiteren schlechten Nachrichten. Mathilde, mein Püppchen«, er tätschelte die Hand seiner Verlobten, die mit geröteten Augen neben ihm auf dem Sofa des kleinen Salons saß, »weint sich die Augen über den Tod ihres Vaters aus. So plötzlich und unerwartet. Sie konnte sich nicht einmal von ihm verabschieden.«

»Und wir müssen unsere Hochzeit verschieben, zumindest bis die Hälfte des Trauerjahrs vorüber ist«, schluchzte seine Schwester.

Was dir wahrscheinlich mehr zu schaffen macht als Vaters Tod, dachte Franz zynisch.

Er holte tief Luft. »Unmittelbar bevor Vater starb, hatte ich eine Unterredung mit ihm.« Obwohl ihr Streit so laut gewesen war, dass die halbe Dienerschaft das Geschrei gehört haben musste, ließen die getreuen Dienstboten nichts darüber verlauten. Einige wie Frau Burger wahrscheinlich aus Loyalität zu Franz, andere wie Niemann womöglich aus Sorge um ihre Weiterbeschäftigung, die jetzt von Franz' Gnaden abhing. Ottilie und Gregor Gerban waren zum Glück gar nicht zu Hause gewesen und hatten die Todesnachricht erst bei ihrer Rückkehr erhalten.

»Und worum ging es da?« Auch Stockhausens Stimme klang misstrauisch.

Franz entschloss sich zur rückhaltlosen Wahrheit. »Mein Vater hat ohne mein Wissen einen großen Teil unseres Vermögens durch Spekulationen verloren. Beide Anwesen und die Ländereien des Weinguts sind bis zum Äußersten mit Hypotheken belastet. Die Kredite können nicht mehr bedient werden. Hinzu kommen die Unwetterschäden auf dem Weingut.«

Mathilde schlug entsetzt die Hände vor den Mund. Stockhausen tätschelte weiterhin ihren Arm, blieb aber der kühle Geschäftsmann. »Und was habe ich damit zu schaffen?«, machte er es Franz schwer.

»Ich brauche kurzfristig fünfzigtausend Gulden. Sonst werden unsere wertvollsten Weinberge zwangsversteigert. Und wenn ich die Unwetterschäden nicht beseitigen lassen kann, sind wir bankrott.«

Mathilde schrie leise auf. Stockhausen spitzte die Lippen.

»Und jetzt möchten Sie einen Kredit von mir haben«, stellte er fest.

Franz nickte.

»Welche Sicherheiten bieten Sie denn dafür?«

»Ich habe im Augenblick keine Sicherheiten. Nur die vage Hoffnung, dass sich das Bankhaus Quistorp, bei dem mein Vater alles investiert hat, doch noch mit seinen Gläubigern vergleicht. Aber das wird sich erst in den nächsten Wochen herausstellen.«

Stockhausen nickte. »Das habe ich auch gelesen. Doch woher soll ich so viel Geld nehmen? Auch ich habe einiges bei Quistorp angelegt und erst einmal eingebüßt.«

»Sie haben doch gerade Mathildes Mitgift bekommen.«

Nun klang der Schrei seiner Schwester empört. »Und die willst du nun zurückhaben?«, giftete sie Franz an. »Mein Eheglück aufs Spiel setzen, um dein Weingut zu erhalten? Das kommt gar nicht infrage! Vater wollte mich gut versorgt wissen. Das hat er mir noch wenige Tage vor seinem Tod gesagt.«

Aha, daher weht der Wind. Franz resignierte. *Mathilde hat Angst, dass sie Stockhausen ohne Mitgift gar nicht heiratet. Und wer könnte es ihm letztlich verdenken?*

Zu seiner Überraschung reagierte sein zukünftiger Schwager anders als erwartet. »Mathilde, mein Augenstern! Ich heirate dich doch nicht nur wegen deiner Mitgift!«, versicherte er ihr mit süßlicher Stimme. Seine Augen musterten Franz allerdings weiterhin kühl.

»Selbst wenn ich Ihnen die Mitgift erst einmal auf Darlehensbasis wieder zurückerstatte, fehlt Ihnen ja noch immer die Hälfte der Summe.«

Franz griff nach dem Strohhalm. »Aber es wäre zumindest ein Anfang. Ich könnte damit den fälligen Wechsel bezahlen und die Pfändung unserer Ländereien verhindern.«

»Und was ist mit den Unwetterschäden?«

Franz zuckte die Achseln. »Herbert, ich weiß es nicht. Ich muss mir eben etwas einfallen lassen.«

Mathilde schlug sich an die Stirn. »Ich hätte da eine Idee!«

»Mein Mäuschen! Was kann denn dein kleines Köpfchen für eine Idee in geschäftlichen Dingen haben?« Jetzt schwang leichter Unmut in Stockhausens Stimme mit. »Das ist eine Angelegenheit unter Männern.«

»Du könntest Ernestine Körber heiraten.« Mathilde ließ sich nicht beirren. »Ich bin sicher, sie würde deinen Antrag annehmen. Sie schwärmt seit meiner Verlobungsfeier im Mai von dir.«

Stockhausens Miene entspannte sich. Er begann sogar zu

strahlen. »Das ist ja wirklich eine wunderbare Idee, mein Schatz. Ernestine Körbers Mitgift beträgt genau die fünfzigtausend Gulden, die Sie brauchen, Franz. Und sie wird dereinst das gesamte Vermögen ihres Vaters erben.«

Franz saß da wie vom Donner gerührt. »Ihr Vater wird mich für einen dieser windigen Mitgiftjäger halten«, wandte er ein, als er wieder klarer denken konnte.

»Ach was«, wiegelte Stockhausen ab. »Heutzutage hat fast jedermann Geld bei Quistorp oder einem der anderen Bankrotteure verloren. Die meisten waren nur vorsichtiger als Ihr werter Herr Vater und haben nicht alles auf eine Karte gesetzt.«

Er schnalzte mit der Zunge und hauchte Mathilde einen Kuss auf die Wange. »Doch wenn mein Goldstück nicht so klug wäre und diesen Vorschlag gemacht hätte, kämen Ihnen jetzt sicherlich andere Bewerber zuvor, Franz. Auch solche, die an sich ehrenhaft und solide sind, aber rasch flüssige Mittel brauchen. Und wenn du recht hast, mein Schatz...«

»...wird sich Ernestine für dich entscheiden«, vollendete Mathilde Stockhausens Satz lächelnd.

»Wir könnten sogar eine Doppelhochzeit ins Auge fassen«, schwärmte sie. »Wenn die Verlobung noch vor Weihnachten gefeiert wird, können wir alle im Frühling heiraten.«

Anwesen der Gerbans bei Altenstadt
September 1873, in der Nacht nach der Beerdigung

Zaghaft klopfte Mathilde an Stockhausens Tür. Das Herz schlug ihr bis zum Hals. Die Uhr in der Halle schlug Mitternacht.

Um diese Zeit schlich sich damals auch Franz zu dieser Schlampe Irene, erinnerte sie sich plötzlich, bevor sie den Gedanken rasch verdrängte. *Aber das hier ist ja etwas ganz anderes.*

Sie legte ihr Ohr an das harte Holz und lauschte. Die Schnitzereien schnitten ihr in die Wange. Drinnen hörte sie nur ein undefinierbares Geräusch. Sie drückte die Klinke vorsichtig herunter. Zum Glück hatte Stockhausen nicht abgeschlossen.

Nach einem raschen Blick nach allen Seiten stieß Mathilde die Tür so weit auf, dass sie gerade hindurchschlüpfen konnte.

Drinnen erkannte sie zunächst das Geräusch. Ein kleines Petroleumlämpchen spendete schwaches Licht. Herbert Stockhausen lag, mit einer Nachtmütze auf dem Kopf, auf dem Rücken und schnarchte mit offenem Mund.

Unschlüssig blieb Mathilde vor dem Bett stehen. Da das Fenster offen stand, schauderte es sie in ihrem dünnen Spitzennegligé, über das sie nur ein Schultertuch geworfen hatte. Schließlich gab sie sich einen Ruck und ging um das Bett herum an dessen Kopfseite. *Ich muss sichergehen, dass mich Herbert auch wirklich heiratet. Ohne Mitgift werde ich sonst eine alte Jungfer.*

Ihre aufsteigende Panik gab den Ausschlag. Sie ließ das Schultertuch zu Boden gleiten, hob die Steppdecke an und schlüpfte an Herberts Seite. Dann legte sie ihren Kopf an seine Schulter und schmiegte sich an ihn. Zögernd ließ sie ihre Hand in den Halsausschnitt seines Nachthemds wandern und streichelte seine haarige Brust.

Herbert begann sich im Schlaf zu winden. Plötzlich schreckte er hoch. »Was zum Teufel ...« Die Worte blieben ihm im Halse stecken, als er Mathilde erblickte. Dann beendete er den Satz: »Was zum Teufel hat denn das zu bedeuten, Mathilde? Was tust du hier?«

Diese Reaktion war das genaue Gegenteil von dem, was sich Mathilde erhofft hatte. Sie spürte, dass ihr Gesicht glühend heiß wurde.

»Ich ... ich dachte«, stammelte sie. »Wo wir doch immer

noch nicht heiraten können und uns jetzt schon über ein Jahr kennen ...« Ihre Stimme versagte, ihre Augen füllten sich mit Tränen.

Herbert setzte sich ganz auf und schob ihre Hand weg. »Und da dachtest du, du musst dich benehmen wie eine läufige Hündin? Kommst in mein Bett wie eine Straßendirne? Ja, kannst du denn nicht warten?«

Mathilde erschrak bis ins Mark. Sie begann zu schluchzen. »Ich dachte ...«, sie verschluckte sich und musste husten, »ich dachte, du würdest vielleicht ungeduldig und könntest mich ...« Sie wagte nicht, die nächsten Worte auszusprechen aus Angst, dann könnten sie wahr werden.

Herberts finster zusammengezogene Augenbrauen glätteten sich ein wenig, sein Blick wurde milder.

»Ach, du dummes Weibchen«, schimpfte er sie aus, aber mit einem Unterton von Rührung, »so wenig vertraust du meiner Liebe zu dir?« Er wehrte sie trotzdem ab, als sie sich wieder an ihn schmiegen wollte.

»Nun setze dich einmal auf und höre mir gut zu!« Mathilde gehorchte. »Und schau mir dabei bitte in die Augen!« Mathilde hob den Kopf und verzog die Lippen zu einem angespannten Lächeln.

Stockhausen seufzte. »Man spricht mit Damen an sich gar nicht über dieses Thema. Doch da du schon einmal hier bist ...« Er zögerte kurz, fuhr dann aber fort: »Ja, du hast natürlich recht. Männer in meinem Alter haben Bedürfnisse. Doch dafür gibt es gewisse Etablissements, wenn sie noch nicht verheiratet sind.«

Jetzt wurde seine Stimme wieder strenger. »Keinesfalls verkehrt ein anständiger Mann vor der kirchlichen Trauung mit seiner zukünftigen Gattin. Damit würde er sie entehren. Das gilt erst recht für uns beide, Mathilde. Jungfräulich möchte ich dich vor den Altar führen, jungfräulich dann in der Hochzeitsnacht umarmen. Alles andere könnte ich nicht mit meinem Gewissen vereinbaren.«

Er strich ihr sanft über den Rücken, als sie nun heftig zu weinen begann. »Verzeih mir bitte«, schluchzte sie. »Und denke bitte nicht schlecht von mir. Ich wollte dir zuliebe ...«

»Ich denke nicht schlecht von dir, Mathilde«, tröstete er sie. »Sofern du dies nie wieder versuchst. Dass du nur um meinetwillen gekommen bist, liegt ja klar auf der Hand. Schließlich sind die Freuden des Ehebetts ohnehin eher den Männern vorbehalten. So hat der Herrgott uns Menschen nun einmal geschaffen.«

Er drängte sie sanft aus dem Bett. »Doch nun steh auf und sieh zu, dass du ungesehen zurück in dein Zimmer kommst. Ich wünsche dir eine gesegnete Nacht.«

Damit drehte Stockhausen Mathilde den Rücken zu und schnarchte bereits wieder, bevor sie ihr Schultertuch umgelegt und den Raum verlassen hatte.

Frankenthal
Oktober 1873

Irene wollte gerade aufstehen, um den Abendbrottisch abzudecken, als Josef sie zurückhielt.

»Setz dich noch einen Augenblick lang, mein Liebes. Ich wollte etwas mit dir besprechen.«

Irritiert nahm Irene wieder Platz. Josef sah in der Tat sehr ernst aus.

»Ich möchte dir etwas erzählen, was mich schon seit heute Morgen belastet«, begann er. »Es geht um Gottlieb Roth und seine Familie.«

Irene nickte traurig. »Wie geht es Gottlieb?« Sie wusste, dass sich der Arbeiter in der Eisenfabrik, in der er arbeitete, vor einigen Wochen bei einem Unfall schwer verletzt hatte.

»Leider nicht gut. Er wird wohl nie wieder arbeiten können. Beide Beine sind völlig verbrannt. Das rechte musste ihm jetzt sogar bis zum Knie amputiert werden, da sich der Wundbrand hineingesetzt hatte. Außerdem leidet er furchtbare Schmerzen.«

»Oh nein!« Irene schlug sich die Hand vor den Mund. Ihr kamen spontan die Tränen. »Wie schrecklich! Gottlieb ist doch noch keine dreißig Jahre alt.«

»So ist es, Irene. Er ist nun für den Rest seines Lebens ein Krüppel. Und kann noch von Glück sagen, dass der Fabrikherr ihm überhaupt eine Einmalsumme von einhundert Gulden bezahlt hat, da Gottlieb durch eine Unachtsamkeit den Unfall selbst verschuldet hat. Doch die Hälfte des Geldes ist bereits für die Arztkosten aufgebraucht.«

»Aber er ist doch Mitglied im Arbeiterverein und erhält hoffentlich von dort eine Unterstützung?«

»Ja, doch das Geld reicht natürlich hinten und vorn nicht. Schließlich haben er und seine Frau vier kleine Kinder. Nun habe ich die Familie heute in der elenden Bleibe besucht, in die sie nach Gottliebs Unfall umgezogen sind. Sie hausen jetzt zu sechst in einem einzigen Zimmer, nicht viel größer als unsere Küche.«

Er seufzte. Irene spürte, dass ihm noch etwas anderes auf dem Herzen lag als das Unglück dieser Familie.

»Kann ich etwas tun?«, fragte sie.

»Das kannst du, Irene«, antwortete Josef. »Helene hat sich eine Nähmaschine angeschafft. Gleich nach Gottliebs Unfall. Sie hoffte, mit dieser zumindest das Nötigste dazuverdienen zu können.«

Irene ahnte, worauf Josef hinauswollte. »Und jetzt ist irgendetwas passiert, und sie kann die Raten nicht bezahlen.«

Josef bejahte das mit düsterer Miene. »Es ist sogar noch schlimmer. Helene kann gar nicht vernünftig mit der Maschine umgehen. Sie fertigte vorher Weißwaren in Handarbeit an und hoffte, mit der Nähmaschine mehr einnehmen zu können. Doch der Zwischenhändler hat ihr gestern fristlos gekündigt. Zum einen, weil die Wäsche in der engen Wohnung immer wieder schmutzig wurde, aber vor allen Dingen, weil ihre Nähte krumm und schief waren. Nun weiß die Frau nicht mehr ein noch aus.«

»Ich kann sie doch anlernen, wie sie es besser machen könnte«, bot Irene spontan an.

Josef lächelte und strich ihr zärtlich über die Wange. »Das habe ich von dir nicht anders erwartet, mein Liebes. Aber es wäre ja nur Hilfe in diesem, wenn auch sehr bedrückenden Einzelfall. Ich habe den ganzen Tag über die Misere nachgedacht, da sie ja auch andere Heimarbeiterinnen betrifft.«

»Welche Misere meinst du?«

Josef seufzte. »Helene hat die restlichen fünfzig Gulden der Entschädigungssumme des Fabrikherrn als Anzahlung für die Nähmaschine verwendet. Sie hoffte, dadurch schneller mit den Ratenzahlungen am Ende zu sein.«

»Und dieses Geld ist jetzt auch noch weg, wenn die Maschine konfisziert wird«, konstatierte Irene.

Sie überlegte kurz. »Wie hoch sind denn die wöchentlichen Raten? Ich verdiene doch sehr gut mit meinen Handschuhen. Mehr, als ich je erwartet hätte. Ich kann ihr die Raten so lange auslegen, bis sie so gut nähen kann, dass sie wieder neue Aufträge bekommt.«

Josef hob ihre Hand an die Lippen und drückte einen Kuss darauf.

»Du bist wirklich ein Schatz, Irene. Aber Geld auslegen musst du nicht. Die paar Kreuzer pro Woche für die Raten wird der Arbeiterverein tragen. Ich habe eine andere Idee. Was hältst du davon, wenn du nicht nur Helene, sondern auch andere Näherinnen zu Hause besuchst und besser an ihren Maschinen anlernst? Außerdem könntest du die Frauen vielleicht beraten, wie sie ihren Arbeitsplatz so sauber halten können, dass die Wäschestücke beim Nähen nicht schmutzig werden.«

Irene überlegte nur kurz. Die Aufgabe reizte sie. »Fränzel könnte ich mitnehmen«, überlegte sie laut. »Aber ich selbst würde nicht mehr so viel verdienen wie bisher.«

»Das brauchst du auch nicht, mein Schatz. Der Arbeiterverein würde dir eine kleine Entschädigung für deine Mühe zahlen. Nicht viel, aber immerhin zunächst einen Gulden pro Woche. Als Gegenleistung richtest du eine tägliche Sprechstunde ein, die jeden Abend von Montag bis Samstag um sechs Uhr stattfindet. Wenn sich dort Heimarbeiterinnen melden, die deine Hilfe in Anspruch nehmen wollen, bekommst du für jeden Hausbesuch zehn Kreuzer. Auch wenn das in Summe weniger wäre, als du jetzt allein mit Nähen verdienst, ist das nicht schlimm. Uns bleibt immer noch genug zum Leben übrig.«

Irene rechnete. Josef hatte recht. Selbst wenn sie nur halb so viele Handschuhe abliefern würde wie bisher, verfügten sie immer noch über mehr als zwanzig Gulden pro Woche, um ihre Unkosten zu bestreiten. Eine alte Idee aus ihren ersten Lambrechter Gesprächen mit Josef brach sich Bahn.

»Die Aufgabe würde mir gefallen. Sofern noch ein Aspekt hinzukäme.«

»Und der wäre?«

»Ich möchte den Frauen, denen ich helfe, die Bedingung stellen, ebenfalls dem Arbeiterverein beizutreten. Für einen geringen Obolus natürlich, den sie sich leisten können. Und diese Sektion für Heimarbeiterinnen möchte ich leiten.«

Josef schmunzelte. »Das lässt sich sicher einrichten, Irene. Allerdings nur unter einer Voraussetzung.«

»Und die wäre?«

»Die Gesamtleitung des Frankenthaler Arbeitervereins liegt

bei mir. Ich wäre also nicht nur dein Mann, sondern auch dein Vorgesetzter.«

Irene puffte Josef spielerisch in die Seite. »Du Possenreißer!« Sie küsste ihn auf die Nasenspitze. Dann wurde sie ernst.

»Ich würde mich sogar sehr gerne unter deiner Anleitung für die Rechte der Arbeiterinnen einsetzen. Denn die haben bislang keine Stimme.«

Kapitel 27

Irrenanstalt in Klingenmünster
Ende Oktober 1873

Liebe Mutter,
hiermit möchte ich Dir meine bevorstehende Verlobung mit
Ernestine Körber bekannt geben.
Fassungslos ließ Pauline Franz' Brief sinken. Entgegen
den Gepflogenheiten der Klinik hatte Dietrich ihn ihr diesmal nicht vorgelesen, sondern ausgehändigt. Offensichtlich
wurde ihm in den letzten Wochen seiner Amtszeit alles immer
gleichgültiger. Dann griff sie wieder zu ihrem Lorgnon und las
weiter.
Ernestine ist die einzige Tochter eines reichen Wormser Kauf-
manns. So wie Du einst Vater geheiratet hast, so wiederhole ich nun
unsere Familiengeschichte. Ich liebe Ernestine nicht. Aber sie bringt
eine große Mitgift mit in die Ehe, ohne die das Weingut bankrott
wäre. Vater hat fast unser ganzes Vermögen an der Börse verspe-
kuliert, natürlich unrechtmäßig, ohne mich vorher zu fragen. Doch
nun ist er tot, und ich muss mir irgendwie behelfen.
Ernestine ist eine gute und kluge Frau. Schön ist sie nicht, denn
ihr Gesicht ist von einer Hasenscharte entstellt. Auch aus diesem
Grund hat sie sich wahrscheinlich für mich, einen Krüppel, ent-
schieden, obwohl es etliche andere unversehrte Bewerber gab.
Ihre Liebe zu mir ist aus mir unerfindlichen Gründen echt und
muss daher für uns beide reichen. Ich werde Ernestine achten und
ehren und ihr die körperliche Treue bewahren. In dieser Hinsicht
will ich Vater nun wahrlich nicht nacheifern.

Ich wollte Dir das, was jetzt folgt, eigentlich persönlich sagen, aber Du willst mich ja nicht sehen. Deshalb schreibe ich es Dir und schere mich nicht darum, ob es die Ärzte in der Anstalt zuvor lesen. Mein Leben ist trostlos und öde, seit ich meine große Liebe Irene erneut getroffen und gleich wieder verloren habe. Denn sie ist meine Halbschwester. Vater hat Dich mit ihrer Mutter, einer Beiköchin in unserem Haushalt, betrogen, als Du schwanger mit mir warst. Später holte er seine illegitime Tochter dann als Dienstmädchen in unser Haus.

Noch einmal haben Irene und ich eine wunderbare Nacht zusammen verbracht, dann ist sie vor mir geflohen. Denn ich wollte sie heiraten, obwohl sie einen Sohn mit einem anderen Mann hat. Aber so, wie es ist, gibt es keine Hoffnung für uns, und mein Herz ist erstarrt. Ich will mich bemühen, dass Ernestine es nicht allzu sehr spürt, da sie einen Besseren als mich zum Ehemann verdient hätte.

Wir werden uns am zweiten Adventssonntag offiziell verloben. Ich schicke Dir die Anzeige dann in die Klinik. Zuvor bin ich noch sehr beschäftigt. Wie ich Dir ja bei Vaters Tod bereits schrieb, hat ein Unwetter schwere Schäden auf dem Weingut angerichtet, die erst zum Teil beseitigt sind. Ernestines Vater war so großzügig, mir ihre Mitgift von fünfzigtausend Gulden sofort zur Verfügung zu stellen, nachdem Ernestine meinen Antrag angenommen und er der Hochzeit zugestimmt hatte. Das hat uns erst einmal aus dieser finanziellen Notlage befreit.

Während ich mich um das Gut kümmere, hat sich Gregor dankenswerterweise bereit erklärt, die Weinhandlung am Laufen zu halten. Das ist auf Dauer zwar keine Lösung, aber in der Not frisst der Teufel eben Fliegen, wie man so schön sagt.

Mein Antrag ist jetzt schon gute drei Wochen her. Da Du ja nach wie vor keinen Wert auf den Kontakt mit mir legst, habe ich mir erst jetzt die Zeit genommen, Dich zu benachrichtigen. Das wirst Du mir kaum verübeln.

Ich wünsche Dir weiter von Herzen, dass Du Dich wohl in der
Klinik fühlst und eines Tages sogar wieder erholst.
Viele Grüße
Dein Sohn Franz

Mit eiskalten Händen legte Pauline den Brief auf den Tisch ihres kleinen Salons. Rosa beobachtete sie unruhig.

»Schlechte Nachrichten, Frau Gerban?«

»Sehr schlechte«, murmelte Pauline. »Mein Sohn will sich verloben.«

»Aber das ist doch kein Grund, traurig zu sein«, wunderte sich Rosa. Plötzlich glitt ein Ausdruck des Verstehens über ihr entstelltes Gesicht. »Sie grämen sich, dass Sie bei der Feier nicht dabei sein können. Ja, das ist für Sie als Mutter sicher sehr schwer. Es tut mir leid für Sie.«

Der Gedanke schoss wie aus dem Nichts in Paulines Hirn. Sie spürte sofort, dass er ihr den richtigen Weg wies.

»Rosa«, sprach sie die Wärterin eindringlich an, »Sie haben recht. Ich will bei dieser Feier dabei sein. Und danach nie wieder in diese Anstalt zurückkehren. Doch damit kann ich nicht mehr warten, bis Dr. Bertram die Leitung der Klinik übernimmt. Franz ist jetzt mein Vormund. Er muss mich hier herausholen. Wenn Sie eine Antwort an ihn aus der Anstalt schmuggeln und in die Post geben, verspreche ich Ihnen bei meinem Seelenheil, dass ich Sie als meine persönliche Kammerfrau mitnehme, wenn ich entlassen werde.«

Rosa zögerte. »Verlobt sich Ihr Sohn denn noch vor der Rückkehr von Dr. Bertram?«

Pauline wehrte ab. »Nein, das nicht. Aber es wäre die falsche Frau. Bitte stellen Sie mir keine weiteren Fragen. Sagen Sie mir nur, ob ich auf Sie zählen kann.«

Noch einmal zögerte Rosa kurz, dann nickte sie. »Das können Sie, liebe Frau Gerban.«

Weingut bei Schweighofen
erste Novemberwoche 1873

Stirnrunzelnd betrachtete Franz den Brief, der laut Auskunft der Köchin, seiner einzigen fest angestellten Dienstbotin, schon vorgestern eingetroffen war. Es war die Schrift seiner Mutter. Auch die Absenderadresse bestätigte ihm, dass das Schreiben aus Klingenmünster kam.

Der Brief hatte zusammen mit anderer Post zwei Tage lang unbeachtet in der silbernen Schale in der Halle gelegen. Franz hatte tagsüber die Arbeiten auf dem Weingut beaufsichtigt, sowohl die Verarbeitung der letzten gelesenen Trauben als auch die Beseitigung der Brandschäden an den betroffenen Gebäuden. Trotz seiner Beinprothese legte er auch immer wieder selbst mit Hand an.

Mit Johann Hager hatte er besprochen, dass auch die letzte Ernte aus einem etwas abgelegenen Weißburgunderweinberg mit dazugekauften Rieslingtrauben zu einem weiteren Cuvée angesetzt werden sollte. Mehrere Fuder Cuvée, der Großteil davon aus weißen Trauben, aber auch ein paar Fässer aus eigenen und hinzugekauften Spätburgundertrauben, lagerten bereits in den Kellern. Ein weiteres Fuder würde jetzt noch dazukommen.

Entgegen Kerners Rat war Franz sogar das Risiko eingegangen, eine halbe der vom Unwetter nicht beschädigten Rieslinglagen erneut für Eiswein stehen zu lassen. »Die Kundschaft reißt uns diesen Wein aus den Händen«, argumentierte er. »Wir können ein Mehrfaches der Umsätze erzielen, wenn wir Eiswein aus den Trauben herstellen. Zumal es auch in diesem Jahr kein anderes Weingut in der Südpfalz wagt.«

Aus Kerners verstohlenem Lächeln hatte Franz geschlossen, dass er letztlich mit seiner Entscheidung einverstanden war.

Auch an diesem Abend war Franz sehr müde. Er fühlte sich

zudem verschwitzt und schmutzig, sein Beinstumpf schmerzte nach den Anstrengungen des Tages. Er sehnte sich nach einem Bad, einer kräftigen Abendmahlzeit und seinem Bett. Die restliche Post bestand außerdem nur aus Rechnungen, wie er an den Absendern erkennen konnte. Dafür würde auch morgen noch Zeit sein.

Unschlüssig drehte er Paulines Brief in den Händen. *Was kann sie jetzt von mir wollen?* Plötzlich durchfuhr es ihn siedend heiß. *Sie will doch wohl nicht zu meiner Verlobungsfeier kommen?*

In seltener Eintracht hatten Mathilde und er beschlossen, auch bei Franz' Verlobungsfeier und ihrer geplanten Doppelhochzeit im Mai Paulines aktuellen Aufenthaltsort unter den Tisch fallen zu lassen. Wie weiland Vater und Tochter Gerban gegenüber Stockhausen behauptete Franz jetzt auch gegenüber den Körbers, seine Mutter befände sich in einem Lungensanatorium in der Schweiz und dürfe nicht reisen.

Denn wie Mathilde bei Stockhausen befürchtete auch Franz, die Körbers könnten ihre Zustimmung zur Hochzeit mit Ernestine wieder rückgängig machen, wenn sie erführen, dass sich seine Mutter unheilbar wahnsinnig in einer Irrenanstalt befände.

Auch seine ganze Verbitterung über Paulines jahrelange Zurückweisung stieg nun wieder in Franz auf. Erst als ihm einfiel, dass er nach dem Tod des Vaters jetzt ihr Vormund war, beschloss er, den Brief vor dem Zubettgehen zu lesen. *Vielleicht benötigt sie etwas oder braucht meine Zustimmung zu einer neuartigen Behandlung. Wobei mir in letzterem Fall eher Dr. Bertram geschrieben hätte. Aber es sei, wie es sei. Ich werde es früh genug erfahren.*

Zwei Stunden später fühlte sich Franz zwar noch immer müde, aber dennoch deutlich besser als bei seiner Heimkehr. Er saß im Schlafrock vor den Resten seiner Abendmahlzeit, die er auf seinem Zimmer eingenommen hatte, und gönnte sich einen letzten Schluck des wunderbaren feinherben Rieslings vom vergangenen Jahrgang, bevor er seufzend zu Paulines Schreiben griff und es mit dem Buttermesser aufschlitzte.

Schon die ersten Sätze sorgten dafür, dass seine Müdigkeit im Nu verflog.

Mein lieber Franz,

wenn Du dieses Schreiben überhaupt erhältst, lass Dir zuerst einmal sagen, wie unendlich weh es mir tat, Dich all die Jahre nicht sehen zu können. Doch Dein Vater sorgte gemeinsam mit dem Klinikleiter Dr. Dietrich zu Beginn meines Aufenthalts in der Anstalt dafür, dass ich jeden Versuch der Kontaktaufnahme mit Dir bitter zu büßen hatte. Erst mit der Zeit durchschaute ich dieses perfide Bündnis und nahm selbst Abstand von jedem Kontakt zu Dir, um mich vor den Torturen zu schützen, die ich anderenfalls zu erleiden gehabt hätte.

Auch jetzt könnte ich Dir dieses Schreiben nicht senden, hätte sich meine Wärterin Rosa, die mir anfangs nur mit unnachsichtiger Strenge begegnete, nicht aufgrund besonderer Umstände, deren Erläuterung hier zu weit führen würde, zu einer treuen Seele entwickelt. Sie hat diesen Brief heimlich aus der Klinik geschmuggelt, wenn Du ihn jetzt in Händen hältst.

Eigentlich wollte ich noch das neue Jahr abwarten, um mich an Dich zu wenden. Dann geht der korrupte jetzige Klinikleiter Dr. Dietrich in den Ruhestand und wird durch den ehrenhaften Dr. Bertram ersetzt, der mich bereits seit einiger Zeit behandelt. Bertram hat mich immer zu einem Kontakt mit Dir gedrängt. Doch da er sich Dietrich unterordnen muss, solange dieser noch am Ruder ist, wagte ich es nicht, zumindest nicht, solange Wilhelm noch lebte.

Auch jetzt bin ich in großer Sorge, dass dieser Brief abgefangen werden könnte und mir das, was ich Dir jetzt enthülle, als Symptom für meinen unheilbaren Wahn ausgelegt wird.

Deshalb schreibe ich Dir nur einen Satz von all dem, was ich Dir sagen möchte, sobald Du mich mit nach Hause genommen hast:

Irene ist nicht Deine Schwester, und dass ich das weiß, war einer der Gründe dafür, warum sich Dein Vater meine damalige Laudanum-Sucht zunutze gemacht hat, um mich hier einweisen zu lassen.

Mehr wage ich diesem Schreiben nicht anzuvertrauen. Aber ich flehe Dich an, mich anzuhören, bevor Du Dich mit Ernestine Körber verlobst. Sobald Du meine Entlassung erwirkt hast, weihe ich Dich in alles ein.

Nun warte ich voller Ungeduld auf Dein Erscheinen.

Deine Dich liebende Mutter

Irrenanstalt in Klingenmünster
November 1873, zwei Tage später

»Und Sie möchten wirklich nicht einmal die Rückkehr von Dr. Bertram abwarten? Er ist der behandelnde Arzt Ihrer Mutter und wird in wenigen Tagen zurückerwartet.«

Franz schüttelte den Kopf. »Nein, das möchte ich nicht, Dr. Dietrich. Meine Mutter hat mich vollkommen davon überzeugt, dass sie wieder bei geistiger Gesundheit ist. Ich möchte sie sofort mit nach Hause nehmen.«

Dietrich lächelte säuerlich. Seit Wilhelm Gerbans Tod waren dessen monatliche Zahlungen ausgeblieben. Es gab also keinen persönlichen Grund für ihn, Pauline Gerban weiterhin in Klingenmünster festzuhalten. Dennoch widerstrebte ihm das großspurige Auftreten ihres Sohnes.

»Mit hartnäckigen Wahnsystemen ist das so eine Sache, Herr Gerban«, dozierte er. »Die betroffenen Patienten wirken auf den medizinischen Laien oft völlig normal. Ihre Frau Mutter ist bedauerlicherweise selbst vor einiger Zeit auf die Erzählungen eines jungen Mädchens hereingefallen, das an einem unheilbaren Liebeswahn leidet. Es bezichtigte sogar *mich*«, er warf sich in die Brust, »*mich* als den Leiter dieser Klinik, es verführt zu haben. Können Sie sich so etwas vorstellen?«

Franz konnte dies zwar, beschloss aber, sich auf dieses Thema nicht einzulassen. »Und was hat das mit meiner Mutter zu tun?«, fragte er stattdessen.

»Nun, noch vor wenigen Wochen lehnte Ihre Frau Mutter es ab, Sie zu sehen, da sie Sie als Teil ihres zweifellos noch immer im Verborgenen blühenden Wahnsystems als bedrohlich empfand. Dieses Gespräch habe ich selbst mit ihr geführt.«

Nur zu gerne hätte Franz dem selbstherrlichen Klinikleiter seine offene Meinung gesagt. Aber wie schon bei Hansi Krügers Prozess und den Auseinandersetzungen in Straßburg erschien ihm Pragmatismus auch heute der klügere Weg zu sein. Es ging für ihn schließlich um alles.

»Ich werde Dr. Bertram nach seiner Rückkehr selbstverständlich noch einmal aufsuchen, um seine fachmännische Meinung über den Gesundheitszustand meiner Mutter einzuholen und Maßnahmen zu erörtern, wie man einem möglichen Rückfall vorbeugen kann«, log er. »Doch heute will ich sie erst einmal mit nach Hause nehmen.«

Dr. Dietrich zuckte mit den Schultern. »Wie Sie wünschen, Herr Gerban. Aber Sie tun es auf Ihr eigenes Risiko und Ihre eigene Verantwortung hin.«

Weingut bei Schweighofen
November 1873, am selben Abend

»Bitte, Mutter! Nun spanne mich nicht länger auf die Folter. Was hat es mit deiner Behauptung auf sich, Irene sei nicht meine Schwester?«

Tatsächlich konnte Franz die Ungewissheit kaum mehr aushalten. Obwohl es nur wenige Stunden gedauert hatte, bis Paulines bewegliche Habe zusammengepackt war und sie die Klinik verlassen konnten, kam Franz bereits diese kurze Zeitspanne wie eine Ewigkeit vor. Da seine Mutter darauf bestand, ihre Wärterin Rosa als Kammerfrau mitzunehmen, gab es auch keine Gelegenheit zu einem offenen Gespräch auf der Rückfahrt. Immerhin erfuhr Franz von der empörenden Behandlung, der Pauline in den ersten Monaten ihres Aufenthalts ausgesetzt worden war. Und auch, dass sie ihn selbst durch ihre Kontaktverweigerung davor hatte schützen wollen, ebenfalls in die Mühlen der Psychiatrie zu geraten, nachdem er dem Anstaltsdirektor im Februar 1871 durch seinen Tobsuchtsanfall Anlass dazu gegeben hatte, auch an seiner geistigen Stabilität zu zweifeln.

Nun saßen sie nach einem schnellen Abendessen endlich unter vier Augen in Ottilies ehemaligem Salon in Schweighofen. Rosa richtete derweil Paulines Schlafzimmer her und wollte sich danach in die ihr zugewiesene Kammer im Dienstbotentrakt zurückziehen.

Pauline nippte an ihrem Tee. Die Landarbeiterfrau, die die Kamine betreute, hatte tüchtig eingeheizt. Es war warm im Raum. Trotzdem fühlten Franz' Hände sich eiskalt an. Er fröstelte.

»Woher weißt du so sicher, dass Irene nicht meine Halbschwester ist?«, drängte er jetzt noch einmal. Das Herz klopfte ihm bis zum Hals. Waren es nur Gerüchte, die seine Mutter gehört hatte? Oder war es gar nur eine Finte, um Klingenmünster verlassen zu können? Er spielte nervös mit seinen Händen.

Trotzdem traf ihn Paulines Antwort vollkommen überraschend. »Weil du nicht Wilhelm Gerbans Sohn bist, lieber Franz«, eröffnete sie ihm.

»Wie bitte?« Mehr Worte brachte Franz nicht heraus. Seine Kehle fühlte sich wie ausgedörrt an.

Pauline hob ihre schmale Hand. »Lass mich sprechen, mein Junge. Und höre mir erst einmal nur zu.«

Dann straffte sie ihre zarte Gestalt und sah Franz geradewegs in die Augen.

»Du weißt, dass meine Ehe mit deinem vorgeblichen Vater nie glücklich war«, begann sie. »Du hast mir selbst geschrieben, dass du Ernestine Körber nicht liebst, sie dich aber sehr wohl.«

Sie seufzte. »So war es auch zwischen deinem Vater und mir. Ich war neunzehn Jahre alt, über zehn Jahre jünger als Wilhelm. Er war ein stattlicher Mann und machte mir scheinbar leidenschaftlich den Hof. Und ich dummes, unbedarftes Ding fiel auf ihn herein.«

Sie nahm noch einen Schluck Tee. »Mein Vater war damals schon sehr krank, Franz. Meine Mutter bereits seit einigen Jahren tot. Und ich hatte mir den feschen Wilhelm nun einmal in den Kopf gesetzt. Er sah besser aus und war charmanter als meine anderen Bewerber. Ich war unsterblich in ihn verliebt. Zumal die übrigen Anwärter auf meine Hand mir entweder zu jung oder viel zu alt erschienen. Schließlich gab mein Vater nach. Allerdings nur um den Preis eines Ehevertrags, der mir meine Rechte als Gattin Wilhelms zusicherte, und des Erbvertrags, den du ja kennst. Dein Großvater traute Wilhelm nicht und wollte so zum einen sicherstellen, dass er mich unter Mitnahme des in die Ehe eingebrachten Vermögens nicht einfach verlassen könnte. Zum anderen wollte er, dass sein Vermögen nicht an die Deutschen fallen würde. Daher die Klausel mit der Staatsbürgerschaft des männlichen Erben.«

»Mutter!«, flehte Franz, dem die Einleitung jetzt schon viel zu lange dauerte.

Doch Pauline ließ sich nicht beirren. »Nun hast du schon so

lange auf die Wahrheit warten müssen, da machen die wenigen Minuten, die ich für die Vorgeschichte brauche, auch nichts mehr aus. Lass mich die Sache in meinem Rhythmus erzählen.«

Franz nickte ergeben. *Trotz der Jahre in der Klinik hat Mutter an Format gewonnen,* konstatierte er verwundert.

»Du kennst deinen Ziehvater gut, Franz«, fuhr Pauline fort. »Daher wird es dich kaum wundern, dass er mich die Einschränkungen, die ihm die beiden Verträge auferlegten, büßen ließ. Zumal auch mein Vater nur kurze Zeit nach unserer Hochzeit starb, und sie daher nicht mehr geändert werden konnten, wozu ja sein Einverständnis nötig gewesen wäre. Obwohl ich Wilhelm vom Tag unserer Hochzeit an die Vollmacht über mein Vermögen, die mir laut Vertrag bis zur Geburt eines männlichen Erben mit französischer Staatsbürgerschaft zustand, überließ, behandelte er mich von Anfang an lieblos und kalt. Ich weinte mir viele einsame Nächte lang die Augen aus. Selbst wenn Wilhelm das Bett mit mir teilte, geschah dies rücksichtslos und ohne einen Funken der Leidenschaft aus der Bewerbungsphase um meine Hand.«

Sie hüstelte und trank einen weiteren Schluck Tee.

»Laudanum als Trostmittel entdeckte ich, als unser damaliger Hausarzt meine ständig wiederkehrenden Anfälle schlimmen Kopfwehs damit behandelte. Dr. Wilbert, der Vorgänger von Dr. Frey, hielt das Mittel zudem für harmlos und hatte nichts dagegen einzuwenden, dass ich es auch zwischen den Anfällen einnahm. So glitt ich über viele Jahre hinweg langsam, aber sicher in meine Sucht.«

Sie hielt inne und blickte einen Moment lang in die Ferne.

»Es vergingen zehn freudlose Jahre. Und als ob der Herrgott deinen Vater bestrafen wollte, wurde ich nicht schwanger. Wilhelm aber brauchte einen Erben. Ohne einen leiblichen Sohn französischer Nationalität, in dessen Namen er das Stammvermögen verwalten durfte, hätte ich ihm die Vollmacht über mein Erbe jederzeit entziehen können. Nach meinem Tod wäre es dann an Frankreich gefallen, wenn ich kinderlos geblieben wäre. Also versuchte er, das Schicksal zu zwingen. Obwohl meine Liebe zu ihm mittlerweile vollkommen erloschen war, suchte er fast jede Nacht mein Bett auf.«

Sie schauderte bei der Erinnerung zusammen. »Es wurde immer unerträglicher für mich.« Nun sprach sie so leise, dass sich Franz zu ihr hinüberbeugen musste. Er nickte betroffen und nahm ihre Hand. Sie war so kalt wie die seine.

Pauline schüttelte sich und holte tief Luft. »Schließlich empfahl Dr. Wilbert eine Kur in Bad Ischl. Das liegt im Salzkammergut. Der gute Arzt spürte wahrscheinlich, dass ich Abstand zu Wilhelm brauchte, und wählte daher diesen weit entfernten Ort. In Baden-Baden hätte mich dein Ziehvater, so will ich ihn jetzt einmal nennen, wahrscheinlich regelmäßig besucht. Ich wäre nicht zur Ruhe gekommen. Bad Ischl lag dafür zu weit weg.«

»Und dort bist du meinem wahren Vater begegnet.« Plötzlich war Franz alles klar.

Pauline nickte. »Er war ein schneidiger österreichischer Gardeoffizier, der dort seine Mutter besuchte, und stammte aus einem alten Adelsgeschlecht. Es war so etwas wie Liebe auf den ersten Blick.«

Wieder schweiften Paulines Augen in die Ferne. Nun war ihr Blick zärtlich. »Wir waren ungefähr gleichaltrig. Dein wahrer Vater lud mich zu Kutschfahrten ein, wir machten Spaziergänge im Kurpark, wir speisten zusammen und sahen uns schließlich jeden Tag. Diese Zeit war wie der Himmel auf Erden für mich. Dennoch tauschten wir anfangs lediglich leidenschaftliche Küsse aus. Ferdinand«, sie stockte kurz und fuhr dann fort, »wie ich ihn einmal nennen will, denn seinen wahren Namen möchte ich für mich behalten, wusste ja, dass ich verheiratet war.

Und selbst wenn es nicht so gewesen wäre, hätte seine Familie einer Heirat mit einer Bürgerlichen, noch dazu einer Ausländerin aus dem verhassten Frankreich, niemals zugestimmt.«

Sie schwieg eine Weile. Franz drängte sie nicht länger und wartete geduldig.

»Schließlich kam unser Abschiedstag. Ferdi musste am nächsten Tag zu seiner Truppe zurückkehren. Genau an diesem Abend gab es einen rauschenden Ball. Draußen herrschte bittere Kälte. Es war mitten im Advent. Drinnen war der Saal bereits vorweihnachtlich geschmückt. Mit Stechpalmenreisern, Tannenzweigen und Mistelbüschen. Die Kapelle spielte einen Wiener Walzer nach dem anderen. Ich sehe die Szenerie noch vor mir, als sei es erst gestern gewesen.« Ihre schönen ausdrucksvollen Augen schimmerten feucht.

Wieder schwieg sie eine Weile. Dann holte sie tief Luft. »Es kam, wie es kommen musste, Franz. In dieser Nacht gab ich mich Ferdinand hin. Auch das war wie der Himmel auf Erden für mich, das einzige Mal, dass ich auch als Frau bei diesem Akt ...« Sie stockte und errötete.

Franz verstand sie auch so. *Das einzige Mal, wo du Lust empfunden hast.* Plötzlich tat ihm Pauline unendlich leid.

»Am nächsten Tag reiste Ferdinand ab. Drei Wochen später, kurz nach Silvester, ging auch mein Aufenthalt in Bad Ischl zu Ende. Ursprünglich hatte mich dein Ziehvater in Bad Ischl an den Feiertagen besuchen wollen. Dann aber schützte er dringende Geschäfte vor und kam nicht. Das war mir nur recht.« Nun senkte Pauline den Blick. »Bei meiner Abreise ahnte ich bereits, dass ich schwanger geworden sein könnte. Natürlich erwartete dein Vater ungeduldig meine Rückkehr und kam gleich am ersten Abend in mein Bett. Auch das war mir diesmal nur recht.«

Franz erschrak trotzdem. »Woher bist du dir dann so sicher, dass ich nicht doch Wilhelm Gerbans Sohn bin?«

Pauline lächelte. »Gespürt habe ich das immer. Außerdem kamst du genau in der von mir errechneten Zeit zur Welt. Die Hebamme schöpfte allerdings keinen Verdacht. Sie freute sich im Gegenteil darüber, dass du so gesund und kräftig warst, obwohl deine Geburt nach ihrer Berechnung ein paar Wochen zu früh lag.«

Nun lächelte sie Franz zärtlich an und streichelte ihm über die Wange. »Aber jeder noch verbliebene Zweifel schwand, je älter du wurdest, Franz. Ich sah immer deutlicher, dass du Ferdinands Sohn bist. Was du vom Aussehen und von deinem Charakter her nicht von mir geerbt hast, hat dir dein wahrer Vater mitgegeben.«

Büro des Arbeitervereins in Frankenthal
November 1873

Trotz der fortgeschrittenen Stunde klopfte es an der Tür. Irene sah etwas unwillig auf ihren alten Wecker, den sie zu ihren Sprechstunden mitnahm. Er half ihr, bei großem Andrang die Zeit für die Gespräche mit den Arbeiterinnen zu begrenzen, damit alle an die Reihe kamen. Jetzt zeigte die Uhr bereits kurz nach halb acht.

Dann muss eben Josef Fränzel zu Bett bringen, seufzte sie. Fränzel weinte zwar seit der Nacht in Oggersheim, die sie mit Franz verbracht hatte, wenn er schlafen gehen sollte, sie jedoch noch nicht zu Hause war. Aber ab und an ließ sich das eben nicht vermeiden.

Von Anfang an hatten die Arbeiterfrauen ihre Sprechstunde eifrig genutzt. Mittlerweile kamen nicht nur Näherinnen, sondern auch andere Heimarbeiterinnen und seit jüngster Zeit auch Fabrikarbeiterinnen. Ihre Frauensektion zählte bereits über fünfzig Mitglieder, worauf Irene sehr stolz war.

»Ja bitte? Komm herein!« Unter den Arbeitern duzten sich auch Fremde sofort.

Eine kleine Frau mit verhärmtem Gesicht lugte durch den Türspalt. Zögernd trat sie ein, als Irene sie freundlich hereinwinkte. Sie hatte die Besucherin noch nie gesehen.

Erst als sie sich mit ihr an den kleinen Tisch setzte, an dem sie ihre Notizen zu machen pflegte, bemerkte Irene, dass die Hände der Frau dick bandagiert waren.

»Oh, was ist dir denn geschehen?« Zu ihrem Entsetzen brach die Fremde sofort in Tränen aus und konnte sich eine ganze Weile gar nicht mehr beruhigen. Hilflos streichelte Irene ihr über die Schulter.

»Möchtest du ein Glas Wasser?«, fragte sie, als die Schluchzer der Frau endlich verebbten. Die nickte und schnäuzte in ein altes Schnupftuch, das sie aus ihrem fadenscheinigen Kleid zog. Es war für die Jahreszeit viel zu dünn, zumal sie nur ein gestricktes Schultertuch darüber trug. Offensichtlich besaß sie keinen Mantel.

»Entschuldigen Sie bitte.« Zu ihrem Erstaunen siezte sie Irene. »Mein Name ist Irmgard Fischer. Ich bin noch neu in der Stadt.«

»Du kannst mich gerne Irene nennen, Irmgard«, bot die freundlich an. »Ich bin eine Arbeiterin, genau wie du.«

Irmgard musterte sie ein wenig ungläubig. Erst jetzt wurde Irene bewusst, dass sie in ihrem schlichten, aber warmen Kleid aus grauem Wolltuch mit dem weißen Kragen und den Manschetten ein ganz anderes Bild als Irmgard abgab.

»Was führt dich denn zu so später Stunde noch hierher?«, fragte sie freundlich.

Wieder füllten sich Irmgards Augen mit Tränen. »Ich wäre ja gerne früher gekommen, Frau ... ich meine Irene. Aber ich musste warten, bis die Nachbarin von der Arbeit nach Hause kommt, um meine zwei Kleinen zu hüten.«

»Du hast noch kleine Kinder?« Die Worte entschlüpften Irene unwillkürlich. Denn die Frau sah aus, als wäre sie mindestens fünfzig Jahre alt.

Irmgard nickte. »Ja. Mein Fritzchen ist vier, meine Liesel erst zwei Jahre alt.«

»Wie alt bist du denn?«

Die Antwort verschlug Irene den Atem. »Zweiunddreißig bin ich.«

»Und was macht dein Mann?«, fragte Irene, als sie sich wieder gefasst hatte.

»Er ist tot.« Nun klang Irmgards Stimme merkwürdig teilnahmslos. »Er kam aus dem Krieg zurück und war eigentlich unversehrt. Ich freute mich sehr darüber, denn es waren ja so viele junge Männer auf dem Schlachtfeld geblieben. Aber mein Gerhard war nicht mehr der Alte. Er hatte nachts Albträume und begann zu trinken. Er verlor deswegen dreimal seine Arbeit. Nach dem dritten Mal ging er in den Rhein. Man fand seine Leiche erst Wochen später.«

Irmgard starrte blicklos in die Ferne. »Ich erkannte ihn nur an einem kleinen Anhänger, den ich ihm als Glücksbringer mit in den Krieg gegeben hatte. Er trug ihn noch immer um den Hals, obwohl ...«, jetzt weinte sie wieder, »... obwohl er ihm kein Glück gebracht hat«, schluchzte sie. »Er wurde zwar nicht am Körper, aber an seiner Seele verwundet.«

Obwohl schon viele Frauen Irene in den letzten Wochen an diesem Tisch ihr Leid geklagt hatten, war sie erschüttert. Ihr fehlten die richtigen Worte. Trost konnte sie nicht spenden, das wäre ihr falsch und unecht vorgekommen. So schwieg sie und streichelte wieder Irmgards Schulter.

Endlich schnäuzte sich Irmgard noch einmal und richtete sich dann entschlossen auf. »Aber ich stehle dir deine kostbare Zeit. Sicher warten daheim Mann und Kind auf dich.«

»Mach dir darüber keine Gedanken, die kommen gut zurecht«, wehrte Irene ab. »Sag mir lieber, wie ich dir helfen kann.«

Irmgard streckte ihre bandagierten Hände aus. Die Verbände waren grau vor Schmutz. »Ich habe mich beim Kochen verbrüht«, sagte sie tonlos. »Und nun kann ich nicht mehr nähen. Ich werde meine Arbeit verlieren und die Nähmaschine, die ich auf Raten gekauft habe. Dann liegen meine Kinder und ich bald auf der Straße, denn der Vermieter ist ein harter Mann. Die Nachbarin riet mir, zu dir in die Sprechstunde zu gehen, weil du vielleicht Rat wüsstest.« Ein klein wenig Hoffnung schwang in Irmgards Stimme mit.

»Wie lange wirst du denn noch nicht arbeiten können?« Erst jetzt fiel Irene auf, dass ein unangenehmer Geruch von den Verbänden aufstieg. »Warst du überhaupt bei einem Arzt?«, fragte sie besorgt, obwohl sie die Antwort schon kannte.

Irmgard schüttelte erwartungsgemäß den Kopf. »Die Nachbarin hat mich verbunden. Sie hat Gänsefett auf die Haut geschmiert.«

»Wie lange ist der Unfall denn her?«

»Fast eine Woche.«

Entschlossen stand Irene auf. »Ich hole jetzt eine Schüssel Wasser und ein sauberes Leintuch. Dann möchte ich mir deine Hände einmal ansehen.«

Wenig später kam sie zurück und stellte die Sachen auf dem kleinen Tisch ab. Dann begann sie, Irmgards Verbände abzunehmen. Der Geruch nach ranzigem Fett und entzündeten Wunden wurde immer stärker. Die letzte Lage des Stoffs klebte an der verbrühten Haut und ließ sich erst ablösen, nachdem Irmgard die Hände eine Weile in die Waschschüssel getaucht hatte.

Was Irene dann sah, übertraf ihre schlimmsten Befürchtungen. Beide Hände waren vereitert, die Haut löste sich teilweise schon ab. »Du musst sofort zu einem Arzt, Irmgard. Wenn sich hier der Wundbrand hineinsetzt, kannst du sogar daran sterben.«

»Aber ich habe doch nur noch wenige Gulden«, heulte Irmgard voller Panik auf. »Ich kann keinen Arzt bezahlen. Wovon soll ich meine Kleinen ernähren, wenn ich jetzt das Geld ausgebe? Wir leben ohnehin seit dem Unfall nur noch von Haferbrei und Brot.«

»Beruhige dich, Irmgard. Ich strecke dir das Geld für die Behandlung aus der Vereinskasse vor. Du zahlst es zurück, wenn du wieder gesund bist.«

Weingut bei Schweighofen
November 1873, am selben Abend

»Und wie hast du von Irenes Schicksal erfahren?«

Franz hätte eigentlich gerne erst einmal alles verarbeitet, was er bereits gehört hatte. Doch er spürte, dass seine Mutter noch weitere erschütternde Informationen für ihn bereithielt.

»Von Irene wusste ich anfangs gar nichts. Ich wunderte mich zwar darüber, dass dein Vater ein Waisenmädchen aus Speyer als Dienstmädchen verpflichtet hatte, und noch mehr, dass er mich bat, für das Personal eine dazu passende Geschichte zu erfinden ...«

»Was für eine Geschichte?«, fiel Franz ihr ins Wort.

»Ich sollte gegenüber Frau Burger behaupten, Irene sei auf meinen Wunsch ins Haus gekommen. Eine verstorbene Freundin habe mich auf dem Totenbett gebeten, nach dem Mädchen zu forschen, ohne nähere Gründe dafür anzugeben.«

»Und das ist dir nicht merkwürdig vorgekommen?«

Ein schmerzliches Lächeln huschte über Paulines Gesicht.

»Das Laudanum hatte mich damals bereits vollständig in seinen Fängen. Ich wollte nur meine Ruhe und habe nicht zum ersten Mal lieber nicht nachgefragt.«

»Nicht zum ersten Mal?«, wiederholte Franz verblüfft.

Pauline stieß hörbar die Luft aus. »Ich wusste, dass dein Vater während meiner Schwangerschaft Affären hatte, und auch in der Zeit davor und danach. Die kamen mir sogar gelegen, weil ich dann eben meine Ruhe vor ihm hatte und ungestört in der Erinnerung an Ferdinand schwelgen konnte. Daher ahnte ich eigentlich auch, verdrängte es aber immer wieder, wer Irenes Mutter war.«

»Du meinst jene Beiköchin?«

Pauline schüttelte den Kopf. »Nein, Franz. Irenes Mutter heißt Sophia und war die jüngere Schwester deiner Tante Ottilie.«

Franz stockte der Atem. »Mein Vater hatte eine Affäre mit seiner eigenen Verwandten?«

»Sophia war damals erst sechzehn Jahre alt. Seit dein Onkel Gregor Ottilie geheiratet hatte, lebte sie zusammen mit ihnen in unserem Haus in Altenstadt. Sie war ein hübsches, lebenslustiges Mädchen und brachte ein wenig Sonnenschein in unser ansonsten tristes Heim. Ich glaube nicht, dass sie wusste, worauf sie sich einließ, als sie Wilhelm schöne Augen zu machen begann. Böses hatte sie sicherlich nicht im Sinn. Für sie war das wahrscheinlich nur ein aufregendes Spiel.«

Franz schlug sich gegen die Stirn und unterbrach seine Mutter noch einmal. »Die Frau mit den traurigen Augen. Ich erinnere mich. Irene hat mich einmal nach ihr gefragt.«

Paulines Miene verhärtete sich. »Ja, das wurde aus dem ehemals so fröhlichen Backfisch. Denn die damals erst siebzehnjährige Sophia ist Irenes Mutter. Dein Vater hat das junge, unbedarfte Mädchen mehr oder weniger vergewaltigt. Als Sophia dann schwanger wurde, musste sie aus dem Haus. Sie gebar

Irene in einer Anstalt für gefallene Frauen und ließ das Neugeborene dann im Waisenhaus zurück.«

»Woher weißt du das alles?«

»Sophias Unglück entging mir nicht, mein Sohn. Ich wollte nur nicht wahrhaben, dass mein eigener Gatte der Urheber dafür war. Dass Irene Sophias Tochter ist, entdeckte ich erst, als ich sie in ihrem Weißenburger Gefängnis aufsuchte und den Beweis dafür fand.«

»Weißenburger Gefängnis? Beweis?« Franz war jetzt völlig verwirrt.

Pauline hob wieder die Hand. »Lass mich der Reihe nach erzählen! Warum hätte ich wissen können, dass Wilhelm Sophia geschwängert hat? Nun, weil ihre Schwester Ottilie, die gehässigste Frau, die ich kenne, sowohl mir gegenüber als auch gegenüber Sophia immer wieder Andeutungen machte. Mir warf sie vor, die Bedürfnisse meines Gatten nicht zu befriedigen, sodass er sich Erleichterung in fremden Betten verschaffen müsste. Sophia wiederum hielt sie ihre moralische Verworfenheit vor. Hätte ich zwei und zwei zusammengezählt, hätte ich klar erkennen können, wie das alles zusammenhängt. Aber selbst nach Sophias Freitod erkannte ich es nicht.«

»Ich dachte, Sophia wäre bei einem Unfall ertrunken?«

Wieder schüttelte Pauline mit versteinerter Miene den Kopf. »Sie ging ins Wasser, weil Wilhelm und Ottilie sie mit einem ihr widerwärtigen Mann verheiraten wollten. Zuvor war sie bereits all die Jahre unglücklich. Sie hat den Verlust ihres Kindes nie verwunden. Die bevorstehende Zwangsheirat gab dann den Ausschlag. Natürlich wurde ihr Selbstmord genauso vertuscht wie zuvor ihre Schwangerschaft.«

»Also stammt Irene von bürgerlichen Eltern ab«, wurde Franz erst jetzt klar. Es machte keinen Unterschied für ihn, womöglich aber für die Gesellschaft. *Wenn, ja wenn ich sie rechtzeitig finde,* durchfuhr es ihn heiß und kalt. *Sie wollte doch*

den Vater ihres Kindes heiraten. Womöglich ist das bereits gesche-
hen.

Er kämpfte seine aufkommende Panik nieder. *Wie ich dieses Problem angehe, entscheide ich später.* Jetzt gab es drängendere Fragen.

»Und wie erfuhrst du letztlich die Wahrheit über Irene?«

Pauline schwieg einen Moment. Dann holte sie tief Luft und ergriff Franz' beide Hände. »Was ich dir jetzt sage, wird dich erschüttern.« Sie holte kurz Luft und sagte dann: »Irene wurde kurz vor dem Krieg schwanger von dir und vertraute sich mir an. Wenn sie nur ein einziges Kind hat, ist es deines.«

Kapitel 28

Irenes Wohnung in Frankenthal
November 1873, am selben Abend

»Ich bin mit Irmgard gleich zu Dr. Weber gefahren. Er war nicht glücklich, dass wir seine Abendruhe gestört haben«, erzählte Irene. »Aber als er Irmgards Hände sah, wurde er blass. Es war höchste Zeit, hat er gesagt. Morgen soll sie wiederkommen, damit er die Verbände erneuern kann. Und er hat sie gewarnt, nie wieder solche Hausmittel wie dieses ranzige Gänsefett für Verbrühungen zu verwenden.«

Josef streichelte Irenes Hände, die er mit seinen großen umfasst hielt. »Ich war sehr in Sorge, als du um neun Uhr noch nicht zu Hause warst. Fast hätte ich sogar Fränzel allein gelassen, um dich suchen zu gehen. Aber jetzt, wo ich weiß, was du in dieser Zeit geleistet hast, bin ich sehr stolz auf dich.«

»Dr. Weber hat mir einen ganzen Gulden für die Behandlung abgenommen.« Irene achtete kaum auf Josefs Bemerkung. Sie war noch immer viel zu aufgeregt. »Ich habe sie aus der Kasse des Frauenvereins genommen, obwohl da bislang kaum fünf Gulden drin waren. Ich fürchte, auch der Rest des Geldes wird für Irmgards Behandlung gebraucht werden. Und dann ist nichts mehr übrig, sollte eine andere Frau ihre Nähmaschinenraten ebenfalls nicht bezahlen können oder sonst in irgendeine Not geraten.«

»Dafür wird sich schon eine Lösung finden«, beruhigte Josef sie. »Aber nun iss erst einmal etwas und geh danach zu Bett. Es ist ja schon spät. Der Tag beginnt morgen sehr früh.«

Folgsam biss Irene in die mit Leberwurst bestrichene Schnitte, die Josef ihr hinhielt. Erst jetzt merkte sie, wie hungrig sie war. Mit jedem Bissen wurde sie außerdem müder.

»Kannst du uns Geld aus der Hauptvereinskasse leihen?«, fragte sie schließlich, weil ihr das noch auf dem Herzen lag.

»Das muss ich mit meinen Stellvertretern klären, aber ich denke, da lässt sich etwas machen. Und ich spreche auch selbst nochmal mit Dr. Weber. Wir schicken all unsere kranken und verletzten Arbeiter zu ihm. Er soll Irmgard gefälligst einen Vorzugspreis einräumen.«

Ein warmes Gefühl für Josef wallte in Irene auf. »Du bist ein guter Mann«, sagte sie zärtlich. »Ein sehr guter Mann. Ich kann mich glücklich schätzen, dich gefunden zu haben.«

Ein merkwürdiger Ausdruck huschte über Josefs Gesicht. Freude lag darin, aber auch Angst und sehr viel Verletzlichkeit.

»Dann willigst du ein, meine Frau zu werden?« Seine Stimme war leise.

Einen Moment schoss ein scharfer Schmerz durch Irenes Brust. *Unwiderruflich! Dann habe ich Franz unwiderruflich verloren.*

Doch sie drängte den Gedanken beiseite und hob entschlossen den Kopf. »Ich willige ein, lieber Josef«, sagte sie feierlich. »Mit dem Beginn des neuen Jahres werde ich nicht nur vor den Menschen Irene Hartmann sein, sondern auch vor Gott.«

Weingut bei Schweighofen
November 1873, immer noch am selben Abend

»Mein Kind! Ich habe ein Kind!« Franz fühlte sich wie betäubt. Die widersprüchlichsten Gefühle stritten sich in seiner Brust. Glück über seine Vaterschaft, Furcht, Irene trotzdem für immer verloren zu haben, Angst, was aus dem Weingut und damit ihrer aller Existenz werden sollte, wenn er das Eheversprechen mit Ernestine auflöste.

Nur mit halbem Ohr hatte er Pauline weiterhin gelauscht, die ihm von Irenes Gefangenschaft im Weißenburger Kontor, den Versuchen ihres verfluchten Vaters, sie zu einer Abtreibung zu zwingen, und dem Aquarell, an dem sie Sophia als Irenes Mutter erkannt hatte, erzählte. Er merkte erst wieder auf, als sie von ihrer letzten Unterredung mit Wilhelm zu sprechen begann.

»Damals hielt ich mich für so schlau.« Paulines Stimme klang bitter. »Heute weiß ich, dass er alles schon lange zuvor geplant hatte, als ich ihn am Abend, nachdem ich Irene im Kontor entdeckt hatte, in der Bibliothek aufsuchte. Wahrscheinlich hat er mich schon in Weißenburg gesehen, als ich das Weinkontor verließ.«

»Und was geschah in der Bibliothek?«

»Ich konfrontierte ihn zuerst damit, dass er Irenes Vater sei und die arme Sophia geschwängert habe. Er stritt beides nicht ab. Allein das hätte mich misstrauisch machen sollen. Denn es bedeutete ja nichts anderes, als dass er gegen unseren Ehevertrag verstoßen hatte. In diesem gab es zwei Klauseln, die mir das Recht gegeben hätten, Wilhelm von jeder Nutznießung des Vermögens auf der Stelle auszuschließen. Die eine Klausel betraf eine Scheidung, die andere Ehebruch und Zeugung eines unehelichen Kindes mit einer Bürgerlichen oder Adeligen.

Doch mir war klar, dass ich ihm den Ehebruch mit Sophia nur sehr schwer hätte nachweisen können. Irene besaß nur das Aquarell Sophias als einziges Indiz für deren Mutterschaft. Ich erkannte zwar ihre Signatur, aber ich hatte keine weiteren Gemälde von ihr, auf die ich hätte zugreifen können. Ottilie hatte nach Sophias Tod alles vernichtet, was an sie erinnerte. Also hätte es ihres und Gregors Zeugnis bedurft, um Wilhelms Vaterschaft zu belegen. Damit hätten sich beide aber den finanziellen Ast abgesägt, auf dem sie saßen. Trotz Ottilies Rachsucht hätten sie das sicherlich nie vor einem Gericht bezeugt, sondern sich ihr Schweigen zeit ihres Lebens teuer von Wilhelm bezahlen lassen.«

Sie seufzte schwer. »Außerdem ging Wilhelm ja noch davon aus, dass du und Irene Halbgeschwister seid und sie dein Kind erwartet. Was eine legale Verbindung zwischen euch beiden unmöglich gemacht und euch aufs Schwerste belastet hätte. Obwohl er mich wohl schon zuvor ausschalten wollte, um dies zu vertuschen, aber auch weil ich es mehrmals gewagt hatte, ihm zu widersprechen, und verhindert hatte, dass er Irene wegen der Schwangerschaft auf die Straße wirft, traf es ihn wie ein Schlag, als ich ihm als ›Lösung für dieses Problem‹ eröffnete, dass du nämlich gar nicht sein leiblicher Sohn bist.

Denn das setzte ihn endgültig schachmatt. Zum einen hätte ich ihm auf der Stelle die Vollmacht über das Stammvermögen entziehen können, da ihm diese ja nur als deinem leiblichen Vater bis zu deiner Volljährigkeit zustand. Zum anderen konnte er sich ausrechnen, dass du Irene nun heiraten und ihn als Vergeltung für das, was er ihr angetan hat, unnachsichtig verstoßen würdest.«

»Und wie hättest du im Zweifelsfall beweisen wollen, dass Wilhelm gar nicht mein leiblicher Vater ist?«

Pauline lächelte maliziös. »Zum einen glaube ich bis heute nicht, dass es Wilhelm darüber zu einem Prozess hätte kommen lassen. Denn unser Ruf und auch das Weingeschäft wären dadurch völlig ruiniert worden. Aber selbst wenn es dazu gekommen wäre und ich als Dame unserer Gesellschaftsschicht vor einem Gericht unter Eid ausgesagt hätte, dass ich Ehebruch begangen habe und dafür öffentliche Schande und Verachtung in Kauf genommen hätte, hätte dies durchaus Gewicht gehabt. Zumal ich den Namen deines wahren Vaters ja kenne und notfalls zu Protokoll gegeben hätte.«

Sie trank einen Schluck ihres kalt gewordenen Tees.

»Doch genau diesen furchtbaren Skandal wollte ich ja vermeiden. Deshalb bot ich Wilhelm einen, wie ich dachte, für ihn sehr günstigen Kompromiss an. Alles sollte im Verborgenen vor sich gehen und jedermanns Gesicht nach außen hin gewahrt bleiben. Doch Wilhelm war das natürlich nicht genug! Obwohl er es de facto nie war, betrachtete er sich als den unumschränkten Herrn im Haus und im Geschäft. Und das wollte er um jeden Preis bleiben.«

Jetzt erschien ein bitterer Zug auf ihrem Gesicht. »Immer wieder habe ich in den endlosen Monaten in Klingenmünster darüber nachgedacht, warum ich nur so naiv und schutzlos in dieses Gespräch gestolpert bin. Warum ich nicht zuvor einen Anwalt aufgesucht habe oder zumindest einen Zeugen, zum Beispiel Frau Burger, die ja schon einiges wusste, mit in die Bibliothek genommen habe. Aber ich wollte eben alles so diskret wie möglich abwickeln.« Ihre Stimme schwankte.

Franz schwieg und ließ ihr Zeit, sich zu fassen.

»Ja, alles sollte im Verborgenen vor sich gehen. Ich verlangte von Wilhelm, Irene inoffiziell, aber notariell beglaubigt als seine Tochter anzuerkennen. Außerdem bot ich ihm an, er könne den Zugewinn aus dem Vermögen behalten und frei darüber verfügen, obwohl er durch den Ehebruch mit Sophia auch dieses Recht verwirkt hatte. Die Leitung des Weingeschäfts sollte er allerdings sofort nach deiner Rückkehr aus dem Krieg an dich abtreten und nach außen hin mitteilen, dass er in den Ruhestand gehen wolle.«

»Das hätte aber weder ein Weißenburger noch einer unserer Kunden so ohne Weiteres geglaubt«, warf Franz ein. Pauline lächelte selbstverächtlich.

»Heute sehe ich das ganz genauso. Damals habe ich nicht so weit gedacht. Selbst ohne Laudanum, das mir das Gehirn vernebelte, habe ich mich angesichts der Fakten mit meinen

Forderungen für unbesiegbar gehalten. Dabei hätte ich deinen Ziehvater besser kennen sollen. Es war doch all die Jahre klar, dass er nie damit gerechnet hat, vorzeitig die unumschränkte Gewalt über das gesamte Vermögen zu verlieren. Er rechnete doch damit, dass du nur als Junior in die Firma eintreten würdest und er weitestgehend das Sagen behalten würde, solange er lebt.«

Franz nickte. Genauso hatte er Wilhelm seinerzeit erlebt, als er sich sein Erbe hatte auszahlen lassen wollen, um in die Eisenwarenfabrik in Saint-Quentin einzusteigen: fassungslos, wütend und nur durch massive Drohungen zum Einlenken zu bewegen.

»Also gab es nur noch ein einziges Mittel für ihn, um die Kontrolle zu behalten. Nämlich mich aufgrund meines Laudanum-Konsums in die Anstalt einweisen und dort für geisteskrank erklären zu lassen, um damit mein Vormund zu werden.«

Pauline berichtete nun, wie Gerban sie überwältigt und ihr gewaltsam den mit Laudanum versetzten Cognac eingeflößt hatte. Beim Erwachen am nächsten Morgen befand sie sich bereits auf dem Weg nach Klingenmünster.

»Dort wurde ich zuerst einmal in ein Erste-Klasse-Bett der geschlossenen Abteilung verfrachtet. Als ich dann zur Sprechstunde bei Dr. Dietrich kam, erzählte ich dem Arzt alles genauso, wie es gewesen war. Ich erwähnte Wilhelms Ehebruch mit Sophia und natürlich, dass du nicht sein leiblicher Sohn bist. Wieder war ich naiv und dumm. Denn auch ohne das Gegenzeugnis meines Gatten, der das Gespräch, zunächst hinter einem Vorhang versteckt, verfolgte und dann hervortrat, als ihm Dietrich ein Zeichen gab, hätte der Nervenarzt meine Geschichte wahrscheinlich für die Ausgeburt eines durch Laudanum hervorgerufenen Wahns gehalten. Sie klingt ja selbst für meine eigenen Ohren noch immer unglaublich.«

Pauline atmete schwer und fuhr sich mit der Hand über ihr sorgfältig frisiertes Haar, wobei sich einige Strähnen lösten. »Doch ich machte dazu noch den Fehler, mich in meiner Wut auf Wilhelm zu stürzen, um ihm das Gesicht zu zerkratzen, als ich seiner ansichtig wurde, und ihn dabei zu beschimpfen. Das trug mir dann meine erste Periode mit Dauerbädern, Fixierung ans Bett und Überdosen von Beruhigungsmitteln ein.«

In der nächsten halben Stunde berichtete sie Franz von ihrem Martyrium in den ersten Monaten und ihren darauffolgenden Versuchen, sich anzupassen und mit der Situation so lange zu arrangieren, bis Dr. Bertram die Klinikleitung übernähme.

»Jetzt hätte ich in wenigen Wochen die Initiative für meine Entlassung ergriffen«, schloss sie ihren Bericht.

Die Gedanken schwirrten durch Franz' Kopf, und einige Fragen waren noch unbeantwortet geblieben. Mit Mühe konzentrierte er sich darauf.

»Also wusstest du wirklich nicht, wohin Irene geflohen war?«, begann er mit der für ihn wichtigsten Frage.

Pauline schüttelte den Kopf. »Sonst hätte ich alles Erdenkliche getan, um es dir zu sagen. Selbst wenn es erneut schlimme Folgen für mich gehabt hätte.«

»Warum nahm mein vermeintlicher Vater Irene überhaupt aus dem Waisenhaus in unser Anwesen auf?«

»Das kann ich nur anhand von ein paar Andeutungen vermuten, die er machte, bevor er mich an jenem Abend betäubte. Er gab offen zu, dass Ottilie, die wusste, dass er der Vater von Sophias Kind war, ihn bereits zweimal erpresst hatte, und zwar nach deren Schwangerschaft und nach ihrem Freitod. Sie hatte ihm außerdem angedroht, Sophias Tochter im Auge behalten zu wollen. Das tat sie dann aber wohl nicht. Stattdessen ließ sich Wilhelm von einer bestochenen Wärterin im Waisenhaus regelmäßig über Irene berichten. Und um sicherzugehen, dass

Ottilie sie am Ende nicht doch noch ausfindig machen würde, holte er Irene nach Altenstadt. Hätte Ottilie dort noch immer gewohnt, hätte es ihr auffallen können. So aber merkte sie nichts. In ihrem Dünkel hätte sie sich außerdem ohne besonderen Anlass niemals für die Herkunft eines Dienstmädchens interessiert.«

Erst beim letzten Satz fiel Franz eine weitere Ungereimtheit in Paulines Bericht auf.

»Du hast eben gesagt, eine Klausel des Ehevertrags sieht vor, dass du diesen bei voller Kontrolle über das Urvermögen samt allen Zugewinns auflösen konntest, wenn dein Mann nachweislich geschlechtlich mit einer Bürgerlichen verkehrt hätte. Für ein Dienstmädchen hätte das nicht gegolten?«

Pauline verzog den Mund und schüttelte den Kopf. »Nein, leider nicht. In dieser Hinsicht war auch mein Vater ein typischer Mann seiner Zeit. Eine Affäre mit einer Bürgerlichen hätte er als Ehebruch betrachtet, eine Affäre mit einem Dienstmädchen lediglich als den üblichen Seitensprung zur Befriedigung männlicher Bedürfnisse. Darunter hatte auch meine Mutter zu ihren Lebzeiten zu leiden, so schwer es mir fällt, dies über meinen eigenen Vater sagen zu müssen. Zumal er ansonsten ein guter und ehrenhafter Mann war, der viel auf Familie hielt.«

Die Wanduhr schlug Mitternacht. Das Feuer im Kamin war längst heruntergebrannt. Jetzt war es empfindlich kalt im Raum. Außerdem dröhnte Franz der Kopf.

»Ich danke dir, Mutter, für deine Offenheit und alles, was du für mich, Irene und unser Kind zu tun versucht hast. Ich werde in dieser Nacht zwar kein Auge schließen können. Aber du musst jetzt ruhen. Ich werde darüber nachdenken, welche Auswege es überhaupt aus dieser verfahrenen Lage noch geben könnte.«

Er stand mühsam auf, half auch seiner Mutter aus ihrem Sessel und küsste sie nach einer letzten Umarmung auf die Stirn. Sie war schon an der Tür, da rief er sie noch einmal an.

»Mutter! Wenn ich Irene überhaupt wiederfinde, werde ich sie fragen, ob sie meine Frau werden will, auch wenn dies zuvor die Scheidung von ihrem jetzigen Mann bedeutet. Würdest du das akzeptieren?«

Pauline drehte sich um, kam auf Franz zu und legte ihm beide Hände auf die Wangen.

»Was für eine dumme Frage, mein lieber Sohn. Selbst wenn sie statt deines Kindes einen Hottentotten mit in die Ehe brächte, wäre sie mir als Schwiegertochter willkommen.«

Weingut bei Schweighofen
November 1873, am nächsten Morgen

Völlig übernächtigt betrat Franz am Morgen nach der Aussprache mit seiner Mutter das kleine Esszimmer, in dem der Frühstückstisch bereits gedeckt war. Pauline begrüßte ihren Sohn mit einem strahlenden Lächeln, das allerdings sogleich erlosch, als sie seine bedrückte Miene sah. Im Gegensatz zu Franz wirkte sie frisch und ausgeruht.

»Oh mein Lieber!« Sie strich ihm liebevoll über den Arm, als er sich über sie beugte, um sie zu küssen. »Du siehst aus, als hättest du kein Auge zugetan.«

Franz setzte sich ihr gegenüber und griff nach der Kaffeekanne, die auf einem kleinen Stövchen stand. »Das habe ich auch nicht«, bestätigte er. »Zumal der einzige Ausweg, der mir eingefallen ist, ein ehrenrühriger ist.«

»Das verstehe ich nicht. Erkläre es mir!«

»Ich hatte dir ja geschrieben, dass Vater …«, er unterbrach sich, »dass dein Mann unser Vermögen an der Börse durchgebracht hat. Herbert Stockhausen, Mathildes Bräutigam, hat mir ihre Mitgift Ende September zur Verfügung gestellt, um einen fälligen Wechsel zu bezahlen. Sonst wäre ein Teil unserer Ländereien gepfändet worden.«

»Ach Gott!« Pauline war erschüttert. »So schlimm steht es um uns?«

»Stockhausen hat mir das Geld allerdings nur unter der Bedingung geliehen, dass ich Ernestine Körber einen Antrag mache. Als sie ihn annahm, beichtete ich ihrem Vater unsere ganze Misere. Hätte er nicht großzügig vorgeschlagen, mir Ernestines Mitgift von fünfzigtausend Gulden sofort zur Verfügung zu stellen, wären wir jetzt entweder bankrott oder Mathilde ihren Verlobten ohne Mitgift womöglich los. Ich weiß wahrlich nicht, was ich schlimmer gefunden hätte«, fügte er mit einem Anflug bitteren Spotts hinzu.

Pauline verstand. »Und nun bist du in Sorge, Ernestines Vater könnte die Summe sofort zurückverlangen, wenn du das Verlöbnis löst.«

»Natürlich. Das wäre sein gutes Recht.«

»Aber du hast das Geld nicht.«

»Im Gegenteil. Ich muss bis Ende November die Lieferanten bezahlen, die die zu Bruch gegangenen Flaschen und die neuen Keltern geliefert haben. Auch die Setzlinge für die zerstörten Weinberge werden bereits gezogen. Diesen Auftrag kann ich ebenfalls nicht mehr stornieren.«

»Gibt es denn sonst niemanden, der bereit wäre, dir etwas zu leihen? Der dir vertraut, dass du alles schon wieder in die richtigen Bahnen lenken wirst?«

»Marianne Serge!« Ein Hoffnungsstrahl durchzuckte Franz. »Womöglich würde Marianne mir helfen.«

»Wer ist Marianne?«

Kurz berichtete Franz seiner Mutter von der liebevollen Aufnahme in Madame Serges Haus, als er schwer verwundet im Lazarett von Saint-Quentin gelegen hatte.

»Aber ich habe sie im letzten Jahr sehr enttäuscht.« Franz berichtete vom geplatzten Einstieg als Teilhaber in die Eisenwarenfabrik.

»Nimmt sie dir das denn noch immer übel?«

»Sie hat es mir, bei Lichte betrachtet, überhaupt nicht übel genommen«, sinnierte Franz langsam. »Im Gegenteil, ihr Schwager hat rasch einen anderen Teilhaber gefunden. Und sie dankt mir in jedem ihrer Briefe noch immer für die Ideen, die ich bei meinem einzigen Besuch in der Fabrik zur Verbesserung der dortigen Arbeitsverhältnisse eingebracht habe. Sie selbst ist seither mit großer Begeisterung Lehrerin in der Fabrikschule.«

»Aber ich muss sie besuchen und das vor Ort mit ihr besprechen«, fuhr er fort. »Selbst wenn ich ihr heute noch telegrafiere, dass ich nach Saint-Quentin kommen möchte, bin ich mindestens drei Tage unterwegs. Doch die Zeit drängt! Ernestine und ich wollten uns am zweiten Adventssonntag verloben. Das ist schon in knapp vier Wochen.«

Pauline stand auf und ging zu einem Kalender, der an der Wand hing. Er zeigte Drucke von Landschaftsmalereien, jetzt im November eine nebelverhangene Flusslandschaft.

»Der zweite Advent fällt auf den 7. Dezember«, murmelte sie. »Ja, das wird wirklich recht knapp. Selbst wenn dir Madame Serge hilft, braucht es noch einige Tage, bis sie das Geld zur Verfügung hat, und wiederum weitere Tage, bis es auf deinem Bankkonto eintrifft.«

»Heute ist der 8. November. Selbst wenn alles ganz glatt über die Bühne geht, muss ich mit mindestens vierzehn Tagen rechnen, eher sogar noch mit ein paar Tagen mehr«, stöhnte Franz.

Pauline nickte gedankenvoll. »Und bis dahin sind die Gäste schon lange geladen worden.«

»Das sind sie zum Teil jetzt schon. Ernestine hat mir erst

vorgestern geschrieben, dass sie viele Einladungen bereits verschickt hat.« Er fuhr sich unwillkürlich durch die Haare.

Paulines Gesichtszüge dagegen entspannten sich. »Dann kannst du die Blamage ohnehin nicht mehr verhindern, Franz«, konstatierte sie nüchtern. »So leid es mir um das arme Mädchen tut, dafür ist es schon jetzt zu spät.«

Ein kleines Lächeln zuckte um ihre Mundwinkel. »Und dann kommt es auf einen Tag mehr oder weniger auch nicht mehr an, bis du dich ihr und ihren Eltern erklärst.«

»Wie meinst du das?«

»Nun, fünfzigtausend Gulden sind eine große Summe. Und doppelte Nähte halten besser. Ich schreibe noch heute an meine Verwandten nach Straßburg. Vielleicht sind auch sie bereit, dir etwas zu leihen. Dann machst du auf der Rückfahrt von Saint-Quentin dort noch Station.«

Haus der Körbers in Worms
Ende November 1873, drei Wochen später

»Wie konnten Sie meiner Tochter das antun, Sie Unmensch!«, fauchte Frau Körber, bevor sie hinter ihrer weinenden Tochter aus dem Salon hastete.

Franz fühlte sich so miserabel wie seit Langem nicht mehr. Tatsächlich waren nicht nur die Serges, sondern auch Paulines Verwandte in Straßburg bereit gewesen, ihm insgesamt fünfundvierzigtausend Gulden zu leihen. Trotz seiner Freude darüber wartete Franz so lange, bis das Geld tatsächlich angewiesen worden war, bevor er heute die Körbers in Worms aufgesucht hatte.

Ernestines Blick, der ihn an ein zu Tode getroffenes Reh erinnerte, nachdem er vor ihr niedergekniet war und ihr die schlechte Nachricht überbracht hatte, würde ihn bis in seine Träume verfolgen. Ebenso wie der Schrei, der sich ihrem entstellten Mund entrungen hatte und ihre entgeisterten Eltern auf den Plan rief. Dann hatte sie die kostbare Meißener Vase umgeworfen, in der ein Hausmädchen in schmucker Uniform zuvor seinen riesigen Blumenstrauß arrangiert hatte, und war hinausgelaufen.

Es klopfte zaghaft. Auf Körbers barsche Aufforderung kam dasselbe Hausmädchen nun wieder herein, dicht gefolgt von einem Küchenmädchen in einfacherer Tracht, das einen Eimer und ein paar Putzlappen trug. Herr Körber hielt seinen finsteren Blick unverwandt auf Franz gerichtet, während das Hausmädchen die Blumen und Scherben auflas und das Küchenmädchen das Wasser aufzunehmen versuchte, das in einer Lache auf dem Orientteppich stand und diesen bereits dunkel färbte. Währenddessen schwiegen die Männer.

Jetzt bückte sich das Hausmädchen noch einmal und klaubte etwas vom Boden auf. »Gehört der dem gnädigen Herrn?« Sie hielt Franz auf der flachen Hand den Verlobungsring entgegen. Es war ein schmaler Goldreif mit zwei kleinen Rubinen. Mehr hatte Franz sich nicht leisten können. Doch Ernestine hatte den Ring nach seinem Antrag so freudestrahlend empfangen, als schmücke ihn ein riesiger Diamant.

»Behalte den Ring«, antwortete Franz spontan. Das Hausmädchen warf einen erstaunten Blick auf ihren Dienstherrn, der mit finsterer Miene nickte. »Aber ich erwarte, dass Ernestine diesen Ring nie an dir sieht«, befahl er dem Mädchen, das dankbar knickste und sich so rasch wie möglich entfernte.

»Nun, junger Mann«, begann Körber, als auch das Küchenmädchen nach draußen geeilt war. »Was für eine Posse treiben Sie mit meiner armen Tochter? Ist sie nicht schon genug damit gestraft, dass sie von Geburt an entstellt ist? Hat sie wirklich solch ein zusätzliches Leid verdient?«

»Nein«, antwortete Franz zerknirscht. »Ernestine ist eine wunderbare Frau. Es tut mir unendlich leid ...«

Körber unterbrach ihn mit einer unwirschen Handbewegung. »»Er wird mich lieben und ehren, nicht vernachlässigen und verachten, weil ich entstellt bin‹, hat meine Tochter mir an dem Tag erklärt, an dem Sie ihr den Heiratsantrag machten. ›Franz ist selbst versehrt, er weiß, wie es ist, nicht normal zu sein‹, sagte sie. Und nun das!«

Er funkelte Franz vorwurfsvoll an. Der versuchte gar nicht erst, sich zu verteidigen.

»Es gibt eine Frau, die ältere Rechte auf mich hat«, trat er die Flucht nach vorn an. »Durch den Krieg verloren wir uns aus den Augen. Nur durch einen Zufall habe ich sie nun wiedergefunden und …«

»Was ist das für eine Frau?«, unterbrach ihn der alte Körber ein weiteres Mal.

Franz senkte den Kopf. »Sie war Dienstmädchen in unserem Haushalt und hat mir einen Sohn geboren.«

Körber verschlug es offensichtlich die Sprache. Franz hörte ihn nur noch schnaufen.

Als er aufsah, las er mörderische Wut in den Augen von Ernestines Vater.

»Sie ziehen ein Dienstmädchen meiner einzigen Tochter vor!« Körbers Miene war eine einzige Anklage. Er stand auf und wies auf die Tür. »Verlassen Sie nun sofort unser Haus! Wären die Gäste nicht schon geladen und die Annoncen nicht bereits in allen großen Zeitungen im Umkreis geschaltet, ich würde mich sogar glücklich schätzen, dass solch ein loser Geselle wie Sie nicht zum Gatten meines geliebten Kindes wird.«

Weingut bei Schweighofen
Ende November 1873, am nächsten Tag

»Ernestine tat mir furchtbar leid, Maman. Und ich fühle mich scheußlich!«

Pauline ergriff Franz' Hand über den Frühstückstisch hinweg. »In letzter Instanz ist es auch für Ernestine die bessere Lösung«, tröstete sie ihn. »Du hast sie nicht geliebt. Das hättest du nicht dauerhaft verbergen können. Sie wäre als deine Ehefrau unglücklich geworden, auch wenn du dir alle Mühe gegeben hättest, deine wahren Gefühle vor ihr zu verbergen.«

Ein Anflug von Bitterkeit huschte über ihr Gesicht. »Glaub mir! Ich weiß aus Erfahrung, wie weh es tut, eine ungeliebte Ehefrau zu sein.«

Franz legte seine Hand auf die ihre. »Dabei weiß ich noch nicht einmal, ob ich Irene finden werde. Und wenn ich sie finde, ob sie nicht schon längst mit Josef Hartmann verheiratet ist und sich weigert, ihn zu verlassen.«

»Das Letztere glaube ich nicht, Franz. Denn Irene und Josef Hartmann wissen, dass ihr Kind dein Sohn ist und seinen wahren Vater braucht. Und dass dich Irene noch immer liebt, hat sie dir ja in Oggersheim bewiesen.« Franz hatte seiner Mutter mittlerweile natürlich davon erzählt, wie er Irene wiedergetroffen hatte. »Das Einzige …« Sie stockte und biss sich auf die Lippen.

»Was ist das Einzige, Maman?«, drängte Franz.

»Ach nichts!«, wehrte Pauline ab und brachte ihren beunruhigenden Einfall dann in Gedanken zu Ende: *Das einzige Hindernis könnte sein, dass sie mittlerweile auch von Josef ein Kind erwartet.* Doch dann drängte sie ihn energisch beiseite. *So grausam kann das Schicksal einfach nicht sein! Und selbst wenn, wird sich auch dafür eine Lösung finden.*

Laut sagte sie: »Was wirst du unternehmen, um Irene zu finden?«

Darüber hatte Franz schon seit Tagen nachgedacht. »Der Schlüssel zu Irene ist Josef Hartmann. Sein Name ist unter den Arbeitern sehr bekannt. Ich werde, sobald ich hier abkömmlich bin, nach Ludwigshafen reisen. Vielleicht weiß man dort ja bei den örtlichen Behörden, wohin sich Hartmann nach seiner Haftentlassung gewandt hat.«

Pauline nickte. »Das scheint mir ein sinnvoller Ansatz zu sein. Mit etwas Glück findest du Irene sogar noch vor Weihnachten. Was ist vorher hier noch für dich zu tun?«

»Ich möchte mit Nikolaus Kerner und Johann Hager alle Weinlagen abfahren, um die anstehenden Arbeiten zu besprechen. Ich habe die Idee, die Pflöcke, an denen sich die jungen Reben emporranken sollen, schon jetzt im Winter einzuschlagen. Dann sparen wir uns diese Arbeit im Frühjahr. Und ich möchte mir den Eiswein-Riesling ansehen. Es friert schon seit Anfang November immer wieder in den Nächten. Das ist die beste Voraussetzung für eine hervorragende Qualität. Wenn wir weiter so viel Glück mit dem Wetter haben, können wir die Trauben diesmal vielleicht noch länger hängen lassen als im vergangenen Jahr.«

»Erklärst du mir erst einmal, was Eiswein eigentlich ist? Du sprichst so oft davon, und er hat eine so hohe Bedeutung für dich. Also hilf mir bitte auf die Sprünge! Ich habe noch nie etwas davon gehört.«

»Eiswein wird aus gefrorenen Trauben gepresst, die frühmorgens bei bitterem Frost gelesen werden. Dann müssen sie sofort gepresst werden, bevor sie aufgetaut sind. Im letzten Jahr haben wir das noch mit einer herkömmlichen Kelter gemacht, aber wahrscheinlich eine Menge des ohnehin geringen Safts dadurch verloren. Dieses Jahr habe ich eine spezielle Presse dafür angeschafft.«

»Oh, du hast trotz der Unwetterschäden in neue Ausrüstung investiert?«

Franz lächelte. »Wenn mich mein zukünftiger Schwager Herbert Stockhausen eines gelehrt hat, dann, dass man als Unternehmer auch etwas riskieren muss. Mit Sinn und Verstand natürlich, nicht wie ... dein Mann, der zuletzt alles auf eine Karte gesetzt hat. Obwohl ich ihm lassen muss, dass er in den Jahrzehnten zuvor sehr klug und erfolgreich gewirtschaftet hat.«

Er trank einen Schluck Kaffee. »Aber zurück zum Eiswein. Er wurde im Winter 1830 durch reinen Zufall entdeckt. Der Jahrgang 1829 war schlecht. Deshalb ließen die Winzer in einem Flecken bei Bingen namens Dromersheim die Trauben im Herbst an den Rebstöcken hängen. Nach dem schlechten Erntejahr 1829 folgte dann zu allem Unglück auch noch ein strenger Winter mit Dauerfrost. Dadurch wurde das Viehfutter knapp. Die Winzer beschlossen deshalb, die schlechten Trauben doch noch zu lesen, um sie den Tieren zu geben. Ein Pflücker probierte zum Spaß ein paar der gefrorenen Beeren und merkte überrascht, dass sie zuckersüß waren. Also entschied man, den Saft doch noch herauszupressen, und gewann einen herrlichen Wein. Sehr fruchtig, edelsüß ohne Zuckerzusatz und bis heute sehr selten und daher so teuer.«

»Wieso sehr selten?«, wunderte sich Pauline. »Wenn es doch ein so wunderbares Produkt ist?«

»Weil man das Risiko eingeht, die ganze Ernte zu verlieren. Friert es zu spät oder gar nicht, verfaulen die Trauben nutzlos im Weinberg. Deshalb gehen viele Winzer dieses Risiko gar nicht erst ein. Außerdem braucht man einen so wohlhabenden Kundenkreis wie den unsrigen, um den Wein überhaupt verkaufen zu können. Der einfache Winzer, der nur zwei bis drei Weinberge bewirtschaftet, erzeugt keine Spitzenweine, geschweige denn diese Königin aller Qualitätsweine.«

»Und es hat im letzten Jahr geklappt, und du bist auch dieses Jahr optimistisch?«

»Das bin ich, Mutter. Vielleicht aus der Not heraus geboren, denn bekanntermaßen stirbt die Hoffnung ja zuletzt. Gelingt es, kann ich schon nach dem Verkauf des Eisweins damit beginnen, meine Schulden zu tilgen. Gelingt es nicht, ist dennoch nicht alles verloren. Denn weder die Straßburger noch die Serges setzen mir dahingehend die Pistole auf die Brust. Und außerdem gibt es noch einen Hoffnungsschimmer.«

»Und der wäre?«

»Der Direktor unserer Hausbank hat mir gesagt, dass sich Quistorp möglicherweise mit seinen Gläubigern vergleichen wird. Dann bekämen wir sogar einen Teil der Verluste erstattet.«

»Dann hoffen wir das Beste, Franz. Auch dass du bald weißt, wo Irene sich aufhält.«

Kapitel 29

»Also dann wünsche ich dir erst mal weiterhin alles Gute. Ich komme in der nächsten Woche vorbei und schaue, ob du schon wieder nähen kannst.«

Irene reichte Irmgard Fischer die Hand zum Abschied, die diese sogar etwas drückte. Die Heilung der verbrühten Gliedmaßen machte große Fortschritte. Nächste Woche wollte Dr. Weber die Verbände endgültig abnehmen. Unter Irenes Anleitung wollte Irmgard mit den ersten Nähübungen beginnen.

Geht alles gut, kann Irmgard im neuen Jahr vielleicht wieder Aufträge annehmen.

Irene warf einen Blick auf den Wecker, als Irmgard das Sprechzimmer verlassen hatte. Es war erst kurz vor sieben Uhr. Heute herrschte ausnahmsweise wenig Andrang in der Sprechstunde. Vielleicht lag dies ja am Eisregen, der mittags gefallen war und die Straßen in spiegelglatte Bahnen verwandelt hatte. Auch Irene war auf dem Weg ins Arbeiterbüro zweimal ausgerutscht und beinahe hingefallen.

Nach Hause gehen möchte ich trotzdem noch nicht, überlegte sie. Es war bekannt, dass sie bis mindestens halb acht Uhr vor Ort blieb. *Vielleicht kämpft sich eine Frau, die dringend Hilfe braucht, ja gerade durch den eiskalten Abend und ist enttäuscht, wenn ich nicht mehr da bin.*

Sie seufzte. *Hoffentlich schaffe ich es trotzdem noch rechtzeitig heim, um Fränzel ins Bett zu bringen.* Irene wusste ihr Söhnchen bei Josef zwar wohlversorgt, vermisste aber die gemeinsamen Abende mit ihm dennoch immer mehr, seit sie von montags bis samstags ab sechs Uhr abends ihre Sprechstunde abhielt. *Ich werde mit Josef sprechen, ob es nicht auch reicht, wenn ich jeden zweiten Abend da bin. Vielleicht kann ich mir das ja ab dem neuen Jahr so einrichten.*

Überzeugt war sie nicht davon. Denn der Andrang war nicht kleiner, sondern eher größer geworden, je mehr sich unter den Arbeiterinnen aller Fertigungszweige herumsprach, dass sie in Irene eine geduldige, anteilnehmende Gesprächspartnerin fanden, die nicht nur Trost spendete, sondern ihnen auch mit praktischem Rat und Tat zur Seite stand.

Irene überlegte, was sie mit der Wartezeit anfangen könnte, und erinnerte sich daran, dass es im Gemeinschaftssaal einige Zeitungen gab. Da der Arbeiterverein sich auch der Bildung seiner Mitglieder verpflichtet fühlte, hatte man etliche örtliche Gazetten abonniert, die jedermann kostenlos vor Ort lesen konnte.

Irene ließ die Tür offen, als sie das Sprechzimmer verließ, um etwaigen späten Besucherinnen damit zu signalisieren, dass sie nur kurz im Haus unterwegs war. Auch im Lesesaal befand sich heute Abend niemand. Irene schnappte sich einige Zeitungen aus dem Ständer und löschte nach kurzem Überlegen das Licht, bevor sie den Raum verließ. Warum sollten die Petroleumlampen sinnlos brennen? Auch das Öl kostete Geld. Und Geld war dauerhaft knapp, wie sie nur zu gut wusste.

Mehr als die fünf Gulden, die sie für Irmgards Behandlung ausgegeben hatte, waren ihr vom Vereinsvorstand für ihre eigene Frauenkasse nicht bewilligt worden. Josef hatte sich vergeblich den Mund fusselig geredet, um die Summe zumindest verdoppeln zu können.

»Doch da war leider nichts zu machen, mein Liebes«, erklärte er ihr schon vor einigen Wochen. »Die Rechte der Arbeiterfrauen sind für die meisten Männer noch immer kein wirklich wichtiges Thema.«

Irene ärgerte sich sehr über diese Aussage und beschloss, sich noch stärker dafür einzusetzen, dass auch die arbeitenden Frauen an Bedeutung gewannen. Immerhin zählte ihre Frauensektion mittlerweile fast hundert Mitglieder, da sich bis auf zwei Ausnahmen jede Frau eingeschrieben hatte, die zu ihr in die Sprechstunde gekommen war.

Und diese beiden Frauen hätten es sogar besonders nötig, dachte Irene auf dem Rückweg durch den düsteren, menschenleeren Hausflur. *Denn ihre prügelnden Männer haben ihnen den Beitritt verboten.*

Tief in Gedanken erreichte Irene schließlich wieder das Sprechzimmer. Im Gegensatz zum zugigen Flur war es dort behaglich warm. Der gusseiserne Ofen bollerte. Sie brühte sich eine Tasse Kräutertee mit dem heißen Wasser auf, das immer auf dem Ofen bereitstand, und machte es sich mit der ersten Gazette gemütlich. Es war ein Blatt aus der Domstadt Worms.

Fasziniert betrachtete Irene eine Abbildung des majestätischen Kirchenbaus. *Im neuen Jahr möchte ich einmal mit Josef und Fränzel dorthin fahren,* beschloss sie spontan. *Vielleicht sogar über Nacht, das wäre dann unsere Hochzeitsreise.*

Zwar stand das genaue Datum noch nicht fest, aber Irene und Josef hatten beschlossen, sich spätestens an den Weihnachtsfeiertagen, wenn das Arbeiterbüro geschlossen blieb, einmal Gedanken über den Hochzeitstag und die Art, wie sie ihn feiern wollten, zu machen.

Für ein großes Fest möchte ich unsere Ersparnisse lieber nicht ausgeben. In dieser Hinsicht war sie sich mit Josef noch uneinig.

»Ich sehe nicht ein, dass wir ein Massenbesäufnis anlässlich unserer Heirat finanzieren«, erklärte sie Josef, als sie das erste Mal darüber sprachen. »Und darauf wird es hinauslaufen, wenn wir dafür eine Gastwirtschaft aufsuchen.«

»Aber ich bin so stolz darauf, dich endlich als meine Ehefrau vorstellen zu können«, erwiderte Josef. »Und jedermann erwartet von einem stolzen Bräutigam, dass er zur Feier des Tages auch etwas springen lässt.« Sie hatten die Diskussion schließlich ohne Ergebnis vertagt.

Gedankenvoll blätterte Irene die Gazette bis zum Anzeigenteil durch. Tatsächlich gab es auch eine Rubrik für Hochzeits- und Verlobungsankündigungen. Plötzlich blieb ihr Blick an einer besonders aufwändigen Annonce hängen. Das Blut gefror ihr in den Adern.

Die Verlobung ihrer Tochter Ernestine
mit Herrn Franz Gerban,
Weingutsbesitzer in Schweighofen/Südliches Rheinbayern,

beehren sich mit großer Freude anzuzeigen

Herr Kommerzienrat Bernhard Körber
Kaufmann in Worms
und Wilhelmine Körber, geb. Bleich

Fassungslos starrte Irene auf das Zeitungsblatt. Als ihr Verstand endlich begriff, was sie las, brach sie spontan in Tränen aus. Sie weinte so lange, bis ihr der Klingelton des Weckers anzeigte, dass es mittlerweile halb acht war.

Mühsam stand sie auf. Ihre Glieder fühlten sich bleischwer an. Doch noch während sie sich in ihren Mantel hüllte und Schal, Mütze und Handschuhe anzog, fasste sie einen Entschluss.

Wenn ich ihn jetzt schon für immer verliere, möchte ich mich wenigstens von ihm verabschieden.

Weingut bei Schweighofen
Dezember 1873, drei Tage später

Als Franz die Haustür mit seinem eigenen Schlüssel aufschloss, wehte bei seinem Eintreten eine eiskalte Brise in die Halle des Gutshauses herein. Pauline schauderte in ihrem dünnen Abendkleid, das sie bereits für das Nachtmahl angelegt hatte, zusammen.

Noch immer beschäftigte Franz an Personal nur die Köchin und tagsüber die beiden Frauen der Landarbeiter. Allerdings machte sich Rosa mittlerweile auch über die Aufwartung von Pauline hinaus nützlich.

»Ich würde Rosa gerne zur Hausdame machen, wenn du dir wieder mehr Personal leisten kannst«, hatte sie ihrem Sohn schon vor Tagen vorgeschlagen. Der hatte alles andere als begeistert ausgesehen, weniger wegen ihres Vorschlags als vielmehr wegen der Aussicht auf noch mehr dienstbare Geister in seinem Anwesen.

Doch mit Pauline war unzweifelhaft wieder etwas von der alten großbürgerlichen Kultur nach Schweighofen eingezogen. Diese hatte brachgelegen, seitdem Ottilie nach Altenstadt übergesiedelt war. Und dazu gehörte auch Paulines Angewohnheit, sich zum Abendessen umzukleiden.

Nun musterte sie ihren Sohn mit einer Mischung aus Tadel und Amüsement. »Bitte zieh dir deine schmutzigen Stiefel aus! Die Halle ist frisch geputzt. Soll ich Rosa läuten, damit sie dir den Mantel abnimmt?«

»Mutter!« Franz klang etwas gereizt. »Ich habe zwar nur noch ein Bein, aber glücklicherweise noch beide Arme.« Damit schälte er sich bereits aus dem Umhang aus grobem Wollstoff, den er während der Arbeiten auf dem Weingut trug.

»Ist Post gekommen?«, fragte er beiläufig.

Pauline wies auf die silberne Schale auf der Kommode. Franz

griff nach den drei Briefen, ohne sie näher anzusehen, und stapfte damit die Treppe hinauf. »Ich gehe mich schnell etwas frisch machen. In einer halben Stunde können wir essen.«

Erst als er sich ausgiebig gewaschen, die grobe Arbeitshose gegen eine aus feinem Tuch getauscht und ein frisches Hemd angezogen hatte, blätterte er die Briefe durch. Zwei waren offensichtlich Rechnungen, wie er an den Absendern erkannte. Der dritte Umschlag aus schwerem Büttenpapier schien eine jener Glückwunschkarten zu enthalten, wie sie Franz in den letzten Tagen infolge der Zeitungsannoncen über die Verlobung noch immer zugeschickt wurden, auch wenn diese mittlerweile abgesagt worden war. Der Poststempel zeigte ihm, dass sie aus Frankenthal kam.

Wer kann das wohl sein? Ich kenne niemanden aus Frankenthal.

Franz wollte den Brief schon ungeöffnet in den Papierkorb werfen, da er beschlossen hatte, auf solche Karten nicht zu antworten, als ihm die Schrift irgendwie bekannt vorkam. Er drehte den Umschlag um. Es war kein Absender verzeichnet. Sein Herz begann, rascher zu klopfen. Mit dem Finger riss er den Umschlag auf. Darin befand sich eine aufwändig mit Blütenranken verzierte Karte.

Mein geliebter Franz,

gerade habe ich der Wormser Zeitung entnommen, dass Du Dich demnächst mit einer Dame namens Ernestine Körber verloben wirst. Ich bezweifele nicht, dass diese eine Frau von außergewöhnlicher Klugheit und Schönheit ist, die zudem aus einem wohlhabenden Hause zu stammen scheint. Zu Deinem Freudenfest und der bevorstehenden Hochzeit wünsche ich Dir alles erdenklich Gute.

Auch ich werde im neuen Jahr Josef Hartmann ehelichen, den ich seit meinen Lambrechter Tagen kenne. Er leitet den örtlichen Arbeiterverein, vielleicht hast Du ja schon einmal von ihm gehört. Ich unterstütze ihn nach Kräften und bin gerade dabei, eine Sektion für Heim- und Fabrikarbeiterinnen zu gründen.

So setzt sich unser beider Leben also auch fort, ohne dass wir wieder zueinandergefunden haben. Das ist mir Trost und Schmerz zugleich.

Da wir uns jetzt zweifellos niemals wiedersehen werden, wünsche ich Dir von Herzen mit Ernestine alles Glück dieser Erde. In meinem eigenen Herzen wirst Du dennoch immer einen Platz behalten. Dir verdanke ich die glücklichsten Tage meines Lebens, und dass auch die schmerzlichsten dabei sind, liegt nicht an Dir.

In unauslöschlicher Liebe

Deine Irene

Franz ließ die Karte sinken. Das Herz schlug ihm bis zum Hals. Am liebsten wäre er noch in dieser Nacht aufgebrochen. Doch die Straßen und Wege waren vereist, es herrschte bittere Kälte.

Morgen! Gleich morgen früh schicke ich Hansi nach Altenstadt. Er soll Riemer mit dem Landauer holen, damit ich Irene sofort mit nach Schweighofen nehmen kann.

Irenes Wohnung in Frankenthal
Dezember 1873, zwei Tage später am Vormittag

Franz schlug das Herz bis zum Hals, als er sich dem Haus näherte, in dem Irene unter dem Namen »Hartmann« lebte. Gestern war er aufgrund der schlechten Straßenverhältnisse erst am Abend in Frankenthal eingetroffen. Viel zu spät, um Irene noch am selben Tag aufzusuchen.

So buchte er für sich selbst, Riemer und dessen Lehrling, die sich auf der schwierigen Fahrt beim Kutschieren abgewechselt hatten, ein Zimmer in einem der besten Gasthöfe der Stadt. Obwohl der Portier ihn erstaunt ansah, erfüllte er dennoch binnen weniger als einer halben Stunde Franz' Wunsch, die Adresse des Frankenthaler Arbeitervereins für ihn herauszufinden, und strich dafür das fürstliche Trinkgeld vom einem ganzen Gulden ein.

Heute Morgen nun hatte Franz den jungen Altenstädter Stallknecht, den Riemer als seinen Nachfolger ausbildete, dorthin geschickt, um unter einem Vorwand Josefs Wohnungsadresse in Erfahrung zu bringen. Auch das klappte mithilfe eines weiteren Guldens auf Anhieb, zumal Hartmann selbst glücklicherweise in einer der zahlreichen Fabriken unterwegs war, deren Arbeiter zum Verein gehörten.

Nun stand Franz mit einem großen Blumenstrauß, den er für sündhaft teures Geld erstanden hatte, und einem Holzspielzeug in Form eines Nussknackers für Fränzel vor Irenes Wohnungstür.

Bevor er klopfte, legte er ein Ohr an die Tür. Drinnen hörte er etwas surren und ein Kind etwas Unverständliches rufen. Sie waren also daheim.

Ich muss dringend einmal ein ernstes Wort mit der Zuschneiderin reden, die die Schnitte für die Handschuhe fertigt. Irene wusste zum Glück, wo sie diese Heimarbeiterin finden konnte, sodass sie sich vorerst nicht bei ihrem Auftraggeber beschweren musste. *Das ist schon das dritte Paar Handschuhe, das ich nachschneiden muss, weil die Hälften nicht zueinanderpassen. Dadurch werden die Handschuhe zudem mindestens eine Größe kleiner. Ich hoffe, dass das nicht auffällt.*

Es klopfte an der Tür. Irene sah unwillig auf. Die Störung kam ihr gerade gar nicht recht. Die Finger der Handschuhe mit der Maschine zusammenzunähen erforderte große Geschicklichkeit und all ihre Konzentration. Sie unterbrach diese Arbeit nur ungern.

»Moment! Ich komme gleich!«, rief sie durchs Zimmer Richtung Wohnungstür. »Wer kann das denn sein?«, murmelte sie, während sie geschwind noch eine Naht des Zeigefingers beendete. Sie zog das unfertige Werkstück unter dem Nähfuß der Maschine hervor und streckte den schmerzenden Rücken durch, nachdem sie aufgestanden war. »Ach, wahrscheinlich ist es der Milchmann«, fiel ihr dann ein. »Der ist wegen des schlimmen Wetters ja heute Morgen nicht gekommen.«

Ihr Sohn Fränzel erschien in der Tür, die zur Küche führte. Er hatte einen Daumen in den Mund gesteckt und sah müde aus. Da er erkältet war, hatte er in der Nacht nur unruhig geschlafen und damit auch Irene auf Trab gehalten.

»Da kommt deine Milch, mein Schatz«, sagte sie zärtlich. »Gleich wärme ich dir eine große Tasse davon und tue ganz viel Honig hinein. Danach ist dein Husten sofort viel besser.«

Sie kramte noch ein paar Münzen aus ihrer Schürzentasche, bevor sie die Wohnungstür öffnete. Als sie sah, wer davorstand, erstarrte sie mitten in der Bewegung.

»Darf ich hereinkommen, Irene?«

Sie nickte, noch immer vor Schreck wie betäubt, und trat mechanisch einen Schritt von der Tür zurück.

Franz musterte sie besorgt. »Du siehst erschöpft aus. Geht es dir nicht gut?«

Irene wusste, dass sie dunkle Ringe um die Augen hatte. »Fränzel ist krank. Ich habe heute Nacht immer wieder nach ihm sehen müssen.«

Die Freude brandete in ihm auf wie eine heiße Woge. »Fränzel? Du hast unseren Sohn nach mir benannt? Wie wunderbar!«

Irene schlug sich entsetzt die Hand vor den Mund. »Woher...?«, stammelte sie. »Woher weißt du, dass es...« Sie stockte.

»Woher ich weiß, dass Fränzel mein Sohn ist? Nun, meine Mutter Pauline hat mir das gesagt.«

»Deine Mutter? Geht es ihr denn endlich wieder gut?«

Franz nickte. »Besser als seit den letzten drei Jahrzehnten.«
Er hielt Irene den riesigen Strauß entgegen. »Wohin kann ich
die Blumen legen?«

»Warte!« Irene war noch immer vollkommen durcheinander. »Ich suche eine Vase dafür.«

Während sie hektisch in den Küchenschränken wühlte und
schließlich nur einen Kochtopf fand, der als Gefäß groß genug
für den Strauß war, hörte sie etwas im Nebenraum knacken
und Fränzel entzückt lachen. Als sie mit dem wassergefüllten
Topf zurückkam, saßen die beiden zusammen auf dem Fußboden. Das Maul eines hölzernen Nussknackers, wie man sie jetzt
überall vor dem Weihnachtsfest kaufen konnte, war geöffnet.
Franz führte ihrem Söhnchen gerade die Hand, die vorsichtig eine Walnuss zwischen den scharfen Zähnen des hölzernen
Gesellen platzierte.

»Und nun musst du diesen Hebel herunterdrücken. Dann
kannst du die Nuss knacken.«

Fränzel jauchzte vor Freude, als die Nuss auseinanderbrach.
Begeistert stopfte er sich eine Walnusshälfte in den Mund.

Irene schossen die Tränen in die Augen. Sehnsucht nach
mehr von diesem Glück und Schmerz darüber, dass es nicht
sein durfte, erfüllten ihre Brust.

Kraftlos sank sie auf den Schemel vor ihrem Arbeitstisch.
»Warum bist du gekommen? Und wie hast du mich gefunden?«

Franz stand auf und setzte sich ihr gegenüber. »Der Poststempel auf deiner Glückwunschkarte hat mir verraten, wo du
lebst. Und ich bin gekommen, um dich zu fragen, ob du mich
heiraten willst.«

Irene schüttelte heftig den Kopf. »Aber Franz! Ich habe dir
doch geschrieben, warum das nicht geht!«

Franz stand auf und ließ sich auf sein unversehrtes Knie sinken. Dann zog er das kleine Samtkästchen aus der Tasche. Den

Ring darin, versehen mit einem großen, von Diamanten umgebenen Saphir, der so blau wie Irenes Augen war, hatte er gleich am frühen Morgen bei einem Goldschmied erstanden, der sein Geschäft neben dem Gasthof betrieb, in dem er genächtigt hatte. Für das Schmuckstück hatte er ungefähr den gleichen Preis entrichtet wie für die gerade angeschaffte Eisweinpresse. Gulden, die er eigentlich nicht entbehren konnte. Aber was spielte das für eine Rolle an diesem Tag?

»Doch, Irene. Es geht sehr wohl. Wir sind nämlich gar nicht leiblich miteinander verwandt. Zwar war mein Ziehvater Wilhelm Gerban tatsächlich der deine, aber ich bin der Sohn eines österreichischen Offiziers. Und darum bitte ich dich hier und heute, meine Frau zu werden.«

Das Holz im Küchenofen war völlig niedergebrannt. Fränzel schlief schon seit Stunden in seinen Kleidern mit dem Nussknacker in den Armen und nur in eine dicke Decke eingehüllt, auf dem Fußboden. Selbst um ihn in sein Bettchen im Schlafzimmer zu bringen, war keine Zeit geblieben, nachdem Josef wie üblich um halb sechs nach Hause gekommen war. Zuvor hatte Franz Irene in alle Neuigkeiten eingeweiht.

»Josef!« Irenes Stimme klang flehend, als sie ihm eine Hand auf den Arm legte. Diesmal zuckte Josef nicht wie bei den vorherigen Malen zurück. »Josef, ich bitte dich, gib mich in Frieden frei. Wenn nicht schon um meines Glücks willen, so doch um Fränzels willen, dem du immer ein wunderbarer Vater warst, der aber nicht dein leiblicher Sohn ist.«

»Und wenn du gerade jetzt auch ein Kind von mir unter dem Herzen trägst?«, begehrte Josef auf. Franz zuckte zusammen, während Irene errötete.

»Gerade seit gestern Abend habe ich den Beweis, dass dies nicht der Fall ist«, sagte sie sanft.

Josef nickte resigniert. Franz atmete erleichtert auf.

»Wann willst du gehen?«, fragte Josef schließlich mit abgewandtem Blick.

Irene und Franz hatten diese Frage bereits erörtert, bevor Josef nach Hause gekommen war. »Ich würde Irene und Fränzel gerne noch heute Abend mit in den Gasthof nehmen, in dem ich nächtige. Mein Landauer wartet vor der Tür, die Kutscher halten sich in der Gastwirtschaft an der Straßenecke auf. Morgen holen wir dann ihre Kleider ab. Alles andere lassen wir hier.«

»Was ist mit der teuren Nähmaschine?«

»Ich werde die noch ausstehende Summe bezahlen und bitte Sie, die Maschine einer bedürftigen Frau zur Verfügung zu stellen, die damit ihren Lebensunterhalt verdienen kann. Außerdem möchte ich der Kasse für die Arbeiterinnen einhundert Gulden spenden.«

»Sie wollen Irene freikaufen?«, begehrte Josef erneut auf.

»Nein, mein Lieber, so ist es nicht«, antwortete Irene an Franz' Stelle leise. »Ich habe meine Arbeit an deiner Seite geliebt und möchte den Arbeiterinnen, die ich nun im Stich lassen muss, zumindest etwas Geld dalassen. Deshalb habe ich Franz um diese Spende gebeten.«

»Und wer soll deinen Platz einnehmen?«

Auch darüber hatte Irene nachgedacht. »Wie wäre es mit Irmgard Fischer? Sie wirkt zwar schmächtig und schwach, doch in ihr steckt große Kraft. Sie wird froh sein, anderen Frauen helfen zu können, so wie ich ihr geholfen habe. Und Helene, die Frau des Arbeiters Gottlieb, hat in jüngster Zeit sehr viel Geschick beim Nähen bewiesen. Vielleicht reicht es nicht für Handschuhe, aber ihre Weißwäsche ist tadellos. Sie könnte andere Frauen mit meiner Nähmaschine anlernen.«

Josef nickte langsam. »Ich sehe, ihr habt alles bereits wohl überlegt.« Franz bemerkte, dass kein Sarkasmus in seiner Stimme mitschwang, sondern nur tiefe Traurigkeit.

Spontan stand er auf und humpelte um den Tisch herum auf Josef zu. Dann streckte er ihm die Hand entgegen. »Ich möchte mich aus ganzem Herzen für alles bedanken, Herr Hartmann, was Sie für meine Familie getan haben. Das werde ich Ihnen bis an mein Lebensende zugutehalten. Wer weiß, was Irene und Fränzel ohne Sie noch Schlimmes hätten durchmachen müssen.«

Josef sah zu ihm auf, ohne Franz' Hand zu ergreifen.

»Aber Sie wissen sehr wohl, dass wir wie Mann und Frau zusammengelebt haben?«

Franz nickte. »Das weiß ich, Herr Hartmann, oder darf ich Sie Josef nennen? Irene hat dies aus freien Stücken getan, wie sie mir heute versichert hat. Und wer wäre ich, dies mit bigotter Moral infrage zu stellen?«

Jetzt endlich streckte auch Josef Franz die Hand entgegen. »So achten Sie gut darauf, Franz, dass Irene kein weiteres Leid geschieht. Sie ist eine ganz wunderbare Frau und hat alles Glück dieser Erde verdient. Das ist auch der Grund«, seine Stimme versagte, ein Schluchzen entrang sich seiner Kehle. Er holte tief Luft und straffte den Rücken. »Das ist auch der Grund«, fuhr er mit festerer Stimme fort, »dass ich Irene mit Ihnen gehen lasse, ohne um sie zu kämpfen. Weil ich weiß«, nun sah er Irene an, »dass du mich nie so geliebt hast und auch nie so lieben könntest wie Franz. Also geh mit ihm und werde endlich so glücklich, wie du es dir gewünscht hast.«

Nun traten allen dreien die Tränen in die Augen. Irene begann zu weinen. Spontan stand sie auf, ging auf beide Männer zu, zog Josef sanft in den Stand und umarmte sie beide. So standen sie eine zeitlose Weile beisammen, bis es von draußen zehn Uhr schlug.

»Ach Gott! Die Gastwirtschaft, in der meine Kutscher warten, schließt gleich. Wir müssen aufbrechen«, mahnte Franz.

Josef bückte sich und nahm den schlafenden Fränzel zärtlich in seine Arme. Dann reichte er ihn Irene.

»Ich habe ihn geliebt wie mein eigenes Kind. Passt gut auf ihn auf.«

»Das werden wir, Josef«, versprach Irene. Dann küsste sie ihn auf den Mund. »Du warst meine Stütze und mein Stab, als ich verzweifelt war. Das werden wir drei dir niemals vergessen.«

Damit griff sie mit der freien Hand nach ihrem Mantel, den Franz ihr behutsam umlegte. Mit einem letzten »Leb wohl« wandten sie sich zur Tür.

Weingut bei Schweighofen
Dezember 1873, am nächsten Abend

Die Sterne funkelten von einem wolkenlosen Himmel, als der Landauer in die kleine Allee einbog, die von der Schweighofener Landstraße zum Weingut führte. Es war eisig kalt. Schneekristalle blitzten wie Diamanten auf, wenn die Lichter der Kutsche darauf fielen.

Trotz der dicken Pelzdecken, in die Irene und Franz gehüllt waren, freuten sie sich, als endlich die Lichter des Gutshauses in Sicht kamen. In der klaren Winternacht wirkte es mit seinen Erkern und seinem Turm wie das Märchenschloss, für das Franz es einst als Kind gehalten hatte. Als die Räder der Kutsche auf dem gefrorenen Schnee der Einfahrt knirschten, öffnete sich die Eingangstür.

Dick eingemummte Männer mit Fackeln in den Händen traten hinaus und gingen die kleine Freitreppe hinab. Franz erkannte in ihnen gerührt den Verwalter Nikolaus Kerner, den Kellermeister Johann Hager und Hansi Krüger. Dazu eine große Menge der Landarbeiter, die auf dem Gut arbeiteten.

Dahinter folgten ihre Frauen, ebenfalls in warme Umhänge und Kopftücher gehüllt. Obwohl Franz seiner Mutter am Morgen ein Telegramm gesandt hatte, um ihre Ankunft für denselben Abend anzukündigen, hätte er nie mit einem solchen Empfang gerechnet.

Die Menge bildete ein Spalier, als Franz Irene aus der Kutsche half und ihr den schlafenden Fränzel abnahm. Auf einmal ertönten Rufe: »Hoch! Hoch sollen sie leben! Hoch! Hoch!«

Mit Tränen in den Augen schritten Franz und Irene zwischen den Leuten hindurch. Unfähig zu sprechen, winkten sie den Menschen zu. Die Männer verbeugten sich, die Frauen versanken in einen Knicks, wenn sie sie passierten. Irene fühlte sich unwirklich, wie in einem Traum.

Am Fuß der Treppe ergriff Franz Irenes Arm mit der freien Hand, als sie die Marmorstufen hinaufstiegen. »Pass auf, dass du nicht fällst. Es könnte glatt sein.« Doch unter ihren Sohlen knirschte der Schotter, den man gestreut hatte, um ihnen einen sicheren Tritt zu ermöglichen.

Erst als sie die obersten Stufen erreichten, trat eine zarte Gestalt aus der Tür. Sie war in einen kostbaren Pelzmantel gehüllt und trug einen dazu passenden Hut sowie lederne Handschuhe.

»Maman!« Franz merkte gar nicht, dass er die Worte laut aussprach. »Meine Mutter! Elegant wie eh und je.« Tatsächlich wirkte Pauline sogar noch jünger und attraktiver als in den letzten Altenstädter Jahren.

Nun kam sie ihnen mit einem strahlenden Lächeln entgegen. Zuerst drückte sie Franz einen Kuss auf die Wange. Dann zog sie die Decke ein wenig von Fränzels Gesicht zurück und betrachtete ihn ehrfurchtsvoll wie ein kleines Wunder.

»Was für ein wunderhübsches Kind«, hörte Irene sie murmeln. Ihr war ein wenig beklommen zumute.

Zuletzt drehte sich Pauline zu Irene. Sie breitete beide Arme aus. Ohne nachzudenken, ließ sich Irene in die Umarmung sinken. Am leisen Beben von Paulines Brust bemerkte sie, dass Franz' Mutter wie sie selbst weinte. Eine Weile hielten sich die beiden Frauen fest umfangen.

Endlich löste sich Pauline als Erste aus der Umarmung. Sie hielt Irene ein wenig von sich weg, um ihr in die Augen sehen zu können.

»Dieser Tag gehört zu den glücklichsten meines Lebens. Ich habe nicht nur meinen Sohn wiedergefunden, sondern auch einen Enkel hinzugewonnen. Und vor allem eine wunderbare Tochter. Willkommen zu Hause, Irene!«

Epilog

Friedhof in Altenstadt
Dezember 1873, einige Tage später

Es dämmerte schon an diesem Dezembernachmittag, als Franz die kleine Tür zum Friedhof der Altenstädter Kirche St. Ulrich aufdrückte. In seinen Händen trug er ein großes Gesteck aus Tannenzweigen und Weihnachtsschmuck, das Irene liebevoll gestaltet hatte. Auch Fränzel hatte mithelfen dürfen.

»Warum darf ich denn nicht mit auf den Friedhof, um meine tote Großmama zu besuchen?«, quengelte er, als sich Irene von ihm verabschiedete.

»Weil du noch immer erkältet bist, mein Schatz. Bleib hier bei deiner anderen Großmutter, sie lässt dir bestimmt einen wunderbaren Kakao kochen.«

Fränzel nickte etwas besänftigt. Kakao war ein Getränk, das er erst hier in Schweighofen kennengelernt hatte, da es sich Irene nie leisten konnte. »Na gut«, erwiderte er altklug. »Aber richte der anderen Großmutter einen Gruß von mir aus!«

»Das werde ich«, versprach Irene, die, wie so oft in den letzten Tagen, bereits wieder spürte, dass ihr die Kehle eng wurde. Stundenlang hatte Pauline ihr von ihrer Mutter erzählt und mit ihr geweint, wenn Irene von Rührung und Schmerz über das bittere Schicksal Sophias übermannt wurde.

Fränzels Erkältung war auch der einzige Grund, warum Irene nicht schon am Tag nach ihrer Ankunft ans Grab ihrer Mutter geeilt war. Aber die lange Fahrt von Frankenthal nach Schweighofen hatte Fränzels Erkältung verschlimmert. Am nächsten Morgen fieberte er und musste drei Tage lang das Bett hüten. In dieser Zeit wollte Irene ihn nicht allein lassen, zumal er sich in die neue Umgebung mit all den liebevollen, aber ihm fremden Menschen erst noch eingewöhnen musste.

»Wenn du wieder ganz gesund bist, nehme ich dich an Weihnachten mit auf den Friedhof«, versprach sie noch, bevor sie mit Franz das Weingut verließ.

Die meisten Gräber waren bereits adventlich geschmückt. Franz und Irene kamen am Grab seines Cousins Fritz vorbei, das Ottilie wie üblich völlig mit Schmuck überladen hatte. Um Wilhelms Grab mit dem pompösen Stein aus grauem Marmor mit goldener Inschrift, der auf Mathildes Wunsch und nach ihrem Geschmack angefertigt worden war, machten sie einen großen Bogen. Heute war ihnen beiden nicht danach, dem Familienpatriarchen, der für so viel Unglück verantwortlich zeichnete, die Ehre zu erweisen.

Sophias Grab lag klein und unscheinbar dicht an der Friedhofsmauer. Als sie darauf zugingen, blieb Franz plötzlich unvermittelt vor einem schlichten Kreuz stehen, das von zwei Buchsbaumbüschen umgeben war. Die Inschrift wies darauf hin, dass hier die Gebeine von Franzosen und Deutschen gemeinsam ruhten. Ein einzelnes Totenlicht brannte in einer kleinen Grablaterne.

Unwillkürlich traten Franz die Bilder nach der Schlacht von Fröschweiler-Wörth vor sein inneres Auge, die sich unauslöschlich in sein Gedächtnis eingebrannt hatten. »Wenigstens ist den Gefallenen hier ein würdiges Grab bereitet worden«, murmelte er eingedenk der lieblosen Gruben, in denen man dort viele Tote verscharrt hatte.

Irene schmiegte sich dichter an Franz. Sie spürte seinen Schmerz, war aber noch nicht im Bilde, welche schlimmen Erinnerungen aus dem Krieg ihn immer noch quälten. Dafür hatte ihre gemeinsame Zeit bisher nicht gereicht. Aber sie wusste bereits, dass Franz nicht gern darüber sprach.

»Ich bringe zu Weihnachten auch ein Gesteck für dieses Grab mit«, sagte sie spontan. Franz drückte ihr einen Kuss auf die Wange.

Nach einem stillen Gebet gingen sie weiter. Nur wenige Schritte neben dem Massengrab blieb Franz erneut wie angewurzelt stehen. Diesmal wirkte er jedoch nicht erschüttert, sondern empört.

»Mein Gott, hier liegt ja auch dieser von Kaisenberg.« Ein Unterton von Verachtung schwang in seiner Stimme mit.

Irene brauchte einen Moment, um den Namen einordnen zu können. Dann fiel es ihr wieder ein. »Das war doch der Kommandant von Fritz' Bataillon. Der für seine Fahne gestorben ist.«

Franz nickte. Tatsächlich wies die Grabinschrift seiner Gattin und seiner Eltern Leopold von Kaisenberg als einen unvergleichlichen Helden aus.

»Gestorben auf dem Feld der Ehre!«

»Mein Gott, seine arme Frau!«, sagten Franz und Irene gleichzeitig, wenn auch in deutlich unterschiedlichem Tonfall.

»Dieser Mensch ist für Dutzende weitere Tote und Versehrte verantwortlich«, fügte Franz erbittert hinzu. »Er führte sie in der Schlacht um Weißenburg vor dem Geisberger Schloss geradezu selbstmörderisch in den Tod.«

»Und ließ seine Frau und seine alten Eltern zurück!« Bei Irene überwog das Mitleid mit von Kaisenbergs Angehörigen. Spontan trat sie vor Franz und umfasste sein Gesicht mit beiden Händen.

»Auch du könntest jetzt hier liegen«, sagte sie mit zitternder Stimme, in der schon wieder Tränen mitschwangen. »Wie bin ich froh, dass du noch am Leben bist!«

»Mein Liebstes, du zerdrückst dein Gesteck«, wies Franz

sie sanft zurück. Er spürte seinen Beinstumpf so deutlich wie all die Tage zuvor nicht mehr.

Auch ich habe einen hohen Preis für diesen sinnlosen Krieg bezahlt. Mein ganzes weiteres Leben werde ich als Krüppel verbringen.

Bevor jedoch die Bitterkeit ihn übermannte, erschien das Gesicht des Soldaten Gilbert vor seinen Augen, den er in Saint-Quentin kennengelernt hatte. Der Mann hatte alle vier Gliedmaßen verloren und ihn damals angefleht, ihm das Leben zu nehmen. Plötzlich schämte sich Franz. Gerade begann ihn das Schicksal doch für alles Leid und alle Mühsal der letzten Jahre zu entschädigen.

»Verzeih mir, Irene! Ich wollte nicht grob sein!«

Sie lächelte ihn liebevoll an und schüttelte den Kopf. »Grob scheinst du mir nicht zu sein. Eher vielleicht ein wenig undankbar. Doch jetzt lass uns zu meiner Mutter gehen.«

Endlich standen sie vor dem bescheidenen Grab. Es war mit schlichtem Immergrün bewachsen. Der kleine Stein, der darauf lag, trug als Inschrift nur Sophias Namen und die Jahreszahlen ihrer Geburt und ihres frühen Todes.

Obwohl Ottilie erst vor kurzer Zeit an Fritz' Grab gewesen war, wie ihnen die noch darauf brennende Kerze zeigte, wies Sophias Grab keinerlei adventlichen Schmuck auf. Franz bückte sich und setzte das Gesteck vorsichtig ab, während Irene die mitgebrachte Kerze aus ihrem Beutel kramte. Die Grablaterne ließ sich vor lauter Rost kaum öffnen, als sie versuchte, die Kerze darin zu platzieren.

»Ich werde noch vor Weihnachten eine neue Laterne besorgen«, nahm Franz ihre unausgesprochenen Gedanken vorweg.

Irene erinnerte sich an das Bild, das sie mit ihrer Freundin Minna im damals unbewohnten Teil des Altenstädter Anwesens gefunden hatte, in dem auch Sophia einst lebte.

»Die Frau mit den traurigen Augen«, hörte Franz sie neben sich murmeln.

»Warst du schon öfter an diesem Grab?«

Franz überlegte. »Höchstens an hohen Feiertagen, aber ich weiß es nicht mehr so genau. Sophia starb, als ich noch klein war. Ich habe kaum eine Erinnerung an sie.«

»Ich hätte Fränzel doch mitnehmen sollen«, bedauerte Irene ihre mütterliche Vorsicht nun. »Ich habe ihn meiner damals noch unbekannten Mutter am Tag seiner Geburt gezeigt.«

Franz drückte Irenes Hand. »Also kennt sie ihn doch schon«, sagte er behutsam. »Und hat sicherlich all die Jahre über ihn und dich gewacht. Wo immer sie jetzt auch sein mag.«

Irene spürte, wie sich der harte Kloß, der sich in ihrer Brust gebildet hatte, aufzulösen begann. Zwar flossen ihr die Tränen jetzt über beide Wangen, aber sie fühlte sich getröstet und geborgen.

»Ja, du hast über uns gewacht, liebe Mutter«, sprach sie mit auf den Grabstein gewandtem Blick und versuchte, sich Sophias zartes Gesicht vorzustellen. »Und dafür gesorgt, dass das Schicksal mir nie mehr aufgebürdet hat, als ich ertragen konnte. Dafür werde ich dir immer dankbar sein.«

Noch lange befand sie sich mit Franz an ihrer Seite im stillen Zwiegespräch mit ihrer Mutter.

Schließlich atmete sie tief auf. »Ich hätte dir von Herzen gewünscht, dass du einmal so glücklich bist, wie ich es jetzt sein darf, liebste Mutter. Und mir, dass ich dich wenigstens einmal hätte umarmen dürfen. Es sollte nicht sein. Doch für das Vermächtnis, das du mir hinterlassen hast, werde ich mich mein ganzes Leben lang einsetzen. Was ich mit meinen schwachen Kräften ausrichten kann, will ich dafür tun, dass es Frauen in dieser Welt besser ergeht als dir.«

In diesem Moment war ihr, als striche eine ganz sanfte Brise über ihr Gesicht. Wie ein fast unmerklicher Kuss aus dem Jenseits.

»Ich verspreche es dir, liebe Mutter«, bekräftigte Irene noch einmal. Dann wandte sie sich an Franz.

»Und nun lass uns nach Hause zu deiner Maman und Fränzel fahren. Deine Köchin hat einen herrlichen Nusskranz zum Nachmittagstee gebacken. Sicherlich warten die beiden schon voller Ungeduld auf unsere Rückkehr.«

Wahrheit und Fiktion

Auch im Mittelpunkt des zweiten Bands des »Weinguts« steht ein Thema, das mich, ähnlich wie der Deutsch-Französische Krieg im ersten Band, gleichzeitig fasziniert und erschüttert hat und über das ich vorher so gut wie nichts wusste: die Lebens- und Arbeitsbedingungen der Arbeiterinnen und Arbeiter in den Zeiten des modernen Kapitalismus.

Als Studentin in den später Siebziger- und frühen Achtziger-jahren des letzten Jahrhunderts kam es mir immer vollkommen überzogen vor, wenn in den einschlägigen politischen Veranstaltungen an der Uni die Arbeitsbedingungen in deutschen Fabriken als »Ausbeutung des Proletariats« und die Fabrikbesitzer als ausschließlich an ihrer »Profitmaximierung« interessiert dargestellt wurden. Diese Marx'schen Begriffe konnte ich erst nachvollziehen, als ich mich in die Verhältnisse der arbeitenden Bevölkerung im letzten Drittel des 19. Jahrhunderts einzulesen begann.

Und wieder ging es mir wie in Band 1: Ich musste aus den vielen Episoden und Informationen, die ich gelesen und recherchiert hatte, eine vergleichsweise kleine Auswahl treffen, damit die Kerndramaturgie des Romans, also die Geschichte von Franz und Irene, nicht zu kurz kam.

Was ist nun Wahrheit, was dramaturgische Fiktion? Im pfälzischen Lambrecht gab es tatsächlich im 19. Jahrhundert mehrere Tuchfabriken. Die Bedingungen waren dort, wie überall im Land, so schlecht, dass die Belegschaften gleich dreimal in den Jahren 1859, 1872 und 1890 streikten. Die Ereignisse während dieser drei Streiks habe ich mir zu kombinieren erlaubt, wobei der Streik von 1872 für die Arbeiter tatsächlich so deprimierend endete wie im Buch beschrieben.

Die Figur des Josef Hartmann als Arbeiterführer in diesem Streik ist zwar fiktiv. Aber ich habe sie in wesentlichen Teilen dem Leben des realen, aus der Pfalz stammenden Arbeiterführers Franz-Joseph Ehrhart nachgestellt, unter anderem die schlimme Kindheit Josephs als wahrscheinlich unehelicher Sohn eines Pfarrers.

Erschütternd war vor allem das Leben der Kinderarbeiter. Tatsächlich mussten schon Kinder ab fünf Jahren unter oft lebensgefährlichen Bedingungen in den Fabriken schuften. Die Tätigkeit der kleinen Anna, Wollflocken unter den laufenden Selfaktoren wegzukehren, war trauriger Alltag. Kinder mussten oft zehn bis vierzehn Stunden an sechs Tagen pro Woche arbeiten, oft auch noch sonntags oder nachts.

Die ersten zaghaften, gesetzlichen Kinderschutzbestimmungen wurden allerorten unterlaufen. Fabrikinspektoren waren bestechlich und viele Fabrikherren so gefühllos wie meine fiktive Figur des Benjamin Reuter. Gertis Unfall habe ich einem realen Ereignis nachgestellt, das sich allerdings erst oder besser gesagt *noch* in den Fünfzigerjahren des letzten Jahrhunderts in einer Tuchfabrik im sächsischen Crimmitschau abspielte. So lange und sogar noch Jahrzehnte darüber hinaus steckten Arbeitssicherheit und Unfallschutz in Fabriken in den Anfängen.

Auch die harten Arbeitsbedingungen der Heimarbeiterinnen und die ausbeuterischen Ratenverkäufe der ersten Nähmaschinen sind historisch belegt. Ebenso wie die Trunksucht und Brutalität vieler Arbeiter gegenüber ihren Ehefrauen. Emmas Schicksal ist stellvertretend für das vieler Arbeiterinnen, wie ich es in meinen Quellen gefunden habe.

Irenes Idee, den Fabrikherrn Stockhausen davon zu überzeugen, keine Arbeiterinnen zu entlassen, wurde wiederum inspiriert von einem erfolgreichen Versuch der späteren Arbeiterführerin Ottilie Baader in einer Weißnäherei in Berlin im Jahr 1870.

Ich könnte noch sehr viel mehr über meine Recherchen zu diesem Thema schreiben. Aber es gibt ja noch weitere wichtige Leitmotive in meinem Roman.

Eines davon ist die Beschreibung der Verhältnisse in den »Irrenanstalten«, wie man psychiatrische Kliniken im 19. Jahrhundert nannte. Hier muss ich allerdings erst einmal Abbitte bei der Pfalzklinik in Klingenmünster tun. Diese Klinik habe ich wegen ihrer Nähe zu den übrigen Schauplätzen des Romans für meine fiktiven Ereignisse rund um das Schicksal von Franz' Mutter Pauline ausgewählt.

Wahrscheinlich gab es in Klingenmünster im 19. Jahrhundert ebenfalls Dauerbäder, weil dies eine überall anerkannte Behandlungsmethode war. Belegt ist auf jeden Fall der Einsatz von Chloralhydrat, das in heutiger Zeit kaum mehr zur Anwendung kommt. Aber die Figur des korrupten Chefarztes Dr. Dietrich ist rein fiktiv. Eher gleichen die Klinikleiter im letzten Drittel des 19. Jahrhunderts meinem Oberarzt Dr. Bertram.

Belegt ist eine Pockenepidemie in der Anstalt, der einige Menschen zum Opfer fielen, in den frühen Siebzigern. Und belegt sind zum Glück auch die Freizeitaktivitäten, die man den Insassen der Anstalt ermöglichte und bei denen sich Pauline Gerban so stark engagiert.

Auch die Nachkriegsfolgen im annektierten Elsass, die Franz neben der Suche nach Irene immer wieder beschäftigen, sind weitgehend den historischen Fakten nachgestellt. Die Preußen führten sich dort tatsächlich wie fremde Besatzer auf. Die Entfernung des kriegsversehrten Turkos Ben Salah aus dem Schulunterricht und die Suspendierung der Lehrerin Schwester

Clémentine sind durch Zeitzeugenberichte belegt, die mir als unschätzbar wertvolle Quellen schon im ersten Band so viele Einblicke in die Leiden der Bevölkerung im Grenzland durch den Krieg ermöglichten.

Es war tatsächlich verboten, sich in den Farben der Trikolore auf der Straße zu zeigen. Das Tragen der Farben wurde sanktioniert, selbst wenn es nur ein Zufall war. Der Straßburger Bürgermeister Ernest Lauth wurde wirklich aufgrund einer Lappalie suspendiert, der gewählte Gemeinderat wenig später gleich mit. Und sein kluger Nachfolger im Bürgermeisteramt, Otto Back, verstand es tatsächlich, die Hohlköpfe in den oberen Ebenen der preußischen Verwaltung zu unterlaufen und im Verborgenen gemeinsam mit den Straßburger Notabeln zum Wohle der Stadt zu wirken.

Und zu guter Letzt: Es gab wirklich einen dem Immobiliencrash von 2008 sehr ähnlichen Zusammenbruch der Börsen in Wien und Berlin im Jahr 1873.

Dass ich die realen Ereignisse manchmal um ein paar Monate nach vorn oder hinten verschoben habe, da sie sonst mit der Dramaturgie des Romans nicht vereinbar gewesen wären, mögen mir die geneigten Leserinnen und Leser nachsehen. Das Kriegerdenkmal in Wörth entstand allerdings erst im Jahr 1912.

Und natürlich bin ich dem Wunsch vieler Leserinnen und Leser, im zweiten Band mehr über die Vorgänge auf einem Weingut zu schreiben, nachgekommen und habe mich dabei weitestgehend an die damals üblichen Arbeitsabläufe bei der Weinproduktion gehalten. Auch die Episode der Entdeckung des Eisweins entspricht exakt den Tatsachen. Jede der aufgeführten Weinsorten wurde damals bereits in der Pfalz angebaut.

Ohne allzu viel über den dritten Band zu verraten, den mir Goldmann zu meiner großen Freude ermöglicht hat, möchte ich an dieser Stelle bereits versprechen, dass es unter anderem auch im nächsten Buch wieder um die Rahmenumstände der Weinherstellung im 19. Jahrhundert gehen wird.

So bleibt mir, wie am Ende eines jeden Buchs, nur noch, mich bei all denen zu bedanken, die mich als Autorin mit Herzblut und Engagement so stark unterstützt haben.

Großartig sind meine Ansprechpartnerinnen bei Goldmann: Barbara Heinzius als verantwortliche Lektorin wird nie müde, mir zu versichern, was für eine wunderbare Autorin ich sei. Das tut unbeschreiblich gut. Katrin Cinque als Presseverantwortliche unterstützt mich ebenfalls nach Kräften und ist jederzeit für mich ansprechbar. Aber diesen beiden Damen möchte ich nur stellvertretend für all diejenigen danken, die sich im Produktmanagement, dem Marketing und dem Vertrieb von Goldmann so unschätzbar stark für den ersten Band des Weinguts eingesetzt haben, dass ich mit diesem Buch, das ja erst mein viertes war, in die Spiegelbestsellerliste kam. Es ist ein Traum!

Auch die drei Menschen, die mich von Anfang an als Autorin begleiten, haben ebenfalls wieder ihr Bestes für mich und dieses Buch getan: Thomas Montasser, mein wunderbarer, engagierter Agent, Heike Fischer, meine kluge, einfühlsame Lektorin, und mein Mann Jürgen Fitzek, mit dem ich bereits achtunddreißig gemeinsame Jahre verbracht habe und dem ich das Buch daher erneut widme.

Vielen lieben Dank an Euch alle! Ihr bereichert mein Leben, nicht nur als Autorin.

Glossar

Ameisensäure	giftige synthetische Substanz, eingesetzt beim Färben von Stoffen
Ammoniak	giftige chemische Substanz, eingesetzt beim Färben von Stoffen
Arbeitshaus	Einrichtung für sozial Schwache seit dem 17. Jahrhundert, in der sie für Kost und Logis Arbeiten verrichteten
Bajonett	Stichwaffe, die am Gewehrlauf befestigt wurde
Bataillon	militärischer Truppenverband, bestehend aus mehreren Kompanien
Beiköchin	Hilfsköchin
Blattern	veraltet für Pocken
Boches	abfällige Bezeichnung für Deutsche
Canaille	abfällige Bezeichnung für einzelne Personen oder Gruppen
Charge	Produktionseinheit
Chloralhydrat	heute kaum mehr gebräuchliches Schlaf- und Beruhigungsmittel
Cuvée	Mischung aus Weinen von verschiedenen Lagen oder Rebsorten
Dammriss	Verletzung zwischen Vulva und After infolge einer Geburt
dekantieren	Rotwein vor dem Genuss öffnen und in ein weites Behältnis umfüllen, damit er »atmen« und sein volles Aroma entfalten kann

desavouieren	aus dem Französischen abgeleitet für bloßstellen
Diskant	hohe, manchmal schrill klingende Tonlage
dünken – mich dünkt	Bezeichnung für »ich denke«
Equipage	elegante Kutsche nebst Ausstattung
Essigsäure	giftige chemische Substanz, eingesetzt beim Färben von Stoffen
Fabrikherr	veraltet für Fabrikant, Industrieller
Fallsucht	veraltet für Epilepsie
Fauteuil	französisch: schwerer Lehnsessel
Fauxpas	französisch: Fehler, Taktlosigkeit
Freischärler	freiwillig kämpfender Zivilist
Fuß	altes Längenmaß; ein Fuß = zirka dreißig Zentimeter
gastrointestinal	den Magen-Darm-Bereich betreffend
Gazette	französisch: Zeitung
Gebäranstalt	oft einem Frauenkloster angeschlossenes Heim, in dem Frauen im 19. Jh. unehelich gezeugte Kinder zur Welt bringen konnten
Gliederreißen	veraltet für Rheuma
Grande Nation	Bezeichnung für Frankreich
Gulden	vor und noch kurz nach der Reichsgründung gebräuchliche Währung in der bayerischen Pfalz
Hausdame	weibliche Vorgesetzte des Dienstpersonals in einem herrschaftlichen Haushalt
Intendant	zuständiger Beamter für Ausrüstung und Nachschub in der Armee
Katarrh	Erkrankung der Atemwege
Kettfäden	in Längsrichtung aufgespannte Fäden in einem Webstuhl

Kompanie	militärische Einheit aus sechzig bis zweihundertfünfzig Soldaten
Krempelei	Abteilung in einer Tuchfabrik, die lose Rohwollfasern zu einem Vliesstoff ausrichtet und die weitere Verarbeitung zu Vorgarn vornimmt
Krempelmaschine	Maschine zum Kämmen der Wolle und der Herstellung von Vliesstoffen
Krempelwolf	Maschine zur Vorbereitung der rohen Schurwolle für die weitere Verarbeitung
Kretin	schwachsinnige Missgeburt
Kreuzer	vor der Reichsgründung gebräuchliche Münze in der bayerischen Pfalz; ein Gulden = sechzig Kreuzer
Küfer	Handwerker, der Holzfässer herstellt
Landauer	vierrädrige, viersitzige Kutsche mit zwei gefederten Achsen
Laudanum	im 19. Jh. gebräuchliches Beruhigungsmittel auf Opiumbasis
Liegnitzer Königsgrenadiere	preußische Elite-Infanterietruppe
Livree	einer Uniform nachgestellte Kleidung männlicher Dienstboten
Lokus	Toilette
Maische	Gemisch aus Most, Beerenschalen und Traubenkernen
Malheur	französisch für Ungeschicklichkeit oder Unglück
Manie	psychische Erkrankung, gekennzeichnet durch übertriebene Euphorie bei gleichzeitig erhöhter Aktivität und Realitätsverlust
Meile	altes Längenmaß; eine Meile = zirka sieben Komma fünf Kilometer

multimorbid	an mehreren Leiden gleichzeitig erkrankt
Notabeln	Angehörige einer durch Rang oder Vermögen ausgezeichneten sozialen Oberschicht
Nopperin	Fabrikarbeiterin mit der Aufgabe, Stoffe auf Fehler zu untersuchen und diese zu beseitigen
Noppeisen	spitzes, Pinzetten ähnliches Gerät zur Beseitigung von Knötchen und anderen Unregelmäßigkeiten im Stoff
Paravent	Wandschirm
quid pro quo	lateinisch: dies für das
quod erat demonstrandum	lateinisch: was zu beweisen war
Schlafbursche	Mieter eines Bettes in einer Wohnung für bestimmte Stunden
Selfaktor	industrielle, vollautomatisch arbeitende Spinnmaschine
Senkgrube	Grube zur Aufnahme der Exkremente unter einem Abort
Souper	französisch: festliches Abendessen
Spaltungsirresein	veraltet für Schizophrenie
Stücklohn	Lohn je gefertigtes Produkt, unabhängig von der benötigten Arbeitszeit
Tanzkarte	aufklappbare, extra für ein Fest oder einen Ball hergestellte und gestaltete Karte, in die sich Herren für einen oder mehrere Tänze mit einer Dame ihrer Wahl eintragen konnten
Transmissionsriemen	durch Dampfkraft bewegter Lederriemen zum Antrieb von Produktionsmaschinen
Trester	ausgepresste Traubenreste

Turnüre	Gestell, das den Rock über dem Gesäß aufbauscht
Turko	französischer Kolonialsoldat, zumeist aus Algerien, Marokko oder Tunesien
venerische Krankheit	Geschlechtskrankheit
Verleger	ehemalige Bezeichnung für Zwischenhändler
Vorgarn	in der Krempelei hergestelltes, noch schwaches Garn zur weiteren Verarbeitung mit den Selfaktoren
Vorrichterin	Zuschneiderin
Wackes	abfällige Bezeichnung für Bewohner des Elsass
walken	die durch mechanisches Stoßen, Ziehen oder Reiben des lockeren Wollgewebes erzielte festere, innigere Verbindung des Materials
Walkmühle	wasserangetriebene Maschine zum Walken von Stoffen
auf die Walz gehen	auf Wanderschaft gehen
Welschen	abfällige Bezeichnung für Franzosen
Wolferei	Abteilung in einer Tuchfabrik, in der die Rohwolle für die weitere Verarbeitung gelockert, von noch anhaftenden oder eingebetteten Fremdkörpern befreit und ggf. gemischt wird

Verzeichnis der wichtigsten Quellen

Über die Lebens- und Arbeitsbedingungen der Arbeiterinnen und Arbeiter allgemein

Hülsenbeck, A.: Schneidern und Nähen – Entwicklungsgeschichte der Bekleidungsherstellung. In: *Schütte, I. (Hrsg.):* Technikgeschichte als Geschichte der Arbeit. Bad Salzdetfurth, Verlag Barbara Franzbecker, 1981, S. 254–283.

Kuczynski, J.: Geschichte der Kinderarbeit in Deutschland. 1750 bis 1939. Band 1: Geschichte. Berlin, Verlag Neues Leben, 1958.

Kuczynski, J.: Geschichte des Alltags des deutschen Volkes. Band 3: 1810 bis 1870. Köln, Pahl-Rugenstein Verlag, 1981.

Kürbisch, F.G. & Klucsarits, R. (Hrsg.): Arbeiterinnen kämpfen um ihr Recht. Wuppertal, Peter Hammer Verlag, 1981.

Landschaftsverband Rheinland: Die Tuchfabrik Müller. Erinnerungsstücke einer Fabrikwelt. Euskirchen, Rheinisches Industriemuseum, 2000.

Weber-Kellermann, I.: Frauenleben im 19. Jahrhundert. München, C. H. Beck, 1991.

Über die Situation der Arbeiter in der Pfalz im 19. Jahrhundert

Dietrich, W. A.: In der Einigkeit liegt die Kraft. Geschichte der Arbeiterbewegung in der Region Neustadt/Südpfalz. 1832–1984. Neustadt an der Weinstraße, IG Metall, 1991.

Ziegler, H.: Historische Streifzüge. Pfälzer Portraits aus dem 19. Jahrhundert. Landau, Pfälzische Verlagsanstalt, 1992.

Über die Situation in Elsass-Lothringen nach dem Deutsch-Französischen Krieg

Baumann, K. & Stroh, P.: 1870. Diesseits und jenseits der Grenze. Otterbach-Kaiserslautern, Verlag Arbogast, 1976.

Fisch, S.: Das Elsass im deutschen Kaiserreich (1870/71–1918). In: *Erbe, M. (Hrsg.):* Das Elsass. Historische Landschaft im Wandel der Zeit. Stuttgart, Kohlhammer, 2002.

Wehler, H.-U.: Krisenherde des Kaiserreichs. 1871 bis 1918. Göttingen, Vandenhoeck & Ruprecht, 1970.

Über die Psychiatrie im 19. Jahrhundert

Beyer, C.: Von der Kreis-Irrenanstalt zum Pfalzklinikum. Eine Geschichte der Psychiatrie in Klingenmünster. Institut für pfälzische Geschichte und Volkskunde (Hrsg.), Kaiserslautern, o.J.

Blasius, D.: Einfache Seelenstörung. Geschichte der deutschen Psychiatrie 1800–1945. Frankfurt a.M., Fischer Taschenbuch, 1994.

Brink, C.: Grenzen der Anstalt. Psychiatrie und Gesellschaft in Deutschland 1860–1980. Göttingen, Wallstein Verlag, 2010.

Über den Weinanbau in der Pfalz im 19. Jahrhundert

Halfer, M. & Seebach, H.: Altes Handwerk und Gewerbe in der Pfalz Haardt. Küferhandwerk, Weinbau, Weintransport und Weinverkauf. Mainz, Bachstelz-Verlag, 1991.

Über den Börsencrash von 1873

Mohr, J.: Die industrielle Revolution. Deutschland 1850 bis 1900. Große Pleite. DER SPIEGEL Geschichte Heft 4/2018.

Über das Alltagsleben im 19. Jahrhundert

Grenke, A. & Winzen, M.: SCHÖNER. WOHNEN. DAMALS. Die Erfindung der bürgerlichen Familie im 19. Jahrhundert.

Katalog zur gleichnamigen Ausstellung in Baden-Baden. Oberhausen, ATHENA-Verlag, 2011.

Rittmann, H.: Auf Heller und Pfennig. Die faszinierende Geschichte des Geldes und der wirtschaftlichen Entwicklung in Deutschland. München, Battenberg Verlag, 1976.

Thiel, E.: Geschichte des Kostüms. Die europäische Mode von den Anfängen bis zur Gegenwart. Leipzig, Henschel Verlag, 2010.

Die Geschichte um Irene und die Familie Gerban geht weiter:

Marie Lacrosse:

Das Weingut.
Tage des Schicksals

Lesen Sie hier weiter:

Schweighofen in der Pfalz, 1877. Das ehemalige Dienstmädchen Irene und ihr Mann, der Weinguterbe Franz Gerban, führen eine glückliche Ehe. Dennoch fühlt Irene sich fremd in seiner Welt der besseren Kreise. Als Franz häufig auf Reisen ist, leidet sie zunehmend unter der Einsamkeit und sucht sich eine Aufgabe. Sie beginnt, sich für die Rechte der Arbeiterfrauen einzusetzen – und trifft dabei ihren ehemaligen Geliebten, den Arbeiterführer Josef, wieder. Franz reagiert mit glühender Eifersucht, ihre Beziehung droht zu zerbrechen. Und dann erfährt Franz ein Geheimnis, das ihrer beider Leben vor eine große Herausforderung stellt ...

Unruhig rutschte Irene auf ihrem gepolsterten Sitz in der Equipage hin und her. Obwohl es sich um ein luxuriös ausgestattetes Modell handelte, mit dem Franz' Vater, Graf Ferdinand von Sterenberg, sie aus ihrem Hotel hatte abholen lassen, befürchtete sie, ihr kostbares Abendkleid aus dunkelgrünem Moiré zu zerknittern. Außerdem hatte Rosa, die ehemalige Wärterin und jetzige Kammerzofe ihrer Schwiegermutter Pauline, sie so eng geschnürt, dass sie kaum noch Luft bekam. Aber der eigentliche Grund ihrer Unruhe war die bevorstehende Veranstaltung.

Es hatte bereits genug Aufsehen im gräflichen Haushalt erregt, dass Irene darauf bestanden hatte, in einem Hotel abzusteigen, anstatt gemeinsam mit ihrem Mann und ihrer Schwiegermutter im Palais Sterenberg zu logieren. Dies war jedoch angesichts der ihr immer noch unverhohlen entgegengebrachten Ablehnung von Franz' Vater die Bedingung dafür gewesen, dass sie überhaupt mit nach Wien reiste. Neben ihrer Forderung, dort die Führerinnen der örtlichen Arbeiterinnenvereine treffen zu können.

Schließlich hatte Pauline einen Kompromiss gefunden. »Lass Rosa mit Irene im Hotel wohnen, Franz«, bat sie ihren Sohn. »Dann ist ihr Ruf gewahrt. Und sie kann tagsüber tun, was ihr beliebt. Ferdinand wird es ihr kaum verdenken können, dass sie Abstand von ihm hält, nachdem er die Scheidung von dir verlangt hat, ohne Irene überhaupt zu kennen.«

Nun, ihren »Noch-Schwiegervater« hatte Irene mittlerweile kennengelernt. Doch die beiden Besuche in seinem Palais waren in eher frostiger Atmosphäre verlaufen, obwohl Pauline ihr Bestes getan hatte, um für eine freundliche Stimmung zu sorgen.

Während die damit verbundenen Soupers nur im Familienkreis stattgefunden hatten, würden Irene und Franz heute in einen Teil der Wiener Gesellschaft eingeführt werden. Noch wussten nicht einmal Ferdinands Verwandte, in welchem Verhältnis Franz und Irene zu ihm standen.

»Es wird eine sehr illustre Gesellschaft bei diesem Wohltätigkeitsfest anwesend sein«, hatte Franz sie noch am Vormittag bei einem gemeinsamen Frühstück im Hotel beschworen, bevor Irene sich mit Lea Walberger getroffen hatte, um mit ihr in die Arbeiterwohnviertel der Wiener Vorstädte zu fahren. »Die Veranstaltung wird von der Gattin eines erst kürzlich geadelten Industriellen ausgerichtet. Es werden sogar Mitglieder des Hochadels vertreten sein. Du ... ich meine, wir«, verbesserte er sich, »müssen unbedingt einen günstigen Eindruck hinterlassen. Dann wird uns mein Vater schon mit der Zeit als Ehepaar akzeptieren.«

Irene hatte sehr wohl verstanden, dass die Einschränkung, die Franz unbewusst gemacht hatte, vor allem ihr galt, dem ehemaligen Dienstmädchen. Wie die meisten Menschen in ihrem Umkreis wusste auch Franz' Vater nicht, wer ihre wahren Eltern gewesen waren.

Doch ob mir die Wahrheit etwas nutzen würde, bleibt ohnehin zweifelhaft, dachte sie nun, als ihr Blick durch das Kutschenfenster auf ein auffälliges Gebäude fiel, an dem sie gerade vorbeifuhren. »Das sieht ja aus wie ein griechischer Tempel«, entfuhr es ihr spontan.

Rosa, die ihr gegenübersaß, lächelte. »Das ist das neue Wiener Parlament«, erklärte sie Irene. »Schließlich fahren wir hier auf der Ringstraße, der prächtigsten Straße von Wien.«

»Ich bin heute die ganze Promenade entlangspaziert, während Sie unterwegs waren«, plapperte die Zofe weiter. »Ein Bauwerk ist prachtvoller als das andere.«

Eher protziger. Irene verkniff sich die sarkastische Bemerkung. Unwillkürlich tauchten die Bilder der schmutzig grauen, fünfstöckigen Mietskasernen vor ihr auf, in denen sie einen Großteil des Tages verbracht hatte.

Die Equipage hielt unerwartet an, da sich ein kleiner Stau vor einem groben Fuhrwerk gebildet hatte, das die Straße versperrte. Irene hörte den Kutscher auf Wienerisch fluchen, was sie eher seinem Tonfall als seinen Worten entnahm, die sie kaum verstand. Mit dem ihr vertrauten Pfälzer Dialekt hatte die Umgangssprache der einfachen Leute in Wien nichts gemein.

Durch den unfreiwilligen Halt hatte Irene Zeit, das Parlamentsgebäude genauer zu betrachten. *Affig*, schoss es ihr unwillkürlich durch den Kopf. Sosehr sie sich eine Reise mit Franz zu den historischen Stätten Griechenlands und Italiens auch wünschte, so deplatziert erschien ihr ein im antiken Baustil neu erbautes Gebäude auf österreichischem Boden.

Acht Säulen, die in mit Blüten verzierten Kapitellen ausliefen, trugen das Dach der Eingangshalle. Franz hätte Irene sagen können, dass man diese Art von Säulen »korinthisch« nannte. Das Dach wurde von einem dreieckigen Giebel mit gemeißelten Statuen bekrönt. Auch rund um das Gebäude und an der seitlich hinaufführenden Rampe standen überall Statuen auf Sockeln. Irene kannte ihre Bedeutung nicht, nahm sich aber vor, Franz danach zu fragen.

Endlich fuhr die Kutsche weiter. Ein weiteres, aufwändig gestaltetes Bauwerk kam in Sicht, dessen Stil so gar nicht zu dem des Parlaments passte. Mit seinen Bogenfenstern und den spitzen Türmen erinnerte es Irene entfernt an eine Kirche.

»Das ist das neue Rathaus«, erklärte Rosa unaufgefordert mit einem stolzen Unterton. Da die Zofe im Haushalt der Gerbans seit Paulines Rückkehr aus der Anstalt in Klingenmünster eine bevorzugte Stellung einnahm, gefiel es ihr sichtlich, mehr zu wissen als ihre Herrschaft.

»Aha.« Irene antwortete kurz angebunden. Die stinkenden, düsteren Hinterhöfe und engen, schlecht beleuchteten Stiegenhäuser, in die sie der Wiener Arbeiterführerin Lea Walberger heute gefolgt war, erschienen wieder vor ihrem inneren Auge.

Wie viele gute und gesunde Wohnungen für arme Leute hätte man von all dem Geld bauen können, das dieser Prunk und Protz gekostet haben mag.

Plötzlich wurde ihr wieder so übel, wie es ihr beim Eintritt in diese Höhlen menschlichen Elends heute schon einmal gewesen war. Sie schob das Fenster der Kutsche einen Spalt weit auf und atmete die frische Abendluft, die von draußen hereindrang, so tief wie möglich ein.

»Ist Ihnen nicht gut, gnädige Frau?« Rosa musterte Irene mit dem besorgten Blick der ehemaligen Krankenschwester.

»Doch, doch!«, wehrte Irene ab. »Sie haben mich nur zu eng geschnürt, Rosa. Und außerdem sollen Sie mich Frau Gerban nennen anstatt ›gnädige Frau‹. Das habe ich Ihnen bestimmt schon einhundertmal gesagt.«

Rosa schürzte beleidigt die Lippen. »Die feinen Damen der Wiener Gesellschaft sind stolz auf ihre schmalen Taillen. Da sollten Sie nicht zurückstehen, gnä… Frau Gerban.«

Irene seufzte, ohne etwas zu erwidern. Das Korsett, das sie seit ihrer Hochzeit mit Franz häufig tragen musste, war und blieb ihr eine unangenehme Last. Schon mehr als einmal hatte sie sich nach den schäbigen, aber bequemen Kleidern, die sie als Fabrikarbeiterin getragen hatte, zurückgesehnt. Deshalb nähte sie auch all die einfachen Kleider, die sie während ihrer politischen Aufklärungsarbeit für die Arbeiterinnen trug, immer noch selbst und ließ sie dabei um die Körpermitte so weit, dass das Gerüst aus Fischbein und steifem Leinen ihr noch genug Luft zum Atmen ließ. Zumal sie dann ein Korsett trug, das sie selbst vorn mit Haken und Ösen schließen konnte.

Aber für gesellschaftliche Anlässe blieb ihr nichts anderes übrig, als sich so eng schnüren zu lassen, dass sie in die der neuesten Mode entsprechenden Modelle passte. Von diesen Kleidern hatte ihr Madame Marat, die Weißenburger Schneiderin, eigens mehrere für ihre Reise nach Wien angefertigt.

Nicht zufällig trug sie heute außerdem das Kleid, das ihr laut Franz am besten zu Gesicht stand. Der fein in sich gemusterte, dunkelgrüne Seidenstoff passte hervorragend zu ihrem braunen, dichten Haar und betonte das dunkle Blau ihrer Augen. Das tiefe Dekolleté, das bis zum Ansatz ihrer durch das Korsett hoch gedrückten Brüste reichte, war ebenso wie Saum und Schleppe von einer schwarzen Spitzenbordüre eingefasst. Unter den kleinen, ebenfalls mit Bordüren eingefassten Puffärmeln trug sie cremefarbene Handschuhe, die ihr bis über die Ellenbogen reichten.

Grüne und schwarze Straußenfedern in ihrer elegant aufgesteckten Frisur und das Smaragdhalsband, das ihr Pauline zur Hochzeit geschenkt hatte, vervollständigten das Ensemble.

»Man wird Sie zweifelsohne für eine echte Gräfin halten«, hatte Rosa geschwärmt, als die eigens engagierte Friseuse mit ihrem Werk fertig gewesen war. Wirklich aufwändige Frisuren zu stecken, beherrschte Rosa trotz ihrer mittlerweile jahrelangen Routine als Kammerzofe Paulines immer noch nicht.

Irene hatte das Kompliment mit gemischten Gefühlen zur Kenntnis genommen. Zu sehr unterschieden sich die beiden Welten voneinander, in denen sie sich heute aufhielt.

Die Equipage hielt wieder an. Erst als der livrierte Kutscher vom Bock sprang und Irene die Tür aufhielt, bemerkte sie, dass sie am Ziel angekommen waren. Staunend hob sie den Blick zu einem mit weißem Stein verkleideten und mit Statuen auf dem Dach geschmückten, stucküberladenen, hell erleuchteten Gebäude mit einem von Säulen umrahmten Eingang. Schon im Vergleich zum Palais Sterenberg von Franz' Vater wirkte das

Gutshaus in Schweighofen wie eine armselige Hütte, das Herrenhaus in Altenstadt einfach und schlicht. Dieser Palast, neu erbaut von einem schwerreichen, kürzlich zum Baron erhobenen Fabrikanten, übertraf das Palais Sterenberg noch bei Weitem.

Wahrscheinlich auf dem Rücken seiner Arbeiter erbaut, denen dieser Fabrikherr solch einen Hungerlohn zahlt, dass sie sich keine anständige Wohnung und kaum eine warme Mahlzeit am Tag leisten können. Irene spürte, dass sich ihre Kehle verengte und erneut Übelkeit in ihr aufstieg. Ihr Versuch, tief Luft zu holen, scheiterte wieder an der engen Schnürung ihres Korsetts.

Rosa zog den schwarzen Spitzenschleier, unter dem sie ihre Blatternarben in der Öffentlichkeit verbarg, vor das Gesicht und stieg hinter Irene aus der Kutsche.

»Bitte melden Sie dem gnädigen Herrn Franz Gerban, Gutsbesitzer und Weinhändler aus Rheinbayern, dass seine Gattin Irene eingetroffen ist«, beschied sie einem der livrierten Türsteher gestelzt, der sich mit einer kleinen Verbeugung sogleich ins Innere des Hauses begab. Der zweite verneigte sich ebenfalls vor Irene und wies den Damen den Weg in die Vorhalle, wo ein Dienstmädchen Irene den Umhang abnahm und ihr bedeutete, auf einem brokatbezogenen Sessel mit geschwungenen, vergoldeten Beinen Platz zu nehmen.

Während Irene auf Franz' Ankunft wartete, überfielen sie angesichts der überwältigend kostbar ausgestatteten Halle die Bilder der heutigen mittäglichen Stunden erneut mit Macht.

»Ich nehme dich heute mit in den 10. Bezirk«, erklärte ihr Lea Walberger, eine resolut wirkende Frau in den Vierzigern in einem einfachen dunkelgrauen Wollkleid mit dazu passendem Mantel, als Irene pünktlich um zehn Uhr morgens mit einer Mietsdroschke im Büro des Arbeitervereins eintraf.

Die Frau wies auf eine Reihe gefüllter Körbe. »Ich habe

ein paar Lebensmittel und Kohlen eingepackt. Wir besuchen Familien, die durch Arbeitslosigkeit und Krankheit in Not geraten sind.«

Irene nickte beklommen. Sie glaubte, nur allzu gut zu wissen, was für Schicksale und Eindrücke sie erwarten mochten. Doch das vorgefundene Elend hatte ihre schlimmsten Befürchtungen noch übertroffen.

Anfangs war sie verblüfft gewesen, als die Mietsdroschke vor einem Haus mit gutbürgerlich wirkender Fassade angehalten hatte. »Im Vorderhaus wohnen nur die Reichen«, erklärte ihr Lea Walberger jedoch rasch, als sie einen schmalen, muffig riechenden Durchgang betrat. »Wir gehen durch die Hinterhöfe. Zuerst zu den Bruckners. Sie wohnen im vierten Hof im obersten Stock des Zinshauses.« »Zinshaus« war die österreichische Bezeichnung für ein Mietshaus, wie Irene inzwischen gelernt hatte.

Schaudernd folgte sie Lea Walberger durch die Höfe. Im ersten Hof betrieb ein Hufschmied seine kleine Werkstatt. Es roch nach Pferdemist und Ruß. Der Amboss, auf dem das rot glühende Eisen bearbeitet wurde, stand unter einem baufällig wirkenden, schiefen Bretterdach. Funken sprühten nach allen Seiten aus dem offenen Verschlag.

»Geh dicht an der Mauer entlang, damit du keine Löcher ins Kleid gebrannt kriegst«, wies Lea Irene an, die sich mit ihrem schweren Henkelkorb ängstlich an der Werkstatt vorbeidrückte. Zu ihrem Entsetzen erblickte sie im hinteren Ende des Hofes spielende, trotz der herbstlichen Kühle nur in Lumpen gekleidete, barfüßige Kinder. Die jüngsten mochten kaum drei Jahre alt sein.

Irene hätte gerne gefragt, ob sich die Leute wegen der Werkstatt denn keine Sorgen um ihre Kleinen oder die allgegenwärtige Brandgefahr machten, bekam aber keine Gelegenheit dazu, da Lea ihr schnellen Schrittes voraneilte. Sie hielt auch nicht an, als einige Kinder mit bettelnd ausgestreckten Händen auf sie zurannten. »Andere brauchen es nötiger!«, rief sie Irene über die Schulter hinweg zu.

Je weiter sie ins Gewirr der Hinterhöfe eindrangen, desto düsterer wurde es. Auch der Gestank nahm beständig zu. Im letzten Hinterhof roch es durchdringend nach Verfaultem und Exkrementen. Überall lag Müll herum.

Im engen Stiegenhaus bemühte Irene sich, möglichst flach zu atmen, da jetzt noch Gerüche nach ranzigem Fett, saurer Milch und schlecht abziehenden Öfen dazukamen. Mehrmals stolperte sie im schwachen Licht einiger blakender Petroleumlampen und rutschte einmal fast auf ein paar faulen Kartoffelschalen aus, die jemand auf der Stiege verloren und einfach hatte liegen lassen.

Im obersten Stockwerk klopfte Lea an eine Tür, deren Farbe wohl ehemals grau gewesen, jetzt aber fast vollständig abgeblättert war. Auf einen schwachen Ruf hin öffnete sie den Eingang. Die Frauen standen sofort in der Wohnküche. Einen Hausflur gab es nicht.

Zwar war Irene diese Bauweise sehr wohl von ihren eigenen Quartieren, die sie als Arbeiterin bewohnt hatte, bekannt. Dennoch erschrak sie, als sie den eiskalten Raum betrat. Da die vorderen Zinshäuser höher waren als dieses letzte im vierten Hinterhof, drang trotz der noch frühen Stunde kaum Licht durch das zerbrochene, notdürftig mit Papier verklebte einzige Fenster. Um einen nur mit einem Öllämpchen erleuchteten Tisch aus groben Brettern saßen vier Mädchen und Jungen. Das jüngste Kind schien Irene kaum sechs Jahre alt zu sein, das älteste, ein Mädchen, höchstens zwölf Jahre. Auf dem Tisch stand eine große Kiste mit Knöpfen, welche die Kinder auf Pappstreifen nähten, eine typische Heimarbeit, die Irene auch aus Deutschland kannte.

»Tante Lea!« Die Kinder sprangen auf und strahlten über

das ganze Gesicht. »Bringst du uns etwas zu essen mit? Heuer haben wir nur sauren Topfen und Schwarzbrot im Haus.« Erschüttert bemerkte Irene, wie hohlwangig und dünn die Kinder aussahen.

Lea streichelte ihnen über die Köpfe. »Gleich, gleich gibt es etwas Warmes zu essen. Ich muss nur zuerst den Ofen anheizen.«

Die Kinder jubelten, bis eine röchelnde Stimme aus dem Hintergrund sie unterbrach. »Pscht, so seid doch still! Der Schlafbursche wird sonst wach.«

Erst jetzt sah Irene, dass ein schmales Bett an der Wand hinter der Tür stand. In ihm richtete sich jetzt mühsam eine völlig verhärmte Frau, die unter einem löchrigen Tuch einen Säugling an ihrer Brust hielt, auf den Ellenbogen auf. Neben ihr unter der dünnen Filzdecke sah Irene ein weiteres kleines Köpfchen. Die Augen des Kindes, Irene konnte nicht feststellen, ob es ein Junge oder ein Mädchen war, blickten übergroß aus dem kleinen Gesicht. Es lutschte an seinem Daumen.

Lea trat auf das Bett der Frau zu. »Guten Tag, meine Liebe. Wie geht es dir denn heute, Elisa?«

Statt einer Antwort wurde die magere Frau von einem Hustenkrampf erfasst, der ihren ganzen Körper schüttelte. Der offensichtlich zuvor schlafende Säugling wurde wach und fing an zu krähen.

»Pscht! Pscht!«, versuchte die Frau, das Kind zu beruhigen. Ein dünner Blutsfaden rann ihr aus dem Mund über das Kinn.

Tatsächlich pochte es jetzt von nebenan an die Wand hinter dem Bett. »Gebt endlich Ruh!«, brüllte eine männliche Stimme.

In ihrer Verzweiflung hielt Elisa dem Säugling die Hand vor den Mund und erstickte so seine zarten Schreie.

»Wenn der Wastl uns kündigt, verhungern wir alle noch

vor dem Christfest«, hörte Irene sie flüstern. Auch die Kinder rund um den Tisch waren jetzt mucksmäuschenstill und nahmen ihre Arbeit mit gesenkten Köpfen wieder auf.

»Nun zünden wir erst mal den Herd an und kochen euch eine nahrhafte Suppe!« Energisch bedeutete Lea der vor Entsetzen über das Elend noch immer erstarrten Irene, mit den von ihr mitgebrachten Kohlen Feuer zu machen. »Oder kannst du das nicht?«, fiel der Arbeiterführerin plötzlich ein.

»Doch, doch«, murmelte Irene. »Ich weiß, wie es geht.«

Während sie die Glut langsam anfachte, hörte sie Lea leise zu Elisa sprechen.

»Wo ist denn der Toni?«

Ein neuer Hustenkrampf schüttelte Elisa, bevor sie röchelnd antwortete: »Er hat behauptet, er ginge nach Arbeit suchen. Aber wahrscheinlich sitzt er stattdessen in der Wirtschaft und vertrinkt den wenigen Lohn unserer Kinder.« Nun begann die Frau zu weinen.

»Erst gestern hat der Verleger uns ein paar Münzen ausbezahlt. Die hat er alle mitgenommen, angeblich, um Lebensmittel einzukaufen. Aber er wird wohl wieder mit leeren Händen heimkommen.«

Sie kramte ein kleines Beutelchen unter der Matratze hervor. »Hier, das ist alles, was ich noch habe. Das, was mir der Wastl gibt. Für die Marie, wenn sie ihm gefällig ist.«

Irene hielt schockiert mitten in der Bewegung inne. Mit geweiteten Augen starrte sie die kranke Frau auf dem Bett an. Lea bemerkte es und sah auf.

»Gib den Kindern schon mal einen Apfel gegen den gröbsten Hunger«, forderte sie Irene auf. »Und dann setz Wasser auf! Ist welches da?«

Elisa schüttelte den Kopf.

»Funktioniert der Hahn im zweiten Stock noch?«

Elisa nickte.

»Dann hol dort Wasser, Irene. Marie, gehst du mit, und zeigst Irene den Weg? Dann könnt ihr gleich noch die Waschschüssel füllen.« Sie drückte Irene ein Gefäß in die Hand, von dem das Emaille an vielen Stellen abgeplatzt war.

Tatsächlich stand das älteste Mädchen vom Tisch auf. *Habe ich das richtig verstanden? Dieses halbwüchsige Kind hat dem Schlafburschen gefällig zu sein?*

Während des weiten Weges, den sie hin- und zurückgehen mussten, überlegte Irene, ob sie Marie darauf ansprechen sollte. Schließlich entschloss sie sich, später Lea danach zu fragen, und wählte ein anderes Thema.

»Müsstest du denn nicht in der Schule sein?«, fragte sie das Kind. Irene wusste, dass es seit knappen zehn Jahren eine achtjährige Schulpflicht in Österreich gab.

Marie blickte Irene ängstlich an. »Doch, das müsste ich«, sagte sie leise. »Und meine anderen Geschwister bis auf die ganz kleinen auch. Doch wir müssen ja Geld verdienen, seit unsere Mama so krank ist und dauernd hustet und Blut spuckt. Aber wenn der Schulinspektor es erfährt, bekommen meine Eltern eine Strafe.«

»Da bist du ja, meine Liebe«, unterbrach plötzlich eine vertraute Stimme Irenes Grübeleien. Sie blickte auf. Korrekt gekleidet in einen tadellos sitzenden Frack mit blütenweißer, gefältelter Hemdbrust und weißem Binder strahlte Franz sie an. »Und ich möchte freimütig gestehen, dass du ganz besonders bezaubernd aussiehst.«

Er reichte ihr den Arm. »Wie war denn dein Tag?«, fragte er freundlich, als sie die breite, geschwungene Marmortreppe zur Beletage hinaufschritten.

»Ganz furchtbar!«, antwortete Irene ehrlich. »So viel Elend wie heute habe ich noch nie an einem Ort gesehen.«

Franz runzelte die Stirn. »Dann erzähle mir später davon,

Irene. Tu mir den Gefallen und erwähne heute Abend davon kein einziges Wort.«

Irene schwieg.

»Bitte, ich beschwöre dich«, insistierte Franz. »Immerhin ist das hier eine Wohltätigkeitsveranstaltung. Es geht um ein neues Armenspital, das mit dem eingenommenen Geld gegründet werden soll.«

Bevor Irene etwas erwidern konnte, betraten sie den luxuriös ausgestatteten und festlich geschmückten Speisesaal. Von dessen Kontrast zu den Elendsbehausungen, die Irene heute besucht hatte, geradezu geblendet, blieb sie stehen. Mechanisch beantwortete sie die Begrüßung der Dame des Hauses, der korpulenten, in ein nachtblaues Seidengewand gehüllten, frischgebackenen Baronin von Hirschstein.

Dann sah sich Irene genauer um. Der Saal war sicherlich mehr als fünfzehn Meter lang und zehn Meter breit. Die weiß gestrichenen Wände waren über und über mit vergoldeten Stuckornamenten verziert, ebenso wie die prachtvolle Decke, in deren Mitte ein großes farbenfrohes Fresko prangte. Aufgrund der Ähnlichkeit mit den Statuen am neuen Wiener Parlament vermutete Irene, dass es sich um eine Götterszene aus der griechischen Mythologie handelte. Diese war ihr trotz ihrer Begierde nach Lesestoff nur wenig vertraut, denn in ihrer knapp bemessenen Zeit gab sie moderner Literatur, vor allen Dingen den Werken führender Köpfe der Arbeiterbewegung wie Marx, Engels und August Bebel, den Vorzug.

Die mit kostbaren Aufsätzen überladene Tafel mit dem Tischtuch aus weißem Damast war mit edlem Geschirr und Kristall sowie silbern glänzendem Besteck gedeckt. Während des siebengängigen Menüs, bei dem Franz ihr Tischherr war, registrierte Irene kaum, was sie aß, und ließ ihren gefüllten Teller in der Regel abräumen, kaum dass sie etwas von den Speisen gekostet hatte. Zerstreut reagierte sie auf Franz' Versuche, Konversation zu machen, und bemerkte dabei gar nicht, dass niemand sonst in ihrer Umgebung sie ins Gespräch zu ziehen versuchte.

Schließlich hob die Baronin von Hirschstein die Tafel auf. Die Gäste begaben sich in einen großen Saal am Ende der Beletage, in dem eine Bühne aufgebaut war. Die Baronin ließ ihren ersten Diener ein Glöckchen läuten, womit sie um die allgemeine Aufmerksamkeit des Publikums bat.

»Meine sehr verehrten, allergnädigsten Damen und Herren«, begann sie. »Ich freue mich, dass Sie heute in so großer Zahl in unserem neuen Heim erschienen sind, um Ihre huldvolle Aufmerksamkeit und Ihre großzügigen Spenden einem wohltätigen Zweck zu widmen. Besonders herzlich begrüße ich Ihre Gnaden, Fürstin Pauline von Metternich, die sich bereit erklärt hat, die Schirmherrschaft für diese Veranstaltung zu übernehmen.«

Eine ältere Dame in einem aufwändigen dunkelroten Samtkleid erhob sich und winkte angesichts des aufbrandenden Applauses huldvoll nach allen Seiten.

»Das ist die größte Mäzenin von Wien«, flüsterte Irene plötzlich jemand von hinten ins Ohr. Es war Pauline, ihre gleichnamige Schwiegermutter. Irene wandte den Kopf. Pauline lächelte sie herzlich an. Bislang hatte sich noch keine Gelegenheit ergeben, sich zu begrüßen, denn unmittelbar nach Irenes Ankunft war zum Souper gebeten worden und Pauline hatte, mit Graf Ferdinand als Tischherrn, viele Plätze von Franz und Irene entfernt gesessen.

»Wo ist denn mein Va... der Graf?«, verbesserte sich Franz.

»Er nimmt an einem der Tableaux vivants teil«, antwortete Pauline.

Auf Irenes verständnislosen Blick hin erklärte sie: »Das sind ›Lebende Bilder‹. Heute werden Szenen aus den griechischen Heldensagen gezeigt. Ferdinand wird in einer Szene den Gottvater Zeus darstellen.«

Es scheint, dass mich die alten Griechen heute den ganzen Abend verfolgen werden, dachte Irene sarkastisch.

»Und was macht den Wohltätigkeitscharakter der Veranstaltung aus?«, fragte sie laut.

Pauline lächelte wieder. »Von jedermann wird ein fester Betrag von dreißig Gulden als Eintritt erhoben, den man freiwillig aufstocken kann. Ferdinand und Franz haben jeweils einhundert Gulden gespendet«, erklärte sie nicht ohne Stolz.

Sie wies mit dem Kinn auf einen älteren Herrn mit Koteletten und Vollbart. »Das ist Freiherr Nathaniel von Rothschild, Wiens größter Gönner. Er begleitet Pauline von Metternich auf alle Wohltätigkeitsveranstaltungen. Man munkelt, er wird mindestens fünfhundert Gulden spenden, vielleicht sogar noch einen höheren Betrag.«

»Und das eingenommene Geld wird für ein Armenspital verwendet?«, fragte Irene nach.

»So ist es«, strahlte Pauline. »Das neue Spital wird dreißig Betten zur Verfügung haben. Um den Ärmsten der Armen, die sich eine medizinische Behandlung nicht leisten können, zu helfen.«

»Nimmt man dort auch an der Schwindsucht Erkrankte auf?«

Pauline stutzte. »Davon gehe ich aus, meine Liebe. Warum fragst du?«

»Nun, ich habe heute einige Zinshäuser im 10. Bezirk besucht. Dort traf ich nicht weniger als fünf Menschen beiderlei Geschlechts und aller Altersstufen, die an dieser Krankheit zu leiden schienen. Lea Walberger, die Wiener Arbeiterführerin, die ich begleitet habe, erzählte, dass es Tausende und Abertausende von Erkrankten unter den Arbeiterinnen und Arbeitern gibt. Da scheinen mir dreißig Betten nur ein Tropfen auf dem heißen Stein zu sein.«

»Doch es ist besser als nichts«, unterbrach Franz Irene abrupt. »Ich beschwöre dich noch einmal, Irene, behalte heute Abend diese Gedanken für dich.«

Wieder ertönte die Glocke. »Außerdem scheint es nun loszugehen. Lasst uns unsere Plätze einnehmen.«

Er steuerte mit Irene und Pauline im Schlepptau auf die mit rotem Samt bezogenen Stuhlreihen zu, die vor der Bühne aufgebaut waren. Irene kam neben zwei ältlichen Damen in schwarzen, hoch geschlossenen Seidenkleidern zu sitzen, ihrer Kleidung nach zu schließen wahrscheinlich Witwen, die sie nach einer knappen Begrüßung keines weiteren Blickes mehr würdigten.

»Möglicherweise werdet ihr als Bürgerliche erst einmal keine große Beachtung finden«, erinnerte sich Irene an die Worte ihres Schwiegervaters Ferdinand vom Vorabend. »Die Wiener Gesellschaft ist gegenüber Fremden erst einmal verschlossen wie eine Auster. Erst recht, wenn man es nicht einmal zu einem niedrigen Adelstitel gebracht hat.«

Irene war es allerdings nach den Bildern aus den Zinshäusern herzlich gleichgültig, ob sie von dieser arroganten Adelsgesellschaft beachtet werden würde oder nicht.

Der Vorhang aus blauem Samt öffnete sich. Zur leisen Musik einer kleinen Kapelle erschien das erste »Lebende Bild«. Es wurde von sechs Personen, zwei Männern und vier Frauen, dargestellt. In einem der Männer erkannte Irene Graf Ferdinand. »Offensichtlich eine Szene aus dem Olymp«, hörte Irene Franz neben sich murmeln. »Zeus mit dem Blitz in der Hand und der Meeresgott Neptun mit dem Dreizack.«

Gegen ihren Willen interessiert, betrachtete Irene die kostbaren Gewänder der Frauen. »Und welche Göttinnen werden dargestellt?«, flüsterte sie und ignorierte die missbilligenden Blicke der Witwen.

»Die Komtess Auersperg stellt zweifelsohne Pallas Athene, die Göttin der Weisheit und des Krieges, dar. Das kann man am Helm und ihrem silberbestickten Kleid erkennen, das entfernt einer Rüstung gleicht.«

»Die Frau mit dem Bogen in der Hand wird die Jagdgöttin Artemis sein«, fuhr Franz fort. »Ich glaube, das ist eine Komtess Kinsky. Die Frau daneben sehe ich heute zum ersten Mal. Sie soll Hera, die Herrin des Olymps und Zeus' Ehefrau, darstellen.«

Auch diese offensichtlich schon etwas ältere Frau trug ein prächtiges Gewand aus heller Seide mit Goldstickereien.

»Die letzte Göttin ist natürlich Aphrodite, die Schutzherrin der Liebe.« Franz drückte verstohlen Irenes Hand. »Ihr Kleid ist zweifelsohne das prächtigste von allen. Dargestellt wird die Göttin von einer Komtess Liechtenstein.«

Wie mag wohl der Alltag dieser Komtessen aussehen?, fragte sich Irene. *Sind sie aufgrund ihres Reichtums wirklich um so viel glücklicher als einfache Menschen? Und wie hätte ich mich entwickelt, wenn ich nicht die geheime uneheliche, sondern die eheliche Tochter einer reichen Frau aus gutem Hause wäre? Hätte ich dann auch so viel Mitgefühl mit den Armen, oder stünde ich ihnen gleichgültig gegenüber? Meinen es diese jungen Frauen ernst mit ihrem Engagement für die Wohltätigkeit?*

Mit einer Mischung aus Faszination und Skepsis betrachtete Irene das »Lebende Bild«, in der Erwartung, die Figuren würden sich alsbald bewegen und eine Szene aus dem Olymp darbieten. Es geschah jedoch nichts dergleichen. Die Protagonisten verblieben nahezu unbeweglich in ihrer anfänglichen Position, bis der Vorhang nach wenigen Minuten wieder fiel. Während Irene noch überlegte, was die jungen Frauen wohl nach dieser Vorführung mit ihren exzentrischen Gewändern anfangen würden, entnahm sie die Antwort bereits zufällig dem Getuschel der beiden Witwen.

»Ich frage mich, was die Liechtensteiner Komtess mit all diesen wertvollen Brüsseler Spitzen macht«, flüsterte ihre Sitznachbarin der anderen zu. »Dieses Kleid hat sicherlich mehr als zweihundert Gulden gekostet. Und sie kann es nur heute Abend für dieses einzige »Lebende Bild« tragen.«

Gespannt verfolgte Irene die weitere Konversation. »Man munkelt ja, dass die Komtess am Ende der Saison heiraten wird. Vielleicht kann sie zumindest ein paar der Spitzen für ihr Hochzeitskleid verwenden«, raunte die zweite Witwe.

»Das glaube ich nicht«, gab die erste zurück. »Eine Liechtensteinerin wird am Tag ihrer Eheschließung wohl kaum etwas Gebrauchtes tragen. Aber was sind den Liechtensteinern schon zweihundert Gulden? Darauf kommt es denen wahrlich nicht an. Zumal die Komtess heute Abend auch noch bei einem weiteren Bild auftreten wird. Sicherlich hat sie dafür ein ebenso kostbares Kleid.«

Irenes Faszination wurde von großem Zorn verdrängt. Automatisch begann sie zu rechnen. *Wenn ich nur davon ausgehe, dass die anderen Damenkleider je einhundert Gulden gekostet haben, hätte die Maskerade der Frauen allein bei diesem Bild schon vierhundert Gulden verschlungen.*

Insgesamt kam Irene bei dieser Schätzung nach den zehn »Lebenden Bildern«, die insgesamt aufgeführt wurden und bei denen sich zwar einige Darstellerinnen, aber keines ihrer Kostüme wiederholte, auf eine Summe von fast dreitausend Gulden.

Wie bittere Ironie kam es ihr dagegen vor, als die Gastgeberin, Baronin von Hirschstein, am Ende des Abends mit stolzgeschwellter Brust die Spendensumme verkündete.

»Ich bin überaus glücklich, Ihnen allen mitteilen zu dürfen, dass wir insgesamt tausendvierhundert Gulden für unsere gute Sache einnehmen konnten. Ich danke Ihnen von ganzem Herzen für Ihre Großzügigkeit und hoffe, Sie haben den Aufenthalt in unserem bescheidenen Heim genossen.«

Unser bescheidenes Heim. Auf der Rückfahrt ins Hotel, während der Irene Kopfweh als Grund für ihre Schweigsamkeit gegenüber Franz, der sie begleitete, vorschützte, verfolgten Irene die kontrastreichen Bilder des Tages einmal mehr.

Auf der einen Seite das mit Schmuck überladene Palais, die verschwenderische Möblierung, die kostbaren Kleider der Damen, die üppigen Speisen, jedes noch so kleine Teil des handgemalten Tafelgeschirrs mehr wert als der Wochenlohn eines Arbeiters.

Auf der anderen dagegen die schimmligen Kellerlöcher, in denen es nach Fäulnis und Moder roch, die Einzimmerwohnungen, in denen Familien mit bis zu zehn Mitgliedern hausten, die zugige, eiskalte Wohnküche der schwindsüchtigen, wahrscheinlich dem baldigen Tod geweihten Elisa. Lea hatte Irene bestätigt, dass Maries Mutter wirklich keine andere Wahl blieb, als ihre zwölfjährige Tochter ins Bett des Schlafburschen zu schicken, wollte sie ein paar Kreuzer dazuverdienen, damit sie nicht alle verhungerten.

Immerhin hatte Lea versichert, dass der Schlafbursche Elisa zugesagt hatte, die Jungfräulichkeit ihrer Tochter zu respektieren. Marie wiederum hatte Elisa versprochen, laut zu schreien, wenn der Mann versuchen sollte, diese Abmachung zu brechen. Dennoch war Irene nach wie vor schockiert und angeekelt angesichts dieser Zustände.

Der üble Geruch der dunklen Hinterhöfe, die sie durchquert, die engen Stiegenhäuser, die sie mit Lea hinaufgeklettert war, und der Anblick der armseligen Einrichtungen, bestehend aus ein paar wurmstichigen Möbeln, meist nur einem einzigen Bett, das sich bis zu vier Personen teilen mussten und das tagsüber noch untervermietet wurde, verfolgten sie bis auf ihr Nachtlager, auf dem sie sich schlaflos wälzte.

Am schlimmsten waren die Bilder der hungrigen Kinder mit den eingefallenen Wangen, den verkrümmten Gliedmaßen und den aufgeblähten Bäuchen, denen sie heute tagsüber begegnet war. Im scharfen Kontrast dazu das Strahlen in ihren riesigen Augen, wenn sie ihnen einen der Äpfel oder Semmeln aus ihrem Henkelkorb reichte.

Dreitausend Gulden, mindestens dreitausend Gulden, für eitlen Tand, um dem zukünftigen Verlobten zu imponieren oder den Reichtum der Familie zur Schau zu stellen, grübelte sie. *Wie vielen Kindern könnte man davon an wie vielen Tagen des Jahres eine warme Mahlzeit bereiten, an der sie sich satt essen könnten.*

Und das dazu noch unter dem Deckmäntelchen der Wohltätigkeit. Plötzlich fühlte sich Irene völlig verzweifelt.

Wie kann ich jemals ein Mitglied dieser bigotten Gesellschaft sein? Werde ich Franz, der das möchte, ein zweites Mal verlieren? Diesmal unwiderruflich verlieren?

Erst gegen Morgen fiel sie in einen unruhigen Schlummer.

Um die ganze Welt des
GOLDMANN Verlages
kennenzulernen, besuchen Sie uns doch
im Internet unter:

www.goldmann-verlag.de

Dort können Sie
nach weiteren interessanten Büchern *stöbern*,
Näheres über unsere *Autoren* erfahren,
in *Leseproben* blättern, alle *Termine* zu Lesungen und
Events finden und den *Newsletter* mit interessanten
Neuigkeiten, Gewinnspielen etc. abonnieren.

Ein *Gesamtverzeichnis* aller Goldmann Bücher finden
Sie dort ebenfalls.

Sehen Sie sich auch unsere *Videos* auf YouTube an und
werden Sie ein *Facebook*-Fan des Goldmann Verlags!

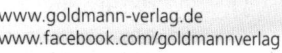
www.goldmann-verlag.de
www.facebook.com/goldmannverlag

GOLDMANN
Lesen erleben